爱的风景

人间大爱的纪实写真

李建军 著

内蒙古出版集团
内蒙古文化出版社

图书在版编目（CIP）数据

爱的风景：人间大爱的纪实写真 / 李建军著 . — 呼伦贝尔：
内蒙古文化出版社，2013.10
ISBN 978-7-5521-0473-8

Ⅰ.①爱… Ⅱ.①李… Ⅲ.①纪实文学—中国—当代
Ⅳ.① I25

中国版本图书馆 CIP 数据核字（2013）第 256539 号

爱的风景：人间大爱的纪实写真

AI DE FENGJING : RENJIAN DAAI DE JISHI XIEZHEN

李建军　著

责任编辑　姜继飞
封面设计　鸿儒文轩

出版发行　内蒙古文化出版社
地　　址　呼伦贝尔市海拉尔区河东新春街4－3号
直销热线　0470－8241422　　**邮编**　021008

排版制作　鸿儒文轩
印刷装订　三河市华东印刷有限公司
开　　本　710×1000毫米　1/16
字　　数　381千
印　　张　23.5
版　　次　2014年1月第1版
印　　次　2024年1月第2次印刷
书　　号　ISBN 978-7-5521-0473-8
定　　价　68.00元

目　录

第一辑　血浓于水

第二辑　真情永恒

第三辑　超越血缘

第四辑　笑傲人生

第一辑　血浓于水

你的生命比我更重要

2008 年新学年开学，恢复了语言和学习能力的阳利香就可以重返西南交通大学的课堂读书了。对于这个女孩来说，这是乌云缝隙里透出的一缕阳光。

花季女孩阳利香突发脑溢血，生命垂危。为了挽救女儿的生命，阳利香的父母倾其所有，终于筹到 15 万元手术费。就在此时，父亲又突患绝症。为了把有限的救命钱用在女儿身上，49 岁的父亲放弃了治疗。母亲强忍丧夫之痛，克服了一个个常人难以想象的困难，终于让做了三次开颅手术、近似植物人的女儿奇迹般康复。

▶ 父母泣血呼唤，爱女奇迹生还

2007 年 2 月 15 日，农历腊月二十八。中午，在湖南省攸县人民医院当保洁员的彭桃文下班回到家，刚推开房门，眼前的一幕把她惊呆了：只见放寒假回家过年的女儿阳利香倒在地上，面无血色，气若游丝。彭桃文急忙跑上前去，把女儿抱在怀里："利香，利香！你这是怎么啦？"可是任凭母亲撕心裂肺地呼唤，阳利香既不能答话，也不能动弹。

此时，丈夫阳新平在外干活儿还未回来，焦急万分的彭桃文只好向邻居求救，在两位热心邻居的帮助下，将女儿送到了攸县人民医院。

医生检查后发现，阳利香脑颅内一根血管因畸形病变突然爆裂，引发颅内大出血，情况万分危急。医生告诉彭桃文，必须马上做开颅手术进行抢救，但手术成功的希望十分渺茫，"一种可能是死在手术台上，一种可能是成为植物人。"

听到医生这么一说，彭桃文心如刀绞，"扑通"跪在医生面前："求你们了！救救我女儿吧！女儿是我的命根子，女儿没有了，我的命也就没了！"随后赶到医院的阳新平也流着泪说："只要女儿能活下来，就是变成植物人，我们也要伺候她一辈子……"

21岁的阳利香是他们的大女儿，自小聪明伶俐，品学兼优，2006年以优异成绩考入西南交通大学金融专业。为了供养阳利香和还在上高中的小女儿，彭桃文夫妇离开家乡小镇，常年在县城打工。如今，日子终于有了盼头，没想到凶险的病魔却要夺走女儿如花的生命。

医生们被彭桃文夫妇拯救女儿的深情和决心感动了，答应为阳利香做开颅手术。

手术从当天中午12点半开始，整整做了6个小时。这6个小时对彭桃文夫妇来说，就像6年一样漫长，让他们备受煎熬。幸运的是，手术做得很成功，阳利香脑颅内的血块被成功取出，但她仍处在昏迷状态，生命之烛在风雨中摇曳，随时可能熄灭……

马上就要过春节了，外面不时传来热闹的鞭炮声。彭桃文和丈夫守候在女儿的病床前，心里充满了忧伤。他们一遍遍呼唤着女儿的名字，一遍遍地为她祈祷。

也许父母的深深呼唤真的是天籁之音，游走在生死边缘的女儿终于在茫茫中捕捉到了生命的召唤。阳利香在昏迷了6天之后，终于睁开了眼睛。

阳利香从死亡线上挣扎过来，但由于脑组织损伤严重，她不仅不能说话，原有的记忆也基本丧失。县医院的医生对彭桃文夫妇说，按照我们医院的医疗水平，这已经是最好的结果了，如果要进一步康复，必须到省城的大医院接受手术。

到省城长沙去做手术，钱是最大的难题。夫妻俩节衣缩食攒下来的2万多元钱，已经为抢救女儿全部花光了。他们又想尽一切办法，跟亲朋好友东凑西借了3万元，2007年大年初八这天，把女儿送到了长沙湘雅医院。

然而，湘雅医院的专家初步检查了阳利香的病情后，告诉彭桃文夫妇两个难以接受的事实：一个是阳利香的病情基本上看不到希望，另一个是3万元做开颅手术远远不够，而且根据阳利香的病情，至少还要做两次以上的开颅手术。

彭桃文夫妇深知专家说的是实情，但他们无论如何也不死心，执意要求留下来治疗。20天后，3万元花光了，夫妻俩只好带着女儿凄然地回到家。

▶ 慈父瞒病拒医，遗嘱不忘报恩

从长沙回来后，阳利香的病情仍然没有什么起色。这时，有些好心人劝彭桃文夫妇："长痛不如短痛，干脆放弃算了。"

但彭桃文夫妇却异常"执拗"，他们在心里发誓，哪怕只有百分之一的希望，也要拼上百分之百的努力！别说拖垮累垮身体，就是用自己的命去换取女儿的生命，他们也决不犹豫！夫妻俩回到家乡后，没有歇上一天，一边轮换着照料女儿，一边马不停蹄地四处奔波，继续为女儿的手术筹款。

2007年3月下旬，彭桃文夫妇四处求助的身影深深感动了一位热心肠的当地人，这个人就是在攸县做生意的摄影爱好者刘陈作彦。

看到命悬一线的阳利香和在一旁黯然神伤的彭桃文夫妇，刘陈作彦的心情异常沉重，他挥笔写下一篇题为《谁忍心看着美好的生命就此凋零？》的文章，发到了中国攸州网上。几天后，他又向攸县妇联寻求帮助。4月4日，攸县妇联和团委联合发出了倡议书，呼吁救助阳利香。至此，一场声势浩大的救助活动在全县拉开了序幕，爱心的暖流如潮涌动。4月19日，攸县各界捐款达36 490元，阳利香被送到县人民医院治疗。5月12日，中国攸州网公布，捐款数量已达153 550元，阳利香赴湘雅医院做手术的费用基本筹集就绪。

社会各界对阳利香的帮助，让彭桃文夫妇感激不已，他们把所有捐款人的名字一一记在本子上，真诚地说："这些好心人与我们素不相识，但他们都是我家的救命恩人！等利香的病好了，我们要把这个本子交给她，要她永远心存感恩，做一个有用之才，回报社会！"紧接着，彭桃文夫妇便张罗着要把女儿再次送往长沙湘雅医院。

然而，就在这时，阳新平的嫂子拿着一份几个月前的医院诊断书找到彭桃文，又一个不幸的消息让她顿觉天旋地转："阳新平患了脊肌萎缩症，已经非常严重，你这做妻子的怎么关心他的？"

嫂子的数落让彭桃文无比震惊和内疚。没等嫂子说完，她就失声痛哭起来。

是的，早在去年九、十月间，彭桃文就发现丈夫老说没有力气，一开始以为他是帮别人搬货时扭了腰，没太注意。后来，女儿得了重病，夫妻俩一门心思扑在女儿身上，彭桃文发现丈夫日渐消瘦，气色大不如从前，心想他是着急女儿的病情所致。她万万没有想到，丈夫已经身患重症！

悲痛欲绝的彭桃文立即找到丈夫。阳新平这才支支吾吾地讲出了实情：早在几个月前送女儿到湘雅医院治病时，他就感觉身体扛不住了，于是背着妻子让医生做了一次检查。当时医生就确诊，他患的是一种极其罕见的怪病——脊肌萎缩症，目前这种病还未找出病因，治愈的希望不大。医生要他及时治疗，否则后果不堪设想。但是，救女心切的他沉思片刻后，便毅然决定，自己的病不治了，全力以赴救女儿，而且不把自己患病的事告诉家人。

可是，过重的思想负担、长期劳累加之营养不良，让阳新平的身体越来越糟。这天，他又强撑病体出去干活儿，可刚从家里出来一会儿，就瘫倒在地上。阳新平的哥嫂把他架到家里，再三追问，这才知道他的病情。但阳新平还想让哥嫂继续隐瞒下去："只要能把利香的病治好，我就是死了也瞑目！"

丈夫的病让彭桃文的心再一次破碎。为了这个家，为了女儿，丈夫吃尽了苦。每天早晨，他连早饭都舍不得吃就去干活儿，中午差不多都是凉开水就馒头对付一餐，每晚披星戴月才回到家。他就像一匹不知疲倦的老马啊，常年负重，今天突然倒下了！彭桃文哭成了泪人，她觉得自己对不起丈夫，对他关心得太少。她说："女儿的病要治，这个家也不能没有你！你只有49岁，你的病也一定要治啊！"

可是，阳新平说什么也不答应，他说："这15万元是无数好心人捐给女儿的救命钱，一分一厘都要用在女儿身上！"

彭桃文知道丈夫的性格，他做出的决定十头牛都拉不回。她强忍痛楚，同意了丈夫的抉择，但她再也不准丈夫出去干活儿了。在那段日子里，身体极度虚弱的阳新平躺在睡椅上，总是深情地凝望着躺在床上的大女儿，他的眼里常常充满了泪水；而女儿仿佛能感应到父亲的慈爱，也总是长时间地和父亲默默相对。这一幕彭桃文看在眼里，痛在心里。她知道，丈夫是多么爱孩子，爱这个家，他舍不得离开她和孩子啊！如果生命可以替换，她情愿用自己的生命去跟他替换啊！

终于有一天，自知病入膏肓的阳新平把妻子、小女儿利凤以及亲戚叫到床前，立下遗嘱："我自愿放弃治疗，全力以赴救大女儿利香；我不能报答大家对我一家人的帮助，死后愿意将遗体捐献给医疗机构，以挽救更多的病人；别人捐助利香的钱如果治疗有剩余，要全部捐给另外有困难的人，不能用于家里还债……"

面对这份"残酷"的遗嘱，所有在场的人悲痛不已。最为难的是彭桃文，任何一种选择都意味着对另一方的放弃。

接着，阳新平为了让女儿早一点儿做手术，要妻子立即带他去湘雅医院办理捐献身体器官事宜。彭桃文万般无奈，含着泪答应下来。

6月11日，彭桃文带着丈夫来到了湘雅医院。医生经过仔细检查后，不无遗憾地告诉这位悲情执著的父亲：由于他患的是脊肌萎缩症，已经到了非常严重的程度，所有器官都没有了利用的价值。看到自己最后的心愿无法实现，内心又万般牵挂即将动手术的女儿，13日晚上，阳新平匆匆从长沙返回攸县，结果，他没能坚持到回家，就在途中去世了。弥留之际，阳新平拉着妻子的手，留下最后的嘱托："把利香的病治好……"

▶ 母爱缱绻绵绵，女儿重返校园

女儿手术在即，丈夫突然离去，彭桃文难以抑制巨大的悲痛，从长沙回家的途中，几次晕死过去。然而，快要到家的时候，她还是强忍着打起精神，叫人把阳利香转移到姨妈家里，免得让女儿知道爸爸去世的消息，再受到刺激。

20多天后，彭桃文带着阳利香来到湘雅医院，进行第二次开颅手术。7月16日，阳利香又做了第三次开颅手术。

女儿的每一次手术，都让彭桃文备受炼狱般煎熬。在失去丈夫相伴之后，这种煎熬变得更加痛苦。阳利香的第三次手术经历了漫长的10个小时，当主刀医生告诉彭桃文手术很成功、女儿有康复的希望时，这个历经磨难的女人又一次泪水滂沱："孩子他爸，利香的手术成功了，有希望了，你的在天之灵安息吧……"

康复治疗初期，阳利香还处于"准植物人"状态，除了会睁眼、左手能够动一动，意识还是一片混沌。彭桃文每天都要不停地跟她说话，呼唤她，还要频繁地给她排便、擦洗、按摩……为了让不会叫人、不会喊疼的女儿不受一点儿委屈，她夜夜和衣而眠，每天只睡四五个小时……

为了让女儿更好地吸收营养，恢复咀嚼能力，彭桃文买来新鲜的蔬菜、鱼类、肉类等，仔细加工成半流质，一口一口地喂给女儿吃。

一个月下来，阳利香的身体奇迹般好转，她不仅能够在床上坐起来，还能在人搀扶下蹒跚行走几步；她的脸上渐渐显出健康气色，除了不会用语言表达，智力和记忆的恢复也十分明显。

医生和其他病人家属见彭桃文把女儿照顾得这么好，一个个感叹不已。彭桃文却认为，这是每个母亲都能做到的。她说："我在医院做保洁员，也做过护工，这些事本来就应该做得比别人好。"

由于阳利香恢复得比预想的要好，为了节省费用，8月中旬，彭桃文便把女儿带回家护理。此时，病魔让阳利香留下了明显的后遗症：丧失了语言能力，右腿行动不便及右手弯曲、无法伸展。如何在这两方面让女儿尽早恢复，成了彭桃文最大的心病。

这段时间，阳利香的中学同学纷纷来到家里看望她。看到一些上大学的同学就要返校，自己却因病休学，阳利香常常伤心地哭泣。彭桃文深知女儿的心事，她一边安慰女儿，一边想方设法让女儿更快地康复。

通过咨询一些脑科医生，彭桃文了解到，女儿这场病，影响了她的语言神经，说话产生了障碍，很多字她虽然认识，但发音困难，如果想恢复语言能力，就要让她跟小学生一样，从拼音学起。但是，女儿毕竟是个大学生，让她到小学去读一年级，她会不会感到很失落？她的自尊心受得了么？

彭桃文把自己的想法告诉了女儿。没想到，阳利香高兴地直点头，随即还拿起笔，在纸上写了一行字：到文化路小学，上一年级。

文化路小学是县城较好的小学，离家又近。彭桃文不知人家愿不愿意接受一个有语言障碍的大学生来上课，急忙找到校长寻求帮助。

校长听了彭桃文的讲述后，被阳利香的故事感动了，决定满足阳利香的心愿，把她安排到一楼的一年级教室上课，并免除所有费用。就这样，9月6日，阳利香成了文化路小学一年级学生。

面对这个特殊的学生，文化路小学的老师给予了很大的帮助。第一次拼音考

试，阳利香只得了 60 多分。但在老师的关照和自己的努力下，她的成绩提高很快，第二次以后的考试差不多都是满分。她的语言能力也恢复得很好，最初只能说单字，两个月后就能朗读简短的课文了。由于右手不听使唤，她经常苦练左手写字。

女儿上课后，彭桃文回到医院继续做保洁工，一边上班，一边照顾女儿。每天，彭桃文都要接送女儿上学放学，利用在路上的时间给她讲小时候的故事，帮她寻找失去的记忆；有时，她还把女儿带到以前读书的学校和家里以往租住的地方，让她和一些熟人相见，引导她进行辨认和回忆。通过这些锻炼，阳利香时常感觉到脑子里有一扇闸门突然打开，那些封存的记忆纷至沓来，像一幕幕电影画面在脑海里闪现⋯⋯

女儿一点一滴的进步，让彭桃文深感欣慰。她更加坚定了让女儿重返大学的信心。

2007 年 12 月，彭桃文把阳利香带到湘雅医院复查。医生检查后十分惊喜地告诉她："没想到阳利香各方面都恢复得这么快这么好，简直创造了奇迹，你这个做母亲的功不可没啊！"医生接着又说，"只要继续努力，你女儿有希望恢复到以前的样子，明年就可以重新上大学了。"

2008 年春节前夕，阳利香可以看懂初高中的书籍了，身体也有劲了。彭桃文思量再三，决定把隐瞒了大半年的秘密告诉女儿。因为女儿恢复意识后，一直没有见到爸爸，非常想念，多次询问爸爸的情况。每次彭桃文都强抑痛苦，谎称她爸爸到外地打工挣钱去了。聪明的女儿从母亲的神情中似乎看出了什么，再隐瞒下去，恐怕她会从别的渠道知道内情。

尽管已有预感，但父亲大半年前就去世的消息还是让阳利香痛不欲生。她在日记本上写道："爸爸是为我死的，他把钱留给我做手术，自己选择了死亡。爸爸，我的好爸爸，我要为你活着，去上大学；等我身体好了，我会好好照顾妈妈和妹妹。爸爸，来世我还做你的女儿⋯⋯"

随着语言能力和记忆力的逐步恢复，阳利香向母亲表达了心愿："大学读过的书我没有忘记，我要回大学读书！"同时，她给西南交大的老师发了手机短信："我很想念您和同学们，很想回校读书！"

为了让女儿的心愿早日实现，彭桃文向西南交大的领导汇报了女儿的近况和心愿，并表示自己打算随女儿到成都"陪读"，边打工边照顾女儿。学校领导非常重视，原则上同意阳利香2008年内回校上课。

2008年4月16日，西南交大经济管理学院马殊婧老师一行三人从四川成都来到攸县，专门看望慰问阳利香，并送上全院教职工的爱心捐款4 270元，以及阳利香在该院第一学期获得的奖学金。

马殊婧是阳利香大学一年级时的辅导老师。阳利香一见到她，便脱口叫道："马老师！"然后走过去抱住老师，痛哭起来。此情此景，让身旁的人都忍不住落下泪来。

老师们为阳利香的身体恢复情况感到高兴。经过商议，决定让阳利香9月份随2008届新生重新入学；学校争取全免她的学费；如果彭桃文随女儿"陪读"，会帮她在学校或附近找份工作，尽力帮她们渡过难关。

听了老师们的一席话，母女俩的脸上露出了久违而欣喜的笑容。

人的大脑分为左脑和右脑，如果右脑全部损坏，人还能够正常生活和学习吗？

就在王亦恺接到东南大学录取通知书的第二天，他突遭车祸，当场昏死过去！10天之内，他进行了五次开颅手术。由于右半脑几乎全部损坏，他成了"准植物人"，接近于痴呆。

王亦恺的母亲不离不弃，发誓要让儿子站起来，还要让儿子恢复智力，高质量地活着。母亲坚持不懈的努力创造了奇迹：两年后，王亦恺不仅行动自如、生活自理，智力水平的恢复更为神奇——国际惯用的韦氏智力测试满分140分，他达到了138分的超人智商！为此，东南大学再次向他敞开校门。

▶ 母爱无敌，"半脑儿"闯过鬼门关

2005年7月，19岁的王亦恺在两天内经历了人生的大喜和大悲。

7月11日，王亦恺以高考总分632分的优异成绩，如愿以偿地被东南大学建筑系录取。这天，录取通知书寄到了家，一家人沉浸在喜悦之中。父母当即答应，次日为他买一台电脑，以示褒奖。

第二天中午，王亦恺买电脑回来，骑自行车行至离家不远的一个弯道口，被一辆疾驶的小轿车撞倒，当场昏死过去！

正在家等儿子吃中饭的贡晓晖闻讯赶到现场，"快！快救我的儿子……"她疯了似的联系车子，打电话给医院请求安排紧急抢救。很快，王亦恺被送上了手术台，他的左右脑都有出血病灶，短短24小时内，做了两次开颅手术，清除颅内出血。术后，王亦恺陷入深度昏迷……

在丹阳医院的重症病房里，王亦恺被抢救了整整一周，但颅内出血仍然无法止住，他又被转到镇江市第一人民医院。因情况万分危急，在此后的三个晚上，

由副院长袁志诚教授亲自主刀，在王亦恺的脑袋上又开了三刀。然而，王亦恺过重的伤势让医生们连连叹息。最后一次手术后，60多岁的袁教授也无奈地摆摆手说："我做了这些年手术，还是头一回遇到五次开颅的孩子。我们已经尽力了，但愿孩子能够闯过这一关。"

伴随着一张张病危通知书，贡晓晖的精神几乎崩溃，不吃不喝也不睡，生怕上帝会趁她睡着的间隙将儿子从她的身边掠走。为了防止她精神分裂，医生不得不强行给她注射了安定。

面对父母撕心裂肺的呼唤，王亦恺毫无反应。医生断言他存活的可能性很小，即使侥幸活下来也是个植物人。这时，有些好心人默默地劝贡晓晖："长痛不如短痛，干脆放弃算了。这样拖下去，医疗费用将是个无底洞，大人也会被拖垮的。"

贡晓晖是丹阳市人民医院一名普通护士，丈夫王国忠是一所中学的数学老师，他们的儿子王亦恺出生于1986年9月，这个聪明好学的孩子自小就是他们的骄傲。受父亲的影响，王亦恺从小就对数字很敏感，获得过全国华罗庚金杯赛银牌、江苏省数学竞赛一等奖等多种数学竞赛奖项。初中毕业后，他被保送到当地最好的中学——丹阳高级中学，进入强化班学习。东南大学建筑系是他情有独钟的高考目标。然而，就在这个目标得以实现的时候，命运却和这个踌躇满志的少年开了个天大的黑色玩笑。

从事护士工作20多年的贡晓晖当然知道儿子病情的严重性，换在往常，她可能也会这样劝慰病人的亲属。但此时此刻，母性的本能让她变得偏执。除了流泪，她只有一句话："我儿子是优秀的，他会创造奇迹，他不会离开我。"

贡晓晖知道，对于深度昏迷的儿子，目前医学上根本没有太好的办法，医生建议她尝试"唤醒法"，也就是让最亲近的人每天在儿子的耳边呼唤，不过唤醒的把握性不能确定。但她心里只有一个念头：我的儿子不会离我而去！哪怕只有万分之一的希望，我也要尽全力一拼！她一天天守在儿子的病床前，一声声如杜鹃啼血：

"恺恺，我是妈妈，你睁开眼看看妈妈！"

"恺恺，你醒醒，你要去上大学了呀……"

也许母亲的声音真的是天籁之音，游走在生死边缘的儿子终于在茫然中捕捉到了生命的召唤。受伤后第十九天,王亦恺的右手稍微动了一下;第二十天,当清晨的第一缕阳光透过窗户照到他脸上时,贡晓晖惊讶地发现,儿子一直紧闭的双眼睁开了!

"我儿子睁眼睛了!我儿子醒了!"贡晓晖喜极而泣。

丈夫王国忠闻声跑了过来,夫妻俩激动地呼唤着儿子的名字,泪流满面。

王亦恺从死亡线上挣扎出来,但由于右半边脑袋几乎全部损坏,他的记忆被撞"丢"了。"恺恺,你能认出我吗?我是妈妈啊……"任凭贡晓晖一遍遍呼唤,他还是连母亲也不认识。

不久,王亦恺因脑积液再次病情告急,贡晓晖和丈夫急忙把他送到上海华山医院救治。医生在王亦恺的脑袋里装了引流管,还用肽合金修补了手术去掉的两侧颅骨。9月初,本该是王亦恺到东南大学报到的日子。贡晓晖专门来到东南大学,向学校及建筑系领导说明了儿子的情况。校方获知王亦恺的不幸遭遇后,答应保留他的报名资格一年。

▶ 母爱激活了儿子"短路"的大脑网络

通过多方了解,贡晓晖得知江苏省人民医院康复中心对脑损伤病人有独到的治疗方法,效果显著。2005年10月,她把儿子送到这家康复中心治疗。

康复中心从事脑功能障碍研究的江钟立教授对王亦恺进行了全面检查。头颅CT显示,王亦恺右半脑四个脑叶中有三个损坏,只有控制视觉的枕叶相对较好;除了左侧肢体偏瘫外,他还有空间障碍、视力偏盲、记忆及执行功能障碍等问题。

望着心急如焚且又充满期待的贡晓晖,江教授跟她仔细分析了王亦恺的病情。他说,人的大脑分为左脑和右脑,形象一点描述,左脑就像个雄辩家,善于语言和逻辑分析,又像一个科学家,长于抽象思维和复杂计算;右脑则像个艺术家,长于非语言的形象思维和直觉。我们日常生活用的最多的就是左脑,王亦恺伤及右脑,可以说是不幸中的万幸。

江教授接着告诉贡晓晖,人的认知能力主要靠脑细胞神经纤维的"网络"连接。王亦恺的大脑受伤后，这个"网络"出现"短路"现象，记忆通常会丢失。康复训练就是通过视、触、听觉等刺激手段，把大脑"网络"系统的代偿潜力激活，对缺损的大脑"网络"进行重塑，从而帮助他恢复意识。"不过，这种康复训练需要相当长的过程，可能是一两年甚至更长时间。王亦恺的病情特别严重，他能够康复到什么样的程度，还是个未知数，你们应该有足够的思想准备。而且，在康复过程中，家人的配合尤为重要。"

晚上，贡晓晖守着沉沉睡着的儿子，思考着江教授对他病情的分析。她的心里慢慢地升腾起一股力量，她相信自己，相信儿子的生命力。最凶险最痛苦的生死关都闯过去了，她坚信儿子的大脑"网络"也能够重塑！

康复治疗初期，王亦恺除了会眨眼，右手能够动一动，意识还是一片混沌。贡晓晖每天都要不停地跟他说话，呼唤他，还要频繁地给他排尿、换药、拔针……为了让儿子不受一点儿委屈，贡晓晖夜夜和衣而眠，每天只睡四五个小时。

为了让儿子更好地吸收营养，并帮助他恢复吞咽、咀嚼能力，她尝试着不用鼻饲管，而是自己买来新鲜的蔬菜、肉类等，仔细加工成半流质，一口口喂给儿子吃。几个月下来，躺在病床上的儿子没有变瘦，脸上渐渐显出健康的气色，贡晓晖的体重却严重下降了。

2006年1月的一天，王亦恺突然轻轻地挪动了一下身子，发出微弱的声音："妈妈，我身上疼……"贡晓晖几乎不相信自己的耳朵。儿子会叫妈妈了，儿子有感觉了，这一质的飞跃让她惊喜万分。

其实，此时王亦恺的脑功能评分还非常低，只有20分，接近于痴呆，生活更不能自理；有时，只要父母离开他一会儿再回到病房，他就会把站在面前的妈妈喊成"阿姨"，把爸爸喊成"叔叔"。但是，看着儿子一天天好转的贡晓晖已经有了更高的目标，她不仅要让儿子站起来，还要让儿子恢复智力，高质量地活在人世！

针对王亦恺的恢复情况，江钟立教授对他实施了感觉综合训练：用冰水、针灸、木棍、脑电疗等进行温、痛、觉刺激；通过几何拼图、搭积木培养空间能力；通过背诵英语单词、记电话号码，提高记忆力……

医生们在做这些康复训练时，贡晓晖在一边仔细观察、学习，自己不清楚的环节，她都虚心地请教。空闲的时候，她就用学来的方法强化对儿子的训练。

贡晓晖和丈夫都是工薪阶层，为了供儿子读书，家里已没有多少积蓄。儿子出车祸后，医疗费用已达40多万元，除了肇事者赔偿的几万元，还有夫妻双方的单位以及王亦恺的母校——丹阳中学一共捐助了近10万元，其余的钱多是从亲朋好友处筹借来的。为了节约费用，王亦恺在康复中心治了一个疗程后，贡晓晖即征得医生的同意，把他带回家，自己当起儿子的家庭康复治疗师，不辞辛苦地为儿子按摩、推拿、牵引。待康复一段时间后，效果变慢了，母子俩就再到康复中心学习新的方法。

康复过程中，贡晓晖发现儿子的大脑对数字尤其敏感，她便循序渐进地通过数字帮助他恢复记忆。她和儿子玩扑克牌"24点"游戏，提高他的心算能力；她让儿子把亲戚、朋友、同学的电话和手机号码背下来，然后再从电话号码入手，让他回忆相应的人和事……儿子的记忆之链就这样一环一环地连接起来了。

▶ 母亲的骄傲，智力回归的儿子重入名校

随着王亦恺的意识逐渐恢复，贡晓晖发现儿子一天天变得抑郁，情绪也有些烦躁不安。原来，那场可怕的车祸给王亦恺的心里留下了太深的阴影，他知道自己虽然没有缺胳膊少腿，但脑子撞坏了，他害怕自己再也没有原来那样聪明，再也上不了大学了。有一天，他甚至说："妈妈，我这样活着，生命有意义吗？"

贡晓晖觉得，儿子能这样思考问题并不是一件坏事，至少可以说明他的思维能力已经有了不小的进步。自己应该因势利导，激发孩子的上进心和求知欲，把儿子从迷茫的沼泽地里引领出来。为此，她认真地跟儿子谈了一次话："恺恺，你是爸爸和妈妈所有的寄托，为了保住你的生命，爸爸和妈妈倾尽所有，吃天大的苦都在所不惜……恺恺，你是最优秀的，有常人难比的生命力，头上开了五刀啊，孩子，那么大的痛苦都受过了，不好好活着、活得精彩，连自己都对不住啊！"随后，她提醒儿子想想著名科学家霍金的事迹，"霍金是你最崇拜的人，他全身只有一个手指能动，仍然成为世界顶尖的科学家，我相信儿子一定不会让妈妈失望……"

在母亲的开导下，王亦恺的心态发生了很大的变化，他开始乐观地面对现

实，并积极主动地配合医生和母亲对他的康复训练。到 2006 年六七月份，他的体能和智力都得到了飞快提高：脑功能评分已趋于正常；肌力从不能坐起来，到能够下地行走，生活基本上可以自理；心理上也从抑郁转变为自我承认……

2006 年 9 月，又到新生入学时，贡晓晖和儿子来到东南大学，再次提出了申请：王亦恺正在康复中，希望能再保留一年学籍。同时还提出，由于学习建筑学需要制作模具、绘图，还要外出写生，而王亦恺的脑袋里毕竟还有两块肽合金"补丁"，左手活动尚不能自如，所以他决定放弃钟爱的建筑学专业，改学对身体机能要求相对低一些的会计学。学校对王亦恺的申请极为重视，经过现场测试，肯定了他的身体和智力恢复达到了良好的效果。经过慎重研究，学校同意了王亦恺改学专业的请求，并报请教育部同意，为他办理了入学手续。在办理入学手续的同时，又办理了因病休学一年的手续，以便让他安心接受进一步的康复治疗。

东南大学人性化的关怀照顾让贡晓晖母子感动不已，王亦恺对自己全面康复的信心更足了。为了方便儿子锻炼，贡晓晖在家里配置了一些简易的康复锻炼器械。王亦恺每天都坚持练习，开始每天练一两个小时，后来渐渐练到四五个小时；为矫正腿部肌肉痉挛，他必须靠墙站在一个斜板上，一站就要半小时，常常痛得汗水直淌；治疗肌肉痉挛和偏瘫要注射肉毒素，一次要打 20 多个针眼，他一声不吭。由于刻苦锻炼，他的四肢肌肉一直没有萎缩。

为了让自己的大学学习"不掉队"，王亦恺把自己的高中课本找了出来，系统地学习了一遍，又挑选出一些难度较大的习题进行解析。他时常感觉到脑子里有一扇闸门突然打开，那些封存的记忆纷至沓来，像一幕幕电影画面在脑海里闪现。

王亦恺还让在职高任教的父亲开了个"后门"，让他插班学习成人会计，有时一天从上午 7 点到下午 6 点，八节课连着上，两个月时间里，他学完了别人需要半年完成的课程，结业测试时，他的成绩排在了大多数同学的前面。

2007 年 1 月，王亦恺在网上开了个题为"残缺的美"的博客，通过写博文练习打字和提高文字表达能力。在一篇篇博文里，他记述最多的是对母亲的感恩之情：母亲啊，是你的坚持让我获得了新生，你用撼动天地的爱重新燃起儿子的生命之火……

也许人的命运真的像一本书上写的那样："上帝给你关闭了一扇门，也一定会同时给你开启另一扇窗。"在高中阶段,王亦恺当过数学和物理课代表,勤思而慎言,并不热衷演讲。令人称奇的是,康复治疗后,他的口才变好了,常常妙语连珠。看到病友情绪低落,他会主动去开导。他还在病区里做演讲,鼓励病友树立信心。医生推测,人的大脑代偿潜力非常强,半个大脑也能挑起一个大脑的重担。王亦恺的右脑受伤后,左脑代偿能力增强,而左脑正是分管语言功能的。这就像盲人,失去了视觉,却拥有超乎常人的灵敏听觉。

6月,江钟立教授决定采用韦氏智力测试对王亦恺进行检验。这种方法可以测定言语、逻辑思维、操作能力,是国际通用的检查方法。结果显示,王亦恺的言语分数非常高,满分140分,他得了138分;操作能力满分140分,他得了119分。事后,江教授告诉贡晓晖夫妇:"王亦恺的智商这么高,是本中心前所未有的奇迹,我们感到非常吃惊!有很多测试题体现了很高的知识水准,一般受过高等教育的人才能达到130分,像他一样的脑外伤病人通常只能得60分左右,而他远远超出了正常人,属于高智商。若不是右脑伤导致出现偏盲,有部分视野看不见,他的操作分数会更高。"江教授肯定地说,目前,王亦恺除了手动功能差一点儿,智力已经没有任何问题,他完全可以去上大学了。

不久,由东南大学学生处、教务处、建筑学院和中大医院等有关方面专家组成的测试小组,又对王亦恺的身体和智力情况进行了测试。专家们一致认为,王亦恺的智力和身体状况能够胜任大学的学习生活。

8月21日,东南大学校长易红专程看望了王亦恺。易校长说,王亦恺遭遇车祸后,能够勇敢地面对人生变故,不放弃努力,刻苦锻炼,其精神感人,对其他学生来说,也是很好的激励,学校将在学习、生活上尽最大的努力给他提供帮助。

8月25日,王亦恺和东南大学的本科新生一道,来到学校报到,重新开始因车祸而延迟了两年的大学生活。当贡晓晖把白底红字的东大校徽别到儿子胸前时,母子俩都激动地流下了幸福的热泪。

六旬老妈再生你一次

32 岁的山东青年刘世发 7 年前查出肝炎，3 年后恶化为肝硬化，医生告诉他最多还有半年的存活期。为了让老母亲安度晚年，刘世发不但对她隐瞒了病情，还拼命挣钱，给母亲存起了养老金。直到 2005 年 5 月，刘世发病情再度恶化，母亲才从一个电话中偶然得知儿子的真实病情和良苦用心。为了挽救挣扎在死亡线上的儿子，65 岁的于珍香老人决定将自己三分之二的肝脏捐献给他，让他获得第二次生命。

2005 年 6 月 15 日上午 11 时 30 分到次日凌晨零时 30 分，经过山东省立医院 40 多名医护人员历时 13 个小时的共同努力，这例非常特殊的捐肝救子手术顺利完成。于珍香老人也由此成为"国内年龄最大的捐肝人"。

▶ 瞒病七年 真情反哺

刘世发 1973 年出生在山东省即墨市农村，他是家里的老小，上面有两个姐姐和一个哥哥。小时候，他就是个聪明好学、孝顺父母的好孩子，经常利用课余时间帮父母干农活儿。目睹父母为了养家糊口而辛苦劳作的情形，他从小立下志向，长大成人后一定要好好孝敬父母，让他们安享晚年。

1998 年，刘世发从烟台大学毕业后，来到济南三源公司从事营销工作。正当风华正茂的他打算干一番事业时，一次偶然的体检中，他被发现患有乙肝。由于忙于工作，刘世发没有进行系统治疗，直到 2001 年 4 月，他感觉浑身无力并出现腹胀症状，再次去医院检查，结果被诊断为肝硬化！更令刘世发难以相信的是，医生同时还给他下达了"死亡判决书"：由于病情危重，他最多还有半年的存活期。

听到这个消息，刘世发犹遭晴天霹雳，几近绝望，甚至产生了"跳进黄河"轻生的念头。然而，就在此时，他想起了年迈的双亲。如果自己就这样不明不白

的死了，父母一定会伤心欲绝，他这才打消了轻生的念头。

此时此刻，刘世发的心里突然有一种强烈的欲望，他想回家，和父母在一起。他想病魔留给自己的时间已经不多了，他得利用这短短的半年时间，多陪陪父母，尽尽自己的孝心。于是，他打起精神，在电话里轻描淡写地告诉母亲于珍香，自己最近身体有点不舒服，打算回去休息一阵子，放松放松。母亲听了这话，急忙问他："儿呀，你哪里不舒服？查出啥毛病没有？"刘世发赶紧用轻松的口气说："没事的，感冒引起的，医生说休息休息就好了。"母亲心疼地说："你赶紧回来吧，在家里好好歇歇。"跟母亲通了电话后，刘世发更是思家心切，在未经医院同意的情况下，他强行出院了。

经与单位商量，刘世发把工作从济南调至公司驻即墨的办事处。办完报到后，刘世发当天就回了趟家。见到面容憔悴的儿子，母亲既高兴又心疼："儿呀，你这阵子咋又瘦了？身上的毛病好利索了吗？"刘世发连忙告诉母亲，自己的身体已经好多了，这回把工作调到即墨，就可以经常回家了。老人听了这话，又高兴起来："调回来好，以后千万别累着自己了，常回家，娘给你做好吃的。"

"最多还能活半年！"想起医院这一纸死亡通知书，要说不怕那是假的。晚上，刘世发躺在床上，心里有种说不出的恐惧，眼泪悄悄地流了出来。他想这些年在外上学，毕业后又远离家乡工作，还从没有好好给父母尽过孝道，没有让父母过上好日子。而现在，他也许很快就要告别这个世界，他又如何向父母尽孝呢？

"给父母多留点养老钱吧！"刘世发作出了这个决定，并打定主意，坚决不把病情告诉父母，能瞒多久就瞒多久。这样，既让父母少些牵挂，自己又能在这有限的时间里多攒些钱给他们。于是，刘世发很快回到工作岗位，一边吃药治疗，一边更加忘我地投入到工作中。他到银行专门开了个户，每月的工资、奖金，除了吃药外，基本上都为父母存了起来。

半年很快就过去了，刘世发活了下来，体质也开始好转，只是不时感冒。刘世发深感庆幸的同时，对父母继续进行"爱心封锁"。

天有不测风云。2002年，刘世发的父亲突然因病去世。刘世发觉得自己在父亲的有生之年对他孝敬得太少，心里充满了悲痛和愧疚。正因为如此，他为母亲尽孝的心情更加迫切。于是，在处理完父亲的后事后，刘世发就把母亲从老家接到即墨城里，和自己住到了一起。母子二人从此相依为命。

刘世发知道，母亲患有失眠症，多年来睡眠不好，他就买来脑白金、卵磷脂等有助睡眠的保健品给母亲服用，他怕母亲心疼钱，总是把这些保健品的价格说得很便宜；母亲爱吃点心，他便跑遍各家超市，买来各种各样的糕点让母亲品尝；为了让母亲少些担心，也为了多陪陪母亲，每日三餐，他不管多忙，都尽量回家。然而，每当肝区疼痛难忍之时，他又总以单位加班或出差为借口避开母亲。因为肝病，刘世发一直没有谈对象结婚，母亲为此催他多次，但他总以自己工作太忙为由加以推托。

就这样，刘世发的身体奇迹般地维持着。跟母亲在一起生活，他变得越来越开朗，存到母亲户头上的"养老钱"已经有 3 万多元。而母亲因为身边有个孝顺儿子体贴照顾，日子自然过得十分舒心。母子俩的生活平淡而幸福，刘世发几乎把肝硬化这层阴影淡忘了。

▶ 六旬老妈 执意捐肝

2005 年 5 月初，刘世发因感冒引起上吐下泻，肝区也出现异常疼痛，经医生检查，他的肝硬化病情已经非常严重。于是，刘世发背着母亲给济南的朋友打电话，询问是否有治疗肝硬化的最新医术。

这天，济南的朋友给刘世发打来电话，恰巧他不在家，母亲于珍香接了电话。朋友对刘世发跟母亲瞒病七年的情况并不知情，无意中说出了刘世发身患严重肝硬化的真相。

原来儿子早在 7 年前就得了肝病，而且早已经转为肝硬化！于珍香老人顿觉天昏地暗，心如刀绞："儿呀，7 年了，你是怎么熬过来的？你遭了这样的大难，怎么还瞒着娘亲？"

当天，刘世发回到家后，见母亲坐在那儿泪流满面，他当即跪倒在母亲面前。原来，朋友跟刘母通了电话后，从老人的口吻中感觉她对儿子的病一直不知情，朋友越想越不对劲，知道自己闯了祸，连忙设法找到了刘世发，把自己说漏嘴的事告诉了他。事已至此，刘世发知道再瞒下去是不可能了，他最担心的是母

亲受不了这样的打击……他不敢多想，急忙往家赶。

母亲的心碎了："儿呀，这么多年，你不该瞒着娘呀！"儿子也泪如雨下，但至此还不忘安慰母亲："妈妈，我就是怕你担惊受怕，才没敢告诉你呀。你放心，现在医学发达了，我这病能治好的。"母亲把儿子拉到身边，定了定神，说："儿呀，咱不哭了！你不是说这病能治好么，咱现在就一门心思去治病！"

从这天开始，于珍香老人说啥也不让儿子再去上班。在她的一再催促下，5月17日，刘世发来到济南，住进了山东省立医院。从儿子住院那天起，老人就一直守候在病床前，精心照料着儿子，陪儿子聊天解闷。她的心里纵然有天大的苦楚，但当着儿子的面，她也不再流泪。她在心里一遍遍祈祷，儿子的病能够一天天好起来。

刘世发的肝硬化此时已经到了晚期，入院后病情不断恶化，肝功能重度衰竭，全身重度黄疸，肝脏腹水严重，每天仅靠蛋白、血浆、保肝药物维持生命，凝血功能也开始降低，随时都会有生命危险。医生告诉他们，目前挽救病人生命的唯一有效的办法就是进行肝移植。

听说肝移植可以挽救自己的生命，刘世发看到了希望。但当他得知做一例常规肝移植手术的费用需要20万元时，他又陷入了失望之中。这几年尽管他一直拼命挣钱，但因为长期靠吃药维持生命，他的全部家当也只有那准备留给母亲养老的3万多元钱。刘世发决意不去动这笔钱，他打算放弃治疗。

儿子情绪上走向绝望的变化，没有逃过于珍香老人的眼睛，她苦苦劝慰儿子："留得青山在，不怕没柴烧。儿呀，你一定要挺住，我这就把你哥你姐都叫来，咱全家就是砸锅卖铁也要救你！"后来，于珍香听医生说如果由亲人捐肝做活体移植，可以节省三分之一的医疗费用，老人随即做出了一个令人吃惊的决定，她要把自己的肝捐给儿子！她说："只要能救儿子的命，卸我身上哪块都行。就是拿我的命换我儿子的命，我也心甘情愿！"

母亲的这一决定遭到刘世发的哥哥、姐姐及亲朋好友的一致反对，大家都劝她："你这么大年纪了，做这样的手术太危险。"刘世发的两个姐姐和哥哥继而提出，可以由他们为弟弟捐肝，而不能让老母亲冒这个险。但于珍香老人态度非常坚决："手心手背都是肉，你们都是娘身上掉下的肉，娘一个也舍不得！再说你们各人在家都是顶梁柱，要有个三长两短，那家就塌了。这事我已经铁了心了，你们谁也不许再拦！"

听到母亲的这一番话，刘世发泪如泉涌："娘啊，你65岁了，32年前，你生下了我，你现在是要再生我一次呀！儿不孝啊……"于珍香把儿子搂到怀里，一边给儿子擦泪，一边说："别说傻话了，孩子，有你这样的孝顺儿子，娘知足了。你要是有个好歹，娘活着还有什么意思？"此情此景，让在场的所有亲友落下了泪水。

见母亲决心已定，根本没有商量的余地，刘世发只好点头同意。他知道，如果不让母亲为他献肝，叫她眼睁睁看着儿子死去，那将是更残忍的事。

随后，经山东省立医院肝移植中心为母子俩进行组织配型，于珍香老人的肝脏适合捐给儿子。老人十分欣慰地说："儿子是我身上掉下的肉，换我的肝，他肯定最适应。"

▶ 割肝救子 感天动地

儿子为了让母亲安度晚年，瞒病七年，真情反哺；而65岁的老母亲为了挽救孝子的生命，决意舍命捐肝。这件母子情深的感人故事立即传遍了齐鲁大地，人们无不为这对慈母孝子发出由衷的赞叹。由山东省卫生厅和《齐鲁晚报》共同主办的"爱心手术室"公益活动决定对刘世发进行救助，山东省立医院作为此次手术的爱心医院，决定为这例特殊的移植手术配备最好的医务人员，并免除十余万元的医疗费用。

因为刘世发病情恶化速度太快，原定的换肝手术日期只好两度提前。经省立医院肝移植中心专家慎重研究，为刘世发实施活体肝脏移植的手术定在了6月15日。届时，于珍香老人将成为我国年龄最大的活体肝移植供体。

手术前，作为此次肝移植手术的主刀医生、省立医院肝移植中心主任刘军对即将面临的三大风险进行了分析：一是供肝重量能否满足病人需求。根据临床经验，切除的供体肝脏要达到受者体重的1%以上才能满足受者要求。刘世发体重55公斤，也就是说，从于珍香老人身上切下的肝脏要达到550克才能满足其需要，但术前这一重量无法精确预料，如果切下的供肝重量不足的话，于世发接受

移植后有可能引发肝功能衰竭，甚至死亡。二是供体质量能否满足病人需求。目前国际上公认的标准是供体一般不超过55岁，而于珍香已达65岁高龄，其肝脏功能肯定不如年轻人肝功能好，所以供体质量也直接影响受者的肝功能恢复。三是刘世发还患有严重的门静脉高压、巨脾，移植后将会有高压力的血液灌注到其肝脏内，这极有可能导致肝功损害，甚至带来更严重的后果。

刘主任表示，虽然此次手术面临巨大的风险，但如果不做手术，刘世发只有面临死亡，而实施肝移植则尚有生存的一线希望。而且于珍香老人捐肝救子的愿望非常强烈，她的博大母爱让所有参与手术的医务人员深深感动，他们将竭尽全力做好这次手术。

为了给刘主任减轻压力，刘世发瞒着家人给他写了封短信，信中说："由于我的肝病恶化速度太快，手术时间两次提前，又因我母亲爱子心切，高龄捐肝，现在所有的压力都集中到您这里了。活体肝移植是一件造福社会、呼唤人间真情的好事，无论我们母子发生什么问题，我都万分渴望活体肝移植能够继续开展下去，更希望社会各界能够给予大力支持……"

手术前夜，于珍香老人坐在儿子的病床前，母子俩的手紧紧地握在一起，久久也不愿松开。也许是早已经历了太多的痛苦，也许是相互间都想宽慰对方，母子俩都显得特别平静。刘世发说，等他病好了，他想在即墨市郊外租个房子，给母亲弄个小菜园。于珍香老人接过儿子的话说，到时候她一定养上几十只草鸡，草鸡下的蛋最有营养，给儿子好好补补。

6月15日，是母子俩进行手术的日子。一大早，于珍香老人就来到儿子的病房，母子俩又一次握紧双手，无语凝噎，所有的祝福和祈祷尽在不言之中。后来，医生怕母子俩情绪激动影响手术，就把老人劝回了自己的病房。因为于珍香将要捐肝救子的消息在省立医院已是尽人皆知，不一会儿，病房的楼道里便挤满了许多病号，人们纷纷过来为母子二人加油鼓劲，祝愿手术成功。面对前来采访的媒体记者，刘世发说他心里最挂念的还是母亲："与母亲舍命献肝这样的恩情相比，我对母亲的那点孝顺根本就微不足道。这次手术只要能让我恢复健康，我一定会更加孝敬我的母亲。当然，如果万一发生意外，对我自己来说也算解脱了。我祈求母亲不要太过悲伤，祈求她平平安安地生活下去。我相信哥哥、姐姐会照顾好她老人家。"最后，刘世发朝大家做了个代表胜利的"V"字手势，腊黄的脸上露出了笑容。

省立医院手术室的医护人员也从一大早就开始对这台手术进行最后的准备。由于手术复杂，风险巨大，该院挑选了 40 名医护人员为这台手术服务，这样庞大的手术阵容创下了该院近年来的"手术之最"。此次手术共分为两个手术组，同时进行两台手术，一台是为于珍香老人进行的取肝手术，另一台是为刘世发进行的切除病肝及换肝手术。两台手术被安排在相邻的北 5 和北 7 手术室。

上午 10 点 06 分，于珍香老人被率先推进北 7 手术室进行麻醉。当老人躺在手术车上经过儿子病房门口时，为了避免情绪激动，她没有再敢望儿子一眼。11 时 36 分，手术正式开始。半小时后，医生打开老人腹腔，看到老人肝脏质地、颜色良好，适合移植。

就在老人的手术紧张进行的同时，手术车来接刘世发进手术室了。"咱妈好吗？"刘世发又一次询问站在一边的哥哥。"妈很好，你放心。"刘世发听后，强打起笑容向周围人握了握拳头。眼泪，却忍不住顺着脸颊滑了下来。

下午 13 时 48 分，刘世发被推进北 5 手术室。由于刘世发长期患有肝病且门静脉高压，造成脾脏巨大，手术中必须首先将巨脾切除，然后再将整个病肝切除。下午 17 时 30 分，医生将重达 7 公斤的脾脏切除。随后，医生开始为他切除病肝。

北 7 手术室里，为了顺利切取于珍香的肝脏，医生必须将她的胆管、肝动脉、肝静脉及门静脉进行游离，任何一点儿闪失都会对老人的生命造成危险。到下午 16 点 30 分，所有血管均游离完毕，医生开始切除老人肝脏。18 点 50 分，医生将老人三分之二的肝脏成功地切了下来，称重显示，这块肝脏重 580 克，符合移植要求。紧接着，医生火速将这块救命肝脏送到隔壁的北 5 手术室，进行修复、灌注。20 点 40 分，医生为于珍香老人缝合完毕。22 时 10 分，老人被推出手术室，状况平稳。

22 时 20 分，整个手术最重要的一环——新肝植入正式进行。一小时后，新肝植入，医生开放血流，新肝当即变得红润充盈，20 分钟后即有金黄色胆汁分泌出来，表示新肝已开始正常工作。至此，于珍香的这块肝脏在儿子体内"安家落户"了。

时针指向零点，随着麻醉药力渐渐变小，于珍香老人的意识逐渐清醒。虽

然刚刚缝合的刀口让她疼痛难忍，但老人还是摇动着胳膊，语言不清地问医生：
"我儿子怎么样了？"说完，老人又昏睡了过去……

6月16日零点30分，历时13个小时的手术顺利结束。

6月24日，笔者来到山东省立医院采访了肝移植中心刘军主任。据他介绍，
手术后，刘世发被送进重症监护室实施24小时全程监护，经过8天的恢复，他
的肝功能持续好转，体温正常，精神状态也比较好。当天的检查结果显示，代
表肝功能的转氨酶和胆红素两项指标均大幅下降，其中胆红素已由术前的650降为
目前的300，凝血功能也已完全正常。这些情况比术前预想的要好，但他仍需进
行血液透析治疗，等待肾功能的完全恢复。

65岁的于珍香老人作为国内年龄最大的活体肝移植供体，术后恢复情况
良好，第七天就能够下地行走了。各项检查表明，老人的肝功能及各项生命体
征均已恢复正常。面对笔者的采访，老人平静地说："我没感到自己有多伟大，
我想天下每一个做母亲的遇到这样的情况都不会往后退的……这两天收到很多
人的捐款、祝福，我很感动。我没法一一报答他们，但我真心感谢他们，好人会
有好报！"

另据了解，于珍香和刘世发这对母子的感人事迹在社会上引起了强烈反响。
连日来，许多济南市民纷纷赶到医院看望他们，为他们捐款。很多人还把这件事
与2004年感动中国的"田世国'秘密'割肾救母"一事相提并论，这两个感天
动地的故事都发生在圣贤之乡、齐鲁大地，也许决不仅仅是一种偶然。

父背上的大学

美丽的南京大学校园，有这样一对父子：衣着简朴的父亲，推着一辆轮椅，上面坐着一个清秀的青年学子。上课铃声响起的前十分钟，轮椅会被推到逸夫楼前，父亲缓缓地停住，俯下身子，把儿子从轮椅上背进教室，轻轻地放到座位上，然后自己再轻轻地走出教室。冬去春来，风雨无阻……

▶ 儿子的双腿，父亲永远的痛

1968年，老三届初中毕业生邹兆琪插队到江都县塘头镇塘头村。一晃十年，邹兆琪成了一个地地道道的庄稼汉，还与本地姑娘周红娣谈起了恋爱。1978年春，邹兆琪落实政策返城，分配到江都钢厂，成为一名铸造工人。身份变了，邹兆琪的心没有变。当年冬天，他冲破重重阻力，与周红娣结婚。第二年10月，他们的第一个孩子出世了。

至今，邹兆琪仍然记得初为人父时的喜悦。在给儿子起名字时，"飞"字不经意地飞进了邹兆琪的脑海，"飞"字体现了他当时欢乐兴奋的心境。于是，他的儿子有了一个响亮的名字——邹飞。

邹兆琪万万没有料到，两年之后，一场小儿麻痹症让刚刚学会走路的邹飞变得无法站立。他急了，把儿子抱进当地卫生院。医生检查后摇了摇头说，这是小儿麻痹症的后遗症，以当时的医疗水平，根本无法治愈。

原本活蹦乱跳的孩子将要变成残疾人，邹兆琪无论如何也不能接受这个事

实，他和妻子商量，即使倾家荡产也要为孩子治病。之后的几年里，邹兆琪带着儿子多次到扬州、镇江、南京的大医院求医，针灸、按摩、理疗，凡是能试的办法都试了，却不起任何作用。在南京某著名医院骨科，小邹飞先后动了五次大手术。每次手术，看到懂事的孩子咬紧牙关，不哭不闹，邹兆琪的心里就像刀割一样难受，可是，小邹飞手术后不仅没有站起来，而且随着年龄的增长，双腿逐渐萎缩，进而整个下肢瘫痪。

为了给儿子做手术，邹兆琪夫妇花了 1 万多元钱。他们倾其所有，还外欠四五千元钱。要知道，那时候邹光琪每月的工资只有二三十元；妻子周红娣把比邹飞小两岁的女儿托给父母照看，出去到处打短工，往船上挑粮食、挑砖头、挑黄沙这类男劳力干的重活，她也争着干，可就是这样拼命地干，一天也只能挣七八块钱。

小邹飞虽然身体残疾，但特别聪明。邹兆琪也从没有放弃对儿子的教育和培养，从四岁开始，他就教儿子认字识数。1986 年，儿子到了上学年龄，邹兆琪背着他到学校报名。开始校长担心孩子身体和智力发育不良，跟不上班，谁知小邹飞不仅对老师提出的几个测试问题应答自如，还能将小学一年级的语文课文倒背如流。校长和老师们赞叹不已，当即把小邹飞收了下来。

1990 年，邹兆琪想方设法，到处奔波，终于将妻子儿女一起迁居江都市区。儿子的学校离家远了，邹光琪便用自行车送他上学。每天早晨，他把儿子抱上车后座，再轻轻地跨上车，一路上，儿子便紧紧地抱着他的后背；到了学校，他又把儿子背上楼，背进教室，等到儿子坐稳了，他再赶到单位上班。上午，下午，晚自修，不论严寒酷暑，刮风下雨，父子俩每天都是这样，从家里到学校，再从学校回到家。

▶ 求学路上，我就是儿子的两条腿

儿子的双腿，是邹兆琪心里永远的痛。

儿子的懂事好学，则是对他莫大的安慰。

心痛时的慰藉，欣慰时的痛楚，就这样相互交织相互缠绕，邹兆琪心里的滋

味常常是这样的矛盾，这样的难以言说。

1992 年，邹飞以全县最好的成绩考入江苏省重点中学——江都中学，全县为之震动，许多人向这个身残志不残的少年投去惊羡和关切的目光。但也有人议论，说一个瘫痪孩子，学习成绩再好，怕是哪个大学也不会收他，这样的人如何能成为国家的有用之才？听到这样的议论，邹兆琪心里像针刺一样痛。因为这些话正刺中了他的隐伤，他多少年来担心的也正是这一点。假期里，他背着儿子又一次来到南京，恳求医生们为孩子再想想办法，即使有一线希望，也要治下去。医生们理解他的一片苦心，然而科学却是无情的，小邹飞的腿疾根本无法逆转。他们反复向他解释，一遍遍规劝，叫他不要再花冤枉钱了，不要再让孩子受无谓的皮肉之苦，这才好不容易让这个因苦难而变得固执的父亲冷静下来，暂且搁下对儿子的手术治疗。

此时，小小年纪的邹飞也猜透了父亲的心思，他从老师那儿借来介绍张海迪和美国残疾女杰海伦的文章给父亲看。邹兆琪想不到年少的儿子这般有志向，他百感交集地说："孩子，好样的！你只管好好学习，不管啥时候，有爸爸在哩，爸爸就是你的两条腿！"

邹飞上初中时，教室在三楼，邹兆琪背着儿子爬了 3 年楼梯。他清楚地记得每个楼层有多少级台阶，即使闭着眼睛，他也不会踏错一步。

邹飞对父亲的感情和理解，也在这一时期产生了最初的升华。那天，他从语文课本上读完朱自清的散文《背影》时，心里突然弥漫起一种异样的感觉。他怔在座位上，泪水模糊了他的双眼，以至同学高声叫他，也毫不知晓。从此以后，父亲把他背进教室再离开后，他都会抬起头，看一看父亲离去的背影……

1995 年秋天，邹飞升入高中。就在这一年，他迷上了电脑，下肢瘫痪的他可以和常人一样在神奇的电脑世界遨游。邹兆琪也敏感地注意到了这一点，让儿子学电脑，真是太合适了。为了给儿子创造条件学好电脑，早已负债累累的邹兆琪东凑西借 4 000 多元，把一台 486 兼容机搬回了家。一年后，486 电脑无法满足邹飞的需求了。邹兆琪二话没说，四下张罗着借钱，又把旧电脑卖了，好不容易凑足 7 000 多元，买了一台奔腾 133。

1998 年初，在钢厂干了 20 年的邹兆琪下岗了。回家后，他没有把这个坏消息告诉临近高考的儿子，他怕儿子为之分心。家里的境况实在是太差了，妻子长期没有工作，做生意又没有本钱，只能每天到大菜场批发些水果和蔬菜，摆个地摊。他这一下岗，更是雪上加霜。

父母的爱给邹飞的学习注入了强大的动力。在整个中学阶段，邹飞的学习成绩和电脑水平在江都中学始终名列前茅。1998年5月，即将参加高考的邹飞在填报第一志愿时，郑重地填上了南京大学计算机系。既是名校，又是热门专业，这一选择让邹兆琪和教师们悄悄地为他捏了一把汗。邹飞的确是好样的，在随后的高考中，他不负众望，考出了这一年江都市理工科最高分——680分。

高考成绩揭晓后，邹飞立即成了江都市的明星人物。但邹兆琪在欣喜之余，很快便陷入了焦急而紧张的等待中，毕竟邹飞的情况非常特殊啊，高考虽然过去了，录取这一关才是他最担心的，他知道不少残疾人因为身体原因而被挡在了校门之外。果然，他最担心最不愿意看到的事情还是发生了，重点大学录取结束了，本科段录取结束了，邹飞却迟迟没有被录取。理由很简单，把一名下肢瘫痪、生活无法自理的学生招进大学，目前尚无先例，无奈之后，只好将这样一名品学兼优的学生放弃。南京大学负责招生工作的领导和教师都扼腕叹息。

邹兆琪急眼了。到南大读书，是儿子梦寐以求的目标啊！他不能想象，一旦这个希望破灭，儿子将会受到多大的打击！他一次次赶到扬州和南京，找市教委、省教委，找南京大学联系。他说："儿子到哪里，我都可以跟到哪里；儿子不能走，我可以把他背进教室，我就是儿子的两条腿！"那些日子，邹兆琪的头发一下子白了许多。

懂事的邹飞又一次安慰父亲："爸爸，实在办不成，你就别再跑了吧。上不了大学，我可以自学，自学照样可以成才。"

父爱的真情感天动地，邹兆琪的努力终于得到回报。1998年10月初，江都市政府召开专门会议，研究邹飞上学问题。为一个普通下岗职工的残疾孩子上大学，市政府开会研究，这在全中国恐怕绝无仅有。会后，市政府一位副市长和市教委负责人带着邹兆琪专程赶往南京大学，协调有关事宜。

为了满足一个残疾青年的求学渴望，为了邹飞这一难得人才的未来，为了这位慈爱的父亲，也为了江都父老乡亲的一片热望，南京大学决定克服一切困难，将邹飞破格录取。

喜讯传来，邹兆琪夫妇喜极而泣。他们从心底里感谢南京大学，感谢政府和家乡的父老乡亲。1998 年 10 月 29 日，邹飞趴到父亲的肩膀上，来到南京大学浦口校区。南大的师生们向这对父子投以敬佩的目光。

▶ 父爱在南大校园熠熠生辉

从邹飞接到南京大学录取通知书那天起，邹兆琪便和妻子明确分工，由他随儿子去南京"陪读"，妻子留在江都，继续做小买卖维持生计，并照顾上中学的女儿。夫妻俩暗暗下定决心，即使吃再多的苦，也不能耽搁孩子们读书。

为了让邹飞顺利完成学业，南京大学破例给邹飞一人安排了一间宿舍，让他和父亲一同居住，并给邹兆琪安排了一份临时工作——学生宿舍的管理员，每个月有三四百元的收入。

宿舍在一楼，邹飞坐轮椅进出十分方便，这辆价值近千元的轮椅是江都报社捐赠的，这时候派上了大用场。只要不是爬楼梯，邹飞再也不让父亲背他。想到父亲年近半百，每天都要背着体重一百多斤的他上楼下楼，邹飞心里就有一种说不出的滋味。他心疼父亲啊！

父子俩在学校吃食堂，对于经济非常拮据的邹兆琪来说，实在是个不小的负担。于是，他决定自己烧饭做菜，这样既省钱又可以适时给儿子增加些营养。每天一大早，天刚蒙蒙亮，邹兆琪便要起床为儿子熬上一锅粥，然后骑上自行车，到菜场买回父子俩一天要吃的菜。邹飞学习特别刻苦用功，每天晚上都要到 12 点钟以后才休息。为了让儿子多睡上一会儿，邹兆琪总是在上课前一个小时叫醒儿子，然后为他打好洗脸水，再看着他喝完粥。从宿舍到邹飞的教室，步行大约 10 分钟，邹兆琪便提前 20 分钟，把儿子抱进轮椅，然后推着轮椅去教室。到了教学楼下，再把儿子背起来……

在邹飞的印象中，父亲每天都在忙碌着，而当他需要帮助时，父亲又总会在他身边。每天晚上，他坐在从家里带来的电脑前编程序，劳累一天的父亲总是一声不响地帮他整理衣物、资料，一直等到他上床睡觉……在浦口校区生活了两年，跟父亲在一起的其他宿舍管理员告诉邹飞，父亲对自己的分内工作，做得也是尽心尽力。

2000 年 7 月，邹飞跟同学们一起搬到南大鼓楼校区。学校为了照顾他，依旧在一楼给他一人一间宿舍，并给邹兆琪安排了一份新的工作——在学校南园宿舍区的青年教师公寓楼做保洁员。

在新的校园，邹兆琪的忙碌一如从前。儿子的教室离宿舍远了一些，送儿子到教室，路上要走二十多分钟。他依旧是早晨 5 点半起床，然后给儿子煮粥，不过，煮好了粥，他还要趁儿子上课前这段时间，到青年教师公寓楼去打扫卫生，收集垃圾，再把这些垃圾送入垃圾车；把邹飞送进教室后，他又得买菜做饭。因为既要干活儿又要照顾儿子，时间非常紧，他常常忙得满头大汗。

南京离江都一百多公里，邹兆琪每隔三四个星期才回一次家。每次回家，他都是坐票价最便宜的普通客车。在他回家的日子里，儿子班上的同学会主动接送邹飞到课堂，帮他买菜打饭、灌开水。邹兆琪从家里回来，担心自己不在身边，儿子营养没跟上，每次都要到街上买来好吃的菜给儿子补一补，自己却一口也舍不得吃。对自己，邹兆琪总是这样"抠门"，对儿子却大方得很。儿子买书籍资料，电脑升级购买配件，不管花多少钱，他都舍得，而自己一双袜子穿坏了，补了好几次，他都舍不得扔掉；他每天出门，全是骑自行车，连一块钱的公交车也舍不得坐，可每次邹飞到其他高校参加比赛等活动，他都要把儿子抱上出租车······

▶ 寸心报得三春晖

不管生活多么艰难，邹兆琪从没有叹过气，他从来都是默默地凭借着坚韧的意志支撑着这个家，支撑着儿子的学业。他虽然只有初中文化，但他用自己的言行教会了儿子不惧磨难，笑对人生。

在南大同学的眼睛里，邹飞始终是个爱笑的人，他的笑容轻松而灿烂。邹飞说，父亲不仅给了他两条腿，还给了他两只翅膀，这就是乐观和坚强。

因为拥有这双"翅膀"，邹飞"飞"起来了。在南大计算机系老师们的心中，邹飞是一个真正会"飞"的学生，他"飞"得很高，"飞"在了很多同学的前面：他每年都是学校最高奖学金获得者；2000 年上半年，他在美国大学生数学建模竞赛中荣获二等奖，是南大唯一获奖的学生；2001 年 9 月，在由全国在校博士生、硕士生、本科生共同参加的第七届"挑战杯"大学生课外学习科技作品竞赛中，他与另一位同学一同开发的《新一代的应用软件帮助和教学系统》获三等奖，这是南京高校计算机系本科生中唯一获奖的作品；2002年5月，他获得全国大学生"建昊"奖学金，江苏省获此殊荣的大学生只有四位；2002年9月，他成为南京大学保送研究生，计算机系只有8%的保送名额，他是其中之一……

邹兆琪父子平凡而感人的故事，很快成为南大师生和社会各界的热门话题。南京大学蒋树声校长差不多每个学期都到宿舍看望邹飞和他的父亲。最近，他从海外归来，特意把海外友人赠送给他的一支钢笔送给邹飞，鼓励他继续自立自强，莫忘社会的关爱，莫负父母的苦心。

南京大学党委副书记、伦理学专业博士生导师郭广银教授说，邹飞的父亲是千千万万个父母的代表，他没有轰轰烈烈的事业，也没有惊天动地的事迹，但几十年如一日的行动，却具有巨大的震撼力，催人泪下，促人振奋。

不少学生家长认为，现在的年轻人从父母那里得到的是最大限度的关爱，要风得风，要雨得雨，可以说是饭来张口，衣来伸手，等到进了大学、远离家庭时，根本没有独立生活的能力，更为严重的是缺乏独立自强的精神，遇到一点儿挫折便会消沉下去。而邹兆琪给儿子的，并没有丰厚的物质生活，他在照料邹飞时，辅以精神上的鼓励，这是个潜移默化的过程，是在年复一年背着儿子爬一级一级楼梯时完成的。其实，每个学生的父母，都在"背"着孩子爬人生的台阶啊！

邹兆琪父子在南大校园接受了笔者采访。由于邹兆琪十几年如一日地背着儿子上学、放学，他落下了腰肌劳损等疾病，生活的重担也把他的身体压得有些弯曲了，但他的脸上始终洋溢着自豪和幸福。邹飞则动情地对笔者说："上帝关上了你人生的一扇门，必然会打开你人生的另一扇窗。父亲就是我的翅膀，带着我从乡村飞向了外面的世界。我感谢父亲和社会上所有关爱我的人，因为有了爱，在我的眼里，世界才会这样美好！"

剜心十六刀

　　一岁女婴彭真真右臂被轧面机齿轮生生轧碎，血肉与机器齿轮"粘"成一体。因卸不开机器，小真真流血不止，命悬一线，万分危急之下，真真的爸爸不得不挥泪割下十六刀，分开了已与机器"粘"在一起的女儿的胳膊！在当地医院无法施救的情况下，小真真被送到青岛四〇一医院抢救……

　　小真真的命运让无数青岛市民为之牵挂，短短两天时间，热心的青岛市民就为真真捐款 5 万元，解决了她的全部医疗费用！真真的家人感激之余，决定将真真改名叫"彭青岛"，永远铭记青岛人民的恩情。

▶ 危急关头，父亲挥泪割断幼女手臂

　　彭忠彬家住江苏省赣榆县沙河镇。2004 年春天，他和本镇女青年张娜结为夫妻。第二年 6 月底，他们的女儿真真呱呱坠地。

　　彭忠彬夫妇带着女儿和父母住在一起。除了耕种几亩责任田外，张娜在镇上的一家工厂做工，彭忠彬和父母还在家开了个加工面条的小作坊。女儿真真一天天长大，刚满周岁就会叫爸爸妈妈了，令夫妻俩万般疼爱。每天，彭忠彬从外面回到家，总要抱着活泼可爱的女儿亲了又亲，心里甜丝丝的。

　　2006 年 9 月 14 日中午 11 点半，真真的妈妈还没有下班。彭忠彬便一边抱着真真，一边到面条加工房照看机器。因为有点感冒，彭忠彬放下孩子，转身打了个喷嚏……万万没有想到，就在这一转眼工夫，悲剧发生了！

　　只听真真"啊"的一声惨叫，彭忠彬回头一看，眼前的情形吓得他差点昏过去：还没有学会站稳的小真真就在被放在地上的一瞬间，摇摇晃晃地将右手伸进了正轰隆隆转动的轧面机里！刹那间，真真的整只右臂就被绞进了齿轮！随着撕

心裂肺的凄厉惨叫声，血流从两个齿轮间喷射出来……

"真真！"惊恐万分的彭忠彬一步冲上去，想徒手掰住旋转的齿轮；真真的爷爷彭秀光听到喊声，也飞奔过来，迅速将墙上的电闸关掉。可片刻时间，真真的右臂已经被绞到了齿轮里，变得血肉模糊。

"真真，我的乖啊！"彭忠彬疯了似的抱住女儿，想把她赶紧送往医院。可是，真真的右臂已经被轧面机的两只齿轮死死地咬住，根本无法将她从机器上抱走！

真真的惨叫声越发凄厉，鲜血顺着齿轮不停地往下淌……眼见孩子的脸色越来越青，彭忠彬转身摸起机器旁的扳手和螺丝刀，开始大卸机器。

闻讯赶来的邻居们也纷纷动手帮忙，但卸到最后，大家却被难住了——真真右上臂的骨肉嵌在轧面机的齿轮里，紧紧粘在一起，只要一动弹，孩子就疼得浑身抽搐，惨叫声撕心裂肺！

大家束手无策。时间一分一秒地过去，地上的血淌了一大片，真真痛得昏死了过去，她的气息越来越弱，脸色眼看着变得煞白……医院的救护车来了，镇里的医生从没见过这种情形，也是一筹莫展。怎么办？如果再继续僵持下去，孩子失血过多，必将危及生命！情急之下，彭忠彬想起自己曾经在报纸上看到过断臂可以在六小时内植活的报道，而且时间越短成活率越高。想到这儿，他做出了一个令人瞠目结舌的举动。

只见彭忠彬含着泪找出了一把平时切面条用的锋快的菜刀，用火烧了烧，算是消毒，突然咬紧牙关，照着女儿右臂与机器相连的部分，一点点地往下割……在场的所有人都惊呆了，有好几个人甚至被吓得哭喊着扭头就跑。真真的爷爷、奶奶瘫倒在地，他们的哀号声让人肝肠欲裂……

一刀、两刀……整整割了十六刀！彭忠彬每割一刀下去，小真真浑身就要剧烈地抽搐好几下……彭忠彬泪如雨下，他剜的是自己的心头肉啊！在场的邻居和医生都屏住了呼吸，所有的人几乎都泪流满面。小真真的手臂终于从齿轮里分离出来！彭忠彬扔下手中的菜刀，哀叫了一声，两眼一黑，瘫坐在地。

大约过了五六分钟，彭忠彬缓过神儿来。得知小真真已经被解救下来，送往镇医院抢救，他这才仿佛恢复了知觉，禁不住号啕大哭。

▶ 击退死神，幼小的生命重迎曙光

真真被爷爷、奶奶和几个邻居随救护车送到了沙河镇医院，彭忠彬和妻子张娜也随即赶了过来。抱着血肉模糊的孩子和她的断臂，彭家人哭声一片，悲痛、自责、恐惧和着急令他们语无伦次："救救孩子，救救孩子……心疼死了，疼死我们了……"

镇医院的颜廷华医生冷静地查看了一下真真的伤情，立即对伤口进行了包扎处理。这个50多岁的老医生边包扎边流泪："太惨了，太惨了，这么一丁点儿孩子，遭大罪了……"接着，他和彭家人一起，将真真紧急送往方圆百里最大的医院——连云港市第一人民医院进行抢救。

但是，看到真真的伤情后，连云港市第一人民医院的专家们直摇头，如此严重的断肢再植手术，当地医院的技术和硬件条件都无法保证。最后，一位专家告诉彭忠彬："现在唯一的希望，就是把孩子送到解放军青岛四〇一医院，或许到那边还有把胳膊接上去的奇迹。"

"是青岛四〇一医院吗？我是江苏省连云港市一家地方医院，我们这里有个年仅一岁的女婴，右臂被轧面机绞断了，生命垂危，需要贵院协作。"9月14日下午3时许，电话打进了青岛四〇一医院急诊室。

接到这个电话后，解放军青岛四〇一医院急诊室的急救人员如同接到了作战命令，他们立即着手，做好"迎战"准备。

连云港距离青岛300多公里。载着真真的救护车从连云港第一人民医院驶出后，如离弦之箭，一路鸣笛北上。这300多公里的路途，可谓普天下父母最难跋涉的雄关漫道！车轮的每一个旋转，彭忠彬夫妇都觉得碾压在自己的心上。当时，小真真一脸惨白，气若游丝，已经陷入了深度昏迷之中。怕孩子就在昏睡中永远地睡过去，夫妻俩轮换着把孩子抱在怀里，一声接一声地呼唤："真真乖啊，你醒醒，别睡，跟妈妈亲一个呀……""真真，爸爸的心肝，你一定要挺住啊……"为了让真真感觉到母亲的气息和抚爱，年轻的张娜不顾外人和公婆在场，一直敞开衣襟，让乳头含在女儿的嘴里……

与此同时，彭忠彬的心里万般懊悔，痛不欲生！他一次次揪着自己的头发，泪流满面：都怪我疏忽大意，把孩子带进作坊，才酿成如此大祸！……我怎么这般狠心啊，自己的亲骨肉，我怎么忍心下手割她的肉？

晚上 9 时许，救护车终于停到了四〇一医院急诊室门前。已经处于休克状态的小真真蜷缩着身躯，被两名随车救护人员用担架送进了抢救室。

真真安静地躺在抢救室里，周围站满了四〇一医院的骨科和儿科专家。为了抢救这个幼小的生命，医院专门成立了跨科室的专家组，从下午开始，一直严阵以待。真真的伤势连经验丰富的医生和护士们都大为吃惊，不忍目睹！经过仔细检查，医生们的心揪得更紧了：真真的肢体损伤程度超乎想象，右臂骨头已完全粉碎，尤其是右上臂三分之一处到右前臂三分之一处，肌肉全部脱落，骨头、血管、神经都裸露在外面，因为遭到感染，部分组织已经发紫发黑，甚至出现腐烂现象！

一位骨科医生举起真真的 B 超结果，非常无奈地摇头叹息："整只胳膊都碎成渣了，根本没有再植的希望，现在最要紧的是保住孩子的性命。"而一旁为真真做清创处理的医护人员则忍不住抹起了眼泪："太惨了……从未见过这么严重的伤员，而且年龄又这么小……"

由于伤势过重，孩子又太小，如果强行将断臂接上，反而会让已经坏死的肌肉释放出大量毒素，将直接导致孩子死亡！经过反复会诊，专家们得出一致意见：为了保住真真的生命，医生们做出了最无奈的抉择——放弃右臂，做截肢手术。同时，医生们对手术的危险性进行了分析：因伤者刚满周岁，本身血管异常纤细脆弱，加之失血过多，血管已变得扁瘪，仅存的体内血液十分黏稠，手术的风险性极大！

按照规定，医生在手术前要把手术中可能出现的各种意外情况向家属说明。当医生将"放弃右臂"的决定和手术风险极大告知家属后，彭家老少又是哭声一片。彭忠彬的心里更是充满了自责和愧疚，他扑通一声跪倒在地："全是我的错！全是我的错！我对不起孩子……医生啊，求求你们，一定把孩子的命保住啊！"此时此刻，这个内心极度愧疚的父亲甚至想到：如果真真没了，他也不想活了！

彭忠彬的拳拳爱子之心让见惯了人间悲欢的医务人员都为之深深触动，他们将彭忠彬从地上扶起来，真诚地安慰他：在那最紧要关头，他能当机立断，挥刀割断女儿的残臂，这个做法是非常及时而正确的；否则的话，如果继续对孩子的手臂生拉活扯，后果则更加不堪设想，孩子也许早没有命了……

医生们的安抚让彭忠彬的情绪稳定下来，他颤抖着手在手术单上签了字。他在心里默默地祈祷：女儿啊，你一定要活下来！没有手臂不要紧，爸爸今生今世会把你照顾好的！

晚上 11 时许，真真被推上手术台，由四〇一医院骨二科经验丰富的徐凡医生主刀，进行截肢手术。徐医生首先将残留在真真手臂上但已坏死的骨头、肌肉一一切除，然后找出一根根细若游丝的血管和神经，小心翼翼地进行了缝合。

手术进行了两个多小时，终于顺利完成。徐凡医生走出手术室，对眼巴巴守在门外的真真的亲人们说："小家伙的生命力真强啊，最危险的这一关让她闯过来了！"

9 月 15 日凌晨 2 时，已经脱离危险的小真真被送进病房，交到她父母的怀抱。守着这个九死一生的小生命，彭忠彬一家流下了激动的泪水……

▶ 悲情父爱，感动青岛一座城

江苏女婴彭真真遭遇惨祸，悲情父亲十六刀割臂救女的消息经青岛媒体报道后，立即引起广大青岛市民的极大关注。

9 月 15 日一大早，几位正在四〇一医院住院的病友首先来到真真所在的骨二科病房。此时，小真真还在安然入睡，而一夜未眠的彭忠彬夫妇在惊魂甫定之后，又为孩子的医疗费忧心忡忡。原来，惨祸发生后，真真的爷爷彭秀光把家里所有的积蓄全带在了身上，但凌晨一清点，竟然只有 1 017.4 元！这点钱离小真真治疗预计所需的四五万元费用，连零头都不够！彭忠彬焦急万分，打算立即赶回老家，就是卖房子卖机器，也要为真真筹集医疗费。

病友们了解到彭家的困境后，立即开始行动起来。只见他们有的捐 20，有的捐 50，有的捐 100……还有一位老大爷掏出 1 000 元，塞到彭忠彬手里说："有难大家帮，给娃儿治伤要紧！"不到一个小时的工夫，病友及其家属们的捐款超过了 3 000 元。

捧着病友们的捐款，彭忠彬一家泪水盈盈。这些病友们大多并不富裕，这时候也都急需用钱啊，他们的慷慨解囊、雪中送炭，怎能不叫身处异乡的彭家老少感激涕零？

让彭忠彬一家想不到的是，这边病友们捐了款刚走，值班护士又领来了几位探望小真真的市民。

家住李沧区的郑大娘年已七旬，一大早看到当地报纸上关于真真的消息，心疼得直掉泪："小人儿太可怜了，一岁多点儿就少了条胳膊，她的爷爷、奶奶心疼死了啊！"她赶紧坐车来到医院，捐了200元钱之后，又陪着真真的爷爷、奶奶落了一阵眼泪。

一位年轻的妈妈给真真捎来500元钱。看到真真衣服不多，这位女士转身出门，不到半小时买回来一大堆东西，有床单、衣服，还有"尿不湿"……因为真真的母亲从来没用过"尿不湿"，这位年轻妈妈便手把手地教她，并亲手给真真换上。

捐款2 000元的张女士也是位年轻的母亲。她说，自己的女儿刚好也是一周岁，和小真真一般大。每天，孩子都会张着双臂让自己抱一抱，那模样儿煞是疼人。可小真真失去了右臂，再也没有办法向母亲张开双臂了，想到这些，她就心酸得不得了……她对真真的母亲说："以后有条件了，一定要给孩子安上假肢啊！"

一位30多岁的男子来到病房时，正看到刚刚醒来的小真真又哭又闹，他的眼圈当时就红了。他把500元钱送在彭忠彬的手里，说："兄弟啊，我佩服你，你那一刀一刀割下去，是在剜自个儿的心啊！我相信，孩子长大以后不会怪你的！"

从早上到天黑，前来探望小真真的市民络绎不绝，收到的捐款高达16 000元。这是彭忠彬一家做梦也想不到的。真真的爷爷、奶奶感叹不已：青岛人真是太好了，这是天大的恩情啊！我们何以为报？彭忠彬连夜跑到商店里买了本笔记本，他要把所有好心人的名字记下来，等女儿长大后交给她，让她永远牢记这些人的大恩大德。

9月16日上午，前来探望小真真的市民更多了。为了方便大家探望，医院专门为小真真安排了一个单间病房。爱心捐款行动也随之达到了一个高潮。

一位年轻女士将一个白色信封送到小真真的病床边，上面署名"特特"，里

面装了整整 1 万元钱。

田蓓美容院的负责人来了，她将 5 000 元钱交到彭忠彬手中，在笔记本上留言道：真真，赶快好起来哦，阿姨带你去看海底世界的小动物！

青岛海信广场的部门经理张强来了，他把价值千余元的营养品、被毯和玩具，送到了真真的病房。

七名身穿海军制服的军人送来了一只装有 1 650 元善款的信封。他们不肯留下姓名，只说这些钱是从生活费中凑出来的，希望能给真真买点补品。在彭忠彬含泪恳请之下，他们写下留言：真真，你一定会很快好起来的，因为有很多人在关心你！我们希望，你长大以后首先要学会坚强！

前来捐款的好心市民中，最常见的是三口之家。年轻的爸爸妈妈们在献爱心的同时，也培养孩子乐善好施的社会美德。

由于献爱心的人们大多数没有留下姓名，彭忠彬那本笔记本上的名字便成了清一色的"某××"——某女士、某先生、某孩子、某军人、某老人、某美容院、某商场、某医生⋯⋯

短短的两天时间，热心的青岛市民为真真捐款超过了 5 万元，他们的义举让真真一家完全摆脱了为医疗费发愁的阴影。彭忠彬真诚地告诉当地媒体的记者："真真的治疗费已经足够了，请你们转告大家，不用再给我们捐钱了。"

大恩不言谢！彭忠彬感慨万千，和家人商量后，做出了一个意味深长的决定：把女儿彭真真的名字改为彭青岛，让她永远铭记青岛这座城市的恩情！

经过青岛四〇一医院医务人员的精心治疗，9 月 25 日上午，小真真的伤口愈合拆线，踏上了回家的路。

彭忠彬一家回到家乡后，街坊邻里和当地的村镇干部纷纷赶到他家看望慰问。根据计划生育政策，如果彭忠彬夫妇愿意，他们还可以再生一个孩子。"我们就要真真一个，不准备生第二胎了。"彭忠彬异常坚定地说，他们欠真真的太多，要把全部精力都放在真真身上，好好培养她，让她健康成长。

就小真真今后的成长问题，青岛优抚医院心理咨询室主任张宪增医师说，由于小真真年仅一岁，几乎没有认知能力，因此，此次灾祸和先天性失去右臂基本没有区别，对小真真心理不会形成伤害。在以后的成长过程中，只要家庭教育得当，小真真也可能会因没有右臂而变得更加坚强。

飘逝的青丝，拳拳女儿心

一个年仅16岁、清秀伶俐的美丽少女，做出了一个让人不可思议的选择：剪去一头乌黑秀丽的头发，心甘情愿接受"毁容"！发生在这个少女身上的近似荒唐之举，缘于她对父亲的满腔反哺之爱！因为只有削去一头秀发，医生才能从她的头上切割三分之二的头皮。也正是有了女儿献出的这些带血的皮肤，她那严重烧伤、生命垂危的父亲才能够获得新生！

这个可敬可佩的小女孩名叫申小莉。她的故事传开后，在古城扬州引起强烈反响，她成了众人心目中勇敢的"小英雄"。

▶ 父亲重度烧伤，缺钱医治

2006年8月22日晚上9点多钟，刚刚进入梦乡的申小莉被爸爸的一阵惨叫声惊醒，等她循声跑到自家的酿酒房，只见满房都在着火，爸爸已经成了一个"火球"。她和闻声赶来的妈妈蒋建兰提来水桶，不顾一切地冲上前去，好不容易才把爸爸身上的火浇灭。但爸爸已经被烧得奄奄一息，浑身上下没有一块好皮肤。扑火时，小莉和妈妈的手上、胳膊上也被燎起了水泡。

时年16岁的申小莉，家住江苏省姜堰市顾高镇。她的爸爸叫申宝富，41岁，是家里的顶梁柱。早些年，申宝富和妻子蒋建兰一直靠种几亩责任田维持生活，家境贫寒。3年前，蒋建兰被查出患了乙型肝炎，不但无法从事体力劳动，常年累月的医药费更是把这个穷家掏空了。为了给妻子治病，为了给子女挣学费，申宝富在家里开设了一个酿酒作坊。靠着这个小作坊酿酒卖，一家四口勉强度日。

8月22日晚上，申宝富把煮好的小麦酒用电泵抽送到大酒缸子里，准备储存起来。抽送过程中，输酒管的连接处突然脱节，酒喷了一地，也把申宝富的身

上喷了个透。申宝富见到白花花的酒满地流淌，赶忙去拔电泵插头，谁知插座里猛地飞出几星电火花，"嘭"的一声巨响，他全身顿时着起了火……

当晚，蒋建兰在镇上租了辆车，把丈夫送往姜堰市人民医院进行抢救。申小莉和小她三岁的弟弟申海鹏跟在车上，看着浑身烧伤、惨不忍睹的爸爸，禁不住泪流满面。申宝富虽然伤势严重、痛苦不堪，但头脑一直清醒，他反过来安慰家人："不哭，不哭，我不碍事的。"

到医院检查才知：申宝富全身深度烧伤，受伤面积达85%以上，周身已经找不到一块完好的皮肤，随时都有生命危险！申宝富随即被转到扬州市苏北人民医院烧伤科，经医护人员全力抢救，总算把他从"鬼门关"拉了回来。尽管如此，医生对蒋建兰还是实话实说：病人的危险期并没有过去，这种大面积的身体深度烧伤，危险性贯穿在治疗过程的始终。总的说来，这种病需要连闯三道难关，一是度过休克期，又叫体液渗出期，病人目前尚处于这个阶段，第二关叫感染期，最后一关是创面修复期。病人下一步面临的难题就是感染期，如果创面出现感染，病毒侵入血液后，就会诱发败血症，从而危及生命！

8月27日下午，值班医生把蒋建兰叫了过去，过了好一会儿，蒋建兰才回到病房。申小莉见妈妈的眼圈红红的，像是刚刚哭过。小莉知道，妈妈肯定遇到特别难的事情了，莫非是爸爸的伤不好治……小莉不敢往下想。

晚上，呻吟了一天的申宝富好不容易闭上眼睡着了。蒋建兰这才流着泪告诉女儿，下午医生找她是商量下一步治疗问题。目前，爸爸一天的医药费达1万多元，整个治疗费用大概要40万元！她听了这话，当时就急哭了，40万，家里砸锅卖铁连这十分之一都凑不起来啊！但是，蒋建兰对医生说，我们一家就是去卖血、去讨饭，也要为孩子他爸治伤！

申小莉听到这里，忍不住抱着妈妈，眼泪扑簌簌地往下掉。蒋建兰说："小莉，别哭，你已经长大了。往后，你爸爸还得指望你照看呢。"她还告诉小莉，说医院过两天要为爸爸做植皮手术，否则爸爸烧伤最严重的两只胳膊就保不住了。听医生说，购买一块巴掌大小的异体皮肤，价格就要5 000元。妈妈打算把这笔钱省下来，把自己身上的皮肤献出来。

申小莉听到这里，当即脱口而出："不行！妈妈，你身体不好，爸爸需要皮肤的话，就从我身上割吧。"

妈妈摇着头说："孩子，别说傻话，皮肤割下来，是要留下疤痕的，你还是个女孩子家，还要读书、工作，将来还要嫁人。如果割了皮，对你一辈子容貌和幸福都会有影响的，我和你爸都不会同意的。"

申小莉不由得浑身一怔：是啊，她何尝不是个爱美的女孩呢？她已经 16 岁了，已经是一位亭亭玉立、美丽清秀的大姑娘了，她当然不想让自己的身体受到伤害，哪怕是留下一丁点儿疤痕。但是，她依然拉着妈妈的手说："妈妈，你说的道理我都懂，我也想过好多遍了，可是，和爸爸的生命比起来，我的容貌美不美就不再重要了，割几块皮肤算得了什么！我如果因为救爸爸而被'毁容'，那我也心甘情愿！"见尚未成年的女儿情真意切地说出这样一番话，蒋建兰不禁泪水纵横。孩子和丈夫都是她的至爱，让谁受伤都会使她心疼啊！

▶ 割舍美丽，削发取皮拯救父亲

在申宝富等待植皮的日子里，申小莉和妈妈一起在病房里看护他。到了夜里，她们就轮换着在病房外的走廊里打个盹儿。有一天上半夜，小莉和妈妈一直守在爸爸病床前，妈妈劝了她几次，她才到走廊上休息。但是，小莉却怎么也睡不着……

在申小莉的心目中，爸爸申宝富是个任劳任怨、慈爱善良的好父亲。如果作个比喻的话，他就是这个家庭的老黄牛，吃的是草，出的力、流的汗却是最多。爸爸还跟某些重男轻女的农村家长不一样，闺女、儿子他从来都是一样看待，他对女儿似乎更疼爱些。

申小莉清楚地记得，上小学二年级那年冬天的一个深夜，自己突然发起高烧，又咳又呕，爸妈急忙把她送往十几里外的镇医院。那几天刚下过一场大雪，天寒地冻，爸爸背着她一路奔跑，不小心脚下一滑，重重地摔倒在地。为了紧紧护住背在身上的小莉，爸爸的脸磕在了地上，鲜血直淌。但爸爸哼都没哼一声，一把搂住小莉急切地问："乖乖，你摔着没有？"见女儿无碍，他又赶紧背上她朝医院跑。第二天，小莉才看清爸爸的脸上蹭掉了一块皮，一颗门牙也摔掉了。懂事的小莉哭鼻子了："爸爸，你的门牙还会长出来吗？"爸爸怜爱地摸着她的头说："爸爸的门牙长不出来喽，不过不要紧，爸爸不需要门牙充当'门面'，宝贝闺女就是我的'门面'。"

申小莉上初一时，妈妈不幸身染重疾，家里家外的负担都落在了爸爸身上。14岁的小莉看在眼里，急在心上，她想了好几天终于开了口："爸爸，我干脆休学一年，在家照顾妈妈吧。"爸爸严肃地说："不行，你一天课也不能耽误。"此前就有一位亲戚劝过爸爸："你家负担这么重，就别让小莉再去读书了，女孩子家有个小学文化，识点字就行了。"爸爸嘿嘿一笑说："男孩女孩我一样看待，我要供她读高中、上大学！"

后来，妈妈的病有所好转，爸爸就在家里建了个酿小麦酒的作坊，每天起早贪黑地劳作，家里的日子也渐渐有了起色。他常常告诫一双儿女："家里的大事小事都不用你们操心，你们只管一门心思把书念好。"小莉和弟弟也从没有让父母失望，他们比同龄的孩子更懂事，读书更用功，小莉的学习成绩在班级一直排在前列。今年6月，她在镇中学初中毕业，参加全市中考，考试成绩达到了重点高中的录取分数线。

申小莉想，有爸爸在，这个家就有希望，她和弟弟就能安安静静地坐在教室里读书。她不敢想象，如果没有爸爸，这个家会变得怎么样，今后的日子怎么过……所以，她无论如何不能失去爸爸呀！

申小莉思来想去，妈妈身体有病，这几天为爸爸的事操碎了心，妈妈要是做了割皮手术，还怎么出去为爸爸筹钱？万一妈妈再有个三长两短，这个家就彻底垮了。弟弟年龄太小，她这个做姐姐的疼都疼不过来，哪里舍得让医生在他身上动刀子……她比较来比较去，只有她为爸爸献皮肤最合适了。为了爸爸，申小莉决心献出自己的皮肤，哪怕从此需要放弃美丽！

申小莉几乎一夜未眠，但她已经下定了决心。第二天上午，负责给申宝富治疗的烧伤科医师徐刚来查房，申小莉鼓足勇气说："徐医生，你们给我爸做植皮手术时，用我的皮肤好吗？"接着，她把自己愿意献皮肤救爸爸的想法告诉了医生。

徐医生不由得一怔，他行医多年，见过父母给儿女捐献皮肤的，也见过兄弟姐妹之间捐献皮肤的，唯独没见过儿女给父母捐献皮肤的，而且还是这样一个十五六岁的花季少女。她正是青春萌动、特别爱美的年龄，提出这样的要求，该需要多大的勇气呀！

蒋建兰见女儿直接向医生提出捐献皮肤，不由得悲从中来，泪水夺眶而出：
"徐医生，小莉这孩子太懂事了，昨天就跟我说要献皮给她爸，我没有答应。她
还是一个女孩子，身上留下伤疤，再有什么后遗症的话，可能会影响一辈子呀。
我们大人遭罪也就算了，再让孩子遭这大罪，我和她爸怎么舍得啊！"

申小莉拉过妈妈的手，紧紧地攥在自己的两只手里说："妈，我昨天想了一
夜，只有割我的皮最合适，几块皮算什么，就当我在哪儿蹭掉了。再说你身体不
好，既要照顾爸爸，又要撑起这个家，爸爸还指望你去筹钱啊。所以，你不能献
皮，只有我最适合！"

徐医生从申小莉的目光中，看出她性格的坚毅和对父母的挚爱。他怜爱地摸
了摸小莉的一头秀发说："我们对你爸的植皮手术进行过探讨，从医学上看，用
有血缘关系的直系亲属皮肤做移植，不仅排斥反应小，还有利于伤口恢复。所
以，你的话并不是没有道理，我们先研究一下！"

申小莉听到自己的想法得到医生的肯定和支持，脸上现出难得一见的笑容。
想到自己既能够救爸爸的命，又能为家里省钱，她的心里涌起一股自豪感。

然而，听说宝贝闺女要为自己献皮，躺在病床上一动都不能动的申宝富情绪
非常急动，急得眼泪直淌："让闺女为我遭罪，还不如让我死了好……"

申小莉哭了："爸爸，你一定要好好地治病啊！要是没有你了，妈妈怎么
办？我和弟弟又怎么办？如果烧伤的是我，你肯定会拼了命也要救我，你为什么
就不能让女儿尽点孝心呢？"

在医生的耐心劝说和妻子的不断安慰下，申宝富的情绪终于安静下来，女儿
的孝心让他对自己的生命重新树立起信心：他要活着，一定要活下去，这样才能
对得起深爱自己的家人。

▶ 女儿啊，你给了爸爸第二次生命

2006年9月1日，本应该上高中的申小莉却无法走进新的课堂了。今天，
她要为爸爸移植皮肤。而且，在她再三恳求下，父母已经同意她暂时辍学。一是
为了把钱省下来给爸爸治疗，二是给妈妈当个帮手。

医生在确定由申小莉为她父亲献皮之后，考虑到小莉还是个处于花季的女孩子，如在身上留下大块的疤痕，对她一辈子都可能会有影响。医生经过慎重考虑，最终建议剃光小莉的头发，取用她头顶的皮肤。因为以后还可以长出头发，把头上的伤疤遮掩掉。

9月1日早上7点，医院从外面请来一位理发师，要为申小莉剃光满头青丝。蒋建兰一大早就帮女儿洗好了头，她抚摸着女儿一头齐耳的秀发，泪水情不自禁地流了下来："好闺女，妈妈舍不得你这一头秀发呀。都怪妈妈这身体不争气，让你遭罪了，妈这心里揪心地疼啊。"小莉却显得十分镇静，一个劲地安慰妈妈："我这样做能把爸爸的伤治好，我真的感到特自豪。妈妈，你笑一笑，过一会儿做手术的时候，我想起你的笑脸，我就不怕疼了。"蒋建兰擦干泪水，脸上露出勉强的笑容："有你这样的好闺女，我和你爸知足了！"

给申小莉理发的是位40多岁的中年理发师，他显然早已知道，小莉剪光头发，是为了把头皮献给深度烧伤的父亲。他感叹道："我拿了20多年剃头刀，今天感觉这手上特别的沉，我也舍不得呀！这样的孝顺闺女，天下难找！"

7点30分，申小莉和爸爸同时被推进了手术室。临上手术台前，申宝富深情地望着女儿，吃力地对女儿说："闺女啊，爸爸好想抱抱你。"小莉轻轻地对父亲说："爸爸，放心吧，我不怕的，手术一定会成功，你一定会好的。"

医生首先为小莉进行了局部麻醉，紧接着，负责为小莉主刀的烧伤科周杰医师小心翼翼地开始了手术……手术大约进行了3个小时，医生取下了申小莉三分之二的头皮，全部移植到了申宝富的左上肢上。

在3个小时的手术时间，因为都使用了局部麻醉，父女俩的神志一直处于清醒状态，他们用眼神互相交流着，彼此鼓励着，他们的心紧紧地连在一起。

申小莉后来回忆说：刚进手术室的时候，她突然感到有些害怕和紧张。医生在她头上动第一刀时，麻醉还没有完全起作用，疼得她眼泪几乎涌了出来。但一想到在旁边等着做手术的爸爸，她咬着嘴唇忍住了。爸爸身上已经够痛的了，她不能再让他伤心……是爸爸深爱的目光鼓励了她，让她紧张的心理渐渐放松下来，一直坚持到手术结束。

申小莉为救烧伤的父亲不惜剃光秀发、割献头皮的感人事迹，很快在古城扬州传开了，在社会上引起强烈反响，前往医院看望申家父女的市民络绎不绝，人们纷纷伸出援手，帮助申家渡过难关。

9月6日，扬州建行发动员工捐款，筹集了1万元爱心资金，当即送到苏北人民医院，以解申家燃眉之急。一位在扬州投资的港商在车上听到这件事后，急奔医院，送去了3 000元钱。

一位热心市民给小莉父女送来了清炖的鸡汤，拉着小莉母亲的手感慨万千。扬州郊区一位大妈来到病房，留下几百元钱说，小莉小小年纪能这么孝顺，真是太难得了！

申小莉上初中时的学校也发起倡议，为申家父女治病和小莉重返校园募捐。而南京一家投资公司的胡先生和一位在上海工作的童女士表示，他们为这么体贴父母的好女儿将要离开校园深感难过，他们愿意帮助小莉重新接受教育，帮她负担学习和生活费用。

9月11日，扬州教育学院附属中学的李校长与刘老师带着慰问品和慰问金，专程来到苏北人民医院，看望了申小莉一家，并郑重提出，如果申小莉愿意到他们学校上学，他们会尽一切可能，为小莉打开绿灯。

社会各界的关爱让申小莉一家万分感动，尤其是听说扬州教育学院附中这样一所重点中学愿意免费安排申小莉读书，一家人激动得热泪盈眶。申宝富和妻子商量，无论如何不能让女儿放弃这个学习机会。内心深处一直渴望重返校园的申小莉，更是心潮澎湃。

9月14日下午，头上还缠着厚厚纱布的申小莉来到了扬州教育学院附中就读高一。学校老师为她准备了课本和学习用品，同学们帮她买了文具和书包，把她当做心目中的"小英雄"，对她的到来表示欢迎。

笔者采访时了解到：申宝富的病情目前趋于稳定。经过专家会诊，医院决定对他施行保守的保痂治疗，这一方案安全系数较大，还能最大程度为他家节省医疗费。在实在长不出皮肤的部位，再进行植皮手术。

说起自己的女儿，申宝富感慨不已："我为有这样的孝顺女儿感到骄傲。是女儿给了我第二次生命，给了我战胜病魔的信心和勇气。"

经历了这次生活的重大变故，申小莉变得更加坚强而成熟，她说："我相信，爸爸的伤会好起来的，一切都会好起来的！"

至孝女生情撼齐鲁

她有一个恩重如山的养母。

一天，在济南上大学的侯俊娟忽然听说孤零零的养母病瘫了，智力丧失到三岁孩子的水平。她做出了一个令人震惊的决定——把养母从招远老家接到济南，一边实习一边照顾。

▶ 不是亲生胜过亲生

2006年7月6日傍晚，正在济南一家医院实习的山东中医药大学护理学院大四女生侯俊娟突然接到辅导员通知：老家来电，她母亲脑栓塞突发，昏迷不醒。侯俊娟如遭雷击，当时就泪流满面。第二天一早，侯俊娟匆忙奔往招远市人民医院，一路上不知哭了多少回。她不停地祈祷："妈妈，你一定要挺住啊，别再像爸爸那样，让女儿遗憾终生啊……"

侯俊娟赶到医院时，58岁的母亲刚从昏迷中醒来。看到女儿，丧失了语言能力的母亲只能呜呜地哭。侯俊娟把母亲搂进怀里，抚摩着她的白发，一遍遍地安慰说："妈妈，不哭了，女儿回来了，你会好起来的……"

医生告诉侯俊娟，她母亲患的是风湿性心脏病，二尖瓣狭窄，形成的血栓顺血液流动，栓塞在脑部，这种情况还会发生，随时有生命危险。

侯俊娟禁不住泪如泉涌。母亲太惨了，昏迷时两便不知，浑身脏得不忍目睹，一点儿尊严都没了。她想，不就是因为身边没人吗？作为女儿，为了自己的前程在外面读书，让母亲落到这步田地，她心里非常内疚。

侯俊娟像哄婴儿一样，搂抱着母亲轻轻地摇晃，一会儿，母亲的哭声渐渐平息，像是睡着了。侯俊娟把母亲放倒在病床上，施展起自己学到的护理方法。她换掉母亲的衣服，从头到脚把母亲仔细清洗了一遍，又在病床上换上了清洁的床单。母亲的呼吸细若游丝，无知无觉地任她护理。望着母亲沧桑的容颜，往事像过电影一样在脑海里一幕幕闪过，侯俊娟难过得心如刀绞。

侯俊娟的老家在招远市金岭镇侯家村，一个很小很穷的小山村，22 岁的侯俊娟在那里度过了童年和少年时光。

上小学时，侯俊娟就隐隐约约地知道了自己身世的秘密。有一天，同村一个要好的女同学突然神秘地对她说："知道吗？我妈跟我说，你是你妈抱来的，不是亲生的。"

侯俊娟一愣，但马上说："不可能的，我妈特疼我！你看你妈有我妈疼我那样疼你吗？"

同学立刻就不言语了。因为这个同学每天早上喊侯俊娟一起去上学，每天都能看到侯俊娟的妈妈专门为她做早点。当地乡下的孩子一般没有早点吃，特别是冬闲时，大人们懒得早起，谁会给孩子做早点？所以这个女同学每天都会倚着门框，羡慕地看着侯俊娟吃着热气腾腾的早点。从小学到初中，侯俊娟每天早上都能吃上母亲特意为她做的早点，其中必有一个或煎或煮的鸡蛋。

但随着年龄的增长，侯俊娟越来越觉得这个女同学说得好像是事实。比如，作为一位农村妇女，母亲为什么要到 36 岁才生她？

2001 年，父亲病逝后，侯俊娟在整理父亲遗物时翻出一张发黄的纸片，是医院开具的证明，证明母亲不能生育。

看着这张纸片，侯俊娟的心情非常复杂，泪水潸然而下。她困惑不解：自己既然不是亲生的，但为什么父母对自己这么好？

父亲常年哮喘，干不了重活，还得吃药，因此家里特别地穷。但父母对侯俊娟的疼爱无人可比。山里人家没有什么营养品，最好的"补品"就是家养母鸡下的蛋，父母从来舍不得吃，都是留给她一个人吃，不吃都不行，以至于她到现在一见鸡蛋就反胃；母亲身材很矮，女儿长得和她一般高了，碰上头疼脑热的小病，母亲仍要背着她去看医生，不让背都不行；别的孩子放学后肚子饿得咕咕

叫，回到家里找不到吃的，侯俊娟回家却总能吃上母亲专门为她备好的各种小点心，诸如油炸的、掺有鸡蛋和奶粉的面卷儿。侯俊娟在家享有许多特殊待遇，让小伙伴儿羡慕不已。

侯俊娟猜不透的是：不能生育的父母，抱养孩子是为了防老，因此他们要把孩子留在身边，一般读到初二便让孩子辍学。可是她的父母从小就教育她要好好读书，长大后到大城市去上大学。为此，他们从来没让女儿做过农活，而且千方百计地为女儿筹集学费。她父亲患有慢性肺气肿，却去给人家盖房子，每天收工回来，坐在那里喘上好半天才能吃饭；有时，父亲哮喘发作，憋得嘴唇发紫、眼前发黑，也舍不得去医院看病，把钱留着供侯俊娟读书。母亲也是一样，侯俊娟上高二那年，母亲查出心脏二尖瓣狭窄。医生说："筹点钱做手术吧，趁年轻，做了手术还有救。"母亲却对医生说："手术就不做了吧，钱还得给女儿留着上学。"医生问："命重要，还是上学重要？"母亲笑而不言。侯俊娟觉得，父母的心里只有她这个女儿，甚至都不在乎他们自己的生命安危。

思来想去，侯俊娟觉得自己非常幸运，丝毫没有被人抱养的伤感，同时她也悟出了"恩重如山"四字的含义。父亲病逝后，侯俊娟后悔自己那时只顾读书，没有好好伺候过父亲，因此她发誓一定要照顾好母亲。

2002年，侯俊娟以本专业第一名的优异成绩考入山东中医药大学护理学院。她认为自己长大了，再也不能拖累母亲了。临上学时，除了交学费，她只带了500元钱，后来无论有多难，她都再也没向家里要过一分钱。相反，她自己省吃俭用，还把当保洁员、做家教挣的钱寄一些给母亲，或是放假时买些衣服带给母亲。

然而奇怪的是，当女儿能够自立时，有一天母亲却郑重地向女儿道破了当年的秘密。母亲当时表情非常复杂，聪明的侯俊娟知道母亲此刻的心情，她拥着母亲说："我早就知道这件事了。这没什么，您把我从小养大，对我这么好，我是有良心的，您不要担心我会不管您。您就是我的亲妈呀！"

▶ 深情反哺，演绎大爱

在侯俊娟的精心护理下，两天后，母亲又从昏睡中醒来，但她已经半身不遂，坐在床上，还得要人扶着，而且智力丧失到了三岁幼儿的水平。她把一切都忘了，唯独还记得她有一个女儿。

为了唤起母亲的记忆，侯俊娟总和母亲聊天。这天，她试着问："你女儿叫什么名字？她在哪儿啊？"

母亲恍惚地看着她，结结巴巴地说："叫俊娟，在济南。"

侯俊娟又问："叫她回来伺候你行吗？我太累了，伺候不了你了。"

母亲说："不行，不能叫她，我女儿得读书。"

就这一句话，说得侯俊娟心里发酸。母亲都这样了，心里还在为女儿着想，可怜天下父母心啊！她做女儿的，又为母亲想过多少呢？就在这一刻，她发誓：不管有多大的困难，今后她再也不能丢下母亲了。

在医院里，侯俊娟使出自己所学的护理知识，精心伺候母亲20多天。母亲的神志有些恢复，能认出侯俊娟是她的女儿了，但心脑血管的病情仍没有根本性好转。这些天，侯俊娟想了很多，她本想干脆放弃学业，回家专门伺候母亲，但想想只剩下一年的学业，放弃了实在可惜；而且如果她真的放弃了学业，母亲一旦清醒过来知道真相，肯定不会答应的。

考虑再三，侯俊娟毅然做出一个令人惊讶的决定：变卖所有值钱的家产，带着养母去上学！

这天，侯俊娟突然回到村里，叫来一些乡亲，"拍卖"她的家产。她家原有土地三亩，其中一亩早已给了别人，剩下的两亩，母亲在上面种了花生，7月底，花生眼看就要熟了，却不得不把它卖掉。家里还有一口大缸，里面装满了麦子。除此之外，家里再也找不出值钱的东西了。最后，这些家产一共卖了800元。

但这点钱带到济南给母亲治病，显然是太少了。怎么办？她想到了卖房子，但房子实在太破了，"贱卖"都没人要。

乡亲们惊讶地说："闺女，房子卖不得。卖了，你们娘儿俩回来住哪儿啊？"

侯俊娟说："不回来了。今后我在哪儿，我妈就在哪儿，再也不会让她孤零零的一个人了。"

乡亲们听后面面相觑，他们谁都知道侯俊娟的身世。一个抱养的孩子，能够如此孝顺地对待养母，实在是让人惊奇。

就这样，7月29日，侯俊娟背起瘫痪的养母，毅然登上了去济南的客车。

侯俊娟只是个穷学生，在济南没有一个亲朋好友，她竟敢把近乎瘫痪的母亲带到这里来生活，这在别人看来，简直是不可思议。侯俊娟自己也非常清楚，这是她有生以来最难的时刻，但她决心已定，哪怕是失学、挨饿，也决不能把母亲一个人丢下！

到达济南之后，把母亲安置在哪儿？学校里肯定不行，一是学生宿舍不允许住亲属，二是她自己必须外出打工挣钱，这样就必须要找一个能让母亲得到照顾的地方，那只能是进养老院。济南泺口地区有家夕阳红养老院，离侯俊娟实习的医院不远，侯俊娟便把母亲直接送到了那里。

本来，养老院的领导看侯俊娟的母亲半身瘫痪，不能自理，又怕侯俊娟付不起相关费用，想拒绝这对母女。但当他们得知侯俊娟是带着养母来上大学的，便被她的孝心深深打动了，不仅收下了她的母亲，还破例减免了部分费用。

从此，侯俊娟开始了她紧张而特殊的"大学生活"。每天清晨，她从学校赶到养老院，帮母亲洗漱干净，然后到实习的医院上班。下午一下班，她又直奔养老院，给母亲打水泡脚、擦身子、洗衣服，还长时间地给她推拿按摩。做完这一切，她就坐下来陪母亲说话，逗她高兴，直到很晚才回学校休息。

为了缩减开支，侯俊娟一日三餐的伙食费只花三四块钱。本来，她在学校里就打了一份工——做宿舍楼的保洁员；现在，她打算在不耽误实习的情况下，再打一份工。这样坚持读完大五，熬到毕业，等她有了工作，情况就会好转。没想到几天后，母亲再次发病，让她陷入了绝境。

8月5日，母亲突然浑身一片片红肿，人变得烦躁不安。侯俊娟赶紧带她来到自己实习的医院。医生检查后说，她母亲患的是严重的湿疹，建议住院治疗。考虑到住院开销太大，侯俊娟拿了五天的药，向学校请了假，把母亲送回了养老院。

此后，侯俊娟天天守在母亲身边，给她输液、喂饭、擦澡、按摩，看着她别挠破自己的皮肤，还像哄孩子一样逗她开心，稳定她的情绪。周围的老人们无不羡慕侯俊娟的母亲有她这么一个好闺女，有谁会想到，她并不是母亲的亲生女儿。

五天后，母亲的湿疹好了，侯俊娟赶紧回去实习、打工。没过两天，母亲又突然心脏病发作，送进医院后，医生当即发出病危通知。

拿着病危通知，侯俊娟在特护病房里守着母亲哭了一夜。她想，自己之所以努力学习，很大一部分动力就是想改变家境，让母亲过上好日子，报答养育之恩，假如母亲没有了，她的一切努力还有什么意义？

经过医生紧急抢救，母亲终于转危为安，8 月 14 日转入了普通病房。侯俊娟松了口气，但随之而来的一个难题又像巨石般压得她喘不过气来。本来她靠自己勤工俭学挣的钱，加上奖学金，已把大五的学费准备好了，但一个月内母亲连病三次，把她积攒下来的几千元钱全部消耗殆尽。下一步，侯俊娟不仅交不出养老院的费用，连眼前吃饭的钱都没有了。怎么办？跟人借钱去，但谁愿把钱借给一个贫困学生呢？

医生和护士们同情侯俊娟，在医疗上想法儿为她省钱，同时劝她说："你带着妈妈出院吧，你学过护理，懂得如何给她治疗。"侯俊娟临走时，医生和护士们将 3 500 元钱交到她手里，说是大伙儿捐给她的。侯俊娟顿时泪如雨下。医院赚的就是病人的钱，哪有医生和护士反过来给病人捐钱的？

新学期马上就要开学，侯俊娟不好意思地对辅导员说，大五的学费暂时交不起了。这时老师们才知道了她的处境。辅导员当即表示为她紧急申请特困补助金，并先拿出自己的 500 元预付给她。一位同学知道后，也赞助她 100 元。这些雪中送炭的帮助，给侯俊娟增添了力量和信心。

▶ 至孝女生情撼齐鲁

2006 年 8 月 22 日，女同学马海涛自作主张地把侯俊娟的境况发布在济南市红十字会博爱论坛上，然后告诉侯俊娟："未经你同意，我公布了你的隐私，请你不要怪我，我想帮你，可惜我家也不富裕，再说杯水车薪也不解决问题，所以我想这件事必须求助社会，就算是为了你的母亲。"

济南市红十字会最先发现马海涛的帖子，随即派人调查核实侯俊娟的情况。9 月 2 日，他们便组织了一场募捐活动，包括大学生、私营企业主、复员军人、离退休老干部在内的 27 名志愿者纷纷慷慨解囊。当晚，他们把募捐到的近 2 000 元钱交给侯俊娟，以解她的燃眉之急。

9 月 3 日，山东中医药大学护理学院石作荣院长代表学院全体教师探望了侯俊娟的母亲,并将全院教师捐助的 4 700 元送到母女俩手中。当天,来自侯俊娟家乡的烟台及招远市电视台工作人员也赶到济南,代表家乡人民慰问了侯俊娟和她的母亲,并希望通过电视台制作的节目让家乡更多的人们了解到侯俊娟孝敬养母的事迹。

济南市红十字会与济南电台有个合作栏目。孝女侯俊娟带着瘫痪养母上大学的感人事迹被这个栏目播出后,立即在社会上引起强烈反响。许多市民对侯俊娟面临苦难的乐观精神和孝敬养母的行为表示钦佩,一些好心人纷纷表示要捐钱捐物帮助她们母女俩渡过难关。

济南市民刘先生认为,侯俊娟身上体现了现代大学生自强不息、困难面前不退缩的精神。山东师范大学一位王同学说,以前总因为自己家庭不富裕而觉得不幸福,但跟小侯一比才明白,自己有一个完整幸福的家庭,有经济能力上大学,这是多么幸福、多么值得珍惜啊!枣庄一位姓王的退休老干部流着泪给济南红十字会的工作人员打电话,说:"俊娟这孩子如此孝心太不容易,我打算拿 1 000 元钱帮帮她,要是孩子以后还有什么需要,我还会帮她。"德州一位姓张的打工青年说,他听到报道后很想捐款,虽然自己捐的不多,但积少成多,只要更多的人参与进来,就一定能够帮助小侯母女渡过难关。招远一位孙女士特意记下了侯俊娟的银行账号,表示要对小侯母女尽一份心意。滨州一位读者给电台打来电话,明确表示要为侯俊娟捐款……

截至 9 月 5 日下午,短短 5 天时间,社会各界就为侯俊娟及其养母捐款 1.4万元。侯俊娟激动万分地表示,目前的捐助已经足够支撑自己和母亲在她大学最后一年的生活了,希望社会各界的爱心汇集到更需要的人身上。她说:"一年后我就毕业了,我愿用我的薪水、我的心血来供养母亲,不想再花大家的钱,因此请大家不要再给我捐钱了。"

9 月 6 日,山东省劳动厅中企就业工程事务处的工作人员来到夕阳红养老院看望了侯俊娟的母亲,并为侯俊娟带来了免费培训和就业机会。

山东省著名的慈善医院——千佛山医院心外科吕天齐主任通过媒体得知侯俊娟母女的情况后,设法与侯俊娟取得了联系,他对侯俊娟说:"查查你母亲的肾功能,如果可行的话,我们可以考虑减免费用为你母亲做修复心脏二尖瓣狭窄的手术。"侯俊娟听后十分欣喜,她赶紧把母亲带到医院,检查了肾功能。

　　根据侯俊娟养母的病情，千佛山医院决定对她施行手术治疗，并特例为其减免 2.5 万元的治疗费用。9 月 19 日，千佛山医院专门派救护车将侯俊娟的养母接到了医院，并为她进行了全面的检查。根据检查结果，医院决定对她进行两个星期的术前治疗，然后再施行心脏修复手术。

　　面对纷至沓来的社会关爱，侯俊娟心中充满感激。她说，在母亲病倒的日子里，我虽然非常痛苦、孤独，但有这么多好心人的帮助，让我真正感受到了社会大家庭的温暖。

　　在社会各界的关爱下，侯俊娟的生活境况已经好转，她的实习成绩也很优秀。她现在最大的愿望就是照顾好养母，把她的病治好，同时好好学习，完成学业，掌握精湛的医术，不辜负所有关爱她的人对她的殷切期望。

复旦学子张顺的母亲不幸患了癌症。为了给母亲治病，张顺赶回贵州老家，执意把母亲接到上海，每天背着她去医院做放疗。但高额的治疗费用成了拦在张顺一家面前的大山，他甚至想休学打工，为母亲筹集医药费……

张顺的同学们得知情况后，纷纷向他捐款；许多同学通过网络发帖，为张顺寻求帮助。张顺的孝心感动了大上海，许多热心市民向张顺母子伸出援助之手。2006 年 2 月 8 日，阳光媒体投资主席吴征带着现金和实习岗位，特意赶到张顺一家在上海租住的出租房，决定以自己和夫人杨澜的名义，帮助张顺一家渡过难关。

▶ 名校学子出自贫寒人家

2004 年，张顺以贵州省名列前茅的成绩考上了复旦大学中文学院。

领到通知书的那天，他的母亲流下了激动的泪水："我们家虽然穷，但养了你这个儿子，妈妈这辈子再苦再累也值了！"本来，张顺打算贷款读书，但是母亲没有同意。她说："贷款总是要还的，到时候增加你的负担，妈妈舍不得。"母亲四处找人借钱，终于凑足了 8 000 元，把他送进了大学。

张顺的家在遵义县鸭溪镇。他的父亲是镇上一家酒厂的工人，母亲也在酒厂干临时工。他出生时，因为没有钱去医院，母亲在自家阴暗的小屋里，用剪刀剪断了脐带，把他迎接到了这个世界。

尽管家里很穷，但父母从没亏待过他。张顺上小学时，父母就对他说："家里再难，也要供你读书！你一定要争气，将来考上大学，不要像我们这样窝囊地活着。"

张顺上六年级那年，父亲从单位下岗，从此父母只好到处打零工甚至捡垃圾维持生活。每天，父母都用辣椒加茶水泡饭吃，省下钱来给儿子买肉补营养。幼小的张顺在心里发誓：好好读书，学好本领，长大一定要让父母过上好日子。

张顺没有让父母失望！2001 年，他以全镇第一的成绩升入了省级示范性高中。为了方便儿子读书，父母到县城租了间小房子，一边做小工，一边照顾儿子。那时候，他的母亲在一家胶鞋厂打鞋帮，每天都是上夜班，凌晨 6 点才能回来。有一天，母亲的手被机器割了道很深的口子，尽管包扎起来了，但血还是殷红了整块纱布。一大早，母亲回到家，就用那受伤的手给张顺下好面，唤他起来上学。张顺无意中看到了包在母亲手上的血红的纱布，他的心猛一颤抖，大滴大滴的泪落到了面汤里。那一瞬间，张顺的心像被刀割一样痛。他知道，母亲这样拼命干活，都是为了他啊！他甚至不想再去念书了，他要去打工，为母亲分担一切。但是，当他面对母亲那布满血丝的眼睛，他的心再一次震颤，因为他早已读懂了母亲目光里那殷殷希望。

为了减轻父母的负担，上大学后，张顺再没向家里要过一分钱生活费。除了学校每个学期发的助学金，加上做家教、打零工的收入，他在经济上已经能够独立了。

"我知道自己的肩头承载着父母多年的梦想。他们一再叮嘱我不要在生活上和别人攀比，所以在别人玩着电脑、穿着名牌、四处旅游的时候，我都是静静地在教室或图书馆的角落度过的。"张顺在日记里这样写道。

一年多的大学生活就这样风平浪静地过去了，张顺家的苦日子也眼看就要熬到头了。然而，就在这时候，一个巨大的灾难降临了。

▶ 给重病母亲撑起一片天

2005 年 11 月 25 日傍晚，张顺回到寝室，突然接到一个电话，是从未给他打过电话的大姨打来的。大姨在电话里说："顺儿，这个电话你妈你爸不让我打，可我觉得你是个大学生，应该让你拿主意了……"张顺本来就觉得大姨这个电话打得蹊跷，听到这里，他猛地有一种不祥之感，连忙焦急地问："大姨，你赶快告诉我，家里发生了什么事？"大姨声音都变了，哽咽着告诉他："你妈昨天在

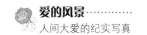

医院查出病了，是鼻咽癌，她还不让人告诉你⋯⋯"这个突如其来的消息犹如晴天霹雳，张顺只觉得头脑里一片空白，泪水顿时模糊了双眼，大姨后来说了些什么，他也听不清了。

张顺怔怔地站在那儿，过了好一会儿才回过神儿来。他想立即打电话给母亲，但家里没有电话，他只好把电话打回大姨家，让大姨转告他母亲，一定给他来个电话。过了大约一个小时，母亲的电话来了。张顺一听到母亲的声音，拿电话的手颤抖起来，泪水再一次夺眶而出："妈妈，你得这么重的病，为什么不告诉我⋯⋯"电话那头，母亲显然也哭了，但又在努力克制着："顺儿，妈这病不碍事的，你千万不要多想⋯⋯"母亲得知自己患了绝症后，最担心仍然是儿子！她在电话里绝口不提如何去治病，而是告诉张顺，家中现在还有 8 000 块钱，是父母一年来为他存下的学费，他只管好好念书，家里的一切都不用他操心⋯⋯最后，母亲哭着说："妈妈这辈子没能留给你什么，让你生在这个家里，真的对不起你⋯⋯"

泪水顺着电话静静地淌下来，张顺咬着牙控制住不停颤抖的身体。在这一刻，他真的恨透了自己：不是因为我，母亲就不会吃这么多苦，身子就不会这么弱；不是因为我，她就不用去干那么重的活儿，以致积劳成疾；不是因为我，她怎么可能早有征兆却硬拖着不肯花钱看病！就在这面对死亡的时候，母亲想到的，仍然是我下一年的学费！都是为了我，为了我啊！张顺明白母亲的意思，她不是不怕死，她是担心因为给她治病而影响到他，怕他上不了学，怕他背过多的债，所以母亲咬紧牙关，打算拖下去。但是，她这样做，是在等死啊！

"妈妈，为了我，你不能放弃啊！我这些年的努力都是为了你和爸爸。就算失去一切，我也不能失去妈妈你呀！妈，你明白吗？我会好好念书到毕业，我会找个好单位，我会赚钱给你买一套房子⋯⋯你真的不要担心我，一定要把病治好。知道吗？"张顺一个劲地安慰母亲，泪水也在一个劲地流个不停。放下电话，他把头埋在膝盖里，发出一声揪心的哭喊："妈妈⋯⋯"

张顺的痛哭声惊动了同学们，大家得知情况后纷纷过来安慰他。张顺渐渐安静下来，他在心里很快作出决定，他要立即回趟家，把妈妈接到上海治疗！因为上海的医疗条件肯定要比家乡好得多。

第二天，张顺就把自己家里发生的情况跟系里作了说明，并请了一个星期的假，连夜乘车往家里赶。当张顺风尘仆仆地推开家门的时候，他的父母简直不敢相信真的是儿子出现在面前。一家三口旋即拥抱在一起，任泪水默默长流。

张顺这次回来的目的很明确，他要带母亲到上海治病。而母亲却感到深深的不安，她觉得自己的病让儿子这样揪心，已经严重影响了他的学习，如果再到上海去，不仅没有足够的钱，而且还会给儿子带来更大的压力，所以她坚决不同意。于是，张顺跪倒在母亲面前："妈妈，上海的医疗条件好，你一定能治好的！你要是不跟我到上海，我就不回去了！"

在张顺和亲友们的劝说下，母亲终于同意去上海治疗。然而接下来，他们遇到了一个最大的难题——母亲的医疗费还没有着落。张顺和父亲便到亲戚朋友那里挨家去借，但亲戚们也多是穷亲戚，好不容易才借了 1.3 万元，加上家里的 8 000 元存款，一共也只有 2 万多元钱。指望这些钱治疗癌症显然不够，怎么办？张顺和父亲一合计，决定把家里的两间住房卖了，应该还能值一两万元。可是，张顺母亲得了绝症的消息显然已经在小镇上传开了，按照当地的风俗，他家的房子就是降一半的价也根本没有人买。

时间不等人，张顺一家只好就带着这 2 万元钱动身了。临行前，张顺看到母亲和大姨抱在一起哭别："姐姐，我不想离开你呀！我这辈子连一件好衣服都没有穿过！"母亲的这一句话让他痛彻心扉！母亲啊，你把一切都给了儿子，自己多少年来甚至连一件新衣服都没有买过，都是捡别人旧的穿呀！

张顺把母亲带到上海后，便立即把她送到治疗鼻咽类疾病的权威医院——上海五官科医院。医生检查后说，张顺母亲鼻咽癌发现得不算早，但治好的希望很大。预计前期的医疗费用需要 6 至 8 万元。

听说治疗费至少要 6 万元，张顺一家就像被迎头泼了盆凉水，刚刚燃起的希望又被浇灭了。母亲无助地望了张顺一眼，那眼神中深深的绝望和无奈令张顺刻骨铭心。母亲对父亲说："我不治了！我们打车票回去吧，把钱留给儿子读书。"父亲和张顺一时都没有说话。他们现在只有 2 万元钱，离 6 万元还相差一大截，怎么办？父亲蹲在地上哭了，最后摇着头说："实在没办法了，我们回去吧。放疗的机器哪里都应该差不多，那就回去治吧。"

"不行，你们不能回去！"这时，张顺一把抱住母亲，坚决地说，"我的书可以不读，但妈妈的病一定要治！"此时此刻，张顺的心里只有一个想法：绝对不

能让妈妈回去，因为回去就是等死！

在张顺的坚持下，母亲最终留了下来，并开始在医院进行化疗。化疗前，母亲把自家的情况告诉了医生，让医生给她用最便宜最经济的药。张顺看在眼里，痛在心中。他在心里暗暗发誓：我欠妈妈太多，我就是休学打工，也要给妈妈治病！

开始几天，张顺把父母安顿在医院附近一家小旅馆里，他自己则住在学校。为了陪母亲看病，以前几乎足不出校园、对上海完全陌生的张顺就这样每天往返于学校和医院之间：早上6时，他从学校出发，乘公共汽车、换地铁，斜穿上海大半个城区，再步行很长一段路，上午9时才能赶到医院，陪母亲到医院化疗一次需要七八个小时，之后他再赶回学校……

住旅馆的费用毕竟偏高，后来，张顺就在靠近医院的太原路租了间十平方米左右的小屋给父母住，自己依然每天来回奔波。从住处到医院有两站路，母亲化疗后身体太虚弱，根本走不动路，乘出租车太贵，坐公交车，母亲上车后一拥一挤就会呕吐，张顺就和父亲轮流背着母亲往返。有几次，母亲在张顺的背上默默地流泪，她觉得自己到上海治病连累了儿子，耽误了儿子的学习。张顺就一边背着母亲，一边宽慰她："妈妈，我的功课好着呢，每天晚上我都让同学给我补课，一点儿也没耽搁，你放心好了。"有时候，母亲怕他累着，不让他背。张顺就笑嘻嘻地说："妈妈，我这可是锻炼身体，我在学校每天下午都要搞锻炼，出的汗比这还多。"为了让忧心忡忡的母亲能安心治病，张顺从不在她面前提及医药费这些闹心的事，总是捡些学校里发生的趣事讲给她听；为了给母亲加强营养，他买不起滋补品，就买来排骨和黄鳝，炖汤给母亲吃。

因为张顺的父母都不太会说普通话，所以到了医院后，拿药、付钱、请护士……什么事情都靠张顺一个人楼上楼下地跑来跑去。张顺还跟医生详细询问了母亲治疗一个疗程所需的费用情况，心里默默地计算着医药费和生活开销，盘算着如何能筹到钱，让母亲把病治下去……

羊羔跪乳，乌鸦反哺。19岁的张顺，俨然成了这个家庭的顶梁柱。但是，这相差一大截的医疗费，已经像山一样压过来了，单靠他一个穷学生的肩膀，无论如何也扛不住呀！

▶ 如潮爱心涌向真情母子

母亲留下来了，但她的医疗费问题成了张顺天大的难题。张顺曾在父母面前提过自己想休学一年打工挣钱的念头，但父母当时就坚决反对，母亲甚至还说了气话："你要这样做，还不如让我去死！"听了这话，张顺从此不再提"休学"二字。这天，张顺忽然想起自己在网上看到过一篇报道：一名大学生为了筹一笔钱，在网上发帖子说，只要哪个单位预支他这笔钱，他可以跟这个单位定下"卖身"协议，毕业后无偿为这个单位服务若干年。张顺觉得，如果有这样的单位，自己也可以这么做，只要能筹到母亲的治疗费，这样的"卖身"协议他也愿意签！

但是，当张顺把这个想法告诉班上一个要好的同学之后，同学却不赞成他这样做。一是这样的单位恐怕很难找到，二是"卖身"救母可能会产生一些负面影响。另外，这个同学给张顺透露了一个令人惊喜的消息：班上和中文学院的同学们得知他的情况后，已经开始纷纷为他想办法了。

果然，从 2005 年 12 月中旬开始，复旦大学中文学院的许多同学便通过网络在 BBS 上发帖，为张顺寻求帮助。紧接着，他们把张顺的困境和他的孝心故事制作成传单和海报，并提出口号"希望大家少买一件衣服，少吃一顿大餐，少喝一杯奶茶，挽救一位患病母亲的生命"，在校园内广为散发。时值寒冬腊月，上海气温骤降，几十名同学连续几天冒着寒风，在复旦校园里一字排开，向每一个过往的同学分发传单为张顺募捐，并向每一位捐款者齐声道谢。此情此景，让许多师生感动得热泪盈眶，大家纷纷解囊相助。短短几天，捐款额达到了 4 万元。与此同时，学校方面也为张顺提供了数千元的紧急救助。

12 月 29 日，大学校园网"激扬互动视界——多彩的校园"专门开设了支援张顺的网页，12 名北京、上海、南京、重庆等地的应届大学生在得知张顺的遭遇后，一起向张顺捐款 5 000 元。

通过网络和媒体宣传，张顺的孝心故事也感动了无数上海市民，许多热心人向张顺一家伸出了援助之手。

在一家报道张顺事迹的报社，爱心互动热线整整一天几乎没有停过，接线记者忙得不亦乐乎。在这些来电中，表示要向张顺母子捐款的占绝大多数。也有人表示，要为张顺的母亲买一辆轮椅，这样张顺就不用再背着母亲上医院了；有人说，想请张顺一家一起过年；甚至有一些志愿者提出，愿意给张顺不会说普通话的父母当翻译⋯⋯当然，更有不少市民直接赶到报社进行捐款。

2006 年 1 月 4 日，市民张先生冒雨将 500 元钱交到了报社的记者手上："我想捐助张顺，像他这样自尊自强、有孝心的孩子太难得了。我还想让自己的孩子跟张顺见一面，让孩子好好向张顺学习！"

一位净菜社老板看了报道后，辗转找到张顺父母租住的地方，决定每天免费为张家送来配好的新鲜净菜。他说："张顺这孩子太不容易了，既要上学，又要照顾母亲，他还正是长身体的时候，真让人心疼啊！我没什么大能耐，能让他一家人每天吃上新鲜的蔬菜，也算我对这孩子的一份心意。"

许多捐款市民不愿意说起自己的姓名，"别告诉他们这钱是我捐的，我发自内心地想帮帮他们，不需要他们对我心存感激⋯⋯"

在学校、同学及众多上海市民的帮助下，张顺母亲的前期治疗费用得到了落实，让濒于绝望的母亲重新看到了希望。在这寒冷的冬季，张顺一家感受到了从未有过的温暖，久违的笑容，重新回到张顺和他父母的脸上。为了报答关心、爱护他的人们，为了让母亲宽心，张顺在期末考试前夜以继日地刻苦学习，终于在考试中取得了优异的成绩。狗年春节前夕，张顺把几位同学请到租住的"新家"里，他和父亲做了几样贵州家乡菜，热情地招待了大家。他说，因为这个"新家"实在太小，所以只能请少数几个同学过来，但是，他要借这个机会，向所有给他们帮助的人道一声衷心的感谢！这种在绝望中感受到的温暖，他会终生铭记！

2006 年 2 月 8 日下午，张顺简陋的"家"里迎来了一位尊贵的客人——阳光媒体投资主席吴征。原来，吴征和夫人杨澜春节前在法国巴黎的一份华文报纸上看到了张顺的事迹，夫妇俩被这个孝顺的复旦学子深深感动："中国人最讲究的就是孝道，这样的孩子应该得到大家的帮助。"因此，春节后一回到上海，吴征就多方打听张顺的消息。虽然公事繁忙，可他坚持要亲自赶到张顺在太原路上的"家"。

"你就是张顺吧，终于见到你了。"一见面，吴征就亲切地拉住了张顺的手，问起他的生活、学习情况以及他母亲的病情，继而风趣地说："我今天来，不仅代表我本人，也代表我们家'那口子'一起问候你。"

吴征幽默的话语让腼腆的张顺一下子消除了紧张感，他很快跟吴叔叔说起了心里话：由于母亲得的是鼻咽癌，肿瘤的位置靠近颈动脉，因此只能靠放疗，虽然前段时间的捐助大大缓解了家庭的窘境，但是母亲经过前期放疗后，下面仍需要漫长的治疗过程。

了解了这些情况后，吴征当即决定，"揽下"张顺母亲所有的后续医疗费用："用最好的药，后续的费用我们全包。"接着，为了能让张顺尽快自立，吴征还特地根据他的新学期课程表为他在阳光传媒安排了一个实习岗位。最后，吴征将一个数千元的红包交到张顺手里，拍着他的肩膀说："以后，到我们公司好好干，如果做得好，欢迎你长期在我们那里工作。"

笔者写稿时与张顺取得了联系，张顺欣喜地告诉笔者，因为治疗效果良好，他母亲的病情目前已趋于稳定，他近期就要到阳光传媒去实习了。张顺真诚地感谢吴征、杨澜夫妇对他母亲的救助和对他的关爱，他会珍惜这个难得的机遇，在人生的道路上迈出扎实的一步。

带着瘫母上高中

母亲瘫痪在床，父亲因病去世，哥哥一走数年杳无音讯，家庭的重担全压在一个年仅 17 岁的男孩身上。在收到中考录取通知书之后，张斯振，这个 17 岁的乡村少年做出了一个惊人之举：用平板车拉上病瘫的老母亲，到离家 20 多公里的学校上学去！

▶ 坚强少年肩负一个家

2004 年 6 月 20 日傍晚，张斯振在县城参加完中考的第一天考试，便骑上那辆又旧又破的自行车急着往家赶。刚出考场的时候，他碰到班上一个同学和一直等在考场外的那个同学的父亲。两人对张斯振说："我们在宾馆里包了个房间，反正明后天还要考试，你跟我们一起到宾馆住吧。"张斯振摇了摇头，说："我妈一个人在家，我得回去做饭给她吃。"同学一怔："张斯振，你家的情况我知道，可你搞没搞错，从县城到你家起码有 50 里路，你现在回去，明天早上还要赶回来参加考试，你吃得消吗？"张斯振微微一笑："没关系的，我肯定误不了考试！"

张斯振 1987 年 4 月出生在赣榆县罗阳镇张朱孟村。从他一生下来，母亲樊俊声就因患类风湿性关节炎卧床不起，并逐渐失去了生活自理能力。如今，年逾花甲的母亲虽然神志还算清醒，但躯体和四肢严重萎缩、僵硬，全身除了头部外，其它部位都丧失了活动能力，整个体重不足 60 斤。张斯振还有个大他 8 岁的哥哥，叫张凡林，四年前高考落榜后，随一老乡到温州去打工，不料从此再也没有了音讯。

母亲要常年吃药，斯振要上学，一家人仅靠父亲种地的收成勉强度日。2003年9月，灾难又一次降临了这个不幸的家庭：父亲患脑血栓突然病故，家中失去了唯一的顶梁柱。

张斯振小时候就乖巧孝顺，从懂事起，他就给卧病在床的母亲端茶送饭。父亲去世后，照料母亲的重担落在他瘦弱的肩膀上。为了更好地照顾母亲，他想退学回家，但被母亲的哭声和泪水制止住了。

为了不耽误学习，他每天早上不到5点钟就早早起床，烧火煮早饭，一口一口地喂给母亲吃，然后自己随便扒拉两口就匆匆上学了；中午放学后，他快步赶回家，给母亲喂饭，抱母亲上厕所；下午放学后，他一边忙着给母亲喂饭、做家务，一边温习功课，每天晚上11点钟之后，才能上床睡觉；夜里，他总是睡不踏实，每隔二三个小时，就起来给母亲翻身……

为了不断掉经济来源，张斯振在好心村民的帮助下，还利用课余时间耕种了几亩责任田，尽管累得泪水在眼眶里直打转，可他总是咬牙硬撑着。

母亲心疼儿子，多次对他说："儿呀，我不该拖累你啊，我不想活了……"有一天，她竟咬紧牙关开始绝食。张斯振哭着求母亲张开嘴："妈妈，你一定要活下去呀！如果你也走了，我就成了一个孤儿……"

人生的少年，本是一段花季的岁月，一段无忧无虑的岁月，一段间或会依偎在父母怀中的岁月，而这一切似乎从来就与张斯振无缘。

▶ 带着瘫母去上学

家庭的困难让张斯振更懂得珍惜来之不易的学习机会。从小学到中学，他一直都是品学兼优的好学生。

中考那几天，别的同学都住在城里，可他每天下午考完试，都要赶近50里路回家做饭给妈妈吃，第二天一早5点钟，给妈妈喂过饭，他再骑车往考场赶。即便这样，他的中考成绩还是达到了520分，被江苏省重点中学——赣榆县青口

一中录取。

望着红彤彤的录取通知书和总共7 000多元的缴费清单，母子二人悲喜交加。喜的是能被重点高中录取，证明斯振学习成绩的优异；愁的是7 000多元的学费没有一点儿着落。

但张斯振这次不想放弃学业，他相信只有考上大学，才能改变自己的命运，才能救治母亲的疾病。然而7 000元的学费对这个家庭来说，简直就是天文数字。母亲本来想让斯振去跟亲戚、邻居借，可数过来数过去，这些人家也没有一个富足的。母亲一咬牙，对斯振说："儿呀，你看咱家有啥值钱的，都拿去卖了吧，交学费要紧。"

可这个穷家里一无家具二无电器，唯一值钱的就是斯振在责任田里收下的粮食了。于是，在母亲的支持下，张斯振除了留下两人半年的口粮，把余下的粮食全部推到镇上卖了，但凑起来的钱还不足2 000元。

"妈妈，青口一中没办法上了，我到收费低的青口四中读书吧。"张斯振说。

"好儿子，这学你一定要上，将来还要去上大学，做个有出息的人。妈不想拖累你，你就别再管我了……"

张斯振一把握住母亲的手："妈，你别瞎想了，我不管到哪里，都不会撇下你的。"

这学肯定要上的，可他到50里开外的青口四中上学后，只能住校就读，母亲在家谁来照顾呢？夜深了，张斯振坐在家院里苦苦思索。岁月的艰辛让这个17岁的少年变得坚毅而刚强，让他更深地懂得爱是一种无私的责任。为了让他读书，母亲可以让他变卖家里的一切；为了不拖累他，母亲甚至可以放弃自己的生命，以死相逼……较之这博大无私的母爱，他对母亲的照顾又算得了什么呢？无论如何，不能把瘫痪的母亲一个人丢在家里！甚至书可以不读，也决不能把母亲弃之不管！

经过一番思考后，张斯振作出了一个惊人的决定："妈妈，我要带着你去上学！"

2004年8月28日，是青口四中新生报到的日子。早晨5点半，张斯振提前烙好20多斤煎饼，将两床被褥和母子俩破旧的换洗衣物放在笨重的平板车上，将母亲抱上车，让她平稳地躺好，就上路了。

走到村口时，一些在树下闲聊的人见到他，好奇地问："你带你妈去看病吗？"张斯振坚定地回答："不是，我是带着我妈去上高中。"人群中有人笑了，有人喊："我们没听错吧，还是第一次听说带母亲一起上学的，新鲜事。"母亲的脸红了起来，哭着说："孩子，把我送回家，妈不能拖累你。"张斯振转身说："妈，无论别人怎么说，我都要把你带到身边。你不跟我去，我就不读。"两个人"吵"了很久，最后母亲流着泪说："孩子，妈陪你一起去上学。"

张斯振拉着母亲出了村口，沿着那条曲折的路往前走。走了两个小时后，脚底起泡了，钻心地疼，但他还是强打笑脸对母亲说："妈，你坐好，快到县城了。"10点多钟，张斯振终于拉着母亲来到青口四中。

他把平板车停在校外的角落，告诉母亲："妈，我去报到，你在这好好躺着。我马上就回来。"然后他跟其他学生一样排队交费，绝口不提自己的困难。

报到后，张斯振便拉着母亲到校园附近找房子租，人家一开门，张斯振就急切地问："我想租一间房，多少钱呢？"房东觉得他是小孩，就说只要100元一个月。可是等张斯振把母亲抱进屋来，房东一看就变了脸："这房子我不能租给你，万一你们出事了，我还要负责任哩。走吧！"张斯振拉着母亲找了整个下午，房子就是没着落。最后母子俩只好返回青口四中，在传达室里借宿了一夜。

30日晚，张斯振在离学校一两公里的查报站附近找到了一间废弃的破屋，母子俩才算有了栖身之地。没有水，没有电，母子俩吃着快要发霉的煎饼，喝着从学校打来的开水，终于品尝到些许"家"的温暖。只是这个"家"太空旷了，蚊虫太多，几乎一整夜，张斯振都在用扇子帮母亲驱赶蚊虫，自己熬得两眼通红。

尽管张斯振不想麻烦学校，但高一（10）班班主任熊金波还是发现了班上这个特殊的学生，他随即将张斯振的情况向校领导作了汇报。校长牟江闻讯后感慨万千："我从教30多年了，如此艰难的求学情形还是第一次遇到，我们一定要帮助张斯振读完三年高中！"

9月1日，青口四中专门召开校务会研究决定，免除张斯振高中三年全部学费，并在学校用房严重不足的情况下，在教工宿舍区腾出一间单门独院平房，购置了生活必需品，免费提供给母子俩。随后，爱心如潮水般涌来，短短几天，全校师生就向张斯振母子捐款近5 000元。承包学校餐厅的董老板亦深受感动，破例吸收张斯振为"编外员工"。张斯振每天利用放学后的课余时间，到餐厅卖饭

卖菜，餐厅则免费为母子俩提供一日三餐。

张斯振母子做梦也没有想到，学校这么快就解决了他们的食宿大事。母亲不止一次地对斯振说："这天底下还是好人多啊！孩子，你一定要牢记老师和同学们的恩情！""妈妈，你放心，我知道自己该怎么做。"不善言辞的张斯振没有多说，他在心底里已经暗暗下定决心，要用实际行动回报老师和同学们的关爱。

他每天早上仍然5点钟不到就起床，晨读过后，再到食堂为排队就餐的同学们打饭。中餐和晚餐也是如此。忙完后，他带着饭菜匆匆赶到家，先用温水给母亲洗脸，接着喂饭给她吃，最后才轮到自己吃饭。学校的晚自修是9点钟下课，他把书本带回家，仍然要学到深夜才休息。

每次从食堂带回来饭菜，张斯振都要把口味好、有营养的喂给母亲吃。他说母亲消化不好，吃得少，应该加强营养。可母亲认为斯振正是长身体的时候，学习又特别紧张，更要吃饱吃好。为此，两人经常"争"起来。有一次，班上的同学来看望他母亲，送来一箱袋装牛奶。斯振打开一袋喂给母亲喝，母亲却不喝，说不习惯这味道。斯振说："这牛奶是同学们专门送给你喝的，你不喝咋成？"母亲说："我不喝你喝嘛。"斯振知道母亲的真正用意，故意说："我也喝不惯牛奶的。咱们都不喝，到时候过期变质太可惜了。"这一招还真管用，母亲一听急了，连忙说："可不能浪费！吃了不心疼浪费了心疼。"于是，两人相互"妥协"，说好每天早晚一人一袋把这箱牛奶喝掉。

9月的天气还很闷热，张斯振担心母亲生褥疮。这天晚上，他从学校打来两瓶热水，把母亲抱起来，侧卧在床边，为她擦拭后背。母亲的泪水流出来，"吧嗒吧嗒"地滴落在脸盆里。斯振急忙问妈妈怎么啦。母亲长叹一声："儿呀，真是苦了你啦！现在你倒像个妈妈，我成孩子了……"张斯振知道母亲会越说越伤心的，故意朝她做了个鬼脸："妈，看你又瞎说了，我又不是女的，怎么能做妈妈呢？"说着他自己也忍不住笑了。

夜深人静，张斯振还坐在灯下苦读。母亲也睡不着，不时朝放在床头的闹钟上瞅，后来忍不住劝道："孩子，都12点了，你早点睡吧。"斯振说："妈，你先睡吧，我把这道题做完了再睡。"可半个小时过去了，斯振仍没有睡觉的意思。母亲急了："孩子，别再熬了，上床睡觉！"斯振说："再等等，这道题还没做好哩。"母亲说："不行，你别以为我动弹不了，就管不了你了。"斯振看母亲真的急了，连忙"嘿嘿"一笑，说："妈，听你的，我现在就立即睡觉！"

▶ 至孝亲情感动一座城

张斯振带着瘫母求学的消息经当地媒体报道后，引起赣榆县和连云港市政府领导的高度重视。2004年10月27日，赣榆县县长陈良灵在了解张斯振的事迹后深为感动，当即作出批示，要求县、镇有关单位进一步解决张斯振母子的生活问题。11月12日，连云港市副市长杨莉带领市、县教育局、民政局、卫生局等相关部门的主要负责人赶到青口四中，就张斯振今后的学习和母子俩的生活等一系列问题现场办公。杨莉副市长深情地对张斯振的母亲樊俊声说："你养了个好儿子，他坚强好学，孝敬老人，是全市广大青少年学习的典范。"

市、县卫生部门当即表示，将帮助患病的张母参加合作医疗，享受大病救助待遇，并由市、县医疗专家对她的病情进行综合会诊。考虑到张斯振带着母亲上学，既要打工，又要照顾母亲，学习必然受到影响，在征得张斯振母子同意后，县民政部门积极与张斯振家所在的罗阳镇政府联系，决定由民政部门和罗阳镇政府共同承担张母的养老问题，让张斯振能够有更多的时间学习。11月26日下午，罗阳镇政府有关负责人来到青口四中，将张斯振的母亲接到离青口四中较近的赣榆县社会福利院。镇政府特意聘请一名有经验的护理人员，专门照料张母。紧接着，民政部门以最快速度解决了张斯振母子的低保问题。

与此同时，张斯振的事迹也在社会上引起强烈反响，人们纷纷向他伸出援助之手。截至2005年1月，社会各界已向张斯振母子捐款3万多元。一位小学生汇来100元钱，并写道："斯振哥哥，你是我学习的榜样，我永远支持你！"一位在读博士生特意赶到青口四中看望张斯振，捐款200元，并表示以后每月捐助100元生活费，直至他高中毕业。连云港市区一位中年妇女捐款300元后说："张斯振的事迹让我感动流泪，让我扪心自问，在敬老爱老方面，我们做得怎么样？如不如这样一个17岁的孩子？……他不仅是孩子们的好榜样，也是我们这些大人学习的榜样。"

社会大家庭的温暖，使性格有些内向的张斯振脸上一扫往日的阴霾，变得乐观、开朗了许多。他给当地媒体写了封公开信，向所有关心和帮助过他们母子的人们道一声衷心的感谢。他在信中写道："贫困和母亲的疾病曾让我觉得生活是多么的不幸，生命是多么的无奈。然而，今天我觉得这一切都已改变，因为现在有这么多人关心着我。谢谢你们，是你们让我重新扬起生活的风帆，让我觉得生活是如此美好！你们对我的关心和爱护，是我一辈子不能忘记的，也必将是我今后学习拼搏的无限动力。我发誓，我将加倍努力，刻苦学习，奋发向上，以优异成绩来回报你们，不辜负你们对我的期望！"

2005 年 6 月，笔者在赣榆县青口四中见到了张斯振。高中第一个学年快要结束，张斯振进入了全年级的尖子生之列。他说自己高中毕业后，最想报考的是医科大学，他要向风湿性关节炎、类风湿性关节炎等疑难杂症挑战，为自己的母亲治病，为千千万万个患者送去福音……

2001年1月30日，大年初七。吴江市震泽镇双阳村仍沉浸在节日的喜庆气氛中。下午5点多钟，村民李和生家正热热闹闹地招待着贵州籍的干儿子和干儿媳，几名公安干警突然从天而降，冲进屋里带走了其干儿子"张道书"。与公安干警同来的一个名叫胡明芬的年轻女子目睹此景，抑制不住内心的万分激动，泪流满面："哥哥呀，你的在天之灵安息吧，杀害你的仇人终于被抓住了。"两年多来，她吃尽千辛万苦，为的就是这一刻。被抓的化名张道书的人正是她千里追寻的杀人凶手刘帮富。

▶ 慈兄惨遭杀害

1976年农历正月十五，胡明芬出生在贵州盘县马场乡的一个小山村。她的父母身体不好，家境非常贫困，兄妹五人，只有二哥胡廷荣读过中学。

二哥天资聪慧，学习成绩特别好，是让胡明芬骄傲和敬佩的兄长。但是，残酷的现实击碎了二哥的梦想。明芬12岁那年，父亲病逝了，懂事的二哥第二年春就辍学，跟村里几个年轻人一起去广东打工了。后来，二哥每个月都寄钱回来，每次二三百元，这在当时非常可观，胡家的生活因此有了起色。

两年后的春节，二哥回了趟家，把14岁的胡明芬一起带到广东东莞。二哥原先在一家电子厂打工，本来返回后还可以进这个厂，但因为胡明芬没有什么文化，这家电子厂招女工又少，她肯定进不去，为了兄妹俩在一起有个照应，二哥就放弃了电子厂的工作，带着胡明芬到处找工，好不容易找了家制衣厂，答应把他们兄妹俩一起收下。

胡明芬原先把打工想得太容易太轻松了，后来干起来，才知道制衣女工做的活儿不比干农活儿轻，还不自由。因为她和二哥都是学徒工，一天干 10 多个钟头的活儿，包吃包住，只有 100 多元的工资。胡明芬这时才体会到，二哥早两年孤身一人出门，能常常寄钱回家，是多么不易，那都是二哥省吃俭用攒下来的血汗钱呀！

胡明芬和二哥不在一个车间，也不住在一幢楼上，但兄妹俩过几天就能见上一面，二哥每次总要买些零食给小妹吃，明芬也常帮二哥洗洗衣服，兄妹俩因此少了许多思乡之苦。1992 年底，制衣厂接到一批订单，每天都要加班，工作时间延长到十四五个小时，由于过度劳累，胡明芬在一天深夜突然病倒了，腹部一阵阵剧痛，疼得她在床上直打滚。同寝室的姐妹在厂里找了一大圈，也没找到一个主事的人，情急之下，找到了正在上夜班的胡廷荣。听说妹妹得了急症，胡廷荣二话没说，奔到妹妹的寝室，背上她就朝医院跑。从制衣厂到镇医院 10 多里路，胡廷荣边跑边安慰妹妹："你一定要挺着，有二哥在，你别怕。"胡明芬疼得几近昏迷，但在哥哥的背上，她的心已经变得踏实。到了镇医院后，医生初步诊断胡明芬患的是急性阑尾炎，要胡廷荣交 1 000 元住院保证金才能进行手术。而胡廷荣刚才从车间里跑出来，身上一分钱也没带，他只好求医生先帮妹妹看病，他随后就去拿钱。医生不同意，说："你们这些打工仔，谁敢相信？"看到妹妹躺在那儿一声紧似一声地呻吟，胡廷荣心疼万分，这个七尺男儿双膝跪地，苦苦哀求，终于打动了表情冷漠的医生。手术后，胡廷荣守在妹妹的病床前，两天两夜没合眼。

几年来，胡明芬一直跟着二哥在外打工，二哥是她的主心骨，是她的保护神。直到 1995 年秋天，她跟来自遵义的王家岭谈恋爱，王家岭总嫌二哥对她管得太严，常常揶揄她在二哥的羽翼下永远长不大，而胡明芬跟王家岭那会儿正爱得晕头转向，当然觉得他的话有道理，从此才离开二哥，和王家岭到别处闯天下。1996 年，胡明芬与王家岭领了结婚证，第二年，她生了个儿子。两口子常年在外，回娘家的机会极少，便很长时间见不到二哥了。

1998 年 10 月 6 日，胡明芬和丈夫正在徐州一家集体煤矿做工，突然接到大姐从家乡发来的电报："家里出事，速归。"胡明芬心急火燎，家里不通电话，她连忙打电话给住在盘县县城的一个亲戚，这才知道，家里真的出了大祸，她二哥胡廷荣被人杀害了！胡明芬一卜子蒙了，好一会儿，才失声痛哭起来。

　　胡明芬本想第二天就回贵州奔丧，但丈夫不同意。一是因为王家岭与胡明芬谈恋爱时，二哥曾说过王家岭这个人不太可靠，胡家人劝阻过明芬，所以王家岭对妻子的娘家人一直心存不满；二是王家岭下井挖煤的两个月工钱还未结算，现在连几百块钱路费都拿不出。

　　整整一个星期，胡明芬病倒在床上，几乎不吃不喝，一想到惨死的二哥，她就忍不住哭泣。丈夫烦了："哭什么哭？人都死了，哭能把他哭回来？"胡明芬说："实在没有钱，我爬也要爬回去。"后来，他们终于东拼西凑，筹了 1 000 元钱，一家三口乘上了回贵州的火车。到了贵阳，又转乘汽车。在车上，丈夫身上仅剩的五六百块钱，被几个青年用易拉罐拉环"兑奖"的骗局骗得精光。丈夫气急败坏，一路上骂胡明芬出气："如果不上你家，我就不会这么倒霉，晦气晦气！"胡明芬忍气吞声，一路风尘赶到家，二哥胡廷荣已经下葬。她扑倒在二哥的坟前，悲痛欲绝。

▶ 千里迢迢追真凶

　　回到家，胡明芬很快便了解到二哥的被害经过。1998 年 9 月 27 日，是胡廷荣从广东回来的第三天。这天早晨 8 点左右，母亲做好饭，到儿子住的那间木屋里喊他起来吃饭，一推门进屋，母亲就感到全身发紧。二儿子没在屋里，床上凌乱不堪，而床边和地上血迹斑斑。母亲一阵眩晕，直觉告诉她，自己的儿子遭人谋害了。母亲喊来另外两个儿子，找遍了全村的角角落落，仍没有二儿子的踪影，只好到当地派出所报案。警方随即来人进行了侦查。六天后，在本村一处水坑里捞出了胡廷荣的尸体。根据家人提供的线索和现场侦查，警方初步认定，杀人嫌犯是本村青年刘帮富。刘帮富与胡廷荣是小时候玩得好的伙伴。这次胡廷荣回乡过中秋节，身上带了大约 3 000 块钱，刘帮富在 9 月 26 日曾向胡廷荣借钱，被他委婉拒绝。刘帮富于是杀人劫财，抛尸潜逃。

　　二哥死得太惨了，凶手是在凌晨二三点钟潜入家中，用铁榔头猛击头部将其杀害的；二哥的尸体打捞上来时，身上一丝不挂，凶手劫走了他的钱，连他一双新买的皮鞋也偷走了。

二哥的死，对这个家庭的打击太大了。年过花甲的母亲身体本来就不好，儿子被害，凶手逃之夭夭，她悲愤交加，已精神失常；大哥的女人因吃不了苦，早两年跟人跑了，留下两个未满十岁的孩子，一直靠二哥接济，现在二哥没了，孩子们怕是学也上不成了；小弟只有 19 岁，本打算今年跟二哥出去打工的……胡明芬越想越伤心，她暗暗发誓：一定要抓住杀人元凶，为二哥报仇！

但是，由于杀人嫌犯刘帮富早已逃得无影无踪，当地警方把这个案子只好搁了下来。胡明芬到有关部门去了十多趟，一次又一次催促，一次又一次焦急地等待，案子仍没有任何进展。于是，性格倔强的胡明芬萌生了自己外出追凶的想法。

1999 年春节一过，胡明芬就跟丈夫谈起了自己的打算。谁知王家岭嗤之以鼻："你看你能的！公安局都抓不到他，你上哪里找这个刘帮富？"他不由分说，把胡明芬和儿子带到云南宣威，他有个哥哥在此地一家铝矿当包工头。谁料胡明芬到了宣威后，寻仇的念头非但没有减弱，反而变得越来越强烈。她流着泪对丈夫说："二哥死得太惨了，不抓到凶手，我心里永远不得安宁。"接着，她恳求丈夫跟她一起去追踪刘帮富。王家岭坚决表示反对，他恼羞成怒地说："我看你跟你妈一样疯了，你别再跟我提这事，要找你自个找去。"

丈夫的无情阻挡没动摇胡明芬的决心。1999 年 3 月初，她抱着不满两周岁的儿子，义无反顾地踏上了寻凶之路。临走时，她全身上下只有 100 多元钱。

人海茫茫，刘帮富会藏在哪里？在别人眼里，胡明芬的行动无异于大海捞针，但她自己却不这么认为。这些年来，她与刘帮富的接触虽然不多，但他既是同乡，又曾是二哥儿时的玩伴，她对他还是比较了解的。刘帮富的父亲当过多年村支书，他在村里便一直胡作非为、称霸一方。前几年，他又跟六盘水的一帮地痞混到一起，干起了拐卖妇女的勾当。据村里人说，刘帮富的两个妹妹也被他明码标价"嫁"到了江苏吴江。根据刘帮富好逸恶劳的特性，胡明芬春节时就跟家人一起估猜过，他不会到一个陌生地方吃苦受累的，而六盘水有他的狐朋狗友，江苏吴江有他的两个妹妹，这两个地方他最有可能前去藏身。

胡明芬先来到六盘水市区，她有个远房姑姑住在这里。她想先投靠这个姑姑，找个落脚的地方。谁知这个姑姑听完胡明芬说出自己的来意之后，脸色陡地变得不好看。这个远房姑姑也是家乡出来的，提起村支书的儿子刘帮富，她自然认识。她的意思很明显，她不想掺和到"追踪刘帮富"这件事里，不想得罪刘家的人，因为刘家不仅在乡里、县里，甚至在六盘水也有些势力。她同时还劝胡明芬："刘帮富心狠手辣，你就是撞上他，你也弄不过他，他说不定还会对你下毒手。"

胡明芬觉得自己不必难为这个胆小的姑姑，便把孩子一抱，重新走上街头。这时，她身上带的 100 多块钱已经花光。凭着多年的打工经验，她当天就在一个小饭店找了份打杂的活儿。这回她多了个心眼，只说自己是外出找亲戚的。饭店老板夫妇看娘儿俩真的可怜，就让他们吃住在店里。干了几天后，他们看胡明芬既要带孩子，又要出去寻人，便叹口气道："店里的活儿不是不给你干，看来你是真的没法干，你干脆先去寻人吧，吃住还在这儿。店虽小，也不在乎多你一双碗筷。"胡明芬谢了店老板夫妇，有他们的支持，她不再担心吃住问题，可以一门心思出去"寻人"了。短短一个月时间，胡明芬几乎跑遍了市区所有的大街小巷，但凡盘县人开的饭店、旅馆、舞厅、茶座，甚至连洗头房、放映厅，她都去查问个遍，她打听到认识刘帮富的人不下二三十个，有的甚至还知道他杀了人畏罪潜逃了。面对这其中有些人狐疑的目光，胡明芬只好违心地说自己是刘帮富的表妹，有急事想找他。在一家小旅馆，她遇到了一个自称是刘帮富铁哥们的粗壮男人。那人滴溜儿着一双三角眼，上上下下打量着她，突然冷笑一声说："没听说刘帮富有你这样的表妹吗，你是想诓我的吧？"胡明芬也冷冷地回敬了他一句："你我无冤无仇，你说我好好地诓你干吗？"那人这才露出一副色迷迷的嘴脸："要想找刘帮富，你得先跟我走一趟。"说罢凑近胡明芬，把她朝一边拉扯过去。胡明芬一看不对劲，夺路而逃。

通过一次次暗访，胡明芬大致断定，刘帮富不会藏在六盘水。这里认识他的人太多，他就是有天大的胆，也不敢常在熟人堆里露面。她还得到一条线索：刘帮富失踪后，他的未婚同居的"媳妇"也随之消失多日，刘帮富可能是带着"媳妇"一起逃的。这个"媳妇"也是盘县人，胡明芬曾在前年春节时见过刘帮富把她带回家。

1999 年 4 月，胡明芬离开六盘水。好心的店老板夫妇送给她 300 元钱，她用这钱打了车票，经贵阳、郑州、徐州转车来到苏州，这时，她身上的钱已经所剩无几。她打听到吴江是苏州的一个县级市，估计路途不会遥远，就决定不再花钱坐车，一路步行找过去。

▶ 苍天不负苦心人

从苏州城到吴江八都镇，只有 100 里路途，胡明芬走了十来天。她一路上走走停停，每经过一个村镇，她都要设法打听有无贵州老乡嫁在此地或是在此打工。钱用光了，那几天，她就白天乞讨，晚上寻个小旅馆，哀求人家让她带着孩子住上一宿，不行的话，在店里坐一夜也成。4 月的天气，深夜里还很寒冷。那天她又累又饿，实在支撑不住，坐在旅店的沙发上很快睡着了。两岁的儿子被冻得"哇哇"直哭，她惊醒后，一边哄着孩子，一边自己却也伤心地哭起来。

还有一个晚上，她正准备找地方投宿，突然蹿上来一个三四十岁的男人，拦着她嬉皮笑脸地说："小姐，我跟着你老半天了，人家说大姑娘要饭死心眼，我看你就是个死心眼子。"胡明芬吓得连连后退。那个男人却一步步逼近她："小姐，你长得这么水灵，要什么饭？干脆到我那里，我供你吃供你住。"胡明芬本能地搂紧怀里的孩子，直摇头说："不，不……"那男人凶相毕露，上来一把从后面将她抱住。胡明芬一面挣扎，一面大声呼救，那男人见有人赶来，这才住手逃跑。

在八都镇长家湾村，胡明芬遇上了一个好心肠的农家妇女。这个叫沈阿男的女子看胡明芬神情疲惫，娘儿俩衣衫单薄破旧，不觉动了恻隐之心。她不仅让娘儿俩吃了顿饱饭，还从家里找出几件衣服送给她们。胡明芬感动得热泪盈眶，禁不住向这个心地善良的大姐诉说了自己的处境。沈阿男听后欷歔不已，拉着胡明芬的手说："你娘儿俩就在我家住下吧，寻找凶手的事得从长计议。"沈阿男家住的是两层小楼，她专门腾了间房子让母子俩住下，不久又帮胡明芬在镇上一家绢纺厂找了份活儿。

胡明芬有了收入，就把儿子送到村里私人办的托儿所，从此边打工边四处联络贵州老乡，向他们打听刘帮富两个妹妹的下落。不久，她得到确切消息，刘帮富的两个妹妹就嫁在离八都不远的震泽镇和梅堰镇。胡明芬自此有了可以锁定的目标。但是，她在厂里干的是二班倒，满心想出去追踪暗访，时间却实在是太少太少。她打了个电话给仍在云南宣威的丈夫，想叫他到这边来打工，多少能给她一些帮助。不料丈夫在电话里一口回绝，还口气强硬地提出要跟她离婚。

胡明芬一咬牙，把绢纺厂的工辞了，买了辆自行车，沿着附近村镇的大街小巷，干起回收啤酒瓶的买卖。这一招还真灵，既解决了生计问题，又可以挨家挨户探访，还不引人注意。只是一夏天过去，她变得又黑又瘦，害得她连镜子都不敢照。1999年9月初的一天下午，胡明芬在震泽镇菜场附近看到了一个似曾相识的女子，她脑海里一闪，立即确认这个二十六七岁的少妇正是刘帮富未婚同居的"媳妇"。她估计对方并不认识自己，便一直尾随着她，直到她走进不远处一家纺织厂。

刘帮富"媳妇"的出现，使胡明芬信心大振。她本想到当地公安机关报案，但转念一想，现在还不确定刘帮富就跟他"媳妇"在一起，过早地让公安介入，说不定会打草惊蛇，她决定顺着这个线索继续追下去，狐狸的尾巴早晚会露出来的。

事不凑巧，胡明芬的儿子那阵子突然患了肺炎，她只好急着带儿子住院看病，几个月攒下的千把块钱很快花光了，好心的沈阿男又拿出1 000元私房钱借给了她。等儿子痊愈出院，她再到震泽镇那家纺织厂寻找刘帮富的"媳妇"，竟再也不见她的踪影。

2000年春节就要到了，胡明芬又打电话到云南，想让丈夫过来帮她一把。谁知丈夫的哥哥接了电话告诉她，王家岭对她已经情断意绝，又找了个"媳妇"，两人早已离开宣威，到广东去了。丈夫的负心背弃，让她既愤恨又伤心，她搂着儿子大哭了一场，感到自己是多么孤苦无助。她非常想念有病的母亲，想念对她关怀备至的死去的二哥。但是仇人没有抓到，自己又没有钱，她不能回去啊。她好不容易打电话找到姐姐，两人说着说着都泣不成声……

3月份，20岁的弟弟胡明荣赶到吴江，协助身单力薄的姐姐一起寻找凶犯。胡明芬嘱咐弟弟一定要机灵警觉，千万不要让对方认出自己。她知道，歹毒的刘帮富狗急跳墙什么坏事都能干得出来。

时间一天天过去，日历很快翻到2001年。胡家姐弟俩将吴江的村镇拉网式地找了个遍，仍然没有发现刘帮富的行踪。弟弟有些失望了，打算收拾行李回家过年去。胡明芬思忖再三，劝弟弟留下来。她说："春节时大家都想着与亲人团

聚，刘帮富如果就隐藏在这附近，这个时候最有可能出来走动，我们去他两个妹妹家周围守一守。"

苍天不负有心人。1月29日，大年初六下午，胡明荣途经318国道震泽至梅堰段，忽然看到一个熟悉的面孔从马路对面走过，他浑身为之一震，那人不正是他们姐弟俩多少天来苦苦追寻的刘帮富么！他激动异常，赶紧到路边找电话给姐姐打传呼。然而，就在这个空当儿，刘帮富消失得无影无踪。姐弟俩虽有些懊悔，但他们仿佛已看到了胜利的曙光。他们估计刘帮富近日内还会在此露面，于是第二天一大早就赶到这一路段，严密守候起来。

下午5点左右，刘帮富果然出现在胡明芬的视线之中，他身边还带着那个已经身怀六甲的"媳妇"。此时此刻，胡明芬心中的仇恨就像火一样燃烧，她努力克制着自己，悄悄地尾在他们身后，直到看见他俩大摇大摆地走进双阳村一户农家的两层小楼，她立即拨打110报了警。一刻钟后，震泽公安分局的警车赶到。胡明芬领着几名公安人员以迅雷不及掩耳之势冲进那座小楼，将正在那里做客的刘帮富一举擒获。

经警方审讯，刘帮富对杀人潜逃的事实供认不讳，还交待了杀害胡廷荣后逃往昆明，又化名"张道书"逃到浙江湖州及吴江盛泽、梅堰等地打工隐藏的情况。他万万没有想到，在潜逃了两年之后，在他认为最安全的时候，竟栽倒在一个弱女子的手中。

如愿以偿的胡明芬终于松了口。两年多来，她吃了多少苦，甚至连丈夫都离她而去，但她无怨无悔。此情此义，苍天可鉴！

万里追寻憨弟弟

> 南京女医生李军有个憨弟弟，叫李伍拾。在自己无力看护的情况下，李军以3年1万元的费用委托徐州老家的亲戚照顾李伍拾。谁知2003年9月5日，李伍拾却在徐州走失。在随后的19个月时间里，李军踏上了漫漫寻亲之路。她甚至让在德国攻读硕士学位的女儿三度回国，陪着她寻亲达8个月之久。她们行程数万里，辗转江苏、安徽、山东、河南四省的十余个城市……
>
> 2005年4月20日，历经千辛万苦的李军终于和失散19个月的憨弟弟团聚！

▶ 实属无奈，将憨弟弟委托看护

李军1952年7月出生在南京。她的父母都是南京市粮食系统的普通职工。她有两个弟弟，小弟是父亲50岁那年出生的，叫李伍拾。李军11岁那年，父母离异，那时，小弟李伍拾只有两岁。

母亲离异后又成了家，父亲拉扯着三个儿女，一直未娶。在这个单亲家庭里，少年时的李军便承担起了一个母亲的职责。李伍拾一岁时发了次高烧，拖了好长时间才治好，此后又经常生病，到五六岁时被确诊为重度智力障碍。对这个不幸的弟弟，李军一直非常疼爱，给予他无微不至的关怀。

1971年，高中毕业的李军分配到南京第四建筑公司工作，公司领导对聪明能干的李军很赏识，破例把她送进卫生学校读书，毕业后回公司当了名厂医。1975年，李军与本公司的技术员李寿庚结婚，第二年，他们有了个可爱的女儿，取名李雯。有了小家庭后，李军对两个弟弟的关心一如既往。尤其是李伍拾，身体长成了大小伙子，智力水平却始终跟三四岁儿童差不多，李军总把他接到家

里，像对待自己孩子一样照料他。这期间，女儿李雯也跟"憨子"小舅建立了深厚的亲情。

1985年，年迈的父亲因病去世。弥留之际，老人拉着李军的手说："闺女呀，爸不行了，爸放心不下的还是伍拾，他就交给你啦……"李军哽咽着说："爸，你放心，我无论如何都会把小弟照顾好的！"

父亲去世后，由于居住条件所限，李伍拾一直随大哥一家生活。尽管李军家与弟弟家坐公交车要四五十分钟的车程，但她基本上隔一两天就要到弟弟家去一趟，帮弟弟家打扫卫生、洗衣做饭；李军和丈夫都是普通的工薪阶层，日子过得并不宽裕，但她每个月都要拿出自己工资的三分之一补贴弟弟。李伍拾在哥、姐两家人的悉心照料下，长得白白胖胖，穿得利利落落，从外表看不出是个智残人。而且李伍拾也像个恋母的孩子，特别依恋姐姐。李军几天没来，他就吵着要去找姐姐；家里有什么好吃的，他会特意留给姐姐吃。

光阴荏苒，一晃到了1999年4月。这天，一向身体健康的大弟被医院查出患了食道癌。李军听到这个消息，犹闻晴天霹雳，她当即来到大弟身边，一边宽慰他，一边托人联系省肿瘤医院最有名的医生为他做手术。然而手术后不到半年，大弟病情复发，癌细胞扩散到肺部，需24小时陪护。

从大弟做手术住院开始，李军就把小弟接到自己家里。她一边和弟媳妇轮流护理大弟，一边还得照顾不能自理的小弟，身心极度疲劳。有一次，她在赶往医院的途中昏倒了，幸亏好心的路人把她扶到路边休息，待了好一会儿才缓过神儿来。

李家的处境引起了街坊邻居和居委会的关注。他们热心地向李军建议，把李伍拾送进福利院。李军思量再三，有些动心。自己现在的确分身无术，尤其是家里没人时，把生性好动的小弟关在屋里受憋屈，她实在于心不忍。于是，她抽空到福利院暗访了一趟，感觉条件和环境确实不错。这天，李军雇了辆面包车，叫上居委会主任和两个老邻居，一起把李伍拾送到福利院。福利院领导对李伍拾进行简单测试后认为可以接收。然而李伍拾不干了，他似乎预感到什么，趁李军跟人家商谈费用的时候，翻过福利院的围墙跑了。李军等人好不容易把李伍拾追了回来，福利院领导却怎么也不愿把李伍拾留下了，他们担心李伍拾不服管束，一旦走失，担不起这个责任。

回来的路上，任凭李军怎么哄劝，李伍拾就是不愿上福利院，但他好像有些明白大姐的良苦用心，憨憨地说："送……送我到老家去！"原来，李军父母的老家在徐州市贾汪区江庄镇铙钹村。父亲在世时，每次回老家都把伍拾带着；后来父母相继去世，都安葬在老家，李军每年回去上坟，也常带着小弟。孩童习性的李伍拾非常喜欢乡下老家那样的环境。

李伍拾的话提醒了一筹莫展的李军。是啊，把小弟送给老家的亲戚照看，倒不失为一个好办法。

李军开始逐一联系老家的亲戚。在这些亲戚中，三姨妹李秀红是李军认为比较合适的人选。一是她少年时曾在李军母亲身边生活多年，与李军姐弟有一定的感情基础；二是李军回老家时常住在李秀红家，相对于一般的农村人家，她家收拾得比较干净；三是李秀红的丈夫身强力壮，能镇得住李伍拾。

李秀红在接到李军的求助电话后，很快就回话表示愿意看护李伍拾。她说："俺姨（指李军母亲）生前对俺那么好，你们现在遇到难处了，俺咋能不帮？"

2000年1月6日，李军带着小弟乘了七八个小时的车，来到李秀红家。细心的李军不仅把小弟的衣物被褥准备得一应俱全，还给他特制了十张塑封好的特殊身份卡。卡上注明李伍拾系重度弱智，还有李军家及户籍地派出所的联系电话。

李军与李秀红约定，向她支付三年不低于1万元的看护费用；另外，给李伍拾购置衣服、看病等全部费用也由李军负责。为了方便联系，由李军出钱，给李秀红家装了一部电话。李军再三向三姨妹说明，平常尽可能地把李伍拾纳入视线范围，李伍拾出门玩耍时，一定要把特制的身份卡挂在他身上；如果三姨妹哪天不愿照顾李伍拾了，可随时通知她把人领走。

李伍拾初到乡下，一切都觉得新鲜好奇，显得特别开心。李军心里一块石头落了地。

▶ 我的憨弟弟呀，你在哪里

2000年6月，大弟的病情突然恶化，离开人世。李军悲痛万分，精神上受

到很大的打击。她原来打算过如果大弟的病情好转了，即把小弟接回南京，看来这件事只能拖到自己退休后再办了。

把小弟寄养在李秀红家之后，李军每隔三四个月就要带上大包小包的衣物和食品去看望他，并且总是把看护费用提前半年交给李秀红。2001年8月，李秀红家搬迁新宅，提出在新宅院里另盖一间10平方米的房子给李伍拾居住。李军表示同意，赞助了4 000元钱，又预支了4 000元看护费用送给李秀红。

这期间，李军曾经接到从徐州打来的一个匿名电话，说李秀红和丈夫经常虐待李伍拾，让她当心。李军随后专门回了趟老家，旁敲侧击地跟三姨妹谈了一次。李秀红说："打匿名电话的人肯定跟俺家有过节儿，是挑拨关系，有意使坏。"李军再次向她说明："你家有什么困难可以提出来，费用不够，我可以加钱；实在不好带，我可以随时把小弟接回去。"李秀红连忙让李军别多心，自己一定尽心尽责把李伍拾照看好。李军考虑到"疑人不用，用人不疑"，毕竟又是很近的亲戚关系，所以相信了李秀红的话。

然而，让李军意想不到的事发生了。2003年9月17日下午，李军接到一个山东亲戚的电话，意外地得知李伍拾早已在9月5日失踪，至今没有找到。李军大吃一惊，急忙给李秀红家打电话，可是电话一直无人接听，直到晚上7点多钟，电话才打通。李秀红承认，李伍拾的确在十多天前失踪。李军当时就在电话里发了火："人都丢了十几天了，你为什么不打电话告诉我？"李秀红不乐意地顶了她一句："俺这不正在找吗？"

李军心急如焚。她当即打电话给正在德国攻读德国文学硕士学位的女儿李雯，告诉她小舅失踪的消息。与小舅感情深厚的李雯在电话那头当时就哭了："妈，小舅没有自我生存和自我保护能力，在外多一天就多一天生命危险啊！"李军也哭着说："妈妈后悔死了，不该把他托付给别人照看啊！你小舅要是有个三长两短，妈妈也活不成了！妈妈马上就回老家去找他。"李雯一听这话，既为小舅的失踪揪心如焚，又担心妈妈难以承受如此打击，她当即决定，第二天就回国跟妈妈一起去寻找小舅。李军手握电话想了想，说你的课程安排只要许可，回来一趟帮帮我也好。当天晚上11点，李军和丈夫李寿庚乘坐北上的火车赶往徐州，第二天一早就赶到了李秀红家。

见到李秀红夫妇后，李军焦急万分地询问："发现人丢了以后，你们报警没有？采取了什么补救措施？出了这么大的事你们为什么瞒着我？"李秀红说：
"俺以为他出去要了，不会真的丢了，这几天俺到处去找，心想等找到了再跟你
说这事。"李军又问，她前前后后做了二三十张身份卡片，平时给小弟带在身上
没有？李秀红说那玩意儿到他手里就让他撕坏了，早就一张不剩了。李军说卡片
都塑封过的，怎么可能一撕就坏？

李军觉得李秀红一家对小弟未尽到看护之责，又迟迟不向她通报失踪消息，
且补救措施不力，她又气又急地对李秀红说："现在啥也别说了，找人要紧！"

当天上午，李军到当地的江庄镇派出所报了警。同时，她通过铙钹村村委会
雇请了40多名村民，租用了一辆大卡车、一辆面包车和四辆摩托车，开始到周
围的村镇分头寻找。

9月19日，李雯从德国法兰克福飞抵上海，又从上海坐火车直接赶到徐州，
也立即加入到寻找的队伍中。

李军一家和40多个村民在江庄镇周边方圆50里范围内拉网式搜寻了一遍，
又跑遍了周围20多个乡镇派出所，5天过去了，费用花了好几千元，但一无所
获。随身带的钱花光了，李军让丈夫回南京取钱，再给她请假，她和女儿李雯留
下来继续寻找。

在接下来的3个月里，李军和女儿未回过一趟家，她们沿徐州周边的铜山
县、丰县、沛县、睢宁、邳州，一直寻至山东的薛城、台儿庄和微山县。心疼妻
女的李寿庚也从南京将自己的摩托车托运到徐州，跟着她们马不停蹄地跑了一个
多月。他们还花费近万元在当地的报纸、电台、电视台发布了寻亲信息，又赶印
了一万多份寻人启事一路张贴。

寻亲的路上，李军母女吃尽了苦头。她们每天都是清晨四五点钟出发，从
一个村庄走到另一个村庄，一边四处打听，一边张贴寻人启事，一直到天黑了才
停下来休息；她们搭乘过乡村道路上几乎所有的交通工具：公共汽车、机动三轮
车、手扶拖拉机、马车和毛驴车；为了节省开支，她们一天三顿吃方便面，晚上
住在农民家或廉价的小旅馆里，有时还在火车站坐上一夜。有一次，途中突然遭
雨，前不着村后不着店，母女俩在泥泞小路上跋涉了十几里，浑身上下让冰凉的
雨水淋透了，连续感冒发烧好几天，但她们一天也不愿耽搁，仍然坚持外出。有
了这一次遭雨的教训，加上乡村小道坎坷难行，她们每天出门时都会带上雨衣，

穿着雨靴，再加上随身携带饭盒和拎着厚厚一包寻人启事，她们的气质、相貌跟这种装束打扮的反差，让路人莫不好奇。

李雯从德国回来时订的是往返机票。3个月的假期到了，李雯要返回德国了。望着漂亮女儿因整天风吹日晒而变得黑瘦的脸庞，李军哭了："雯啊，妈对不起你，让你跟着受累了。"李雯说："妈妈，小舅一天不找到，我的心一天也不会安宁啊！"母女俩相拥而泣。

女儿走后，李军回南京办理了提前退休手续，打算投入全部精力去寻找小弟。一些同事和亲戚对此不理解，说你对这个傻弟弟已经尽责了，茫茫人海，寻找一个严重智障的人无异于大海捞针，你怎么连好好的工作都不要了，去做一件几乎没有可能的事情？有的人还私下议论说，这样一个傻子本身就是个累赘，丢了也罢。但是，丈夫和女儿理解她，支持她，让李军深感慰藉。她坚信，只要弟弟还活在这个世上，她就一定能把他找到。

徐州位于江苏、山东、河南、安徽四省交界之地，道路四通八达，地理环境特别复杂。李军将徐州周围各个村镇、矿区几乎都跑遍了，又把寻找重点扩大到了周边的四省十余个城市。每到一地，她都要到当地的公安、民政部门登记查询，车站、农贸市场等人群密集的地方一处不漏。

2004年的春节到了，李军没有心情在家过节，大年初一就拉上丈夫赶往安徽萧县。从早到晚，两人走街穿巷，手里拿着寻人启事和李伍拾的照片一家一户地询问。大年初六，丈夫赶回去上班了，李军又孤身一人留了下来。这天雨雪交加，气候异常寒冷，李军顶风冒雪奔波了一天，拖着疲惫的脚步回到旅馆。三层楼的旅社里，只住了她一个人，让她备感凄凉。想到自己情深义重、血脉相连的三姐弟如今大弟病故，小弟失踪，她不禁悲从中来，泪水长流："小弟啊，你到底在哪里？这天寒地冻的，你在外面怎么过呀？"

身在德国的李雯惦记着母亲，也最理解母亲与小舅的手足情深。2004年4月和2005年1月，她又两度回国，这两次又累计5个月时间随母亲一起寻亲。

随着寻找范围的扩大，仅寻人启事就张贴了3万多张。光寻人启事的版本前后印了七种，花了六七千元，李伍拾的照片从复印变成了扫描，酬赏金额也从2 000元、5 000元涨到了1万元。然而，尽管李军和家人是如此的执著和努力，各地反馈过来的线索，包括各地警方登出的认尸启事，也辨认了几十次，但李伍拾依然下落不明。

▶ 众人相助，憨弟弟找到了

从得知小弟失踪那一天起，除了伤心、难过，愧疚和自责也一直折磨着李军。她曾跪在父亲的坟前深深忏悔："爸，我对不起你，你临终嘱咐我把小弟照看好，可我把小弟弄丢了……"

奔波在寻亲的路上，李军经常思考这样一个问题：为了便于看护，防止意外，她出钱给三姨妹家装了电话、盖了小房子，再加上为小弟特制了身份卡，这些措施和准备应该说足够细致，可为什么小弟还会突然失踪呢？他又是如何走失的呢？

李军无意中了解到一个事实真相：自己掏钱盖的 10 平方米小屋，李秀红早已另做他用，可怜的小弟则被打发到距离她家 100 多米的老宅院里与羊群为伴！李秀红如此不负责任，与她当初的承诺可谓背道而驰！更让李军难以容忍的是，小弟失踪了十几天，李秀红居然隐瞒不报，让她这个唯一的亲人蒙在鼓里，从而丧失了寻找小弟的最佳时机；而李秀红对于自己的失职非但没有追悔之意，还强词夺理，再三推诿，也不积极主动地协助寻找。

李军认为，李伍拾的失踪，李秀红负有不可推卸的法律责任！ 2004 年 11 月 30 日，李军一纸诉状将李秀红诉至徐州市贾汪区法院，请求法院判定李秀红履行看护责任，找回走失的李伍拾，并要求对方赔礼道歉及赔偿 2.8 万元相关费用。

贾汪区法院的阚宗杰庭长虽然办了 20 多年的案子，可面对这个特殊的诉讼请求他却犯了难。法院开庭时，原被告双方的情绪都很激动。李秀红深感委屈，哭着说："俺没想到啊，把'憨子'带了 3 年多，还带出罪来了！"李军更是泪流满面地说："为了寻人，我累计行程数万里，花的钱何止 3 万、5 万？我甚至让在国外读硕士的宝贝女儿回国，陪着我辗转颠簸了 8 个月！我不是非要你赔我多少钱，你要把我小弟找回来，我可以一分钱不要！"

阚庭长等人在分析了当事人双方的心理后认为，尽管双方目前存在较深的积怨，但她们对失踪的李伍拾都有一种爱，或者说都有一个共同的心愿：把李伍拾找回来。而如果一定要对此案进行判决，不仅存在法院如何执行的问题，社会效果肯定不会好，还会把双方内在的一种亲情扯开。

基于这样的分析，办案法官对双方当事人进行了调解。李军和李秀红最终接受了调解，并于 2005 年 3 月 17 日达成和解协议：由双方共同去寻找李伍拾；由于李秀红存在一定的过失，所以赔偿李军 4 000 元钱。

官司和解后，李军继续踏上寻亲之路。她的心里始终坚信：只要弟弟还在世上，只要我努力，总有一天会找到他！

此案的法律程序虽然完结，但李军对弟弟的一片真情和她万里寻亲的执著精神让承办此案的法官们不能忘怀。徐州市中级人民法院的领导获悉此事后，也深为感慨。他们认为，一方面这个委托监护权纠纷案例很典型，值得宣传；另一方面，法院出于人性关怀，可联络有关媒体为寻找李伍拾提供帮助。徐州中院的宣传部门随即积极地向中央电视台《经济与法》栏目进行了推荐。

中央电视台及时安排记者对此案进行深入采访，并以《寻亲》为题，在 4 月 18 日晚上 8 点 30 分《经济与法》节目中播出了。

李军悲情寻亲的经历在央视播出后，一些好心人纷纷打电话提供貌似李伍拾的线索。李军对这些好心人心存感激的同时，急忙设法核实，但结果都令她很失望。

4 月 19 日晚，一个来自新沂市新安镇的电话让徐州中院的领导振奋不已，对方在电话中所描述的人物特征与李伍拾非常接近。中院领导当即将这个好消息转告给正在山东某矿区核实线索的李军。李军得知后，意识到与自己离别 19 个月的小弟可能将要回到身边了。她恨不得插上翅膀，立即飞到新沂。

第二天一大早，李军怀着极其迫切的心情，坐上了徐州中院特意为她安排的汽车，向 100 多公里外的新沂飞驰。据随车的法官介绍，打电话提供线索的人叫高怀胜。2004 年四五月间，高怀胜和妻子在新沂市新安镇建邺路的一家修车铺与一中年智障男子偶遇，听他操一口标准的南京话。因高怀胜的妻子也是南京人，所以这个"憨子"引起了高怀胜的格外关注。4 月 19 日，高怀胜看了中央电视台《寻亲》节目后，立即联想到他在街头见到的"憨子"极有可能是李军苦苦寻找的弟弟李伍拾，于是他把电话打到了徐州市中院。

上午 10 时，当李军在法官和高怀胜等人的帮助下，找到新沂市建邺路附近一处拆迁工地时，一个让她日夜魂牵梦萦的身影出现了——那个正在墙边摆砖的民工模样的男子正是她的弟弟李伍拾！李军喊了一声"小弟"，便情不自禁地冲了过去，一把将弟弟紧紧抱住，放声恸哭起来。喜极而泣之余，李军拉着不住傻笑的弟弟向在场所有的好心人鞠躬致谢。随即，李军把这个天大的好消息打电话告诉了所有的亲朋好友。

原来，2003年11月上旬，蓬头垢面的李伍拾流浪到了新沂，他赤着脚、裹了件破旧不堪的黄大衣，躺在马路边的巷口里。某拆迁队工头的妻子孟云路过时发现了他。当时天气很冷，孟云觉得他再不吃饭就有饿死的可能，于是急忙给他端来饭菜。渐渐地，李伍拾和她熟识起来。于是孟云将李伍拾带到拆迁工地，帮工地上干些杂活儿或看管工地等。李伍拾的吃穿则由她供应。因为拆迁工地相对封闭，李伍拾很少外出，所以这一年多时间里，即使是工地周边的居民也很少有人见过这个"憨子"。

4月22日，李军一家三口带着李伍拾再次来到新沂，将1万元酬金送到提供线索的高怀胜手中，并向收留李伍拾的孟云一家表达了真诚的感激之情。当天晚上，他们和特意赶来送行的徐州法院法官们依依惜别，登上了返回南京的列车。

老弟，肾和骨髓都给你

> 兄弟姐妹原本是天上飘下的雪花，谁也不认识谁；落下以后，便结成冰，化成水，永远也就不分开了。
>
> ——电视剧《我的兄弟姐妹》台词
>
> 由于身患多发性骨髓瘤和肾脏衰竭两大绝症，弟弟挣扎在死亡的边缘。在这危急关头，已经 51 岁的哥哥毅然捐出自己的一只肾，同时还捐出造血干细胞，留住了弟弟的性命。
>
> 这种血浓于水的骨肉亲情让参与手术的江苏省中医院领导和医务人员感动不已。他们说，正是因为这位兄长的无私奉献和义无反顾的舍命配合，这项国内第一例同时移植肾脏和骨髓的高难度、高风险手术才得以成功完成！

▶ 两大绝症把生命逼上险境

47 岁的杨成松是南京中建八局的一名驾驶员。他的老家在河南省上蔡县蔡沟乡大杨村。1976 年，高中毕业的杨成松到南京某黄金部队当兵，1982 年转业到南京中建八局工作。他心地善良，待人诚恳，工作兢兢业业，是单位里有口皆碑的"老先进"。

杨成松有个幸福美满的家庭。妻子马晴是他的老乡，结婚后他们曾多年分居两地，1989 年才结束"牛郎织女"的生活，两人性格融洽，感情深厚；一儿一女两个孩子，都聪明好学，儿子 2002 年考上了太原理工大学，上中学的女儿成绩也特别优异。

然而，谁也想不到，厄运会突然降临到这样一个和和美美的人家。2002 年 9 月，杨成松持续多日发低烧，整天昏昏沉沉。一开始，他以为自己患了重感冒，但打针、吃药都没有任何好转迹象，病情反而越来越重。两三个月下来，跑了数家大医院，竟没查出任何病因。

　　2003 年春节前，杨成松在妻子的陪伴下来到江苏省中医院血液科就诊，该科主任、著名血液病专家李晓惠教授穿刺检查他的骨髓，诊断结果令人难以置信，杨成松患的是一种少见的恶性血液病，确切地说是一种多发性骨髓瘤。这种病除了像白血病一样会对人体造成致命伤害，瘤细胞还分泌出大量轻链，沉淀在肾脏，严重侵害肾脏，病人最终也会因肾衰竭而死亡。而在就诊时，杨成松的肾脏已经受到了重创。

　　李主任把病情告诉了杨成松的妻子马晴，这个没读过多少书的女子得知丈夫罹患绝症后，犹遭晴天霹雳，泪水禁不住奔涌而出。良久，她抹干眼泪，坚定地对李主任只说了一句："无论如何，我要留住成松！"

　　在这种情况下，李主任等专家迅速为杨成松确定了治疗方案，并于 2003 年 5 月对他进行了自体干细胞移植手术，以控制和缓解病情。由于杨成松的肾功能衰竭，已发展到尿毒症期，而自体干细胞移植并不能彻底消灭体内的骨髓瘤细胞，所以瘤细胞仍将不断生长并分泌轻链侵害肾脏，在以后的日子里，他必须靠血液透析才能维持生命。

　　为了让杨成松配合治病，马晴并不敢对丈夫说实话，常常是在丈夫面前强颜欢笑，可脸一转过去就抹眼泪。几天过去了，化疗带来的副作用让杨成松大把大把地掉头发，杨成松也感觉到自己可能得了重病。在医院化疗回家的那天晚上，他再也忍不住，抱住妻子让她告诉自己实情，而马晴早已哭得像个泪人……

　　知道自己的病情后，杨成松反而镇静下来，他对妻子说，既然病已到了这个程度，就不要瞎花钱去治了，家里前两年刚买了房子，儿子又上大学，你去年还下了岗，千万不要再为我这病折腾了。马晴一把捂住丈夫的嘴，这个外柔内刚的贤惠妻子再次抹干泪水："现在医学发达了，你这病一定能治好的！杨成松你是个大男人你就给我听着，你这命不是你一个人的，你是我的，是你儿子闺女的，是你父母你兄弟姐妹的，你没有权利撂下我们不管，你一定要活下来！"

　　妻子的话宽慰了杨成松的心，他决心配合治疗。同时，他跟妻子商量，暂时不把他的病情告诉两个孩子，更不能让消息传到老家，让年已八旬的父母和情同手足的兄弟姐妹们知道，那样的话，他们会牵肠挂肚焦透了心。

▶ 情深义重的哥哥救你来了

杨成松罹患绝症的消息还是让远在老家的大哥杨连成知道了。

杨成松共有姐弟四人，他排行老三，上面有一个姐姐、一个哥哥，下面有个弟弟。除了他当兵转业到南京外，其他三人都在河南上蔡县老家务农。哥哥杨连成比杨成松大 4 岁，他 16 岁参军，后来复员回乡，一直在家务农。他有两个儿子，大儿子杨华飞非常有出息，在杭州读完大学后，又考到南京大学读博士。华飞上大学期间，叔叔杨成松对他非常关心，每年都要赞助两三千元。华飞到南京读研究生以后，杨成松夫妇更是把他当成自己的孩子格外关照，经常让他到家里来改善伙食；华飞也把叔叔家当成自己的家，差不多每个星期都要"回家"看看。

杨成松住院化疗的事最终没有瞒住侄儿杨华飞。2003 年夏天，华飞放暑假回家，尽管叔叔、婶婶先前叮嘱他回去后不要透露消息，华飞还是忍不住把叔叔的病情告诉了父亲。杨连成大吃一惊，当时就难过得落下了眼泪。

杨家姐弟虽然出生在一个贫寒的家庭，但这个穷家里从来都洋溢着浓浓的亲情，姐弟四人情深义重。杨连成至今还清楚地记得，小时候的成松简直就像他的影子，不管自己走到哪里，不管干什么，他都像个"跟屁虫儿"似的跟着。有一次，杨连成下河摸鱼，他只准成松在岸边拎着篮子捡鱼，不许他下河，不料成松趁着他不注意时也跳到水里。哪知道成松下水的地方是个陡坡，不会游泳的成松喊了声哥哥，扑腾了几下，河水便很快漫过了他的头。杨连成见状，他啥也不顾了，一个猛子扎到成松跟前，将他一把抓住，接着费尽全身的力气把他拖上了岸……杨连成参军时，12 岁的杨成松抱着他的胳膊就是不松手："哥哥，你把我带着吧，我要跟你一起去当兵……"

弟弟后来真的也去当兵了，还有了出息，转业到了大城市，成了拿工资的"公家人"。1986 年至 1988 年，杨成松被单位外派到埃及工作，赚了点钱。拿着这笔钱，他想到了远在家乡的父母和兄弟，他们都还住在破旧的草坯房里。于是，他用这笔钱在家里盖了 7 间大瓦房，让父母和哥哥、弟弟两家人都有了安身之处。

光阴荏苒，一晃 10 多年过去了。这些年里，兄弟间见面的机会不多，但彼此间那种割舍不断的亲情却像藏在深窖里的醇酒，随着岁月的流逝愈来愈浓……

往事像电影一样从杨连成的脑海里一幕幕闪过，想到血脉相连的二弟此时正忍受着病魔的蹂躏，他心如刀绞！当天，他把大姐杨梅和小弟杨春生叫到家里，向他们通报了杨成松的病情。姐弟仨欷歔不已，心急如焚。杨连成和小弟杨春生决定第二天即赶往 1 000 公里外的南京去看望兄弟。

当兄弟俩带着一大家人凑起来的全部积蓄 1 万多元钱来到南京时，杨成松夫妇惊呆了："你们怎么来了？你们各家日子都过得紧巴巴的，还带这么多钱来干什么？"杨连成则拉着二弟的手说："成松啊，你遇到这样的大难怎么能不让家里知道呢？家里再困难也难不过这救命的大事啊！你千万千万要想开些，一定要把病治好。"

当时，杨成松做完自体干细胞移植手术不久，病情相对比较稳定，已出院回家。大哥和小弟见此情形，心里也好受了一些。他们又再三嘱咐杨成松要安心治病，有什么需要的话立即与老家的亲人联系，这才依依不舍地离开南京。

一年多过去了，杨成松一直靠透析来缓解肾脏受到的侵害，但由于骨髓瘤病根未除，持续不断的侵害已经使得他的肾脏功能完全衰竭了。2005 年春节前，杨成松的病情恶化，不能吃饭，还持续不断地发烧。杨成松感觉到自己已濒临死亡的边缘。想到前期治病已花掉三四十万元，家中负债累累，杨成松跟妻子说，这一关真的过不去了，放弃治疗吧，家里一贫如洗，再也花不起钱看病了。

但马晴坚决不愿意。她只有一个信念：要救丈夫，哪怕把房子卖掉，哪怕债台高筑，也一定要治下去。李晓惠主任等专家被她这种不言放弃的夫妻情感动了，他们对杨成松的病情进行了缜密、细致的研究，认为他的多发性骨髓瘤和尿毒症两大绝症都已恶化到最严重的阶段。目前救治杨成松的最佳选择也是唯一的选择便是干细胞和肾脏移植同时进行，缺一不可。只有这样，杨成松才能恢复造血功能，同时不再靠肾透析维持生命。但查阅医学资料发现，国内还从没有过这样"双移植"的手术病例，国外至今为止也只有为数不多的几例。

李晓惠主任与马晴做了一次深谈。她告诉马晴，"双移植"手术不仅需要高达30万元的费用，最关键的是要有合适的肾源和造血干细胞，而要在短期内获得配型合适的肾源和造血干细胞，唯一的途径就是在杨成松的近亲属中寻找。

听了李主任的话，马晴想了很久，30万元费用她可以卖房子凑可以去借，但肾源和干细胞从哪里来？让杨成松的兄弟或姐姐来捐献？依杨成松的脾气，他肯定不会同意。

但是，这可是唯一能救杨成松的方案啊！再拖下去，就没有任何机会了。马晴决定不跟丈夫商量，她一咬牙，用颤抖的手拨通了大哥杨连成家的电话……

电话那头，杨连成听说二弟病情恶化难过此劫，当时就潸然泪下。但当他听说换肾换骨髓可以救弟弟的命时，禁不住脱口而出：“那把我的肾和骨髓换给他吧！”

第二天，杨连成又一次把姐姐和小弟召集到家里，把杨成松急需肾脏和骨髓双移植的危重状况告诉了他们，同时说出了自己的想法：“老二这条命是救还是不救就看我们仨了，我的意见是救，一定要救！我们经济上支持不了多少，但一母同胞，血脉相通，可以用我们的肾和骨髓来救他。我是家里的长子，这件事我是最应该也是最合适去做的，因为我的两个儿子都已成人，就是捐献后对我身体有什么影响，两个儿子也会管我的。”姐弟俩一听这话直摇头，说咱姐弟四人一样的亲，一样的近，不存在谁最应该最适合；再说还没去配型，谁适合还说不准哩。杨连成听姐弟俩这一说，觉得在理。于是，姐弟仨都来到南京验血。为了不给杨成松造成精神负担和心理压力，他们和马晴商量，暂时不跟成松见面，等配型有了结果再说。在医生面前，他们达成一致的信念，不管怎样，一定要救成松，谁的配型合适谁就捐献！

检验结果很快出来了，姐姐杨梅转氨酶偏高，不适合；弟弟杨春生的血型不同，更不适合；巧的是，哥哥杨连成与杨成松的配型如同双胞胎般惊人地吻合，救杨成松的唯一希望便落在了杨连成身上。

到了这个时候，姐弟仨才在马晴的带领下，来到病房和杨成松见面。听说姐姐和兄弟是来救自己命的，而且哥哥已经配型成功，将为自己捐肾捐髓，杨成松顿时泪流满面，哽咽着说：“哥哥啊，我已经做好准备跟你们分手了，你们为什么非要救我？我知道，我这病到这个程度，就是做手术也保证不了是死是活，我不能再拖累你呀！”杨连成的眼泪也一下子涌出来：“弟呀，谁让咱是一母同胞，这个时候哥不救你那还叫啥兄弟呀？你从现在开始，再也不许胡思乱想，一定要配合医生，好好治病，你能好好活着，哥就没白疼你……"听到这里，杨成松早已泣不成声："哥哥，你不用说了，我听你的……"此时此刻，站在边上的马晴和姐姐、小弟也都泪水长流。

配型成功后，杨连成的妻子许爱琴思想压力最大。她知道，自己的丈夫并没有一个强壮的身体，十几年前，杨连成就曾因严重的腰椎间盘突出症做过手术，身上还有开刀留下的一尺多长的疤痕；因为长期劳累，他的胃病也比较厉害，所以身体一直很消瘦。她担心三个方面的问题：肾脏是人体的重要器官，丈夫捐出一个今后影响到生活怎么办？丈夫毕竟是家里的顶梁柱，如果捐肾捐髓影响到身体，以后的日子怎么过？如果捐肾留下后遗症，不可预计的治疗费用从何而来？但杨连成劝慰妻子说："我现在是唯一能救成松的人，我决不能眼睁睁地看着他去死。手术上的事，我已经反复问过医生了，医生说完全能够保证捐肾者的生命安全，捐肾对身体不会有大的影响，创口愈合后，生活就会恢复正常。即使有什么意外，咱还有两个儿子嘛，他们会给我们养老的。"

▶ 浓浓兄弟情击退死神

杨连成的配型成功，让"双移植"手术的倡导者李晓惠教授等专家深感幸运，而这位兄长为挽救弟弟生命所表现出的毅然决然的奉献精神也让这些见惯了人间悲欢离合的医务人员感动不已。

但专家们深知，仅有合适的人捐肾和骨髓仍然不够，这样的"双移植"手术难度之大，令人难以想象。通俗地说，杨成松必须闯过重重难关，才能获得新生。一是要经受住超大剂量化疗的预处理，为了给杨成松移植全新的造血干细胞而又不受排异影响，必须通过化疗把他现在骨髓的造血功能全部摧毁，在杨成松已经是肾功能衰竭情况下，进行超大剂量化疗十分危险。如果化疗剂量太大，毒副作用足以造成病人死亡；但如果剂量小，造血干细胞的移植就不会成功。二是化疗后，杨成松处于骨髓空虚期，他体内的白细胞为零，造血免疫功能都没有了，在这种情况下进行肾移植风险可想而知，一点点的感染就会前功尽弃。

当李晓惠主任按惯例将手术不可预知的风险告知杨连成时，他显得出奇的平静，他说自己已经做好了一切思想准备，他甚至把这次捐肾捐髓想象成一场赌博，不赌弟弟肯定在很短时间内就会死亡，赌最起码还能有一线生机。杨连成的态度让李主任又一次感动，她说："杨松成有一个好妻子、一个好哥哥，他命不该绝；我们做医生的碰上像你这样的患者家属，也是最大的荣幸！"

为了成功完成这次高难度的"双移植"手术，江苏省中医院成立了以院长、副院长为正副组长，以血液科、泌尿外科、心脏科、肾内科等多部门骨干力量为组员的"杨成松肾脏、干细胞移植医疗小组"。这是该院近年来为一次手术成立的最高规格的"医疗小组"。他们几经研究，制订了详尽的"作战"方案。

2005 年 4 月 21 日，杨成松跟妻子和哥哥依依惜别，住进了无菌病房，医护人员开始对他进行超大剂量化疗的预处理，同时配合人工透析。这种大剂量化疗的痛苦是常人无法想象的，而长期被病魔折磨得早已极度虚弱的杨成松却表现出坚强的毅力和求生愿望，他从没有叫一声苦，还逼着自己吃东西以增强体质。他对护理自己的医生说："一想到哥哥拼死为我捐肾捐髓，我不好好配合手术怎能对得起他！"

与此同时，医生开始为杨连成做骨髓分离术，提前抽取造血干细胞。杨连成的两只胳膊被扎上针头，殷红的血顺着皮管流入血细胞分离机内。通过分离机，用于移植的造血干细胞慢慢地被提取出来。经过三次合计 12 个小时的骨髓分离手术，医生从杨连成的血液中共分离出 150 毫升的造血干细胞。此后，为了保证手术用血，又从他身上抽取了 400 毫升的新鲜血液。

4 月 27 日，"杨成松医疗小组"再次召开相关部门协调会，护理部、检验科、药剂科、ICU、保卫科等科室负责人也全部到场，对手术前前后后的情况一再进行梳理。4 月 28 日，手术前的准备工作一切就绪，全院暂停了 30 多项其它手术，全力以赴保证"双移植"手术的顺利进行。早上 6 时左右，所有相关人员就已到岗。8 时许，杨连成被推进手术室，在全身麻醉的状态下进行取肾手术。

为了将杨成松安全地从西楼的无菌病房运至东楼的手术室，医务人员将两幢楼的运送电梯及两楼间的道路进行了专门消毒，并在道路两旁安排了由保安在外、护士在内的两层隔离保护带，创建了一个无菌快速通道。上午 9 时许，医务人员给躺在手术推车上的杨成松裹上了四层无菌床单，以最快速度通过快速通道进入了手术室。扣人心弦的手术随即开始，至当天下午 2 点 30 分，历时五个半钟头，肾移植和骨髓干细胞移植全部成功！

历经全麻手术的杨连成沉睡了三天三夜才苏醒过来，睁开眼睛，他问医生的第一句话就是："我弟弟怎么样？"当得知弟弟手术成功后，他的泪水无声地溢了出来，脸上露出了笑容。

尽管手术成功，但杨成松还需在无菌层流病房过渡治疗一个阶段，他们兄弟仍不能相见。从手术后第五天能够坐起来开始，杨连成就每天给无菌病房里的弟弟打一次电话，一是问问他的情况，二是告诉弟弟自己身体很好，给他心理安慰，让弟弟心里不要有歉疚感。5 月 16 日，身体状况恢复良好的杨连成获准出院。因为还需到医院复查，加之身体非常虚弱，他在妻子的陪护下暂时住在杨成松家。他说，等弟弟从无菌病房出来那一天，他要在门口迎接新生的弟弟！

5 月 19 日，笔者在江苏省中医院见到了血液科主任李晓惠教授，她对这次"双移植"手术的效果非常满意。她告诉记者，杨成松的白细胞目前已升至 5 000，血小板 4 万，造血功能基本恢复。从血液及小便化验情况来看，杨成松的肾功能也完全恢复正常。

作为这次手术的主刀，泌尿外科的顾晓箭主任则向笔者坦言，肾移植手术尽管他以前做过很多，但这次手术是让他感到最紧张的一次。由于病人的特殊情况，一点点意外的出血、感染都可能造成整个手术的失败，不但杨成松救不回来，他的哥哥也会遭受心理和肉体的双重打击，所以整个手术过程可谓战战兢兢，如履薄冰。

谈到为弟弟捐肾又捐髓的杨连成，两位医学专家异口同声地表示，这位兄长的大义之举太令人感动，如果没有他的无私奉献，就不可能有这项国内首例肾、髓双移植手术的成功！

当笔者通过电话采访层流病房的杨成松时，一提到他哥哥对他的救命之恩，杨成松就泣不成声……他说："哥哥为了挽救我的生命，义无反顾地为我捐献肾脏，捐献骨髓，骨肉亲情，血浓于水！哥哥用他无私的爱，给了我生存的希望，给了我第二次生命，千言万语，万语千言，说不尽我此时的心境，我刻骨铭心的感受……"

矿井下的七昼夜

矿难发生后，在缺水断粮的情况下，一个人是如何在 70 米深的黑暗矿井下度过七天七夜的？他又是怎样获救的？

▶ 突发矿难　被困井下

2004 年 12 月 17 日清晨 5 点 30 分，34 岁的管传智和平常一样，来到离家只有 3 里多路的铜井金矿铜坑山工区上班。他坐着吊桶沿 1 号竖井下行至负 70 米（即地下 70 米深）矿井作业区，开始了一天的工作。他主要负责在这个作业区内用平板车运送矿石。

跟管传智在一起工作的还有四名矿工，他们是 51 岁的老矿工方声祥、女工沈冬梅、开卷扬机的女工孙志慧和开安全门的女工孙金兰。6 点 40 分左右，管传智等人突然听到一声巨响，紧接着感到四周一阵强烈的震动。"不好，塌方了！"不知谁先喊了一声，大家就都跟着紧张地叫喊起来。

正在地面值班的矿区安全员兼车间副主任马渊金一听井下出现塌方迹象，急忙跳进停在 1 号竖井口处的卷扬机吊桶中，迅速下到井下 70 米处。他一边急呼："快！快！大家赶快逃生，撤离现场！"一边抓住悬在井下的吊桶，拽着大家跨进桶中。他对先跨进吊桶的方声祥、沈冬梅和孙金兰三人说："你们赶快上去，吊桶马上再下来接人！"

然而，吊桶向上运行不到一分钟，也就是第一声巨响过后三分钟左右，又是一声沉闷的巨响，整个矿井地动山摇。管传智站立不稳，隐约看见马渊金还拿着手电筒站在对面的巷道口，孙志慧也跑出卷扬机驾驶室，站在巷道口不远的平台上。他一个急转身，跳到平台斜坡处的卷扬机硐室里。刹那间，塌方引发的泥石流像怪兽一样轰隆轰隆奔涌到他面前。井下顿时一片漆黑，他什么都看不见了。

突如其来的灾难让管传智措手不及。黑暗中，他像疯了一样，拼命地喊救命，喊马渊金和孙志慧的名字，然而四周沉寂一片，毫无反应。他蜷着身子，四处摸索，感觉自己身处的空间只有一两平方米。

置身在这黑漆漆的狭窄空间，管传智感到从未有过的恐惧——对死亡的极度恐惧！他急躁起来："不行，这样待着不行，我要自救。"他想站起来，但是这个空间只有一米三四的高度，他根本无法站立，如果想移动，只能靠爬或朝前挪。凭着以前学过的一些自救知识，管传智爬到硐室顶口，试图用手扒面前的泥土，但是泥土很硬很紧，靠双手根本无法让其松动。一直扒到没有力气，管传智才返回到原来的位置，坐在地上弯着腰喘气。

▶ 亲情做伴　顽强自救

管传智出生在南京市江宁区铜井镇李村管山组一个农民家庭，兄弟三个，他最小。初中毕业后，他因为家境困难回乡务农。1996 年初，他与相处了两年多的邻村姑娘杨应芳结婚，当年底，有了一个聪明可爱的女儿。这个清贫的三口之家因为相亲相爱而充满了温馨和幸福。

2000 年上半年，铜井金矿到村里招工，管传智和妻子杨应芳前往应聘，一起被录用，成为亦工亦农的金矿矿工。

此时，管传智想起妻子杨应芳。她跟着自己十来年，孝敬老人，照顾孩子，操持一应家务，还跟男人一样干农活儿，当矿工，可以说，享福不多，受的苦却不少。"如果我死了，她一个人要多苦才能撑起这个家？"想到这里，管传智挣扎着起来，又开始扒土。扒累了他就退回来坐一会儿，就这样在一两平方米的空

间来来回回好几次，一直到筋疲力尽。

他迷迷糊糊地睡着了，睡了多长时间，他并不知道。但是醒来的时候，他记得自己做了一个梦，或者说是这个梦把他惊醒的。他梦见了妈妈，年轻时的妈妈，而他只是个几岁的孩子。他跟妈妈上山去打草，走了很远很远的山路，他看到路边有一棵山楂树，上面长满了红透了的山楂，便停下来去采摘。等他的衣袋里摘满了山楂，妈妈却走远了。他追呀追，但就是追不上妈妈，他急得大声哭喊："妈妈……"随着这一声喊，他醒了，他感觉自己真的流泪了。妈妈今年65岁了，爸爸早两年去世，她不愿意给儿女增加负担，自己一个人在老宅里生活。管传智记得，平时，妈妈做什么稀罕的、好吃的，总是给三个儿子家挨个送，而他自己不知整天都忙些啥，差不多有两三个月没到妈妈那儿看看了……他擦了擦泪水，心里暗暗发誓：妈妈，这些年你含辛茹苦把我们兄弟拉扯成人，你该歇歇了。只要这回我活着出去，我一定把你接到家，要好好孝敬你老人家……

他在心里念叨着妈妈，情绪上不知不觉冷静了许多。他想如果真的是发生了井下塌方，相信井上一定会组织人员千方百计营救的。眼看扒土不起什么效果，管传智又用石头敲击身边的铁管，希望外面能够听到。

不知又过了多长时间，管传智感到咽喉里干得要冒烟，饥渴难忍。早上在家时，他吃了两碗稀饭，此时特别想解小便。他头脑里突然闪过一个念头：喝尿！以前他听说过，战争时，因为没有水喝，有的战士就喝自己的尿维持生命。现在，求生的本能让他也想到喝自己的尿液。

当管传智解开裤子纽扣，双手并拢将自己的尿液接到手心，准备喝下去的时候，他还是犹豫了。自己的尿液有一股臊味，实在让他张不开嘴。

尿液从他的指缝里"滴答"、"滴答"地落到地上，更激起他生理上的强烈反应。渴，让他别无选择，不顾一切。他终于喝下了一口救命的尿液。

管传智前前后后喝了四次尿，虽然难以下咽，但毕竟比干渴的滋味好一点儿。但到了第四次，他喝了一口，觉得反胃，就全吐了出来，再也喝不下去了。而且自此以后，身体里再也分泌不出尿液来了，唯一的"水源"断了。

井下的暗无天日让管传智失去了白天和夜晚的概念，他不知道自己在井下已经多长时间了。随着时间的流逝，管传智开始出现头昏感觉，呼吸也受到影响，肚子更是饿得前心贴后背，像被放在搓衣板上使劲搓揉，疼痛异常。"我恐怕没有救了，出不去了。"他全身发冷，四肢无力，渐渐有些绝望。

然而，就在管传智的头脑一片混沌，心理濒于绝望的时候，他恍惚听到女儿的声音："爸爸，我想你！你抽空带我到山坡上放风筝呀！"女儿管文今年9岁了，上三年级，聪明伶俐，特别爱在他面前撒娇。出事前一天下午，他下班回家，刚巧女儿也放学回来。女儿对他说，班上有几个小朋友买了风筝，约好了星期六到村后的山坡上放风筝："爸爸，你也帮我买个风筝，带我去放风筝吧。""行，爸爸抽空一定带你去。"当时，管传智只是随口一说而已，因为他知道自己周末有可能要加班，说不准哪天才有时间带女儿去玩。17日凌晨5点，管传智跟平常一样，临出门前都要到床边摸摸熟睡的女儿，亲亲她的小脸蛋。没想到，女儿这天早早地醒了，主动把头抬起来，小脸蛋在他的脸上贴了贴，说："爸爸，你上班啦，你要平平安安早点回家呀！""平平安安，早点回家"是妻子杨应芳常挂在嘴边的话，这时从女儿嘴里说出来，他听了心里一热。

"我不能死！我得为我的文文活下来……"由于严重缺水，管传智身体极度虚弱，意识逐渐模糊，但对亲人们的牵挂，让他的心里始终有个信念："我要活下去！"

不知又过了多久，处于昏睡状态的管传智隐约听到外面有声音传来，而且距离越来越近。潜意识告诉他，外面的人正在寻找他，救他来了。他的心里一阵狂喜，摸索着从地上捡起一块石头，使出浑身的力气，敲打起身边卷扬机架上的铁管。敲一会儿，闭上眼睛睡一会儿，醒了再敲……

▶ 紧急营救 奇迹生还

铜井金矿"12·17"矿难是由于附近60米处一个废弃采空区突然发生地表坍塌，引发泥石流造成的。泥石流裹挟着大量淤泥，沿着地下巷道汹涌而来，直冲管传智所在的作业区。

泥石流进入负70米作业区中段后，被迫拐了个90度的弯，冲进通往地面的1号竖井，很快将通往1号竖井的巷道填满，然后又拐两个弯，将大致呈"U"字形的该工作面巷道全部填满。至此，负70米通向地面的1号竖井被彻底封死，通往负 170 米中段的 2 号竖井也被破坏。马渊金、孙志慧和管传智三名矿工，就被困在了如此险恶的环境中，这给随后展开的营救工作，增添了难以想象的难度。

矿难立即引起了江苏省、南京市和江宁区三级领导和安全部门的高度重视，省长梁保华等省领导很快作出批示，要求全力抢救被困矿工，不放弃让矿工生还的任何希望。

经过分析，相关方面认为，虽然泥石流异常汹涌，但是被困的三名矿工对矿井都很熟悉，均有丰富的逃生经验。为了救别人在危急关头下到井中的马渊金，本身就是车间副主任兼安全员，而管传智也曾经担任过班组的安全员。工友和专家最终认为，三人活着的希望很大。然而，怎么能够在三人没有被困死之前把他们救上来，是件很艰难的事。

为了紧急救援，有关方面立即成立了抢险指挥部，并拟定了两套抢救方案。经专家论证，最终采取了从 1 号竖井向下推进的抢救方案。主要由矿工组成的抢险队火线成立，78 名抢险队员立即开始清淤工作。

1 号竖井直径约 3 米，而淤泥达 10 米厚。这些泥最难挖，一次只能下四个人，把大木板放在淤泥上，用一个不能太大的桶挖，十几分钟才能吊出一桶，一个小时才能挖掉 0.2 米左右。这样，仅挖空这个竖井内的淤泥，就得两天多。抢救组及相关领导心急如焚。

相关专家和工友们有一个一致的猜测，就是如果三人活着，那他们极可能会是在 2 号竖井或者卷扬机硐室附近，但这两个地方几乎都靠近负 70 米中段巷道的尽头。而现实情况是，淤泥极可能注满了全部巷道，要挖完作业面的全部淤泥，依照现有的速度，恐怕要 10 多天。

为了救人，只有加快进度，与时间赛跑！78 名抢险队员实施轮流作业，歇人不歇机。刚开始一小时换一班，后来每挖十桶换一班，再后来 10 多分钟换一班……

抢险进行到第五天，挖掘工作推进至"U"字形工作面左边的拐弯处，然而，这里仍然没有出现工友的踪迹。专家断定，三名矿工还在里边，但要挖至可能出现他们踪影的地方，还有 20 米左右。如果把这 20 米的淤泥全部清挖，至少要 3 天时间……

在指挥部及专家组精心组织下，抢险队日夜连续奋战，终于在 12 月 22 日下午 1 点发现第一位遇难者马渊金，下午 5 点 15 分发现第二位遇难者孙志慧，两名遇难者的遗体随即被送往江宁区殡仪馆。12 月 24 日凌晨 1 点，抢险突击队员突然听到卷扬机硐室方向传来敲击铁管的声音，大家精神为之一振，加紧朝前挖掘。半小时后，抢险队员们听到管传智发出的"哼哼"声。管传智还能讲话，还能要水喝！这个消息传到地面，所有的人都欢呼起来。

此时，由于淤泥经过多日的沉积，与巷道顶部有了一个缝隙，管传智的声音就是从这个缝里传出的。实际上，管传智此时与抢险队员还有 7 米的距离。此处巷道宽近 2 米，为了尽快救人，抢险人员在保证安全的情况下，决定只将淤泥挖开 80 厘米宽，并且将淤泥就近堆放，不再运出井外。实践证明，此举大大缩短了营救时间。

抢险指挥部立即加派四名抢险员下井，加速推进。2 时许，又派出医务人员携带应急用品下到作业面。从梅山医院赶来的医务人员及一直在现场的铜井矿医务人员，在地表井口做好了抢救准备。凌晨 4 点，医务人员告诉在卷扬机室里的管传智不要讲话、不要睁眼睛。5 点，救援人员爬过去给管传智喂了葡萄糖水。5 点 10 分，管传智被成功救出地面并送往梅山医院。至此，"12·17"抢险救援工作全部结束。

这七天七夜，管传智被困在 70 米深的矿井下，断水绝粮，生死未卜，妻子杨应芳也忍受着同样的精神和肉体折磨。听到矿上出事后，她就急火攻心，晕倒在地，此后天天躺在床上哭泣；特别是 12 月 22 日，矿上挖出两具遇难矿工的尸体之后，她更是不吃不喝，日夜无眠。

65 岁的母亲刘世英也是以泪洗面，整天顶着寒风守在村口等消息；而女儿管文还一直被瞒着实情，每天放学回家说的第一句话就是："爸爸什么时候回来？"整整七天，阴云笼罩着这个原本和谐幸福的家庭。

当抢险指挥部在第一时间将管传智获救的消息送到他家中时，杨应芳欣喜若狂，当即从床上蹦了起来。这个"天大的好消息"很快传遍全村，许多人都跑到管家祝福。这个沉寂了七天的农家小院顿时充满了欢声笑语。

杨应芳携婆婆和女儿随即赶到医院，原来以为会阴阳两隔的亲人终于团聚在了一起。此时，管传智戴着眼罩，还不能亲眼看见自己在井下苦苦思念的亲人，

但他们紧紧地拥抱在一起，久久不愿松开。

一个星期后，管传智摘下眼罩，重见光明。2005 年 1 月 12 日中午，管传智康复出院。在医院的 18 天里，妻子杨应芳 24 小时陪伴着他，寸步不离。生命的失而复得，使这对夫妻之间的感情愈加深厚。为管传智治疗的医生说，管传智在绝境中生存下来，心理因素、精神支撑起到了关键作用，他对亲人的思念对亲人的爱就像一根无形的支柱支撑着他，让他的心理不至于崩溃。

当铜井金矿派车把出院的管传智和他妻子送回家时，村里来道贺的乡亲们早已在管家等候着。小车刚到村口，鞭炮声便噼里啪啦地响起来，回荡在整个村庄上空。人们奔走相告："管传智回来了，他回来了！"管家摆起了"流水席"，全村人一拨一拨地都来了，酒席从中午开到晚上。

2005 年春节前夕，笔者采访管传智时，问起他将来的打算。管传智紧搂着女儿管文，言语中透露出对第二次生命的无比珍惜："我现在只想和家人好好生活，以后不管干什么，平平安安是最重要的！"

第二辑　真情永恒

生命尽头的美丽风景

古城扬州，被一个美丽的女子感动了。

她的名字叫韩冰，一个胃癌晚期患者。

2005 年 11 月 16 日，她选择结婚一周年纪念日这一天许下诺言，无偿捐献角膜和遗体；为了丈夫日后有个好的归宿，她瞒着丈夫偷偷为他征婚，希望在自己的有生之年帮他找个好姑娘。

30 岁的女人，生如夏花绚烂。韩冰，在她快要走完生命旅程的日子里，为变得越来越物质的世界，投下了一片美丽得让人心痛的温暖。

▶ 生命尽头，她要留下一道美丽风景

很难想象，在生命旅程的尽头，一个年轻的女性，能有这样一张美丽的笑脸。

2005 年 11 月 16 日，古城扬州，天气阴冷。但在扬州市慈济医院的一个病房里，却充满了温暖。这里住着一个 29 岁的胃癌晚期患者，在她生命之火即将熄灭的时候，毅然申请捐献角膜和遗体。在她的身边，有默默呵护的丈夫，有眼噙泪水但支持她的父母……

她叫韩冰，面对病魔，她没有消沉，而是以微笑从容迎接生命的挑战。11 月 16 日，是韩冰和丈夫朱春文结婚一周年的纪念日，她觉得这一天是她生命中最有意义的一天，所以她决定在这一天正式签字捐献角膜和遗体，同时向人们公开自己生命中的最后三个心愿。

韩冰说，作为一个肿瘤病人，因为癌细胞扩散，自己身上大部分器官都派不上用场了，于是想到了捐献角膜和遗体，这对需要角膜的病人和开展医学研究会

有用的。

"你的眼睛很美丽，质量很高，符合移植标准。"当天上午，扬州市红十字会的工作人员陪同眼科专家对韩冰的角膜进行了检查，当专家告诉她这一情况后，韩冰露出了欣慰的笑容。她说："一个人如果看不到世界是多么的悲伤，我的眼睛可以给两个人带来光明，我真的好高兴！"接着，韩冰拿起那张"志愿捐献遗体申请登记表"，轻轻地念了一遍上面的文字：我自愿将自己的遗体无偿奉献给祖国医学科学事业……然后，她郑重地在表上签上了自己的名字。

签过字后，韩冰微笑着对家人说："这样即使我走了，我生命的一部分还在延续。"

除了捐献角膜和遗体外，韩冰另外的三个心愿是什么呢？

她的第一个心愿是拍一张穿上婚纱的结婚照。因为去年她和朱春文领结婚证时，为了省钱给她治病，他们一直没有舍得去拍张婚纱照。韩冰说，穿上婚纱的女子肯定是最美丽的。她想把自己最美的模样留给亲人。

韩冰说，她的第二个心愿是在公园里为自己种植一棵树，把她的指甲和一缕头发埋在地下，让这棵树成为别人眼中的一道风景，让家人以此寄托对她的思念。

韩冰说，她心里最舍不得、最感激的人便是丈夫朱春文，所以她的第三个心愿就是给小朱征婚，希望以后能有一位像她一样深爱小朱的女子来陪伴他，共走人生路。

当韩冰说出自己的三个心愿之后，在场的所有人都哭了。她在生命最后的时光里，想到的仍然是奉献，奉献自己的美丽，奉献自己所有的爱……

▶ 厄运突降时，好日子才刚刚开始

1976年3月29日，韩冰出生在江苏省扬州市区一个普通工人家庭。小时候，韩冰就是个乖巧漂亮的女孩，学习成绩也很优秀。由于家境较为贫寒，韩冰想让父母把有限的财力用在培养小她3岁的弟弟身上，初中毕业后，她便选择了到职业高中读书，希望毕业后能早点挣钱养家，替父母减轻负担。

1994年秋天，职高一毕业，韩冰就来到万家福商厦上班。也就在这一年，

她认识了在一家商场做家电销售工作的朱春文。朱春文比韩冰小一岁，是个为人忠厚、做事踏实的男孩。两人认识后，彼此间都很有好感。

一晃几年过去，到了1998年冬天，韩冰早已辞了商厦的工作，自己开了家服装店。朱春文也不在商场干家电销售了，自己做起了皮鞋生意。这一天，小朱找到韩冰，对她说："听说你经常到上海进货，我对上海不熟，想跟你去一趟进点货。"韩冰爽快地答应了。

那一次，韩冰自己并不需要进货，她专门为小朱跑了一趟上海，领着他把上海几个主要皮鞋批发市场转了个遍。朱春文非常感动，晚上，他请韩冰到外滩去看夜景，也把自己深藏了许久的心事说了出来。原来，他已经暗暗喜欢上了美丽、开朗的韩冰，但一直没有勇气向她吐露。

在这个冬天的夜晚，两个心心相印的年轻人牵起了手。他们漫步在黄埔江边，憧憬着美好的未来。他们相信，只要两个人真心相爱，齐心协力，就一定能够建起一个幸福美满的家庭。

此后，每次到上海进货，韩冰和朱春文都结伴而行，彼此照顾。1999年下半年，两人经过商量，决定将各自在扬州开的小店转让，一起到上海去打工。

到了上海后，韩冰在浦西一家广告公司当文员，小朱则干起了自己的老本行，在浦东一家商场做家电销售工作。那时，他俩每天要工作到很晚，再乘上一个多小时的车才能见上一面。但对韩冰来说，那是他们最幸福、最开心的一段时光。

有一次，朱春文送给韩冰一件T恤衫，胸前印着三头憨态可掬的卡通小猪。小朱说："这上面的小猪就是我，你穿在身上，我离你的心最近。"韩冰说："这是我收到的最有意义的礼物，我真的好喜欢。"

相亲相爱的日子像溪水一样欢快地流淌。然而，这样的好时光到了2003年10月1日这一天戛然而止。这天上午，韩冰和单位的一个小姐妹利用放假的机会去逛街，突然，韩冰感到胃部一阵钻心的疼痛，禁不住"唉呀"一声蹲到地上，脸色顿时变得煞白，头上满是豆大的汗珠。同行的小姐妹被眼前的情形吓坏了，当即拦了辆的士，把韩冰送到就近的静安区中心医院。经医生初步诊断，韩冰得的是胃穿孔急症，需立即开刀手术。

韩冰让同事打电话给正在商场加班的朱春文。小朱接到电话后，心急如焚，立即从浦东打车赶到医院。

静安医院的医生在给韩冰做手术时，发现她的胃部有癌变迹象，当即给她做了切片检查。15 天后，韩冰被确诊患了胃癌。

两个热恋中的年轻人顿时如遭雷击，如坠深渊，忍不住抱头痛哭。命运啊，你为什么对韩冰如此不公？！两个月前，韩冰和小朱刚回了趟扬州，因为韩冰的母亲王有凤突然被查出患了乳腺癌。孝顺的韩冰在病房里陪了母亲一个星期，最后被母亲硬劝才回到上海上班。这些日子，韩冰为母亲牵肠挂肚，本来就清秀、偏瘦的她又瘦了一圈，小朱也总是提醒她要注意自己的身体。但是，他们做梦也想不到，厄运会如影随形，会这么凶险地降临到只有 27 岁的韩冰身上！

▶ 纯真的爱情，让她领悟了生命的真谛

生病 3 年来，韩冰始终乐观坚强。在她的笑容背后，有个宽厚的肩膀，随时让她倚靠，这就是她的丈夫朱春文。

韩冰说，每次小朱有事需要离开她一会儿，总是轻轻地在她额头吻三下。这是他们的约定，表示"我爱你"。正是小朱的爱，让她的生命创造出了奇迹。当初医生断言，她患癌后最多只有一年的寿命，可至今她仍然笑靥如花……

自从韩冰住进静安医院那天起，朱春文就一直陪护在她身边。她被确诊患了胃癌后，小朱的脑子一下子变得一片空白。他和韩冰的好日子才刚刚开始呀！他们到上海四年了，几经打拼，各自在单位里都成了业务骨干。特别是小朱，已经是商场家电部的销售主管。就在不久前，韩冰还和他商量，两人再攒足劲儿干两年，等她 30 岁的时候，他们回扬州买套房子，排排场场地举办婚礼……然而，这突如其来的病魔，却要击碎他们所有的梦想！

抱着韩冰羸弱颤抖的肩膀，朱春文的心也在颤抖。但他很快回过神儿来，在心里给自己打气：我是个男子汉，关键时候，我决不能先垮掉，韩冰这个时候最需要支撑和安慰。这样想过之后，朱春文便对韩冰百般开导："现在的医学这么发达，有许多癌症病人都被治好了，这方面的例子多得很哩。你一定要有信心，你的病一定会治好的。"

2003 年 10 月 21 日，静安医院根据韩冰的病情，给她做胃全切和脾脏切除手术。手术前，韩冰拉着朱春文的手，泪眼婆娑地说："我这次要是下不了手术台，此生最大的遗憾就是没有成为你的新娘……"小朱强忍着泪水，用轻松的口吻说："我们有约在先，今生一定要做夫妻的，你可不能失约，一定要好好地回到我身边。"韩冰的脸上浮现出一丝笑容，轻轻地点了点头。

韩冰顺利地做完了胃脾切除手术，11 月 13 日出院，两天后回扬州继续治疗。这期间，朱春文也辞掉了上海的工作，陪着她一道回到扬州。

一家两个癌症病人，韩冰和母亲不但需要特殊的照料，还需要巨额的医疗费用。然而韩冰的父母早就下岗，弟弟又在外当兵，家里为了给母亲治病，早已债台高筑，她的父亲也累得精疲力竭。于是，所有的负担都压到了朱春文身上。

朱春文没有退缩，他把自己这些年打工攒下的几万元钱全部拿出来给韩冰治病，并开始全天候地照顾韩冰。因为做了胃切除手术，韩冰每顿吃得很少，夜里会感到饿，小朱便想尽办法，做些有营养的粥饭给她吃，每天夜里，他都要把饭热了又热，喂她四五次；韩冰化疗后，有一段时间特别想吃东西，小朱便陪着她到处找她想吃的东西，可是韩冰吃一口就不想吃了，小朱便将剩下的吃下去，然后再换个地方。为此，韩冰一直感到歉疚："小朱当初长得可帅了，就是因为舍不得浪费我只吃了一口的东西，才长胖了。他为我操的心太多，头发也掉得厉害。"

2004 年 6 月，韩冰家又遭祸端。她的父亲韩国庆意外地遭遇车祸，头部受伤，还被撞断了六根肋骨，送到医院抢救，医院几次向家人发出病危通知……那些日子，朱春文在照料韩冰和她母亲的同时，又照料起她的父亲。

下半年，韩冰经化疗后，病情有所缓解。这天，朱春文郑重地向韩冰提出了结婚请求。他说："我们结婚吧，这样我可以更名正言顺、更心安理得地服侍你。"韩冰哭了。穿上婚纱，做自己最爱的男人的新娘，是她心里无数次憧憬过的美好时刻。可是，此时此刻，她却摇起了头："你的心意我全明白，可是，我已经拖累你太多，我不能让你以后再背个'二婚'的名义。"朱春文话不多，但掷地有声："这是我们俩的约定，我不可能改变的！"

相知多年的恋人，韩冰当然了解朱春文的脾气，他认定的理，九头牛都拉不回的。她只有同意，不过要"静悄悄"地办。因为她知道为了给她治病，小朱已经花完了所有的积蓄，还在外面借了近 10 万元的债。她不愿意在自己"走"后，给小朱留下沉重的负担。

11 月 16 日，韩冰和朱春文到区民政局领取了结婚证。没有漂亮的的婚纱，没有热闹的婚礼，但两颗相知相爱的心贴得更紧了。

第二年 5 月，韩冰的病情突然加重，并出现严重的腹水症状。经检查，她的癌细胞已经扩散，不可能再做手术治疗了。也就是说，她的生命已到了危急状态，随时都可能离开这个世界。

韩冰知道自己的日子不多了，但她想的最多的并不是自己，而是如何去安慰悲伤欲绝的亲人们。她表现得愈加坚强和豁达，多次开导和宽慰家人，自己死而无憾："爸爸妈妈，你们这么爱我，疼我，让我享受了世间最温暖的亲情，做你们的女儿，我真的很幸福，下辈子，我还要做你们的女儿；特别是小朱，你给了我世间最真最美的爱情，就算不能和你白头偕老，我也知足了……"

此时的韩冰，心里还孕育着两个不为人知的愿望。一个是捐献自己的眼角膜和遗体，一个是为丈夫找个好的归宿。当然，她知道丈夫不会同意她后一个想法的，所以瞒着丈夫，在亲友们探视她的时候，总是偷偷地委托他们帮小朱物色一个好姑娘。

当韩冰告诉亲人们要捐献角膜和遗体时，父母和丈夫开始时都不同意。可韩冰却坚持自己的想法：当自己告别这个世界的时候，与其让身体化作一缕清烟，不如将其贡献给医学部门，用于医学研究，也算自己对社会的一份回报；把自己的眼角膜捐出去，不仅可以让失明的人重见光明，还可使自己的生命得以另一形式延续……

在韩冰的一再坚持下，亲人们含泪同意了她的要求。"我走了以后，你们一定要帮我圆最后的梦，千万不要改变主意。"躺在病床上的韩冰多次央求父母。父母心如刀绞，但对女儿的义举已是深深的理解："孩子啊，我们纵有千万个舍不得，也一定会帮你了却最后的心愿。"

▶ 一个人感动一座城市

一个柔弱的年轻女子，在即将走到生命尽头的时候，却把她最后的美丽绽放

在这个世界！

韩冰的事迹经当地媒体报道后，整个扬州城沸腾了。韩冰牵动了无数市民的心，大街小巷都在谈论她的故事，不足 10 平方米的病房，成了许多市民情感寄托的"圣地"。

扬州市政府办、市总工会、妇联、民政局、慈善总会的领导来了，老师、学生、机关干部、个体老板、低保户、残疾人来了，来扬州投资的台商也闻讯而来，他们有的送来了慰问金，有的送来了鲜花，还有的送来了秘方和草药……

一位肿瘤病人利用化疗的间隙辗转来到慈济医院，给韩冰送来一包灵芝并教她如何服用。她对韩冰说："我从报纸上看到了你的照片，你的笑容让我的病痛突然间减轻了许多。灵芝对我来说是很贵重的东西，我想与你一起分享。"

三位不知姓名的中年男子手捧鲜花献给韩冰，淡淡的花香充满了整个病房。他们说："我们是怀着尊敬的心情来的。你身患重病却充满乐观，死神逼近却做出非常之举，让我们从中学到了很多东西，包括对生命的理解。这束鲜花表达了我们最真的愿望，希望你生命的每一天都充满快乐！"韩冰笑着叫家人收下了鲜花，并叮嘱他们每年别忘了体检。

老红军刘应启不顾 90 多岁的高龄，专程到医院看望韩冰。老人家拉着韩冰的手说："跟病魔较量就跟打仗一样，只要你勇敢地向前冲，敌人就会被你的气势吓倒。我相信靠你的精神，加上医务人员相助，一定会战胜病魔！"老人的关心让韩冰非常激动："请老爷爷放心，我一定向您学习，努力战胜病魔！"

市区常府巷 15 位特困人员特意制作了一只爱心募捐箱，你 5 元、我 10 元，纷纷为韩冰捐款。一位低保户激动地说："韩冰是我的精神动力，我要通过自己的双手和汗水回报社会，做一个像韩冰那样有益于社会的人。"许多中小学生也把零用钱和吃早餐的钱投进了募捐箱。

与此同时，众多网友争相浏览扬州新闻网上开辟的韩冰专题网站。短短几天，浏览量突破 10 万人次。网友们还留下了数千条留言，表达对韩冰精神的赞叹和对她的深深祝福。

网友"江都自强"说：本想去医院看你，但考虑到你需要休息，不忍心再去打扰。我是个男人，但看了你的故事，眼泪却止不住了。在你身上，我读懂了什么是人间真情，什么是生命的价值。你是扬州最美的女人！

网友陆志林赋诗一首：你是一颗划过天空的流星／生命虽然短暂／但却美丽／你是初冬的一股暖流／给扬城送来温暖／让阳光洒满人间……

江苏徐州一位名叫杨柳的白血病患者给韩冰写信道：我是一名 25 岁的人民教师，今年 6 月查出患了白血病后，我的梦想彻底被撕碎……然而，你的感人故事令我备受鼓舞，我忽然觉得自己拥有了力量，去挑战命运的捉弄。我现在不仅要勇敢地活下去，还要回到讲台上，回到学生身边。即使我走了，我也想跟你一样，把眼角膜捐献出来，给他人带来光明。

和丈夫朱春文拍一套结婚照，是韩冰最后的三个心愿之一。11 月 19 日，扬州天长地久婚纱摄影店特地开辟"爱情通道"，无偿为韩冰圆一个美丽的梦。上午 9 点半，影楼经理和化妆主管专门来到病房为韩冰化妆。接着，医院派一辆汽车，把韩冰夫妇送到影楼。当韩冰穿上洁白的婚纱后，她就如同出水芙蓉一般，成了人们眼里最美丽的"新娘"。

平常拍摄婚纱照，从拍照到取照需 30 天，加急也要 4 天，但韩冰的婚纱照当天下午就送到了她的手里。店方还将效果好的照片免费加洗了几十张，让她将美丽送给更多的人。

11 月 24 日，韩冰的另一个心愿也在多方努力下得以实现，扬州茱萸湾风景区破例让她栽种下三棵树——琼花、桂花和茱萸。当天中午，丈夫朱春文为韩冰修剪了头发和指甲。依照韩冰的意愿，身体发肤受之父母，把头发和指甲埋在树下，是给家人留下一份念想。接着，小朱将她剪下来的头发和指甲分别装进三只橘黄色的精美布袋。原来，这三个布袋是用小朱送给韩冰那件印着卡通小猪的 T 恤衫做成的。韩冰说，这表示她可以永远地生活在小朱温暖的怀抱里。

下午 2 点多钟，韩冰在小朱的搀扶下来到景区内的琼花山上，她先将包着自己头发和指甲的布袋轻轻放入三个树坑内，随后和小朱共同拿起一把铁锹，把三棵树植进坑内，培土浇水。韩冰说："这三棵树我都很喜欢。琼花是扬州市花，冰清玉洁，代表了扬州人的气节；桂花十里飘香，能给人带来快乐；茱萸可以寄托思念。"

11 月 25 日，扬州市委书记季建业看了韩冰的事迹报道后，亲笔写信交代市有关领导和有关部门负责人，一定要关心、帮助、安排好韩冰的治疗，并委托市委办公室向韩冰转达他的慰问和敬意。季书记在信中写道："韩冰的事迹感人至深，一个人感动了一座城市。我为有这样的好市民感到骄傲，也为社会各界汇成的爱心暖流感到欣慰。"

当天，扬州市妇联和团市委分别授予韩冰"扬州市新时代优秀女性"和"青年爱心大使"荣誉称号，号召全市妇女和青少年向韩冰学习。

扬州市卫生局组织了10多位肿瘤、消化、护理方面的专家，对韩冰的病情进行了会诊。与此同时，慈济医院专门成立了专家诊疗小组，为韩冰提供最好的诊疗和护理服务。经专家们研究，在治疗方面主要以增加全身营养支持和临终关怀为主，采取有效措施最大程度地减轻韩冰的痛苦。

依偎在爱人小朱的怀抱里，韩冰羸弱的身体显得愈加娇小，但绽放在她脸上的微笑却像阳光一样灿烂。她说："我真的没想到，一个小小的捐赠举动，会引来这么多人的关爱。我想对所有的人说一声'谢谢'，说一声'我爱你们'！我的生命不管还有多长时间，我已经没有遗憾！"

补记：2006年3月17日凌晨2时10分，韩冰走完她30岁的生命旅程，在扬州市慈济医院辞世。

按照她生前捐赠眼角膜、捐献遗体的愿望，3时30分，两名眼科专家赶至慈济医院，成功取出她的眼角膜。由于手术及时，其眼角膜晶莹透明，经过药剂处理，可以保存一年时间，其间可随时提供给需要角膜的眼疾患者。角膜取出后，亲人和医护人员一起为她穿上洁白的婚纱。4时50分，遗体捐赠接收单位的车子开来了，工作人员在韩冰的遗体前深情地三鞠躬。车子开远了，亲人和医护人员仍伫立在晨光中……

临终前，韩冰曾再三叮嘱她的家人："我的病曾让许许多多的人牵挂，我走后不设灵堂、不搞祭拜，不能再麻烦任何人了。"

春天来了，韩冰却走了。

这座城市，会永远记住这个美丽的名字——韩冰。

最美的新娘

> 尽管红颜和皓齿难免遭受无情的毒手，爱却并不因此改变，它巍然
> 矗立直到生命的尽头。
>
> ——莎士比亚

　　这是一场特殊的婚礼，大学教师时振威迎娶身患肠癌、生命只剩下几个月的打工女孩宋欣燃。当时振威看着宋欣燃的眼睛，深情地问道："我爱你，欣燃，你愿意嫁给我吗？"宋欣燃眼含热泪，坚定地回答："我愿意！"此时，在场的许多人都流下了感动的泪水。

▶ 厄运袭来，击碎了一对知心爱人的幸福

　　1999年秋天，一个偶然的机会，在南京工业大学读书的时振威与小他一岁的宋欣燃在网络上相识，彼此都在QQ上把对方加为好友。那时，宋欣燃还在盐城市射阳县一所中学读高中。正是这一次不经意的"邂逅"，让这两个年轻人结下了不解之缘。

　　由于两人当时都是在校学生，学业的压力，使得他们失去了联系。直到2001年9月，宋欣燃被连云港职业技术学院录取，等待到校报到的日子里，她打开了QQ，两人这才恢复了联系。当时振威告诉宋欣燃自己是连云港人时，宋欣燃很惊喜，因为即将前往的城市至少有了自己的一个朋友，不再是一片陌生了。从那以后，时振威和宋欣燃除了在网上交流，还通过频繁的书信来增进对彼此的了解。在他们的心中，爱情正在悄悄地生长。

　　大学毕业后，时振威因学业优秀留校任教。国庆节时，他回到家乡，和宋欣燃见了第一面。时振威长得阳光帅气、文质彬彬，给宋欣燃留下了美好的印象，

而宋欣燃清纯靓丽、亭亭玉立，也让时振威一见倾心。那年冬天，两个年轻人真诚地相爱了。此时，宋欣燃觉得自己的条件比不上时振威，曾不无担忧地对他说："你在名牌大学当老师，而我只是个农村女孩，家里条件又不好，我觉得配不上你。"时振威听后，有意嗔怪她："亏你还是个'80后'女孩，还有门当户对思想？不过，我的父母也是下岗职工，家庭条件比你家好不了多少，这你放心了吧？再说你长得这么漂亮，一米七的身高，把我比得还有点自信不足哩。"

因为时振威在南京工作，两个年轻人聚少离多，离别的日子让他们倍加相思。为了能够陪伴在女朋友身边，2003年春节过后，时振威征得父母的同意，辞去了南京待遇优厚的工作，回到了家乡连云港。

2004年夏天，品学兼优的宋欣燃从职业学院毕业，被连云港市知名的江海渔港饭店聘用。她在工作中积极肯干，热情待客，很快被提拔为饭店的大堂经理。而时振威凭着自己的才华，经过努力，也于2005年初被宋欣燃的母校连云港职业技术学院聘任为教师。两个人尽情享受着甜蜜的爱情，憧憬着美好的未来。2006年上半年，时振威在父母的支持下，交了10万元的首付款，按揭了一套新房，只等新房交付之后，他就和心爱的人走进婚姻的殿堂。

然而，就在两人沉浸于幸福时，厄运却悄悄地逼近了他们。2006年下半年，宋欣燃时常觉得腹部疼痛。一向要强的她以为是工作劳累所致，并没有太放在心上，也就没有到医院去检查。2007年2月18日，大年初一，饭店里订餐的顾客很多，宋欣燃仍在上班。这一天她太累了，肚子又胀又疼，浑身直冒虚汗，差点晕倒在地。闻讯赶来的时振威和饭店的同事连忙把她送到了连云港市第一人民医院就诊。医生经过检查，给出了一个残酷的结果：宋欣燃患的是直肠癌，已经到了中晚期，必须马上进行手术。

面对突然袭来的不幸，时振威犹遭晴天霹雳，他无论如何也不愿意相信：欣燃这么年轻这么活泼，怎么会患上绝症？望着诊断单上的白纸黑字，他心如刀绞。

擦去眼角的泪水，时振威来到了宋欣燃的病床前，告诉她，你这病并不严重，但可能需要小手术。安顿好欣燃，时振威回到家，把这个不幸的消息告诉了父母。他刚一开口，便忍不住失声痛哭。母亲孔宪霞一边流泪一边安慰他："孩子，事情摊到咱头上了，咱不哭。你把欣燃领进家门那一天，欣燃就是咱家的人，我们全家一起想办法，为欣燃治病。"时振威握紧母亲的手，说："妈妈，谢谢你能这样对待欣燃。"接着，一家人决定，暂时先将宋欣燃的病情告诉她的父母，但要瞒着宋欣燃本人，全力以赴为她治病。

▶ 不离不弃，大义男儿倾情拯救绝症女友

2007 年 3 月 17 日，宋欣燃做了第一次手术。为了减少她的心理负担，时振威和亲友们仍对她瞒着病情，他还请主治医生配合，在病历的关键处用英文书写。然而，宋欣燃从亲友们的脸上还是感觉出自己的病情不是那样简单。一天，趁时振威和看护她的家人不在，她跟同室的病友交谈，得知自己患的是癌症；她一下子绝望了：自己这么年轻，和心爱的人相恋六年，还没有走进婚姻的殿堂，却被病魔宣判了死刑！她真的不甘心啊！宋欣燃把头埋在被子里放声大哭……

当天晚上，时振威彻夜守候在宋欣燃的病床前，一遍遍开导她："欣燃，有我在，你别怕……你是个不服输的女孩子呀，你知道，现代医学这么发达，你的病一定会治好的！"在他的安慰下，宋欣燃的情绪渐渐平静下来，她说："阿威，我听你的，好好治病，咱们的好日子还长着了。"

接下来，痛苦的化疗开始了，宋欣燃的反应特别强烈，她不停地呕吐，甚至把胆汁都吐了出来，但她咬紧牙关坚持着。很快，由于化疗的副作用，她的姣好的面容变得浮肿，满头的乌发也大把大把地脱落。怕欣燃看了难受，时振威悄悄地收起镜子，专门给她买来漂亮的绒帽和特大的口罩。除了到学校上班，他只要一有时间，就陪护在欣燃的身边，跟她聊天，给她按摩，减轻她的痛苦。由于医院规定陪护人员不允许睡病房，到了晚上，时振威实在困了，就只能趴在女友的病床边打个盹。几个月下来，时振威瘦了一圈，连宋欣燃的妈妈都感激地对他说："你这么照顾欣燃，真难为你了！"可时振威说："我不能走，欣燃眼一睁看不到我，她会着急的。"听说吃新鲜的海鱼和贝类可以提高人的免疫力，时振威便常常天未亮就赶到海滨市场，买来鲜活的海鱼和贝类海产，让母亲在家煲好汤，再送到医院，他一口一口地喂给欣燃吃。

化疗进行了半年多时间，治疗费花掉了十几万元，可宋欣燃的病情并没有好

转的迹象。这时候，她的父母着急了，通过向医生咨询，他们知道，女儿的病治愈的可能性微乎其微，而家里实在没有钱再支付她的医疗费了，所有的亲朋好友也借遍了，无奈之下，她的父母选择了放弃。在又一次化疗之后，她的母亲流着泪离开了病房，再也没有回来。此后，无论是宋欣燃还是医院给她家里打电话，她的父母都不再支付治疗费用了。

亲人的放弃让宋欣燃再一次陷入残酷的深渊，她感到从未有过的伤心和绝望。她哭着对时振威说："阿威，我们相爱一场，你对我的好我铭记在心，谢谢你一直陪着我。可我这病真的好不了了，连我的父母都不管我了，你也不要硬撑下去了。"

时振威心疼极了，他把宋欣燃紧紧地抱在怀里："我们相爱多年，两人的生命早已连在了一起，我决不会放弃你的……"他还宽慰欣燃："你知道，你的父母也是万般无奈，你是他们的亲生骨肉，他们怎能不爱你？可他们已经竭尽所能，伤心至极，我们不能再去抱怨他们啊！"

时振威知道，这个时候，家的温暖对宋欣燃尤为重要，自己的父母出面说话也许更能安抚女友心灵的伤痛。于是，他把父母一起带到欣燃的病床前，情真意切地安慰她。他的母亲孙宪霞拉着欣燃的手说："孩子，从你走进咱家门那一天起，你就是我的儿媳，我的女儿。你患病之初，我们一家人就决定了，就是倾家荡产，就是到马路边上跪着讨钱，也要给你治病！"

从此以后，时振威和家人承担起了宋欣燃所有的治疗费用。时振威是普通教师，他的父母退休在家，家里所有的积蓄都已为他们交了购买婚房的首付款，每个月还要交纳近2 000元的按揭贷款，所以他家的经济条件并不好。为了支付宋欣燃的治疗费，时振威和家人只好一次次向亲朋好友借钱；每个月的工资一拿到手，时振威都分文不留地交到医院；为了挣钱，他的父亲又重新找了一份开车运货的工作。

时振威白天上班，就由他的母亲孙宪霞照料宋欣燃。化疗期间，宋欣燃有时一天要大便几十次，但昏迷中的她毫无知觉。孙宪霞不停地给她擦洗，为她换尿布，从没有半句怨言。欣燃化疗时有时三四天吃不下一口饭，孙宪霞心疼得暗暗流泪，也是几天吃不下饭。但当着欣燃的面，她总是微笑着，用乐观的话语鼓励她。仅仅半年多时间，原本体形适中的孙宪霞瘦了20多斤。

男友和他家人的爱让宋欣燃重新振作起来，她的脸上又现出动人的微笑。经过一段时间的化疗后，她的病情有所缓解。为了护理方便，在征得医生同意后，时振威把宋欣燃接回了家里照顾。

身高一米七的宋欣燃从化疗后就虚胖起来，体重增加了 50 多斤。2007 年冬天的一个夜晚，天寒地冻，外面下着大雪。夜里一两点钟，宋欣燃突然病情加重，肚子肿痛，时振威一家连忙把她送往医院。但是，雪夜里根本打不到出租车，时振威只好把欣燃背在身上，父亲在后面托着，母亲给他们打着伞，就这样，他们在雪地里走了六七里路才赶到医院。治疗后，宋欣燃昏昏沉沉睡着了，等她醒来的时候，她发现自己身上盖着时振威脱下的棉衣，双脚则被他的妈妈抱在怀里，一宿没合眼的他们被冻得瑟瑟发抖，显得那么憔悴，她禁不住泪流满面。

2008 年 6 月，宋欣燃的病情又一次加重，医生检查后认为，必须进行第二次手术，仅这次手术的费用就至少需要 10 万元。手里拿着宋欣燃的病危通知书，时振威焦急万分，他家里现在连几百元钱都拿不出了，能借的亲友也已经借遍了，怎么办？绝望中，时振威想到了买房子。但那套按揭购买的新房还欠着银行的大笔贷款，而且转让手续繁杂，根本无法出手，只有把家里现在住的老房子卖掉。回到家，时振威把买房筹钱的打算一说，他的父母沉默了许久，最后含着泪同意了儿子的想法。此时正是金融危机的见底阶段，房价跌了不少，加上急于出手，他家这套二居室的老房子，也只卖了 10 万多元。

拿到买房款后，宋欣燃做了第二次手术，她又一次闯过了鬼门关。

▶ 哪怕生命只剩一天，也要让你成为最美的新娘

然而，时振威执著的爱和他家人悉心的照料却无法挡住病魔的脚步。2009 年 6 月底，在经过两次手术，十九次化疗之后，医生遗憾地告知，宋欣燃的病情已经恶化，她的生命预计只剩下两三个月了……

得知这个消息，宋欣燃反而显得格外的坚强，她在自己的一篇博文上写道："我不知自己还能走多远，医生既然宣判了，那就争取在活着的日子里，每天都

过得精彩……我不能愧对我的名字：欣燃——这把火要欣然地燃烧下去……希望在仅有的日子里，站起来的日子多点，躺着的日子少点；走的时候，痛苦少点，快乐多点；哪怕在天堂里，也要给亲人一张笑脸。"

看着欣燃微笑的脸庞，时振威的心里却流泪不止，他是多么心疼这个像精灵一样活泼开朗的女友啊！他深深地爱着她，真的希望随她而去，生死相依！就在医生告诉他这个不幸消息后，他的心里突然作出一个决定：跟宋欣燃结婚，让她在有生之年做一个美丽的新娘，为他们这段如歌的爱情画上圆满的句号。

当时振威把自己的决定郑重地告诉宋欣燃时，她万分惊喜，潸然泪下，但冷静之后，她却回绝了时振威。自己的日子不多了，而时振威的路还很长很长，她不想再拖累他，让这个优秀的男儿背上沉重的十字架。但时振威始终坚持，他说："你不答应我，我就天天跪在你的面前。"时振威的执著又一次得到他父母的支持，这对朴实善良的老人一次又一次劝慰未过门的儿媳。几天之后，宋欣燃含着泪答应了男友的结婚请求。他们紧紧相拥，热泪长流。

时振威和宋欣燃生死相依的真爱故事一经传出，深深地感动了连云港市民。了解到他们还没有拍婚纱照，新浦区蒙娜丽莎婚纱摄影店决定为他们免费拍摄一组婚纱照。

7月24日下午，时振威带着宋欣燃坐上婚纱摄影店的专车，从医院来到影楼。在近3个小时的拍摄过程中，披上婚纱的宋欣燃虽然身体虚弱，甚至期间多次中断，但坚强的她依然面带微笑坚持拍完，留下了一幅幅精彩而感人的幸福画面。在现场，影楼的不少员工感动得流下泪水。正常拍婚纱照，需要一个月才能拿到照片，但是这次影楼特事特办，加紧后期制作，保证在一星期之内将照片送到时振威家中。

紧接着，连云港红豆婚庆公司决定，无偿为他们提供婚庆礼仪服务；宋欣燃工作过的江海渔港饭店，免费为他们提供结婚场地以及婚宴……

8月1日，婚礼的前夜。因为宋欣燃家在外地，按照当地的风俗，这天晚上她住在宾馆里，孔宪霞陪在她的身边。8月2日凌晨3点左右，宋欣燃感觉肚子特别难受。为了让自己在婚礼期间有最好的表现，她让婆婆赶紧带她到医院挂水。从凌晨4点，一直到早上7点半，医生给欣燃连续挂了三瓶吊针，她的气色明显好了许多。接着，她化好妆，穿上婚纱，静静地等待着好幸福时刻的来临。

与此同时，时振威和婚庆公司的员工也在饭店里为布置婚礼现场忙碌着。婚礼现场的主色调是乳白色，象征着他和宋欣燃纯洁的爱情。现场放置粉玫瑰、勿忘我、黄金叶三种花儿，一共是 9 999 朵，寓意长长久久。为了能给时振威和宋欣燃提供最好的服务，婚庆公司推掉另外两个也在 8 月 2 日举办的婚礼，将全部力量集中到这里来。

8 月 2 日上午，许多参加婚礼的来宾早早地就来到了现场。时振威和宋欣燃的亲朋好友来了，连云港"在海一方"论坛的网友们来了，欣燃的病友来了，她大学时的班主任、同学来了，连云港"雷锋车"班组的代表来了，很多与他们素不相识的人也来了……所有的人都被这一份真情真爱感动着，满怀祝福和敬意来到现场，为他们送上真诚的祝愿。

中午 12 时，婚礼开始。八个天真可爱的小朋友像天使一般，捧着水晶杯和摇曳的烛火，走在一对新人的前面。

"这个世界上什么都会老去，只有爱情永远年轻……你们无怨无悔地选择了对方，这选择既充满了浪漫和甜蜜，也意味着责任、付出、奉献和忠诚。"婚礼司仪如此开场，时振威和宋欣燃甜蜜地相视而笑，十指紧紧相连，缓步走上了舞台。

"我爱你，宋欣燃，你愿意嫁给我吗？"时振威看着欣燃的眼睛，深情地问。"我愿意！"宋欣燃没有片刻犹豫，坚定地回答。此刻，在场的许多人都流下了感动的泪水。

接着，婚礼司仪把时振威的妈妈孔宪霞请上了台。"妈妈！"宋欣燃走上前去，喊出了自己心底里最深情的呼唤。孔宪霞激动万分，热泪盈眶，她紧紧地将宋欣燃搂在自己的怀里："谢谢你，孩子，谢谢你一直爱着振威！"她又握住时振威的手："谢谢你，我的儿子，谢谢你给我们找了个好儿媳！"这时，现场所有的人再次为之动容。

"欣威之恋，矢志不渝。"这是连云港市一位著名书法家为时振威和宋欣燃写下的祝福，时振威家所在的新东街道办事处工作人员把它装裱好后，送到了这对新人的手中。

这八个字，也是他们爱情的誓言。

纵然生命可以逝去，但真爱的星辰会在银河里永恒！

迎娶「植物人新娘」

2006 年 4 月 12 日上午，常州市数百名市民一同见证了一场名为"小小，醒来吧"的特殊婚礼。

新郎曹伟和新娘张小小本来决定去年年底举行婚礼，不料婚礼前夕，已有身孕的张小小因遭遇意外车祸被撞昏迷，至今未醒。2 月 21 日，处于"植物人"状态中的张小小产下一名健康男婴。曹伟决定补办婚礼，希望用这种特殊方式唤醒心上人。

▶ 订婚之日，女友遭遇车祸成了"植物人"

在浙江省仙居县横溪镇中学上高中时，曹伟和同班同学张小小产生了朦胧的感情。但高中阶段的学习非常紧张，两人直到参加高考后才捅破这层窗户纸，正式确定恋爱关系。

2003 年 9 月，具有绘画专长的张小小接到了江西某学院服装设计专业的录取通知书，而曹伟则名落孙山。对于女友去上大学，曹伟非常支持，他对小小说："你安心读书，我出去打工给你挣学费。"小小也深情地对曹伟说："不管我们相距多远，也不管我以后会怎么样，你永远是我的最爱！"张小小到大学念书了，曹伟的心也仿佛随她而去。他来到江苏无锡打工，每月的打工收入，除了留下必需的生活费外，全都寄给了小小。每天，他们都要互发短信，诉说相思之苦。

但张小小在大学念了一学期后，却执意退了学。她的家人和曹伟都大惑不解。小小对父母说了两点理由：一是她爱好纯粹的绘画，对现在所学的服装设计这类工艺美术没有兴趣；二是学费太高，家里还有个上高中的弟弟，如果弟弟再考上大学，家里实在供不起，她想把机会留给弟弟。其实，还有个原因她没有对父母说：她太想念曹伟了！每当坐在宽敞明亮的教室里，想到曹伟为给自己挣学费正在辛苦地打工，她就忍不住流下眼泪；她还怕有一天自己大学毕业了，而曹伟还是一个打工仔，身份的落差会影响甚至断送他们的感情……

张小小是个特别开朗、直率的女孩，她认准的事，别人很难改变。父母和曹伟知道她的个性，几经劝说无效，只好同意她退学。退学后不久，张小小来到江苏常州市，她有个姨妈在这里开了间玩具店，她就在店里帮工。常州离曹伟打工的无锡只有几十公里的路途，每到假日，这对热恋中的年轻人便聚到一起，徜徉在甜蜜的爱的海洋里。后来，曹伟干脆从无锡辞了工，来到常州一家商场做货车司机，这样，他和自己的心上人就能够天天见面了。

2005 年 8 月的一天，张小小欣喜地告诉曹伟，自己怀了身孕。她说："虽然我们还没有举办婚礼，但这个孩子是我们爱情的结晶，我一定要留下来，我太喜欢孩子了！"接着，小小神秘地对曹伟说，"我在一本书上看过，头生的孩子最聪明，身体素质也最好。将来我们的小宝宝肯定是最棒的！"听说自己快要做爸爸了，曹伟心里很激动，但同时又有些歉疚，觉得女友为自己付出的太多，而自己却还没有做好把她迎娶回家的准备。

11 月初，张小小怀孕四个月了，曹伟和她商定，两人不再打工，回家筹备婚礼。11 月 10 日，按照当地的风俗，曹伟和张小小举行了一个订婚仪式，并确定年底举办婚礼。当天，为了方便接送前来贺喜的亲友，曹伟通过熟人介绍，临时租用了一辆私人轿车。晚上，曹伟把本镇几位亲友送走后，又开着车，和张小小一起，将住在仙居县城的两个朋友送回家。

轿车在横溪镇通往县城的公路上急驰。曹伟的心情格外舒畅，他一边开车，一边与坐在副驾驶座位上的张小小说着话。他们做梦也没有想到，不幸就在这一瞬间发生了，在一个拐弯处，车子突然失控，撞在路边的一棵大树上；随着一声惊叫，张小小的头右侧重重地撞在了挡风玻璃上……

曹伟当时也受了轻伤，他发现张小小被撞后昏迷不醒，立即拨打 120 电话，将她送到仙居人民医院抢救。经医院检查，张小小颅内血肿，脑部严重受损，已处于深度昏迷状态，即使抢救过来，也可能成为"植物人"。曹伟听到这里，如遭晴天霹雳一般，他的眼泪"刷"地流了出来，"扑通"跪倒在医生面前："医

生，求求你，一定把她救醒！她的肚里还怀了四个月的身孕啊！"

手术前，在"保大人还是保孩子"的抉择中，作为爱人，也作为父亲，曹伟做了一生中最艰难的选择："两个我都要！但是，如果只能选择一个的话，那就保大人！"

手术从 11 日凌晨 2 时开始，整整做了 5 个多小时。张小小的生命暂时保住了，但由于严重的脑损伤，她仍处于昏迷状态。此时此刻，小小的一头秀发已被剃光，头上包满了白色的绷带；为了保持呼吸，她的气管被切开，身体里插着各种管子⋯⋯曹伟见此情形，再一次泪流满面地扑了上去："小小，你醒醒啊！你睁开眼看看我呀！"此情此景，让在场所有的人为之动容。

▶ 生命不屈，"植物人女友"奇迹生子

做完开颅手术后，医生们发现，张小小的伤情虽然严重，但肚子里的胎儿基本没受损伤。这让曹伟一颗破碎的心得到些许安慰。他和张小小的父母日夜守候在小小的病床前，常常含着眼泪祈祷挚爱的女友能够苏醒过来，祈祷她肚子里的小生命能够健康地生长⋯⋯

然而，时间一天天过去，张小小一直没有苏醒的迹象。曹伟心急如焚，他和小小的父母商量后，决定把女友送到上海的大医院治疗。但是，当他们用救护车把张小小送到上海的几家著名医院后，却因为病情复杂、风险太大，竟没有一家医院愿意收治。几经周折，11 月 29 日，张小小被转到了杭州武警医院。

因为长途颠覆、辗转求医，张小小被切开的气管伤口出血，继而肺部出现感染，生命再次告急！面对如此险境，曹伟再次泣求医生，用最好的药挽救女友的生命，曹、张两家即使砸锅卖铁，也在所不惜！见惯了人间悲欢的医生们也被曹伟的声声泣求感动了，他们答应曹伟，尽最大的努力挽救张小小的生命，并尽可能地保住她肚里的孩子。

经过杭州武警医院内科主任张意仲等医生一个星期的精心救治，连上海几家大医院都拒绝收治的张小小终于脱离了生命危险。紧接着，张小小被转至医院脑外科接受治疗，她的身体状况渐渐有所好转，腹中的胎儿也在一天天长大。

但是，又一个难题出现了：杭州武警医院没有妇产科，而张小小是个处在"植物人"状态的孕妇，一旦出现妇产科方面的紧急情况，医院则无法采取相应措施。2005年12月中旬的一天，查房医生在给张小小检查后，又跟曹伟及张小小的父母说出自己的担心："从张小小目前的情况看，她什么时候能够苏醒还不能确定；她肚子里的胎儿一则营养不良，二则抢救时大量用药，健康状况也无法确定，而且'植物人'状态下分娩产子，非常罕见，极其危险……所以我们建议还是趁早把胎儿打掉，全力以赴救治大人。"听了医生的分析和建议，曹伟心情沉重，长叹一声。

突然，曹伟惊叫一声："你们快看，小小这是怎么了？"原来，就在医生和他们说话的时候，躺在病床上的张小小竟然有了一丝反应，一滴眼泪顺着她苍白的面颊滑向耳根。"小小有反应了，小小哭了，小小这是不让咱们打掉孩子呀……"曹伟既激动又心酸，禁不住泣不成声。小小的母亲沈火娟也流着泪说："小小一定是让我们留住这个孩子啊！还在她刚怀孕时，我跟她说过，你年纪还小，不必这么早要孩子。她当时就跟我急了，说一定要这个孩子，结婚时挺着大肚子也不在乎……"

面对此情此景，查房的医生感慨不已，他说，张小小听了他们说话后，能够有所反应，甚至流下了泪水，说明她的知觉正朝好的方向恢复，她被唤醒的可能性极大，也许，随着胎儿的孕育、分娩，会对母体产生相应的刺激，更有助于她的康复；既然她这样想要这个孩子，我们就随了她的心愿吧，也许，母爱可以创造医学都无法解释的奇迹！

张小小这次知觉的复苏，更坚定了曹伟的信念。他贴着心上人的耳边，轻声而坚决地鼓励她："小小，让我们一起努力，你一定能醒过来的！我们的孩子也一定能健康、顺利地来到世上！"

随着张小小预产期的临近，2006年春节后，曹伟和张小小的父母一起，又把怀有6个多月身孕的女友送到常州市第一人民医院住院治疗。他们之所以选择到常州，一是因为曹伟打听到常州市一院的脑外科医术精湛，二是张小小的小姨和舅舅都在常州做小生意，而曹伟和小小又都在这里打过工，因此相对于其他城市，他们对常州更熟悉些。

到了常州一院后，医生们随即对张小小及胎儿进行了检查。因为张小小一直处于"植物人"状态，都是依靠注射营养液和鼻饲流质食物维持生命，所以营养缺乏，身体极度虚弱；而她腹中的胎儿也相应的营养不足，发育不良，经测量，胎儿双顶径只有 6.5 厘米。为此，主治医生彭亚与医院的营养师一起，制订了详细的营养加强计划，每天从静脉注射 500 毫升的氨基酸、200 毫升的脂肪乳剂，以及两支维生素。一周过后，胎儿发育正常了，双顶径也增加到了 7.5 厘米。

与此同时，曹伟请教医院的营养师，从食物上加强对张小小的营养供给。他买来黑鱼、排骨及各种豆类、蔬菜、水果等，或熬成浓汤，或加工成流汁，每天精心搭配、换着口味给小小鼻饲。他相信，小小即使尝不到这些食物的滋味，但她的肠胃系统肯定有所感知的。听说按摩和音乐的刺激对"植物人"的苏醒有帮助，曹伟就每天坐在小小的病床前，一边给她按摩，一边跟她说话，唱她喜欢听的歌。小小过去最爱听最爱唱的歌是超女张含韵唱的《酸酸甜甜就是我》，曹伟便一句一句地反复唱："耳朵里塞着小喇叭 / 躲在被窝里看漫画 / 虽然我还在象牙塔 / 我多么想一夜长大……"唱着唱着，曹伟的脑海里仿佛又浮现出过去那个活泼调皮的小小，他的泪水不由自主地流了出来。

一天，曹伟在给张小小做按摩时，意外地发现胎儿动了一下，他一愣，又把手放到女友的肚子上，这一次，他明显地感觉到胎儿踢了他一下。小生命的悸动让曹伟热泪盈眶，他欣喜地叫道："我们的宝宝很健康，你们看，他在踢我呢！"从这以后，曹伟每次给小小做完按摩，都要轻轻抚摸她的腹部，感受美妙的胎动。一次，他又把头贴在小小的肚皮上，轻轻地说："宝宝，你醒一会儿，爸爸看你来了。"跟宝宝说了会儿话，他又对女友说："小小，让你受苦了，你自己的营养都跟不上，却还要供应宝宝的营养，你能吃得消吗？你可一定要挺住啊，等生了宝宝，你就可以穿婚纱了，我们再热热闹闹地办一场婚礼……"张小小听着听着，竟然有泪水溢出。曹伟十分惊喜，他觉得，小小现在虽然不会说不会笑不能动，但她能听懂自己说的一些话，不仅有知觉，还有思维。他对唤醒小小的信心更足了。

2006 年 2 月 21 日，是张小小车祸后昏迷的整整 100 天，离她的预产期还有一个半月。当晚，正在病房看护女友的曹伟突然发现小小的身体在抖动。"不好，小小早产了！"他掀开被子一看，果然发现羊水已经流了出来。曹伟又惊又喜，连忙跑去叫医生，正在值班的彭亚医生当即赶到了病房。

张小小被迅速送进妇产科手术室。常州一院立即与市妇产医院取得联系，请来两位妇产科专家前来支援，一场特殊的接生手术由此展开。临生产前，医生告诉曹伟，"植物人"生子在我国十分罕见，即使生下来，孩子和产妇都可能会有生命危险，希望他和家人能有个心理准备。

为了不影响孩子，医生对张小小实施了局部麻醉剖腹手术。半个多小时的漫长等待，让曹伟和张小小的亲人经历了最痛苦的煎熬。晚9点15分许，随着一声清脆的啼哭声，一个男婴顺利降生。由于早产，男婴体重只有三斤七两，但面色红润，哭声哄亮，是个健康可爱的小宝宝。"奇迹啊，真是奇迹！"抱着孩子的医生们高兴得合不拢嘴。

曹伟从医生手中接过儿子，一时百感交集，失声痛哭。他把婴儿抱到女友面前："小小，你快看看儿子吧，这都是你的功劳啊！"但病床上的张小小沉沉地睡着，脸上没有丝毫表情。

为了纪念儿子的绝处逢生，曹伟给孩子取名：浩毅，就是"好不容易"的意思。

▶ 为了唤醒你啊，绝世婚礼如此凄美

因为早产，孩子的身体瘦小虚弱，当即被送到妇产医院新生儿病房，观察、保育了两个星期。两周后，当曹伟把孩子抱到张小小的床头时，奇迹再一次出现：儿子哇哇大哭的声音似乎唤起了"植物人妈妈"的反应，突然间，张小小的眼睛微微地睁开，并且不可思议地朝孩子的方向转了转，眼泪紧跟着溢了出来——这一刻，伟大的母爱温暖了已经冰冷的神志！

通过一个多月的精心护理，张小小和儿子的身体恢复良好，只要孩子一哭，她就会顺着孩子的声音稍稍地转过头来；而且，通过曹伟一次次坚持不懈的努力，张小小的鼻饲管也拿掉了，自己渐渐能够吞咽糊状的食物。常州一院的医生们对张小小的康复情况表示满意，他们说，从张小小目前的状态看，她会眨眼，头能转动，还能听到声音，说明她有了些知觉，但这并不代表她已经脱离了"植物人"状态，要想使她完全苏醒，除了医疗救治，更重要的是亲情的感应。

3月底，张小小出院了。曹伟在常州红梅东村租了房子，将她和儿子接到那儿护理。与此同时，曹伟开始筹划办一场婚礼，了却自己和张小小长久以来的心愿。既然小小现在已经有了感知，那么让她穿上婚纱、感受婚礼的热闹气氛，她的心里肯定会高兴的，这种亲情的感召对唤醒她一定大有益处。

曹伟的心愿得到了很多人的支持。因为在此之前，处于"植物人"状态的张小小奇迹生子的消息就引起了当地媒体的注意，曹伟对她痴心守候的爱情故事也让许多人为之感动。当地媒体在采访时还了解到，为了救治张小小，曹、张两家已经花费了近40万元。两家倾其所有，还外欠20多万元的债务。而为了筹办婚礼，曹伟又准备出去借债了。于是，当地媒体决定帮助曹伟一起筹办这场特殊的婚礼。

4月12日，激动人心的时刻终于到来了。在常州电视台等媒体的支持下，这场名为"小小，醒来吧"的特殊婚礼如期举行。

这天上午，天空飘着蒙蒙春雨，在常州润德半岛小区中心花园，早已搭建起了一个喜庆的婚礼舞台，数百名市民已经自发地来到了这里，他们要一同见证这场感天动地的绝世婚礼。10点20分，随着《婚礼进行曲》的奏响，新娘张小小身着洁白的婚纱，由她的父亲小心翼翼地托扶着坐在轮椅上，新郎曹伟身穿西服，胸佩鲜花，一手紧紧地牵着新娘，新娘的母亲怀抱着外孙紧随其后，他们一起来到了婚礼现场。

一时间，台下数百名市民掌声雷动，16位身穿红色服装的腰鼓队员也敲起欢快的鼓乐。

人们真诚的祝愿把曹伟感动得热泪盈眶。当主持人问他，你愿意娶张小小为妻吗？曹伟坚定地说："我愿意！"接着，他对着张小小深情地说道："今天，是我们盼望已久的日子！今天，你终于穿上了美丽的婚纱！今天，我要对你说，不管将来怎样，我都会一直守在你身边，爱着你，护着你！"说到这里，曹伟几次哽咽，泣不成声。到场祝福的亲人们和周围的群众也轻轻地抽泣起来。

当主持人宣布由新郎给新娘佩戴婚戒的时候，曹伟单膝跪地，握着新娘的右手，将一枚白金钻戒戴到了她的无名指上，满怀深情地说道："小小，你穿上了婚纱，戴上了钻戒，你是最美丽的新娘啊！你醒一醒，看看今天有多少人为我们祝福呀！"接着，曹伟站起身来，从岳母手中抱过儿子，再次来到妻子身边，颤声呼唤："小小，你醒醒啊，看看我们的儿子，你是最喜欢孩子的，你看看我们的儿子长得多好，多可爱啊！"后来，他又唱起了精心准备的一首歌："你是我一生最爱的人……"

歌声打动了在场的每一个人。忽然，大家看到，新娘张小小竟微微地睁开眼睛，并慢慢地转头，似乎在寻找站在她旁边唱歌的曹伟和他怀抱里的儿子。全场顿时一片欢呼，大家情不自禁地齐声呼喊："小小醒来吧！小小醒来吧……"

最后，现场再次唱响张小小最爱的那首歌曲《酸酸甜甜就是我》。在所有人的注目下，曹伟含着热泪，将数十只彩色气球放飞天空。他希冀，在这个美丽的春天，他最爱的人一定能够醒来，他们会牵起手来，慢慢变老。

2001 年 5 月 3 日，江苏广播电视塔演播大厅里举行了一场特殊的婚礼。

朱明和刘艳，这对命运多舛的新人，被人们唤作"幸福明艳"。

婚礼的司仪是南京负有盛名的庆典主持人海岛，为"幸福明艳"证婚的是新华社江苏分社副社长兼某知名报社总编，而参加婚礼的数百名来宾大多互不相识，有的来自千里之外的苏北、浙江、山东乃至北京等地……

一对普通人的婚礼，何以牵动这么多人的心？

▶ 相恋的人营造爱的小屋

1976 年秋天，刘艳出生在南京一个知识分子家庭。从小学到初中，她各门功课的学习成绩都十分优秀。但初中三年级的上学期，她患了病毒性心肌炎，好长一段时间，身体变得十分虚弱，她因此打消了升高中考大学的念头。1992 年，初中毕业的刘艳，考取了当时十分热门的南京无线电工业学校。4 年中，这个勤奋好学的女孩数次荣获该校的最高荣誉："三好学生标兵"称号。

1996 年 7 月，刘艳从无线电学校毕业，很快便被一家超市聘用，并凭着自己的实力，第二年就被提升为超市的业务经理。看着女儿一天天出息，她的父母心里乐滋滋的，多年含辛茹苦的培育终于有了回报。欣喜之余，老俩口又为整天忙忙碌碌的女儿暗暗着急，四处张罗着为孩子介绍一个各方面条件都好的对象。

就在这时，朱明出现了。应该说朱明的条件并不符合刘艳父母的标准，人虽好，但物质条件不理想。他是一家食品公司的业务员，每天，他的工作便是骑着那辆老掉牙的单车，穿梭于各大超市和市场之间，补货发货，风雨无阻。但是，每个月五六百块钱的薪水常常让这个一米八四的男子汉连盒饭都舍不得吃。

因为经常来超市配货，刘艳和朱明熟悉起来。不知从什么时候开始，朱明的目光总是不自觉地追随着这个办事麻利、心地善良的漂亮姑娘，而刘艳也慢慢地留意起这个言语不多、责任心却极强的小伙子。可是，父母的期望、亲朋好友的压力，一直让刘艳左右为难，迟迟下不了与朱明敲定的决心。1997年10月的一天，朱明突然把她带回他那个简陋得近乎一贫如洗的家，真诚地说："我领你来，只是让你更全面地了解我。如果你认为我现在很穷，并且会永远地穷下去，那么你就离开我；如果你相信我，愿意和我在一起，我一定会努力让你过上幸福的生活。"刘艳被他充满期待的眼神打动了。她相信他，现在穷一些没关系，只要通过两个人的努力，从无到有把一个幸福家庭建立起来，再苦也值得。刘艳从心底里觉得朱明正是那种可以托付一生的男人。

两人的恋爱关系确定后，朱明对刘艳的关心愈加细致入微。刘艳在超市工作，每天下班都很晚，朱明便在自己下班后以最快速度赶回家中吃饭，饭毕，又匆匆忙忙赶去接刘艳下班，把她送回家，然后他再骑车回到自己的家。算一算，他一天骑车在路上的时间足有10小时。就这样风里来雨里去，从未间断。

倾心相爱的年轻人总想拥有一个属于自己的爱的小屋，朱明和刘艳当然也不例外。然而，经济上的压力着实困扰着这对恋人，什么时候才能买得起一套最普通的婚房呢？两人反复商量后，朱明辞掉仪器公司的工作，改开出租车，他开的是夜车，每晚7点到凌晨7点上班；不久，刘艳也因为超市不景气而做起了专职推销啤酒的工作。

为了攒钱买房，两人省吃俭用，一门心思拼命干活。半夜里开车饿了，别的司机都去大排档搞两个小菜炒炒，朱明却从来舍不得，最多要盘两块钱一份的白炒饭。刘艳心疼他，有时候买包饼干放到他车上，他仍舍不得吃，早晨又带回来给刘艳吃。刘艳也很努力，别人上两个班，她一天上中午、晚上、夜里三个班；除此以外，她还参加自学考试，这是她给自己制订的目标，等拿到大专文凭，她便可以找一个工资高一点儿的工作。

到1999年初，他们积攒了近5万元钱。这天，他们把所有的钱统统倒在桌上，5块的、10块的、50的、100的，每张都压得整整齐齐，数到最后，他们不禁相拥而泣。他们终于可以用这些钱支付买新房的首期预付款了。

然而，令两人始料不及的是，一个阴影已经逼近了他们。

▶ 他用真情拨亮她生命的烛光

1999年四五月份，刘艳突然急剧消瘦，原本130斤体重，猛减30多斤，同时伴有脱发、浑身乏力的症状。因为舍不得花钱看病，她自我安慰：可能是工作太辛苦又缺乏营养所致。

1999年6月31日，对于刘艳和朱明来说，是个黑暗的日子。这天一早，刘艳就发高烧，浑身打摆子，一直支撑到晚上下班，在朱明和母亲的坚持下，她被送进医院，进行例行常规检查。检血的结果本该几分钟就出来，可这一次等了很久，当班的女医生居然连着让刘艳做了三次检查，最后，女医生表情异常地说："化验的机器坏了，今天拿不到结果。"但聪明的刘艳已从女医生逃避的眼神中，预感到了不幸的降临。

稍后，朱明和母亲被带进了医生办公室。隔着玻璃窗，刘艳看见朱明和母亲在听完医生的话后都变了脸色，母亲更是一脸恐惧，死死地抓着医生的衣服哀求着什么，旋即已是泪流满面。

经初步诊断，刘艳患的是急性白血病。三人如遭五雷轰顶，抱作一团，哭成泪人。

那一夜，朱明没再做生意，这是他跑车以来第一次亏损（他每晚要向车主交80元钱）。一整夜，朱明都守在刘家的客厅里，他担心23岁的刘艳会一下子垮了。床上，刘艳和还在读书的妹妹抱头痛哭，哭哑了喉咙，哭肿了眼睛。哭累了，妹妹渐渐睡去，而刘艳却睁大眼睛死死盯着天花板发愣。隔壁房间里传来母亲轻轻的啜泣声。刘家客厅的灯彻夜亮着，每个人都揪着心，泪水始终没有干。

凌晨4点，到石家庄出差的刘父接到电话，急匆匆赶了回来。望着父亲风尘仆仆的样子，刘艳禁不住脱口而出："爸爸，我不想死，不想离开你，以后我不在，你要少喝点酒，少抽点烟……"话没说完，哭声又连成一片。

第二天一早，医院还没开门，朱明和刘家人已等在门口。刘艳的病情报告出来了：慢性粒细胞白血病，需花费三五十万进行骨髓移植，否则至多只有三至五年的生命。

天啊！三五十万！朱明傻了，对他来说，这简直是个天文数字，到哪里去筹这么多钱为自己心爱的人治病？

因为没钱住院，刘艳只好在朱明和家人的陪同下，每天往返医院进行最基本的针剂治疗、定期进行化疗，就是这种简单的治疗，一个月也得花销八九千元。

刘艳彻底垮了，每天面对接踵而来安慰她的亲朋好友，她除了哭还是哭，精神低靡到了极点，抵抗力也越来越差，动辄就感染、挂水。

朱明简直要急疯了，他不能眼睁睁地看着刘艳就这样消沉下去，他更不忍心看着她痛苦的样子。有时候，痛苦到极点的他怀疑这一切不是真的，不是事实。朱明在刘艳身边，寸步不离地守了一个星期，他不得不出去开车了。这时，他更拼命了，因为他明白只有尽可能多地去挣钱，才能给刘艳治病，才能延续他们在一起的日子。

刘艳每天的常规治疗，必须打一针价值 300 元抑制肿瘤细胞增殖的"罗扰素"，可是这药实在是太昂贵了，仅打了两个月，就不得不改打另一种有近似功效但价格却便宜得多的针剂"安达芬"。因为长期打针，她的臀部结起了硬块，打针的护士不是打不进去就是把针头打弯了。即使如此，朱明还是鼓励刘艳坚持下去，他知道除了移植骨髓，打针是延长刘艳生命的唯一办法。

此时，朱明对自己苛刻到了极点。晚上饿了，就连两块钱的白炒饭他也舍不得吃，喝口茶水提提精神，继续开车。白天，他除了想尽办法绞尽脑汁哄刘艳开心、鼓励她之外，还四处托人打零工挣钱。因为过度疲劳、营养不良并承受了太多的压力，朱明一下子衰老许多，头发大把大把地直往下掉。

刘艳看在眼里，痛在心里，思量许久后，她把朱明叫到床前，哽咽着说："朱明，我们分手吧，反正我也活不了多久了，我实在不想再拖累你了，你找一个更好的女孩吧……"不等刘艳说完，朱明打断了她的话："傻丫头，你可别这么想，改天我们就去领结婚证，即使我们真的只能过两三年，我也心满意足了。"

可是上苍似乎并没有被这份真情打动，等待他们的是另一场灾难。

▶ 她羸弱的肩膀是他坚强的支撑

1999 年 7 月 30 日，农历六月十八。按照民间的说法，这天夜里 12 点，是观音娘娘过生日，老人们说这天去烧香会特别"灵"。刘艳本来不信这个，可是在家人的劝说下，她想自己在家待了这么多天，出去走走也好。于是打传呼让朱明晚上来接她去鸡鸣寺。晚上 10 点半左右，已经辛苦了一天的朱明开车来到凤凰花园城刘艳家楼下等她。因为太累，他关上车窗，打开空调，迷迷糊糊地在车内睡着了。

突然，一阵急促的敲打车窗声把朱明惊醒，只听车外有人恶狠狠地叫道："好狗不挡道，你存心找死呀！你把路挡住了，非要老子过来你才让步？"话刚说完，此人打开车门，对朱明劈头盖脸就是两拳。朱明怕耽误刘艳去烧香，忍了忍便准备倒车让路。谁知打人者并不罢手，又强行打开车门，将朱明拖出车外，然后，把朱明骑在身下，又是一顿昏天黑地的暴打。"打人啦，救人啊！"附近楼上的居民看到这幕惨剧，急忙大声呼救，越来越多的居民闻讯赶来，纷纷指责打人者太嚣张太狠毒，并报警向 110 求助。

当刘艳听到动静下楼，发现被打的是朱明时，她不顾一切、发了疯似的上去护住朱明。她愤怒地责问打人者："你为什么把他打成这样？为什么无缘无故地打人？""老子就是要打他，还要把他打死。老子白道黑道都有人，大不了花点钱把情况摆平。"打人者依旧骂骂咧咧。虽然当地派出所来了人，并将打人者带走，但朱明已经被打成左髋骨粉碎性骨折，大腿脱臼。

真是祸不单行、雪上加霜。那一夜，躺在医院的病房里，朱明想了很多，自己现在被打残住院，失去工作能力，生活都无法自理，以后给刘艳看病治疗的钱从哪里来？老天为什么如此不公正，自己好不容易和心上人走到一起，为什么又让她患上难以治愈的白血病？为什么自己安安分分地工作却遭遇这飞来的横祸？他真想冲着黑夜大喊一声：老天，你为什么要剥夺我们爱的权利？为什么我们的爱情要遭遇这么多挫折？朱明敲打着上了石膏的腿，忍不住独自抱头痛哭起来。

正当他们陷入绝境，一切都变得渺茫而无奈的时候，刘艳却奇迹般地坚强起来。当时，她的心里只有一个念头：一定要想办法照顾好朱明，让他重新站立起来。每天下午4点半钟，刘艳自己打完针后都要去医院照顾朱明。去医院的路很长，要骑上个把小时的车。路上，刘艳的脑海里不时浮现出朱明当年每天下班后骑车送自己回家的情景，想到这些，疾病缠身的刘艳心里便萌生了一股力量，是朱明给了她生存下来的勇气，如今，她要把坚强的信心传递给朱明。五六里路，她骑骑停停，停停骑骑，实在骑不动了，就坐在路边休息一会儿。到了医院，她把从家里带来的饭给朱明吃过，又为朱明擦身子、倒尿盆，一直等到病房关灯，朱明假装生气赶她走，这才依依不舍地离开。

因为住院花销太大，而打人者一直逍遥法外，医疗费用无以着落，朱明在医院里住了不到一个月，就提前出院了。临出院前，医生嘱咐他："千万要躺在床上休息好，要多补充营养。"

但是没过多久，朱明就躺不住了。"只出不进怎么成？这样下去恐怕刘艳的病很快没钱治了。"他越想越着急，便恳请刘艳帮助他进行腿部恢复性训练。他要尽早站起来，恢复工作状态。面对朱明不容置疑的坚持，刘艳含着泪，点头答应了。

这是非常残酷的训练。刘艳先是给朱明的腿下垫一个枕头，让他的腿逐步恢复活动的功能，但腿每动一下，朱明就会感到抽筋般的疼；过了几天，腿下可以垫两个枕头了，朱明咬紧牙关，让刘艳继续加高；半个多月后，刘艳托人买来拐杖，开始用自己瘦弱的肩膀支撑着朱明练习走路，3米、5米……100米，朱明家门前的小路不知被两人走了多少个来回。

一天中午，刘艳扶着朱明整整走了两个小时。进屋后，刘艳上前握住朱明的手说："我想跟你说件事，你先答应不反对我再说。"朱明没有贸然答应，而是紧张地盯着她的眼睛。只听刘艳顿了顿，还是忍不住说出了自己的想法："我打算再去饭店推销啤酒，虽然每瓶才挣两毛钱，但挣点总比没有好，况且我现在感觉病好多了，我会尽量注意的。"朱明没有说话，只是更紧地握住她的手。这个刚强的小伙子此刻心潮澎湃、泪眼模糊，都到了这个地步，他还说什么呢？此刻，这对患难与共的恋人深深地感到他们是那么需要对方！

这天，朱明再次跟刘艳提出："我们去领结婚证吧，我们虽然住不上新房了，

但两个人在一起，比什么都重要。"刘艳流下了幸福的热泪，她这回终于点头答应了："我也许不能跟你过一辈子，但别人过十年，我们可以浓缩到一年里过，我会尽心做一个好妻子的。"

▶"幸福明艳"走进婚姻的神圣殿堂

两个多月后，朱明刚刚能不依靠双拐走路，便急着开始联系单位找出租车开。刘艳继续做着推销啤酒的工作，单位知道情况后，对她非常关照，除了给她募捐外，还安排她去靠近朱明家的分店上班；她还参加了自学考试，十二门功课已经考过十一门，如果顺利，年底就可毕业。

打伤朱明的人就住在刘艳家附近，此人有钱有势，神通广大，但刘艳不信这个邪，坚持要讨个说法，她为朱明聘请了律师，把打人者告上了法庭。2000年5月23日，打人者被鼓楼区人民法院以故意伤害罪判处有期徒刑6个月，并赔偿了相关的费用。

法律终于给了他们一个公道的结局，朱明和刘艳长长地舒了一口气。在繁忙的工作之余，刘艳将朱明家那间简陋的小屋精心装扮了一番，小屋里新添了一台21寸的彩电，一张双人床，再没有更多的新家具了，但两颗疲惫的心有了这温馨的归宿，他们感到莫大的幸福。两人商定，8月8日这天去领取结婚证。

刘艳和朱明真挚的恋情和他们将要结婚的消息经当地媒体报道后，许许多多善良的人被感动了，人们纷纷向他俩伸出援助的手。

一个从湖南来南京的打工妹阿冰给刘艳写了封信，并捐了100元钱。她在信中说："我是个外地来宁打工的女孩，到这里不足一个月。对于每月只有几百元工资的人来说，经济上能给你们的资助也许微不足道，这100元钱，可能是有钱人一顿早茶的花费，但我却是在用整个心关心着你……"

镇江一位不愿透露身份的刘先生专程赶往南京，找到朱明和刘艳，真诚地表示："我下海经商有一些钱，如果你们愿意，我会尽自己所能安排刘艳前往国内治疗白血病最好的上海长征医院治病。"

福建三友集团南京分公司办公室张主任打来电话，她希望刘艳在治病的同时，不断充实自己，学习更多的知识，并真诚欢迎刘艳到该公司工作，他们将尽心尽力帮助她，在薪水等方面予以最大程度的照顾。

南京花之都婚纱摄影店主动提出，愿意免费为刘艳、朱明拍一套档次最高的纸纱照。

联通寻呼江苏公司捐赠了一台特别号码的寻呼机作为全体员工给这对新人的贺礼。为了选个简单易记的吉祥号码，大家动足了脑筋，1314（一生一世）、2013（爱你一生）等等都未通过，最后公司老总拍板，破例开通个人冠名服务，将朱明、刘艳的姓名各取一字，以 191 呼"幸福明艳"作为寻呼号。

江苏广播电视塔负责人表示，愿为这对新人的婚礼免费提供场所……

面对来自社会各界的关爱和帮助，朱明和刘艳感动得热泪盈眶。他们是不幸的，他们又是幸运的……

2001 年 5 月 3 日，"幸福明艳"的婚礼在江苏广播电视塔演播厅举行。一大早，参加婚礼的来宾就陆陆续续地来到了会场，尽管大家互不相识，但人们脸上的喜悦都因这对新人而洋溢着。上午 9 点钟，"幸福明艳"在众人热切的目光和祝贺的掌声中步入会场，走向那童话般的舞台。南京好时年婚庆公司早已用鲜花和气球将舞台装扮得美丽而喜庆。

伴着《牵手》的音乐，这对新人的婚誓开始了，台下顿时静了下来，那段41 个字的婚誓："我愿意以婚姻的形式接受刘艳为我的妻子，我将永远地敬她、爱她，与她有福同享，有难同当，共度今生"，朱明读了一分多钟，每个字他都读得很重很慢；当刘艳读到"我将永远爱他、敬他，与他有福同享"时，她禁不住热泪泉涌，一起流泪的还有台上的司仪和台下的来宾。

婚礼结束后，来宾们纷纷在"幸福明艳结婚典礼"的横幅上签名，给新人留作纪念。在电视塔二楼的平台上，99 只印着"幸福明艳百年好合"的气球带着人们真诚的祝愿飞向蓝天。

　　为了挽救丈夫的生命，南京市六合区一位小学教师冒着极大的手术风险，无私地捐献出三分之二的肝脏移植给丈夫，自己仅剩三分之一的肝脏维系生命！这对夫妇"肝胆相照"、携手共走人生路的真情，不经意间创造了一个医学奇迹。

▶ 恩爱夫妻　突遭厄运

　　徐萍 1965 年 8 月出生在南京市六合区竹镇。1982 年，她初中毕业，考上了市重点中学六合一中。但是，因为父亲突然去世，家里的经济条件一落千丈，她不得不辍学回家。此时，刚从南京师范学院毕业、分配在镇中学教书的张晓峰获知了她的情况，感到非常惋惜，便多次登门安慰徐萍，并鼓励她不要放弃，要坚持复习功课，重新参加中考。在张晓峰的辅导和帮助下，第二年，徐萍以优异成绩考取了南京晓庄师范学校。

　　通过近一年的交往，徐萍与大她 7 岁的张晓峰彼此间留下了美好的印象，爱情的种子也在他们的心里生根发芽。3 年读书期间，徐萍跟张晓峰每两周见一次面，几乎每天都要给对方写信。

　　1986 年 7 月，徐萍师范毕业，分配到竹镇中心小学任教。同年 10 月 1 日，在亲朋好友的祝福声中，她和张晓峰走进了婚姻的殿堂。由于志趣相投，他们的婚姻生活甜蜜而和谐。不久，随着女儿和儿子的相继出世，这个温馨的家庭更是充满了欢乐。

岁月如梭，一晃近20年过去了。徐萍和张晓峰在学校勤勤恳恳教书育人，桃李芬芳，赢得一片赞誉；在家里，他们夫妻恩爱，齐心协力培养两个孩子，家庭生活堪称美满幸福。

然而，天有不测风云。谁也想不到，厄运会降临到这对相濡以沫的夫妻身上。

2003年春节前后，身体一向较为健康的张晓峰持续出现乏力现象，到区里的医院检查后，医生说是血小板减少，并进行了相应的治疗，但治疗效果不太明显。张晓峰以为自己人到中年，加之工作压力较大，出现这种情况在所难免，也就没有引起足够的重视。他万万没想到，这也许正是身体向他发出的"红灯警示"。

2005年9月20日，张晓峰突然感到腹部疼得厉害，他以为是胃疼的老毛病又犯了，便自己吃了点胃药。但胃药吃下去后根本就不管用，不仅腹疼还在继续，他的小便竟黄得吓人。徐萍见此情形，非常着急，立即催促他到市里的大医院检查治疗。9月22日，张晓峰来到江苏省中医院做了一次肝功能检查，结果发现转氨酶高达3000多，给他检查的医生都吃了一惊，当即就让他在该院肝病门诊住了下来。此时的张晓峰已经隐隐地感觉出自己病情的严重性，但他不到万不得已不想打电话告诉妻子，免得让她担惊受怕。

但是，住进医院的张晓峰病情继续快速恶化，3天后出现严重的黄疸。医生诊断他患的是慢性重症肝炎，已经到了晚期，出现肝硬化，同时伴有肝性脑病I至II期，情况非常危急，院方要求立即通知家属。听到这样的消息，一向坚强的张晓峰感到天昏地暗，精神濒于崩溃。他打电话给妻子，没有多说什么，只想把她叫来陪着自己走完最后的人生。

▶ 大义妻子 执意捐肝

徐萍赶到医院后，才知道丈夫病情的严重性。她当时如遭雷击，泪流满面。但是，当她听到丈夫心生绝望，已打算放弃治疗的想法后，立即拭干泪水，百般安慰丈夫："你千万不能有这种想法啊！肝炎又不是绝症，现代医学这么发达，一定能治好这个病的。再说我和孩子不能没有你呀！咱们的女儿明年就要参加高考，你如果有个三长两短，女儿的学习肯定会受到影响。"在安慰丈夫的同时，徐萍在心底里暗暗下定决心：即使倾家荡产，也要挽救丈夫的生命。

徐萍的话让张晓峰备感温暖，也重新燃起他对生命的依恋和希望。9月30日，徐萍将丈夫转院到江苏省人民医院，期待在这所江苏省最大的医院里给丈夫找到生还的希望。

张晓峰住进了医院的感染科。经专家会诊，得出了与省中医院一致的诊断结果。紧接着，医院开始为张晓峰做人工肝治疗。所谓人工肝，就是通过一个体外医疗装置，部分担负起严重病变的肝脏的功能，清除各种有害物质，替代肝脏的代谢功能。前四次人工肝做下来，张晓峰的情况略有好转，黄疸都是每做一次就降了一点，做完后才回升。但是做到第五次，黄疸怎么也降不下来了，医生说人工肝已对张晓峰失去作用。

为了照顾和安抚丈夫，这一个月里，徐萍几乎是寸步不离地陪在丈夫身边，她的体重从120多斤瘦到了110斤。听说药物治疗和人工肝都已经无法控制丈夫的病情，徐萍更是心急如焚，她连忙找到感染科的温亚莉主任，询问还有没有其他的治疗方法。

温主任告诉徐萍，如果家庭条件允许的话，可以到外科去试试肝脏移植，也许还有最后一线生机。

张晓峰住院以来，已经花掉了家里所有的积蓄，而肝移植手术的费用至少要20万元，这笔巨款到哪里去筹呢？但徐萍没有犹豫，她的心里只有一个想法：即使有一线希望，也决不放弃！于是，她立即将丈夫转到医院的肝移植中心。

张晓峰的病情因无法控制，仍然在急速恶化。他的胆黄素一天天往上蹿，并出现低烧和脑病的并发症，生命垂危，必须尽快做肝移植。然而，此时却没有合适的肝源，患者只好在忐忑不安中眼巴巴地等待着。这是一场生命的守望，等待者因为病情危急随时可能失去生命！

怎么办？丈夫的病情再也不能等了，再等下去，肝脏就会萎缩，即使有了合适的肝源也可能失去效果。此时，徐萍通过向肝移植中心主任王学浩教授、主任医师张峰等专家咨询，了解到目前挽救张晓峰的唯一的办法，那就是由亲人捐肝，进行活体肝移植。

当着王学浩教授和其他专家的面，徐萍未做细想便脱口而出："只要捐肝能救我的丈夫，那就割我的肝吧！"见惯了人间生死离别的医学专家们也被徐萍大义救夫的真情感动了，王教授当即表示，将以最好的手术阵容、做好最佳准备，为他们做肝移植手术。

这一天是 2005 年 11 月 2 日，徐萍做出由自己捐肝救夫的决定后，立即又马不停蹄地筹集手术费用。让徐萍感到欣慰的是，她和丈夫的几个兄弟姐妹听说活体肝移植可以救张晓峰一命，不但纷纷出钱，还争着要求捐肝；与此同时，她和丈夫所在的学校及镇、区教育部门也向他们伸出了援助之手，老师和学生们纷纷捐款。短短不到两天时间，20 万元移植费用便筹集到位。

因为张晓峰的血型是 AB 型的，各种血型的人都可以供肝给他。经过筛选，争相要求捐肝的徐萍、张晓峰 53 岁的姐姐及徐萍 40 岁的妹夫都符合捐献的要求。最后，在徐萍的坚持下，并经过医生综合各项指标判定，她的肝脏质量最好，由她作为供肝人最为适合。

11 月 3 日晚上，徐萍将一切安排停当后，坐到了丈夫的床头，平静地将自己捐肝的决定告诉了丈夫。张晓峰一听怔住了，他一把握住妻子的手，泪水夺眶而出："不行，这绝对不行！你的一片心我全明白，可这样的风险太大了，不能因为我，再把你搭进去。"此刻，张晓峰心里的顾虑实在太大，一方面，他不愿意心爱的妻子冒这个风险，她要是有个闪失，家里两个孩子怎么办呀？另一方面，他知道做移植手术需要巨额费用，万一手术失败，那可是人财两空啊！

面对丈夫的执拗，徐萍一遍遍劝慰他。她说："我的决心已定。常言道，夫妻要'同肝'共苦，这个时候我不救你，我心里永远过不去！如果这得病的是我，你也一定会为我捐肝的。"接着，徐萍又把医生和亲属们叫到病房，一起劝说和开导丈夫。张晓峰这才含泪答应下来，同意由妻子捐肝给自己做移植手术。

▶ 医患联手　共创奇迹

随着徐萍做出捐肝救夫的决定后，江苏省人民医院肝移植中心的专家们也投入到紧张的准备之中。

　　以王学浩教授为学科带头人的肝移植中心早在 1995 年 1 月就与国际同步开展了中国大陆首例活体肝移植，迄今已经完成活体肝移植 46 例，其中成人右半肝活体肝移植 14 例，占中国大陆总数的 60% 以上，总存活率达到了 93%，存活 4 年以上的受体已经达到 6 例，填补了国内和世界相关研究的多项空白，达到了国际领先水平。

　　人体肝脏组织一般占体重的 2%，其中左半肝占 2/5，右半肝占 3/5。在活体肝移植中，受体至少要得到占体重 1% 的新肝脏，才能保证手术成功，所以一般找的供体都是比受体的体重大或至少相当的，然后切下供体的左半肝或部分右半肝给受体，大部分肝脏仍将留在供者体内，以保证供体的安全。然而，在这次手术前的检查中发现，张晓峰的体重是 60 公斤，徐萍却只有 56 公斤，按此计算，张晓峰至少要得到 600 克肝供体；而徐萍的肝脏只有 1 100 克左右，她分 600 克给丈夫，自己只能留下 500 克，手术风险很大，一旦把握不好，她将随时有生命危险。

　　从理论上说，正常肝脏最多可耐受的极限切除量为全肝的 65%，徐萍和江苏省人民医院肝移植中心完全是在挑战极限！面对这样一个不可知的"大陆首例"，谁敢保证百分之百的绝对安全？专家们叮嘱徐萍，你随时有反悔的权利，哪怕已经躺在手术台上。然而徐萍却铁定了心："为了家庭的完整，只要有一线希望，我都要做最大的努力！"为了不让正在上高中的一儿一女担心，为了不让白发苍苍的母亲前来阻挡，徐萍瞒着家人，与医院签下了"生死状"。

　　看着病床上奄奄一息的张晓峰，看着徐萍坚定的眼神，王学浩教授带领张峰、李相成等专家，决定打破手术禁区，做一次科学"闯关"。鉴于张晓峰的病情已刻不容缓，他们还当即决定，手术定在 11 月 5 日进行，由王学浩教授亲自主持，张峰、李相成两位主任医师分别主刀。

　　11 月 5 日上午 8 时，徐萍和丈夫相拥告别，首先进入手术室。上午 10 时，张晓峰也被推进了手术室。在给徐萍开胸之后，专家们惊讶地发现，她的肝脏重量比术前测算的小了许多，只有 900 余克，如果再割下 600 克，她自己使用的肝脏只剩下 1/3，手术风险太大。是缝合刀口，还是继续手术？专家们不得不在现场进行紧急商讨。经过慎重考虑，王学浩教授拍板：手术继续进行！

　　手术过程中，专家们细心地对照徐萍的肝脏造影及超声诊断结果，小心翼翼地确定切断面的最佳位置，确保万无一失。就这样，徐萍的整个右半肝加部分左半肝共 2/3 的肝脏被成功地切了下来，并顺利地植入到了丈夫张晓峰的体内。医生开放血流后，新肝当即变得红润充盈，20 分钟后即有金黄色胆汁分泌出来，表示新肝已开始正常工作。至此，经过专家们近 14 个小时的艰难手术，徐萍的肝脏终于在丈夫的体内"安家落户"。

手术结束后，徐萍的情况却让专家们着实捏了把汗。因为她特别嗜睡，没有精神，这在临床上不是好的兆头。直到第三天，她终于开始慢慢地恢复。16 天后，徐萍走出重症监护室，并把手术的消息告诉了孩子和自己的母亲。当天，她和丈夫跟两个孩子在病房里见了面。一儿一女这才知道，是自己的妈妈冒着极大的风险捐肝挽救了爸爸的生命。一家人百感交集，相拥而泣。

12 月 13 日，笔者在江苏省人民医院肝移植中心病房见到了正准备出院的徐萍和张晓峰夫妇。据了解，一个多月过去了，张晓峰的肝功能等各项体征已恢复正常，更可喜的是，经 CT 检查，徐萍的肝脏也已经由术后的 300 余克增长到了 700 克左右，而这种增长还在继续。说起妻子的义举，张晓峰的眼里泪光闪烁，不胜欷歔。他说："生这场病是不幸的，但在病床上的我却幸运地体会到了亲人间最无私的关爱。是妻子冒着极大的风险，置自己的性命于不顾，给了我第二次生命啊！"

王学浩教授也十分感慨地告诉笔者，徐萍是国内首例扩大肝移植供体，正是她的积极配合，才有这次挑战极限手术的成功。一般常规献肝只切相对较小的左半肝或部分右半肝，像这样切下整个右半肝加上部分左半肝，连同供体肝中静脉都切给受体，手术难度成倍增加，目前国际上也仅有两三个国家和地区开展过此类手术。我国是个肝病大国，肝炎、肝硬化和肝癌患者高达几十万，每年需要肝移植的患者至少在 2 万人以上，可是由于受到供体肝脏缺乏的限制，我国一年仅能完成 1 500 例左右肝移植，很多重症肝病患者等不到供体肝脏就已经被病魔夺去了生命，或者病情加重无法再做肝移植。这次手术"闯关"成功，无疑进一步扩大了活体肝移植的适应症范围。以前体重在 80 至 90 公斤左右的患者，寻找供体肝极其困难，而现在，这种扩大右半肝供肝成人活体肝移植手术，则给这些患者带来了希望。

"植物人前夫"在她怀抱里复活

> 　　与丈夫离婚3年多后，南京一位普通下岗女工听说前夫突然遭车祸变成植物人，毅然顶住压力回到前夫的身边。在接下来的1 300多个日日夜夜里，她以无私的爱心不辞劳苦地与死神争夺前夫的生命，最终创造了一个奇迹——前夫脱离了植物人状态，并在她的搀扶下迈出"再生"后的第一步。
>
> 　　真爱战胜了死神，也黏合了两颗破碎的心。

▶ 13年婚姻被赌鬼丈夫毁了

　　1979年春天，在南京时装厂工作的林琳经人介绍，与江苏盐业公司南京分公司的职工戴抗帝相识。那一年，林琳26岁，戴抗帝大她一岁，两人相处后建立了恋爱关系。1982年，他们携手走进婚姻的殿堂。第二年，有了一个聪明可爱的儿子。

　　戴抗帝的老家在苏北宝应县，家庭条件较差，负担较重。婚后，他每月都要拿出一部分工资寄回老家，林琳对此很理解，从没有过一句怨言。知情的人都夸林琳是个通情达理的贤惠媳妇。

　　林琳和戴抗帝是处了三年对象才结婚的，按理说双方在婚前都有足够的了解。戴抗帝江湖义气重，喜欢交朋友，喜欢喝酒打牌，这些林琳都知道。谈恋爱时，她的父母曾为此提醒过她，甚至阻挠、反对过他们继续交往下去，但林琳一直没有改变自己的选择。她觉得戴抗帝虽然缺点不少，但为人正派，心眼不坏，还很有些男子汉气概。

　　然而，建立家庭之后，两个人的差异很快暴露出来。戴抗帝脾气暴躁，大男子主义十足，家务活儿基本上不伸手，花起钱来还像单身汉时一样大手大脚；而林琳是那种小家碧玉型的女子，感情细腻，精打细算，勤俭持家。两人在一起缺少沟通，经常为一些小事发生矛盾。争吵之后，林琳气郁难消，伤心垂泪；戴抗帝却大大咧咧，满不在乎。

　　有了孩子后，小家庭的负担更重了。林琳既要上班，又要照顾孩子、操持家务，整天里里外外忙得像个陀螺似的。这时候，她最需要丈夫的体贴和关爱。但戴抗帝根本不注意这些，依旧我行我素，公子哥似的逍遥自在。下班了，他不知道回家，却和一帮朋友去饭店喝酒，酒足饭饱后，又凑对子打牌，常常折腾到第二天凌晨才带着一身酒气进家门。

　　有一年冬天，林琳得了重感冒，年幼的儿子半夜里也发起了高烧，戴抗帝却从早晨出门一直没有归家。林琳想把儿子送去医院，自己又体力不支，左等右等还是不见丈夫的人影，急得是叫天不应叫地不灵。到了凌晨两点多钟，眼见儿子病得更厉害，她只好硬撑着把儿子背到医院。医生看过急诊后，说孩子得的是急性肺炎，需要住院治疗。林琳此时是又病又急，当场晕倒在急诊室里。那几天，林琳和儿子一起住进了医院，幸亏她娘家来人照看。直到一星期后出院回家，娘儿俩才见到戴抗帝，这一家之主居然还不知道妻儿生病住院的事。原来那天他在外玩牌一宿未归，第二天晚上回来又没看见家人，以为林琳带孩子回娘家去了，过后几天，他更是放开性子玩，哪还顾得上惦记妻儿？

　　最让林琳寒心的是，丈夫越来越好赌。本来，戴抗帝除去喝酒打牌等花销，工资还能交一半给家里。到了1990年左右，他打牌开始带"彩头"，工资交到家里的就越来越少，有时一个月的工资发到手没几天，就被他输得精光，家里自然一分钱也见不到。1992年，冰箱等家用电器非常紧俏，林琳拿出家里省吃俭用攒下的1 200元钱，托人买了台香雪海单门冰箱，这是当时家里最值钱的东西了。谁知两个月后，戴抗帝在外赌博输了钱，竟然把这台冰箱赌输给了人家。那天，林琳下班回到家，发现冰箱不见了，她顿时什么都明白了。她的心凉到了极点，她知道自己磕磕绊绊10多年的婚姻真的毁了！

　　1995年10月，林琳和戴抗帝到民政部门办理了协议离婚手续。为了不影响孩子，他们没有过分声张。好在两人已分居多日，林琳住一间屋，戴抗帝和儿子

住一间屋，儿子已经习惯了他俩的"冷战"状态。

▶ 顶住压力回到危重前夫身边

1995 年 12 月，林琳遭遇了人生道路上又一次沉重打击——她下岗了。人到中年遭此变故，实在让她猝不及防。此时，她考虑最多的还是儿子。孩子马上就要上中学了，往后这教育上的开销可是笔大数目，可家里这些年让戴抗帝折腾得没攒下钱，她又偏偏在这时候下岗，真叫她心急如焚啊！

怎么办？光指望戴抗帝那边肯定不行，他的工资除去自个的花销根本剩不下多少。为了儿子，她只有自己想办法打工挣钱。于是，林琳先在一家影楼干收发，后到医院当护工，打了两年工，辛苦吃了不少，钱却没挣几个。她思量再三，干脆自己单干。1998 年下半年，她在亲戚朋友的帮助下，租了间门面房，开了个小型干洗店。这期间，亲戚朋友有知道她离婚的，曾有人问过她今后的打算，劝她再找个伴。林琳对此一笑置之，她说十几年的婚姻生活已经搅得她身心疲惫，她现在只想一个人清静地过下去，再说儿子尚未成年，她所有的精力都放在儿子身上，哪有心思去想别的？

本来，林琳的生活刚刚开始平静下来，她做梦也没想到，一场突如其来的灾祸又把她的生活彻底打乱了。

1999 年 4 月 12 日下午 2 点钟左右，林琳正在干洗店里忙碌，戴抗帝的单位盐业公司突然来人找她，告诉她说，当天中午老戴和单位同事在城东光卡路查私盐，老戴过街时被一辆摩托车撞倒，已经被送到南京市第一人民医院抢救。听到这个消息，林琳大吃一惊，她连忙放下手里的活儿，匆匆赶到医院。

到了医院，林琳看到儿子也被盐业公司派人接来了，正在手术室外面哭泣。原来戴抗帝的伤势非常严重，被撞后口鼻出血、瞳仁放大，一直昏迷不醒，经医院检查后确诊为前脑颅底骨折，珠网膜下腔出血，需进行开颅手术。对这一手术，医院要求病人单位和家人做好两手准备，即使手术成功，病人被救活，也极有可能成为植物人。盐业公司的领导知道戴抗帝跟林琳早已离婚，但考虑到老戴伤情的严重性，权且做最坏的打算，把母子俩接来跟他见最后一面。

此时此刻，林琳的心情焦急万分，往日对戴抗帝的积怨早已抛到了一边，她把儿子紧紧地搂在怀里，一遍遍安慰他："别怕，儿子，别怕！你爸会好的，会好的，有妈妈在哩……"接着，她流着泪恳求在场的盐业公司领导和医生，无论如何也要挽救戴抗帝的生命，年少的儿子不能没有爸爸呀！

医院为戴抗帝开颅进行了去骨瓣、减压和颅内血肿清除等手术，10天里发了三张病危通知书，第十一天，转院进行高压氧治疗，其间又几次出现危急情况，直到一个月后才脱离危险。戴抗帝的命保住了，但成了植物人，无知无觉，连眼也不能睁。

这一个多月里，林琳把干洗店的门关了，把快要参加中考的儿子送到娘家，自己搬了张折叠床到监护病房，白天黑夜守护在戴抗帝身边。戴抗帝病情危急的时候，她的心紧揪着，精神高度紧张，几天几夜不合眼，本来就身材娇小的她，一个多月竟瘦下去10多斤。

对林琳的大义之举，一些不理解的人议论纷纷。戴抗帝的一个姐姐从苏北老家过来，就用怀疑的目光看着她，还跟别人议论说，林琳这么做是逢场作戏，别有用心，恐怕眼睛盯上了戴抗帝的赔偿金。戴抗帝单位里也有人说林琳是在作秀，坚持不了几天就得撤退。

对于这些议论，林琳不想去解释，她知道，有些事靠她一张嘴是解释不清的，只有让以后的事实来说话。

林琳的家人见她为了照顾戴抗帝累得憔悴不堪，又将干洗店关了门，也有一些看法。有一天，姐姐和弟弟硬把她拖回家，轮番开导她："戴抗帝现在这个样子，别人躲都躲不及，你为什么去照看他？你们两人早就离婚了，从法律上讲是一点儿关系也没有，你这样做名不正言不顺，不但不落好，还会叫人家笑话……再说戴抗帝即使活下来，也是废人一个，你放着好日子不过，何必往自己身上揽事？"家人又提起戴抗帝那些对家庭极不负责的往事，叫她不要好了伤疤忘了疼。

在家人面前，林琳流下了泪水："我不去照顾他，他肯定没希望了，把他救过来，儿子还有父亲……人啦，到了这时候还讲究个啥？只要他有口气，我就不能撒手不管。"看她这样执著，家人也都心软了。他们知道林琳外柔内刚的性格，她拿定主意的事，别人是很难改变的。

林琳既要在医院伺候戴抗帝，又要照顾即将参加中考的儿子，再也没有时间

和精力开干洗店了。她把店里的设备全部低价处理了，又退掉了门面房，一个人禁不住心酸地掩面而泣。

▶ "植物人前夫"在她怀抱中复活

林琳下岗后在医院做过护工，她知道伺候一个植物人会有多么困难。但此时此刻，她觉得自己别无选择，她仿佛又回到了多年以前，自己和戴抗帝的命运又紧紧地联系在一起了。

1999年6月，南京的天气燥热难当。林琳一边护理着没有任何好转迹象的老戴，一边牵挂着考场上的儿子，内心承受着难以想象的煎熬。儿子懂事且争气，中考成绩达到了省重点高中的分数线。但考虑到家里的实际困难，林琳让他报考师范专科，因为上高中花费太大，还需要家人的照顾，而他们家根本没有这个条件。儿子后来被南京晓庄师范学院录取，林琳的脸上露出久违的笑容，她把这个好消息一遍遍地告诉戴抗帝，她相信他终究会有心灵感应。

儿子上学走了，林琳把精力都放到了戴抗帝身上。此时的老戴经过三次转院治疗，又做了脑积水引流手术，却仍旧昏迷不醒。给他会诊的专家认为，处于这种植物人状态的病人治愈的可能性微乎其微，假使能够醒过来，则是医学上的奇迹。

林琳无论如何也不愿就此放弃。她听说经常给植物人活动四肢能防止废用症，又有助于恢复知觉，便如获至宝。医生只要求每天给病人活动两次，每次二三十下，可她每天做三四次，每次持续五十下。由于脑神经失调，戴抗帝的四肢僵硬得像根木棒，每扳动一下，身材瘦小的林琳都得咬紧牙关用尽力气。

炎热的夏季，林琳怕久卧在床的戴抗帝生褥疮，每隔两小时就给他翻一次身，还经常给他敲背、擦身子、换衣裤。老戴长得人高马大，林琳每每累得浑身是汗，胳膊和双腿酥软发抖，但她一天也没有间断过。

除此之外，给植物人打鼻饲也是件令人头痛的事。每天，林琳都要给戴抗帝鼻饲六到八遍。除了买来各种奶粉、豆粉、米粉，她还把水果蔬菜打成流汁，把煮熟的鸡蛋搅成稀糊状，换着花样给老戴鼻饲，既保证营养又便于吸收。

在林琳无微不至的照料下，昏迷了8个多月的戴抗帝睁开了眼睛。虽然他四肢不动，目光呆滞，不说话也不会认人，但林琳却从此看到了希望。

这以后，林琳每天依旧给戴抗帝锻炼四肢，给他翻身敲背……2000 年 6 月，她开始尝试着拔掉鼻饲管，从嘴里给老戴喂饭。起先，老戴有根食管神经麻痹，一顿饭要喂一个多小时，但林琳总是不厌其烦，自己顾不上吃饭，累得筋疲力尽，也坚持把他喂好。

2001 年 10 月，戴抗帝转到空军 454 医院进行康复治疗，医院给他安排了一间单人病房。听医生说植物人要多接受刺激，林琳便把家里的电视机搬到病房，又买来一个随身听，经常播放老戴喜欢的歌曲和节目；闲下来的时候，她就跟他"拉家常"，把儿子近期的学习情况告诉他；她每天还用牙刷蘸上生理盐水给老戴刷牙，用特意买来的牛角梳子帮他梳头，刺激他的感觉神经。年底的一天，林琳突然发现老戴的手动了一下，她随手拿了条毛巾塞到老戴的手里，他竟然一把抓住了。林琳不禁欣喜若狂，急忙喊来医生。医生检查后告诉她，这是戴抗帝神志恢复的迹象，证明护理和感觉刺激起了作用。林琳高兴得流下了泪水。苍天有眼，她这些日子的辛苦没有白吃！

因为长期照顾老戴，林琳没了收入，但精于持家的她仅靠戴抗帝的 1 200 元工伤工资，照样把三口人的生活安排得井井有条。经林琳上诉，法院判决，摩托车肇事者向戴抗帝赔偿 3.5 万元。拿到这笔钱后，林琳立即拿出 1.2 万元给戴抗帝的母亲养老，余下的 2.3 万元她打算用来培养儿子，给老戴买营养品……她唯独没有想到自己。这两三年，她连给自己买件衬衣都舍不得。

路遥知马力，日久见人心。时间和事实改变了一些人最初对林琳的不解和猜测，尤其是戴抗帝的姊妹和个别同事，原先怀疑的目光早换成了感激和敬佩。

2002 年 4 月，戴抗帝经 CT 检查发现脑积水，及时进行了引流手术。他的气管被切开，靠气管上的开口呼吸空气。这时候，他的肺部极易受到感染，甚至有生命危险。林琳听别人介绍，只要有人在旁边看护，及时帮病人吸痰，则可以把开口堵上，以免肺部感染。她于是尝试着做了，48 小时不眠不休，观察戴抗帝的情况。直到发现老戴一切正常后，她才敢把自作主张堵气管开口的事告诉医生。医生又是气恼又是佩服。

这次脑积水分流手术做得很成功。术后不久，在林琳的悉心护理下，戴抗帝的手脚就渐渐能够做些轻微动作了。7 月底的一天，林琳正在病房里忙碌，忽然感觉老戴在床上发出塞塞窣窣的声音，她转身一看，不禁愣住了。只见老戴两眼紧盯着她，眼角溢出了泪水，嘴巴一张一合，似乎想说些什么。戴抗帝真的"起死回生"，真的有意识了！林琳激动地扑过去，一把将他搂住。老戴则伸出虚弱的手，拉住林琳的衣服不放，嘴里竟然模糊地说："不走，你不要走。"闻讯赶来的医护人员面对这个奇迹的出现，也都发出由衷的感叹。

戴抗帝真的醒过来了，是林琳用心血用真情用汗水把他唤醒的。正如专家们所言，这是医学上的一个奇迹。按说林琳应该感到满足了，可她却并没有就此松懈。她想，植物人既然能醒过来，怎么就不能让他站起来呢？能，一定能！于是，她又开始朝新的目标努力。

为了让戴抗帝的智力和四肢功能得以恢复，林琳除了在医生指导下加强日常护理外，还在他的一日三餐上下工夫。老戴伤后最危险那个阶段，体重降到110斤。2002年下半年，他的体重便恢复到了160多斤，体质也有明显好转。每天上午8点，只要外面天气晴好，林琳都要把老戴从病床背到轮椅上，推着他到户外晒太阳。开始时，老戴坐不住，身体总朝下滑，林琳便一次又一次抱着他朝上扶。经过无数次锲而不舍的锻炼，老戴终于能坐住了。接下来，林琳又架着老戴练习站立。老戴的两条腿开始一点儿劲也没有，整个体重都压在林琳身上，但她仍然咬着牙一秒一秒地坚持。这样练习了两个多月，到2002年底，老戴便能自个扶着墙站立一会儿了。

2003年1月，笔者前往南京空军454医院采访林琳和戴抗帝。当时，林琳正在病房里架着老戴练习抬步走路。老戴的神志还不甚清楚，但能说一些简短的话语。他对林琳有种孩子般的依赖，每次林琳离开病房有事，他都固执地抓住她的手不让走。他还特别乐意别人提起他的儿子，听着听着就高兴地笑起来。笔者采访时问老戴："你儿子上大学几年级呢？"他竟能准确地回答："上大四。"笔者又指着林琳问他："她是你什么人？"他没有回答，却不好意思地"嘿嘿"笑出声来。

林琳告诉笔者，不管老戴以后能恢复到什么程度，她都会一如既往地照顾他。她说这3年多与老戴朝夕相伴，虽然两人没有交流和沟通，但对他的感情却变得越来越纯粹，越来越难以割舍。她想等老戴出院后就去办理复婚手续，两人再次牵手，相依相伴走完以后的人生路。

一个女人和两个丈夫

> 黄海之滨，川流不息的潘堡河畔，演绎着一个动人心弦的故事：深明大义的农村妇女陆长梅在丈夫王元山高位截瘫之后，用一副病弱的肩膀支撑着三口之家。在丈夫以死相"逼"和亲友的撮合下，她离婚不离家，嫁给了老实本分的单身青年张复庆。一个女人和她两任丈夫组成的特殊家庭，可谓惊世骇俗，却又那么和谐、温馨，充满浓浓爱意。

▶ 幸福家庭突降厄运

陆长梅出生在东台市新曹镇草卡村。家里姐弟四个，她是老二。尽管日子过得十分艰难，但父母还是把这个聪明伶俐的小闺女送到学校读书。

王元山长陆长梅两岁。他们在同一个村子里长大，在同一所学校里念书。因为两家住得不远，小时候，他们就喜欢在一起玩耍，王元山总是像哥哥一样护着她。上中学后，学校在离家10多公里的镇上，两人便经常结伴而行。尤其是上晚自习课，回来时已是晚上9点多钟，细心的王元山总是从学校门口将长梅一直送到家门口。那条蜿蜒细长的乡间小路，见证了这对少男少女纯真而朦胧的情愫。

因为家庭条件的限制，初中毕业后，王元山和陆长梅都回乡务农了。这对儿时的伙伴继续保持来往。从青梅竹马、两小无猜到互相爱慕、感情日笃，一切都是那么自然而然、水到渠成。1986年12月，这对相亲相爱的年轻人喜结良缘。一年后，一个雪花飘飘的日子，他们添了一个伶俐可爱的女儿，取名雪霞。孩子的出生，给他们的生活增添了无穷的乐趣。精明的王元山不仅田种得好，还跟别

人学了门过硬的瓦工手艺。平日里，王元山在外面做工挣钱，陆长梅则在家种田带孩子，一家三口的小日子过得红红火火。

然而，老天爷有时候偏偏跟善良的人过不去。1997年8月19日，是陆长梅生命中最黑暗的一天。这天下午，王元山在镇上一家建筑工地干活儿时，不小心一脚踩空，从两层楼高的脚手架上重重摔下来，当场不省人事。经抢救，王元山虽然脱离了生命危险，但他的胸12椎体骨折，下肢将永远瘫痪，余下的大半辈子要在床上、轮椅上度过。

陆长梅听到丈夫重伤的消息，犹遭晴天霹雳，当场就哭昏了过去。丈夫是这个家的顶梁柱啊，今后的日子怎么办？但是，走到躺在病床上的丈夫面前，陆长梅已经擦干了眼泪。她知道，在这厄运当头的时候，自己如果再倒下，这个家就完了。她需要坚强起来！治疗期间，陆长梅时常将丈夫拥在怀里，和风细雨地安慰他、开导他，鼓励丈夫坚定信心，要有勇气面对今后的道路……

▶ 羸弱女人撑起一方天

个性要强的陆长梅并没有死心，即使有渺茫的一线希望，她也要试一试。于是，她把丈夫从县医院接回家，又筹钱准备去大医院治疗。

王元山望着妻子日渐消瘦的面容，心疼地拉着她的手说："算了吧，人家县医院的医生已经下了断言，咱就不去花这冤枉钱了吧。"陆长梅摇摇头，坚决地说："钱是人挣的，只要能医好你的身体，我啥都舍得。"她咬着牙关，费了九牛二虎之力，背着丈夫辗转盐城、南通直至上海等地寻医问药。为此，他们不仅花完了家中的2万多元积蓄，还欠下了3万多元债务。这期间，陆长梅给丈夫买营养滋补品从不吝啬，而自己却常常只吃一顿冷饭加白开水。

遗憾的是，跑过的所有医院的结论都一样：王元山永远不可能站起来了。有人还拿体操明星桑兰作例子，凭美国那么好的技术条件、那么多专家，都无法让桑兰站起来，你们就干脆死了这条心吧。

回到家，陆长梅暗自决定，不再嫁人，侍候丈夫一辈子。她要把自己全部的挚爱、全部的柔情倾注在丈夫身上。从那时起，每天一大早，天蒙蒙亮，人们还沉睡在梦乡之中，陆长梅就早早地起床，开始了她一天的辛勤劳作。因为高位截瘫，王元山的大小便完全失禁。她早晨做的第一件事，便是把丈夫下身的"尿布"换下来洗掉，再换上干净的，然后像服侍小孩一样，照料他穿衣、洗漱、吃饭。当这一切忙完后，她自己才匆匆吃点饭，再去田里做农活儿。每天中午，她要为丈夫擦洗一遍身子，抠一次大便。除此之外，陆长梅还要为上小学的女儿和家里的六亩责任田费心操劳。

陆长梅十年前患过腰椎间盘突出症，经过牵引治疗有所好转。但王元山瘫痪后，过度的劳累又使她旧病复发。一天中午，她把丈夫背到院子里晒太阳，在把他背回屋里时，突然腰部一阵剧痛，仿佛失去了知觉，两个人一下子跌倒在地。幸亏女儿雪霞在家，哭喊着叫来邻居，几个人七手八脚把夫妻俩抬到床上。陆长梅的额头和手臂被磕破，鲜血直流。

王元山原先是个生龙活虎的男子汉，如今落得这样的境况，心里自然有说不尽的苦恼。这时，他看着为自己累倒跌伤的妻子，心如刀绞。他敲打着自己没有知觉的双腿，揪着自己的头发，痛苦地呻吟道："长梅，都是我连累了你啊……长梅，我不想活了，我不能再连累你……你让我死吧，我真的不想活了！"陆长梅强忍着腰痛，硬撑着爬了起来，一把握紧丈夫的手说："别瞎说了，我这点毛病算什么？咱啥都别瞎想，为了雪霞，说啥也要撑下去。"夫妻俩相拥而泣。患难见真情，此时此刻，他们深知各自在对方的心里是多么的重要啊！

▶ 瘫痪丈夫"逼"妻改嫁

看到陆长梅的日子过得如此艰难、如此辛苦，她的亲戚朋友们实在不忍心。两个住在本村的弟弟一合计，把嫁在外乡的大姐请了回来，让她代表娘家人去劝劝二姐陆长梅，趁现在还算年轻，早点改嫁，免得受一辈子活罪。

陆长梅自然明白大姐和弟弟的一片苦心，但让她放弃王元山，改嫁他人，她说什么也不答应："这个时候离开他，我陆长梅还算个人吗？只要我有一口气，就不会丢下他不管的。"大姐见说服不了她，叹口气道："你不听大姐的话，受罪的日子还在后头了。"无奈之下，大姐只好伤心地回去了。

日子一天天过去，陆长梅就像一架超负荷运转的机器从早到晚忙个不停，再苦再累，她从不在丈夫面前流露出一句怨言。

王元山躺在床上，心里却越想越不是滋味。这个深爱着妻子而又无能为力的丈夫陷入了深深的悲哀之中，他发现自己不但不能再为这个家做点什么，甚至会把妻子也彻底连累垮掉。他想为了给自己治病，家里还欠着那么多债没还，还像山似的压在妻子瘦弱的肩上；他想女儿还小，培养她读书成人还要花很多钱很多精力；他想妻子还年轻，如果守着他这样一个"废人"耗尽一生，这"活守寡"岂不比死了男人更残忍。想明白的王元山决定跟妻子离婚，劝妻子改嫁。他开始委婉地跟妻子提出来，可每次陆长梅都口气坚决地告诉他，只要他活着，她就不离开他，她就是要守着他一辈子。

1998年中秋节，一家三口吃团圆饭，王元山又说："明年中秋，这个桌子的四面要是都坐上人该多好啊！"陆长梅朝丈夫直瞪眼："快吃饭吧，别瞎说！"王元山吃不下去，望着妻子黯然神伤。这一个秋季大忙，妻子累得愈加消瘦，愈加憔悴了。

王元山见软的不行，就来硬的，他私下里加快行动，只要有庄邻好友来看望他，他就拜托人家帮妻子介绍对象。直到有一天，邻居领了个40多岁的男人来相亲，不知内情的陆长梅把人家劈头盖脸一顿喝斥，邻居委屈地出面解释，她这才知道事情的真相。相亲的人走后，陆长梅又气又急，朝丈夫发了火："元山，你怎么这样胡闹？我说过，只要你活着，我不可能离开你的！"王元山也急了："长梅，你不听我的，我现在就死给你看！"他显然早有准备，从床边摸过一瓶农药，拔开盖子就往嘴里倒。陆长梅惊异之余，一下子扑了过去，拼命地夺下农药瓶，但一瓶农药已让王元山喝下了三分之一。"元山，你这是何苦呢？"陆长梅泪流满面，急着要背他上医院。王元山看来是铁了心了，表情漠然地拒绝道："你不答应，我就不跟你上医院！"在这危急关头，陆长梅只好一咬牙，答道："我依你……"

在王元山以死相逼之下，又经过众多亲朋好友的好说歹说，陆长梅终于松了口。但她同时恳求丈夫答应她一件事，就算离婚再嫁，她也不离开这个家。

陆长梅漂亮能干，人又善良，喜欢她的男人不少，但一想到娶她的同时还得带上一个瘫痪的前夫，许多求婚者打了退堂鼓。本县有个死了前妻的包工头许诺，只要陆长梅答应嫁过去，他可以出笔钱，把王元山送到福利院里养起来，但陆长梅还是拒绝了。

1999年春天，一个偶然的机会，陆长梅经人介绍认识了东台市安丰镇单身青年张复庆。接触期间，陆长梅了解到，张复庆年纪比她小两岁，却特别会关心人体贴人，这恐怕与他坎坷的人生经历有关。张复庆12岁时父亲去世，母亲改嫁他人，他从此带着一个小他3岁的弟弟一起度日，弟弟在他操持下成了家，而他自己的婚姻大事却耽搁至今。陆长梅觉得这样的男人值得依赖。

陆长梅家的情况，张复庆早就有所耳闻，他同样敬佩陆长梅的为人，心里不由得对她产生一种深深的怜爱之情。这个老实憨厚的男子汉不会说一句甜言蜜语，只会默默地行动，默默地奉献。只要一有空儿，他就骑上自行车，从40多里外的安丰镇赶到草卡村，帮陆长梅下地干活儿，还帮她照料王元山。脏活儿累活儿，他样样抢着干；屋里屋外，让他收拾得干干净净。

王元山看在眼里喜在心里，他对陆长梅说："张复庆是个忠厚之人，通过这半年多的观察，我不会看错人的。"他劝陆长梅不要再迟疑，趁早把婚事定下来。

张复庆与王元山能够相互接受，让陆长梅深感欣慰。她思量再三，感觉张复庆确实靠得住，跟自己和王元山的性格也合得来，可以说是自己再婚的最佳人选。于是，她向张复庆提出两个条件，一是要服侍照料前夫王元山，二是不离开现在这个家。张复庆被陆长梅博大的情怀深深感动，这样心地善良、真情实意的女人，正是他一生的渴望。他毫不犹豫地答应了陆长梅的"条件"，决心和她一起照料王元山一辈子。

▶ 离婚与再婚，都是为了爱

没有花前月下，没有海誓山盟，陆长梅和张复庆走到了一起。照顾好王元山，是他们婚姻的前提条件，也是他们牵手之后的共同心愿。1999年10月9日，陆长梅和张复庆推着王元山，三人一起来到新曹镇民政办公室。镇干部为他们特事特办，半天时间将离婚和结婚手续一并办好。从此，一个女人和两个男人组成了一个新的特殊的家庭。

婚后，陆长梅和张复庆对王元山的照顾更加无微不至，他们把王元山当作最亲密的兄长来侍候。家里的堂屋和大床，还让王元山住，他俩则住在厨房边的小平房里；家里唯一的一台黑白电视机，也放在王元山的屋子里；家里最有营养最好吃的东西，他们总是放到王元山和女儿雪霞的碗里。为了让王元山的身体经常得到活动，夫妻俩还轮流当起"按摩师"，每天为王元山从头到脚按摩两至三次，每次半个小时。每天夜里，张复庆都要起床两三遍，帮王元山翻身，照应他大小便。对此，这个新婚的男人从没有叫过一声苦，说过一句怨言。

为了让王元山心情开朗，享受生活的乐趣，陆长梅和张复庆想了很多办法。他们每天从外面干农活儿回来，都要先去看一下王元山，外面发生的新鲜事，总要跟他讲一讲；农闲的时候，他们常用车推着王元山到镇上逛一逛，像待小孩子一样，为他买回一大堆穿的、吃的、用的，而他们自己却舍不得乱花一分钱；陆长梅还常叮嘱女儿雪霞，每天放学回家后，要多跟父亲在一起交流。

2000年春节期间，市里的剧团到镇上演出。陆长梅和张复庆商量好，打算一家四口一起到镇上去看戏。王元山已经几年没看过戏了，心里想去，但知道带上自己确实不方便，就说："你们带雪霞去吧，我就不去了。"陆长梅说："那不行，你不去，我们怎么能看得安稳？"张复庆跟着说："难得看场戏，你一定得去。"说罢，他到村邻家借了辆平板车，铺上棉被，硬是把王元山拉到镇礼堂，然后又把他背进场。散场的时候，张复庆把王元山和陆长梅母女一起安顿在平板车上，自己一个人拉着车顶着寒风往回赶。看到这寒夜中温馨的一幕，乡亲们感慨万分。

夏天的一个深夜，王元山突然发起高烧，夫妻俩心急如焚。张复庆背起王元山步行到四五公里外的卫生院挂水、打针。等到把王元山安顿好，已是东方晨曦初露，他俩累得趴在病床边迷迷糊糊地睡着了。在场的护士们得知他们的家庭情况后，无不为之动容。

这年秋季，陆长梅的女儿王雪霞开始上中学了，张复庆每天骑自行车来回10多公里接送小雪霞，无论风吹雨打，从不间断。有天接孩子时，正赶上下大雨，张复庆骑车滑倒，跌了一跤，浑身上下让雨水淋透，衣服上沾满了泥巴，但他仍然赶到学校，一直等到雪霞放学，把她接回家。这种胜似慈父的爱，令小雪霞非常感动。这天，懂事的孩子眼泪汪汪地依偎在张复庆的怀里，亲昵地说：

"你也是我的好爸爸。"

一年多过去了，陆长梅和张复庆用勤劳的双手苦心经营着这个幸福与不幸交错的家。他们的责任田里除了种粮食，还种上棉花、蔬菜等经济作物，他们又养猪、养鸭、养蚕以增加收入。渐渐地，这个曾经陷入困境的家有了新的转机，3万元的债务至今已被他们还了一大半。为了节省开销，张复庆把抽了近 20 年的烟也戒掉了。

陆长梅和张复庆这两个普通农民的心胸，就像他们家乡的黄海那样博大而宽广。他们没有豪言壮语，没有信誓旦旦，他们凭着自己的良心默默地遵守着那真爱的诺言，直至永远……

今日树头花正红

　　4年前，钱华成功地进行了肝脏移植；1年前，他如愿娶了一个美丽贤惠的妻子；如今，这个幸福的小家庭又新添了一个"小宝贝"。钱华由此也成为国内首位生育子女的换肝人。

　　作为一个换肝人，钱华经历了怎样的情感之旅？他们的婚姻生活与常人会有什么不同？

▶ 初恋来了，又悄然而去

　　钱华1973年6月出生在姜堰市梁徐镇前时村。少年时代的钱华长相俊秀，性格活泼，聪明好学，深得父母和老师的喜爱。他还特别喜欢运动，从小学到中学，他都是学校的长跑队员。离他家不远有一条大河，每年夏天，他都要和伙伴们去游泳。那帮小伙伴，没有一个比他游得快。

　　20岁那年，钱华从姜堰市二中高中毕业，参加了高考，自我感觉考得还不错。历经十年寒窗，他终于可以放松一下，在家安心等待高考成绩的公布了。

　　就在这时，钱华感觉到自己的身体出现了问题。他食欲减退，四肢无力，肝区疼痛。起先，他和家人都以为这是他常年用功学习又刚参加高考太累的缘故，只要休息调养几天就会好起来，谁知这种情况越来越严重。于是，父亲便带他到姜堰市人民医院检查。检查结果让父子俩大吃一惊：乙型肝炎，需立即住院治疗。父子俩一下子傻了眼，因为高考成绩马上就要公布，钱华却在这节骨眼儿上得了乙肝，就是考上大学，学校也不会录取的。

后来，钱华的高考成绩果真达到了本科录取分数线，但正因为乙肝，他丧失了上大学的机会。

自从查出肝病，钱华随父亲和哥哥多次到扬州、南京及上海等地医院治疗，钱花了不少，病却时好时坏，几乎每年都要发作一次。

但钱华患病之后并没有消沉下来，他时常把中学课本拿出来温习，还阅读了大量中外名著，他想等自己病愈之后，继续去考大学；他像过去一样勤快，经常跟父亲一起下田干活儿；他的性格也没有变，依旧乐观开朗。很多时候，他让人忘了他是一个肝炎病人，而是一个充满青春活力的阳光男孩。

1996 年春天，钱华的病经过治疗，一度有所好转。他没想到，就在这个春天，一个女孩向他大胆地表达了爱慕之情。女孩叫唐玲，家住本镇。他们虽算不上青梅竹马，但自小就认识。那个春风撩人的晚上，唐玲把他约到镇前的河边上散步。唐玲说她上中学时就注意他了，她的表姐跟他在一个班，她从表姐那儿知道他许多情况，心里竟萌生了一种朦朦胧胧的情愫。她本以为以他的成绩一定会上大学的，那样，他们之间的差距太大，恐怕就没有什么机会了，没想到他现在和她是一样的"农村青年"，而且至今没谈过女朋友。她说："这是老天给我一个机会！"

唐玲的表白让钱华非常感动，他真的没想到这个美丽的姑娘已经注意他好几年了。但理智告诉他，自己现在是个病人，并不适合谈情说爱。于是，他委婉地提醒唐玲，她是否知道自己生病的事。不料唐玲爽快地说，她对他的情况了解了很多，有病可以治病嘛，肝炎病又不是治不好。她喜欢的是他这个人，根本不在乎别的什么。

钱华再次被深深感动，一种从未有过的情感在他心中荡漾。初恋就这样飘然而至，很快就变得热烈起来。他们频频约会，一日不见，如隔三秋。

但唐玲的父母得知后表示反对。他们认为钱华的肝病没有治愈，一旦复发，后果难料，女儿的终身大事不能不慎重。

唐玲对父母的劝阻置若罔闻，继续与钱华来往。而钱华却开始冷静下来，他设身处地地想，觉得唐玲父母的担忧不无道理。于是，他向唐玲的父母说明，自己和唐玲保持恋爱关系，但目前当务之急是治病，等病彻底治愈后，两人再谈婚论嫁。唐玲的父母见钱华的话说得诚恳在理，便默认下来，但要求女儿和他接触

时要注意"分寸"。

1997 年 5 月，钱华的肝病突然加重，经扬州市苏北人民医院确诊，已由乙肝发展为肝硬化。确诊后，钱华立即办理了住院手续并给唐玲打了电话。唐玲来到医院，在病床边陪了他两天两夜。第三天，她眼泪汪汪地跟他告别回家，从此再无音信。钱华知道，他们之间两年多的恋情已经结束了，但是他一点儿也不怪唐玲，他从心底里感谢她，是她让他尝到了爱情的滋味。

▶ 换肝过后，追求健康人生

从 1998 年开始，钱华的肝病一直在恶化。2000 年 8 月，他又一次到苏北人民医院住院治疗。这天，传染病科主任张燕给他做过 B 超检查后认为，他的肝硬化已到了晚期，变成肝萎缩，生命非常危险。张燕主任立即找到本院肝脏科专家朱医生，与他研究抢救方案。朱医生分析说，如果按照常规的治疗方法，钱华这样的病情已无救治可能，生命对他来说，最多不过两三个月。但还有一种办法，也是唯一的办法，有可能使病人转危为安，这个办法就是做肝脏移植手术。

钱华和家人听说他的病还有一线希望，当即表示，即便倾家荡产，也要去做肝移植手术。9 月初，钱华在父亲和哥哥钱俊的陪护下，随朱医生一起来到南京，住进了江苏省内唯一施行过肝移植手术的省人民医院。该院肝胆科主任王学浩教授是国内肝脏移植的权威专家，他和助手们研究了钱华的病情后，决定为他进行全肝移植手术。鉴于钱华家住农村，数年来因治病已造成家境十分困难，王教授将这次手术申请为科研项目，医院免除了钱华的所有手术费用。

9 月 27 日，王学浩教授亲自主刀，为钱华进行手术。这次手术做了整整 16 个小时。手术后，钱华昏迷了 4 天，当他睁开双眼苏醒的时候，他的家人和监护医生都高兴地流下了眼泪。

钱华活过来了，现代医学给了他第二次生命。钱华衷心地感激为他做手术的王学浩教授等医学专家，把他们视为自己的再生父母。

手术后，钱华在医院休养观察，康复情况十分理想。2001 年春节前夕，钱华顺利出院。临行前，王学浩教授告诉他，除了每天必须服用抗排异药物外，他可以像正常人一样生活和工作。王教授直视着他的眼睛说："从今往后，你一定要树立一个信心，你，就是健康人！"钱华为之一振，这句话他将永远牢记在心。

回到家，钱华很快恢复了正常人的生活和心理状态。蓝蓝的天空，清新的空气，生机盎然的乡村田野，在他看来是那么美好。他在日记里写道："我从死亡的边缘走回来了，我尝过了死的滋味，更珍视生命的美好。从今往后，我要快快乐乐地活着。"

在家休息了半年，钱华待不住了，他收拾行装，准备外出打工。父母不放心，要他继续休养一段时间。钱华说："我现在的感觉非常好。这些年家里为我治病欠了不少钱，你们操的心太多了。我应该自力更生，自己出去闯一闯了。"父母被他说服了，同意他到离家较近的扬州去打工。因为钱华的哥哥钱俊在扬州某机关工作，能对他有个照应。

在扬州，长相斯文、谈吐不俗的钱华很快在一家大型洗浴城找到了工作，在前台负责接待服务，包吃包住，每月工资700元。钱华主动向老板说明了自己的换肝经历，并到卫生防疫部门办理了健康证，这才正式上岗。

洗浴城的前台接待工作看似轻松，但需要耐心和很强的责任心。钱华通过观察、揣摩客人的消费层次，态度热情、恰到好处地推荐各种服务项目，让客人们非常满意，也得到了老板的器重。

钱华性格开朗，说话风趣幽默，洗浴城的员工们都喜欢跟他交往。2001年秋天的一个晚上，钱华跟几个年轻的员工相约，下夜班后一起到街上去吃大排档。有个叫胡姗姗的女孩，家就住在扬州城内，她说她的父亲每天下夜班时都来接她，她就不去吃了。钱华说："你快给你老爸打电话，叫他不要来接了，我负责把你送回家，保证绝对安全！"姗姗让他逗乐了，跟他击掌相约："那咱们就说定了，吃过夜宵你送我回家。"

那天深夜，钱华骑着自行车，一直把姗姗送到家门口。一路上，他们聊了很多。姗姗说："平时看你人很精神的，看不出是个换肝人嘛。"钱华自信地说："医生都说了，我现在就是个健康人。"钱华对姗姗本来就很有好感，这次单独相处，让他心里忽生遐想。他对姗姗说："往后干脆别让你老爸半夜来回折腾了，我每天送你行吗？"姗姗歪着头想了想，说行呀。

两个年轻人在不经意的交往中产生了恋情。钱华每天下夜班后都要做"护花

使者"，骑车把姗姗送回家。来回五六公里的路途，风雨无阻。钱华每月要到省人民医院去拿抗排异药，姗姗也陪他到南京去了两三次。

然而，让两个年轻人始料未及的是，胡姗姗的父母得知女儿跟一个换肝人恋爱后，坚决表示反对。为了阻止姗姗继续和钱华来往，他们干脆不让女儿到洗浴城来上班了。钱华鼓足勇气来到胡家，想听听姗姗本人的真实想法，还想跟她父母做些解释。谁知姗姗的父母根本不让他们见面，也不愿听他的解释。姗姗是那种比较胆小、没有多少主见的乖乖女，父母的阻挠让她对自己的选择失去了信心。她后来偷偷给钱华打过几次电话，说了些"对不起"之类的话。

这次恋爱历时半年，来去匆匆。钱华有一阵子感到很失落，但不久便调整了过来。他知道，爱是不能勉强的，既然姗姗面对压力这么快就打了退堂鼓，说明他们之间的感情还太脆弱、太世俗。这么一想，钱华也就没有太多的遗憾了。

▶ 真爱的日子比蜜甜

2002 年中秋，钱华回家过节。父母跟他说，本村一位长辈对他很关心，前几天上门给他介绍个对象。姑娘家住邻村，名叫曹月华，比他小一岁，长相清秀，特别能干，现在深圳宝安区一家服装厂打工，做设计和裁剪。父母拿出介绍人带来的照片，钱华接过一看，不觉眼睛一亮。他跟照片上的姑娘有种似曾相识的感觉，那双略带忧郁的大眼睛正是他多年的期待。

钱华问父母，这个叫曹月华的姑娘对他换肝的情况是否知晓。父母说，介绍人已经打电话向她透露了一些情况，人家对这个没太在意，同意跟他相处。

钱华感到一种莫名的兴奋。中秋节之夜，他按捺不住这种兴奋，和远在深圳的曹月华第一次通了电话。钱华把自己的病史坦诚地告诉了她。曹月华说："你能把这件事告诉我，证明你这人蛮实在的，我对这方面不太懂，但既然医生、专家都说你治好了，我就不担心了。"两人在电话里又交谈了各自的打工情况。钱华关切地问她工作累不累，想不想家。月华说，累倒不觉得，就是特别想家。钱华随口念了句李白的诗："举头望明月，低头思故乡。"月华则跟着念了句苏东坡的词："但愿人长久，千里共婵娟。"说到这里，两人忽然都沉默下来，一切尽在不言之中。

通过几次电话交谈，钱华觉得自己跟曹月华很有缘分，很谈得来，两人上中学时都爱好文学，爱读书，趣味相投，有一种相识恨晚的感觉。接下来，钱华愈加主动出击，几乎每周给月华写一封信，两三天就通一次话。一个月下来，他的电话费花了200多元。为此，月华来信嗔怪他："以后电话可以少打些，省下钱买些有营养的东西吃，想我的时候，把想说的话写在日记里，等我春节回去检查！"

通过鸿雁传书，电话沟通，两个尚未谋面的年轻人建立了理解和信任，感情逐渐加深。他们在信中约定，春节回家订婚。钱华因为前两次恋爱失败的经历，最担心的仍然是对方家长反对。但月华告诉他，自己父母虽是没有什么文化的农民，但思想开通，只要她看准的事，父母是不会阻拦的。当初她独自一人到广州、深圳打工，父母就很支持她出来闯闯。再说他俩的年龄都不算小了，男大当婚，女大当嫁，父母正为她的婚姻大事着急哩，见她找了男朋友，高兴还来不及。

2002年春节前，曹月华从深圳回来，钱华专门到姜堰车站去接她。两人见面后，彼此非常满意。钱华觉得月华比照片上还漂亮，年龄看上去也显小。月华则对钱华说："你比我想象的还精神些。"

回到家后，月华就把自己恋爱的事告诉了父母。父母一听着急起来，原来那位热心的介绍人几个月前也来跟他们提过亲，他们了解了钱华的情况后，以女儿在外打工，一时难以沟通为由回绝了。他们没想到女儿和钱华的"地下工作"已经进行了好几个月。老实憨厚的父亲说："钱华这孩子咱们打听过了，各方面条件都不错，家庭也不差，就是换肝这事让人担心。孩子，这是你一辈子大事，可不能马马虎虎。"母亲是个当家人，在家说话最有分量，她武断地说："这门亲事说啥也不能同意。我听人家说，那别人的肝换在身上，就像埋了颗定时炸弹，说不定哪天就会发作。姑娘这要嫁给他，哪天他要是出了事，不是害我姑娘一辈子吗？"月华说："你们这是对他不了解，你们见过他本人吗？人也没见过，话也没说过，干吗早早下结论？"

在月华的"软磨硬泡"下，父母终于作出让步，同意她春节期间把钱华带到家里，让他们过过目。这次见面，钱华精神饱满，言谈举止彬彬有礼，给月华的父母和亲友们留下了很好的印象。钱华见形势好转，决定趁热打铁。他让月华随自己到南京去一趟，听听专家们的意见。

在省人民医院肝移植中心，曹月华见到了被钱华视为再生父母的王学浩教授等专家。专家们说，钱华手术后恢复得非常好，从目前的情况看，他完全可以结婚生子，像正常人一样生活。结婚，不仅不影响换肝者的身体，而且对其心理、生理具有积极的调节作用，有利于他的身体健康。专家们的话让钱华信心倍增，也扫光了曹月华心头的一丝疑虑，她下定了与钱华结婚成家的决心。

肝移植中心的护士们跟钱华都很熟悉，听说她带了个漂亮女友来，都过来向他祝贺。有个护士像发现新大陆似的叫道："你们看，钱华和他女朋友长得多像呀！人家说夫妻俩在一起耳鬓厮磨生活久了会有夫妻相，你们两人这才认识多久呀！"钱华笑着说："不是一家人不进一家门，这只能说明我俩有缘分！"护士们笑着问："你俩什么时候请我们吃喜糖呀？"钱华信心十足地说："快了快了，到时候一定请你们的客。"

从南京回来，钱华和曹月华一合计，决定"先斩后奏"，到民政局领了结婚证，给父母来个"既成事实"。

2003年春天，神州大地遭受"非典"肆虐。钱华和月华都没有外出打工，他们情投意合、形影不离。月华的母亲最终被两个年轻人的执著感动，由竭力反对变成催促他们早日成婚，她也好早日抱上小外孙儿。

5月6日，钱华和曹月华举办了婚礼。因为"非典"的缘故，他们的婚礼简朴而温馨。让他们感到特别欣慰的是，省人民医院肝移植中心寄来了贺礼。

新婚之夜，月华突然一本正经地对丈夫说："我给你布置的任务完成的怎么样？拿来让我检查检查。"钱华挠着头问："什么任务？你什么时候布置的？"月华扑哧一笑："我在深圳时让你记的日记呢？我今天就想检查。"钱华这才恍然大悟。

婚后不久，月华出现了妊娠反应。钱华欣喜万分，两家老人也异常高兴。在随后的几个月里，钱华对妻子关怀备至，精心照料，还定期把妻子带到医院，检查胎儿的发育情况。

11月27日，曹月华比预产期提前十几天顺产生下一个健康女婴。当守候在产房外的钱华从护士手中接过可爱的小生命时，他抑制不住内心的巨大喜悦，流下了激动的泪水。

孩子的出生，让钱华打破了一个纪录，他由此成为国内第一位生育子女的换肝人。

2004 年 2 月 10 日，钱华携妻抱女来到南京，参加江苏省人民医院举办的活体肝移植重大成果庆祝会。他们的到场，让所在与会者大为激动。许多肝移植患者深受鼓舞，说钱华给了他们自信和力量。

5 月 28 日，笔者见到钱华时，他正在村前的河边钓鱼。他的气色很好，也很健谈。他告诉笔者，为了悉心照顾妻子和不到半岁的女儿，他近期不打算外出打工。他说大河里野生的鲫鱼比养殖的有营养，他要用自己钓的鱼给妻儿熬汤，言语中流露出他对妻儿深深的爱意。

文静内秀的曹月华在提到自己当初的选择时，一个劲地笑。在她眼里，钱华自信而乐观，又会体贴人，跟他生活在一起，感觉特别开心。钱华接过话说："我一直告诉自己，一定要开心地生活。一个人如果对自己都没有信心，又怎么能为家人为妻儿负起责呢？"

采访结束时，钱华非常认真地对笔者说，作为一名换肝人，即使现在，他在生活和工作中还会遇到一些歧视，因此，他从心底里非常感谢妻子对自己无私的爱。但是他更相信，正是自信与乐观才为自己赢得了爱情。因此，他想对天下所有换肝人和有缺陷的朋友说，我们无法改变别人的眼光，但我们有能力让自己每一天开心地生活。

爱情从此不流浪

> "如果能让我站起来三分钟，第一分钟我要品尝一下跑步的滋味，第二分钟去拥抱我的父母，第三分钟去看我心爱的姑娘。"这是残疾青年尹小星在一首诗里写下的三个愿望，其中的第三个愿望表达了他对美好爱情炽热的向往和追求。
>
> 而今，这个愿望变成了现实——他和年轻漂亮的女记者胡艳琼走进了婚姻的殿堂。

▶ 邂逅平安夜

尹小星出生在邳州市炮车镇一个农民家庭。他蹒跚学步时，一场突如其来的小儿麻痹症使他双腿瘫痪，落下终身残疾。到了上学的年龄，父亲特意请人做了辆轮椅车，把他送进学校。初中毕业后，作为家中长子的尹小星为了减轻家庭负担，主动告别了心爱的校园。他不想成为父母的累赘和社会的包袱，从此开始自己谋生。他养过鸡，做过小生意，尝尽了生活的艰辛。后来，在父亲的说服下，他报考了山东省齐鲁中医函授学院，想以学医解决以后的生计问题。

然而学医并非尹小星的最爱。他的心里一直有个梦，那就是当一名作家，用手中的笔，抒写残疾人丰富的内心世界。他不甘向命运屈服，他不相信自己不能"走"。为了证明自己，他决定走出去。他在日记里写道："再柔弱的生命，也有权利在阳光下歌唱。我要用自己独特的方式告诉世人，不管他是否残疾，只要心中有梦，就一定能飞翔！"

1991年12月8日，21岁的尹小星怀揣仅有的500元钱，孤身一人手摇轮椅踏上了万里征程。在随后的 12 年里，他凭着顽强的毅力和不屈的信念，凭着投稿的稿费收入和朋友的帮助，行程 7 万公里，踪迹遍布 31 个省、市、自治区。他徒手攀登了泰山、华山、黄山等 20 多座名山，翻越了海拔 5 231 米的唐古拉山，穿越了"死亡之海"塔克拉玛干大沙漠，寻访穿行了"丝绸之路"……大漠黄沙，独轮天下，死神多次与他擦肩而过，豺狼伴他如影随形。他因此被誉为"轮椅英雄"、中国的"阿甘"。

尹小星以残疾之躯征服了名山大川、浩翰荒漠，他的内心世界涌动着诗人的豪情壮志。1997 年和 2002 年，他分别出版了诗集《跪拜人生》和自传体小说《无翼的飞翔》。著名诗人王辽生为他诗集作序时写道："一百七十余首歌吟无不是他灵魂的呼号……真正的诗人，他不仅以心以血，还要以整个生命来写，尹小星就是这样，其生命本身便是一首圣洁的诗。"

作为一个诗人，尹小星渴望美好浪漫的爱情，而爱情女神也最终垂青了这位历经磨难、百折不挠的英雄。在他浪迹天涯的路上，真爱飘然而至。

2002 年 12 月 24 日，平安夜下午，北京笼罩在皑皑白雪中。就读于中华女子学院新闻系的胡艳琼来到学校附近的一家彩扩部冲洗照片。这时，她看到了坐在轮椅上的尹小星。当时尹小星正把他穿越塔克拉玛干沙漠时拍的几十张照片摊在柜台上挑选。胡艳琼好奇地看了一眼，她惊呆了：浩翰壮观的大漠黄沙，茫茫苍穹下一个残疾青年摇着轮椅奋力前行！她不由自主地问了一句："照片上的人是你？""是的。"尹小星并没有太在意这个惊讶得张大了嘴的姑娘。

这一天，他们擦肩而过。他们谁也没有想到，正是这次邂逅，奏响了两个人的爱情序曲。

▶ 浪漫的网恋

胡艳琼 1981 年出生在内蒙古自治区呼和浩特市，她的父母从事房地产开发，家境富裕。胡艳琼是家里的小女儿，自小聪明活泼，性格开朗，几年大学生活，让这个美丽动人的姑娘更添精彩的内涵。

2002 年 2 月的一天晚上，酷爱上网的胡艳琼无意中进入一个叫"小星家园"

的网站，打开网页，一个富有磁性的男中音不断地在重复着一句话："我的下一
个目标是穿越'死亡之海'罗布泊！"网页主人尹小星的一张照片让她不禁眼
前一亮："咦，这不是两个月前在彩扩店碰到的那个残疾人么？"在这个网站里，
有尹小星的成长历程、心路历程、传奇经历和文学创作成果等等。看着看着，胡
艳琼被他所经历的一切震撼了。她目不转睛地读完了网页上几乎所有的内容，心
里感觉到一种莫名的冲动。她在 QQ 上给网名叫"星星"的尹小星留言道："你
是我心目中的英雄，我敬佩你，我想认识你！"

　　留言发出去后，胡艳琼一直期待着尹小星的回应。两个星期后，"星星"终
于在 QQ 上回复焦急等待的胡艳琼："你是谁？"胡艳琼赶紧回答："我是燕子
（胡艳琼的网名）。""燕子，这名字太好了，我总是梦想自己长出一对翅膀，像燕
子一样飞翔。"尹小星禁不住感慨道。

　　"你最近很忙吗？现在在哪里？为什么让我等了这么久？"不知为什么，胡
艳琼觉得自己跟尹小星仿佛早已相识，已经是一对相知的朋友。"对不起，我最
近一直没空儿上网。"尹小星告诉胡艳琼，2002 年下半年，他手摇轮椅完成了
"从沙漠到香江"之行，踏上了香港和澳门的土地。此后，他一直在广州、深圳
等地受邀到高校、部队、企事业单位作专场报告，并完成了自传体小说《无翼的
飞翔》的写作和出版，还在朋友的帮助下建起了"星星家园"网站。春节后短短
的两星期里，他已经在广东中山市作了十七场以《只要心灵有翅膀，就一定能够
翱翔》和《挑战生命极限，塑造辉煌人生》为主题的报告会。

　　"小星，你这样太累了吧，你能吃得消吗？"胡艳琼像久别的朋友一样脱口
而出。"忙是忙些，累倒不觉得，漂泊的路上，什么苦没吃过？"尹小星心里一
动，这是个懂得体谅人的姑娘啊！

　　两人不知不觉聊了一个多小时。临别时，聪明的胡艳琼又为第二次聊天埋
下了伏笔。她对尹小星说："我最近写了一篇关于唐诗的文章，你能给我指点
一下吗？"

　　胡艳琼没有告诉尹小星，她就是在彩扩店见过他的那个女孩，她觉得这是冥
冥中命运的安排，她想守住这个秘密，给尹小星一个惊喜。

　　在随后的日子里，胡艳琼和尹小星几乎天天在网上见面，她听他讲那些传奇
般经历，他听她说神往已久的大学生活。爱好诗歌的他们很快找到了共同语言，

彼此走向对方的心灵深处。

这天,尹小星从网上发来他几年前写的一篇文章,题目叫《轮椅浪人,碎了的爱情随风飘去》,文中讲述了他的三段爱情经历。第一段似懂非懂的朦胧之情发生在他上初中时,他暗暗喜欢上了自己的英语老师,他还在作业本中夹了一张纸条,问她可以叫她姐姐吗?后来老师结了婚,这次无望之爱也就渐渐成了记忆;第二段,他和家住本村的一个女同学相爱,给那个偏僻封闭的小村带来的震动"不亚于恐怖分子驾机撞了美国世贸大厦",最后在双方家长的干预下,他们被强行分开;第三段爱情发生在他流浪的路上,在那个西北城市,一个身着红衣的漂亮女孩骑着车默默地跟着他,还给他拿来雨衣和食物。他们相恋了,此后的4年里,这个女孩成了他的精神寄托,他每到一处都要和她电话联系。他打过去,她立即打过来,她一个月的工资大多缴了电话费。她催促他娶她结婚。他让她再等两年,他怕自己路上遭遇不幸会连累她。等他醒悟时,她已经成了别人的新娘。他不停地问自己,难道一辈子就这样形单影只地流浪,一颗疲惫的心到底要停留在何方?

文章最后是一首诗:往事如烟/梦幻飘逝/岁月如歌/忧愁依旧/没有星光的夜/只有我一个人在凄苦独行/人生旅途/谁与我同行?

读了这篇文章,胡艳琼流下了眼泪。她仿佛触摸到尹小星丰富而柔软的内心,感应到他心灵的痛苦和忧伤,她对他有了更深的理解。她鼓起勇气写下了这些天来在心里最想说的一句话:"小星,我爱你,我愿伴你走天涯!"直到此时,她才把他俩在北京彩扩店那次偶遇告诉尹小星,她说她相信这是千年一遇的缘分。

尹小星的心为之震颤,他紧接着回复道:"对爱,我已没有权利说放弃;你,正是我多年的期待!"

第二天,尹小星应邀到一所大学给同学们作报告。有一个同学向他提问:"旅途中,在你最危险的时候,你都想到了什么?"小星笑答:"我还没有找到心爱的人,一定不能这样倒下。""那你现在找到心上人了吗?""我终于找到了!但我更不能倒下了,因为爱意味着责任和牵挂。"小星的回答赢得了满堂喝彩。

爱,在两个人的心中生根、萌芽、快速地生长。他们在QQ和手机短信上互发深情的诗句。尹小星写道:"梦中的燕子,你的羽翼飞个不停/唤起我胸中的幽思/梦醒时分/空气中仿佛留下你的气息/相思的泪水湿了枕巾……"胡艳琼更是情意绵绵："奇妙的季节／百花破蕾开放／爱情此时此刻／在我心头滋长。""假如你伤心疲惫／别忘了看看天上的行云／那是我在为你鼓劲加油。""我愿把全部的爱／交给清风／送到你的身边……"

等到双方一天要"煲"上几个小时的"电话粥"时，两个人发现已经深深地爱上了对方。

▶ 爱情从此不流浪

2003 年 4 月底，正是"非典"肆虐的日子，"燕子"却要从北京这个大疫区飞往另一个大疫区广州，她要去寻找那颗让她日思夜想的"星星"。

在作出这个决定前，胡艳琼把自己和尹小星相爱的事情告诉了父母。这个家境优越的女孩一直是父母的掌上明珠，这个突然的决定让父母大吃一惊，他们一致表示反对："这不现实，孩子，你不能一时冲动。他身体残疾，又是个农民，没有稳定的收入，你们是不会幸福的。"胡艳琼没有做过多的解释，她把尹小星的诗集和自传用特快专递寄给了父母。几天后，她再次打电话给娇宠她的母亲："妈妈，你不知道我有多心疼他，看来我命中注定要去照顾他。"善良的母亲在电话那头哭了，她告诉女儿，寄来的书他们都看了，她的父亲沉默良久，只说了一句话，"这尹小星是个男子汉"。母亲最担心的是，女儿从来没吃过苦，如何能够去照顾别人……父母已经感觉到，女儿的选择，他们已经无法改变。

临行前，胡艳琼给尹小星发信息说："你不方便，我下飞机自己去找你。"可尹小星兴奋地给她回了条信息："我一定要去接我美丽的姑娘！"

在机场，他们在人群中一下子找到了对方。浪漫的诗人向恋人献上了九十九朵玫瑰。这意外的惊喜，让胡艳琼觉得自己是这世界上最幸福的人。

在广州期间，因为"非典"的影响，尹小星基本上不再外出活动，常年漂泊和忙碌的他终于能够和女友在一起享受二人世界的欢乐。而胡艳琼通过与尹小星的近距离接触，看到了他身上更多的优点。

她发现尹小星在日常生活中不但能够完全自理，有些事情甚至做的并不逊色于一个身体健全的人。那是她刚来不久的一天中午，她正准备到厨房做饭，小星向她摆摆手说："让我来，今天让你尝尝我的手艺。"说罢，他摇着轮椅进了厨房，动作麻利地切菜、炒菜，不一会儿，几碟色香味俱全的菜肴端上了餐桌。看到胡艳琼露出惊讶的目光，小星风趣地说："我有特异功能，凡是吃过的菜，我都能把它做出来。以后咱们出去吃饭，你说哪道菜好吃，我回来就给你做。"

尹小星虽然身体残疾，但是他总是笑对生活，他的性格风趣幽默，他自信而不自卑，充满毅力而不软弱，他身上那种百折不挠的精神和独特的人格魅力深深吸引并感染了胡艳琼，她更加坚定了自己的选择。

他们相约永远不再分开。他们谈到了结婚，谈到了将来。尹小星说，他下一步的"轮椅行走"计划是穿越罗布泊和环游台湾岛，完成这一计划后，他想去上大学，他今生最大的理想是创办一所残疾人大学。此时，胡艳琼依偎在他的怀里调皮地说："到那时候，我的先生既有名又有钱，你可别把我抛弃了呀。"尹小星伸出有力的臂膀，一把搂紧她："我的小傻瓜，这个世界上，你是我永远的最爱！"

2003年6月，胡艳琼返回北京办理了毕业手续。紧接着，她再次回到广州，回到尹小星的身边。这期间，她在尹小星的鼓励下，凭着自己的真才实学应聘到一家杂志社当上了记者。

7月23日，尹小星带着胡艳琼回到他的家乡。经过几天短促的准备，他们来到镇政府领取了结婚证，并于7月28日举行了一场颇具农家风情的婚礼。听说尹小星娶了个漂亮的女大学生，家乡的小村沸腾了，全村两三千口人几乎都赶来了贺喜。小星的父母高兴得合不拢嘴，年近八旬的奶奶更是喜极而泣。

让他们最感欣慰的是，胡艳琼远在内蒙古的父母打来电话，让女儿和女婿选择适当时间回去探亲，他们还将按当地的习俗补办一场"嫁女"的喜宴。胡艳琼的大学同学和他俩众多的朋友及网友虽然没能参加婚礼，但纷纷打来电话或在网上发帖子表示由衷的祝福。

婚后，尹小星带着刚过门的媳妇开始了蜜月之旅。所到之处，不少人露出疑惑的目光，甚至摇头叹息："这怎么长久哟……"但是，尹小星和胡艳琼这对小夫妻却非常坦然，他们有着同样的自信。

这一年底，笔者在南京采访了前来旅游的尹小星夫妇。谈到他俩的婚姻，尹小星说，在我看来，一个人最重要的并非健全的肢体，而是面对生活的勇气和责任；也许有很多男人比我更适合她，但我自信，只有我能够给她一辈子幸福。胡艳琼则动情说，结婚前，我已考虑了很多很多，接受他，就意味着包容他所有的优点和缺陷，两个人既然真心相爱，就不存在谁照顾谁多一点儿、少一点儿的问题；生存上，我自信会有较稳定的收入，小星通过写稿、出书、作报告、帮人家搞策划，也有一定的经济来源，我们的物质生活也许并不富裕，但我们的精神生活却肯定非常充实！

尹小星的下一个挑战是穿越有"生命禁区"之称的罗布泊。为此，他将进行全封闭的体能训练。尹小星相信，有爱人的支持，有许多热心人的帮助，他一定能够成功！

亲爱的，回家

"无论贫穷还是富贵、疾病还是健康，我们都会用一生去爱护对方，永远相依相随……" 6 年前，王向东和刘国梅结婚时许下了爱情誓言。然而，6 年后的一天，刘国梅在得知自己身患癌症后，害怕连累家庭，选择了离家出走。守着他们的爱情誓言，王向东走上了千里寻妻之路。2006 年 11 月 11 日，他在网络论坛上写下一份遗嘱，愿意和妻子生死相随。痴情丈夫千里寻病妻的真爱之情，感动了社会各界人士，几天之内，苏鲁两省成千上万的人加入到寻找行列。

在众多好心人的帮助下，11 月 14 日，在山东烟台一处海边，王向东终于找到了已经离家出走 16 天、正准备自杀的爱妻……

▶ 妻子离奇失踪　丈夫深感负疚

王向东家住姜堰市溱潼镇。他初中毕业后参军入伍，1998 年从部队光荣复员。第二年，经人介绍，他与本镇姑娘刘国梅相识，经过一年热恋，两人走进婚姻的殿堂。结婚那天，两人立誓用一生去爱护对方，永远相依相随。婚后不久，他们有了一个可爱的女儿，取名洺沁。

为了把一家三口的小日子过好，为了攒钱让女儿得到好的教育，王向东夫妇常年在镇上的企业打工。他们同甘共苦，忠诚地履行着爱的诺言，即使生活谈不上富足，但一家人相亲相爱，其乐融融。

2004 年初，王向东夫妇经过商量，决定不再给别人打工，自己创业。他们拿出这几年积攒下的 10 万元钱，在镇上开了家网吧。但是，因为创业之初经验不足，网吧的选址不当，开业后生意一直不太理想，不到一年时间便歇业了。夫妻俩没有气馁，他们又跟银行及亲朋好友借贷 10 多万元，一共投资 20 万元，于 2006 年 9 月 15 日重新开了一家网吧。

网吧刚开业不久，刘国梅就感到身体不适，小腹经常疼痛。王向东认为她太过劳累，劝她休息，可她没当回事。10月27日，刘国梅感到小腹疼得厉害，她不想让正在网吧里忙碌的丈夫分心，而是回到娘家，让母亲陪她去泰州市看病。

王向东感觉到，刘国梅从泰州看病回家后，好像有了心思，脸色也不好看，整天显得无精打采的。他问妻子有没有查出毛病？妻子说，不碍事，挂两天水就行了。他安慰妻子，有病不能撑，需要住院治疗的话就赶快去医院。可刘国梅说："家里欠那么多的债，哪有钱看病？"

10月30日上午，刘国梅对王向东说："我去看一下母亲，过会儿回来。"岳母家也住在溱潼镇上，离他家步行仅需十几分钟。但直到中午，妻子也没有回来。她身上带着手机，打电话过去，一直都是关机。王向东来到岳母家一问，才知妻子早已离开了。据岳母说，刘国梅临走的时候，说自己身上没带钱，一会儿要去镇上买点东西，还从她这里拿了200元钱。王向东这时感到有些不妙，溱潼镇小得很，绕着镇子走一圈也不会超过半小时，就算刘国梅去办个事情买个东西，也早该回来了。他想妻子肯定有什么事瞒着他。

眼看天就黑了，刘国梅还是不见踪影。王向东坐立不安，他想来想去，这几天，夫妻俩既没有矛盾也没有争吵，妻子怎么就突然消失了呢？他决定骑上摩托车到离小镇30公里的泰州市区去找一找。然而，王向东跑遍了泰州的几个亲戚家，以及他认为刘国梅可能去的几个地方，结果一无所获。

自从结婚以来，王向东夫妇从没有分开过一天。妻子的突然失踪，令王向东不知所措。她是意外走失，还是遭遇了不测？王向东心如乱麻，一夜无眠。经过再三思考，他怀疑妻子的反常之举与她前几天看病有关。第二天，王向东先到公安机关报了案，然后带着岳母来到泰州，找到了刘国梅上次看病的医院。

医生的解释让王向东大吃一惊，也让他明白了妻子失踪的最大可能性。原来，刘国梅上次做了B超等检查后，医生初步诊断她患的是子宫恶性肿瘤，建议她立即住院治疗，并作进一步检查。

王向东如遭雷击！他揪着自己的头发，泪流满面，悔恨不已。自己怎么这样粗心啊！整天光忙着网吧里的事情，妻子查出这么重的病，自己竟然没有觉察！这些日子对妻子的关心真是太不够了。他此时又想想妻子这几天说的话，一切都明白了：妻子肯定是舍不得花钱看病，不想拖累家庭而离家出走了。

妻子啊，你撇下我和六岁的女儿，你去了哪里？你为什么连个只言片语都没有留下？你可千万不要干什么傻事呀！……

▶ 丈夫痴情寻妻　感动万千网友

刘国梅到底怎么样了？她去了哪里？

原来，10 月 27 日这天，刘国梅到医院做了 B 超等检查后，医生开始并没有告诉她检查结果，而是要她立即住院，作进一步检查。刘国梅一打听，如要住院，押金就要交 1 万元，光各项检查费用就要上千元。刘国梅当时就意识到，自己得的肯定是重病。在她再三请求下，医生将初步诊断结果告诉了她。

刘国梅当时就蒙了，泪水夺眶而出。但她很快又镇静下来，没有把诊断结果告诉陪她来看病的母亲，更没有按照医生的建议立即住院。回到家后，面对丈夫的询问，她也故作轻松，说没有什么大毛病，不用担心。然而，在此后的两三天里，刘国梅想了很多很多，也独自流了很多泪水。自己刚刚 30 岁，却得了癌症，这个打击实在是太突然太残酷了！她知道，选择治疗的话，今后的治疗费用肯定是无底洞，最后的结果还难以预料。而目前，家里刚开了网吧，还欠 10 多万元的借款，其中有 5 万元的银行贷款马上就要到期，哪里有钱去治病？如果钱花了，病再治不好，留下沉重的负担，丈夫和孩子还怎么过？

思前想后，性格倔强的刘国梅暗下狠心，决定放弃治疗，牺牲自己，决不拖累深爱的丈夫和女儿，成为家庭的累赘。10 月 30 日，刘国梅回了趟娘家，内心里想着跟父母作最后的告别。然后，带着跟母亲要的 200 元钱，来到姜堰市区。第二天一早，她花了 130 元钱，上了一辆开往山东烟台的汽车。她想到一个有海的地方，先看看自己向往的大海，然后扑进大海的怀抱，了结自己的生命。

刘国梅离奇失踪后，王向东停掉了网吧，在泰州地区整整寻找了三天，找遍了所有的亲朋好友，始终没有妻子的消息。与此同时，他印了两万份寻人启事，请亲戚朋友们分兵几路，沿路散发；他还把寻人启事贴到网上，恳求网友们帮他一起寻找失踪的妻子。

在家乡溱潼镇，王向东夫妇一向人缘不错。听说刘国梅不见了，立即有许多

乡亲帮忙寻找，紧接着，成千上万的网友自发地加入到寻找队伍中。

王向东当兵时的战友王小明，以网名"军魂"多处转贴王向东的"寻妻启事"，并承诺任何人如果发现了刘国梅或是提供准确的信息，他作为王向东的亲密战友，愿意付给1万元的报酬。这个帖子出现在多家网站的论坛上，仅仅几天时间，就有3万人次点击，数千人跟帖予以关注。

泰兴市网友黄勇特意来到王向东家，拿走500份"寻妻启事"，先在泰兴城里发放，随后，他又自掏腰包，将"启事"复印了1000份，到泰兴农村及周边地区发放；姜堰市网友宋宏进骑着摩托车，背着装满"寻妻启事"的包裹，前往合肥方向散发、寻找；另一个姜堰网友冬梅让自己在辽宁的亲戚从网上下载王向东"寻妻启事"，印制数千份，在沈阳、大连等地广为散发；一个名叫韩来的网友给王向东送来4000元钱，说："我没空出去帮你找人，但可以为其他人出些路费。"王向东怎么也不肯接收，在韩来再三恳求下，他收下1000元，并坚持打了欠条给对方，说找到妻子后一定还他……

11月3日，第一个线索从网上传来，有网民在浙江杭州看见一个长相酷似刘国梅的女人。王向东立即准备动身前往杭州，但杭州那个网民对他说："你暂时别来，我们负责在杭州给你找，确认了以后你再来。"在朋友的劝说下，他暂时打消了去杭州寻妻的念头。

4日，一直在家守着电话的刘国梅父母接到一个网友的来电，说有人看见刘国梅在南京出现过。联想到刘国梅曾经说过想到南京去旅游，父母觉得，她在南京的可能性极大。

于是，第二天一大早，王向东便骑着摩托车，带了3000份"寻妻启事"，顶着寒风出发了。一路上，他马不停蹄，直奔南京。中午，饿得实在顶不住了，他就在停在公路边上，吃几块饼干、喝点矿泉水，聊以充饥。

到了南京后，王向东先到火车站、汽车站和客运码头等地方细细寻找，张贴、散发"寻妻启事"，随后又到中山陵、玄武湖、夫子庙等人群密集的地方，一边寻找，一边发放"启事"。由于几天来心急如焚，身心憔悴，加之睡眠严重不足，王向东几次虚脱，瘫倒在地。

王向东在外寻找刘国梅的时候，刘国梅的母亲一直守在电话机旁，每隔十几分钟就拨一次女儿的手机。11月7日下午，刘国梅的手机终于拨通了！虽然母亲拼命叫着女儿的名字，但电话那头没有应答。母亲对着电话泣不成声："梅啊，你在哪里？洺沁生病了，向东去南京找你了，我和你爸七八天吃不下饭，等着你回来啊……"电话那头清清楚楚地传来刘国梅的抽泣声，但仍然没有任何应答。过了大约一分钟，电话挂断，之后再也打不通了。

直到刘国梅被找到后，人们才知道这个电话是多么巧合、多么及时！刘国梅后来说："这也许是命运注定。我的手机里面存着向东和女儿的照片，当时我特别想他们，就打开手机看看，谁知道电话立即被接通了。"这个电话让流浪在外的刘国梅心如刀绞，产生些许彷徨和犹豫，无意中拖延了她走向极端的时间。

正在南京的王向东接到岳父岳母电话后，立即骑上摩托车往回赶。他在南京苦苦寻找了三天，刘国梅音讯全无，希望渺茫，他的情绪低落到了极点。他虽然极不情愿朝最坏处想——妻子是不是已经不在人世了？但这种可能性并不能排除。所以，当王向东听说岳母在电话里听到刘国梅的哭泣声后，他异常兴奋，至少，这个电话证明妻子现在还活着！

很快，王向东在公安和电信部门的帮助下，根据电话的漫游区号 0535，查到刘国梅接通电话时所在的方位为山东省烟台市。

此时，刘国梅离开家已经一个多星期了，6 岁的女儿洺沁没有一天不哭着闹着要妈妈。晚上，王向东抱着哭闹的女儿，一边给女儿擦眼泪，一边自己的泪水却又止不住流下来。他在心里暗暗发誓，女儿啊，我就是踏遍千山万水，找到天涯海角，我也要把你妈妈找回来！

▶ 情愿生死相随　千里携妻归来

2006 年 11 月 9 日，王向东带了 4 000 份"寻妻启事"，乘坐开往烟台的长途汽车，踏上了千里寻妻之路。

王向东坐了 10 多个小时的长途车，一到烟台，便不顾劳累，连夜张贴、发放"寻妻启事"。第二天，他到烟台的车站码头、大街小巷寻找。11 月 11 日上午，正在烟台一个小区里散发"寻妻启事"的王向东由于疲劳过度，突然昏倒在地。几个好心的小区居民见此情形，连忙把他扶坐起来，又送到社区医院救治。

王向东醒来后，禁不住热泪盈眶。连日的奔波劳累，让这个壮实的汉子瘦了20多斤，满脸胡子拉碴，憔悴不堪，不知情的人还以为他是个流浪汉。面对搭救自己的好心的人们，他含着泪讲述了自己千里寻妻的经过。

王向东的寻妻经历让人感叹不已，几个居民当即打电话与当地媒体联系，请求媒体为他提供帮助。当天下午，几个媒体记者对王向东这个来自江苏的痴情汉子作了采访。

当天晚上，王向东来到一家网吧，登陆了他和妻子在家时经常上的一个网络论坛。置身于一个陌生的城市，思念着身患重症的妻子，王向东不禁心生感伤，悲从中来。他在论坛上写下了一份愿与妻子"生死相随"的遗嘱：

"我在茫茫的人海寻找，却怎么也找不到你……但我还是来了，还是要找你——就因为我们结婚时说过生死相随，永不变心！老婆，难道你把我们当年的爱情誓言忘了？但我没忘，我只想我们生生死死，永远相随……从今天开始，我还可以在这个美好的世界上生存15天！这是我给自己定的一个期限，我的爱人，我实在撑不了太多时间了，我的心都碎了，再接不到你的电话，我就会疯掉的！过了这个期限，我们就只有来世见了。下辈子，我还要娶你！"

11月12日，烟台一家报纸以较大篇幅刊登了题为《面对高昂医疗费，江苏重病妇女流落烟台》的报道，并配发了刘国梅的图片。当天，烟台市有1 000多名志愿者，拿着报纸，到处寻找刘国梅。当天晚上，烟台电视台《社会纵横》栏目也播出了王向东寻妻的历程。

苍天不负有心人。11月13日上午，一位烟台老大妈向媒体反映，前一天在烟台开发区看到一名江苏口音的妇女满腹心事地在码头上来回走动，长相和刘国梅差不多。交谈中，这名妇女对她说，她很留恋这个世界，但又不想拖累家人。得到消息后，王向东立即跑到烟台开发区搜寻。

当天晚上，多日不见音信的刘国梅突然在网上出现，给关心她的网民、朋友留言，称"我已经看到了美丽的大海，这是我最后一次与朋友告别"。网友们通过查询IP地址，确定了刘国梅的上网地址就在烟台开发区，于是立即将这一重要发现反馈给王向东。

妻子的留言表明她极有可能很快要寻短见。王向东心急如焚，连夜赶到烟台市公安局开发区分局向值班民警求助。在开发区公安分局网监科民警的帮助下，他找到了刘国梅曾逗留的网吧，但网吧的老板和网管均称对此人没有印象。王向东的心情再次掉进了失望的深渊。但他不甘心就这样放弃，他的感觉告诉他，妻子就离他不远。他问网吧老板："大海离这儿有多远？"老板回答他："不远，就十五六里。"他不顾随行警察及网吧老板的劝说，连夜租了一辆出租车径直赶往海边。在漆黑夜幕笼罩下的海边，他迎着刺骨的寒风，不停地奔跑，寻觅，呼唤着妻子的名字。

11月14日上午，烟台武警部队也出动20多名武警，帮助王向东到海边寻找刘国梅。

上午10时30分，在一处人迹罕至的偏僻海滩上，王向东突然看到，一个沙滩凹陷处有个人影。他随即跑了过去，只见一个衣衫褴褛、蓬头垢面的女子坐在地上，额头抵在并拢的膝盖上，双脚泡在海水里，一动也不动。王向东不顾一切地冲过去，捧起对方的头："天哪，真的是你啊，国梅！"而此时的刘国梅神志恍惚，脸色白得跟纸一样，她的身边放着一瓶矿泉水和几块饼干，还有一只装着一百颗安眠药的瓶子。她像是在梦中喃喃自语："向东，你怎么跑到这儿来啦？""国梅啊！我终于找到你啦！"王向东泪如雨下，他赶紧脱下身上的羽绒服，裹到妻子身上。两人紧紧拥抱在一起。

当天午后，王向东和妻子来到烟台汽车站，准备返回家乡。当地60多名出租车司机及上百名市民前来送行，他们都曾热心地帮助寻找过刘国梅。汽车启动那一刻，热心肠的烟台市民舞动着手中的鲜花，燃放起送行的鞭炮，那一刻，王向东夫妇也流下了无比感激的泪水。

2007年初，笔者采访时了解到，王向东携妻子回到家乡后，立即把她送到医院做了进一步检查。所幸的是，通过全面细致的检查，刘国梅的子宫肿瘤属良性，医院已经为她做了切除手术。再经过一段时间的休养，她就能恢复健康。刘国梅早已认识到，自己为了不连累家庭，做出离家出走这样的选择，事实上却给年迈的父母和深爱自己的丈夫、女儿带来了巨大的痛苦和煎熬；如果她真的寻了短见，那留下的岂止是天大的遗憾！而正是王向东对爱情的执著，还有广大网友和热心人的无私帮助，才会有这圆满的结局。

这次经历让王向东夫妇对爱有了更深的理解。今后，即使遇到再大的困难，他们一定会共同面对，携手共渡难关！

名门闺秀牵手关中老农

　　许燕吉是我国著名作家许地山之女。在人生最美好的青春年华，许燕吉被打成"右派"，继而以"反革命罪"被捕入狱。38岁那年，许燕吉嫁给了一个名叫魏振德的关中农民。一个是名门闺秀，一个是文盲老农，他们组成了一个特殊的家庭。

▶ 父亲给了她幸福童年

　　1933年，许燕吉出生在北京。当时许地山在燕京大学任教。两年后，许地山应香港大学邀请，担任文学院院长。许燕吉便随父母一起从天津坐船去了香港。

　　在香港，许家住在高级住宅区一幢别墅的二楼。楼下居住的是一个英国人。房子很大，在半山腰上，前面就是大海。至今许燕吉还依稀记得父亲那时经常抱着她，站在楼顶的天台上看海。

　　因为许地山在香港文化圈内威望颇高，所以他的社交活动特别频繁。无论参加什么活动，许地山一律穿着长袍马褂。他特别喜欢燕吉这个女儿，在一些非公务场合，他总要把爱女带在身边。

　　在许燕吉的印象中，父亲是个虔诚的基督徒，他的性格极其温和，行为举止似乎带着一种永远的天真；他特别喜欢和孩子们在一起，朋友们还给他封了个"老顽童"的绰号。有一次，许燕吉随父亲到他的一个朋友家做客，父亲那位好朋友在院子里老远看见他们，大喊一声："许地山来啦！"于是，"呼啦"一下，朋友圈子里各家带去的小孩都朝他们围拢过来，一起簇拥着他们父女进了屋，一个个叫着要跟许地山玩。

5岁那年，许燕吉到香港的"圣士提反"女校读书。每天放学归来，父亲都要抱着她亲了又亲，有时还跟她一起玩捉迷藏。就连徐悲鸿、楼适夷等人到许府时，都被老友许地山爱女之心感染，一起逗小燕吉唱儿歌、背唐诗。

陶醉于孩童世界的许地山这一时期的创作热情高涨，写出了脍炙人口的名篇《落花生》，还创作了影响一代人的小说《春桃》。然而，他万万没有想到，女儿燕吉竟然在他去世之后，成了作品中那个命运多舛的"春桃"。

1941年8月4日，49岁的许地山在香港猝然病逝。仿佛一夜之间，许燕吉快乐美好的童年时代画上了句号。接下来便是家庭生活巨大落差的变化。家里一下子失去了主要的经济来源，没办法，母亲周俟松只好变卖掉家里原有的一辆小汽车，又腾出几间房子租给别人，聊以维持家里的日常开销。

随着"珍珠港事件"的爆发，1941年底，香港沦陷。日本人侵占香港后，社会更加动荡不安。眼看着香港待不下去了，母亲只好带着8岁的许燕吉和10岁的哥哥回到内地。从湖南衡阳到广西桂林，从贵阳到重庆，母亲领着一双儿女辗转南北、四处飘荡，小燕吉在一路"大撤退"的炮火声中渐渐长大。

直到抗战胜利后，他们一家才从重庆回到南京，结束了近5年的颠沛流离的生活。母亲周俟松进了由宋美龄开办的儿童福利站工作，许燕吉则进了当时的南京第三女子中学读书。中学时代，她加入了"天主教青年会"，这是一个信奉天主教的青年业余活动组织，而正是因为这件事，10多年后成了她的"罪证"。

1950年，许燕吉以优异成绩考取了北京农业大学畜牧系。这个专业是燕吉自己选择的。小时候在香港，父亲的一个朋友家养了许多动物，她特别喜欢。

四年大学生活，一路欢歌笑语。许燕吉与同班的一个男生成了恋人。这男生是个华侨，他父亲在泰国做生意。大学毕业时，他们向学校说明了两人的恋爱关系，于是一起被分配到河北省石家庄市。1955年5月，许燕吉和那个大学同学结了婚，婚后生活还算安逸。

▶ 嫁给关中老汉

然而，这场婚姻给许燕吉带来的只是短暂的幸福，在人生的风波面前，她的家庭是那么不堪一击。

1958年1月，正在河北省农科所工作的许燕吉突然被打成"右派"，接着被开除公职。到了这年4月，又莫名其妙地成了"反革命分子"。这时候，许燕吉正好怀了身孕，她神情恍惚地向组织上解释着她们一家人加入天主教的原因，可没有人相信她。就在这种情况下，孩子出世了，但不到一个小时，连自己亲骨肉都没看上一眼的许燕吉被告之，孩子已经死了。这是许燕吉怀过的唯一的孩子。同年秋天，身体孱弱的许燕吉被判了6年徒刑。入狱不久，她那个只顾自保的华侨丈夫就将一纸离婚书送到她手里。那时，她的心都碎了。

许燕吉没有流泪，当太多的苦难一下子涌来时，她已经变得坚强。1964年，许燕吉刑满出狱。但她仍有5年"剥夺政治权利"的期限，而且"右派分子"的帽子还戴在头上，她不想这个时候回南京，给母亲添麻烦，便在河北第二监狱女子监队就了业。1969年12月，正值"准备打仗"时期，全国大中城市的人口向农村疏散，许燕吉被疏散到河北省新乐县一个偏僻的小山村，在那里，她每天不分白天黑夜地拉车、犁地、打场，仍挣不到两毛钱的工分，连自己最简单的生活需要都不能满足。在那些饥寒交迫的日子里，孤身一人的许燕吉真的担心自己会死在这穷乡僻壤，她想起自己的童年，想起和父亲在一起时那些欢乐时光，想起自己短暂而不幸的婚姻，她禁不住失声恸哭。

厄运和苦难没有把许燕吉击倒，但孤独和对亲人的思念让她难以忍受。1971年夏天，许燕吉辗转八百里秦川，投奔已有17年未能见面的亲哥哥周苓仲。在陕西省眉县的柳林种马场，她终于找到了哥哥。同样被管制的哥哥，40多岁的人了，依旧是光棍一个。但相比之下，哥哥这里属关中地区，环境和生存条件要比许燕吉原先待的小山村好一些，至少能吃饱肚子。为了能留在哥哥身边，兄妹间有个照应，哥哥对她说："在这里找个人吧，能嫁在这里，就可以把户口迁过来。"

经哥哥做主，许燕吉去见了武功县49岁的农民魏振德。在关中农村，49岁的男人已经算个老汉了。魏振德是个地地道道的庄稼汉，已经结过婚，前妻早就去世了，家里只有一个10岁的儿子。在当地，他家是贫农成分，属于根正苗红的角色。哥哥对许燕吉说："你嫁给老魏头，在当地不会吃亏的。"

这天，在老魏头的家里，一场特殊的相亲开始了。许燕吉直来直去地说："我成分不好，嫁到你家，今后你的儿子招工、当兵都有麻烦，你可不要怪我。"老魏一听乐了："这扯哪儿去了？咱就这么个儿子，当不当兵无所谓，我指着他在身边给咱养老哩。"许燕吉又说："我不会做饭，不会针线活儿，你可不要嫌弃。"老魏又憨憨一笑，说："怕啥，这些有我哩。你只管照看好儿子就行。"饱经磨难的许燕吉已经很久没有感受到这种朴素的包容和真挚了，她不由得仔细打量起眼前的魏振德了。

当天晚上，大队有个干部闻讯来到魏家，对许燕吉和她哥哥说："听说你们家成分高，还都戴着'右派'帽子？如果戴帽子的话，可不能跟老魏结婚。"未等许家兄妹开口，老魏头眼一瞪说："咋说这话呢？有'帽子'还能叫社员，证明上不是写的好好的？"说完他转身对许燕吉说，"你要是愿意嫁给我，咱就赶快办婚事，赶在麦收之前你能算个劳力，家里能多分几百斤麦子哩。"许燕吉一听这话，忍不住笑了起来，原本很陌生的他在她眼里越来越亲切了，她不由自主地点了点头。

就这样，出身书香门第的许燕吉和大字不识的关中老汉在两个月后结了婚。

▶ 感受家的温暖

婚后，许燕吉明白他们两个人之间的差距和代沟一时半会儿是无法消除的，于是，她和魏振德订了个"互不侵犯条约"。在生活习惯上，两个人各自维持不变，谁也不去"改造"谁。老魏表示理解，这么个知书达理的女人一分钱彩礼不要便嫁给他，他心里不知怎么偷着乐呢。

刚开始时，许燕吉和魏振德之间的别扭还真不少。老魏有时还挺大男子主义

的。一次，老魏要许燕吉帮他搔一下背，恰巧许燕吉的背也害痒痒，她要老魏帮
她也搔一下。可魏振德说，哪有男的给女的搔痒的？随后，他找了根玉米芯子，
插上一根筷子递给许燕吉，要她自己搔去。没办法，许燕吉只得用这根玉米芯
"老头乐"搔痒。还有一次，许燕吉身体不舒服，不能下凉水，她让老魏把她换
下来的衣服和被面拿到山涧里洗，谁知老魏扔给她一句话，哪有男的给女的洗衣
服的？把许燕吉气得干瞪眼。

但是，魏振德诸如此类的旧观念在许燕吉潜移默化的影响下，渐渐改变了不
少，这个老实巴交的农民总是以默默的行动表达他对妻子的关怀。稍许重一点儿
的农活儿，他从不让妻子插手；许燕吉一直不习惯使唤烧草锅，他便基本上把家
里做饭的事包了。有一次，许燕吉病了，老魏整天整夜守在她身边，即使白天干
了一天的农活儿，夜里都不合眼。望着丈夫熬得通红的双眼和心疼她的神情，许
燕吉感动地哭了，她于内心深处接纳了这个憨实的关中老农。

老魏与前妻所生的儿子叫魏忠科，当时已经 10 岁，在村办的小学读三年级。
对于许燕吉这位后娘，小忠科一开始并不接受，他小小的心里对这个外来的"城
市女人"有着本能的戒备。在很长一段日子里，他一直以"喂、喂"称呼许燕
吉，根本不把她当自己家人看待。

但许燕吉并没有责怪他，当她失去了那个唯一的孩子后，她善良的母性心灵
里就一直期待着身边有一个孩子。她发誓要像对待自己亲生的孩子一样对待小忠
科，在生活和学习上关心他，让他感受到浓浓的母爱。

小忠科的语文成绩不好，最不喜欢写作文，为此常被语文老师批评。许燕吉
便在这方面侧重而耐心地教他。虽然许燕吉的专业不是中文，但作家父亲许地山
的才华好像对她有着潜移默化的影响，她的指导被小忠科接受得很快。许燕吉还
凭着记忆，把父亲的那篇《落花生》默写下来，教给小忠科听。小忠科很喜欢这
篇通俗易懂的文章，经常背上两句，许燕吉总在他清脆的童音里落下泪来。魏振
德虽然大字不识一个，但也听许燕吉说过这些文字与她的渊源。每当这个时候，
他总是恰当地出现，一曲幽默风趣的陕北《信天游》吼起来，总能让许燕吉破涕
为笑。

后来，小忠科的作文成绩进步很快，常被老师当范文在课堂上宣读，这件事
让小忠科特别高兴。许燕吉的苦心没有白费，随着时间的推移，小忠科与她之间

的关系逐渐磨合，越来越融洽。有一天，他终于开口喊许燕吉"妈妈"了。在心里，孩子已经认下许燕吉这位亲娘。许燕吉百感交集。而憨厚的魏振德更不知道如何表达自己心里的感谢和欣慰，他清楚许燕吉为了这个家、为了儿子付出多少努力。在这以后，他更是细心照顾着许燕吉，用他的肩膀为她撑起了一片晴朗的天空。

家庭的温暖让许燕吉感觉到苦难的生活有了滋味、有了亮色。她渐渐习惯了黄土高原的生活，连说话都是一口陕西腔调了。只有在夜深人静时，她偶尔会想起那遥远的过去，想起父母，有时她会像梦呓似的默诵父亲的《落花生》……

▶ 不离不弃，相伴永远

1979 年 3 月，落魄半生的许燕吉终于迎来了春天的消息。在黄土高坡上，她接到了平反通知书。

1981 年，随着国家知识分子政策的落实，许燕吉回到南京，和阔别多年的母亲团聚。这之后，她进入江苏省农科院畜牧所工作，不久即被评上副研究员，并被推举为南京市政协委员。

许燕吉的地位变了，留在乡下的丈夫成了人们关注的话题。早在平反之初，就有人对她说："给老魏头一笔钱，你俩散伙吧。"听了这话，许燕吉没有吭声。身在繁华的南京城，她依旧牵挂着远在陕西的丈夫，她实在不忍心丢下苦难岁月中牵手相携的老伴，他们共同走过的那段艰苦岁月是旁人无法理解的。在把一些事务处理清楚以后，许燕吉就抽空回到关中。

许燕吉第一次回南京的时候，村里就有人说魏振德傻，说他不应该那么轻易地放她走，说她肯定再不会回来了。现在一些村民见许燕吉回来，又都以为她是来跟魏振德离婚的，尤其是当许燕吉拿着请调函到大队部盖章的时候，大队干部说："你家老魏还没发表意见，这个章我们暂且不能给你盖。"

许燕吉回去跟魏振德一说，老魏火冒三丈，提着旱烟袋就要去大队部跟干部理论。许燕吉忙拉住他，说："人家是为你着想的，可怪不得他们……你就真的不担心我走了不再回来吗？"魏振德低下头说："我心里明白你不是这个小地方能容得下的，我能跟你过这么长时间日子，已经是福分了……只要你好，我想得开。"许燕吉的眼睛湿润了，她坚定地说："你去跟人家说，我和你是一根藤上的苦瓜，走到哪里我也不可能留下你不管的。"

许燕吉说到做到。回南京后，她的许多老同学、老朋友无法接受这个离奇的婚姻现实，来信来电让她设法"摆脱"。这些好言相劝并没有让许燕吉产生一丝动摇，她说："我当时被人踹了一脚，心痛了大半辈子，现在我可不能再去伤一个老实人的心了。"通过她的申请和不懈的努力，老魏和他儿子终于在1983年底迁入南京。第二年，魏忠科也在她这个后娘的调教下，以骄人的成绩考取了陕西师范学院。

面对许许多多诧异的目光，许燕吉非常坦然。她说："人们对我和老魏的婚姻生活感到好奇，这是正常的。在许多人看来，男的是知识分子，女的是文盲，还说得过去；而我和老魏刚好相反，女的有知识，男的是文盲，多少让人无法接受。但在当时那个年代，知识越多越反动，我在老魏面前根本没有什么优越可言。我嫁给老魏，只想有碗饭吃，不至于被饿死而已。这么多年过来了，我们之间虽然谈不上什么浪漫的爱情，但实实在在的感情还是有的；我们之间互相尊重、互相体贴，那种心灵深处的默契和融洽是别人难以体味的。"

刚来南京时，许燕吉给丈夫找了个门卫工作，可大字不识的老魏根本无法胜任。正好畜牧所需要养一批品种羊，她又让老魏去放羊。这正合老魏的胃口，对此他是行家里手。于是，老魏脚蹬圆口布鞋，腰别一根旱烟袋，在农科院后面的小山坡上，大声吆喝着，把100多只羊养得又肥又壮。1988年，许燕吉退休了，在农科院养了几年羊的老魏也一道"退了休"。许燕吉不愿老待在家里，就到市台盟工作，发挥自己的余热。老魏则整天在家里处理内务。

老魏抽烟太凶，许燕吉担心他的身体，给他买来"中脉烟克"。谁知老魏就是不领情，说："这是啥玩意儿？俺抽了一辈子烟，戒啥呀。"许燕吉就尽量给他买好一些的烟，劝他少抽些。这倒挺管用，因为节俭惯了的老魏听说一包烟要10多元钱，哪里还舍得多抽。陕西人爱吃面食，老魏是一天三顿吃不够，尽管许燕吉在黄土高原生活了十年，也习惯了，但到了南方，总不能天天如此吧？老魏看出她的心思，既是"管家"又是"火头军"的他就在每天中午和晚上为许燕吉煮点米饭，炒两个小菜。住在农科院家属区的老俩口于平淡之中，处处流露出深深的爱意。

老魏的儿子大学毕业后，许燕吉想方设法，将他安排在了南京工作。如今，每逢休息日，魏忠科总要带着妻儿到父母这里，祖孙三代人，尽享浓浓的天伦之乐。

许燕吉，这个出身名门、受过高等教育的知识女性，与一个大字不识的庄稼汉 30 多年风雨相依，无怨无悔。他们那个时代的爱情，总有着这样朴素简单的痕迹，但朴素简单之外，又有着令人动容的真情和默契，对比如今某些浮躁的都市感情游戏，也许这样的一种爱情才叫做经典爱情，这样的一种婚姻才叫做永恒婚姻。

江底惊魂40小时

寒冬腊月，一般人在冰冷的江水里浸泡20分钟，生还的希望就很渺茫了。但是，随驳船沉入长江底长达40个小时的失踪船员郭林渊，在海事部门的全力营救下，竟然奇迹生还！

在14米深的江底，郭林渊是如何度过这漫长的40小时的？他又是怎样获救的？

▶ 为救爱妻，他被巨浪击沉江底

郭林渊1974年5月出生在新沂市窑湾镇口西村。初中毕业后，他辍学回乡务农。他为人本分，干活勤快，是村里叫得响的棒小伙子。

1993年底，郭林渊经人介绍，与本镇王场村姑娘吴学丽相识。吴学丽与他同龄，也是初中毕业，人长得端庄健美，又特别能干。他们相处不久，便彼此钟情，订下了终身大事。第二年10月，他们组成了家庭。两年后，他们有了个宝贝女儿，取名郭菲。

郭林渊家所在的窑湾镇紧靠骆马湖和京杭大运河，镇上从事内河运输的人较多。吴学丽的弟弟吴亚宁是河运学校驾驶专业的毕业生，经过几年磨炼，当上了拖轮船队的船老大。2005年5月，经吴亚宁介绍，郭林渊和吴学丽夫妇来到了由吴亚宁担任船老大的"新航38号"拖轮船队当船工。用吴亚宁的话说："姐姐、姐夫，你们不能总围着那一亩三分地转了，吴菲过几年就要上中学了，家里不攒点钱哪行？跟我出去跑船吧，总比在家种田强！"

郭林渊从小就练了一身好水性，他和妻子上船后，两人负责管理一艘长约 40 米、载重约 700 吨的驳船。他们吃住都在这条驳船的驳室（驾驶舱）里，两人经常轮换着掌舵、瞭望或照看船上的货物。水上漂泊的日子虽然很辛苦，也很单调，但夫妻俩能够守在一起，船上这片小天地也就有了家的温暖。

2005 年 12 月 7 日，"新航 38 号"拖轮船队 12 艘驳船装满煤炭，从徐州市大湖镇飞达港出航，运往苏州市吴江区的盛泽镇。船队在大运河上航行，一路穿桥过闸，2006 年 1 月 10 日终于驶进了长江。当天下午 6 点多钟，郭林渊和妻子吃过晚饭，收拾停当后，他让忙碌一天的妻子在驾驶舱里休息，自己来到船头，跟前边一艘驳船上的船工拉起了家常。

此时，夜幕已经降临，江面上黑沉沉的一片。"新航 38 号"拖船拖着 12 艘驳船，正并列成两排在长江中由西向东正常行驶。郭林渊夫妇所在的驳船是在左侧倒数第二艘的位置。晚上 7 点 30 分前后，拖轮船队行至镇江市谏壁河口段。站在船头的郭林渊突然感觉到本来风平浪静的江面涌起一排巨浪，浪峰从侧面打在驳船上，把正常行驶的驳船撞得摇摇晃晃。黑暗中，他放眼望去，只见在船队的右后侧，一艘巨型海轮像一座山似的压了过来（郭林渊获救后才知道，这艘巨型海轮是"长航江洋号"万吨轮，长达 187 米）。郭林渊大喊一声："不好，要撞船了！"

此刻，如果郭林渊出于本能地跳到前边那艘驳船上，或者纵身跳进长江，以他的水性，是肯定能够顺利逃生的。但是，郭林渊没有这么做，而是迎面朝着巨轮的暗影，一个箭步冲向位于驳船后部的驾驶舱。他的妻子吴学丽这会儿正在舱里休息，他岂能撇下她不管？他一边狂奔，一边喊叫着："学丽！学丽！快起来！快起来！"

在巨浪的冲击下，驳船像喝醉酒似的左右摇晃，上下颠簸。郭林渊摔倒在甲板上，爬起来继续边跑边喊。在船上谋生的人特别忌讳，不到十万火急是不会这样大喊大叫的。已经上床休息的吴学丽显然听到了丈夫声嘶力竭的叫唤声，等郭林渊用了短短二三十秒钟时间冲到驾驶舱跟前时，借着朦胧的月光，他看到吴学丽已经跑出驾驶舱的舱门。他们之间最多相隔四五米远！

然而，就在这时，只听一声沉闷的巨响，海轮和船队发生了碰撞！海轮最先撞上的是右侧的尾船，由于撞击力度太大，波及到左侧的最后两艘驳船，巨大撞击力使得三条驳船立即倾斜，撞击后掀起的巨浪更是从半空中劈下。郭林渊看到妻子站立不稳，一个趔趄向江中栽去，他什么也顾不上了，扑上去想拉住妻子的手。但巨浪如山一般横劈下来，他不但没能抓住爱妻的手，自己也随着被巨浪劈翻的驳船，一下子沉入江底……

▶ 信念如山，14 米深江底有亲情做伴

随着驳船下沉到江底的过程，郭林渊已记不清什么感觉了。也许是地动山摇，头脑里一片空白吧！等他本能地睁开眼睛，大口大口地呼吸了几口空气后，他才有了意识，意识到自己还活着。

周围一片漆黑，死一般寂静！我这是在哪里？郭林渊下意识地喊道："学丽！学丽……"然而除了嗡嗡的回声，并没有妻子的答话。他打了个寒战，这才一下子想起刚才发生的一切：我们的驳船被大海轮撞翻了，我和妻子一起落水，我这是在冰冷的江水里。

妻子不会游泳，我得先找她！郭林渊不敢多想，扯开嗓门呼唤着妻子的名字："吴学丽！吴学丽！你在哪里？……"但连喊几声后，仍然没有任何回应。

长江上怎么会这般的黑，这般的安静？郭林渊在水里划了几下，一下子摸到了冰凉的铁壁，他又朝边上划，一边划一边摸，周围一圈都是铁壁，他吃惊不小，又伸手朝头顶上摸了摸，还是冰冷冰冷的铁壁！不好，我的四周都是船壁，我这是被封在船舱里了，我已经随着驳船沉到了江底！一种从未有过的恐惧感刹那间袭上心头，令他心惊胆战，难以自恃。他开始大声地呼救，一遍又一遍，像疯了一样，喊得嗓子哑了，喊得头都晕了，但四周没有一点儿声音，毫无反应。

冰冷的江水包围着他，冻得他浑身颤抖；面临死亡的极度恐惧笼罩着他，令他焦躁万分："不行，再这样待下去我必死无疑，我要自救！"于是，他开始寻找出路，想从这个封闭的空间找到出口，往外游，游上岸去。可是，当他摸到了舱门之后，却由于四周江水的压力太大，他始终没有办法把舱门打开，一次又一次努力都失败了。

一次又一次潜水、撞门，郭林渊累得筋疲力尽，他只好站在漫到脖底的水

中，靠着舱壁歇息。经过初始的紧张、忙乱和无措，他开始清醒并冷静下来。通过刚才的摸索，他已经判断出自己现在所处的空间是驳船上不到 10 平方米的生活舱。平时，他和妻子不住在这个生活舱，里面只放了些杂物，所以显得空空荡荡。看来，驳船在翻沉的过程中，自己被水流冲进了生活舱。驳船反着沉到江底后，舱门随即被关死。这就好比一只空瓶子迅速嵌进水中，顶部还留有一段存有空气的不进水的空间，而这一空间正好就在生活舱中！

事实正是如此，郭林渊和驳船一起被嵌进江底，生活舱中还留有半人高没有进水的空间。对郭林渊来说，这可真是不幸中的万幸啊！如果他此刻不是在生活舱里，而是被倒扣在江底的驳船压在其它任何一个地方，恐怕他早就没命了。此后 40 小时，他再也没能走出这一空间；也正是这一空间内不多的氧气，使他得以在江底生存了 40 小时！

在这个漆黑一片的空间里，郭林渊像瞎子一样，看不到任何东西，同时也失去了对时间的判断。不知道过了多久，他开始感到寒冷，一种钻心彻骨的寒冷！紧接着，他双腿变得麻木，浑身发僵，头脑也一片混沌，整个人好像飘浮在半空中，好像离天堂已经不远了……

就在这时，他恍惚听到从遥远的地方传来一个声音，是妻子的声音："郭林渊，郭林渊，你这是怎么了？你不能死，你是一家之主，一定要挺住啊！"也许，这就是信念，一种濒临绝境时油然而生的信念。在这一瞬间，一种强烈的求生欲望从他的心底喷薄而出！

郭林渊猛然记起，这个生活舱里，放着一块三四米长的跳板，不知现在这块跳板在什么位置，他得赶快把它找到，或许关键时候能派上用场。于是，他挣扎着划动双臂，艰难地挪动着麻木的双腿，在水中四处摸索，终于把沉在水底的跳板捞了出来。然后，他又在舱壁四周摸索，找到了生活舱里的几个角铁支架的位置。这时候，他实在是筋疲力尽了，双臂连抬都抬不起来，他只好用肩膀担着跳板，又一步步艰难地挪动，这才好不容易把跳板横搭在角铁支架上。最后，他爬上跳板，头顶着倒扣的舱底，蜷曲着身子坐在这块只有半人宽的跳板上……

事实证明，正是这块跳板救了郭林渊一命。如果没有这块跳板，他的身体继续浸泡在接近零度的江水里，身上的热量很快就会耗光。失去了体温，他的生命也就不存在了。

　　江底静悄悄的，郭林渊能听到自己急促的心跳声。他感到剧烈的胸闷、心悸，脑袋也像要炸开一样疼痛。他知道，这片狭小的空间里，氧气已经非常稀薄，这个时候，自己不能再无谓地消耗体力、消耗氧气，靠自己的力量，他是出不了这个舱门的。他现在只有等待，等待救援人员的到来。以他上船这些天来的所见所闻，以及听老船员们讲授的救生经验，他估计整个拖轮船队的人都在想方设法营救自己，而且海事部门的救援和打捞人员也会快速赶到。

　　"我一定要坚持住，一定要活着见到我的亲人们！"郭林渊从来没有像现在这样强烈地想念自己的亲人，撕心裂肺般想念！

　　他最担心的是妻子吴学丽。她不谙水性，落水后肯定坚持不了多长时间。不过他不愿意往坏处想，只要她没有被压在翻沉的船下，就有可能被船队的同伴们救起来。这么一想，郭林渊甚至有些庆幸自己刚才没有抓住妻子，否则她要是被扣在船底，恐怕就没有活命的希望了。

　　落水的时候，郭林渊穿的是一身毛线衣，这身毛衣是妻子一针一线亲手织的，这会儿湿漉漉、紧绷绷地贴在他的身上，呵护着他冻得几乎失去知觉的肢体。他和吴学丽结婚10多年了，虽然日子过得清苦，但夫妇俩情投意合，恩爱有加。当初要上船做工，他并不想让妻子一起来。俗话说世上三样苦，"跑船、晒盐、磨豆腐"，这当船工在三样苦里排第一，而且风险最大，他不愿意让妻子跟他一起吃这个苦。但吴学丽却说什么也要跟着他，她说再苦再累，两口子在一起，也就不觉得苦了。和这样的女人在一起，苦日子都能酿出蜜来，他真的没过够啊！

　　郭林渊一边牵挂着妻子，一边又惦念着女儿。这是他生命中最重要的两个人。女儿十周岁了，在镇上的小学上四年级。她聪明伶俐，懂事好学，是他和妻子所有的希望和寄托。夫妻俩上船后，女儿只好随爷爷奶奶生活。女儿知道，爸爸妈妈出门打工挣钱，是为了培养她上中学、上大学，所以十分乖巧听话。那天，船队顺大运河而下，经过窑湾镇的时候，靠岸停泊了一宿。晚上，他和妻子回了趟家，把女儿也接回家住了一宿。第二天一大早，他们就要出发，女儿也早早地起了床，背着书包，执意要把他们送到码头。当船队驶离河岸，女儿挥手跟他们道别时，他分明看到一直快快乐乐的女儿已是满脸泪水："爸爸、妈妈，一路顺风！你们早点回来，回家过年！"真的是穷人的孩子早当家啊，女儿早早地懂事了，知道心疼父母了！他和妻子当时也禁不住潸然泪下。

是啊，郭林渊早就计算过了，这一趟出航，回去后正好就是过春节。自从上船打工，他和妻子很少有机会去看望双方的父母。本来，他们打算返航时，顺路捎带些年货，回去孝敬老人。可现在，他们还有机会尽这份孝心吗？

对亲人的思念，让郭林渊暂时忘掉了恐惧。迷迷糊糊中，他隐约听到江面上有轮船驶过的马达声，还有海巡艇发出的高频警笛声，他心里一阵狂喜，看来，海事部门正在设法营救自己，自己真的有救了！

但是，海巡艇和救援轮船行驶中引起的波动，使沉在江底的驳船也随波晃动起来，郭林渊一下子从跳板上掉到水中。他异常紧张，死死地抱住了跳板，大脑也陡然清醒了许多。他担心，驳船的晃动会引起生活舱进水，如果舱里进满了水，失去空气的他只有死路一条了！

郭林渊的神经一下子绷紧，高度警觉起来。果然，他听到舱里出现两处冒水的声音，他急忙游了过去，在水面下，他摸到了舱壁上裂开的两个小洞，正往舱内不停地灌水。怎么办？一定要把这两个小洞堵上！他急中生智，想起先前摸跳板时摸到过几只塑料袋，于是四处摸索，终于摸到了两只塑料袋，将洞眼死死地塞住。

忙过这一切，郭林渊的体力消耗到了极限，浑身像散了架一般；长时间的缺氧又让他变得昏沉沉的，他甚至忘掉了恐惧、寒冷和饥饿；他真想闭上眼睛，就这样漂在水上，痛痛快快地睡上一觉……但是，就在这紧要关头，他又一次想到亲人们，他在心里对自己说："我不能睡觉，决不能！这一睡下去我就真的完了！我不能死，一定要活着被救起来，亲人们在等着我！"

郭林渊咬紧牙关，再一次拼尽全力爬上了那块救命的跳板……

▶ 紧急营救，坚强船员奇迹生还

"长航江洋号"巨型海轮撞上"新航38号"拖轮船队后，致使三艘驳船沉没，包括郭林渊夫妇在内的五名船员落水。拖轮船队船老大吴亚宁立即用手机向镇江市海事部门报了警，并迅速组织船员进行自救。很快，三名在江面上挣扎呼救的落水船员被成功营救，只有郭林渊、吴学丽夫妇不见了踪影。

镇江海事局交管中心的值班人员在接到报警后，立即启动了水上救援应急预案。海事局徐义勇副书记带领相关人员乘坐海巡艇第一时间赶到了现场。江苏省水上搜救中心副指挥长张同斌、镇江市副市长、镇江水上搜救中心总指挥陈建设也先后打来电话，要求海事人员尽快组织对失踪船员的施救并打捞沉船。

为了安全、高效地开展救援工作，镇江海事局交管中心对出事水域的水上交通实行了临时交通管制，"长航江洋号"海轮和"新航 38 号"拖轮船队被安排到附近锚地锚泊待命。整个晚上，海事部门的六艘海巡艇全部打开探照灯，把出事水域照得如同白昼一般，进行了地毯式搜索。与此同时，他们还组织附近的过往船舶协助进行搜寻，两条打捞船也连夜赶到了出事水域。

1 月 11 日清晨，江面上大雾弥漫，能见度不足 30 米，但海事人员克服重重困难，继续扩大搜救范围，并组织打捞船连续作业。当天中午，郭林渊夫妇的十余名亲属在获悉他俩失踪的消息后，从家乡包车赶到了镇江。他们和拖轮船队的船员们一起，租用了两条挂桨渔船，沿出事水域的江岸一路搜寻。随着时间一分一秒地流逝，几乎所有的搜寻人员，包括郭林渊夫妇的亲属们，都认为失踪的夫妻二人已没有生还的可能。因为在这寒冬腊月天气里，一般人落水二三十分钟，生还的希望就非常渺茫了。何况从当时的情况推测，他们极有可能被翻沉的驳船压在了江底。

1 月 12 日凌晨，打捞船的潜水员费尽周折，终于将钢丝绳固定到沉没的驳船上。此时，郭林渊清楚地听到了钢丝绳碰撞在船壁上的声音，这无疑给了他巨大的生存勇气。当天上午 10 时 40 分，翻沉的驳船被起吊出水。在沉船翻转上升过程中，郭林渊被撞得晕头转向，呛了几口冰凉混浊的江水。但他知道这是自己获救的最后机会，于是他使出最后的力气，用双手死死扒住船舷……经过漫长、漆黑、恐怖的 40 个小时，郭林渊终于见到了一缕阳光，呼吸到了一口新鲜空气！

沉船被打捞船起浮至江面，细心的海事人员听到一声轻微的"救命"，紧接着，他们从生活舱的裂口处惊喜地看到，在寒冬的江底被困 40 个小时后，居然还有一条生命随着沉船奇迹般出水！工作人员迅即找来切割机，对船舱进行切割。随着舱口打开，海事人员将郭林渊抱了出来，并马上找来干棉衣给他换上，让他喝了一小杯热水，随即用被子把他裹住，送上了等在码头的 120 救护车……

现场组织搜救的江湖打捞公司经理熊金山惊叹不已："我从 16 岁到打捞公司工作，一直干到 60 岁，40 多年了，这种情况不仅第一次见到，也从没有听说过。这个郭林渊莫非是条鱼精，能在冰水下生存 40 个钟头？他真是命大啊，真是个奇迹！"

郭林渊被疾驰而去的 120 救护车送到镇江市最大的医院——江滨医院，经过急诊室简单救护后，被迅速转往肺科重症监护室。经检查，郭林渊因在江底吸入污浊的江水，加上空气严重不洁，已出现肺部感染，出水后即咳嗽不止，心率偏快，呈吸入性肺炎迹象；另外，因浸泡在冰水里的时间过长，他的双下肢浮肿发白，基本上没有知觉。但值得庆幸的是，他的精神没有崩溃，神志相当清楚。从救护车上到监护病房，他还几次询问："吴学丽……吴学丽救上来了吗？"

正在沿江搜寻的亲友们得知郭林渊获救的消息，无不惊喜万分，他们带着他的女儿郭菲立即赶到医院。父女相见，相拥而泣……

1 月 14 日，笔者见到了仍在重症病房接受治疗的郭林渊。经过医院紧急吸氧、抗感染治疗，他的血压、心率、呼吸都已恢复正常，肺部感染也得到了控制，咳嗽明显减少，不会再有生命危险。但是，他的脸色还很苍白，双腿浮肿，身体十分虚弱，估计需一个星期到十天左右的时间能够彻底治愈出院。

给郭林渊治疗的江滨医院肺科副主任严玉兰说，一般人在接近零度的冰水里浸泡 20 分钟，就到了生命极限。而郭林渊能在 14 米深的江底，扛住寒冷、缺氧和高气压，坚持了 40 个小时，这实在是生命的奇迹！除了他找了块跳板，合理自救外，心理因素、精神支撑也起了关键作用。他对亲人的思念对亲人的爱就像一根无形的支柱支撑着他，使他的心理不至于崩溃。

采访郭林渊时，笔者看到这个意志如钢的硬汉子先后两次热泪盈眶。一次是谈到失踪的爱妻，另一次是他动情地说："我从心底里感谢镇江海事部门，如果没有他们及时营救，我肯定就死在江底了！"

当月底，笔者打电话给郭林渊得知，他已于 1 月 25 日康复出院，但他失踪的妻子吴学丽仍然没有任何消息。镇江海事部门正在进一步搜寻，事故的调查处理工作也在加紧进行中。

第三辑　超越血缘

六千里路云和月

> 10 分钟网聊，45 小时日夜兼程，3000 公里漫漫路途……
>
> 为了挽救一位稀有血型病危孕妇的生命，20 岁的杭州女大学生毛陈冰跟同学借来路费，乘飞机、转汽车，只身赶赴贵州山区，献上了她珍贵的 240 毫升"熊猫血"，与她素昧平生的侗族孕妇终于得救。
>
> 在输血过程中，身材娇小、过度劳顿的毛陈冰两次虚脱仍执意坚持；事后她又悄然回校，一直守口如瓶。这位美丽的女大学生，用她的至善爱心谱写了一曲感动中国的乐章。

▶ 网上求助"熊猫血"，站出一个杭州女生

杭州。中国美术学院。毛陈冰是这所名校环境艺术专业三年级的学生。2007 年 9 月 14 日，毛陈冰晚自习回寝室，打开电脑后，她习惯性地点开了"一家人 A 群"。自从知道自己和《血疑》中的幸子拥有一样的 ABRH 阴性血型之后，单纯善良的她就加入了这个稀少血型的 QQ 群。从这里，她知道了拥有这种血型的概率只有十万分之一，他们被称为稀有血型的"大熊猫"；从这里，她了解该如何保护自己的身体，珍惜自己的血液；从这里，她开始关注血友们求助互助的信息。

从 20 点 37 分开始，一个名叫"死海的生活"的贵州网友在群里频频发信："急呀！兄弟姐妹们，我内弟媳妇产后大出血，急需要血！"

"ABRH 阴性！全贵州省的血库都找遍了，现在还没有找到相配血型。"

"你们身边的朋友或亲人有此种血型的吗？"……

毛陈冰注视着电脑屏幕上这段接二连三发出的求救信息，分明能感觉到发信人的万般焦急。她没有多想，立即在 QQ 群里打出一行字："我是 ABRH 阴性血。"

"你能来吗？如果真的能来，她就有希望了。"对方显然有些怀疑，但充满了期待。

"没有如果，我一定会去的！"毛陈冰未假思索，又毫不犹豫地打出一行字。

打完这行字后，毛陈冰停顿了一下。这时，她的脑海里浮现出 5 年前的一幕。在毛陈冰的家族里，她的一位姨妈也是稀有的 ORH 阴性血型，那年，姨妈生产时因大量失血急需与之匹配的血液，但医院里根本就没有，姨妈的生命垂危，一家人心急如焚。后来，经紧急求援，在瑞安血库幸运地调配到了冷藏血，尽管功效远不如新鲜血，但姨妈总算转危为安。那一次亲眼见到姨妈在找不到血源时的痛苦无奈，让毛陈冰深受震动，自此她明白了一份特殊血液在关键时刻的作用是多么重要。上大学后，毛陈冰便经常参加义务献血，希望自己珍贵的血液能在关键的时候帮助最需要的人。就在一个多月前，她还到血站的采血车上义务献血 200 毫升。还有一次，毛陈冰在《温州都市报》上看到一篇报道，瑞安一个病人情况危急，向社会急征 ABRH 阴性血，她当即拿起电话联系该报记者，主动要求献血，后来血没有献成，毛陈冰一直感到很遗憾。

几分钟后，毛陈冰在群里公布了自己的手机号码。很快，她接到自称是产妇丈夫谢瑞勇的电话。对方的声音听起来有些颤抖，得知毛陈冰身在杭州，他不放心地问："我们在贵州省黎平县，你能来吗？"毛陈冰果断地回答道："没问题！"

放下求助者的电话，毛陈冰就开始上网并电话查询去贵州黎平县怎么走。黎平是贵州省东南角一个偏远的山区县，离省会贵阳约 500 公里，到黎平须经贵阳转车；而杭州离贵阳 2 000 多公里，坐火车需要 30 个小时，而且到明天下午才有到贵阳的直达车。不行，救人如救火，坐火车太慢，毛陈冰于是决定乘飞机去贵阳，以节省时间。可问询后，得知杭州去贵阳的机票已售完，她只好无奈地把行程推到第二天。

晚上，毛陈冰躺在床上辗转反侧，脑海中闪过一阵隐隐的担心。一来，贵州黎平与杭州远隔千山万水，而她从未一个人出过远门；二来，从 QQ 群里得到的求助信息是真还是假？如果仅仅是一个网上戏言怎么办？万一被骗怎么办？但是一想到人命关天，担心和害怕很快就为救人的念头所代替。另外，还有一件事让毛陈冰感到为难：她身上的钱根本不够杭州到贵州的路费！

毛陈冰的家在浙江省温州市平阳县鳌江镇，父亲毛刻会在镇上做点小生意，母亲陈玉燕是个家庭妇女，有空的时候，就到父亲的店里帮帮忙，弟弟毛邦国在四川上大学。一家供养两个大学生，经济上较为拮据。毛陈冰今年的学费才交了一半，身上只剩下300多元生活费，这点钱哪里够买去贵州的飞机票？不过，正直善良的父母自小就以质朴的道理教育毛陈冰，要做好人，行善事，"我为人人，人人为我"。相比救人性命，路费的事岂能难住毛陈冰？

品学兼优的毛陈冰在班上的人缘特别好，第二天一早，她就跟几个同学借了1 000多元，加上自己的生活费，凑足了1 500元路费。借钱时，她没有跟同学说明用途，也没有把自己的决定告诉远在家乡的父母，她怕知道的人多了，会有人劝阻她这么做。毕竟，她是个涉世未深的女孩子，她怕自己的决心会在别人的劝阻声中发生动摇。

▶ 辗转六千里，慷慨献血两次休克

9月15日是星期六，杭州飞贵阳航班的机票还是紧缺。毛陈冰决定取道上海，并电话预订了当天下午3时30分上海飞往贵阳的机票。上午9点，直到临动身时，毛陈冰才把自己远赴贵州献血的决定告诉了室友方芳，如果周一她还没有返回学校上课，就请方芳帮她请假。同时，她让方芳为她保密。

方芳非常吃惊。在同学们眼里，毛陈冰个子娇小，脸庞清秀，说话柔柔的，有时像小孩子一样天真而羞涩。这样一个柔弱的女孩，却要孤身一人到数千里外献血救人，太不可思议了！方芳担心地说："网上的信息真假难辨，你要真是遇上骗子怎么办？再说路途太远，你一个人路上出了事怎么办？我看你还是等一等，搞清楚了再说。"毛陈冰已经背上了简单的行囊：饼干、矿泉水、牙具和一本写着地址的笔记本，边往门外走边回答："不行，人命关天，再等就来不及了。我已经答应了人家，就是被骗也得去一趟。"

到了杭州火车站，毛陈冰买了张去上海的火车票，见时间还来得及，就在附近一家快餐店匆匆吃了碗面条。店里没什么人，一个值班的保安见她一个人急急忙忙的样子，就关切地和她攀谈起来。出于对身穿制服的保安人员的信任，毛陈冰将事情的大概告诉了他。谁知保安听说后，立即摇起头米，断定这是个网上骗

人的圈套。他说："小姑娘，你太天真了，这种骗人的把戏你也信？""你的愿望是好的，但一个女孩子奔波几千里去给一个陌生人献血，太不安全了！"保安随口例举了几个网上诈骗的例子，奉劝毛陈冰趁早回去，免得上当受骗。

保安善意的提醒听得毛陈冰心里一阵紧张。是啊，有必要再跟产妇的家属联系一下。于是，她用手机发了条短信给谢瑞勇："很抱歉，我对你们不了解，请把产妇的情况再介绍一下。"但10分钟过去了，对方迟迟没回短信，毛陈冰的心越揪越紧。就在这时，她的手机"滴滴"响了起来，谢瑞勇发来回复："相信我们，都是真的！真的要救人！"接着，他把妻子杨昌花的名字、正在抢救她的医院——黎平县人民医院及主治医生的名字发了过来。

看到短信后，毛陈冰有种"失而复得"的感觉，她兴奋对保安说："你看，我说不会是骗人的吧。骗人也没必要到稀有血型的QQ群里骗啊，概率太小了呀。"保安被毛陈冰的神情逗笑了，他不由得上上下下又把毛陈冰打量了一番，这个看上去身材小巧、小家碧玉型的女大学生陡然让他刮目相看，他对毛陈冰说："你说的有些道理，不过路途太远，一路子上还是小心为好。"

坐在杭州开往上海的列车上，毛陈冰又接到室友方芳打来的电话，方芳也是叮嘱她谨防受骗。毛陈冰让她放心，并把产妇杨昌花所住的医院及主治医生的名字转发给了她。半小时后，毛陈冰收到了方芳发来的短信："跟黎平县医院联系上了，医生说确有这回事。"所有的顾虑不存在了，毛陈冰的心里想着杨昌花的安危，恨不得插上翅膀立即飞到黎平。

下午2时多，毛陈冰乘火车到达上海。因为她从没有来过上海，又从未坐过飞机，不知道坐飞机要提前半小时安检，从火车站赶到上海虹桥机场时，3点30分的航班已经停止检票，即将起飞，无奈之下，她只好改签到当晚6点10分的航班。

此时，在焦急不安中等待了多时的谢瑞勇似乎失去了信心，他给毛陈冰打来电话，语气生硬地问道，是不是不相信他们，准备不来了？毛陈冰赶忙说，相信的，相信的，并告诉他已在上海虹桥机场候机，晚上可到达贵阳。电话那头，谢瑞勇的声音有些哽咽，他连说几个"对不起"，说自己实在是急昏头了，现在唯一的希望就是毛陈冰，她要是不来，妻子肯定没有救了。毛陈冰安慰他说："我理解你的心情，我心里也很着急。"

　　头一回坐飞机，毛陈冰晕机晕得很厉害，起飞和降落过程中，她都差点呕吐。晚上 8 时 40 分，飞机到达贵阳龙洞堡机场。因为手机没有电了，毛陈冰与谢瑞勇中断了联系。在这陌生的地方，她非常着急，只好打的赶到贵阳市区，用公用电话跟谢瑞勇再次联系上。在谢瑞勇的电话安排下，毛陈冰与他的表侄女在一个公安派出所门前见了面，此时已是晚上 10 点多钟。从贵阳市区到黎平县将近 500 公里，而且多数路段山路崎岖，一天两趟的班车早已开走，毛陈冰只得在谢瑞勇的表侄女家过夜。

　　晚上，谢瑞勇的表侄女把事情的经过告诉了毛陈冰。时年 29 岁的杨昌花是侗族人，家住黎平县岩洞镇往北八公里深山里的一个侗族村庄——述洞村。9 月 15 日，怀有身孕的杨昌花与家人在山上打谷子时，突然感到肚子剧烈疼痛，随后鲜血不断地从她的下身流出。不到一天时间，杨昌花失血 3 000 毫升，陷入了休克昏迷状态，家人把她抬到岩洞镇医院抢救。经医生诊断，杨昌花流血是因为宫外孕孕囊破裂引起的，必须要动手术止血和输血。于是，杨昌花被送到黎平县人民医院抢救。当晚，黎平县人民医院急救中心对杨昌花宫外孕的孕囊作了止血手术处理。但由于她已经大量失血，急需输血。然而，经过血型化验，杨昌花的血型是极其稀有的 ABRH 阴性血型，在黎平县乃至贵州省的血库里都没有库存；黎平县武警中队和消防中队的全体官兵，来到县医院献血中心争相化验抽血，也没有找到配对血型。时间一秒一秒地过去，杨昌花的血压急剧下降，生命只好用营养液维持，危在旦夕。医院和杨昌花的亲属迫不得已，只好通过互联网在更大范围求救。

　　谢瑞勇的表侄女说，就在医生和家人们快要绝望的时候，是远在杭州的毛陈冰让他们重燃希望。但是，所有人都担心，贵州与杭州数千里之隔，毛陈冰真的能来献血吗？现在，毛陈冰真的来了，而且是只身一人坐飞机赶来的，怎能不叫人喜出望外，感激万分！毛陈冰说："还有什么比人的生命更重要呢？我也没想那么多，救人要紧。"

　　9 月 16 日一大早，谢瑞勇的表侄女将毛陈冰送上了最早开往黎平县的大巴车。车子一直在盘山公路上绕行，昨天就颠簸了一天的毛陈冰饱受晕车的痛苦，路上几次呕吐。好不容易熬了整整 11 个小时，晚上 6 时 30 分，大巴车终于到了黎平县车站。下了车，见杨昌花的几个亲属早就等候在那里。一个老人拉着毛陈冰的手，还未张口说话泪水就流了出来："好人啊，辛苦你了……"

"救人要紧！"已经两天没有吃好也没有睡好的毛陈冰顾不上寒暄，立即振作精神，跟着杨昌花的亲属直奔黎平县人民医院。

看到病床上面色如纸的杨昌花，心地善良的毛陈冰鼻头一酸，眼泪流了出来，连忙捋起衣袖，催医生赶快抽血。

站在一旁的谢瑞勇就像看到救星一样，激动得热泪盈眶，说不出话来；闻讯赶来的医院负责人和医务人员也为毛陈冰的到来惊叹不已。

经过抽血检测，毛陈冰与杨昌花的血型完全匹配，但她的体重只有 44 公斤，身体非常单薄，加上她连续两天长途奔波，医生担心她立即献血身体会吃不消。然而，毛陈冰肯定地说："不用担心，我以前献过血，别看我身材小，但体质很好，恢复能力很快。"毛陈冰知道，距离自己上次献血刚刚一个来月，而按规定献血后必须间隔六个月才能再次献血，她目前的确不宜再献血，但情况危急，她顾不上那么多了。考虑到杨昌花失血已达 3 000 毫升，毛陈冰坚持要求献血 400 毫升。

在毛陈冰的坚持下，医生把输血针扎入了她的手臂，救命之血一滴滴流入血袋……当抽到 100 毫升的时候，毛陈冰突然休克。医生立即停止抽血，马上给她喝糖开水，让她睡觉休息。一个多小时后，毛陈冰醒了过来，医生关切地询问她的身体状况，毛陈冰笑了笑说，自己的身体真的很棒，绝对没事。医生又开始抽血，当抽到 240 毫升的时候，一直抿嘴坚持的毛陈冰额头直冒冷汗，面色变得苍白。医生连忙拔下针头。毛陈冰想起身，结果腿一软，又晕了过去。此情此景，让在场的所有人无不为之动容。这一次醒来后，毛陈冰仍然要求继续献血，她说："病人失血太多，输血量不够，还是很危险的呀！"但医生和谢瑞勇考虑到她的生命安全，坚决不同意再抽了。谢瑞勇流着泪说："你献的血已经够多的了，不管下面的情况怎么样，你都是我们一家人的大恩人啊！"

毛陈冰的鲜血流进了杨昌花的身体，一直处于昏迷状态的杨昌花苏醒了。当丈夫谢瑞勇把杭州女大学生前来献血，其间两次休克的经过告诉她后，杨昌花止不住泪水长流。

9 月 17 日凌晨 2 点 30 分，毛陈冰休息片刻后，悄悄来到病床前看望沉睡中的杨昌花。得知杨昌花刚才已经苏醒过来，40 度的高烧也退了，她欣慰地笑了。

接着，她对谢瑞勇说想立即返回杭州，因为当天晚上有个从北京来的著名教授要给他们讲课，机会难得。谢瑞勇再三挽留不成，匆匆将身边仅有的 2 000 元钱递给妹夫，叮嘱一定要转交给"恩人"当路费，并让妹夫找车连夜送毛陈冰去贵阳机场。由于仓促出发，毛陈冰在来时的飞机上才意识到身上的钱不够回程，她不得不收下这笔回去的路费。在贵阳机场，她坚持只收 1 200 多元的机票钱，谢瑞勇的妹夫将 2 000 元钱一把塞进她的手里，匆忙离去。

下午 3 点多钟，毛陈冰回到杭州，下了飞机后，她就给谢瑞勇打了个报平安的电话，并询问杨昌花的情况。谢瑞勇兴奋地告诉她，输进了她的"救命血"以后，妻子的病情出现了根本转折，医生说已她脱离生命危险……

听完这话，毛陈冰疲倦的脸上露出美丽的笑容：这一趟贵州之行她去对了！这时，她恍然想起，今天恰巧是母亲陈玉燕的生日，自己还没来得及给母亲买件礼物，但这一趟不平凡的远行不正是送给母亲的一个最好的礼物吗？于是，直到此时，毛陈冰才把事情的经过告诉母亲。电话那头，传来母亲心疼而又激动的声音，女儿这份不寻常的"礼物"让她既惊又喜："阿冰，这是好事情呀，妈妈为你自豪！"

▶ 心灵美丽的女孩啊，你是"中国骄傲"

返回学校后，毛陈冰顾不上休息，当晚就到教室听课，这趟贵州之行只有妈妈和室友方芳知道，她想作为一个美好的"秘密"永远藏在自己心里。

然而，随着杨昌花的病情逐步好转，她和家人对救命恩人的感激之情越发强烈。2007 年国庆节期间，杨昌花和丈夫谢瑞勇打电话告诉毛陈冰，自从输入她的救命血之后，杨昌花的身体奇迹般地好转，国庆节前夕便康复出院，除了万分感激的话语，他们对那天匆匆离去的毛陈冰深感歉疚，想寄点生活费给她，以表谢意。毛陈冰婉然谢绝，她说："人的生命比什么都重要，换作别人也会这么做的，你们不必感觉欠我什么。你们那儿不富裕，杨大姐失血那么多，钱留给她买些补品吧。"

大恩不言谢，杨昌花夫妇欷歔感叹之余，找到当地宣传部门，想通过媒体报道一下这个感人的故事。于是，贵州一家报社率先刊登了黎平县委宣传部一个通讯员采写的报道，因为毛陈冰曾特意嘱咐杨昌花夫妇不要张扬此事，报道中的"杭州女大学生"被化名成"毛丽"。很快，敏锐的杭州《都市快报》记者注意到了这篇报道，经过核实黎平县人民医院献血记录并通过中国美院团委的帮助，终于找到了毛陈冰。自此，毛陈冰"千里走单骑，献血救孕妇"的动人事迹在浙黔两省迅速传开。一时间，无数人为之深深感动。

一个网友写道："网络成全了这位单纯女孩的美丽心灵，毛陈冰的心灵更为虚拟世界融入真实的美丽。"

又一个网友写道："好样的阿毛，你是我们'80后'的骄傲，是每个大学生学习的榜样！"

毛陈冰中学时的班主任林尚说："陈冰就是这么一个孩子，表面文弱，骨子里有股豪气，上中学时她就爱把自己吃的用的匀给家境不好的同学。"

中国美院一个学生说："她是我们身边的道德楷模，能与这样心灵美好的人做同学，我感到骄傲。"

一些企业界人士看到报道后，争相向毛陈冰抛出"橄榄枝"。杭州江南布衣服饰有限公司负责人说："看了报道，我们眼前一亮，不仅因为毛陈冰所学的设计专业与我们对口，更因为她有一颗美丽的心灵。我们非常愿意接纳这样的青年才俊与我们共创事业。"

杭州昌海实业有限公司愿意提供多个岗位让毛陈冰选择："企业需要一种精神，更看重社会责任感，毛陈冰身上的亮点正是我们公司所需要的。"

10月10日，中国美院召开大会，授予毛陈冰"见义勇为特别荣誉奖"，同时根据毛陈冰的家庭情况，免除她今年未交齐的5 000元学费，并给予3 000元奖金。全校师生用雷鸣般的掌声表达了对这名爱心同学的敬佩。院长许江情真意切地说："毛陈冰借钱做路费，千里走单骑，给一个素不相识的人无偿献血，她悄悄地去，悄悄地回……献血救人令人感动，默默无声的献血救人更令人感动；自觉地给予令人感动，不索取回报的给予更令人感动！这是真正的爱心奉献，是人性深处的光芒！"

当天，贵州省黎平县常务副县长刘青也手捧鲜花，专程赶到中国美院，代表黎平县委县政府，代表当地的侗族父老乡亲及杨昌花一家，对毛陈冰表示由衷的感谢。他激动地说："我们侗族妇女的身体里，流淌着一个汉族女孩的血；西部农村妇女的血管里，有一个杭州女大学生的血。血浓于水，我们一定牢记住这个恩情！"

刘副县长还随即拨通了杨昌花家的电话。杨昌花普通话不好，再加上激动得不知说什么是好，索性和身边的两个小姐妹唱起了自编的侗族山歌来代替感谢的言语。歌词大意是：美丽善良的陈冰小妹，是你不辞辛劳，万里献血来救我。如果没有你的善举，我早已离开人世。你是美丽的天使，是你给了我第二次生命。大恩大德无以为报，只有编成歌和戏，让我们的子孙后代永远传唱……

10 月 12 日，中央电视台《中国骄傲》栏目摄制组来到杭州，为毛陈冰录制专题片，她将作为本年度"中国骄傲"候选人在全国被隆重推出。

"苏沪妈妈"拯救侗族女婴

> 从盛夏到隆冬，从苏州到上海，一群素不相识的妈妈，对一个素不相识的女婴，以一种义无反顾、不计结果的方式进行了救助……

▶ 万分危急，肠梗塞女婴命悬一线

杨亚玲和丈夫杨秀银都是贵州凯里的侗族人。2005 年 9 月，他们来到苏州打工。杨秀银在市郊黄埭镇的一处工地上做电焊工，杨亚玲在一家服装厂上班。

当年底，30 岁的杨亚玲发现自己怀孕了，妊娠反应非常剧烈，因为缺少营养，她经常干着活儿就晕厥过去了。她很快被单位辞退，只好待在家里。这样光靠杨秀银一个人挣钱，交了每月的房租、水电费，日子过得捉襟见肘，根本攒不下钱来。

2006 年 8 月 12 日，杨亚玲感到腹中剧痛，她知道自己要临产了。因为没有钱，她只能叫来平时要好的小姐妹到自己住的地方帮忙接生。生孩子的过程异常艰难，杨亚玲不断晕过去又醒过来，生了整整一天一夜。第二天上午，随着她拼尽身上最后一点儿气力，一个女婴啼哭着来到了这个世界。夫妻俩抱着这个来之不易的小生命，欣喜万分。他们疼爱地把女儿唤着"杨妹妹"。

然而，坎坷似乎从一开始就注定要降临到这个贫穷的家庭。杨妹妹出生后第爱的风景……………
人间大爱的纪实写真

爱的风景……………
人间大爱的纪实写真

爱的风景……………
人间大爱的纪实写真

三天晚上，杨亚玲夫妇发现一个可怕的现象：孩子高烧不断，并开始呕吐，吐出的竟然不是奶水，而是粪便状分泌物。8月16日，夫妻俩将哭哑了声音的孩子送到苏州儿童医院。经过初步诊断，孩子患的是先天性肠梗塞。这是一种死亡率很高的新生儿疾病，虽然有可能治愈，但医疗费用很高。医生告诉他们，孩子必须住院治疗，入院需要先交6 000元押金。杨亚玲的眼泪一下子流了出来："我们上哪儿去弄这些钱呀，要是有钱，也不会在家里生孩子了。"

无奈之下，杨亚玲夫妇只得将孩子抱回家。看着孩子痛苦地挣扎，夫妻俩疯了似的四处打电话筹钱。然而借遍了所有老乡和熟人，才凑了不到1 000元钱。晚上，陷入绝境的夫妻俩禁不住抱头痛哭。情急之中，杨亚玲突然想到，打电话给苏州电视台的热线传真节目，请求他们的帮助。

苏州电视台的记者接到杨亚玲的求助电话后，立即赶到他们租住的地方。婴儿的病情和他们生活的困顿让见惯了世态炎凉的记者感伤不已。在电视台记者的联系和帮助下，8月18日上午，濒临死亡的杨妹妹住进了儿童医院。

入院后，医生们立即对杨妹妹的病情作了进一步检查。婴儿的小肠呈盲端状闭锁，摄入的食物到达小肠盲端就再也无法前进，只能逐渐积累，最终由口腔返出。情况十分危急，必须马上进行手术。

下午3时，医院在没有收到住院押金的情况下，为杨妹妹做了出生后的第一次手术。切除了三分之二的小肠管，在连接远端肠道的同时，医生在她的腹部通过造瘘，做了一个人工肛门。

经过手术，杨妹妹的危情暂时得到了缓解。医生告诉杨亚玲夫妇："等孩子身体恢复了，连接吻合处长好，并能从人工肛门排出成形粪便时，就可以再做一次手术，去除人工肛门，这时孩子就和正常人一样了，这段时间大约需要三个月。"不过，医生提醒他们，在这期间，孩子还要面临多重考验，比如说感染。而即便这些手术都成功了，由于孩子的肠管仅剩三分之一约80厘米长，营养吸收不力，容易得"短肠综合征"，需要长时间的输液供养，这也要一笔高昂的费用。

听了医生的话，杨亚玲和丈夫又喜又忧。喜的是听说孩子做了手术，以后可以跟正常人一样生活；忧的是目前的手术费还没有着落，更别说以后高昂的治疗费用了。

▶ 倾情救助，"苏州妈妈"爱心总动员

杨亚玲夫妇做梦也没有想到，就在他们为孩子的病情和治疗费心急如焚的时候，一个又一个与他们素不相识的年轻妈妈也在为杨妹妹牵肠挂肚。

8月18日晚，苏州电视台对杨妹妹命悬一线的遭遇作了报道。苏州网友豆妈是位15个月孩子的母亲，她从电视里看到了这则新闻。同为人母，将心比心，豆妈的眼泪当时就涌了出来，她觉得自己应该为这个苦难的家庭做些什么。一个小时后，她在自己常去的"篱笆论坛""妈咪宝贝"版块里发了个帖子，介绍了杨妹妹的情况，她倡议网友们捐款，以母亲的名义，拯救这个可爱的小生命。

豆妈的帖子发出后，正在家里上网的田田妈看到了这则帖子。田田妈也是一位年轻的母亲，她的儿子田田刚满17个月。田田妈觉得心里有一种东西被拨动了，她毫不犹豫地第一个上去顶了这个帖子。紧接着，跟帖的网友在当天晚上就达到了10多个。这些人大多是已经有了孩子的年轻妈妈，"谁也不会眼睁睁看着一个刚出生的孩子就这么走的"。大家积极响应豆妈的倡议，还七嘴八舌地商议起捐助的方式。第二天一早，"妈妈网友们"便开始付诸行动。

起先，一有人提出要给杨妹妹捐款，豆妈就上门去收钱，晚上把一天收下来的捐款明细贴到论坛里。8月20日，豆妈、田田妈等几位"妈妈网友"带着已经募集到的2 100元钱来到儿童医院看望了杨妹妹，并把钱存到了她的医疗账户上。

看着躺在培养箱里的杨妹妹裸露着开刀的伤口，浑身插着管子，几位年轻妈妈禁不住泪眼婆娑。她们拉着杨亚玲的手说："孩子太可怜了！我们都是做母亲的人，心里最重的就是孩子。孩子的病一定要好好治，你放心，我们会继续帮孩子筹款的！"

在"篱笆论坛"发动捐助的同时，豆妈的帖子又被网友们转贴到了多个苏州论坛中，还有人将倡议发到了一个叫"苏州妈妈"的QQ群中。于是，更多的"苏州妈妈"加入到了帮助杨妹妹的队伍中。她们或通过网络，或直接到医院给孩子捐款。考虑到自己还要上班，豆妈和几位"苏州妈妈"在网上公开了自己的

支付宝账户，以实名募捐的方式筹集善款。

这些"苏州妈妈"收入不一，大多是工薪阶层，还要负担一家人的饮食起居，尤其是自己摇篮里宝宝的冷暖饥饱。但是，短短四天时间，给杨妹妹的爱心捐款就超过了 15 000 元，这些钱都是年轻妈妈们每人一两百元凑起来的。

然而杨妹妹的病情并没有像大家预想的那么乐观。8 月 23 日，从儿童医院传来一个令人揪心的消息：下午 4 点多起，杨妹妹开始发烧，并不停骚动哭闹。医生检查后认为，第一次手术连接上的肠管从吻合处脱出，大便溢出到腹腔内，引发感染，必须尽快手术。

当晚 8 点多，杨妹妹经历了入院五天内的第二次手术。从当天下午开始，豆妈和田田妈就一直守候在儿童医院里。她们一边揪心地等待着杨妹妹的手术结果，一边安慰杨亚玲夫妇。三个母亲的心交融到了一起。

经过两个多小时，手术终于完成，但杨妹妹仍未脱离危险。她的安危让豆妈和田田妈揪心不已，她们守在孩子身边，直到过了深夜 12 点才离开病房。

因为害怕来自贵州少数民族地区的杨亚玲夫妇听不明白医生的意思，富有育儿经验的"苏州妈妈们"便制订值班计划轮流到医院看望、照顾杨妹妹；一有新的情况，马上反馈到网上，让关心杨妹妹的网友在最快时间内都能知道；她们还用人工顶帖的办法，将倡议救助杨妹妹的帖子始终保留在各个论坛网页的醒目位置，在"篱笆论坛"，豆妈的发起帖几天时间就被顶到了 1 600 楼！此外，她们还联系了苏州市红十字会，由红十字会为杨妹妹开设了爱心捐助账户。

时间一天天过去，杨妹妹的病情却没有出现根本性好转，还时有反复。即使是保守治疗，每天的费用也达近千元。为了筹集更多款项，"苏州妈妈们"决定将网络的人气聚拢起来，落到实处。9 月 17 日，她们在苏州新城组织了第一次义卖募捐活动。除了豆妈、田田妈，在网上活跃的筱雅妈、木芙蓉、小舞等作为主力人员参加了这次义卖。她们将家中一些婴儿用品、玩具、衣服等一一清洗并整理出来，号召路人献出爱心。这次义卖一共筹款 8 000 多元。

"苏州妈妈们"的义举感动了越来越多的人。一家婚纱公司组织 40 名员工一起捐款，并决定每月资助杨妹妹 500 元，一直到她长大成人；一家广告公司从 2007 年台历的销售款项中每本提出 5 元钱捐给杨妹妹，承诺至少捐出 1 万元；数位没有留下姓名的好心人往杨妹妹的账号里寄来了 1 000 元、500 元、200 元……

从 8 月 19 日开始，到 11 月中旬，这些热心的"苏州妈妈"放弃了节假日，离开自己嗷嗷待哺的幼儿，走上街头或社区，举办了多场义卖和募捐活动，一共为杨妹妹募捐 10 万余元。

▶ 绝不放弃，哪怕只有百分之一的希望

2006 年 11 月 21 日，是杨妹妹出生 100 天。苏州儿童医院对她进行了第三次手术。这次手术是将之前造瘘处的小肠管切除，还原造瘘口，并将小肠与之前连结的大肠完整对接。如果顺利，她的治疗自此进入尾声。

上午 10 点，手术开始。之后的分分秒秒，让等候在手术室外的杨亚玲夫妇和十几位"苏州妈妈"备受煎熬。他们焦急地等待着、期盼着听到一个好消息。14 点 20 分，手术终于结束。杨妹妹被护士从手术室抱了出来，脸色苍白。送回暖箱后，这个不到 6 斤重的孩子身上插上了输血管、体内引流管等六根管子。面对一双双期盼的眼睛，医生的答复是："看孩子的反应，再定结论。"

然而，11 月 27 日凌晨 3 点，就在手术后的危险期即将结束的时候，杨妹妹的病情突然恶化。她再次口吐粪便，身体各项指标均下降到最低……医生随即发出病危通知单，并通知杨亚玲夫妇"准备放弃"。

杨亚玲顿时觉得天旋地转。而丈夫杨秀银通过痛苦的抉择后，开始劝说妻子："孩子从出生到现在，106 天了，103 天都在医院，没过上一天好日子。以前还有希望的时候，我们全力以赴去救她，可现在连医生都说希望渺茫了……入院至今，孩子的治疗费花去了 6 万多元，这些钱都是好心人捐的，如果再做手术，治疗费用从何而来？现在孩子还小，等到她大了，能说话了，那时候再做选择，大家就会更痛苦。"说着说着，夫妻俩抱头大哭。一个小时后，杨秀银在放弃协议书上签下了自己的名字。

杨亚玲却无论如何不愿放弃，她流着泪拨通了田田妈的手机，想请她帮着拿主意。这时已是凌晨 4 点，田田妈当即从家中赶到医院。此时，杨妹妹已经被推入普通病房，杨亚玲哭倒在地，杨秀银蹲在一旁伤心地揪自己的头发。田田妈的泪水刹那间流了出来，她立即给豆妈等几位最热心的"妈妈网友"——拨了电

话。让她深感欣慰的是，所有人的反应都是"我们绝不放弃"！

从 11 月 27 日上午开始，20 多位网友陆续赶到医院。这时，躺在病床上的杨妹妹肚子鼓成了一个气球，小脸上的皮肤皱巴巴的，揉出一朵朵红色。所有的人都禁不住潸然泪下。大家说："哪怕只有百分之一的希望，我们就要做百分之百的努力！"

"苏州妈妈们"的深情厚谊感动了杨秀银，也感动了儿童医院的医生。在医生的提议和联系下，大家一致决定，将杨妹妹转到医疗条件更好的上海新华医院继续救治。下午 5 点，一位曾经当过心理医生的网友赶到儿童医院，他自告奋勇地提出，自己在上海新华医院认识一些熟人，可以陪杨妹妹一同到上海。

下午 6 点 40 分，那名心理医生带着杨妹妹一家，坐救护车赶往上海。动身前，几个在场的年轻妈妈将身上带的 1 000 多元钱全都掏了出来，交到杨亚玲手里，并安慰她说："你放心，安心给孩子治病，我们很快就到上海看你们。"

救护车一路鸣笛一路狂奔。也许是天遂人愿，原来预计的堵车路段竟然都一路畅通，晚上 7 时 50 分即到达上海新华医院。

因为事先已经联系，又有熟人关照，杨妹妹一到新华医院，就直接被送进重症监护病房；住院手续也办得特别快，开单、交钱总共没花 20 分钟。一切都在超速运转。

▶ 爱心激荡，苏沪两地妈妈大接力

上海新华医院小儿外科主任医师王俊是杨妹妹的主治医生，他在综合分析杨妹妹的病情后认为：杨妹妹的病情非常复杂，除了先天性的肠闭锁之外，还有由于肠闭锁引起的腹膜炎。孩子的身体状况很差，不宜立即手术，只能静养，并观察病情的发展情况。

与此同时，苏州"妈妈网友"在"篱笆论坛"上海版块发起了爱心呼吁。由于版内不能对帖子直接置顶，网友们还是采用不断跟帖的方式，进行"人工置顶"。其间，上海网友晨晨妈率先跟帖，很快其他上海网友也加入进来。到 29 日凌晨，仅仅一天时间，网友们就以近乎疯狂的速度将帖子顶到 871 楼。同时，上

海的"妈妈网友们"开始通过支付宝向杨妹妹的银行账户捐款。

11月28日晚上，上海"妈妈网友"江妈和双妈首先赶到新华医院看望杨妹妹。江妈的儿子出生后被诊断为巨结肠，经过手术治疗，一年后的今天，已经变成了一个聪明健康的宝宝。一个多月前，她在网上看到杨妹妹的遭遇后，马上联想到了自己，当时她就向杨妹妹的医疗账户上捐了款。来到医院后，她以自己的经历安慰杨亚玲夫妇："我的孩子得的就是和杨妹妹类似的病，现在不是一样活蹦乱跳？杨妹妹一定会好起来的。"

双妈之所以叫双妈，因为她是一男一女龙凤胎的母亲。她觉得自己的"幸福太满了，要分一点给别人"。她看到杨亚玲夫妇从苏州匆忙赶来，连被褥都没有带，立即赶到商场买来被褥、床单送给他们。

然而，面对孩子极不稳定的病情，父亲杨秀银的内心感到越来越绝望。每天，重症病房用窗帘严严实实地拉起来，连孩子的一个小指头都看不见，除了医生、护士，任何人都不能进去。夫妻俩只能站在静谧的走廊里，趴在隔断的玻璃窗外听一听孩子微弱的哭声。看着妻子日渐消瘦的面容，思量着孩子难以预测的未来，备受煎熬的杨秀银越来越沉默。

12月1日，是杨妹妹转院到上海的第四天。对着从彭铺新村气喘吁吁赶来看望杨妹妹的江妈，杨秀银沉吟良久，说："孩子，我不想治了，我们还是回去算了。"

满腔热忱的江妈感觉被当头浇下了一盆冷水——孩子的爸爸都想放弃了，这孩子怎么办？江妈立即发短信给双妈及另几位较为活跃的"妈妈网友"。这些年轻妈妈看到消息后，班也没心思上了，纷纷赶到新华医院。

十几位年轻妈妈将杨秀银围在中间，或责备或劝说，还有的想帮他找工作，以解决他的后顾之忧。"天哪，你怎么会有这种想法？这不是一个父亲该说的话！现在是最低谷时期，你更应勇敢面对，而不是逃离。留下来照顾她们母女，这是责任！""这个孩子已经不光是你们一家的孩子了，她也是我们的孩子！只要有一线希望，我们绝不放弃，也不允许你放弃……"

听着这些素不相识的年轻妈妈关切、焦急的声音，杨秀银哭了。此后，他再没说过放弃的话。

12月9日清晨，田田妈、小舞、木芙蓉、筱雅妈等六七位"苏州妈妈"坐了一早的火车赶到上海。杨妹妹到上海一个多星期了，她们非常惦记，好不容易等到了星期天，大家决定一起来看一看。上午9点，江妈、双妈等"上海妈妈"和她们在新华医院碰了头。江妈拉住田田妈的手感叹道："你们真的不容易，整整跟了三个多月，又跟到上海来了……"大家隔着窗户细细地端详着监护病房里的杨妹妹，只见只有成人前臂大小的孩子身上仍然插满了各种管子，一道拇指宽的刀痕横过整个肚皮……所有的人眼睛都湿润了。紧接着，两地妈妈们又商量起接下来在上海如何进行捐款、义卖等活动事项。

相聚的时间过得飞快。转眼，"苏州妈妈们"就要回去了。杨亚玲夫妇将她们送到医院门口，拉住她们的手怎么也舍不得放开："我们替女儿谢谢大家……"

12月23日晚，"上海妈妈们"在长宁文化艺术中心为杨妹妹举办了一场圣诞慈善舞会，参加者每人支付30元，并进行现场募捐。当晚，她们筹集捐款近万元。至此，"上海妈妈们"的捐款总额达到了3万余元。受此鼓舞，2007年1月6日，上海、苏州两地爱心妈妈们相聚在上海江宁路富丽大厦，再次发起慈善义卖活动，为杨妹妹的救治基金又增加了7 000多元。

笔者采访时了解到，到2007年元月初，杨妹妹的病情基本稳定，并有好转趋势。经过一个多月的调理，杨妹妹的精神状态比原先好多了，肛门排便已基本成形；每次妈妈进病房看她，她都会忽闪着大眼睛对着妈妈笑，手脚蹬来蹬去。但由于体重不够，身体还比较虚弱，所以目前仍不宜进行手术，也无法对于肠子的情况进行彻底的判断。

每天，网上的妈妈们还在热情地顶帖子，希望有更多的人来帮助这个可怜的孩子。

每天，都会有年轻的妈妈放下家中的孩子，从上海，从苏州，甚至从更远的地方来医院看望杨妹妹。所有妈妈的想法是一致的："只要有一线希望，就一定要坚持到底……"

妈妈们说：等杨妹妹好起来，我们会带着各自的孩子一起来看望这个"大家的孩子"。

妈妈们还说：等杨妹妹好起来，我们会继续资助她，一直到她上幼儿园、念小学、念中学、念大学……我们的杨妹妹会有一个完整的、灿烂的人生！

　　王雪出生在内蒙古呼伦贝尔大草原，她8个月大的时候被查出患有先天性心脏病。14年来，父母为给她治病倾其所有、负债累累，但王雪的病情却还在一天天恶化，随时都有失去生命的危险。

　　2005年5月，一场超越国界、超越亲情的爱心拯救开始了。当海伦和苏珊这两位外籍女士从数千公里外的南京赶到呼伦贝尔草原后，濒临绝境的王雪重获"心的希望"……

▶ 草原小姑娘，承受生命不可承受之重

　　1991年11月，一个雪花飘飘的夜晚，王雪降生在内蒙古呼伦贝尔草原额尔古纳河畔的苏沁牧场。她的出生，给这个草原深处的人家带来了欢乐。

　　然而，欢乐的日子没过多久，这个家庭便遭受了一个沉重的打击：1992年7月，只有8个月大的小王雪被旗医院查出患有先天性心脏病。当地的医生说，这个病他们治不了，孩子得了这种病，最多活到十几岁。

　　从医院出来，这对年轻的夫妇一路流泪，他们把孩子紧紧地搂在怀里，仿佛这个幼小而脆弱的生命随时都会从他们怀中飞走。他们发誓，无论如何都要保住这个孩子，哪怕倾家荡产、债台高筑，也要给孩子治病。

　　在父母小心翼翼地照料下，王雪一天天长大。每年，她都有很多日子处在病痛中，感冒、发烧、胸闷、呕吐……家乡只有一家小诊所，父母常常抱着她深夜里去敲诊所的门；病重时，父母就把她送到100公里外的旗医院住院。

　　王雪也渐渐感觉出自己与别的小朋友的不同。疾病让她敏感，让她早早地懂

事。每当生病时，王雪不敢睡觉，生怕睡着了，就再也醒不来了。她要爸爸妈妈抱着她，守着她。而爸爸妈妈自然是揪心地疼爱她，常常是点着煤油灯，整夜整夜地守在她身边。

7岁的时候，小王雪想去上学，乡里的小学校对她的病早有所闻，不敢收她。爸爸妈妈便去求校长："孩子的病不好治，这学再不让她上，她太可怜了！我们心里实在过不去啊！"校长听了这话，泪水也跟着流了出来，他再也不忍心拒绝这对悲情父母。

7年过去了，从小学到初中，每天都是爸爸背着王雪走十几里路去学校，下午再把她背回家。王雪的体重一年年在增加，而早衰的父亲背着她感到越来越吃力。也许是知道自己随时会跟学校告别，王雪分外珍惜在学校读书的美好时光，她各门功课的成绩都很优秀，多次获得学校的表彰。

父母对王雪的治疗从没有过放弃。他们几乎每年都要带王雪外出求医问诊，从额尔古纳旗医院到呼伦贝尔市医院，从哈尔滨的医院再到北京的医院，家里的钱花光了，又跟亲戚乡邻们借，至今已举债7万余元；为了减轻家里的负担，一门心思为女儿治病，2002年，父母忍痛将家里的第二个孩子——年仅6岁的儿子送到山东老家，寄养在孩子的大伯家……然而，每一次就诊得到的答复都是"没有办法"、"无法手术"，王雪的病情仍在一天天恶化。

2005年1月，在北京一家大医院，医生当着王雪的面摇头说："回家吧，这病治不好，人随时会过去。"当天晚上，王雪写下了这样的日记："回到旅馆，我心里难受极了。看来我真的没救了，一点点希望也没有了。我的心真的碎了，我的大学梦也破碎了……"从北京回来后，王雪好些天拒绝进食。

然而，就在王雪和父母陷入绝境之时，一道希望的曙光出现在他们面前。2005年4月初的一天，村里小诊所的医生给王雪一家带来个好消息，说江苏南京有个由"外国太太"组成的爱心慈善组织，专门救助那些因家境贫困而无缘治疗的先天性心脏病患儿。中央电视台的新闻频道刚刚作了报道。该医生建议王雪写封信，通过中央电视台，跟这个名叫"心的希望"的慈善组织联系一下。

于是，王雪噙着泪写下了一封字字泣血的求助信。随着这封信的寄出，王雪仿佛放飞了她生命中最后一颗"蒲公英的种子"。

▶ 一封求助信，打动"洋妈妈"的心

王雪的求助信从中央电视台转到采制那期节目的南京电视台《社会大广角》栏目组，又被《社会大广角》的记者交到"心的希望"慈善小组成员海伦和苏珊手中。于是，一场爱心拯救行动拉开了帷幕。

说到"心的希望"这个慈善组织，就要说起发生在三年前的一个故事。

来自荷兰的海伦女士四年前随丈夫来到南京。2002年11月8日傍晚，她和另一位外籍女士玛丽到紫金山下的白马公园散步。在一棵大松树下，眼尖的海伦忽然发现有一团红色的东西，走近一看，她发出一声惊呼：是一个婴儿的襁褓，裹在里面的一个男婴已经奄奄一息。

看着这个出生几天的弃婴，两位母亲顿生怜悯之心。在送福利院之前，她们首先把孩子送到医院进行了全身检查，两人这才惊讶地了解到孩子被抛弃的真正原因——这名婴儿患了先天性心脏病。

弃婴被送进福利院后，海伦的心里还是放不下，她跟来自德国的苏珊女士等几位外籍太太联系后，大家决定共同捐款，给这个被福利院取名为"拾雪松"的孩子治病。钱凑到了1万多元，已有四个子女的海伦又决定领养拾雪松。可是，等她回荷兰办好领养手续再到中国时，只有两个月大的拾雪松因体质太弱，且错过了抢救的最佳时间而不幸夭折。

海伦伤心欲绝，久久不能释怀。她后来说，这件事对她的影响太大了，甚至改变了她的生活轨迹。因为太伤心了，她要寻找一种方式来转移内心这股挥之不去的伤痛。所以，当朋友告诉她，像拾雪松这样得不到治疗的先天性心脏病患儿还有好多时，她的心里很快作出了一个决定。

2003年1月，在海伦的倡议下，一个由在南京生活的7名外国太太组成、专门救助先天性心脏病患儿的爱心慈善小组成立了。她们给自己的行动取名为"Hope Heart"，即"心的希望"，也就是给那些挣扎在死亡线上的孩子以生的希望。

"心的希望"慈善小组成立两年多时间，在南京的30多位外籍女士参与了这项行动。她们共筹款60多万元，先后为江苏省内的20名先天性心脏病儿童提供救助，其中南京社会儿童福利院的12名孤儿在完成心脏手术后，已全部恢复健康。

每救助一名心脏病孤儿，从这个孩子最初的身体检查，到最后手术完成回到福利院，这些"洋妈妈"都全程陪护在孩子的左右。手术前，她们一起宽慰孩子，尽量帮他们减轻心理负担；手术后，她们陪伴在孩子身边，和孩子们分享重获健康后的快乐。她们不求回报，无有所图："每个孩子做完手术，我们心里就只有一个感觉，那就是快乐！"

2005年3月，一个偶然的机会，南京电视台《社会大广角》栏目组的记者听到了这个动人心弦的故事。于是，该台女记者王承洁等人寻访了好几个被救助的孩子，并拍成专题片分别在南京电视台和中央电视台新闻频道播出……于是，就有了草原小姑娘王雪的来信。

"我不想死，我多想活着啊！我想坐在教室里和同学们一起听老师讲课，我想躺在草地上看天空美丽的白云，我想听远处传来的悠扬的马头琴声……我还想考大学，将来成为一个有用之才，用自己挣的钱报答爸爸妈妈……"王雪的信字字含泪，让见多了人间悲欢的记者们都心酸不已。王承洁等人马上联系上了"心的希望"成员海伦和苏珊，然后，她们一起将王雪随信寄来的病历送到了江苏省人民医院心胸外科。在研究了王雪的病历后，专家们认为她的先天性心脏病"可以手术，术后可以康复"。

对于海伦和苏珊这两位外籍女士来说，一个内蒙古呼伦贝尔草原女孩痛苦的生活经历是她们难以想象的。两年多来，由于经费有限，她们这个小小基金会的救助对象基本上局限在江苏省范围内，其中南京社会儿童福利院的弃婴占了大多数。所以，在接到王雪这份特别求助后，她们感到十分为难。然而，王雪信中那种强烈的求生欲望又深深地打动了她们。她俩表示，如果王雪家确实非常贫穷，她们愿意将王雪作为特例提供帮助。为了慎重起见，海伦和苏珊还作出了一个令人吃惊的决定：她们要专程去一趟草原，把王雪接到南京治疗。

消息传到了草原，王雪和父母相拥在一起，喜极而泣。因为从王雪被诊断为先天性心脏病那天起，还从没有医生告诉他们，王雪的病有治愈的可能；而更让他们一家激动万分的是，素昧平生的"洋妈妈"不仅要为王雪提供全部的手术费用，还要专门来接王雪去南京！他们惊喜得简直不相信这是真的。

在当天的日记里，王雪兴奋地写道："我这不是在做梦！我真的太高兴了，这回我真的有救了！只要到南京做完手术，我就可以跟其他小朋友一样唱啊、跳啊，我的大学梦也能够实现啦……我从心里感激你们——充满爱心的记者和外国妈妈们！"

▶ 万里飞越，"洋妈妈"给你"心的希望"

海伦、苏珊等外籍女士令人惊叹的爱心行动引起了南京电视台领导的高度重视，在听完《社会大广角》节目组汇报后，台里决定拨出专款，配备好的设备，由王承洁、张琪、刘云峰等记者随同两位外国女士奔赴草原，作全程采访。

2005年5月23日，当海伦、苏珊及记者一行风尘仆仆、辗转到达呼伦贝尔草原时，王雪的父母尽管有所准备，但仍然觉得难以置信。王雪的母亲杨淑霞当时就流下了眼泪，嘴里喃喃自语："你们真的来了，真的来了，太好了……"

王雪的家在苏沁牧场一个偏远村子里，这里没有一条像样的公路，也不通电话。客人们进家后，王雪因为太激动，还一直在默默地流着泪。海伦和苏珊的眼眶也湿润了，她们边哭边帮小王雪擦泪，拿出巧克力和糖果送给她，苏珊还帮王雪戴上了一条漂亮的手链。

当地人对王雪的病情早已家喻户晓，多年以来已经没有人相信这个孩子还有希望，更没有谁会想到，为了这样一个孩子，两个金发碧眼的外国太太会从遥远的南京赶过来。小小的村落沸腾了，人们充满了兴奋和好奇，纷纷赶到王雪家的小院。他们还杀了只最肥的羊，招待来自远方的尊贵客人。王雪一家的感激之情更是难以言表，他们家徒四壁、身无长物，于是一家人来到草场深处，采撷了几大把色彩斑斓的野花，送到每一个客人的手中。

小王雪顽强的求生意念和王家一贫如洗的境况深深触动了海伦和苏珊两人的心。她们翻看着王雪的日记，把这个身体羸弱、像个小白兔一样纯净乖巧的女孩搂在怀里，轻轻抚摸她一头柔软的短发，禁不住潸然泪下。她们说："此前，我们看到过不少先天性心脏病孩子被遗弃，而在这样一个贫困家庭里，王雪从没有

被放弃，坚持了这么久，这家人的精神太让人感动！我们必须帮助他们！"

当天晚上，王雪的妈妈搂着女儿，跟客人拉起了家常。她回忆了王雪艰难的成长经历和夫妻俩带着女儿辗转求医、一次次陷入绝望的情形。借着昏暗的烛光，仍然可以看到这个 36 岁的女人已经满头银丝，她宠溺的目光片刻不离女儿，流露出浓浓的母爱。而王雪则跟客人们讲起父母为了照顾她把 6 岁的弟弟送到山东的事情，当说到自己已经三年没见到弟弟时，王雪禁不住失声痛哭。在场的两个"洋妈妈"和记者们也都流下了泪水。

第二天早晨，王雪和父母就要随客人们一起离开村子，踏上去南京的旅途。临走前，许多乡邻都赶来送行。他们纷纷将 5 元、10 元的捐款送到王雪的手中，就这样艰难地凑足了 3 000 元钱。

5 月 25 日，海伦和苏珊从呼伦贝尔市海拉尔机场乘机先赶回南京，帮王雪提前联系好住院事宜并办理一些相关手续。王雪一家和记者们则留在呼伦贝尔市区，将王雪带到市医院咨询有关医生，备好氧气袋，做好乘机的一切准备。

5 月 27 日，王雪一家在南京电视台记者的陪同下，从海拉尔机场乘机，经北京中转，下午 3 时 30 分顺利抵达南京禄口机场。这时，海伦和苏珊早已等候在机场出口处，迎接他们的到来。见到王雪后，她们立即赶上前去，关切地询问孩子一路上的身体状况。王雪一路飞来，一直未敢丢下氧气袋，这会儿脸色显得很苍白，但见了两个"洋妈妈"后，她抑制不住内心的激动，兴奋地告诉她们："今天我就像在梦里度过一样，真是太开心太幸福了！"

在去医院的路上，苏珊送给王雪一支钢笔和一个日记本，让她像在家里一样写好日记，以便让大家了解她的思想感触，还可以用来鼓励其他患病的小朋友。

江苏省人民医院早早地为王雪准备了一张临窗的病床，细心的护士长还专门插了一篮鲜花放在床头柜上。鉴于这例爱心救助手术的特殊性，江苏省人民医院心胸外科决定免除王雪住院期间的所有食宿费用，并为王雪的父母承担全部的食宿费用。

王雪入院后，海伦、苏珊及"心的希望"的其他成员轮流到病房来看望她。她们给王雪送来书籍、拼图和各种玩具，让洁白的病房充满了生气。为了更好地沟通交流，王雪还向海伦和苏珊学起了英语。

王雪每天坚持在病床上写日记。她在日记里详细地记录了从草原到南京后这些天的经历和感受。这短短的几天，是她命运的转折点，是她从记事以来过得最开心、最幸福的日子。她第一次坐飞机，跟着"洋妈妈"第一次去吃麦当劳，跟着记者阿姨和叔叔第一次去逛书店……所以，几乎每一篇日记里都有"今天我特别开心"这样的话。

然而，让所有人意想不到的事出现了。王雪到达南京后，医院组织专家给她做了多次检查，检查的结果却让他们大为吃惊。原来，王雪先前提供的病历出自哈尔滨的一家医院，根据这个病历，心胸外科的专家们认为她的病情并不算严重，只要一次普通心脏手术就可治愈。但是入院后全面检查的结果却发现，王雪的病情与此前的病历记载有相当大的不同，心脏畸形程度远比当初预计的复杂得多。专家分析说，王雪右心偏大，左心偏小，肺动脉压力相当于常人的四到五倍。这给手术带来极大风险，按常规操作极有可能躺在手术台上下不来！若不手术，病情一天天恶化，孩子也很难活久了。此外还有一个办法就是进行心肺联合移植，但治疗费用将由原来估计的五六万元上升到五六十万元。6月9日，江苏省人民医院心胸外科张石江副主任赶赴上海参加一个学术研讨会，他把王雪的资料带到了研讨会现场，交给专家们会诊，结论同样不容乐观。

王雪的求治之路又一次蒙上阴影！海伦和苏珊等"外国妈妈"们心急如焚，因为"心的希望"组织现有的基金不过20多万元，同时还在承担其他几个孩子的治疗费用。而她们平常都是通过义卖的方式筹集善款，要在短期内筹集到一笔五六十万元巨款，难度实在太大。

怎么办？海伦和苏珊郑重表示，我们"心的希望"绝不会放弃王雪！我们把她从遥远的草原接过来，让她有了希望，现在我们绝不能把这个希望击碎！哪怕到国外去治疗，我们也会努力的。

紧接着，经海伦和苏珊等外籍人士倡议，"心的希望"组织和南京电视台一道发起了一个"每人捐赠1元钱"的慈善活动。这个活动的主题是：每个南京市民每年捐出1元钱，就可以募集到数百万的资金，就可以使像王雪这样许许多多贫困家庭的重病儿童早日得到救治。

"洋妈妈"义救草原小姑娘的故事和"每人捐赠1元钱"的倡议在南京电视台播出后，立即引起热烈的社会反响。许多市民表示要响应倡议进行捐款，更有一些市民直接赶到医院看望王雪并向她捐款。

我们期待着，随着更多力量的加入，这曲动人心弦的爱的乐章一定会完美收弦；我们祝愿，坚强可爱的草原小姑娘王雪一定会战胜病魔，拥有一个美好的未来！

　　23 岁的女大学生张蓓蓓罹患脑瘤晚期，国内医院无力救治。这时，她姐姐的男友——在南京做外教的英国青年大卫挺身而出！大卫的家乡正好是张蓓蓓心驰神往的地方——英国剑桥郡。于是，大卫和绝境妹妹相约希望的康桥。他一边寻找权威医生，一边为挽救蓓蓓的生命奔走疾呼，在英伦掀起了一场爱心旋风……

　　尽管手术成功，但张蓓蓓危重的病情还是不断恶化。带着生命无憾的微笑，她轻轻地走了。按照她的遗愿，她的心脏、双肾捐献给了英国医疗机构，救治了三个人的生命；她的骨灰撒在了美丽的康河之畔，魂化天鹅……

▶ 绝境妹妹别怕，"洋姐夫"和你相约康桥

　　1983 年 11 月 14 日，张蓓蓓出生在连云港市新浦区一个工人家庭。家里姐妹三个，她是老二。她父母先后下岗，家境贫寒，但三姐妹凭着顽强的毅力，全部考上了大学。

　　2006 年 7 月 6 日，张蓓蓓从天津城市建设学院毕业，来到北京一家工程设计院上班。上班后第三天，单位组织新员工体检，张蓓蓓被查出眼睛看东西重影，并伴有头晕等不适现象。医生对她说，眼睛看东西重影，不一定仅仅是眼睛的问题，可能是脑部有问题。当晚，蓓蓓跟远在家乡的母亲通了电话。敏感的母亲有些隐约的担心，当时就心疼地对她说："蓓蓓，你回家吧，我们带你到医院去查查。"7 月 11 日，蓓蓓回到家。第二天，父母即带她到连云港市第一人民医院检查。

　　"唉，怎么瘤子长这么大才来看呢？"拿着刚拍的脑部 CT 片，医生摇着头叹息。原来，CT 片显示，蓓蓓的脑内有一个 5.5cm×6.5cm 的肿瘤。形象地说，

这个肿瘤已经有一个鸭蛋大小。

听到这个检查结果，张蓓蓓的父母如遭晴天霹雳！母亲彭艳刹那间泪如雨下，她抓住医生的手，使劲地摇头："这不可能！不可能！"医生无奈地说："脑部肿瘤非常复杂，我们这里根本无法手术，建议你们到上海大医院去看一看。"

父母含着泪把病历隐藏起来，故作轻松地对蓓蓓说，她的脑部只是有水肿现象，需要到上海的大医院再查一查。当天下午，父母就打电话给在南京一家外企当翻译的大女儿张婷婷，叫她立即赶回家，带二妹到上海看病。

张婷婷连夜坐车赶到家中。与婷婷一起赶回来的还有她的男友——在南京一所大学担任外教的英国小伙子大卫。大卫31岁，原在张婷婷的母校连云港师专任教。与张婷婷相识后，喜欢上了她。张婷婷专升本考入南京艺术学院后，已经回国的大卫毅然追随张婷婷来到南京。

在和婷婷长达五六年的相处中，真诚善良的大卫跟婷婷及其家人建立了深厚的感情。每到假期，他都要到张家过些日子，用自己节省下的钱，想方设法帮助张家。几年来，他这个"准女婿"为张家添置了彩电、电脑和空调。他对供养三个女儿上大学的张家父母非常敬佩，还特别欣赏勤奋上进的张蓓蓓。

7月14日凌晨3时，张蓓蓓在父母、姐姐及大卫的陪护下，乘夜车来到上海华山医院。为了消除蓓蓓疑虑和恐惧心理，风趣幽默的大卫一边排队候诊，一边讲笑话给蓓蓓听，逗得蓓蓓不时笑出声来。然而，几个小时后，华山医院脑科专家的诊断结果让大家的心境再次坠入深渊："这个女孩的生命已经危在旦夕。治疗的方法只能是手术切除，但手术的危险性相当大，最好的结果也是瘫痪……"蓓蓓的母亲和大姐等人紧急商量后，决定继续对蓓蓓隐瞒病情，即使有一线希望，砸锅卖铁也要为她治病。

接下来，大卫和女友一起带着蓓蓓到处求医问药，还向全国各大医院和权威专家咨询，可他们都对蓓蓓的绝症感到无能为力。而这期间，蓓蓓的脑瘤又长大了半厘米……

就在张家人陷入绝望的时候，大卫作出了一个决定：带着蓓蓓的CT片等资料，到英国去寻求帮助！

2006年7月31日，大卫除了留下买机票的钱，把身上仅剩的1万多元人民币全部拿给张家做医疗费。启程赶回英国前，他对女友及其父母说："一定不能放弃啊！我回国后，去找全英国最好的医生给蓓蓓做手术，蓓蓓一定会有救的！"同时，他用轻松的口吻对尚未清楚自己病情的张蓓蓓说："你不是喜欢徐志摩先生的诗歌《再别康桥》吗？我的家乡就在康桥，又叫剑桥，那是一个非常美丽的地方。我回英国去联系医生，那儿的医疗条件好，你可以到我们那儿去治病，这样，你就可以见到美丽的康桥了。"听了这话，蓓蓓的脸上露出欣喜的神色。她和自己的"姐夫"击掌相约："祝我们成功，美丽的康桥见！"

▶ 情撼英伦，如潮爱心涌向中国女孩

大卫回到家乡剑桥郡后，立即四处奔波，终于在剑桥郡安顿布鲁克斯脑科医院找到了一位著名的脑科医生。医生看完张蓓蓓的有关资料后，对他说，蓓蓓的脑瘤通过手术治疗有 50% 的希望，而且，手术成功的话，患者可以恢复到正常状态，只是手术费用折合人民币约 60 多万元！

救，就是倾家荡产也要救蓓蓓的命！然而，蓓蓓的父母下岗多年，这些年来拼命挣钱供三个女儿读书，日子一直过得紧巴巴，60 万元对他们来说，无疑是一个天文数字！他们东奔西走，为了挽救女儿的生命到处借贷。很快，13 万元从亲戚朋友手中聚拢到了他们手里，但这距离 60 万元的目标差远了。当张蓓蓓和作为陪护人的姐姐张婷婷一起来到英国驻上海领事馆签证时，签证官觉得她们所带的钱根本不够手术费，所以拒绝签证。

此时，身在英国的大卫同样焦急万分，他深知女友家的困境，自己却无能为力。他的家境在英国也属贫寒，两岁丧父，家里只有母亲一个亲人。回家后，大卫跟母亲谈起了要接张蓓蓓到英国治病的想法，母亲非常支持，但她靠领养老金生活，英国人又没有存钱的习惯，也是有心无力。

想到青春美丽的蓓蓓生命即将凋零，大卫心里就像针扎似的疼，他怎么舍得失去这么可爱的妹妹啊？最后，他和母亲商量，即便变卖所有家产，也要挽救蓓蓓的生命！他和母亲变卖了家里所有值钱的东西，终于凑齐了 1 万英镑（1 英镑当时折合 15 元人民币）。这样，给蓓蓓做手术，还有 3 万多英镑的缺口。接下来该怎么办呢？

情急之下，大卫想到了媒体。他饱含深情地写了一封求助信，试探着寄给当地的报纸。2006 年 8 月 17 日，英国的《伊力周报》刊登了一篇题为《请帮助我，挽救这个女孩的生命》的专题报道。8 月 24 日，该报又一次刊登了张蓓蓓的照片和相关报道，大卫在文中急切而深情地呼吁市民从人道主义出发，捐款救助这个不幸的中国女孩。连续报道催人泪下，很快在剑桥郡引起强烈反响。几天里，数十位剑桥市民和当地的华人华侨赶到报馆或与大卫直接联系，向张蓓蓓捐款达6 000 英磅。

8 月 24 日下午，大卫接到一个老人的电话，说要向蓓蓓捐款 3 万英镑！大卫当时惊讶得说不出话来。即使在英国，一个人一下子拿出 3 万英镑无私地帮助与自己素昧平生的人，也是一件不可思议的事！

这位打电话的老人名叫海勒瑞·哈姆弗里斯，住在剑桥郡的纽马克特镇。这个位于英格兰东南部的城镇，是世界著名的赛马中心。年已七旬的海勒瑞老人曾是赛马场的职员，现在靠养老金过着俭朴、安静的晚年生活。

看了《伊力周报》关于张蓓蓓的报道，海勒瑞老人泪如雨下："第一眼看到这个女孩的照片，我就有一种说不出来的亲切感。她大大的眼睛，圆圆的脸蛋，灿烂的笑容，看起来是多么活泼可爱。我觉得她就像是我的女儿，所以，我发誓一定要救她。"但是，一生无儿无女的海勒瑞老人并没有积攒钱财，每月的养老金基本上用得所剩无几，他哪里来钱救张蓓蓓呢？情急之下，海勒瑞老人作出了一个惊人的决定：卖掉父母留下来的祖屋，将卖房款全部用来帮助蓓蓓。因为急于出手，祖屋很快以 3 万英镑的低价卖掉了。老人当即将 3 万英镑全部打到了准备给蓓蓓做手术的安顿布鲁克斯脑科医院的账户上。

手术费用凑齐了，医院向英国驻上海领事馆发来了相关证明，张蓓蓓姐妹去英国的签证顺利地签了下来。在电子邮件中得知这个消息，大卫欣慰地笑了。8 月 27 日，父母将蓓蓓姐妹俩送到上海虹桥国际机场，登机前，一直故作轻松的母亲突然泪水直淌，一把抱住蓓蓓说："闺女啊，到了英国，要好好感谢那些帮助咱的好心人。要安心治病，病治好了早点回来啊！"蓓蓓的眼圈也红了，她用脸贴了贴父母的脸，说："爸、妈，你们放心，我一定会健健康康回到你们面前。"

▶ 轻轻的我走了，美丽女孩魂化康河天鹅

经过十几个小时的长途飞行，飞机降落在英国伦敦机场。大卫驾车将姐妹俩接往家乡剑桥郡。

车子开了两个多小时，大卫告诉她们，剑桥就要到了。张蓓蓓望着车窗外美丽的景色，不由得心潮澎湃，情不自禁地默诵起《再别康桥》中的名句："轻轻的我走了／正如我轻轻的来／我轻轻的招手／作别西天的云彩……"此时此刻，她在心里由衷地感激自己的"姐夫"大卫，感激素昧平生的海勒瑞老人，还有那些不知名的善良的剑桥市民，是他们给了她这次难得而珍贵的机会……

大卫将蓓蓓姐妹接到家中，他的母亲像迎接自己的女儿一样热情招待两位来自遥远国度的女孩。第二天，大卫将张蓓蓓带到安顿布鲁克斯脑科医院。医生给蓓蓓进行了细致的检查，并安排两个星期后给蓓蓓做开颅切除肿瘤手术。医生和大卫、张婷婷商量后认为，因手术在即，现在有必要将病情真相告诉蓓蓓，让她有一定的心理准备。

当张蓓蓓得知自己患的是脑瘤而不是"脑水肿"之后，她的眼睛刹那间红了，晶莹的泪水顺着面颊流了下来。她说："我有过预感，自己的病很严重，要不怎么会需要这么多钱，还要到国外做手术？"医生接着告诉她，手术的成功率是50%，而且患者有可能完全恢复健康。坚强的张蓓蓓抹了抹眼泪，朝大家望了望，然后微笑着对医生说："我相信你们的医术，我相信自己一定是那50%的幸运儿。"

大卫和张婷婷深知，等待手术的这两个星期，恐怕是蓓蓓生命中最难熬的时光，也许还是她生命最后的美好时光。他们决定带着蓓蓓遍游名城剑桥，让她快快乐乐地度过这段时光。

从医院回来，大卫就带上张家姐妹，驱车赶到纽马克特镇。在赛马场附近一个简陋的平房里，他们见到了卖掉房屋后租住在此的海勒瑞老人。老人对姐妹俩的到来，感到异常惊喜。当天，老人就精心烹制了一道地道的家乡大餐招待她们。用餐的时候，老人一边用慈爱的目光看着蓓蓓，一边安慰她："你的精神状态和身体状况比我想象的要好，这样我就放心了，我相信你一定能够战胜病魔！"

蓓蓓将从家乡连云港带来的一根水晶手链戴到海勒瑞老人的手腕上，两手紧紧地握住老人的一只大手，泪水无声地流了下来。她知道，任何语言都无法表达她对眼前这位老人深深的感激之情。在海勒瑞老人的盛情挽留下，张蓓蓓姐妹在老人的家里住了两天，特意为老人做了两顿中餐，让他品尝。她们感觉自己就像海勒瑞老人的女儿。

在随后的一个多星期里，大卫和海勒瑞老人天天带着张蓓蓓姐妹，尽情游览了剑桥及周边的几座名城。这天，他们租用了一条小艇，专门到剑桥城郊的康河漫游。在康河岸边一块偌大的草坪上，他们坐下来野饮。一群美丽的天鹅飞了过来，在河边旁若无人地栖息。面对大自然这神奇的造化，张蓓蓓的心里荡漾起一股异样的情感，她轻轻地走到那群天鹅跟前，蹲下来抚摸天鹅美丽的羽毛。那群天鹅不但没有惊飞，反而朝她聚拢过来，有的还把头伸到她的怀里……一旁的三个人惊讶地看着这一幕，随即，泪水模糊了他们的视线……

从康河回来的当天晚上，张蓓蓓的情绪有些低落。半夜里，她突然抱住姐姐，流着泪说："姐姐，人死后，要是变成天鹅多好啊，可以在美丽的康河上空飞呀飞……"姐姐怔住了，不知说什么才好。蓓蓓接着说："还有两天我就要做手术了，这几天我想了很多，为了救我，爸爸、妈妈、姐姐你，还有大卫、海勒瑞老人，你们奉献的太多太多，能得到你们这样的爱，今生今世我死而无憾……我知道，自己得的是绝症，手术的风险性太大了。如果手术失败了，请将我的骨灰撒在康河里，我要和那里的美景、天鹅相伴！另外，除了脑子，我身体的其他器官还是好的，我想献出去救治他人，就算是我对所有关爱我的人的回报吧。"

听到这里，张婷婷心如刀绞，与妹妹相拥而泣。不久，她流着泪打电话给相隔万里的父母，将蓓蓓的心事告诉了他们。电话那头，父母也泣不成声，母亲说："婷儿，如果出现万一，你就按妹妹的心愿做吧，一定要了却她的心愿啊。"

在安顿布鲁克斯脑科医院医务人员的精心准备下，2006年9月12日，张蓓蓓的手术如期进行。经过长达9个小时的艰巨手术，医术精湛的脑科专家将蓓蓓脑内的肿瘤完整切除，手术获得成功，蓓蓓安全地下了手术台。一直守候在手术室外的张婷婷、大卫母子、海勒瑞，以及闻讯赶来的几十位剑桥市民都长长地舒了口气。

然而，手术后的蓓蓓脑压时高时低，极不稳定，除了在第二天苏醒片刻之外，长期处于昏迷状态。9月22日，蓓蓓的脑压突然急剧升高，任凭最好的医术也无力回天，她带着对所有亲友和这个美好世界的深深眷恋离去了……

按照张蓓蓓的生前愿望，张婷婷代表父母，将她的遗体捐献给了剑桥郡的医疗机构。蓓蓓的心脏、双肾随即被移植到了三个挣扎在死亡线上的危重病人身上，这三个垂危的病人因此获得了第二次生命。

9月29日，蓓蓓的遗体火化。随后，剑桥郡各界人士数百人为这个异国女孩举行了隆重的葬礼。她的骨灰被撒在她生前喜爱的康河岸畔，她那圣洁的灵魂化作天鹅飞向蓝蓝的天空……

张蓓蓓去世后，海勒瑞老人万分悲痛。和蓓蓓半个多月的朝夕相处，他已经把活泼可爱的蓓蓓视作自己的女儿。看着孤独凄然、常常垂泪叹息的老人，张婷婷心酸不已。为了让老人从痛苦中解脱出来，她向老人发出邀请："跟我到中国去吧，到我们家里过些日子。蓓蓓虽然没有救下来，但我们全家人都感谢你的大恩大德。蓓蓓不在了，我和我的小妹妹也是你的女儿。"

10月1日，张婷婷带着海勒瑞老人回到家乡连云港，而大卫没有路费暂时留在英国。海勒瑞老人在张家住了整整两个星期，直到半个月的签证到期，他才依依不舍地和张家老少告别，从上海飞回英国。

如今，这段感人肺腑、跨越万里的异国情缘，在中英两国广为传诵。

一张珍藏9年的小纸条

一个细致入微的捐助者，在一件小棉袄的口袋里留下了一张纸条；

一个山村女孩，满怀感激和希望，将这张纸条珍藏了整整9年……

▶ 9 年前写下的小纸条

2005 年 8 月 22 日上午，正在上班的农业银行南京市城南支行信贷科副科长李思俭接到传达室打来的电话，说有一封从陕西省镇安县寄来的挂号信，需要她签收。

"陕西来的信？"李思俭有些疑惑，那里没有亲朋好友呀，是什么人来的信？她赶紧过去拿了挂号信，打开一看，一行行娟秀的字体映入眼帘："李阿姨，您还记得 9 年前，你在捐出去的一件小棉袄里放了一张纸条吗？我就是穿上那件棉袄的小孩。当时，我家里的生活还能勉强过得去，所以没有联系您。可这几年，我们家里发生了很大的变故。我弟弟得了脑溢血，花光了家里所有积蓄，父母为此借了很多外债，但最终仍没能救回他的命。后来，我父亲学着做生意，又亏了……现在，我考上了大学，父母天天到处借钱，但是没有人愿意借给我们。看到他们每天回来愁眉苦脸、唉声叹气的样子，我想放弃了，可是我又不甘心。阿姨，您知道吗，对于我们山沟沟里的孩子，上大学是唯一的出路啊！"

看着看着，李思俭的眼角湿润了……

李思俭1959年10月出生在古城南京。10岁那年，她随父母下放到淮阴县农村，在那里上了小学和中学，还在那里插队劳动四年，直到1979年和父母一起回到南京。这段经历，让李思俭对农村生活、对贫穷有了切身的感受。

回城后，李思俭被分配到信用社工作。1983年初，她和插队时认识后来又一起返城的南京青年杨俊成了家，第二年9月有了个宝贝儿子，一家人过着平静而温馨的日子。

1996年9月的一天晚上，已经是南京农行中华门分理处主任的李思俭回到家里，翻箱倒柜地把儿子几件不常穿但又较新的棉衣找了出来，准备参加全市农行系统组织的为贫困老区学龄儿童捐冬衣活动。整理好衣服后，细心的李思俭突然想，捐衣服只能解决一时的保暖问题，如果老区的孩子连一件棉衣都买不起，那他哪里有钱上学接受教育呢？比起这些棉衣，他们肯定更需要钱。

这样一想，她拿起一张纸写道："孩子，当你穿上这件棉衣的时候，我们就相识了。你多大了？叫什么名字？我想，你还在上学吧。如果你上学遇到了困难，请与我联系，我可以帮助你！"接着，她写上了自己的名字和单位地址。然后，李思俭小心翼翼地把这张纸条放在儿子一件小棉袄的衣袋里。

第二天上班后，李思俭把棉衣送上了单位那辆装满救济物资的货车。那段时间，李思俭几乎每天都往单位的收发室打电话，询问有没有她的来信。一个月、两个月，一年、两年……李思俭没有等来回音。李思俭曾想过，也许穿上那件棉衣的孩子粗心，没有留意衣袋里的小纸条，纸条被家人洗衣服时洗碎了。这之后，李思俭因工作需要在银行系统内部调整了六个单位，而当年小纸条上留下的"长乐路10号"这个地址，如今门庭也已变换成了商店，一切似乎注定那张小纸条不会再有什么事情发生。

9年过去了，李思俭一家的生活状况也发生了一些变化。几年前，她的丈夫杨俊从江南光学仪器厂下岗，每个月只能拿到200多元的生活补贴。她的儿子正在读大二，家里还有年逾八旬的老父老母需要赡养，生活的重担一下子落在了李思俭一个人身上。

如今，这封迟到了9年的信辗转到了李思俭手中，她的心情再也平静不下来了。

▶ 珍藏 9 年，那是女孩心中的靠山

写这封求助信的女孩叫王翠，家住在陕西商洛市镇安县米粮镇丰河村。镇安县是国家级贫困县，地处秦岭深处的丰河村更是全县最贫穷的村子。

王翠家住的是土坯房。父母两人，耕种六亩山地，却要养着四个子女和一个80多岁的老人，生活的艰难可想而知。

1996年10月，陕南的天气已渐渐变冷，村委会按时把各地捐赠的棉衣发放到各家各户。11岁的王翠领回了一件灰色格子的小棉袄。此时，王翠正上小学四年级，她是家里的老大，下面还有一个妹妹两个弟弟。她把棉袄拿回家后，一家人围着这件八成新的小棉袄看来看去，都很高兴。

正当一家人兴高采烈地说着话时，王翠突然从小棉袄的口袋里掏出一张纸条，她兴奋地叫道："棉袄口袋里还有一张纸条呢！"

于是一家人又围上来展读纸条，李思俭的留言让他们都非常感动。

父亲王保山对王翠姐弟说："李阿姨的一片好心你们要记住，咱们家现在虽然很困难，但咬咬牙还能过得去，不到万不得已，千万不要去麻烦人家。"

爸爸的好强和自尊一直潜移默化地影响着王翠，她懂事地点点头，把字条细心地折叠好，夹在一本书里，珍藏在家里唯一的那只木箱的箱底。

从此，王翠的学习愈加用功。她时常想起，在遥远的南京，有一位未曾谋面的李阿姨在默默地关心着自己；自己的身后，有一个坚实的靠山！

两年后，王翠升入初中，弟弟妹妹也都在小学读书，家里的开支越来越大，生活更加艰辛。王翠上初二那一年，她的小弟弟突然患了脑溢血，需要开颅治疗。但王翠家实在拿不出钱来给他做手术，只好进行保守治疗。从此，她的小弟弟就留下了病根，连续几年，每年都要犯几次病，一天都离不开药。为了给弟弟治病，家里经常揭不开锅。王翠的母亲就对王翠说："女孩子家识几个字就行了，村里的姑娘们都是这样，你也别去上学了。"

王翠的学习成绩一直很优秀，她不甘心自己就此放弃，所以坚决不同意辍

学。她从箱底拿出李思俭那张纸条，对母亲说："如果你不支持我上学，我就写信告诉李阿姨，她会资助我上学的。"但父亲王保山又一次制止了她："爸有一双手，无论多大的困难，我都会供你上学，千万不要去麻烦那位李阿姨，咱们这点困难能克服。"

2002年7月，王翠考入了省重点中学——镇安县中，由于住校，入学时需要交1000多元钱的费用。王翠的父母借遍了村里的亲戚朋友，才凑够了这笔钱。然而，刚把王翠送进学校，王翠的小弟弟病情又加重了，父母只好又四处借钱，把他送到县医院治疗。院方从西安请来了名医为小弟弟做了开颅手术，最终也没能挽救他的生命。他们家却因此背上了数万元的债务。

看到家里的状况，懂事的王翠含着泪向父亲提出，自己不念书了，回来帮助父母赚钱。父亲没有同意。为了缓解家里的困境，父亲变卖了家里所有值钱的东西，和村里的一位朋友合伙做生意，但由于经验不足，最后不但血本无归，又欠下了3万元新债。这么一折腾，王翠家的生活可谓雪上加霜。这时，王翠几次想提笔给李思俭写信，又都被父亲制止了，他说："人活一口气，如果自己能够战胜困难，就不要伸手向别人讨要！"

上高中的三年里，每个双休日王翠都要到商店做售货员；到了寒暑假，她就留在县城的饭店打工，每天从早上8点干到晚上10点以后，一个月也只能挣150元。

王翠在半工半读的状态下完成了高中学业，2005年高考，王翠以587分的成绩考入了东北农业大学行政管理系。王翠是村里有史以来第一个考上大学的女孩子，村里人都很羡慕她，父母也高兴得合不拢嘴。但兴奋过后，一家人又为王翠开学所需的6000多元钱学费发起愁来。当年王翠读高中和给她小弟弟治病，家里已经借遍了村里每一户人家，父亲做生意又欠下那么多债，在这样一个贫穷的小山村里，哪里还能借到钱呢？

眼看就要临近开学，王翠的父亲每天蹲在地上抽闷烟，异常愁苦，这个倔强自尊的汉子实在想不出任何法子为女儿筹钱了。

王翠想到了放弃，但又不甘心，一种强烈的求知欲望和冲出大山、改变命运的决心在她的心底呼唤着。王翠又一次从箱底翻出李思俭的那张纸条。父亲沉默了半晌，才开口对女儿说："都过去9年了，李阿姨不知还记不记得这张纸条？再说她的工作单位和地址不知有没有变化？"王翠的母亲也觉得，这么长时间没有和好心人联系，有事的时候却求到了人家，实在有些"不合常理"。

但别无他法了。为了让女儿圆大学梦，王保山夫妇同意她向远方的李阿姨求助。2005年8月16日，王翠流着泪水给李思俭写了一封求助信，并留下了村里唯一的那部电话的号码。

▶9年后兑现的承诺情深意长

由于李思俭调动了工作，王翠的信转投了三次，才送到她手里。

读过信后，李思俭心潮澎湃。一张小纸条能够珍藏9年，而且家里遇到那么大的困难都没有伸手求助，这是怎样一种坚强和执著啊！这样的孩子是多么的难得！想想自己的儿子，现在正在大学校园里读书，设计着自己美好的未来；而这个叫王翠的女孩，却因为贫穷，徘徊在大学的门外，如果失去这次上大学的机会，她也许就永远走不出那个穷山沟了。

回到家后，李思俭把信交给丈夫杨俊，两人读了一遍又一遍。杨俊也感慨不已："这个孩子能把一张纸条珍藏9年，这是一种执著的信赖和希望啊，我们不能让一个刚刚踏上社会的孩子失望啊！"于是，两口子商量，尽管现在家里的负担较重，但9年前的承诺一定要兑现，言而有信是做人的本分！接着，李思俭又打电话给正在东南大学建筑系读书的儿子，征求他的意见。儿子听说后，也表示支持，他说："妈妈，我明年就不住学校公寓了吧，省下来钱资助那个可怜的妹妹！"

毕竟9年过去了，为了进一步确认王翠的身份，第二天，李思俭登录了东北农业大学的网站。在新生录取名单中，李思俭看到了王翠的名字，经过核实，与王翠来信介绍的情况完全吻合。几天后，恰好单位发下来2 000元钱，这是李思俭在二季度机关员工营销活动中荣获全行第一名的全部奖金。本来，夫妻俩打算再添些钱给儿子买台电脑的，但李思俭把这笔钱全都汇给了王翠。

正在王翠一家人几乎绝望的时候，李思俭的电话打到了村委会。电话中，李思俭告诉王翠，自己先汇了2 000元钱，剩下的学费她还会帮忙想办法，让王翠和家人放心。电话那头，王翠感动得哽咽起来："谢谢李阿姨，你是个好人，我们全家不会忘记你的……"

2005年8月31日，王翠告别亲人，坐了48个小时的火车硬座，来到了位于哈尔滨的东北农业大学，开始了她的大学生涯。李思俭一家商定，对王翠的资助要细水长流，在她大学期间，每年都要给她力所能及的帮助。

由于李思俭是在单位拆阅王翠来信的，所以一张小纸条的传奇故事很快在单位同事中间传开了。南京市农行的领导获悉后，立即作出决定：不能让李思俭一个人承担这么大的经济压力，要发动工会，组织机关干部募捐，帮助王翠完成四年大学学业。为王翠募捐的倡议发出后，短短两天，农行职工的捐款额就达1万余元。

9月13日，南京市农行的领导带着李思俭来到哈尔滨。他们和东北农业大学签订了一份资助王翠四年大学学费的协议。该协议规定，东北农业大学每年年末向南京市农行汇报王翠一年来的学习情况，由南京市农行向该校汇去王翠下一年的学费。在东北农大的校园里，李思俭和王翠第一次见面，在两人相见的那个瞬间，热泪模糊了她们的视线，两人相拥而泣……

王翠在当天的日记里记录了她这终生难忘的一幕："当我和李阿姨挥泪拥抱时，我激动的心情无法形容。阿姨给我带来了羽绒服等衣服，她说我就是她从天上掉下来的女儿。我当时就像沐浴在七彩阳光里，高兴得像自由的小鸟，真想对着蓝天高歌一曲，和着白云舞蹈一段……在幸运的光环中，我开始了美丽的大学生活，我会更加自信、勇敢地走下去，去追逐自己的梦想。"

在李思俭看来，比经济上的资助更重要的是精神上的支持。从哈尔滨回来后，她在电话和书信中多次叮嘱王翠，要树立正确的人生观和价值观。她写道："自从见到你，我更坚信你是一个有出息的孩子，希望你能珍惜人生中这宝贵的四年光阴，不单要完成好学业，同时也要做好人生的历练和储备……我们虽然相见才一个月，但我们已认识9年！这是多么难得的缘份啊！回到南京，每天看天气预报，总要留意哈尔滨的情况，心里总有一种牵挂……孩子，我这一生以诚待人，不是对你一个人，所以不需要你任何回报！只愿你能好好学习，将来好好工作，愉快地生活，走好人生的每一步，无论是顺境还是逆境都能平静泰然。"李思俭在信中的落款是"南京妈妈"，关怀中流露出深深的母爱。

在开学后的第一次班会上，王翠把心中的感动讲了出来，同班 21 名同学都被李思俭无私的爱心打动了。大家决定每个人都写一封信，表达对李思俭的感激之情。

虽然王翠的幸运故事已经传遍了校园，但她的生活依旧节俭朴素：一天三四元钱的伙食费，一个月一共不到 200 元钱的生活费，肉食依旧是她饭碗中的"稀客"。听说学校有一个绿色志愿者协会，通过组织支教活动帮助一些贫困地区学生，王翠马上就报名参加了，并且成为一名干事。同时，她还是校团委勤工助学部的干事，帮助贫困生排除心中自卑的阴影。

2005 年 11 月 8 日，江苏省慈善总会举办了一场大型的"爱心无限"文艺晚会。当天，王翠受晚会邀请，从哈尔滨赶到南京。她带着班里 21 名同学的感动——21 封信，来到晚会现场，郑重地把 21 封信交到李思俭的手里。

李思俭没有当场拆开那些信，她在心里做好了打算，准备每个月选一个好日子，拆开一封信，然后给王翠及其同学回一封信……

一位是江苏卫视的著名女主播。

一位是被意外火灾毁容的农村女孩。

她俩有一个相同的名字——贺笑。

因为这个相同的名字，两个生活轨迹完全不同的人有了奇妙的交叉点。

小贺笑是不幸的，但她却幸运地得到了贺笑姐姐的帮助，让她"破茧成蝶"的梦想终于一步步成为现实。

▶ 毁容女孩期待"破茧成蝶"

2006 年 10 月 12 日，江苏卫视《1860 新闻眼》的热线接到一个求助电话，是连云港市赣榆县沙河镇一个叫贺笑的 17 岁女孩打来的，说她 5 岁时被意外火灾毁了容，现在无法找工作。她想整容，但家里实在太贫困……

栏目组女记者张宁看到了这个电话记录，便根据贺笑留下的号码打了过去。贺笑告诉她，当年跟邻居家的小伙伴在草垛边玩耍，对方划了根火柴，不小心点燃了草垛，她太小，没有及时保护自己，因此被烧伤毁容。张宁问，有没有追究对方责任？贺笑说，她的父母认为对方也是孩子，不懂事，就没有追究，两家人现在仍正常交往。听到这里，张宁觉得这家人很善良，小贺笑言语实在，也很懂礼貌，给她留下了很好的印象。张宁决定，结束手中的工作后，立即去一趟赣榆县。

10 月 15 日，张宁等人驱车 5 个小时赶到赣榆。尽管已经有了充分的心理准备，但是小贺笑的模样仍然让张宁感到吃惊：面目全非，完全看不出花季少女应有的样子；头上戴着明显廉价的假发，很不自然。

12年前的那场意外，是小贺笑挥之不去的梦魇。她说："现在还经常梦见被火烧的场景，很痛很痛……"

当时由于烧得太厉害，小贺笑辗转了几家医院，几乎所有的医生都劝她的父母放弃治疗，但是，父母没有放弃。她妈妈跪在地上泣求医生："只要有一线希望，也要把她救活。"

经过治疗，小贺笑捡回了一条命，但是，她的全身大面积烧伤，耳朵没了，头发也不能再生了，右手残缺不全，最要命的是容貌尽毁。

在医院里，小贺笑的眼睛被封了整整一个星期。"妈妈，天怎么老是黑的？天怎么还不亮啊？"小贺笑总是惊恐地问。7天之后，医生拆开了她脸上的纱布，她看见了世界，也看见了自己的脸，她的世界更黑暗了。

"邻居大娘拿来了镜子，我终于看见了自己，我把镜子摔了，我被自己吓哭了，哭得好伤心……"

小贺笑撕掉了自己毁容前的漂亮相片，从此不再照镜子。

残酷的现实接踵而来，小贺笑到了该上学的年龄，学校因为她的面容吓人而拒绝她入学。看着其他同龄孩子都上学了，小贺笑急得从床上往外爬，奶奶看她爬得好可怜，就抱着她一起哭。

经过父母的努力，10岁那年，小贺笑终于背起书包，走进小学一年级的课堂。第一天走进教室，很多学生看了她都说很可怕，就连老师也害怕。但是，小贺笑努力地学习，真诚地跟同学相处，同学和老师都渐渐地喜欢她了。小贺笑开始设计自己的梦想：考大学，做个有用的人。

好景不长，小贺笑上完二年级时，家里穷得只剩下200块钱了。父亲决定，让小贺笑继续上学，她的弟弟先辍学两年。但懂事的小贺笑坚持把上学的机会让给了弟弟。

在辍学的日子里，小贺笑几乎足不出户，尽管心里很想上学，但她从不跟爸爸妈妈说，只是用画画来排解心中的苦闷，寄托自己的梦想。渐渐地，小贺笑无师自通地掌握了不少绘画知识，用健康的左手画得一手好画。在那个家徒四壁的房间里，小贺笑的一张张画是最"豪华"的装饰。

"如果我能上学的话，一定去考美术学院，做画家。"小贺笑说。

当画家的梦想对于贺笑来说实在是太遥远了，目前她只想走出家门，像正常人一样有份工作，但是，她的脸让她四处碰壁。今年 3 月份，贺笑背着父母，到镇上一家制衣厂想找一份做缝纫工的活儿，可老板一看她的模样，当时就把她撵走了。小贺笑很受伤，委屈地说，爸爸妈妈年纪大了，身体又不好，她做手术时家里就欠下了 3 万多块钱，现在她只想找份工作挣钱，减轻父母的负担。

▶ 美丽女主播心系不幸女孩

张宁等人被小贺笑的遭遇深深触动，从赣榆回到南京后，立即精心制作这档节目。10 月 16 日，她们跟自己的同事——著名新闻贺笑聊起了这件事。

听说这个非常不幸的采访对象跟自己的名字一模一样，出于好奇，贺笑调看了记者拍摄的有关小贺笑的所有素材。看着看着，贺笑的泪水情不自禁地流了出来。她沉默良久，说："这个女孩子太可怜了，我们想办法帮帮她吧。"

贺笑是江苏卫视《江苏新时空》的女主播，1987 年毕业于北京广播学院播音系，她不仅是江苏电视台新闻中心主任播音员、播音组组长，还是南京市第十二届人大代表。毕业至今，她在播音台前一坐就是 20 年，主持过许多重大新闻报道和有影响的大型文艺晚会，并参与几百部集的电视剧及译制片的配音工作，曾获全国优秀电视新闻一等奖和首届"中国新闻奖"，被称为江苏广播电视界的常青树。

当晚回到家，贺笑的心里还在想着小贺笑，那个毁容女孩的痛苦经历让她再一次潸然落泪。她思忖着，如何实实在在地帮一帮这个不幸的女孩……

第二天上班，贺笑主动提出，想抽空儿跟张宁一起去看看那个与自己同名同姓的小姑娘。接着，她来到自己曾经采访过的江苏施尔美整形美容医院，邀请两位有名的整形专家，跟她一起到赣榆小贺笑家里去一趟，看看小贺笑的脸有没有整形改观的希望。

10 月 21 日晚上，经过采编人员精心制作的专题片《有个女孩叫贺笑》在江苏卫视《1860 新闻眼》中播出，贺笑走进 1860 演播室客串主播，动情地讲述了小贺笑的故事，并呼吁广大观众一起来帮助这个不幸却又坚强懂事的农村女孩。

节目播出当晚，即引起强烈反响。许多观众打进电话，表示愿意帮助小贺笑。有的观众还希望能和小贺笑通上话，跟她直接交流。

10月23日，贺笑带着施尔美医院整形外科主任吕敏等两位整形专家早早出发，前往赣榆。出发前，贺笑做了细致的准备。她知道小贺笑酷爱画画，就买了一些颜料、画笔和名家画册，准备作为礼物送给小贺笑；她还特意穿了一件绣有喜鹊图案的毛衣外套，希望喜鹊能给小贺笑带来好运。

著名主持人贺笑来看望小贺笑的消息早已传遍了全村。他们的车子刚驶进村口，就看见小贺笑和许多村民早已迎候在那里。贺笑等人一下车，小贺笑就热情地迎上前来，说："姐姐好！我在电视上见过姐姐。"说实话，小贺笑的样子真的很吓人，可是不知道为什么，贺笑一点儿也不觉得害怕，她很自然地拉着小贺笑残疾的手，笑着和她边走边交谈。她也觉得小贺笑是个落落大方、很懂事、讲礼貌的小姑娘。

小贺笑的家异常简陋，屋里暗暗的，开了灯也还昏暗。墙上贴满了小贺笑自己画的画，其中一幅最大的叫《荷塘图》，一片片粉红色的荷花亭亭玉立，河面上是亭台楼阁，小桥流水。

贺笑指着画问："这是什么地方？"小贺笑回答说："这是我想象中美好的地方。"贺笑的心一酸，又问她都去过哪里，最远到过什么地方？小贺笑低着头说："我待在家里很少出门，连这个村子多大都不知道。"贺笑的眼角润湿了，她拉着小贺笑的手说："我们带你去南京，去整容，去看玄武湖怎么样？"听了这话，小贺笑激动得半天说不出话来……

小贺笑还有一张自画像：圆圆的脸蛋，童花头下一双清澈的大眼睛。来看热闹的乡亲们指着这张画告诉贺笑："小贺笑小时候就是这个样子，皮肤白白的，大眼睛。""她可乖呢，嘴很甜，见人就叫。""这孩子聪明、懂事，可惜了！""你们把她带去整容吧，整漂亮点，也好让她有个出路。"从乡亲们七嘴八舌的言语中，贺笑真切地感觉到，虽然小贺笑的面容已毁，但乡亲们仍然打心眼里疼爱这个不幸的女孩。

小贺笑告诉贺笑，平时她除了干农活儿，干家务，最开心的就是画画和看电视。她很喜欢看江苏卫视的节目。贺笑注意到，这个家没有一件像样的家具，两张床上的被褥也是补了又补，唯一的电器就是一台老式17英寸彩电。也许，这台电视机就是小贺笑通往外面世界的窗户，多少年来小贺笑就是通过它，感受到了世界的精彩，生活的美好；也正是这台电视机，让她们从此结下不解之缘。

这时，贺笑从包里拿出自己从南京带来的颜料、画笔和画册，送给了小贺笑。这些都是小贺笑梦寐以求的东西，她兴奋地跳了起来。

紧接着，施尔美医院的两位整形医生仔细检查了小贺笑的头部、眼部、口腔和她健康的皮肤状况。他们认为，小贺笑烧伤程度虽然很严重，整容的技术难度也很大，但经过几次手术，应该能够让她的容貌有比较大的改观，而那只残缺不全的右手经过手术，能够恢复80%的功能。

医生的话给小贺笑带来了莫大的希望，一家人激动得热泪盈眶。小贺笑的妈妈流着泪说，本来以为孩子一辈子就这样了，没想到竟然得到这么多热心人的帮助，这孩子真的有指望了。

不知不觉一个下午就要过去了，贺笑一行准备返回南京。大小贺笑临别依依，贺笑忍不住解下自己一直随身带着的弥勒佛玛瑙挂件，戴到小贺笑的脖子上，她真心希望，小贺笑今后能像她们的名字一样，永远笑口常开。

▶ 实名上网求助，引发如潮爱心

走近小贺笑，走进她丰富的内心世界，贺笑被深深地感染了，越发感觉到这个不幸女孩的坚强、可爱和内心的美丽。她暗下决心，一定尽最大努力，帮助不幸的小贺笑"破茧成蝶"。

考虑到互联网传播又快又广，贺笑决定上网为小贺笑求助。从赣榆回来，她不顾一天长途颠簸的劳累，立即打开电脑，上网发帖。她在帖中写道：

"我是江苏卫视的新闻主播贺笑，平时很少上网，但现在一个农村女孩的命运驱使我通过互联网向大家（尤其是国内外医学整容权威们）寻求帮助，希望她能得到网友们的无私关爱。

说实话，如果不是因为贺笑这个名字，我还不会一下子就对这个姑娘这么关注。今天，我特意带着两位整形专家专程去看望了小贺笑。小贺笑对待客人落落大方，而且她多才多艺，一首《甜蜜蜜》唱得抒情甜美，模仿主持人播音绘声绘色，画的画更是让人惊叹。很难想象这个只有小学二年级文化、被毁了容的农村小姑娘对生活能有这般的热情。专家们对小贺笑进行会诊后的初步意见是：小贺笑烧伤太严重，整容的技术难度很大，而且费用也很高，大概要 30 多万元！

经过慎重思考，我和同事们决定，除了通过我们江苏卫视《1860 新闻眼》、《江苏新时空》和《有一说一》等几档新闻节目向社会征询有用建议和帮助外，也以我们的真实姓名上网向广大网友发出求助的呼声：全球各地的网友，如果有过类似整容经历、权威建议或者有心帮助小贺笑圆梦的，都请伸出你们的手！

十年前，铊中毒的朱令事件因为首次借助 BBS 全球求助，免除了她死亡的结局；我们希望相同的奇迹，能降临在 17 岁的小贺笑身上，不幸却坚强的她也应该有权利绽放由衷的笑容……"

10 月 25 日，在主播贺笑的努力下，江苏施尔美医院答应在手术费用没有到账的情况下，先给小贺笑制定整形方案，逐步开始手术。贺笑当即决定，把小贺笑接到南京来做进一步会诊，以便确定详细的手术方案。

与此同时，贺笑还在江苏广电总台新闻中心内部发出倡议，请各位同事向小贺笑伸出援助之手，并自己带头捐款 2 000 元。播音组的几位主持人被贺笑的热心和认真劲儿感动了，他们不仅慷慨解囊，还决定和贺笑联手，共同参与这次"美丽贺笑行动"。

"大贺笑帮助小贺笑"的动人故事不仅引起了电视观众的关注，同时也在网络上迅速传播开来。才两三天的时间，贺笑发在西祠胡同讨论版上的"新闻女主播实名制全球求助"的帖子，点击人气已达 1 万多人次。很多网友留言说，他们被大小贺笑的故事深深打动，一定要为帮助小贺笑出一份力，让这个不幸的姑娘能够重新笑对人生。

10 月 27 日，张宁受贺笑委托，第三次赶往赣榆，去接小贺笑到南京来接受会诊和治疗。一大早，车子刚驶进村口，就远远地看见小贺笑翘首盼望的身影。这是小贺笑第一次出远门，她激动地说，她和妈妈凌晨 4 点就起床了，早早地收拾好了所有行李。连云港市民政局的领导也特意赶来为小贺笑送行，并带来了 1 000 元慰问金。

带着乡亲们的美好祝福，连村子都没出过的小贺笑，开始踏上了圆梦的旅途。下午两点，小贺笑到达江苏施尔美医院。一下车，小贺笑惊喜地看到，除了

她的贺笑姐姐，还有她在电视上看过的几位主持人——杜荭、肖艳和向杨也都在医院门口等着她。

施尔美医院对小贺笑的治疗十分重视，为了尽快拿出最佳的治疗方案，他们特意安排了有着 40 多年整形经验的著名整形专家冷永成教授亲自参与给小贺笑的会诊。

截至 10 月 31 日，短短几天时间，"美丽贺笑行动"共收到来自各界的捐款 32 135 元，其中江苏广播电视总台新闻中心员工自发捐款 11 535 元，热心观众及网友捐款 20 600 元。与此同时，施尔美医院的专家们为小贺笑制订了详细的整形方案，并决定减免第一期手术的大部分费用。

小贺笑的第一期恢复功能性整形手术定于 11 月 4 日上午进行。因为兴奋和激动，小贺笑几乎一夜未眠。她不时握着贺笑姐姐送给她的弥勒佛玉佩，心里暗暗祈祷。早上 7 点半，贺笑就来到了病房，随她同来的还有江苏电视台的主持人张晓伟、杜荭、王霞等人。小贺笑梦幻般地望着这些曾经遥不可及的明星，幸福地笑了，开心地享受着这一份份浓得化不开的爱。淡绿色的病房里响起了欢声笑语，主持人们带来的月季花飘散着缕缕馨香。贺笑还专门邀请了南京师范大学心理学教授花菊香为小贺笑做手术前的心理疏导。

上午 9 点半，小贺笑躺到手术车上。贺笑姐姐握着她的手说："不要害怕，爸爸妈妈在外面陪着你了，我们大家都在等着你手术成功！"伴随着大家的声声祝福，手术车穿过了长长的走廊。

手术进行了整整 5 个小时，下午 3 点，小贺笑被推出手术室，等在外面的爸爸妈妈和贺笑姐姐激动地迎了上去。主刀医生介绍说，手术很顺利，小贺笑的左眼睑、口角、鼻翼和左半边脸的疤痕切除手术都已按计划完成，医生还从她的腿部取下部分皮肤分别移植在她的左脸部和右手手指上。麻醉醒来后的小贺笑激动地说："谢谢贺笑姐姐，谢谢帮助的我叔叔阿姨们！手术改变的不仅仅是我的容貌，更增添了我面对生活的勇气和信心……"

小贺笑的整形手术还将分步分期进行，手术费用的缺口还很大。为了让小贺笑"破茧成蝶"的梦想得以实现，江苏卫视著名新闻主播贺笑和她的同事们还在继续奔忙、努力着……

所有关心小贺笑的人们都在期待着，这个有志气的小姑娘将以崭新的面貌迎来崭新的人生。

法警大队长的铁血柔情

多年前，他亲手对一个女死刑犯执行了枪决；

多年后，他给予这个死刑犯的女儿胜似亲人的关爱……

▶ 刑场上的呼唤，牵动铁汉子的心

秦洪根是江阴市人民法院法警大队长，1954年11月出生在江阴西石桥镇。他15岁参军入伍，在济南部队当过特种兵，做过军区首长的警卫员。转业后，凭着一身高超的本领，被分配到公安部门做了刑警。因他在家排行老三，执行任务时总是冲锋在前，把自己的生死置之度外，被同事们唤着"拼命三郎"。后来，秦洪根被调到法院从事法警工作，一干又是10多年。过硬的业务水平和颇具传奇色彩的经历，使他赢得整个无锡地区"法警第一枪"的美誉。

1997年12月1日，秦洪根亲自对一个女杀人犯执行枪决。这个名叫叶云英的死刑犯给他留下了非常特别的印象。当天的公判大会设在石庄镇，叶云英的家就在这个镇的大坎村。叶云英听到她被判死刑、立即执行的宣判后，朝台下大声喊道："父老乡亲们，我走后，你们一定要帮我带好晓燕，求求你们啦……"押赴刑场正法时，她不像一般上刑场的囚犯那样面如死灰、身如软泥，而是一边不停地扭动身体，一边竭尽全力地呼唤："晓燕，我的女儿啊！晓燕，你让妈妈看

一眼呀……"执行死刑时，秦洪根两次将叶云英按跪在地，这个瘦弱的女人都挣扎着站了起来。扣动扳机那一刹那，秦洪根的心头突然掠过一阵深深的悲哀。法不容情！罪孽深重的叶云英并不值得同情，但她那个叫"晓燕"的女儿却让这个"铁石心肠"的男人心生感伤。

作为法警大队长，秦洪根很忙，要干的事很多，但"晓燕"这个名字却深深地烙在他的脑海里。1998年4月12日，秦洪根来到石庄镇办案，利用这个机会，他特意打听起"晓燕"的情况。

原来，晓燕姓齐，是叶云英唯一的女儿。这个孩子的童年是在父母无休无止的争吵声中度过的。晓燕的爸爸是个酒鬼加赌徒，从不理家务，一有空就泡在麻将桌上；妈妈叶云英的脾气也不好，有事没事总爱找碴儿和丈夫吵架。两人针尖对麦芒，声嘶力竭、天翻地覆地吵。每次吵过之后，妈妈总会被爸爸打得头破血流，躲在角落里呜呜地哭，而爸爸则在旁边咕噜咕噜喝闷酒。晓燕有时候真的恨他们。但恨归恨，从心底里，她还是爱自己的父母，希望他们能有和好的一天。

晓燕人虽小，却特别懂事也特别好学，连续几个学期学习成绩都是全班第一。每次成绩单发下来，她都兴冲冲地拿回家给父母看，她天真地以为他们看到自己的成绩会心情好起来而少些争吵。但孩子的愿望并没有实现，父母之间的"战争"仍然激烈不断。

晓燕灰心了。在一个父母亲又吵得鸡犬不宁的晚上，她流着泪写下一张小纸条，趁父母专心"对攻"时跑出了家门。直到"战争"暂停，叶云英才发现小纸条。纸条上写道："爸爸、妈妈，女儿走了，女儿多么希望有一个平静而温暖的家啊！如果你们不能给我一个家，但至少也应该给奶奶呀。奶奶快80岁了，每次你们打架，她都在一边偷偷抹眼泪，难道你们真的要把她活活气死不成？求求你们，能不能不要再吵了？"

晓燕很快就被找到了。但她的离家出走并没有改变父母的关系，他们的矛盾愈演愈烈，不断升级。1996年5月13日，晓燕放学后回到家，看到妈妈脸上青一块紫一块的，分不清哪是血水哪是泪水。显然，妈妈和爸爸又发生过恶战。妈妈把晓燕叫到身边，默默地端详了好一会儿，目光有些特别。第二天一大早，晓燕又被父母激烈的吵骂声惊醒。她对此已经见怪不怪，饭也没吃就上学去了。直到晚上她放学回家，家里的"战火"仍在燃烧，地上一片狼藉。可怜的晓燕吃了一碗稀粥，就在奶奶的床上迷迷糊糊睡着了。

第二天晓燕醒来时发觉，自己不知为何已经躺在了医院里。奶奶坐在晓燕身边，一见她醒过来，浑浊的老泪便流了出来。在医院住了几天后，奶奶踉踉跄跄地牵着她回到家。此时家里已经没有父母的争吵声，变得一片死寂。晓燕不敢想象的事发生了，她妈妈制造了一起骇人听闻的惨案！

晓燕的爸爸死了。那天傍晚，饱受丈夫殴打的叶云英趁丈夫睡下后，用大门栓对准丈夫的头部一阵猛砸。砸死丈夫后，她又用菜刀将尸体分成六块扔进屋后的粪坑里。作案后的叶云英知道自己难逃法网，一狠心便想把女儿也杀了，免得她一个人留在世上受罪。这个灵魂极度扭曲的母亲拿来一瓶农药，朝熟睡的女儿嘴里灌去……晓燕的奶奶被惊醒了，呼喊着抢过农药瓶，叶云英又强迫老人喝农药……幸亏邻居听到动静闯了进来。后来，公安人员来了，叶云英被带走了。

失去父母，11 岁的晓燕真的成了一只孤苦的燕子，周围的人对晓燕也是既怜悯又痛惜。

叶云英杀夫的案子，秦洪根早就有所了解，但真正了解到不幸的晓燕，他不由得感到揪心的痛。

▶ 倾情救助，只为受伤的"小燕子"

小时候吃过苦的秦洪根能想象到晓燕祖孙俩过的是怎样凄凉的日子。办完案子，他打听到齐晓燕在石庄小学念书，便悄悄地来到学校，请老师把孩子找了过来。虽然秦洪根已经有了心理准备，但晓燕的样子还是让他吃了一惊。眼前的小女孩比他想象的还要黑瘦，头发枯黄蓬乱，嘴唇上满是血泡。尤其让他心痛的是，孩子呆滞冷漠的眼神。

秦洪根定了定神，摸摸晓燕的头，柔声说："孩子，叔叔想帮帮你，你让叔叔为你做点什么？"

晓燕抬起头，怯怯地望着身穿警服的秦洪根，憋了很久才"哇"地一声哭起来："我恨妈妈，她不该杀死爸爸，让我成了孤儿。"

秦洪根心头一紧，不自觉地走上前，一把将晓燕搂到怀里。他掏出手帕给孩子擦去满脸泪水，然后从包里拿出 300 元钱，塞到晓燕手上："孩子，这钱你带回去，让奶奶给你买点好吃的。"晓燕睁大眼睛看着这个佰生的叔叔，没有接钱。秦洪根故意把脸一沉，说："晓燕，叔叔家里有个男孩，比你小几岁，才上一年级就赶上你高了。你不想长高些长胖些？多吃些好东西才能长好身体。你要是拒绝叔叔，叔叔会不高兴的。"

晓燕还是不说话，任凭秦洪根将钱塞进她的裤兜里。

见过晓燕，秦洪根来到校长办公室。校长告诉秦洪根，自从家里出了事，齐晓燕的成绩一路下滑；读完小学，她便可能失学，因为年过八旬的老奶奶不可能供养她读中学。校长的话让秦洪根又是一怔，从学校出来，他随晓燕一起到了她的家。

齐晓燕的家满眼破败。空荡荡的屋里，没有什么家具。被烟熏黑的灶台上，放着两只小碗，里边盛着稀饭，可能便是一老一小的晚餐了。秦洪根上前拉住晓燕奶奶的手，说："老人家，你有什么困难跟我说说吧。"老人望着面前这位一脸真诚的警察，抹着眼泪说："晓燕她爸妈去了以后，家里整个塌了。孩子年纪小，我老得都快走不动了，看来带不大这可怜的孩子了。现在，我每天拼命糊鞋垫子，挣点吃饭钱……"老人越说越伤心，说得秦洪根也泪眼汪汪的。奇怪的是，一旁的晓燕却傻傻地站在那儿，表情漠然。

孩子的神情更让秦洪根心里沉甸甸的。看来，残酷的家庭悲剧不仅使孩子失去了基本的生活保证，更给孩子的心灵造成太深的伤害。要让这样一个特殊的孩子健康成长，绝不是一两次资助就能解决的问题，秦洪根意识到，光凭他一个人的力量远远不够，但不管怎么样，他决定试一试。临走时，秦洪根把身上仅有的200 元钱掏给晓燕的奶奶，说："这点钱你先用着，我会常来看你们的。"他又找了张名片递给晓燕："有什么事，照这上面打电话告诉叔叔。"晓燕接过名片，还是没说话。

从石庄镇回城的路上，一种强烈的责任感在秦洪根的心里油然而生：他要倾力救助齐晓燕这个不幸的孩子。

平常表情严峻的秦洪根其实是个感情丰富、内心充满柔情的人。在家里，他是个孝子。他从不在家人面前提及自己这份很有些危险的工作。他那 90 高龄的父母至今都不知道儿子真正从事的职业是什么。秦洪根有一个幸福的三口之家，妻子许红是江阴市人民医院的医生；7 岁的儿子洋洋，长得虎头虎脑、活泼可爱。那天晚上回到家，秦洪根把白天的见闻和自己的想法告诉了妻子，善良的许红一听眼睛就潮湿了。她叹口气，说："这孩子太可怜，我们就把她认作女儿养吧。"

妻子的支持更坚定了秦洪根救助齐晓燕的决心。自此，从江阴市区到石庄镇大坎村的乡间小路上，便常常出现秦洪根的身影。因为刘晓燕祖孙俩没有收入，秦洪根就定期给她们送来柴米油盐。每次到大坎之前，他还总要在书店里挑几本适合孩子们看的书籍给晓燕带上。

在秦洪根的资助下，齐晓燕终于能够继续读书了。小学毕业后，她考上了石庄中学。然而，尽管和秦洪根已经有了很长时间的交往，但晓燕却始终没有主动理睬过这位帮助她的警察叔叔。1998 年中秋节，秦洪根和妻子许红上街给晓燕买了些书籍和几件厚实衣服，又买了些过节的食品送到晓燕家。他把刚买的《钢铁是怎样炼成的》和《法律知识讲座》等几本书递给晓燕，晓燕接过书，表情依然冷冰冰的。

齐晓燕这副冷漠的神情让秦洪根非常难过，他感到要帮助这个受伤的"小燕子"，物质上的资助固然重要，但培养她健康的心理和健全的人格则更为紧迫。如果晓燕的内心总是这么封闭，她这一生可能就完了。为了帮助晓燕早日走出她母亲给她留下的阴影，秦洪根找到石庄中学的校长和晓燕的班主任，他们就晓燕的培养问题达成了共识。几天以后，晓燕当上了班级的政治课代表。

为了及时掌握晓燕的情况，秦洪根经常跟她的班主任电话联系。一天，秦洪根得知晓燕的班里要召开一次学生家长会，他突然灵机一动，决定以齐晓燕家长的身份参加这个会。齐晓燕有个当官的警察叔叔给她当"家长"的事很快就在学生中传开了，齐晓燕的身上似乎立刻多了道神秘的"光环"。秦洪根告诉晓燕的班主任："我这样做，就是要给晓燕打个'保护伞'，多少能替她挡挡那些歧视的目光。"

付出，总会有回报。时光荏苒，秦洪根那满腔的爱终于融化了齐晓燕心头的寒冰。秦洪根永远忘不了1998 年深秋那个美丽的黄昏。这一天，他一进晓燕家的门，孩子就主动迎了上来，轻轻地喊了一声"叔叔"。秦洪根一愣，有些不相信自己的耳朵：这么长时间晓燕从没有这样主动冲自己打招呼呀，今天是怎么了？他弯下腰，问道："孩子，你是不是有什么话要跟叔叔说？"晓燕忸怩了老半天，才羞涩地说："我考试考了全班第一名，老师今天表扬了我。"秦洪根一听乐了："这是好消息呀，叔叔该好好奖励你，这就给你买文具去。"说罢，他不顾一天的劳累，骑上车子一溜烟往镇上赶去。两年多来，晓燕的学习成绩一直上不去，现在能冲上来，说明孩子正逐步走出阴影；更重要的是，孩子今天主动向他报告好消息，意味着孩子开始依赖他，真的把他看成自己的家长了。这能不令秦洪根激动万分吗？

▶ 慈父般爱，让"小燕子"飞起来

1999 年元旦，秦洪根和许红把齐晓燕接到自己家里。放假的两天里，秦洪根夫妇每天带着齐晓燕和自己的儿子洋洋一起去逛商店或到江阴的各景点游玩。每到一地，洋洋总是牵着晓燕的手，姐姐长姐姐短地喊个不停。晓燕在秦家住了两天，脸上绽开了久违的笑容。晓燕回去时，秦洪根又给她 200 元钱，叫她中午吃食堂时加强营养。

后来，齐晓燕在日记里这样写道："我感谢秦叔叔。我知道他为了帮助我、培养我，费了不少的心血。总有一天，我会报答他的……我现在每两个星期都要去一次秦叔叔家。我喜欢秦叔叔和他们全家人。叔叔和阿姨待我像亲生的女儿，让我感受到家庭的温暖、生活的美好……"

从 1999 年初的寒假开始，晓燕每个寒暑假几乎都是在秦洪根家度过的。叔叔、阿姨去上班了，她就和洋洋在家做功课或者一起做游戏玩。有一次，调皮的洋洋把晓燕惹哭了，正巧赶上秦洪根下班回家。做爸爸的不分青红皂白，照着洋洋屁股上就是两巴掌。等到妈妈回来，洋洋气呼呼地向妈妈告状："爸爸对姐姐偏心，为什么从来不揍姐姐，总喜欢揍我？"妈妈笑着对他说："我们好不容易给你认个姐姐回来，你要是再惹姐姐生气，姐姐气走了怎么办？"洋洋挠挠头，若有所思，说："以后我再也不惹姐姐生气了。"假期结束时，秦洪根夫妇给两个孩子买文具，又替晓燕多买了一些。没想到，洋洋竟懂事地说："姐姐回乡下，买东西不方便，就该多带些回去。"

法警大队长资助齐晓燕的消息传出之后，很多人感到不可理解，风言风语多了起来："那么多正常的孤儿不照顾，他们倒照顾起杀人犯的女儿来了，这里面

很蹊跷哟！""沽名钓誉，想出风头。""别有用心，想捞点政治资本吧？"对于这些话，秦洪根只是付之一笑。他没有精力也没有兴趣去理会这些闲言碎语。

秦洪根的义举在他所在的法警大队引起强烈的共鸣。大队政委刘文炳建议："援助孤女齐晓燕不只是秦大队长个人的私事，而是我们整个法警大队的事。"在他的倡议下，大队的所有同志都为晓燕捐了款。1999年中秋节。江阴法院20多名法警把齐晓燕接到江阴，大家在一起度过了一个美好的节日。晚上，秦洪根又把晓燕带回家吃团圆饭。吃饭时，洋洋亲热地挨在姐姐跟前坐着，而秦洪根夫妇则不时给晓燕夹菜。饭后，许红挑了个最大的月饼给晓燕吃。吃着香甜的月饼，晓燕禁不住眼泪汪汪。临别时，秦洪根夫妇给晓燕带上早已准备好的冬衣，又装了一大包月饼和水果。这时候，齐晓燕再也忍不住了，她一把抱住许红，喊了声"妈妈"，泪水又哗哗地流了下来。

爱的浇灌，让齐晓燕这棵受伤的幼苗得以复苏并苗壮成长。2001年夏天，齐晓燕以优秀的成绩考上了江阴市重点高中澄西中学。秦洪根十分欣慰，对晓燕说："只要你用功学习，将来考上大学，叔叔也一定支持你读下去。"晓燕读了三年高中，秦洪根和法警大队的同事们对她资助了1万多元的学习和生活费用。晓燕已经习惯了把秦洪根家当做自己的家，习惯了隔上一两个星期就要回"家"去看看。秦洪根对晓燕的成长也更加关心，无论工作多么繁忙，他每学期都要到学校去几趟，及时了解晓燕的学习和生活情况。

2004年6月，齐晓燕参加高考。成绩公布后，齐晓燕的高考总分达到了江苏省大学本科录取分数线，被江苏大学京江分院医学系录取。齐晓燕上大学的费用是每学期6 000多元，大学四年共计5万多元费用，将全部由秦洪根及法警大队的同事们资助。

2005年5月初，秦洪根告诉采访他的本文作者，晓燕之所以选择学医，多数是受他当医生的妻子许红的影响。今年春节期间，晓燕上大学后回江阴过第一个寒假，有一半时间都是在他家度过的。晓燕在大学里的学习成绩很优秀，在全系新生中处于上游水平。晓燕跟他说过，大学毕业后，她一定要成为一名像许妈妈一样优秀的医生……

此时此刻，秦洪根的口吻和神态，分明透着由衷的自豪，透着一股浓浓父爱！（文中齐晓燕为化名）

女记者真情感化抢劫逃犯

> 一个是持枪抢劫的逃犯，一个是俗称无冕之王的记者；一个出生于苏北农村，一个成长在西子湖畔。
>
> 半年前，他们还素不相识，各自的生活轨迹相距甚远。到底是什么原因把这样两个有着天地之别的人"牵扯"到了一起？

▶ 女记者真情感化，"无助男孩"迷途知返

2000 年 11 月 8 日，第一个中国记者节。按照节前的策划，杭州《都市快报》将程洁等 29 位记者的照片及联系方式在报纸上刊登出来。来到报社后一直负责读者热线工作的女记者程洁，在"特别启事"中写道："我叫程洁，今年 23 岁，毕业于浙江大学中文系。如果你有什么高兴事、烦恼事，给我打电话吧。"

11 月 17 日下午，正当班的程洁收到一封写有"程洁收，非本人勿拆"的匿名信，她拆开一看，不由得吓了一跳：原来寄信人竟是个持枪抢劫者！他说自己与程洁同龄，曾参加持枪抢劫团伙，已潜逃在外两年；因逃亡太累，想自首，可自己的罪行严重，希望通过程洁了解一下自己犯的罪究竟会怎么判刑。来信者没有留下任何联系方法，要求程洁务必于 11 月 20 日前在报上给他回复。信封上的邮戳表明，信来自"浙江温岭"。

收到这封署名"无助男孩"的来信后，程洁立即向报社领导作了汇报。经领导同意，11 月 20 日，一封由程洁写给匿名信作者的回信，刊登在《都市快报》

的"都市热线"版上。程洁在信中转达了浙江省公安厅法制处"关于只要案犯自首，定会得到宽大处理"的原则性答复，同时写道："同龄的朋友，对你的情况，仅凭两张薄薄的信纸，我了解得并不多，但是有一点是一样的，你是我的同龄人。朋友，你还那么年轻，未来的路还很长，逃亡在外，受罪的不仅仅是你，更牵连到你的家人。他们在承受巨大的压力的同时，还要为你担心……"她还向在逃者承诺："如果你有什么顾虑，我愿陪你回家乡自首，并为你聘请律师。"

一个星期过去了，那个自称"无助男孩"的在逃者一直没有回音，程洁焦急地等待着。11月27日上午，办公室桌上的电话铃声响起，程洁拿起电话，只听里面传来一个年轻而陌生的声音："记得我吗？我就是那个给你写信的持枪抢劫者。"她又惊又喜，小心翼翼地问："你现在哪里？离我远吗？""很远。没想到，你真的会给我回信。"对方的声音有些急促也有些伤感，"写那封信时我在温岭，相信你从信封的邮戳上就能发现。那儿不是我的家，只是路过的一个小镇。两年来，我跑了许多地方，唯一没去过，也是最想去的就是自己的家……我不知道这辈子还能不能回家看看……"

两个同龄人之间的交谈持续了33分钟。在逃者告诉程洁，因考虑到自己的安全，他本想只和她交谈几分钟的，但是程洁言语中透出的真诚打动了他，于是谈话时间延长了这么多。当程洁又一次劝他自首时，对方突然挂断了电话。

第二天，程洁在《都市快报》上再次给在逃者发信："不知名的朋友，快去自首吧，做一个堂堂正正的人。你若有困难，不妨来找我，我会在电话机旁静候着你……"

此后的日子里，神秘的在逃者似乎又从地球上消失了。程洁的心从此悬了起来，等待那个同龄人的电话成了她每天的牵挂。这一等，等到了21世纪。

2001年1月5日下午，程洁终于听到了那个已经熟悉且期待已久的声音："你是不是程洁？"与以往不同的是，在逃者这次似乎少了许多顾虑，把他的姓名、家庭住址、两年前作案的具体地点以及现在的传呼号码都告诉了程洁。他说自己出生于1977年5月。程洁笑笑说："我生在7月，但我更觉得自己像你的姐姐。"也许是受到笑声的感染，对方变得稍稍放松："那我就叫你一声姐姐吧。在家里，我有个非常疼我的姐姐，我太想她了。"这次通话，程洁第一次知道了这个神秘的在逃者名叫黄继伟，家住江苏省灌云县龙苴镇石门村。

原来，黄继伟出生在一个贫困的农民家庭，小学一毕业便辍学了。由于交友

不慎，他和社会上一帮不法之徒混到了一起，"轻而易举"地走上了犯罪道路。

1998年9月初的一天晚上，黄继伟与邻村的徐林等人携带自制手枪、砍刀和匕首，窜到村前的公路上实施抢劫，但没有成功。他们不死心，接着有了第二次，他们拦住了一辆过路的解放货车，劫得内装900余元现金的皮包一只，黄继伟分得赃款200元。第三次作案，也是在公路上，这回共抢了两辆车，黄继伟分得100多元钱和10多斤苹果。作案之后，黄继伟越来越害怕，决定中途退伙，并于1998年11月底南下上海打工。1999年春节前夕，在外躲了两个多月的黄继伟从上海回家。车到灌云县城，满城的人都在议论1998年12月24日县里发生的一件大事：一伙持枪歹徒，半夜在公路上打劫，被守候了几个月的警察一举伏击。大雾里一番对射和搏斗，两个歹徒当场死亡，一人重伤，还有一人被擒。这就是徐林那伙人，除了黄继伟在逃，其他四个人全栽了。黄继伟当时吓出一身冷汗，哪里还敢回家，从此踏上了逃亡之路。

两年里，黄继伟不停地变换地方。他说："我真希望，这只是做了个梦，梦醒时，我还是躺在自家的小床上……程洁，我真的害怕极了，春节快到了，我本应该守在父母身边尽孝道，可是我现在带给他们的只有恐惧和不安。我想自首，可又害怕，我会被判死刑吗？"

程洁一颗善良的心被他的忏悔深深触动了。为了帮助这个站在人生十字路口的同龄人，放下电话后，她即与江苏省灌云县公安局取得了联系。该局徐副局长证实了这起抢劫案的具体情况，并说江苏省公安厅已将黄继伟列为网上通缉犯。他表示：持枪抢劫的量刑很重，可判无期徒刑乃至死刑，但若案犯自首，可以从宽。

下午5点45分，程洁打了个传呼，将灌云警方的态度转告给黄继伟。他在电话里沉默片刻后说，明天上午乘火车赶到杭州，与程洁面谈。

为了方便与黄继伟联系，程洁决定晚上不回家了，留在热线值班室里过夜。她的母亲听说女儿第二天要跟在逃犯单独见面，心里非常着急，打来电话再三叮嘱她千万小心，那可是个开过枪、打过劫的逃犯啊！程洁反复向母亲解释："他并不可怕，只不过是个和我同年、曾犯过错、想要悔改的年轻人。"母亲不再做声。半夜里，她又在女儿的传呼机上留言：别想的太多了，好好休息，明天，好多事等着你做。程洁心里一热，泪水差点流了出来。

2001年1月6日清晨，程洁"单刀赴会"。在杭州市中医院门前，她见到了逃匿两年多的黄继伟。恍惚中，她觉得面前这个个头不高、面孔清瘦的逃犯就像自己熟识的同学，只不过眉宇间少了一份坦诚和放松。

踩着环城西路两侧的人行道，程洁与她的同龄人来来回回走着。一个半小时过去了，黄继伟仍然犹豫不决。面对程洁期待的目光，他说："让我再好好想想，下午4点钟我给你消息。"

回到报社后，程洁的心情无法平静，她再次与灌云县公安机关联系。办案民警告诉她，公安部门已对所有负案在逃犯作出承诺"若在春节前自首，定会得到宽大处理"。程洁立即给黄继伟发了个传呼。黄继伟回电说："我再想想。"过了4点钟，他却并没有回电话。半小时后，程洁又一次给他打传呼："无论考虑结果怎样，务必给我答复。"过了一会儿，黄继伟回电了："再给我半小时，让我再考虑一下。"这个答复让程洁的心似乎沉到了谷底，她在焦虑中一分一秒地等待着。

黄继伟终究没有违背承诺，半小时后准时打来了电话。在电话里，他没有多说什么，程洁请他到报社吃晚饭，他答应了。

晚上6点多，程洁和黄继伟在报社的大门口第二次见面了。出乎意料的是，见面后黄继伟送给她一盒感冒药。他说，在电话里听到程洁总在咳嗽，估计她感冒了，心里很过意不去。程洁心头一热，伸出手来，和他使劲地握了下手。

程洁领着黄继伟走进了报社的餐厅。见大厅里吃饭的人很多，黄继伟显得非常不安，面对程洁为他要的一桌子的菜，他动得很少，不时还左顾右看。为了安慰他，程洁只得不停地给他夹菜。饭后，程洁和这个同龄人在报社的会议室里再次交谈，经过近一个小时的劝说，在逃两年多的黄继伟终于作出自首的决定。

晚上8点15分，黄继伟向一身便装赶到的杭州市公安局天水派出所干警自首。

1月10日，黄继伟被灌云县警方押解回乡。程洁跟黄继伟一起上了车。在车上的七个半小时里，感激涕零的黄继伟向女记者讲述了逃亡生活的种种遭遇，并发誓要重新做人，绝不辜负程洁的真诚挽救。

▶ 帮人帮到底，女记者要当辩护人

送黄继伟回乡自首归来，程洁的工作又回到了原来的轨道。她没有想到，自

己劝持枪抢劫犯走上自首之路的故事经媒体报道后，引起了众多读者的关注。更让程洁始料不及的是，这件事也感化了很多在逃犯。仅仅两个多月时间，程洁和她的同事共接到在逃人员希望自首的电话十几个，其中一个在逃 4 年的杀人犯，也在他们的协助下向警方自首。

3 月 10 日早晨，程洁走进办公室，一眼就看到自己的办公桌上放了一张印有黄果树瀑布的风景明信片。她知道那是黄继伟寄来的，因为今年春节过后他曾经寄来同样的明信片。信上写道："铁窗生涯，使我懂得了人生的可贵，犯下的罪行是多么可耻！……程洁，当初你说，愿意帮助我，做职业上力所能及的事，还能做到吗？……做不到我也不怨你。无论如何，迷失人生的我感谢你对我的帮助。"同时，他告诉程洁，自己的案子将于四五月份在灌云县人民法院开庭。

看着黄继伟的来信，程洁感觉到这个迷途知返的青年的期盼，她更能读懂那省略号里的含义。为了履行当初答应为黄继伟聘请律师的承诺，程洁找到了自己多次采访过的杭州市星韵律师事务所徐建民律师，并很快将黄继伟犯罪经过及投案自首的有关材料整理出来，厚厚的一叠，送到了徐律师手中。

不久，徐律师神情严峻地告诉程洁，就我国新《刑法》而言，只要是持枪、团伙、多次入室或在交通器上抢劫，具备其中一项罪行，最低量刑也在 10 年以上，直至死刑。而黄继伟是多项罪行具备，如果他不自首而继续逃亡的话，一旦被公安机关抓到，量刑肯定非常重。黄继伟的同伙，有两人在持枪抵抗公安民警的对射中被击毙，另外三人被捕后受到法律的严惩，其中一人死刑，一人死缓，一人无期，他们的下场证明了这一点。

听了徐律师的分析，程洁的心情非常复杂，她既为这个同龄人的过去感到耻辱，又迫切希望黄继伟能获得一个重新做人的机会。此时此刻，黄继伟那懊悔期盼的神情仿佛又出现在她面前。她焦急地询问道："黄继伟的自首行为对量刑有多大的作用？"

徐律师说，考虑到这个案子的具体情况，因为程洁对黄继伟的自首经过最清楚，建议她以普通公民的身份与他本人一起担任黄继伟的辩护人，这样可能对黄继伟的减刑有利。

"我是个记者，怎么能担任辩护人？"对此，程洁有些不解。徐律师告诉她，这在法律上是可行的，但必须有黄继伟的书面委托。程洁思忖片刻，表示同意。

第二天，程洁打电话给灌云县法院和检察院，就自己希望担任黄继伟辩护人一事作了说明，很快得到灌云方面的认可。接着，她起草了一份委托书，传真给上次来杭州押解黄继伟的灌云公安局刑侦中队林队长，请他帮忙转给黄继伟过目。不久，林队长回电，黄继伟已经在委托书上签字并按了手印，愿意委托程洁与徐建民一起为他辩护。几天后，她又接到灌云县法院的通知：黄继伟的案子将于4月18日上午开庭，她为黄继伟担任辩护人的申请已获批准。而这时，离开庭只有不到一个月的时间了，程洁深感肩上担子的沉重。因为自己只是一名中文系大学毕业生，对有关的法律条文缺乏深入细致的了解，到时候，又如何能在法庭上为黄继伟进行准确有效的辩护？于是，程洁争分夺秒地找来一本本法律书籍，结合黄继伟的犯罪事实，对照有关条文仔细研读起来。有几次午休时，她因为只顾埋头看书，结果错过了报社食堂的开饭时间，等同事们吃过饭回来，发现她还抱着本法律书在"啃"，就不解地问："程洁，你最近怎么了，是不是想改考法律系的研究生？"程洁笑而不答。

遇到不清楚的问题，程洁就多次与徐建民律师交流自己的想法，并最终决定把黄继伟的自首情节及其良好的社会效应作为辩护重点。

▶ 法庭内外，女记者的义举动人心弦

4月16日上午8时，程洁和徐建民律师踏上了去苏北的行程。在连续颠簸10个小时后，他们到达了灌云县。一下车，程洁不顾疲劳，就和县法院刑庭的王庭长联系上了。征得王庭长的同意，她将黄继伟的有关案卷全部调了出来，通宵达旦地仔细查阅。

第二天上午10点半，程洁一行在法院工作人员的陪同下走进了看守所。见程洁带着律师来了，黄继伟好像看到了久别重逢的亲人，眼泪夺眶而出。程洁的眼圈也红了。分别3个多月，黄继伟看上去精神了许多，虽然戴着手铐，但显得平静而坦然。

这次，程洁有的放矢地问了黄继伟很多关键性的问题。正如她所掌握的，她非常欣慰地了解到，黄继伟在作案中所起的作用其实不是很大，实际造成的后果

不是很严重。因为，抢劫的主意不是他提起的，他是经不起同伙的唆使才参加的；土枪是同伙塞给他的；受害者的钱物不是他直接动手抢得，是同伙抢得后分给他的；第一次作案后，他曾几次拒绝同伙的唆使，后又由于同伙的威胁，他才又参加；在抢劫过程中他没有伤害受害者的身体。所以，程洁坚决地认为黄继伟在抢劫过程中只处于次要地位，所起的作用不大，实际造成的后果不严重。

交谈中，黄继伟数次痛哭失声，对自己犯下的罪行悔恨交加。看着面前的这个同龄人哭得像个泪人儿似的，程洁的心被深深地震撼了，她产生了一种强烈的感觉，黄继伟的忏悔是真诚的，自己为他所做的承诺是应该的，自己与这位同龄人的这次交往，正在使这个一度走向深渊的年轻人灵魂复归。

中午，当程洁他们疲惫不堪地回到旅馆时，黄继伟的母亲也从乡下赶来了。这位尚处中年的母亲因为儿子的犯罪，终日以泪洗面，双眼已经无法看清面前的事物。当程洁把几张黄继伟的照片交到她手中时，她注视了很长时间。程洁从身上拿出 500 元钱交给这位贫困的母亲。她流着泪说："你已经为我的儿子做了那么多事，把我的儿子救了回来，我没有东西谢你，怎好再要你的钱呢？"程洁也掉泪了，对黄母说："你是无辜的。这点钱你得留着，黄继伟服刑时你再去看他，可以给他买点书，让他走正道。"

4 月 18 日上午 9 时，黄继伟持枪抢劫一案如期开庭审理，程洁和徐律师一起走上了法庭的辩护席。平生第一次为一个与自己同龄的罪犯作辩护，程洁的心情无以言表。

法庭上，被害人用颤抖的声音进行了血泪控诉："他们用枪抵住我的腰，砍刀架在我的脖子上……"公诉方则一条一条地举证黄继伟一伙犯下的令人发指的罪行。黄继伟的犯罪事实十分清楚。公诉方指控他一共参加三次抢劫，黄继伟除了为自己辩解第一次没有带枪外，对其他的指控供认不讳，因而他的行为已经构成多次持枪抢劫罪。

此时，法庭的气氛十分严峻，在法警当庭出示被告人使用过的土枪和砍刀等物证时，台下的旁听席上一片哗然，人们的神情中显露出对持枪抢劫犯的强烈憎恨；而端坐在法庭正中的审判人员，其表情也异常冷峻。这一切，显然对法庭辩护十分不利。

法庭辩论开始了。徐建民律师首先陈述黄继伟在作案潜逃两年后，最终选择了投案自首之路的事实，认为这是应当肯定并予以鼓励的，并请法庭在量刑时能充分考虑黄继伟投案自首的事实已经给社会造成很大的影响，取得较好的社会效果，对他从轻或减轻处罚……

最后轮到程洁为黄继伟辩护了，只见她镇定自若地拿出自己精心收集的所有有关黄继伟在自己劝告下自首的报道，以及十几名在逃犯在这一事件影响下有了自首愿望或行动的报道，向审判长、公诉人和所有旁听者讲述了黄继伟的忏悔经历。她说："像黄继伟这样的年轻人，其出生、生长的家庭属于弱势群体，他的犯罪，有偶发性；在潜逃期间，他没有再作案，而是四处打工，甚至在煤矿差一点儿被砸死的情况下，他依然选择了自食其力的道路，说明他已经想重新做人。更重要的是他最终选择了投案自首之路……而且，在与黄继伟接触之后，他对自己罪行的认识，他对奶奶、母亲和姐弟的那份亲情，都说明其人可救可教……"最后，她大声说："一个人犯了罪就必须付出代价。但黄继伟对以往的罪行已深有悔意，他的自首行为已成功地感化了一批在逃犯，使他们产生了自首的愿望，其中一个杀人犯已经向警方自首。希望法庭考虑这些事实，给予黄继伟从轻或减轻处罚。"一口气说完这些，24 岁的女记者发现从小就腼腆害羞的自己，这次竟没有脸红。

听了程洁的辩护，审判长紧锁的眉头渐渐舒展开来，100 多人的旁听席也变得出奇地安静，人们愤怒的情绪开始缓解了。同时，公诉方和庭审法官也频频点头，当场表示同意她的观点。法官们认为：黄继伟认罪态度很好，尤其有自首情节，社会反响极大，法庭将会考虑从轻或减轻处罚。合议庭决定，对黄继伟的判决结果将在一周之内作出。

4 月 27 日上午，刚上班的程洁收到了灌云县人民法院发来的判决书传真件：黄继伟犯抢劫罪，判处有期徒刑十年，剥夺政治权利三年，并处罚金人民币 1 000 元。就新《刑法》而言，对于一个曾参与结伙、持枪、多次抢劫的案犯来说，这已经是最轻的刑罚了。至此，程洁的心里仿佛一块石头落了地。

五一期间，程洁收到黄继伟的来信，信中写道："你一直给予我无微不至的关怀，让我恢复了信心，对生活产生了希望；是你给了我第二次生命，今生今世我不会忘记……"

摄友网援小聋女

　　这是一个爱心激荡的故事：无锡市一位摄影爱好者在采风时偶遇一个长着美丽大眼睛的 4 岁女孩，让他感到震惊的是，这个可爱的小女孩是个聋儿，而且她一家都是聋哑人。他将女孩的照片发布到摄影爱好者聚集的"色影无忌"网站，想通过网络为孩子提供一些帮助。

　　令他始料未及的是，在短短一个多月里，竟发生了一个传奇般故事，女孩的命运，也因此发生了根本改变……

▶ 偶遇聋儿

　　2004 年 3 月 7 日是个星期天，下午 3 点多钟，在无锡市某外贸公司工作的任旗和在某网站当编辑的顾建平相约来到无锡火车站附近的一里街。他俩都是无锡市小有名气的摄影爱好者，在摄友们聚集的"色影无忌"网站都有自己的专栏网页。任旗的网名叫"老先生"，顾建平的网名叫"惊蛰"。他俩此行的目的是想为这条即将因拆迁而消逝的老街拍些图片，留下一点老城的最后记忆。

　　临近傍晚时分，他们转到一条小巷的拐角处，发现那里围着一群人。走近一看，方知是当地的居民正在围观一个做糖泥雕的老艺人。任旗调好焦距，准备把这个热闹的场景纳入镜头。忽然，一个小女孩冒失地闯入了镜头，一双美丽的大眼睛好奇地盯着镜头看，而后又紧张地低下头来。任旗连忙改变对焦点，喊了一声："小妹妹，把头抬起来，我给你拍张照片。"然而小女孩似乎没有任何反应。疑惑间，旁边有人说："她听不到的，她是个聋儿，她一家子都是聋哑人。"任旗的心一沉，不由自主地按下了快门。随后，他掏出钱为小姑娘买了两只糖雕。小姑娘拿着糖雕爱不释手，左右看个不停。

如此漂亮的小女孩却听不见这个世界上美妙的声音，难道真是造化弄人吗？好奇和同情心驱使他俩随小女孩来到一个狭小的宅院。果然，这是一个"沉默的家庭"：小女孩的爷爷，是后天聋哑人；奶奶，是半聋哑人；爸爸、妈妈、叔叔，都是聋哑人！

小女孩一家面对两个陌生人的造访，显得非常兴奋和热情。他们拿出笔和纸，通过书写交流起来。小女孩名叫周玥，虽有部分微弱的听力，但已经 4 岁了，还是不会说话，只能发出儿童本能的嘤嘤细声。周家人一直想给孩子治疗，但这个残疾之家每月几百元的收入只够勉强维持温饱，根本无力支付孩子的治疗费，更别说对她进行培养了。

晚上回到家，任旗将自己白天拍摄的照片输入电脑，面对电脑屏幕上小周玥那惊恐、郁忧的眼神，他的心里漫起一股深深的惆怅。夜深了，他躺到床上休息，但小周玥的模样仍在他脑海里挥之不去。他忽然觉得，自己应该为这个不幸的孩子做点什么。凌晨 3 点多钟，他再次坐到电脑前，将拍摄小周玥的一组照片，以《生活在无声世界里的小女孩》为题，上传到"色影无忌"网站的"摄影大家坛"上。任旗为图片配了段简短的说明：2 岁到 5 岁是学习语言的最好时间段，这个女孩已经 4 岁了，如果能在今后 3 年里帮助她学会说话，她就能过正常人的生活，否则，这个社会就会多一个成年的聋哑人！

▶ 震撼心灵

《生活在无声世界里的小女孩》这组照片上传后，"色影无忌"被震动了。这个帖子的点击数一下子跳了上去，许多人认为这是一组打动人心的好照片，小周玥的眼神让人为之震撼。有个网友写道："想象在她无声的世界里／一定与现实隔着堵厚厚的墙／不然，请看她惊恐的眼神／那种深深的隔阂／绝不是一日萌生……"还有个网友写道："小姑娘的眼里有茫然，但更有渴望！这种眼神真实地表现出残疾人对融入到正常人生活的企盼。"

许多回帖的网友一面感叹这组照片的感染力，一面痛惜小周玥的不幸。大家与任旗有着同样的担心：小周玥已经 4 岁，正是学习语言的最好阶段，可她生活在一个全是聋哑人的家庭里，除了手语，是无法实现交流的。而现代科学已经能够让有残存听力的人，在佩戴助听器的情况下实现语言康复。是让小周玥继续目前的状况，3 年后进聋哑学校，给社会再添一个成年聋哑人，还是助她进行康复，到 7 岁时和正常儿童一样上学？

然而，正当大批网友看到小周玥的照片并为她的未来牵肠挂肚之时，也有人吹来冷风，他们怀疑拍摄者的动机，怀疑他不过是拿残疾人来作秀，希望以这些照片获奖或是赢得圈子里的廉价喝彩。

网友们对这组照片的关注程度多少出乎任旗的意外，不过有人说他是想沽名钓誉，那就大错特错了。任旗的摄影爱好已近 20 年，拍摄的照片数以万计，但他从未想过以此去谋取名利。简而言之，摄影对他来说，只与心灵有关，而无名利无涉。所以，对于有些人的冷嘲热讽，他一笑了之。

3 月 11 凌晨 5 时许，睡得迷迷糊糊的任旗突然接到一个从美国洛杉矶打来的国际长途。来电话的是个年过花甲的华侨，名叫李福舆。老先生的祖籍是与无锡相邻的苏州。他谈了看过小周玥照片后心灵的震颤，动员任旗将这组照片拿出去参展；还称赞任旗关心残障儿童，做了件行善积德的好事；他表示自己愿意为小周玥提供帮助。这个越洋电话通了 40 多分钟。李福舆老人的仁慈、博爱之心让任旗深受感动，他也从中看到了救助小周玥的希望。

当天下午，任旗再次来到周家，进一步了解小周玥的情况及她家的贫寒状况，并拍摄了一组现场照片。周玥出生于 2000 年 9 月 7 日。她的父母虽然只有30 来岁，但因为所在的福利厂效益不佳，收入微薄，她的爷爷、奶奶更是很早就已下岗，一家人的日常生活虽然能勉强维持，但怎样让小周玥康复，改变这个家庭的未来，他们真是想都不敢想。晚上，任旗不顾一天的疲劳，又坐到电脑前，将早晨与李福舆老人的通话内容整理好，又将下午拍摄的照片配上说明，一起上传到论坛上。

任旗的良苦用心没有白费，"摄影大家坛"上的讨论很快由感慨和同情转向该为小周玥做些什么，有数十个网友直接表示要为小周玥捐款。"色影无忌"网站的总编"老西"与任旗联系："我们必须为这个孩子做点什么！"有个网友写道："震撼只是瞬间，感动之情却一直无法平复，因为让我在爱的沙漠中看到了绿洲。愿我们每位有社会责任感的人共同努力，让沙漠早日成为绿洲！"一个叫"水墨心情"的网友性急地建议："请'老先生'和无锡当地人牵头，在'无忌'搞一场募捐，筹钱赶快给周玥治疗！"更有一个叫"qzho"的网友说："只要能帮小周玥一把，哪怕卖相机也干！我现在就等着'老先生'您一声令下了。"

不过，也有一些网友感到担忧："小周玥复聪需要多少钱？语言培训真能让她开口说话吗？"

▶ 爱心澎湃

网友们的关注和支持让任旗心潮澎湃，也让他感觉到一种沉甸甸的责任。3月12日晚上，他给网友回帖说："如果能得到大家的捐助，我想一定要让钱真正用在小周玥的语言恢复上，可不能成为他们的家庭费用或挪做其他用途。相信我一定会想办法做到专款专用的，同时也请大家出出主意。"

第二天，任旗分别跑到无锡市残联、市聋哑学校和市儿童听力语言训练中心，就小周玥的康复问题进行咨询。聋哑学校说，他们只招收7岁以上的孩子；儿童听力语言训练中心认为，像这样的孩子单纯依靠医生治疗，复聪的可能性不大，必须依靠语言训练。该中心为小周玥的复聪开出了初步计划：首先必须有助听器公司的专业人员来为她测试，配备合适的助听器，然后进行为期三年的听力和语言培训，整个费用需要四五万元。经过这一番了解，任旗觉得把小周玥送到已有19年历史的儿童听力语言训练中心较为合适。

3月14日，又是一个星期天。任旗带上妻子和顾建平及一个网名叫"金工"的摄友一起，又一次来到小周玥家。"金工"是个职业驾驶员，自己有一辆搞出租的面包车。他对任旗说："以后为小周玥用车，只要打个招呼就成，一律免费。"他们把小周玥和她的父母一道带到儿童听力语言训练中心。该中心主任范吟雪等老师为小周玥做了初步测试，认为小周玥非常适合听力语言训练，经过两三年的康复，有希望进入普通小学，和健全儿童一起上学。

与此同时，"摄影大家坛"上，网友们对小周玥的命运愈加关注，一天内有上千人浏览这个话题，上百人回帖。大家对如何帮助小周玥提出种种建议：

该买怎样的助听器，要不要做电子耳蜗手术，听力康复该如何进行，各种培训机构的优劣……天南海北的人们把自己的知识、智慧和生活经验为了一个目的奉献出来。

在网友们七嘴八舌的讨论中，一个目标渐渐明晰：第一步，先筹集购买一只助听器的钱（约5 000—6 000元），改变小周玥听不见声音的现状；第二步，再筹集一些资金，比如一个学期4 850元的费用，让小周玥戴上助听器在语训中心先上一个学期的课；第三步，进一步筹集到更多资金，凑齐五个学期共2.5万元费用，让她接受更完整的语言康复；第四步，筹集植入人工耳蜗的费用……

3月16日，在无锡市残联和儿童听力语言训练中心的支持下，一个专为周玥康复治疗而设的捐款账户在交通银行设立。当天下午，任旗的1 000元捐款，顾建平和摄友"PYP"各500元捐款最先到账。让任旗尤为感动的是顾建平的捐款，因为500元刚好是这位老兄整整一个月的工资。这个肩负沉重家庭负担的中年男人，每天骑着一辆"除了铃铛不响别处都响"的自行车，整个冬天连一双手套都舍不得买啊！

紧接着，远在广西南宁的"色影无忌"网站总编"老西"捐出1 010元；一直关注小周玥命运的李福舆老人也在公布爱心账号的第二天汇来500美元……

经过任旗与周玥的家长及儿童听力语言训练中心范吟雪主任三方协商，由任旗、顾建平、"PYP"、"金工"和"低热不退"这五位无锡摄友，成立了一个爱心捐款五人管理小组，全面负责这次捐款救助活动。任旗等人深知，这是一个出一点儿差错就可能伤害无数人真诚的复杂工程。随着天南海北的捐款陆续汇入，"PYP"每天穿梭在银行和培训中心之间，负责每一笔款项的登记；顾建平负责把捐款制成图表，每天在"色影无忌"上公布；任旗则和"金工"一起，为给小周玥配上合适的助听器而奔波……

3月24日，由"金工"开车，任旗带着小周玥和她的家人来到上海第六人民医院测试听力。上海网友"建筑女孩"早已从论坛上得知他们的行程，她主动提出尽地主之谊为小周玥服务，解决小周玥在上海的一切费用开支。为了帮助小周玥能及时挂上专家号，她早上4点钟就起床去医院排队挂号。

可是，医院的检测结果让众人大吃一惊：医生诊断周玥右耳全聋，左耳仅有残余听力，也就是说，周玥戴助听器是徒劳的，必须施行"人工耳蜗植入"手术，而做这个手术至少需要 20 万元。更为重要的是，装了人工耳蜗后，不能感冒，因为感冒病毒会威胁着与人工耳蜗相连的听觉神经；也不能摔跤，因为一旦摔伤部位在装人工耳蜗处，就将有生命危险。

而无锡市儿童语言训练中心的专家却不同意上海医学专家的意见，他们根据近 20 年的听力和语言训练经验认为，周玥在不具备人工耳蜗植入的条件下，佩戴合适的助听器，并进行积极的语言训练，不失为一种行之有效的方法。

当任旗把上海第六人民医院的专家观点和无锡儿童语言训练专家的观点发到网上后，众网友经过一番讨论后认为，上海六院的专家只是做出了"预计助听无效"的判断，却并不是说肯定无效。所以，大家一致同意在不具备植入人工耳蜗的条件下，先让小周玥佩戴合适的助听器试试。

直到此时，任旗这才松口气。连续多日的奔波劳累，他病了，感冒发烧，四肢无力。但他一天也没有休息，下了班之后，几乎全部的精力都放在小周玥身上了。4 月 5 日，小周玥满带着网友们的一片爱心，终于进入儿童听力语言训练中心进行适应性训练。小周玥的父母及爷爷、奶奶虽然无法用语言表达感激之情，但他们拉着任旗的手，都流下了感动的泪水。

▶ 倾情捐助

捐款从 3 月 16 日开始，在网络上形成了一场接力赛。截至 4 月 14 日，共有 136 名来自无锡、北京、上海、深圳、宁波、武汉、长春、石家庄等全国各地的网友捐款 40 256.77 元，还有新加坡、美国等地的海外摄友捐献了 750 美元。他们中间，有夫妻合捐的，有朋友联名的，有一人两次捐款的，有一家人共献爱心的，还有小朋友拿出自己生日红包的……并非所有玩相机的都是富人，他们中有的人甚至忍痛割爱变卖相机，有的大学生把伙食费节省下来用以捐款……

在"摄影大家坛"上，许多熟悉而又陌生的摄友因为这次捐助行动聚到一起，相互激励。许多人发出由衷的感叹：网络的力量多么神奇！相信网络相信爱！网友"5291"写道："想起一首老歌，只要人人都献出一点爱，世界将变成美好的人间！"一个网友流着泪浏览了全部帖子，感觉自己的心灵得到一次

净化……

在募捐开始时，任旗曾把为周玥解决一只助听器作为近期目标。他没有想到，在短短不到一个月时间里，竟把她的两只高级助听器和三年住校全托康复的所有费用都募齐了。4月14日，任旗与"爱心捐款五人管理小组"及范吟雪主任商量后，决定宣布暂停捐款。然而，即使连续三天紧急叫停后，仍有十几笔捐款汇来。许多因刚刚看到消息而没有赶上捐款的网友深表遗憾，有的要求继续捐款，有的表示要到无锡去看望小周玥。越来越多的网友关注着小周玥的未来，期待任旗等无锡摄友为大家多拍摄些小周玥康复过程的照片。

自从小周玥进入语言训练中心，任旗差不多每个星期都要去看望她，并将她的康复情况拍摄下来，然后贴到"摄影大家坛"上。网友们欣喜地看到，康复训练进行了一个多月，小周玥除了听力上的进步，已经能够说"爸爸"、"妈妈"、"阿婆"等简单的词汇了。网友们还看到老主任范吟雪和老师们为她进行康复训练的感人场景，看到周玥6月6日这天第一次在小朋友们面前表演节目的情形：她伴着一曲欢快的音乐，非常成功地表演了一段舞蹈节目，她的每一个动作都与音乐合拍，根本看不出是一个聋哑女孩。

2004年9月7日，是周玥的4周岁生日，也是她第一次在语言训练中心过生日。任旗不仅为小周玥拍了许多照片，还请无锡市摄影家协会的朋友给她拍了一段生日录像。让所有关心她的人感到欣慰的是，这半年来，小周玥的康复情况比预想的要好得多，她不但能够进行简单的对话，性格上也变得活泼、开朗了许多。从她的眼神里，再也看不到那种茫然和恐惧了。在未来的两年多时间里，小周玥还将接受一系列艰苦的康复训练，同时，她将接受德、智、体、美的全面教育，她完全可以像正常人一样说话唱歌，和正常人一样听见这个世界上的美妙声音。她也一定会亲口对帮助她的好心人喊出："感谢你们！"

一位年逾七旬的老人，11年里个人捐资15万元，募集财物200余万元，30次亲赴大别山深处的希望小学，让1 000多名安徽省金寨县贫困学童得以救助……

周火生，江苏省昆山市千灯镇一名普通退休教师，为了希望工程，他常年卖书筹款，到处奔波募捐。他的行动，感动了成千上万的人；他的名字，已经刻在大别山人的心里。

▶ 老教师心系山里娃

1951年5月，17岁的周火生师范毕业，自愿到昆山最艰苦的农村单班学校做了一名乡村教师。由于他工作勤奋，成绩显著，曾被调到县教育局教研室工作，还调任过镇中心学校的负责人，但周火生牵挂着农村的孩子，初衷难改，这些令人羡慕的岗位他都只干了一年两年，便坚决要求回到乡村小学的讲台。

从教40多年，周火生获得的各种荣誉不胜枚举。1983年，他获得"全国优秀教师"光荣称号；1986年，上海教育出版社出版了他积几十年教学经验的专著《复式教学》，引起广泛关注和好评；接着，他被破格评为中学高级教师职称。

周火生有一儿一女，都在昆山市区工作并成了家，他的老伴林菊英也是位退休教师，患有高血压等多种慢性病。他退休后本可以和老伴一起到市区去，儿孙绕膝，安享晚年。但是，一个新的牵挂，却让他在此后的10年里比往日更加忙碌更加辛苦，他为之殚思竭虑，无怨无悔。这个牵挂就是希望工程，就是那些在

贫困中顽强挣扎、渴求知识的大别山学童！

1993年11月的一天，在千灯镇长泾小学执教的周火生从报纸上看到一张照片，就是那张来自大别山的"大眼睛姑娘"苏明娟的照片。那双充满期待的大眼睛，让周火生的心情难以平静。老人深深地理解那双大眼睛的渴求和期盼，他仿佛听到一声声稚嫩而倔强的童音："我要上学！"

周火生没有丝毫的犹豫，当天，他从自己多年积攒的书稿费里拿出1 000元钱，汇往江苏省少工委，并附了封信，请他们转交希望工程。

救助款汇出后，好长时间没有回音。周火生有些着急，于是去信催问。又过了好些日子，他终于收到少工委的回信，随信还有一张金寨县希望小学的1 000元收据，他的心这才踏实下来。此时，他萌生了到受捐地去看一看的想法。

1994年9月，周火生被评为"昆山市有突出贡献的优秀教育工作者"，获奖金3 000元。这笔奖金在周火生手里停留的时间不足一小时，他竟全部捐给了希望工程。3 000元，对于一个普通教师之家毕竟是笔大数目。10天后，老伴才知道这件事，她生气了："你捐钱捐物我哪次拦过你？你可记得，我生女儿时，一斤红糖吃了半斤，还有半斤被你捐给了苏北灾区。你好事做到今天，怎么不信任我呢？"周火生憨然一笑，向老伴道歉："对不起，这事情真该跟你说说。我得了这么高的荣誉受之有愧，拿着那些奖金觉得烫手呀，不把钱尽快捐出去，我心里不踏实。"

有他这声道歉，老伴林菊英再也不忍心责备他了。相濡以沫40年，她非常清楚周火生的做人原则。他不抽烟不喝酒，喝杯水连茶叶都舍不得放，节俭是他的习惯。但有时候，他又慷慨得让人难以置信。50年代初，周火生每月挣16元工资，他居然将一年的大部分工资捐给抗美援朝前线。60年代，为支援越南，他每学期拿出50元，寄往越南驻华大使馆。而那个时候，他的收入是那么微薄，负担又是那么重，他上有老下有小，还常年资助一个名叫奚永林的孩子。奚永林的父亲患病卧床多年，家里极其困难，是周老师让他平生头一回穿上棉裤棉鞋，是周老师在他生病时背着他上医院。奚永林的父亲去世后，周火生更把他当儿子疼爱，学杂费垫了，中饭包了，衣服添了……一直把他送进中学。80年代，周火生被评为全国优秀教师，所获奖金全部捐献给了老山前线。1991年发洪水，他将1 000元钱和一批图书捐往灾区学校……

岁月无情，人生易老。1994 年 11 月，从教 44 年的周火生光荣退休。离开朝夕相处的孩子们，他舍不得，甚至有些惆怅。他是个闲不住的人，心里早已经作好打算，要继续关注希望工程。具体地说，他准备参加希望工程"1+1 助学行动"，每年从退休金中拿出 3 000 元，捐助 10 个贫困儿童。这样，他就可以继续跟孩子们打交道了，他的退休生活便不会寂寞。

退休回家只待了几天，周火生就跟全国第一所希望小学——金寨县希望小学取得了联系，他要了却退休前的那个愿望，去看一看那里的孩子。12 月底，他带上 2 000 多元钱和一大包书，不顾 16 个小时长途颠簸之苦，第一次走进了层峦叠嶂的大别山腹地。

到了金寨，周火生了解到，这里是大别山区一个贫困县，也是闻名全国的"将军县"，为中国革命的胜利，全县有 10 多万优秀儿女的忠骨永远埋在大江南北的异乡土地上。在希望小学所在地南溪镇，周火生爬山涉水，走访了几所山村小学和几十户贫困学童的家庭。极其艰苦的教学条件和几乎一贫如洗的家境，让周火生深感震撼。这个身材瘦弱而内心刚强的老人几次潸然落泪，他暗暗下了决心，一定要尽自己所有的能力，来帮助这些渴望求知的贫困孩子。

▶ 风雨无阻卖书助学

从金寨回来，周火生的心情变得沉甸甸的。他想，即使自己一年捐上个三四千元，但对大别山区那么多贫困学童来说，也只是杯水车薪，真的太少了。怎么办？怎样才能多筹些钱，让更多的孩子得到救助呢？想来想去，周火生想到了售书挣钱这一招。一个跟书本和孩子打了一辈子交道的老人，他实在想不出别的挣钱途径了。他以前在学校里听说过，有些教辅材料的批零差价不小，他也最了解孩子们喜欢读什么样的书，需要读什么样的书，他想自己去批发些书，直接拿到昆山的各所学校去义卖，售书赚的钱全部捐献给希望工程。另外，他还可以一边卖书，一边作些宣传，肯定会受到师生们欢迎的。

周火生说干就干。1995 年元旦过后，他来到昆山市新华书店。得知老人的来意，新华书店的领导十分支持：八折供应各类图书，让周教师先卖后结账，卖

不掉包退。

书进回来第二天，周火生扛了一大捆走进离家较近的千灯镇中心学校。当老师和同学们了解到他卖书的真正目的后，大家立即围了上来，一双双友善的手伸到他面前，不到一个小时，一大捆书就全部售出。第一次义卖赢利53元，这个良好的开端坚定了周火生的信心。

于是，在此后的日子里，周老师那瘦小且有点驼背的身影便经常出现在千灯、陆家、大市三个镇的中小学校园里。这些乡村学校大多不通客车，他就手提肩扛，徒步送书上门，一个来回要走几十里路。

1995年底，周火生慕名前往上海文庙书市。这里的图书品种多，价格较昆山便宜许多。只是路途远，搬运不方便，还必须现金购买，卖不完不能退换。周火生心里一合计，只要书价便宜，书好卖，让购书的孩子得到实惠，自己多吃点苦无所谓。这以后，周火生几乎每个周末都要乘公共汽车去上海进书。他精挑细选，讨价还价，引起一些书商的注意。后来，书商们得知他卖书的赢利将全部捐给希望工程，便由衷地敬佩他，供应给他的书价特别优惠。

上海少儿出版社门市部是周火生常去的地方，这里的图书特别受孩子们欢迎。少儿出版社的职工听说老人为希望工程奔波筹款，深受感动，他们主动帮周火生搬运图书，一起在路边等候回昆山的长途。门市部对面的马路上不准停车，司机为了让周火生少跑路，常"冒险"在那里接他上车。刚开始时，值班交警几次来干涉，后来听了少儿出版社职工的一番解释，这位交警灵机一动，每次停车，他都"碰巧"没看见。

周火生家住在二楼，每次进书回来，他都舍不得花钱请搬运工。老伴看不下去，只好跟他一起朝楼上搬书。邻居们见到此情此景，也都主动过来帮忙。

心与心沟通，情与情相连。周火生明白，在希望工程的道路上，他不是在孤身跋涉。

1996年初，周火生花了400多元钱买了一辆三轮车。这个年逾花甲、连自行车都不会骑的老人，以几次跌跤为代价，两天里就学会了骑三轮车。

有了交通工具，周火生卖书的范围很快扩大到了昆山全市。江南水乡的乡间小道高低不平，刚学会骑车的周火生一年里三次遇险，连人带车翻倒在田沟里，额头摔破了不要紧，书散了、湿了、脏了，他则心疼不已。最头疼的是，老人患

264

有严重的痔疮，发病时，骑车可是大忌，但他从来顾不上这些。

起先，周火生到各学校义卖的图书大都是孩子们的课外读物及《新华字典》之类的学生工具书，后来连老师们用的《辞海》、《辞源》之类的大型工具书，也纷纷向他订购，他义卖图书的品种范围愈来愈广，销售量也越来越大，各学校都迫切要求按时供书，他不得不将全市各学校供书时间统一安排。轮到给哪所学校供书，不管路有多远，也不管刮风下雨，他总是按时到达。"为希望工程卖书，风雨无阻！"这是周火生给各所学校许下的诺言，他把这句话写在雨衣的内面。

有一次，周火生约好早上 6 点半前赶到 30 里外的王家厍小学义卖，谁知这天半夜里突然电闪雷鸣，下起了暴雨。凌晨 4 点半，本是他准备动身的时辰，但外面的雨仍然下个不停。老伴劝他这次就不要去了，老师和同学们肯定会理解的。周火生说："不行，跟孩子们说好的事情，当老师的绝对不能食言。"老伴劝他不住，只好依他，并帮他用塑料布把一车图书裹得严严实实。然后，周火生披上雨衣，蹬上三轮车，冲进了茫茫雨雾。

大雨冲淹下的乡间小路变得泥泞不堪。车骑不动了，周火生就下来推着走。他深一脚浅一脚准时赶到王家厍小学，发现老师和同学们还没有来。因为大家都以为，这么大的雨，周老师肯定来不了了。7 点钟过后，当师生们陆续到校，看到立在三轮车旁浑身湿透、衣上挂满泥浆的老人时，无不为之感动："周老师，今天你有多少书，我们全买了！"

一个人做件好事并不难，难的是一辈子做好事！ 10 年过去了，周火生像上足发条的钟表，一天也不曾停歇，他的足迹踏遍了昆山全市 70 多所中小学校，售书 10 万多册。先后五辆崭新的三轮车，被他骑成了五堆废铁。他把义卖收入连同自己节衣缩食省下的 15 万元，一次又一次寄送到金寨县十几所中小学校。

▶ **殷殷爱心八方呼应**

周火生对大别山的孩子何等慷慨，何等大方！可他自己却能省则省，过着非常俭朴的生活。他和老伴居住的两居室房子，成了他的堆书仓库，几件简单的家具都是上世纪六七十年代的，一张餐桌，兼作老人的办公桌；一台 14 英寸的电视机，已经看了十几年了，经常出故障，儿子多次提出帮他们换一台，周火生就是不同意，理由是房间小，14寸的正合适；为了添置一台冰箱，老两口儿争了好几年，周火生又有理由：没有冰箱，每天吃的是新鲜菜。老伴让了一步，不要双门要台单门的就行。周火生不知从哪里剪了篇文章贴在灶台前，题目叫《冰冻食品不利健康》。老伴哭笑不得：你不就是为省几个钱么！

为了省钱，每次外出进书和远途卖书，周火生都是自带干粮和开水，到饭店下碗面条就算"奢侈"的了。住旅社，他也拣最便宜的住。有一年秋天，周火生一个人上金寨，他坐的汽车凌晨1点钟才到南溪镇。他既不想再花钱住旅馆，又不愿深更半夜去惊动别人，就在地上垫两本书，用随身衣物盖着身子，倚在墙角打了个盹儿。

1999年春节，在昆山商厦上班的女儿花了260元买了件上衣给老爸。周火生竟发起了脾气："你钱多呀？大手大脚，买这么贵的衣服我不穿！"女儿委屈地哭了："这哪算贵呀？几千块钱一件的衣服穿的人都多得是。"老伴也跟着责备他，说他错怪了女儿的孝心。周火生喃喃自语："孩子，爸知道你的一片孝心，可爸没必要穿这么好的衣服。260块钱，是金寨一个孩子半年学费啊。"

周火生退休10年，距昆山千里之遥的金寨，他去了30趟。而住在昆山市区的儿女家，他加起来也没去过30次。女儿为此埋怨过他，更怕他这般奔波身体吃不消。周火生说："你们小家庭过得好，用不着我操心了，可那些山里孩子太需要帮助了，趁我还有力气，帮他们一把，我心里才安稳。等我爬不了山，蹬不动三轮车了，有你们侍候的日子，到时候别烦我就行了。"儿女只好由着他，并渐渐受其影响，对希望工程格外关心。

周火生深知，个人的力量毕竟有限，只有让更多的人参与进来，奉献爱心，希望工程才会"大有希望"。于是，他走到哪里，就把希望工程宣传到哪里。义卖图书时，他的三轮车上竖着一块展板，上面都是他去金寨考察时拍回来的照片，他一有空就向师生们讲述大山里的所见所闻，介绍贫困儿童的艰难处境。他动情地说："老区人民曾经为中国革命作出过巨大牺牲，今天，他们的后代却在那里因贫困而失学，难道我们能够心安理得地坐视不管吗？"

昆山国际学校被人称为"贵族学校"，在那里上学的孩子家庭条件都比较优越。周火生第一次去卖书时有些担心，怕过惯了富裕生活的孩子缺乏同情心。

谁知国际学校的学生们听过他的讲解后，纷纷表示要为希望工程出一份力。孩子们冒着烈日，排队争相购书。这一天，周火生创下了单天售书营业额的最高纪录。后来，这所学校主动请周火生联系资助了 20 名大别山儿童。一个六年级学生放弃了暑假去美国过夏令营的机会，动员父母把钱捐赠给希望小学。教师们说："周老师每次来卖书，都是一堂生动的德育课，让同学们懂得了什么是爱，什么是奉献。"

在昆山各地，周火生到处奔走疾呼，大大小小的演讲报告他作了近 200 场！许多人在听了他的宣传、了解到他的事迹后，自觉加入到为希望工程献爱心的队伍中。

昆山市华新书店的个体老板是个名叫刘黎的残疾女子，她从 1995 年就认识周火生，受周老师的感染，她也经常在书店里举办义卖活动，几年里，这个靠开书店聊以谋生的弱女子向希望工程累计捐款 7 000 多元。

昆山市地税局干部金关泉，妻子内退，还要供女儿上大学，家庭负担很重，听了周老师一次报告，他很快跟两名贫困学生结成帮扶"对子"。2001 年暑假，他带着女儿随周老师一同去金寨考察，感触很深。回来后，他动员三个同事和三个朋友，分别与六位金寨学生"结对"。

72 岁的基美英老太太家住苏州市八宝街，她从苏州电视台《谈话时间》节目里看到周火生卖书助学的感人情景。第二天一早，她从退休金里取出 1 000 元钱，匆匆赶到电视台找周火生。她不知道，周火生做完节目早已回去。几天后，周火生特地赶到苏州拜访她，老太太一见面就拿出 2 530 元，请他转交给山里的孩子。原来，那 1 530 元是老太太动员周边老邻居们捐的。

台商曾正雄，是昆山一家企业的总经理，一次无意中听说了周火生的事迹，他感叹不已："世上竟有这么慷慨无私的人！"相约见面后，他坚持要为老人做点什么。周火生说："你要帮，就帮帮大别山的贫困学生吧！"后来，经周火生牵线搭桥，曾正雄一口气资助了 10 名贫困学生。2002 年 8 月，曾正雄得知自己资助的一名学生考上了大学，当即给他 5 000 元钱交学费。

在周火生的倡导下，昆山商厦从 1998 年 3 月 5 日设立"爱心助学捐赠箱"，五年里收到捐款近 5 万元。这个企业还把学习周火生与弘扬乐于奉献的企业精神融合在一起，每年为希望小学捐款 5 000 元，并每年派专人到金寨看望受助孩子。

在昆山全市，像这样与金寨各学校结成帮扶"对子"的企业如今已有70多家。

2002年9月，在周火生的倡议下，经昆山市政府批准，市老龄委将下属某协会的一处房产公开拍卖，所获款项14.8万元全部捐献给金寨县南溪镇花园小学"昆花育才楼"建设工程。

通过周火生的不懈努力，越来越多的昆山人与希望工程"结缘"。10年来，昆山几十家企事业单位和数百名各界人士已向金寨县中小学校捐款捐物折合人民币200余万元，仅2003年就达70万元。

周火生精神也在大别山里激起强烈反响，金寨县许多学校开展了"让周火生精神激励我们前进"的活动，学习周火生精神，发奋读书建设家乡，成了学校德育教学的重要内容。周火生扶植的"幼苗"，已经茁壮成长，蔚然成林。在南溪镇，捐助对象李洪敬考上了苏州大学研究生，余海清等多名同学考上了北京、安徽等地的大学，更多的学生在中学毕业后走出大山打工锻炼，把知识和财富带回家乡。

每一次进山后的辞别，山里人都把周火生送上一程又一程。乡亲们送来了板栗、花生，送来了家养的母鸡，送来了一针一线缝制的布鞋……周火生都一一婉然谢绝。

曾经有人这样描述著名教育家陶行知先生："捧着一颗心来，不带半根草去。"金寨县有位教师套用过来赞叹周火生："身携万金送金寨，不拿半两土产回昆山！"

没有新郎的婚纱照

22岁，如花的年龄。

可南京姑娘徐兴雯却因为身患白血病，即将走到生命的终点。

她作了一个决定，把遗体捐献出去；她还有一个心愿，拍一个人的婚纱照，体味一下做新娘的感觉，把自己最漂亮的一面留在这世界上，留给妈妈……

▶ 绝症女孩最后一个心愿

徐兴雯家住南京市江宁区谷里镇。她8岁那年，做泥瓦匠的爸爸得了肝炎，家境变得愈加贫困。两年后，妈妈与爸爸离婚，不久改嫁他乡。从此，家庭的重担就落在了年仅10岁的小兴雯身上。爸爸不能干重活儿，连割稻子这样的重活儿也得她干。13岁，她辍学打工，从缝纫工到饭店服务员，挣的钱都给爸爸买药了。有一次爸爸的病情突然发作，一时筹不到钱，她竟撬下自家窗户的钢筋条当废铁卖了。2004年底，多年相依为命的爸爸最终病情恶化，撒手人寰。

爸爸去世不到一个月，灾难再次袭来。起初，徐兴雯出现头晕乏力的症状，她以为是贫血。可过了一个星期，她发现自己连上楼梯都吃力了。2005年1月27日，她来到区医院检查，医生发现她的白血球和红血球都异常。两天后，她发现自己连下床都需要有人搀扶，于是给已经改嫁多年的妈妈打电话。

妈妈孙小春把女儿带到南京市第一医院检查，结果徐兴雯被确诊患了急性白血病。听到这个消息，母女俩犹遭五雷轰顶，禁不住相拥而泣。在妈妈的坚持下，徐兴雯在医院住了4天，花了4 500元，这笔钱是妈妈到处借来的。徐兴雯知道，妈妈改嫁后生活也很苦，还有个妹妹要读书。她实在不想拖累妈妈，4天后便结束治疗回到家。

邻居们得知徐兴雯得了白血病后，纷纷伸出援助之手，大家自发地凑了几千元钱，让她继续治病。有些邻居还不时地过来嘘寒问暖，给她送些大米、蔬菜、鸡蛋等食物。此外，一个叫朱斌（化名）的男孩闻讯赶来，一直陪在她的身边。

朱斌是徐兴雯一年前打工时处的男朋友，他为人敦厚，心地善良。听说徐兴雯患了重病，他表示决不离开她。他把自己打工挣的钱全部拿出来给徐兴雯治病了，还为她煎药、做饭、洗衣服；徐兴雯想吃甘蔗，但是没有力气咬，朱斌就把甘蔗皮咬掉，再把甘蔗剁碎了给她吃；冬天，徐兴雯睡觉怕冷，他就整夜搂着她。朱斌的真情感动了很多人，当地政府和一些好心市民为徐兴雯捐款数万元，徐兴雯因此得到了及时救治。

病情稳定后，徐兴雯却出人意料地突然跟朱斌提出分手。她说："我的病很严重，就算好了也是暂时的，我不想拖累你一辈子。我就想你过得好一点儿，希望看到你幸福。"后来，她一直躲着朱斌，尽管她一个人感觉很孤单、害怕，做梦都想成为幸福的新娘。再后来，听说朱斌有了新的女朋友，她感到很宽慰。

常州一所大学有个叫袁标的男生偶然了解到徐兴雯的坎坷经历，深深为之感动，一直在追求她，每隔两三个星期，都要到南京来看望她。徐兴雯对袁标也很有好感，甚至萌生了爱意，但是，她知道，袁标是家中独子，父母为了培养他付出了很多，一旦他父母知道了实情，一定会反对的，她决不希望袁标为了她与父母产生矛盾。而且，自己既然"撵走"了朱斌，怎么可能再来拖累袁标呢？所以，她婉言拒绝了袁标。她说："我得了这个病，跟了谁就是害了谁……如果你执意要来看我，我们就以兄妹相处。"

2006年10月28日，徐兴雯白血病复发，再次住院。这是第二次复发，病情十分危急。医生估计，她的生存期在一两个月以内，甚至只有十几天、几天。她从医生和妈妈的神情中感觉出，自己的时间已经很少了。

虽然迭遭不幸，徐兴雯却执著地认定，这个世界对她太好了，她要报答！她决定捐献遗体！11月4日，徐兴雯郑重地填写了遗体捐献表。当妈妈领回女儿志愿捐献遗体的红色证书时，忍不住失声痛哭。她却轻声地安慰妈妈："这样挺好的，一把火烧了就什么也没有了，还不如留点什么在这世界。"她对前去采访的当地一家报纸的记者说："现在感觉特别放松，我已经没有什么好害怕的了，想到死了之后还能帮助别人，心里很舒服。真的，如果我走了，我依然觉得世界是光明的。"

此时，徐兴雯只有一个心愿未了，她悄悄地告诉妈妈：想拍一次婚纱照。拍一套一个人的婚纱照，将自己最漂亮的样子留给妈妈。因为贫困，在徐兴雯短暂的人生中，她极少有化妆打扮的时候；以前看见别的女孩子买口红，她也买过一支，可是一直到放过了期也没用过。

但是，女儿的最后一个心愿却让妈妈犯了愁：孩子的愿望让她心酸，但没有对象，怎么拍婚纱照？再说，拍套婚纱照要好多钱，家里确实没这个钱了。妈妈孙小春难过地直抹眼泪。

南京一家报社的记者听说徐兴雯的这个愿望后，在 11 月 14 日的报纸上刊出了一篇报道《如梦婚纱》。于是，整个南京城都知道了这个善良女孩的故事，千万人的心被牵动了。

▶ 一个人的婚纱照凄美无比

从 11 月 14 日早晨 7 点开始，铺天盖地的祝福短信涌向报社记者的手机和相关网站。"你是人间的天使，相信你的纯洁与善良会让你实现自己的梦想。我会为你祈祷，愿您拥有如梦婚纱，祝您早日康复！""你的所作所为是对人生最好的诠释！如果生命真的不能延续，我祝愿你在剩下的日子里幸福快乐！"……许多读者表示愿意向徐兴雯提供帮助，好几家婚纱摄影店表示要免费为她拍婚纱照。

14 日上午，徐兴雯就被请到了南京市著名的米兰婚纱摄影会馆。为了让徐兴雯不留任何遗憾，会馆派出了最好的化妆师、摄影师，最细心的礼服员为她服务。

化妆师的一双巧手，很快将素面朝天的徐兴雯变成了一个面若桃花的公主。"我的愿望真的这么快就实现了吗？"看着镜子里那个笑靥如花的漂亮姑娘，徐

兴雯简直不敢相信这是真的。长了这么大，这是第一次由别人给她化妆呢。

那么多美丽洁白的婚纱看得徐兴雯目不暇接，在礼服师的帮助下，她一口气试了三套，最终选中了一套纯白色、裙摆曳地的婚纱。妈妈在一旁静静地看着女儿。她知道，女儿生病后曾去参加过一位朋友的婚礼，看到朋友拍的婚纱照，她当时就很羡慕，回来后就一直念叨，她最想拍那种坐在草地上、裙摆在脚下面铺开的婚纱照。

当化完妆、穿上洁白婚纱的徐兴雯被众星捧月般簇拥着从花门中走出来的那一刻，所有人不禁发出赞叹，此刻这个女孩是世间最美丽的新娘！

紧接着，会馆安排了最舒服的车子和最稳当的司机，将徐兴雯送到外景地。到达情侣园外景地时，园中已有一对对新人在拍婚纱照，不时传来幸福的笑声。看到这一切，徐兴雯心里别有一番滋味，她朝妈妈无声地笑了笑。

摄影师选了一块草地，虽然有秋日暖阳的照耀，可是风很大，徐兴雯又穿得较少，大家都替她担心，可她却用自己的微笑告诉大家："我没事。"

考虑到徐兴雯的身体状况，摄影师让她坐在地上，下面铺着厚厚的垫子，婚纱的裙摆在她的脚下盈盈铺开，头纱在风中飘扬。

按照摄影师的指导，徐兴雯摆出了一个个姿势，虽然动作都很简单，可对她而言还是有些吃力，但她一直努力着。"很好！很好！"摄影师不断鼓励她。

看见远方有一个教堂，害羞的徐兴雯主动向摄影师提出，想拍一组走向教堂的照片。摄影师考虑后，让她捧着花，迎着教堂的方向走去。此时，所有人的眼睛都湿润了，大家明白，尽管病魔缠身，但这个美丽的女孩还是多么渴望与心爱的人走向神圣的婚礼殿堂！

此时此刻，妈妈看着她缓缓走向教堂的背景，禁不住泪流满面。女儿的愿望实现了，她既高兴又难过，一想到以后女儿如果去了，她该如何面对这些如此美丽的照片？

婚纱照快拍完的时候，徐兴雯收到了一条短信，满面笑容的她突然泪如泉涌。短信是朱斌发来的，他显然看到了当地报纸上关于徐兴雯的报道，短信上写道："你是我这一生中遇到的最好的女孩！永远祝福你！"徐兴雯随即给他回了短信："我很好，你也要好好的。"

在拍摄婚纱照过程中，报社的记者一直跟着徐兴雯，祝福徐兴雯的短信一条接一条发到记者的手机上，信息的存储空间很快就被撑爆了。记者赶紧拿出纸和笔，把大家的祝福，一条条抄录下来。抄一条删一条，删一条又进一条。几乎每一条短信中都嘱咐她："坚强起来！"还有许多人祈盼奇迹发生，希望生命能多眷顾这个历经重重磨难的女孩！徐兴雯一有空就看大家发来的短信，边看边笑，边笑边流泪。当她看到一则短信写道："有一天，你一定会成为最美丽、最幸福的新娘……"她忍不住抽泣起来。

徐兴雯很想向好心的人们道谢，但发来的短信实在太多，难以一一回复。她只好委托记者在接下来的报道中对所有关心她的人说一声："谢谢大家！你们不要担心我。即使生活中有一千个理由让我哭，我也会找一千零一个理由笑，一直笑到最后……"

▶ 如潮爱心涌向最美丽的"新娘"

徐兴雯拍摄"一个人婚纱照"的消息第二天见报后，立即传到了常州某大学学生袁标那里。袁标心如刀绞。11 月 16 日一大早，他就风尘仆仆地赶到了南京。他知道徐兴雯是不想拖累他，可是他打定主意要来陪她。

看到心爱的人不顾一切地来到自己身边，徐兴雯百感交集。她说："你不该来的，又要耽误功课了……"可是话没说完，泪水就流了出来。

袁标刹那间泪眼迷离，紧紧握着徐兴雯的手的说："你别多想了，千万要安心治病，你一定会挺过这一关的……"

按照正常流程，婚纱照要 50 天左右才能制作出来。但为了让徐兴雯早点看到自己的婚纱照，米兰婚纱摄影会馆数码部的工作人员全部暂停其他的活儿，全力为徐兴雯的照片忙碌，只用了两天时间，就将徐兴雯的婚纱照制作完成。

11 月 16 日下午 3 点，会馆策划部主任禹莲女士专程来到南京市第一医院血液科病房，把精心制作的婚纱照相册送到徐兴雯手中。躺在病床上的徐兴雯兴奋地坐了起来，急切地打开相册，一边看，一边赞叹："哎呀，太漂亮了，我笑得好自然！"看着，看着，她忍不住说了一句，"我怕，我不想死……"话没说完，她的眼睛里已经闪烁着泪花。

禹莲女士不仅送来了美丽的婚纱照，还带来了 8 940 元爱心捐款。她告诉徐兴雯，这是他们米兰会馆工作人员自发捐助的。她代表会馆的全体员工劝徐兴雯一定不要放弃。

与此同时，徐兴雯的故事和她"一个人的婚纱照"通过报纸、网站的传播，一夜之间传遍了大江南北。许许多多的读者、网友为她祝福，并通过各种渠道帮助她，希望留住这个年轻的生命。

在人们眼里，身披婚纱的徐兴雯是南京最美丽的"新娘"！许多人通过报纸热线、短信和上网纷纷留下对她的祝福和鼓励，"你是我见过的最漂亮的新娘，我坚信好人会平安的！""上天会眷顾让人感动的你，让这个美丽生命能够延续！加油！""一种震撼的美，坚强的美，希望好人有好运！""虽然是没有新郎的婚纱照，但这种对生命的注释正是一个漂亮女子勇敢的选择，我祝福她能寻找和享受生命的含义，笑纳命运所给予的一切，也祈求美丽永远。"南京市民卢树丽、徐伟芳两位女士还明确表示，如果她们的骨髓匹配，愿意为徐兴雯捐献骨髓。

不少热心市民亲自赶到医院看望徐兴雯。南京雷锋车队的几名的哥送来了果篮和几百元钱；两个好心市民分别送来 1 000 元和 500 元，姓名也没留就走了；江宁区谷里街道张溪社区王主任送来了 500 元钱；米兰婚纱摄影会馆的禹莲女士又送来了 2 000 元现金，还送给徐兴雯一只会唱会跳的布绒狗；南京市第一医院团委书记徐骏来到病房，将医院 200 多名团员自发捐出的 1 154 元钱送到徐兴雯手上；镇江润扬国际商贸城开发有限公司副总经理楼慧兵专门开车从镇江赶到南京市第一医院，将公司的 1 万元捐助款送给了徐兴雯。别看楼总经理是个男子汉，心比女孩子还要细，来之前他还特意在超市里买了一双别致的拖鞋，一并带给徐兴雯。楼总对徐兴雯说，公司里这几天都在谈论你，许多员工都流了泪，你是南京城最美的"新娘"！

11 月 20 日晚，南京蒙娜丽莎情调西餐厅内洋溢着浓浓的爱意。"生活南京"网站的博友们在为一个博友过生日时，自发地为徐兴雯捐款。当博友们纷纷走向捐款箱时，西餐厅里的其他客人见此情景，也深受感染，主动站起身来，加入到献爱心的行列。紧接着，餐厅经理周震代表全体员工又当场捐款 1 000 元。当晚，一共为兴雯捐款 2 760 元。

应众多市民和网友的要求，当地报社以徐兴雯的名字建起了一个爱心账户。

账户由报社和徐兴雯的母亲共同监管，在报纸及网站上逐日公布捐款情况。一位名叫张文涛的军人，从青海汇来 621.9 元钱，说是几个战友一起捐的；山东威海市建设银行保安黄宏给徐兴雯寄来一个包裹，包裹里有一双棉拖鞋、一只粉色的绒布娃娃，还有一封厚厚的信。黄宏在信中说："我愿意把骨髓捐给你。"其实，黄宏的经历很坎坷，收入也不高，不过他表示，下个月 12 日发工资时，他会汇 300 元给兴雯，同时把他最喜欢的书《心灵深呼吸》送给兴雯……

截至 11 月 23 日，短短一个星期时间，社会各界一共向徐兴雯捐款 105 738 元。对于广大市民和网友的关心，徐兴雯数次流泪，她说："如果我走了，或者我的病治好，就委托报社设立一个爱心基金，用于帮助其他患白血病的人。"

徐兴雯把一张婚纱照放在病床的床头柜上，她只要一偏头就可以看见。原本不相信奇迹、已经打算放弃的她重新燃起希望："我不会放弃了，我在等待奇迹的出现……"

南京市第一医院领导和医生们也深受震撼，医院组织血液科专家对徐兴雯进行了会诊。专家们认为，目前她的病情仍不稳定，但白细胞数量这几天一直在增加，这是好的迹象；只要白细胞升到合适的数量，就可以为她进行下个疗程的治疗；而下一步最好的办法，就是让徐兴雯先接受化疗，缓解病情，然后进行骨髓移植。

奇迹会发生吗？南京城在期待，全中国都在期待……

十万救命钱转捐病友

> "我愿化作一道彩虹,哪怕只存在一时,也算给这个世界增添一份美丽!"
>
> ——栾丽君
>
> 2006 年 3 月 18 日,患有白血病的青岛大学女生栾丽君将社会捐赠给自己的 10 万元救命钱,转捐给了另一名急需进行移植手术的大学生病友,她这个义薄云天的善举令无数人为之感动……

▶ 彩虹女孩与病魔抗争

栾丽君出生在山东省栖霞市臧家庄镇埠后村一户农民家庭,高中毕业后,以优异成绩考入青岛大学商学院,学习市场营销专业。在大学里,朝气蓬勃、才华出众的栾丽君被选为学生会干部,并成为院报的副主编。

2004 年元旦前夕,栾丽君突然头疼得厉害,来到青岛大学附属医院就诊。医生检查后确诊,她患的是急性淋巴细胞性白血病。突如其来的打击让栾丽君几乎崩溃,她躲在被窝里,泪水不停地流下来:"上天怎么对我这么不公平,我还有好多事没有做,我还没有报答父母的养育之恩,还没享受够生活的美好,为什么这么早就让我面对死亡?我不想死!"

得知栾丽君患病的消息后,她的父母连夜从家乡赶到青岛。父亲从银行贷款 1.5 万元,给她办理了住院手续。在住院这段日子里,栾丽君真正体会到什么是"人间自有真情在"。青岛大学的师生得知她的不幸遭遇后,立即想尽一切办法为她筹集了近 6 万元的捐款;家乡的父老乡亲你 30、我 50,几天时间就把 5 000 多元钱送到了她的床前……栾丽君的眼睛湿润了,她暗下决定:好好珍惜每一天,只要有希望,就永不放弃!

化疗时,栾丽君产生强烈反应,痛苦不堪;更让她难以忍受的是做腰穿,每次做完后,她都要一动不动地平躺7个多小时;她的一头秀发也几乎掉光了。

经过半年多的治疗,栾丽君的病情得到了缓解。她办理了休学手续,回家休养。从生与死的边缘走过,栾丽君对人生有了更多的感悟。她没有忘记社会上众多好心人的帮助,决心为社会尽自己的一份力。于是,她用自己的小灵通开设了一个"彩虹热线",希望能为像自己一样身受不幸、身陷黑暗的人送去些许阳光。她说:"我没有能力让整个世界美丽,但我愿意化作一道彩虹,哪怕只存在一时,也算给这个世界增添一份美丽!"

热线开通后,许多素不相识的人打来电话,向她倾诉自己的烦恼和不幸。白血病患者想不开的找她,甚至有的小两口儿吵架也来找她。"姐姐,我得了绝症,不想活了!"一个患白血病的15岁男孩打来电话,心里绝望到了极点。栾丽君便以自己的亲身经历开导鼓励他,唤起他心中的勇气和希望,最终打消了男孩轻生的念头。让栾丽君感动的是,一个好心人每到月底就为她缴纳了小灵通费用,而她一直不知道这个人的名字。当然,最让她痛心难过的是,一些与她交往过的白血病患者因找不到配型或足够的费用,带着遗憾离开了世界。

也许是勇气与爱心给生命带来转机,栾丽君一天天好起来。然而,2005年5月,就在她准备重返大学校园的时候,她的白血病全面复发,死神再次逼近!这一次,医生告诫她,仅靠化疗维持不是办法,现在唯一的途径就是做骨髓移植手术,手术费用至少需要30万元。

30万!对栾丽君一家来说简直是天文数字。因为给她治病,这个家已经负债累累。母亲腰椎间盘突出症经常发作,但每天都要到果园里劳作;父亲不顾胳膊已骨折,还带着钢板起早贪黑地到水泥厂扛水泥,每个月得到的工钱却远远不够她的化疗费用。即使这样,她的父母仍然表示,就是倾家荡产、砸锅卖铁,也要为孩子治病!与此同时,年近花甲的父母和15岁的小妹相继进行了配型,可结果都与丽君的骨髓不合。

看着苦苦期待骨髓的栾丽君,母亲道出了家里一个隐瞒了20年的秘密。原来,丽君还有一个小她一岁的妹妹,由于当时家里太穷,不得已把她送了人,从

此再也没有了音讯。这个妹妹，应该与丽君的配型机会很大。于是，一家人在当地媒体的协助下，开始了对妹妹的寻找。许是上天悯人，这个小她一岁的大妹妹玉儿竟然顺利地找到了。听说姐姐的病情后，玉儿表示愿意为她做配型。

2005 年 9 月初，大妹从烟台来到青岛，做了骨髓造血干细胞配型，结果令所有人兴奋不已：六个点位，完全吻合。也就是说，栾丽君如果用大妹的骨髓做移植手术，成功概率非常大，而且术后排异很小。

栾丽君的不幸遭遇和自强不息的事迹经当地媒体报道后，许多热心人纷纷向她伸出了援助之手。其中，长城酒业公司总经理陈云昌一人便捐助 10 万元；烟台籍奥运冠军唐功红连线"彩虹热线"，鼓励栾丽君与病魔抗争，并捐款 1 000 元；患有重症肌无力的青年女作家清昭，带着自己做的可口饭菜到医院探望栾丽君，两人一见如故，共同的经历把两颗心紧贴在了一起。在清昭的积极倡议下，一支 40 多人组成的"留住彩虹"志愿者团队成立了，短短几天就为栾丽君募捐近万元。

配型的成功和社会各界的关爱让栾丽君再一次看到了生命的希望。

▶ 把生的希望留给别人

和久别重逢的大妹配型成功后，栾丽君一边强化化疗，缓解病情，一边继续筹集手术费用，满怀希望地等待着进行骨髓移植手术。

然而，2006 年元月，一个意外出现了——栾丽君的大妹怀上了身孕。因为是新婚头胎，玉儿的夫家一定要留住这个孩子。而从怀孕到哺乳期间，至少要两年多的时间不可能捐献骨髓！两年多时间，对一个白血病人是多么的漫长！栾丽君还能挺得过去吗？没想到沉默之后，栾丽君的脸上竟慢慢地浮现了平静的笑容："患病这么久以来，我对生命的理解已经不光是生或死了，人活着一天，就要有意义，况且我已经得到了人们的关心和爱，我的生命已经没有遗憾了。"

2006 年春节期间的一天晚上，栾丽君看着天空人们燃放的烟花，鲜艳灿烂，却转瞬即逝，想着自己的生命也如这烟花一般，她不禁感慨万千。忽然她想到，这烟火虽然短暂，但能带给人快乐；人生设若如此，也不失为一个美丽的人生！

这时候，一个声音在她的耳畔清晰起来，那是一个渴望生命的呐喊！早在半年前，栾丽君通过"彩虹热线"认识了一个叫宫玉峰的男孩。这个男孩比她小两岁，是山东烟台市牟平区高陵镇一个农家的独子，在武汉船舶职业技术学院读书，是校国旗班班长，动力工程系学生会副主席兼学习部部长，2005 年 6 月被确诊为白血病，也从学校休学，回到家乡治疗。同病相怜，栾丽君和宫玉峰开始频繁地联系，相互鼓励。9 月底的一天，栾丽君和宫玉峰第一次见面。宫玉峰告诉她，自己患病后，学校迅速为他募集了 4 万余元，他回到烟台医院化疗期间，家里又抵押房子贷了几万元钱，现在都花光了。目前家里再也无力承担巨额的医疗费，他不得不出院回家，靠吃中药维持虚弱的身体。宫玉峰对她说："父母养育了我 20 年，曾经对我抱有很大的期望，可现在，他们对我唯一的期望就是我能活下去！如果我要出现不测，父母的天就塌了……可是，谁能帮我抓住生命啊？"栾丽君就以自己的经历安慰他，要他保持积极的心态，坚持治疗，并送给他两句话，与他共勉："坚持，就是胜利；绝处，也能逢生！"栾丽君的鼓励，令宫玉峰精神大振，他真诚地说："丽君姐，你的心像彩虹一样美丽，你的话又像明媚的阳光，让我的心底豁然开朗！"

在栾丽君和众多网友的努力下，烟台的媒体对宫玉峰的遭遇进行了报道，社会各界对他的救助也陆续展开。2005 年 11 月，宫玉峰成功地找到骨髓配型对象。12 月 22 日，在众多热心人的帮助下，都已找到骨髓配型的栾丽君和宫玉峰一起住进了济南军区总医院血液科病房，准备骨髓移植。他们分住在不同的病房里，每天都用短信方式互致问候，祝福对方早日康复。在栾丽君眼里，宫玉峰像个懂事的弟弟，善解人意；而宫玉峰一直对栾丽君心存感激，直接喊她"姐姐"。当时，栾丽君的身体状况不错，可以马上手术；而宫玉峰因病情刚刚复发过，需要先进行一段时间的化疗才能做移植。

就在这节骨眼上，栾丽君的大妹玉儿因怀孕出现变故，骨髓移植至少在两年多时间内无法进行，而寻找新的配型如大海捞针一样渺茫，栾丽君陡然陷入了绝境！2006 年春节前，栾丽君出院回家。临行前，她得知宫玉峰不仅移植费用没有着落，连当时的化疗费用都非常吃紧。她毅然从自己的治疗费中拿出 1 万元，让宫玉峰先完成巩固治疗。与此同时，她的心里已经开始酝酿着一个惊人的决定。

春节期间，栾丽君的脑海里常常闪现出宫玉峰那无助的眼神。经过一番思考，大年初六这天，栾丽君给宫玉峰发了一则短信："我患病以来，社会各界给我的捐款一共有 25 万元，我化疗用了 10 多万，现在还有 13 万元，除了留下一点儿做以后的化疗用，我想把 10 万元转捐给你！你是父母的独子，而我还有妹妹，你对父母更重要！"这条短信像一股暖流刹那间穿透了宫玉峰的全身，但他当即拒绝了。谁知栾丽君紧接着又发来短信："你一定要去移植，早日康复！假如有一天我离开了，你要替我活下去……"宫玉峰顿时泪流满面。

对于女儿的做法，栾丽君的家人开始坚决不同意。她的母亲流着泪说："闺女啊，你这一捐，是把自己的后路断了。说不定哪天你找到了配型，再想做手术就难了……"母亲紧紧地拉着女儿的手，仿佛怕一松开，女儿就会消失似的。栾丽君便开导母亲："妈妈，这个问题我想了好久了，我觉得，既然我现在配不上型，暂时还用不着这么多钱，与其让这些钱闲着，不如赶紧拿去救人。本来这些钱就是大家的爱心捐助，我能接受爱，为什么不能再把爱传递给别人呢？小宫现在比我更需要这笔钱啊！"一番心灵深处的对话，最终感动了母亲。

其实，患病这么久，栾丽君何尝不知道白血病的凶险，病魔一旦发作，随时都会让她的生命之舟搁浅。为此，她写了份遗嘱留给父母："爸、妈，这么多年，是你们吃尽了辛苦把我养育成人；女儿得了这种病，最感到对不起的就是你们，你们的养育之恩，我无以回报……我能走到今天，是因为你们无微不至的照料，还有社会上许许多多好心人给了我帮助和力量。我不是想放弃治疗，只是想一旦出现不测，请你们把我的躯体捐献出去，我只求以这种方式回报社会……"

"谁不知道生命的可贵？"躺在病床上的宫玉峰百感交集，"丽君姐坚持把救命钱让给我，就意味着即使她很快找到配型对象，也没钱治疗了。她这是让出了自己求生的机会呀……"

3 月 10 日，栾丽君托人将书面的"转捐申请"呈交烟台市慈善总会，希望从自己收到的募捐款中拿出 10 万元转捐给急需手术费用的宫玉峰。3 月 18 日上午，在烟台市慈善总会的主持下，善款转捐仪式在烟台民航大厦三楼会议室举行。栾丽君和宫玉峰的父亲分别在 10 万零 1 元善款转捐协议上签了字。

从栖霞到烟台，栾丽君一路晕车呕吐，但在转捐仪式上，她的脸上始终带着阳光般灿烂的笑容。她说："我之所以捐赠 10 万零 1 元，这 10 万元代表社会各界爱心的传递，而这 1 元钱，是我自己特意捐赠的。1 元钱虽然微不足道，但是，只要人人都献出一点儿爱，一点一滴的爱心就会汇聚成一片爱的海洋……"

宫玉峰由于在济南进行治疗，无法参加签字仪式，他的父亲当场宣读了他的感谢信："感谢所有好心人对我的帮助，生命是最宝贵的，丽君姐姐将生的希望给了我，我一定积极配合治疗，争取早日康复。"接着，这位质朴的汉子紧紧地握住栾丽君母亲的手，哽咽着说："如果玉峰得救，他也是你的孩子！"

▶ 神州大地奏响爱的的乐章

栾丽君义捐 10 万救命钱的消息经媒体报道后，立即在社会各界引起强烈反响。网友们也纷纷发帖，表达自己的感动之情。

一直给栾丽君做治疗的济南军区总医院血液科军医郭鹏说，得知栾丽君的决定后，我们血液科所有人都惊叹不已，病友之间有如此义举我们第一次见到，也从未听说过。从栾丽君的情况来看，尽管她妹妹的干细胞暂时无法提供，但医院方面仍在海外积极寻找配对骨髓，因此做移植手术并非没有可能；而且，即使不做移植，她现在仍需坚持化疗，以她家的经济条件，维持化疗也是很困难的。在这种情况下，她把救命钱转捐给没有任何亲缘关系的病友，这是何等崇高的精神境界！

青岛大学一位教师说，白血病患者将 10 万元救命款转捐给病友，这确实是"感动中国"的一个崭新标本。打个比喻说，栾丽君和宫玉峰两人都是溺水者，而救生圈只有一个，本来在栾丽君的手里，现在，栾丽君把这个唯一的救生圈推到了宫玉峰面前，她这是把生的希望让给了别人，自己把生死置之度外！

网友"美丽山亭"写道："栾丽君，在我心中，你是天使！让我们为你祈祷，希望能有奇迹出现。"

网友"Coffee"写道："我非常佩服栾丽君的勇气，更关心她的病情，如果我的骨髓能够与她相配，我愿意为她捐献骨髓。"

网友"云蒸霞蔚"写道："我们都知道，一根筷子容易折断，一大捆筷子就很难折断；同样，一个人的爱心有限，一大群人的爱心就坚固无比了。愿社会上更多的人来帮助栾丽娟、宫玉峰这样的白血病人。"

栾丽君的义举也带动了更多人的爱心奉献。消息传到宫玉峰所在的武汉船舶职业技术学院，全校师生都被深深地感动。该校党委一位负责人说："一个素昧平生的女孩子能有如此举动，堪称义薄云天！我们要号召全校 12 000 名团员青年向栾丽君学习，并开展为宫玉峰同学献爱心活动。"动力工程系学生会主席表示："帮助宫玉峰进行手术后，我们将把募捐活动继续下去，为转捐救命钱的栾丽君筹集善款……要让这份人间大爱，源源不断地传递下去。"

与此同时，武汉大学、华中科技大学、湖北大学等武汉各大院校，也纷纷举办"爱心传递温暖，奉献感染爱心"等义演活动，为宫玉峰募集善款。

在泉城济南，赶到医院探望宫玉峰并向他捐款的人络绎不绝。一位年迈的老奶奶提着营养品，摸索着来到病房，给他留下了 100 元；济南隆生公司夏女士、正在济南出差的香港维真公司李先生分别捐款 1 000 元；一位不愿透露姓名的女士捐助了 8 000 元……几乎每一个捐款者都这样说："是栾丽君感动了我！"

网名叫"一杯清茶"的吕文国，是江苏一家安装公司设在山东的项目部负责人。2005 年底，他已经为栾丽君和宫玉峰捐款 3 万多元。2006 年 3 月 24 日，他再次向宫玉峰捐款 10 万元！他说："栾丽君将自己的救命钱都转捐给了宫玉峰，她的精神感天动地！我做的这一切，只是我力所能及的事情。"

从 3 月 18 日栾丽君转捐 10 万元钱开始，截至 3 月 25 日，短短一个星期时间，宫玉峰的 30 万元移植费用已全部筹集到位，济南军区总医院还决定为他减免 5 万元的医疗费。

面对这一切，宫玉峰仿佛做梦一般。他说："不久前，我连化疗的钱都没有，更不敢想有一天能做移植手术。而现在，丽君姐把我领进了幸运之门，我得到了无数好心人的关爱。"说起栾丽君，宫玉峰的心情很复杂："想到能够做手术了，我心里很激动，但一想到丽君姐还在家里吃药维持治疗，我就高兴不起来。要是丽君姐能和我一起进舱做移植该多好啊！"

远在烟台老家的栾丽君得知宫玉峰凑够了 30 万元手术费后，立即发来短信鼓励他："祝愿你代我把这场仗打赢，为所有关爱你的人赢得最后的胜利！等到你走进移植舱那一刻，记住，姐姐在为你加油！"

3 月 27 日，是栾丽君的生日。济南和烟台的一些网友专程赶到栾家，为她过一个特殊的生日。当大家围坐在栾丽君身边，为她点亮生日蜡烛、唱起生日歌的时候，烛光中的栾丽君流下了激动的泪水。她说：“我是多么希望永远和大家在一起，一路走下去……我希望宫玉峰手术成功！”

栾丽君表示：“无论前面的路有多么难，我都会坚持走下去，决不会放弃生命。爱，让我的生命得以延续，我更要为爱延续生命！”

超越血缘的母爱

年仅 18 岁的黄秋林被确诊身患急性淋巴细胞白血病，含苞待放的生命之花即将凋谢。这时，一位名叫高敏的女教师出现在她身边。

在黄秋林生命的最后 300 多天里，高敏倾注满腔心血，给予了这位原本素不相识的贫困女生胜过母爱的关怀和温暖……

▶ 情牵绝症女生

1980 年，东北女孩高敏从徐州师范学院毕业，被分配到连云港市幸福路中学任教。后来，幸福路中学改为职业中学，她担任宾馆旅游专业教师，兼教化学和心理学。由于工作成绩显著，她被评为一级教师、市优秀骨干教师，连续三届当选为市人大代表。

高敏有一个幸福美满的家庭。丈夫陈应聪是一家研究所的高级工程师，女儿昆昆在重点中学上高中。

2001 年 1 月 8 日下午，高敏正在办公室里备课，电子专业班主任蔡红老师从外面走进来。在办公桌前一坐，蔡老师竟呜呜地抽泣起来。高敏不知发生了什么事，忙走过去询问。原来，蔡老师班里学习成绩最好的黄秋林同学因头晕、鼻子出血到医院看病，今天上午被诊断为急性白血病。她刚从医院回来，心里格外难受。

高敏没带过黄秋林的课，经蔡老师一提醒，她便想起黄秋林的模样。印象中，她是一个非常漂亮的女孩，亭亭玉立的个子，有一双美丽的大眼睛，是学校的护旗手。蔡老师说，黄秋林是个特招人喜欢的学生，当时高考班分文理科时，各科的班主任都争着要她；以黄秋林的成绩，今年高考绝对有把握考上重点大学，家长和老师们都盼着这一天哩。谁知这节骨眼儿上，孩子得了这个病，太让人伤心了。

做老师的对优秀学生总有些偏爱。高敏听蔡老师这么一说，心里酸酸的，泪水跟着流了下来。她跟蔡老师商量道：写份倡议书吧，呼吁大家献份爱心，让黄秋林抓紧时间治病。接着，她执笔起草了一份既感人又有说服力的倡议书，复印了几百份，很快分发到校园内外。

第二天傍晚，忙碌一天的高敏不顾劳累，顶着寒风，骑着自行车赶到十几里外的医院。正在吊水的黄秋林脸色苍白，见她走进病房，立即朝她投来惊喜的目光，轻声而吃力地说："高老师，你怎么来了？没想到……""为什么没想到？"高敏故作轻松地逗她。

"你没有教过我。"顿了顿，黄秋林又将脸转向同室病友，"我们高老师可是多才多艺，不仅课讲得精彩，还会摄影、书法，我还偷听过她的课哩！"说罢，神秘一笑。

当时，黄秋林并不知道自己的病情，但看到父母神色凄苦，许多老师和同学来看望她，都捐了款，她心里有些恐惧，问高敏："这两天很多人来看我，是不是我的病很重？医生不是说我只是有点贫血和关节炎吗？"高敏心里难受，但镇静地说："因为你是学校的护旗手，又是高考班的尖子，所以大家都特别关心你。"黄秋林感激地说："真不好意思，我欠大家太多了。"高敏安慰道："别想那么多，大家知道你家困难，主动捐点款表表心意，你的病好了，就是对大家的报答。"

到了服药时，高敏条件反射似的皱紧眉头。因为一天三次药，一次二三十颗，药量太大，她一听说吃药就反胃。高敏看了心疼，但为了让黄秋林坚强起来，她立即表现出少有的严肃："不吃药，再好的医生也治不好你的病，再多的爱心也帮不了你。好好吃药，我会天天来看你。"不得已，她使出"哄孩子"的笨招。黄秋林眼里露出一份欣喜："真的？"

"真的！"高敏不假思索地一口应承下来。其实，说出这两个字之前，高敏

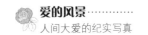

并没有想过要一天来看她一次，毕竟自己在高考班任教，社会活动又比较多，家里的担子更是不轻——丈夫时常出差，女儿正在上高中。然而，面对黄秋林期盼的眼神，她觉得自己别无选择；而且黄秋林天生丽质、纯真朴实，让她尤为疼爱，她觉得跟这个孩子很是投缘，有一种相见恨晚的感觉。

因为这份承诺，这份心灵之约，高敏从此真的一天至少去一趟医院，风雨无阻。而且，每天她都不忘给秋林带上礼物，有吃的、穿的、用的，甚至把家中的饮水机都搬进了病房。

第一次带礼物给黄秋林时，高敏有些犹豫，带什么东西比较好呢？黄秋林的同学告诉她，带什么对她来说都是最好的。秋林来自市郊偏僻的村庄，家里特别贫困，从来没见她吃过零食；平时有点零花钱，她总是攒着买书；在学校吃食堂，她多是拿家里带来的咸菜下饭，食堂师傅看她这般节俭，心疼地让她买条鱼吃，她笑着说："我闻到鱼的香味就等于吃鱼了。"

那天高敏特意买了一只鲜奶蛋糕。黄秋林兴奋地坐起来，一边吃，一边特满足地对高老师说："我从来都是看着人家吃蛋糕，这种鲜奶蛋糕还是头一回见到。"高敏难受极了，在心里暗暗地说：往后每天带样不重复的好吃的，让这个苦命的孩子尽可能多尝些人间美味。

2001年春节前的一个早晨，空中下起了雨，继而漫天飞舞起鹅毛大雪。家人劝高敏，天气不好别去了，秋林不会怪你的。可她不肯，说越是寒冷的日子，就越应该给病人送去温暖。她穿上雨衣，冒着冰冷的雨雪，迎着刺骨的寒风，花了一个多小时才赶到病房。这时，她身上的衣服已经湿透了，手脚僵硬，嘴唇青紫，说起话来哆嗦不止。黄秋林的母亲含着热泪迎上来，拉她赶快到屋里暖和暖和，可高敏执意不肯，说这样会把寒气带进屋，一旦秋林受凉感冒，那麻烦就大了。于是，高敏在病房外的走道上来回踱步，驱寒暖身后再见秋林。直到10多分钟后，她才进屋。这时黄秋林早已感动得哭成了泪人。

1月24日，大年初一。按当地的风俗，人们忌讳这个时候到医院探望病人。本来，高敏也只想给黄秋林的病房打个电话拜年，可一想到大家今天可能都不敢去，病房里冷冷清清，秋林心里能不难受吗？

看到高老师带着女儿走进病房，黄秋林的父母惊呆了，感激得不知说什么是好；黄秋林的心情本来的确忧郁黯然，高敏母女的到来，像是给她带来了温暖的阳光，她立即来了精神，依偎在高敏的怀里，撒娇地说："高老师，看来我们真的有心灵感应，你总是在我最需要的时候出现。"

▶ 超越血缘的母爱

一天天走近黄秋林，高敏感到自己越来越离不开这个可爱的孩子。她和黄秋林的母亲也成了无话不说的知心朋友。秋林的母亲说，女儿的病确诊后，她一是不能接受，二是愁看病的费用，当时真想从医院的楼上跳下去，结束自己的生命，是高敏和社会上这些好心人的关爱，让她重燃希望。

黄母还告诉高敏：自己有三个孩子，秋林是长女，出生在 1983 年立秋那天。这孩子从小就特别懂事，学习上从不让人操心。这次生病，她一直不让告诉弟弟妹妹，说他们正在考试，不能影响他们的心情。她知道家里经济困难，从不乱花一分钱，每次给她的生活费本来就很少，她除了偷偷匀一些给弟弟妹妹，还省吃俭用存下 200 元钱，这次看病急需用钱，本想让她把这钱取出来，但秋林说，这钱千万不能动，今年高考的动手考试，她还要买万用电表哩……听到这里，高敏泪如雨下，她对秋林有了更多的了解，更深的疼爱。

每逢周末，高敏把大部分时间都用来陪伴秋林，甚至替换秋林的母亲整天守在病房。秋林输液时行动不便，她就一勺一勺地喂她吃饭，扶她解手，倒洗便盆；看到秋林穿的衬衣是化纤的，不吸汗，还短了一截，她记在心里，第二天就买来两套全棉质的保暖内衣；她怕秋林长时间躺在床上造成腿部肌肉萎缩，就为秋林按摩，扶着她来回走动；她看秋林在生病期间坚持学习英语，就把刚给女儿买的复读机拿来，送给她用……

久而久之，黄秋林一天见不到高老师，就觉得心里堵得慌，坐立不安。2001年春天，高敏因参加市人大会议，连续五天没能来医院，黄秋林望眼欲穿，茶饭不思。第六天见面后，她紧紧地抱着高老师，放声大哭。黄秋林在日记里写道：每次见你来，心情就像吃蜜一样甜美，浑身的病痛仿佛一瞬间消失了……你没来的时候，我盼你来；来的时候，我盼你不走；你走以后，我盼你再来。

一段时间的药物治疗后，医院决定对黄秋林进行化疗。秋林的母亲不敢把真

实情况告诉女儿，更担心化疗后会有副作用。她知道女儿最信赖高老师，就恳求高老师来捅破这层"窗户纸"。

望着黄秋林一头秀发和美丽的脸庞，高敏强忍着内心的酸楚。她先用轻松自然的语言跟秋林探讨人生的感悟，然后慢慢转入正题。她告诉秋林："医生很快要给你用新的药物，很可能引起你皮肤过敏，或者嘴唇干裂、起泡，还可能掉眉毛和头发。"秋林问："那头发还能不能长出来？"高敏说："能。"秋林的泪水突然涌了出来："高老师，我知道自己得的什么病，白血病……同室的病友也是这个病，就跟《血疑》里幸子一样。高老师，我的病真的能治好吗？"高敏强抑着的泪水禁不住夺眶而出，她把秋林搂在怀里，一遍遍安慰她："能治好的，现在的医学进步了，又有这么多人关心你，你的病一定能治好。"

不久，高敏特意把自己 15 年前教过的学生程锦文找来，一起去医院看望黄秋林。程锦文 1986 年 4 月因心脏病去上海动手术。手术前医生就说，手术的风险极大，当时同病房的九个人，那八个人手术后都死了。正当程锦文万念俱灰时，高敏让人从家捎去一封短信：你一定要坚持住，同学们都等着你健康地回来，过几天我就去看你！程锦文告诉黄秋林，她就是因为高老师那封信才活下来的。现在她过得很好，孩子都八岁了。黄秋林热泪盈眶，深情地凝视着高敏："我也需要你，你是我的精神支柱！"

为了留住秋林的美丽倩影，爱好摄影的高敏给她拍了许多照片，也是从这时候开始，她用家用摄像机记录了黄秋林在生命最后日子里的快乐、痛苦、感激和留恋。连高敏自己都觉得，和黄秋林相处久了，自己这个"粗放"性格的女人，也变得细腻起来。黄秋林的一个眼神，一个微笑，她都能读懂，她都想办法用自己的方式去满足她、安慰她。

一天，黄秋林听说高敏喜欢放风筝，往年的春天，她扎的风筝连续几次在全国风筝节和高规格的大赛中获奖，这个久卧病床的少女脸上露出敬慕和向往。高敏看出秋林的心事，回家后，她和丈夫连夜赶制了一只风筝。在秋林病情得到缓解的一个下午，他们陪着她在田野上快活地跑了半天。

长这么大，黄秋林还是头一回放风筝。她对高敏说："我愿做一只风筝，永远牵在你的手中。"

在医院里住了三个多月，药物治疗并没有控制住黄秋林的病情。这时，每天的治疗费用高达 1 500 元，经济上出现了很大缺口。为了节省开支，把钱用在刀刃上，高敏和秋林的父母商定，把秋林转到离自家较近的市第二人民医院化疗，平常黄秋林母女俩就可以住在她家，这样既省钱，又便于照顾秋林。

开始，黄秋林的母亲说啥也不想麻烦高老师一家，特别是她知道高老师的女儿昆昆在重点中学上高中，怕影响昆昆学习。她悄悄跑到医院附近，想租一间房子住下来。可是，转悠了半天，贵的租不起，便宜的又四面透风不能住。但这时如果回乡下老家，一则 100 多里的路太远，二则乡间小道颠颠簸簸，极难行车。一旦女儿病发，怕误了抢救。

经过再三劝说，黄秋林的母亲才答应下来。高敏和丈夫陈应聪打的赶到医院，将陷入困境的黄秋林母女接到自己家中。这天是 2001 年 4 月 16 日，母女俩在这儿一住就是 6 个多月。

高敏家的房子并不宽敞，加上年逾古稀的老公公第一次从云南老家赶来看孙女，突然再添个病人，就显得更加拥挤不堪。为了让黄秋林住得舒适些，高敏夫妇将自己睡的大床让给她们母女住，夫妇俩每天打地铺，躺在客厅的瓷砖地板上。

自打黄秋林住到家里，高敏每天都睡得很少。白血病人容易出血，一旦出血又很难止住。黄秋林的母亲一看到血就头晕。不知多少个夜晚，总是高敏爬起来扮演护士角色，按住出血点，一按就是一两个小时。当黄秋林的血止住时，她的手早已不能动弹了。秋林长期服药，大便解不下来，高敏给她打开塞露，有一次折腾了两个小时没能成功，高敏只好用手去抠出来。

白血病人最怕感冒。随着夏季来临，气温一天天升高，高敏家的电风扇、空调都不能打开，以防黄秋林感冒。一向骄气的女儿昆昆就在"蒸笼"里度过了一个不平静的夏天。

一段时间下来，黄秋林便成了他们家的"晴雨表"。秋林快乐，他们就一起高兴；秋林病痛难受，全家人的心就都揪着，经常是轮换着帮她按摩，彻夜难眠。

▶ 师生情未了

面对治疗白血病的高额治疗费，黄秋林的父母一筹莫展；高敏和丈夫一直靠

工薪养家，人到中年，两边的父母要供养，女儿上学也正是需要钱的时候，家里并没有多少积蓄，但高敏全力以赴，陆续从家中拿出1万多元帮助黄秋林，即使这样，仍然解决不了什么问题。她为自己身单力薄而焦急万分。

为了给黄秋林募捐，高敏殚精竭虑，到处奔走呼吁。2001年初，她执笔第一封募捐倡议书时，与黄秋林可以说是素不相识。从这天起，她的日记里便满是"黄秋林"三字，她把自己看到的、听到的、想到的有关黄秋林的一切都记录下来，为宣传、救助黄秋林准备第一手资料；她流着泪，向自己的同学和身边的朋友讲述秋林的可爱和不幸，并领他们去看望秋林，这些叔叔阿姨慷慨解囊，后来都跟善解人意的秋林结成忘年之交；在繁忙的工作之余，高敏还多次找到当地的新闻媒体和她所在组织致公党连云港市委员会，千方百计寻求帮助；在参加市人大会期间，她利用休会间隙，来到各个代表团驻地募捐，代表们表现出极大的关注，纷纷自愿捐款，献出一份爱心。高敏的良苦用心和黄秋林的生命故事感动了当地报社的记者们，根据她提供的资料并跟踪采访黄秋林，连续刊登消息和报道。很快，在全市大街小巷，迅速掀起了一股救助黄秋林的爱心潮流。短短两三个月，黄秋林就收到社会募捐6万余元。

在为黄秋林奔忙的日子里，高敏家里连续发生了几次不幸，让她心力憔悴：公公返回云南不久，被诊断患了膀胱癌；弟弟的岳父、岳母煤气中毒，一死一伤；母亲心脏病复发，也住进了医院……这时候，有的人便在她的背后指指戳戳：说高敏不该在大年初一去看望病人，说高敏更不该让一个重病号住在家里……而更让她伤心的是社会上的一些议论：高敏是不是想借黄秋林弄出点知名度来？是不是……

对此，她都含泪一笑了之。

治疗白血病，关键在于对病人进行骨髓移植，而进行骨髓移植不仅要有合适的供体，费用则高达二三十万元。医生在对黄秋林进行全面检查后分析，她的病即使进行骨髓移植，康复的可能性也非常渺茫。

人站在绝望的边缘，总盼着能有奇迹发生。那段时间，高敏心急如焚，不断地往北京、广州、上海、苏州打电话，几乎找遍所有熟悉的人，她还请朋友在国际互联网上多次发布信息。2001年7月24日，她和秋林的父母商定，把秋林和她的弟弟、妹妹一起送到苏州检查，看骨髓是否配对，只要有一线希望，也决不放弃。

然而，检查的结果证实了高敏的担心，苏州之行并没有给黄秋林带来奇迹。妈妈和弟弟、妹妹的骨髓都不与她相配，医院里也无法找到相配骨髓，向台湾中华骨髓库调用，至少要等到三个月以后。眼看着病魔无情地吞噬黄秋林越来越羸弱的身体，而自己无能为力，高敏陷入了无边的悲哀：这么好的孩子，什么都还没有经历过……老天是不是太残酷了？

当生命之花即将凋零的时节，黄秋林对人生充满了无限的眷念。北京申奥成功后，她曾说，我要能活到2008年，到北京看奥运会该有多好；后来，她又伤感地对高敏说，自己的病反正治不好，不如把剩下的钱捐给北京奥申委；听说北京奥申委不接受个人捐款，她很失望，说那我写封信给运动员们，千万不要服用违禁药物，以伤害身体为代价进行不公平竞争，身体比什么都重要！

2001年8月18日，是黄秋林的18岁生日。这天秋林突然跟母亲提出一个"特殊"要求，她想亲亲母亲的乳房。母亲含着泪满足了她的要求。高敏下班回来得知这件事，她的心再一次被深深震撼。

这天深夜，黄秋林浑身疼得蜷成一团。高敏守在她的床前，心如刀绞。她实在控制不住，在秋林面前第一次痛哭失声："再多的爱有什么用？一切都替代不了高科技、药物、骨髓。我实在没办法了，我无能啊……"

黄秋林反过来安慰她："高老师，我能活到今天，已经是奇迹了。在农村，女孩子不被看重，从父母决定生第二胎、第三胎起，也许就意味着我是次要的。自从遇到你，我才觉得自己的重要，才懂得爱的分量，我的父母也是从你身上学会了如何给我关爱；你是第一个也是唯一深入我的感情世界、看透我心思的人，谢谢你这么看重我；我生病这些天得到的爱，比我出生这些年加起来得到的爱还多得多，我知足了……"

"孩子啊，你怎么这样懂事，这样坚强？"高敏的心仿佛都碎了，她把黄秋林紧紧地搂在怀里，热泪纵横。

2001年11月29日，在与病魔抗争了300多天后，黄秋林永远地闭上了那双美丽的大眼睛。临死前，她一直喃喃地呼唤："高老师、陈叔叔……"

这时，高敏正在给高考班的学生上课，得知消息的老师怕高敏受不了，不敢直接对她讲。晚上回到家，陈应聪泣不成声地告诉她："秋林没了。"

高敏虽然早有心理准备，但真的面对这个残酷的现实时，她发出了撕心裂肺的哭喊："秋林啊，我的秋林……"几天前，她亲手把黄秋林送到山东临沂，期盼中医治疗能给她带来转机。她要教课，实在没有办法陪她，她答应到周末一定赶过去看她。

她永远忘不了秋林那充满期盼的眼神。她为没有能够跟秋林作最后的道别而痛不欲生。

黄秋林憨厚的父亲安慰她："高老师，你想到的、做到的，连我们当父母的都做不到啊！秋林知足了……"

许多认识高敏的人发出由衷的感叹：我们敬佩她，但永远做不到，哪怕对自己的亲骨肉。

高敏说："别人只看到我的付出。其实，我从黄秋林身上得到的更多。我学会了感激，学会了如何爱一个人，懂得爱一个人是多么不容易，被一个人爱是多么幸福！"

2002年1月7日，江苏电视台《新闻故事》栏目的记者根据黄秋林父母提供的线索，从南京驱车赶到连云港，采访高敏老师。他们原打算只拍两集纪录片，但当他们面对高敏在与黄秋林朝夕相处的日子里拍摄的25盒录像带，和300多天里写下的30多万字厚厚一摞日记时，见多识广的记者们惊叹不已。原定两集的片子最后拍了整整十集！

高敏为黄秋林拍摄的照片里，有一张是秋林和枕边一朵玫瑰花的合影。这朵玫瑰是她最要好的一个男同学送的，拍照时已经有点蔫了。高敏提议重买一枝，秋林却执意不肯。她说："花虽然蔫了，但是它曾经芳香过。"

当黄秋林在落叶纷飞的深秋走到人生的尽头时，高敏将这张照片特意放大，摆在案头。高敏说："今生今世，无法忘记照片上这个女孩，因为她曾经芬芳！"

小龙妹的三个爸爸

邗江县实验学校初中二年级学生朱龙妹，是个身世极不寻常的女孩。

她刚一出生，就被狠心的父母遗弃了，心地善良的中年汉子朱元标把她抱回家，成了她的第一个爸爸。半年后，朱元标不幸去世，他的二弟朱元福又收养了小龙妹。1995年夏天，朱元福因为疲劳过度，从建筑工地的脚手架上掉下来摔死，从此，抚养小龙妹的担子又落到了三弟朱元勤的身上……

▶ 朱元标：这个孩子我养定了

1988年11月18日清晨，寒风瑟瑟。邗江县槐泗镇卫生院门外，蜷着一团被打上霜的棉袄，里面传出婴儿微弱的啼哭声。被遗弃的是个气若游丝的女婴，小脸冻得紫红紫红的，哭声时断时续，越来越弱。围观的人摇头叹息，走了一茬又一茬。这时，一位中年汉子不声不响地走了过去，脱下自己身上的棉袄，把弃婴一裹，抱回了家。

这个四十出头的中年汉子名叫朱元标，是槐泗镇淮北村人，他家兄弟三个，父母死得早，家底子薄，是村里出了名的困难户。朱元标和二弟朱元福早些年因家境贫穷被耽搁了，如今已是人到中年，都未能成家；三弟朱元勤勉强娶了一个媳妇，又是个病恹恹的弱智女人，有一个一岁多的儿子。

朱元标把女婴抱回家，当即遭到两个弟弟的反对。三弟说："哥，你没带过小孩，不知道带个小孩有多难，你让孩子吃什么？你有什么本事养她？"二弟说："哥，这孩子太小了，咱们养不活的，你把她送给好人家养吧。"听了两个弟弟的话，朱元标有些来火："我把她送给谁？要是个男孩，早就被人家抱走了，就是因为是个女孩，那么多人看来看去，没有一个站出来要的。你们别拦了，这孩子我养定了。"两个弟弟知道哥哥的脾气，无可奈何地摇摇头。朱元标头也不回，把婴儿抱到了自己的小屋。他看孩子又冷又饿，便升火熬了碗米汤，放在嘴边吹了又吹，喂给她吃，哪知道刚喂到婴儿的嘴里，就烫得她哇哇直哭，朱元标急得团团转，最后，跑到三弟家要了个奶瓶，把米汤灌进去，才好不容易给孩子喂下半瓶。

朱元标打开裹在婴儿身上的棉袄，一张纸条掉了下来，上面写着孩子的出生日期是 1988 年 11 月 17 日。小学毕业的朱元标想了想，今年是龙年，咱给孩子起个名字，就叫龙妹吧，这名字既喜气又好听。晚上，朱元标把孩子哄睡，自己却兴奋得怎么也睡不着，他从家里翻出一本笔记本，在上面歪歪扭扭地写起了"宝宝日记"：我要从 42 岁开始做慈母，料理龙妹的一切，再难也要把她养大成人，有出息，将来和我一样，有一颗善良慈爱的心……

一个从未有抚养经验的男人，带着个刚出世的婴儿，情形可想而知。大约在小龙妹抱来后十几天，朱元标冲奶粉喂她，一不小心把她给呛住了，好长时间，孩子脸发青，嘴唇发紫，只见出气，不见进气，吓得朱元标抱起她就朝村卫生所跑，一路上直喊"救命"。等跑到卫生所，孩子让他竟颠荡得好了，睁着一双圆溜溜的眼睛直望着他。朱元标见状，傻乎乎地笑了起来。卫生所的医生被他弄得莫名其妙，没好气地说："朱元标，你又发什么疯呀？"

朱元标最反感人家说他"发疯"，他也确实得过疯病。那是十几年前，他家曾经收留过一个来自安徽天长县的老乞丐。有天，老乞丐对朱元标说："你待我这么好，干脆做我的女媳吧。"朱元标信以为真，把家里养的两头猪都卖了，凑了些钱，跟着老乞丐去了天长，可是没过几天，他两手空空地回来了，身上还伤痕累累。这个善良的人受了人家的骗，一肚子委屈一肚子窝囊无处发泄，竟气出了疯病。他这种病是间歇性的，已经多年未发，所以在正常情况下，他是最反感人家提到这个"疯"字的。但是，抱养小龙妹之后，村里便有人不理解他这种举动，他们风言风语，说他简直就是个"疯子"。他实在有些受不了，他不明白，自己做的事到底碍着谁了，别人凭什么说三道四。

三四个月后，朱元标积攒下来的仅有的几百块钱都给小龙妹买奶粉吃花光了。他把孩子放在箩筐里挑着来到县城，想边打工挣钱边养孩子。在一个正在开发的住宅小区，朱元标找了一个满脸横肉的工头，求得了一份扎钢筋的活儿。干活的时候，他就把小龙妹放在工棚里。刚到工地，他身无分文，到附近的小店赊奶粉，店主不肯，他就押了床单，后又押了衣服。那段日子，朱元标既当爹又当娘，一边干着繁重的活儿，一边要照料着几个月大的婴儿，这个原本还算健壮的汉子变得憔悴不堪。翻开那本"宝宝日记"，他这样写道：抓屎把尿不 Xian(嫌)弃，里里外外忙不停，一边干活儿一边操心，宝宝睡在床上是否称心？个把小时回来一趟，只见宝宝不是哭就是饥，我身上的担子有千斤……

断断续续做了一个多月的工，为了给小龙妹赊奶粉，朱元标把工地周围几家小店都跑遍了，可以抵押的东西也都抵光了。无奈，他便找到包工头，想结点工资钱。谁知包工头把脸一板眼一瞪，骂道："天下还有你这样干活儿的，带着个刚满月的小毛孩子出来混饭吃，不干拉到，现在要钱门都没有！"朱元标气得直哆嗦，上前拉着他论理。包工头上来就是一拳，旁边又出来几个帮手，把朱元标按倒在地，又是一阵拳脚。朱元标干了一个多月的活儿，一分钱没拿到，又受此屈辱，神情变得恍恍惚惚。三天后，他挑着小龙妹又回到淮北村。

乡邻们看到挑在箩筐里的小龙妹长得胖乎乎，煞是可爱，跑过来争相逗弄。这个小图图一点儿也不认生，在大伙的怀抱里咯咯直笑。人们连连称奇："朱元标一个笨手笨脚的男子汉，咋把孩子带得这么好？"不久，弟弟朱元福跑来告诉他，村里有人愿意出 800 元钱来买小龙妹。看着憔悴异常的哥哥，他心疼地说："哥，你带了她四五个月了，孩子长得这么好，你却熬成这副模样，你也算对得起她了，800 元钱不算少，我看就让给人家吧。"朱元标听了这话，朝弟弟狠狠地剜了一眼，便阴沉着脸，一言不发。朱元福讨了个没趣，悻悻地走开了。

第二天，令人惊讶的事情发生了。弟弟朱元福一早起来，听到哥哥房间里龙妹在一声紧似一声地哭，进门一看，屋里只有孩子躺在床上，哥哥却不知哪儿去了。一天过去了，没有朱元标的影子，两天、三天……朱元标失踪了。人们议论纷纷，朱元标一定是哪方面受了刺激，疯病又犯了。果然，半个月后，朱元标又回到村里时，已经没个人形了。他蓬头垢面，见人就追，嘴里还嘟嘟囔囔地喊："让你害我，让你害我……"晚上，他跑到那个想出钱收养小龙妹的乡邻家，纵火烧毁了人家的草垛，还爬到屋顶上掀瓦，看来真的是疯了。没办法，村干部只

好用铁链子把他拴在小屋里。

每天晚上，小屋里都传出"龙妹，龙妹……"那惨烈的叫声，让村人听了既揪心又恐怖。20多天后，可怜的朱元标死了。那是一个初夏的日子，小龙妹已经能够坐在床上，嘴里发出"爸爸，爸爸"的嘟哝声，这是朱元标一辈子没有听过的声音。

▶ 朱元福：龙妹是我今生的希望

自从大哥犯了疯病，抚养小龙妹的事自然而然落到朱元福身上。大哥死后，小龙妹的身价涨到了2 000元。本来并不赞同收养小龙妹的朱元福，这时候来了个180度大转弯，不管买主怎么好言好语地诱导，他就是不松口。等到人家再来商议买卖小龙妹的事，他马上就没头没脑地将人轰走。朱元福忘不了大哥去世时的惨样，他甚至觉得大哥的死与自己有一定的责任。如果当时自己不反对大哥收养小龙妹，如果自己不在已经受了刺激的大哥面前提别人要来买小龙妹的事，如果……大哥也许不会犯疯病的。朱元福无论如何也不能原谅自己，他在心底里发誓，一定要把龙妹带好，以此告慰大哥的在天之灵。

40岁的朱元福也是那种老实、木讷的庄户人，他的主要生活来源是村里分的一亩多地，日子过得很清苦。农闲时，他常跟别人一道出去打工挣点辛苦钱。这样的光景，再添个嗷嗷待哺的幼儿，其窘境比他大哥那时好不了多少。

小龙妹刚到家那阵子，朱元福没睡过一天安稳觉，因为吃不饱，小龙妹几乎是天天哭三更闹五更。朱元福只好抱着她在小屋里转来转去，实在哄不住，他就拿出空奶瓶，灌些白开水喂她，看着小龙妹吸水的样子，他心酸不已。小龙妹一岁大的时候，出了个很蹊跷的现象，这个原本最喜欢大人逗她抱她的孩子，这会儿不管谁来抱她，她都要拼命地哭，朱元福感到莫名其妙，烦得不行，便对着哭闹的小龙妹屁股上就是一巴掌。后来，给孩子换衣服的时候，才发现她的腋窝下起了个大脓疱，抱她时，手压在脓疱上，孩子自然疼得厉害。朱元福深深地责怪自己粗心大意，他连忙把孩子抱到城里的医院治疗。听到医生给孩子开刀时她嘶哑的哭声，朱元福心疼得直流泪。

　　小龙妹一岁多，就能清清楚楚地叫朱元福"爸爸"了。朱元福对她的疼爱越来越深，这种感情渐渐地变成了渗透到骨子里的真正的父亲对女儿的人间至爱。

　　1990 年春天，村里一个好心的大婶在邻县老家替朱元福介绍个对象。对方是个离过婚的中年妇女，身边带着两个女儿，一个已经上中学，另外一个上小学。双方见过面后，女的对朱元福本人还算满意。她和原来的丈夫离婚，就是因为丈夫做生意有了点钱，在外面花里胡哨，才把她甩了。所以在选择第二次婚姻对象时，她就比较注重男方的品行。但是，当她看过朱元福那贫寒的家，得知他还收养一个两岁的小女孩之后，她打退堂鼓了，跟做媒的大婶说："人还不错，不过，让我上门来带奶头孩子，我没那精神。"大婶连忙打圆场："人好不就行了嘛，那小丫头是捡来的，我去跟他说说，让他送人算了。"女的犹豫了一会儿，说："要是没有那小孩，还能再考虑考虑。"媒人一听这话，赶紧兴冲冲地找朱元福。"你到底是想娶媳妇成家，还是要这个小龙妹？"大婶万万没想到朱元福对此问题还会犹豫，在她看来，朱元福只要把小龙妹送人，这门亲事就能成，成亲之后，朱元福跟那女的自己再生养个孩子岂不更好？谁知朱元福憋了半天，瓮声瓮气地说："她要是容不下小龙妹，我看这事就算了吧。"大婶气得直跺脚："好你个朱元福，你怎么这么个死脑筋！"

　　这是朱元福一生中唯一的一次成家的机会，因为小龙妹，他放弃了。

　　孤身一人的时候，朱元福爱上了烟和酒。有了龙妹，为了省钱给她买吃的，他把抽了 10 多年的烟戒掉了，酒也喝得少了，而且喝的总是小店里最便宜的白酒。村里哪家砌房造屋，朱元福总是主动去帮忙，他把小龙妹背了去，人家招待饭的时候，孩子就能随他一起饱饱地吃一顿好菜好饭。小龙妹这孩子从不挑食，还特别爱吃肥肉，一次能吃五六块，让在场的大人看得目瞪口呆。

　　穷人家的孩子懂事早。小龙妹五岁那年冬天，爸爸晚上充水给她焐被窝，热水袋不知怎么坏了，滚热的开水烫烂了她右腿的一大片皮肤，朱元福急得捶胸顿足："这可怎么好？这可怎么好……"烫伤后，小龙妹腿上敷着药，在床上躺了一个多月。邻居奶奶过来探望她，问："龙妹，你疼吗？"龙妹吃力地点点头。"那怎么没听你哭呢？""我不哭，我要哭了，爸爸更难过，我才不哭哩。"老奶奶流着泪说："这孩子咋这么懂事啊！"

　　龙妹穿的衣服大多是村里人送的，但每到过年，朱元福都要给她买身新衣

服。1995年春节前，他带着龙妹到镇上买衣服，转了四五家商店，龙妹也没相中一件。孩子不是挑花了眼，她是一听人家报价就拽着爸爸的衣角往外走。最后，她在地摊上相中了一只漂亮的发卡，只要两块钱，龙妹当即戴上就走。爸爸望了她笑了，笑得既幸福又辛酸。

看着小龙妹一天天长大，朱元福感觉到生活有了奔头，他对村里人说，龙妹是他今生的希望，看孩子眼下的机灵劲儿，以后上学成绩不会差的，他要想办法挣钱，一直要供她上大学。有了这个目标，他开始无休无止地在外找活儿干，他是那种干起活儿来只会出蛮力气而从不知偷懒的人。1995年夏天，他到镇上一处工地盖楼房，因为赶进度，他好多天没有休息好，过度的疲劳加上炎热的天气，让他头昏眼花。不幸的事终于发生了，8月10日下午，他从十几米高的脚手架上摔了下来，当即就没了命。

晚上，小龙妹坐在门口，左等右等也不见爸爸收工回来，她只好饿着肚子，一个人在空荡荡的小屋里过夜。第二天，得知爸爸摔死的噩耗，这个6岁的孩子哭得死去活来。

▶ 朱元勤：砸锅卖铁也要让你上学

像传接力棒一样，二哥死后，三弟朱元勤二话没说就把小龙妹领进了门。于是，小龙妹又有了第三个爸爸，还有个病恹恹傻乎乎的妈妈和一个大她一岁的哥哥。这个三餐不继的穷家，又多了一张争饭吃的嘴。

这时候，村里不知谁开的头，有人对小龙妹和先后收养她的朱家三兄弟议论纷纷，说小龙妹的命太硬，是克父的命，朱家两兄弟，都是被她克死的。于是，村里一名朱姓长辈找到朱元勤，给他指点迷津：一是把小龙妹送到外地，让别人家收养，多少能换些现钱回来；再则干脆找政府，让公家的福利院把她接收下来。

对这些"好心人"的建议，朱元勤先是置之不理，后来，谁要是再在他面前提到什么"克父"呀什么"命硬"呀，他就会勃然大怒，渐渐地，这话题谁也不敢再提了。

朱元勤是个半路出道的泥瓦匠,手上的活儿不灵,找工干不容易,即使有工做,拿的钱也比别人少。在外干活儿时,他总随身带着个铁饭盒,装上家里做的老咸菜和萝卜干,中午就这么对付一顿。遇到主家招待,他的饭盒里就会带些好吃的回来,看龙妹和儿子志政吃得津津有味,朱元勤的心里涌起一股难言的酸楚。

哥哥上二年级的时候,小龙妹也该上学了。朱元勤一下子乱了阵脚,家里实在拿不出钱来供两个孩子上学。为了翻盖破陋不堪的老房子,他家已经欠了7 000多元的债。可是,小龙妹好想好想去上学呀!她哭哭啼啼地央求:"爸爸,去借钱吧,长大了我一定替你还。"朱元勤让孩子哭得心都碎了,一把将她搂在怀里,哽咽道:"爸爸一定想办法让你上学,砸锅卖铁也要让你上学。"

新学期开学前,朱元勤来到淮北小学,苦笑着对校长说:"龙妹到了上学年龄了,家里真拿不出钱供她念书,如果学校有什么活儿需要干,我来干一两个月,抵她的学费怎么样?"校长安慰他说:"我正准备找你,这事村里和镇里都交代过了,由他们资助一部分,学校减免一部分,你快把孩子送来报名吧。"朱元勤一听这话,喜得连连道谢,赶紧往家跑。小龙妹听说学校免费让她上学,也高兴得蹦了起来。

对待收养的女儿和亲生儿子,朱元勤都是一样的亲,有时甚至对小龙妹还偏心些。家里买来零食,总要给小龙妹多分些;逢年过节做新衣服,有妹妹的,哥哥却只能穿别人送的旧衣服或者把穿小了的衣服接接补补再穿。龙妹和哥哥的学习成绩都很好,在各自的班级里数一数二。1999年初,村里一位认龙妹和志政做干孙儿的老奶奶送来一辆小巧的自行车,志政本以为这辆自行车非他莫属,谁知爸爸说:"龙妹的成绩好,这车子归她。"志政好委屈,说:"我的成绩也不差嘛,哪年我不是三好生?"爸爸眼一瞪,说:"男孩子多跑点路,做哥哥的应该让着妹妹,不许跟她争。"

屋漏偏逢连夜雨。1999年4月,朱元勤的妻子患乳腺癌动手术,又为这个穷困的家庭添上5 000多元的债务。妻子出院后,刀口总是不愈,朱元勤只好整天在家照顾她,但是,不出去做工,一家人连吃的都成了问题,更别提给妻子继续治病和还债了,他急得暗暗落泪。懂事的龙妹怯生生地对爸爸说:"我不上学了,在家照看妈妈,爸,你看行不行?"朱元勤没有答应,闭上眼睛,一串豆大的泪水滚滚而下。

朱元勤终究没有让两个孩子辍一天学。而两个懂事的孩子在妈妈病重期间都学会了洗衣做饭，一有空儿，就给爸爸当帮手干活儿。

1999 年夏天，小龙妹一家的境况引起了社会的关注。在淮北村帮助工作的邗江县能源办和槐泗地税分局两名干部首先向单位作了汇报，这两个单位立即向这个贫困的家庭伸出了温暖的手。不久，他们又资助小龙妹转学到邗江县条件最好的实验学校寄宿读书。

小龙妹要到县城读书的消息传出后，村里有人议论道：龙妹要给国家收养去了。又有"好心人"劝导朱元勤：别让龙妹走呀，现在她能帮你料理家务了，让她这一走，怕是将来要把你们忘了，这 12 年的辛苦，你们兄弟三个不是白吃了吗？朱元勤摇摇头："只要龙妹有出息，我还图个啥！"

2002 年 10 月 5 日，朱元勤苦命的妻子撒手人寰，对于久病不愈的她，这也许是最好的解脱。但失去亲人的小龙妹哭得伤心至极。丧事过后，本该回校上学的小龙妹抱着爸爸久久不愿离去。朱元勤坐车进城，一直把孩子送到校门口，叮嘱道："龙妹，你一定要好好念书，别想家……"

笔者在邗江县实验学校宽敞明亮的教室里见到了朱龙妹，这是一个多么聪明伶俐的女孩呀！当我问起她的学习成绩时，她羞涩地一笑。旁边的同学七嘴八舌告诉我：朱龙妹学习成绩好着哩，上初中后她每个学期都是三好生，她跟同学们相处得也非常好……

得知我刚在淮北村采访过她爸爸，龙妹沉默了。良久，她的眼圈红了。她说她有时候很想家，想那个老实巴交、对她疼爱至深的爸爸，想那个跟自己学习成绩一样出色的哥哥……

后娘情深深如海

> 一个善良的沂蒙妇女，怀着深深的同情走进了一个风雨飘摇、残缺不全的家。在漫长的岁月里，她以后娘的身份将三个继子艰难拉扯成人，并在孩子读书期间，举家迁到孩子读书的学校附近，以无比博大的爱心将孩子们全部送进了名牌大学……

▶ 别拦了，俺就要做这三个娃的后娘

1979 年，临沭县朱仓乡联中老师高志奎的妻子因长期患胃病，未能及时医治，转为胃癌。这年春天，她的病情恶化，终于撇下 6 岁、4 岁和一岁半的三个孩子，离开了人世。

临终前，妻子望着三个年幼无知的孩子，望着被生活的重担压得疲惫不堪的丈夫，泪水从眼角滚滚而下。悲痛欲绝的高志奎理解妻子的心事，紧紧地握住她的手，对早已被癌病折磨得不成人形的妻子许下一个永恒的承诺："孩儿他娘，你放心地走吧，我一定把三个孩子抚养成人。"

娘走了，曾经充满了欢乐的家变得凄凉冷清，三个年幼的孩子失去了母爱的温暖。

高志奎永远也忘不了孩子没娘那段窘迫的日子。他那年刚好 30 岁，是学校数理化的主力教师，教学任务十分繁重，顾了学校这头，就顾不了家里。三个孩子中，只有 6 岁的大女儿高翔提前放在学校里读书，让他少操点心，二女儿高颖

和儿子高磊实在太小，整天丢在家里，没个大人照应，让他无论如何也放心不下。他既要当爹，又要当娘，白天除了上班还要给孩子做三顿饭，洗洗涮涮，所有的家务他都得干；晚上，幼小的高磊常常哭喊着要娘，要吃的，闹得他彻夜难眠。有一次，他忍不住对着哭闹的小高磊屁股上就是一巴掌，谁知小家伙根本不买账，更加大哭不止，一声声揪心的叫娘声惹得两个姐姐也跟着哭起来。看着哭成一团的孩子，他心如乱麻，这个从不流泪的汉子禁不住泪如雨下，一把将三个孩子拥在怀里。

这样的日子一晃几个月下来，正值壮年的高志奎变得胡子拉碴、憔悴异常。

正当高志奎孤独无助、窘迫难当的时候，一个朴实善良的姑娘走进了这个苦难的家庭。这个姑娘就是袁照桂，那年她 25 岁，是朱仓乡联中的民办教师。

作为高志奎的同事，袁照桂对他家的不幸非常同情，眼看着高志奎忙忙碌碌、日渐憔悴的身影，姑娘心里有种莫名的伤感和怜爱。不过，她发觉性格刚毅的高志奎从不在外流露出一句怨言，从不因为家庭的拖累耽搁一堂课。她想，高志奎是学校有口皆碑的顶梁柱，这样日久天长地拖下去，这个顶梁柱非被拖垮不可。

这年深秋的一个星期天，袁照桂怀着一种强烈的同情心来到高家，她想尽自己的力量，帮帮这个不幸的家庭。

尽管袁照桂对高家的情况有所了解，但当她走进那两间破旧的小屋，还是被眼前的窘境搅得心酸不已。因为给妻子治病，这个家已经被折腾得山穷水尽，屋里除了一张床、一张饭桌和一个木箱，再没有别的家具了。因为外面已经刮起寒风，三个小家伙没有出门，都坐在床上，眼巴巴地等着爸爸给他们做午饭。

这天，袁照桂在高家一直忙到晚上才回家，她把高家两间小屋里外收拾了一遍，又把孩子们的脏衣服和拆下来的被褥洗得干干净净。这个清冷的家，因为她的到来，开始有了生气有了欢乐。

从这一天开始，袁照桂几乎每天放学后，都要到高家去一趟，照看孩子，做饭洗衣，缝缝补补，她下意识地承担了这个家的一切脏活儿和累活儿。从那一天起，三个孩子就喜欢上了这个给他们带来母爱的阿姨，渐渐地离不开她了。原本孤独无援的高志奎也真切地感觉到这个家确实需要一个像袁照桂这样勤快善良的女子。

袁照桂经常到高家忙里忙外，时间一长，便有风言风语传入她的耳朵，亲朋好友也纷纷劝她不要"犯傻"，一个姑娘家去做后娘绝对是件出力不讨好的傻事。袁照桂有个弟弟，更是竭力反对她再踏进高家的门，他认为姐姐如果给高志奎"续弦"，别人肯定认为她哪个方面出了毛病，这无疑是给全家人脸上抹黑。如此这般，对他以后找对象都极为不利。

"你到底图个啥？你也该为俺全家考虑考虑影响。"

面对弟弟的责问，袁照桂的心里异常痛苦。在家里她很疼爱这个弟弟，弟弟的话不是一点儿道理都没有，在思想较为闭塞的沂蒙山区，关于后娘的种种传说的确让人心寒胆战。她当然不希望因为自己的缘故，给家里造成任何不利的影响。但是，当她面对三个孩子期盼的眼神，面对高志奎那饱含深情的目光，她的心下意识地坚定起来。这些天来，她和他们真心相处，同甘共苦，她舍不得失去他们呀！

当弟弟再次劝阻她的时候，袁照桂便用一种铁定了心的口气说："你别再拦了，俺想好了，俺就要做这三个孩子的后娘。"

1981年大年三十那天，袁照桂成了高志奎老师的新娘，由一个被称作"阿姨"的大姑娘成了三个孩子真正的"娘"。

他们的婚礼太简单了，简单得让生活在今天的人们难以想象。整个婚礼花了不到30元钱。这30元钱是高志奎春节前刚发到手的一个月工资，他把这些钱交到袁照桂手里。她用这些钱给自己买了一身衣服，又给高志奎和三个孩子一人买了双新鞋。剩下的几块钱，大年初一，一家五口到乡里的照相馆照了张全家福。三个苦命的孩子，终于又有了一个完整的家。

▶ 为了这个家，俺啥苦都能受

袁照桂与高志奎刚成家那会儿，她做民办教师的工资每月只有15元，加上丈夫的30元工资，远不够一家五口的开销。为了把这个家撑起来，袁照桂想尽了办法。她首先回到自己娘家村里，跟村干部软磨硬泡，分了几亩责任田。有了这几亩地，种上粮食，一家人吃的问题就能解决了。她又自己动手，在屋后

盖了个鸡圈，养了几十只母鸡，母鸡下蛋，既可以给孩子和丈夫加强营养，又能补贴家用。

那段时间，袁照桂既要到学校教书，又要照顾孩子，还得种田养鸡，她像只陀螺似的一刻不停地转啊转。终于有一天，她累倒了。到医院一查，她患的是急性肾炎。医生说，可不能再累着了，急性肾炎还好治，要是转成慢性，就有大麻烦了。因为疾病而失去前妻的高志奎当时吓得脸都白了。

看着丈夫又急又怕的神情，袁照桂反过来安慰他："人吃五谷杂粮，谁还能没个小病小灾的？往后俺注意多歇歇就是了。"

"家里家外这一大摊子，你能闲得住？"高志奎了解妻子的为人，她干啥都好强，这么多事让她牵挂着，她哪里能休息得好。

袁照桂说："这些天俺想来想去，民办教师这一块俺看来得丢下了。在学校里教书，时间太刻板，一天耗下来，别的事就都耽搁了。"她嘴里这么说，心里却实在不甘，民办教师工资的确太少，但她非常喜爱这一行，听说民办教师干久了，以后还有转正的可能。但她想到家里拮据的经济状况，想到孩子们缺少照顾，想到责任田的活儿还得有人去操持，她只有忍痛割爱。

实际上，不干民办教师之后，袁照桂的时间虽然宽松了，但是整天的事更多了更杂了。家里圈养的鸡增加了二三十只，又养了十几只长毛兔，她还在朱仓乡敬老院找了份临时工，这份工作与民办教师比起来挣的钱并不多，而且又脏又累，但两个没上学的孩子可以带在身边，也好有个照应。

1982年，又一个小生命在高家诞生了。袁照桂生下儿子刚满月不久，就赶上三夏大忙。丈夫高志奎那阵子正带着毕业班，时间特别紧张，只能早早晚晚抽空帮家里忙一忙。袁照桂顾不得身体虚弱，把小儿子放在独轮车上推着，到责任田里收割，到乡场上打粮，饿了，吃一口又冷又硬的煎饼，渴了，喝一口地边的凉水，晚上顶着满天繁星，拖着疲惫的身子回家。

农村里，逢到大忙时节，有的人家总让正上学的孩子缺课帮家里干活儿。已经上学的两个女儿看母亲累得够呛，也想请几天假给她帮帮手。袁照桂坚决不允，她对孩子们说："你们只管好好念书，比帮娘干啥都强。"

三个孩子每天都坐在饭桌前等着母亲归来，他们专门为母亲煮了鸡蛋。但袁照桂舍不得吃，把鸡蛋又分给孩子们。孩子们望着母亲消瘦的脸，还是把鸡蛋推到她面前。袁照桂心头一热，她觉得孩子们一天比一天懂事了，自己所有的辛苦都没有白费。

袁照桂把所有的爱倾注在孩子们和丈夫身上，对自己却特别的"抠"。婚后好几年，她没做过一件新衣服，但每年都要给丈夫和孩子做上一身。丈夫是老师，老师就得有老师的样子，绝对不能穿得窝窝囊囊；女儿大了，知道打扮自己了，当然也要穿得好一些。有年过春节，她给丈夫和三个大孩子做了新衣服，给小儿子高鑫只买了双鞋，高鑫心里老大不高兴，埋怨妈妈偏心眼。袁照桂把他叫到一边，说："你和你哥都在长个子，你哥的衣服穿两年不能穿了，你还能接着穿，给你做新衣服，明年要是不能穿了，还能给谁穿呀？"高鑫听了这话，眨巴眨巴眼，不好意思地点了点头。为了省钱，一家人的毛衣都是袁照桂自己织的，其他衣服也都是买来布料，请人裁缝。她还学会了理发，这些年丈夫和两个男孩的头发都是她理的。还有件值得一提的事，在她的支持下，丈夫高志奎边教书边上电大，1985年，这个老三届高中毕业生成了临沂市第一批电大毕业生。

袁照桂是个心胸宽广的女人，在孩子们的房间里，一直挂着他们亲生母亲的照片。逢年过节，她都要让丈夫带着三个孩子给他们的亲娘上坟。

▶ 让孩子念好书，是这个家的头等大事

孩子们一天天长大，袁照桂觉得自己身上的担子更重了。让孩子们好好念书，成了这个家庭的头等大事。

1984年，11岁的高翔以全乡第一名的成绩考入临沭县一中。孩子太小，袁照桂哪里舍得让她独立生活。但临沭一中是全县最好的中学，考进这所学校，就意味着上大学有较大的把握，孩子的前途要紧呀！袁照桂和丈夫一合计，无论如何得让孩子到县中念书。开学前夕，袁照桂含着泪准备好行李被褥，又用家里最好的面粉给孩子摊了一摞煎饼。第二天，她一直把高翔送到学校，在住校生寝室里把孩子的行李安顿停当。临回家时，她特意叮嘱十分懂事的大女儿："别心疼钱，逢星期天你就坐车回家，娘给你做好吃的。"

高翔的亲娘有个表妹住在县城，这个姨妈生怕"后娘"亏待孩子，有一次专

门到学校问高翔："你跟姨说实话，你那个后娘对你到底好不好？""娘对俺好着了，每次回家，娘都专门杀鸡给俺吃。"这位姨妈摸了摸孩子红扑扑胖乎乎的圆脸，自言自语道："看娃这样子，看来没受亏。"但她似乎还有点将信将疑，又跟高翔回到寝室里，摸摸床上厚实实的被褥，看看行李包里干干净净的换身衣服，她心里彻底踏实了。

1987年，大女儿升高中和二女儿升初中赶在一块了。袁照桂和丈夫思量再三，作出了一个让左右乡邻吃惊的决定，他们要搬家了，要把家搬到县城去！面对乡亲们疑惑不解的目光，袁照桂说："俺大闺女在县一中念书，二闺女和儿子学习成绩也不错，肯定也得考上县中。让孩子好好念书，是俺家的头等大事，不把家搬到县城里，这几个孩子咋照看？"

从乡下搬到县城里安个家，自然不是件容易事。他们夫妻俩的收入供养四个孩子，哪里还有什么积蓄？这些年下来，他们满打满算存了2 000元钱。而当时在县城边缘地带盖三间平房，至少也要花1万元钱。怎么办？只有两个法子，一个是借，一个是自己动手，能省的，一分钱都得省。那年夏天，等高志奎一放假，夫妻俩就忙开了，砖瓦、沙石、水泥和木材这些原材料，全部都是夫妻俩用小平车拉回来的。丈夫在前边拉，袁照桂在后面推，丈夫累了，她再换上去。十来天时间，原材料就备齐了。盖房子的是从老家请来的泥瓦匠，袁照桂帮他们做饭烧水，高志奎跟他们一起砌墙抹灰，忙了20多天，在县城边缘的兴隆街，终于把三间平房盖了起来。盖房子前前后后只花了7 000元钱，除了家里的存款，那5 000块钱都是袁照桂从亲友那儿借来的。

房子盖好了，夫妻俩都累得脱了层皮。这天，当一家人欢天喜地搬进新房子的时候，两个女儿看着又黑又瘦几乎脱了形的父母，忽然咯噔一下都不吱声了。父母这么辛苦，全是为他们姐弟着想呀，后娘为他们操的心，又有多少亲娘能得上！姐妹俩想到这些，不觉潸然泪下。

家搬到了县城，老家那几亩地种不成了，敬老院的活儿也丢了，但鸡和兔子还得养，临时工的活儿还得寻，否则，光靠丈夫那点工资，别说聚钱还债，连一家人糊口都够呛。

到县城之后，袁照桂干过不下七八种临时工，先是在县水泥厂织袋车间干织袋工，又到碳化硅厂倒三班，到公路站修路拉石子，接着是肉联厂、罐头厂、饮料厂……哪里缺临时工，哪里的工钱稍多一点儿，再苦再累的活儿她都不计较。打工之余，她也是一刻闲不住，经常揽些手工活儿在家里做。有一次揽的活儿是给出口的柳编筐缝里子，缝一个8分钱，200个小筐，厂家第二天一早就要来取。袁照桂吃过晚饭一直干到凌晨4点多，等干完活儿，腰都直不起来了。还有一次是给出口的洋葱剥皮，连着剥了十几天，剥得两手发麻，眼睛被熏得又痛又痒，难受了好多天。

那时候，丈夫高志奎仍在朱仓中学教书，从县城到朱仓近40里路，早晚骑自行车来回。袁照桂心疼丈夫，很少让放学回家的丈夫再干家务。她跟丈夫分工明确，孩子们学习上的事丈夫多操心，杂七杂八的家务活儿都交给她。

为了让孩子们学得踏实，睡得安稳，袁照桂从来都是睡得最晚起得最早。每天起床后，她把早饭准备好，再挨个把孩子们叫醒。孩子们学习任务繁重，又正是长身体的时候，为了保证他们能有充足的营养，她在经济条件允许的情况下，总是想方设法让他们吃得好一些。就说买菜这样的事，袁照桂也有自己的诀窍，她要么是凌晨三四点钟骑车去城郊的大菜场买批发，要么等到中午和下午菜贩们准备收摊子前跟人家讨价还价捡便宜。这样买的菜，往往只花别人一半的钱。她自己省吃俭用，对孩子们学习方面的需要却从来不抠。别人家孩子有的学习资料，她家的孩子一样也不缺。尽管家里的住房很紧张，但为了给孩子们创造良好的学习环境，她还是专门给他们腾出一间做书房。有句话她常挂在嘴上："宁叫大人缺，不能让孩子受屈。"

▶ 儿女们出息了，就是俺最大的财富

袁照桂不愧是那种任何困难都压不垮的沂蒙妇女，生活的苦难在她看来，只要你挺得住，就没有过不去的火焰山。她的这种乐观向上、对生活充满自信的态度，无形中感染了孩子们。他们从她身上不仅感受到慈母的温暖，也潜移默化地学到了做人之道。

对待三个继子和自己的亲生儿子，她从来都是一视同仁、不偏不倚。孩子们在温暖健康的家庭气氛里生活，心理上从没有任何阴影。贫困艰难的生活让

孩子们早早懂事，父母的殷切期盼时时刻刻鼓励着他们用功读书。四个孩子在学校里较着劲儿学习，年年都被学校评为三好学生，在各自的班级都是品学兼优的班干部。

1990 年，大女儿高翔以全县总分第四名的优异成绩，考入烟台大学外语系，在校期间，又考上了复旦大学研究生，但考虑到弟弟、妹妹都还在念中学，她放弃了继续深造的机会，她想尽快参加工作，为家庭分忧。1994 年，高翔大学毕业，因为各方面表现特别优秀，被直接分配到省内某海滨城市市政府外事办公室工作。上班第一个月，发了 400 多元的工资，高翔心情非常激动，等到周末，她立即坐车往家赶，她要把自己的第一个月工资交到母亲手里，让她高兴高兴。袁照桂为女儿的孝心深感欣慰，但她只接下 100 元钱，便再也不肯多收："翔儿，你在市里上班，一个人生活，花销大，这钱你自个留着用，千万别亏了自己。"高翔含着泪说："娘，你跟俺爹两人的负担太重了，下面三个弟妹都要考学，往后上大学的费用高，这工资钱你每月攒着给弟妹交学费。"高翔说到做到，参加工作几年里，她把每个月的大部分工资都交给了母亲。在外事部门工作，高翔每年都要陪同市里的主要领导去欧美等国考察访问，缤纷奢华的世界没有改变她那清纯朴实的本质，她的为人她的工作表现让领导和同事们交口称赞。

二女儿高颖 1994 年报考的也是外语专业，因为录取分数线比其他任何专业都高，结果以三分之差名落孙山。这一意外的打击，让高颖始料不及，有一段时间，她的情绪坏到了极点。袁照桂见孩子如此难过，便心疼地安慰她："不要想那么多了，好事多磨，就当今年俺是去练练兵的，再复读一年，你一定能考上。"姐姐高翔也口气轻松地开导说："这样也好，今年你要是考上了，我还没什么能力帮你，等到明年交学费，姐姐就可以支持你一把了。"高颖在家人的鼓励下，重新振作精神，第二年，她如愿以偿地考入华中师范大学。

1996 年高考，大儿子高磊的成绩荣居全县理科榜首，被北京大学计算机系录取，成为恢复高考以来临沭县第一个被北京大学录取的考生。1999 年，小儿子高鑫又以高出本科分数线 60 分的骄人成绩被南京理工大学录取。喜讯传来，袁照桂禁不住掩面而泣，20 年的酸甜苦辣一齐涌上心头。

孩子们一个个上学去了，一大笔债务落到夫妻俩身上。大女儿考上大学时，家里尚能对付。二女儿和大儿子上大学都需要上万元的费用，家里那点积蓄加上大女儿的工资远远不够。袁照桂到处求人借钱，每回都让孩子们把钱带足。那求人的滋味呀，是那样尴尬那样辛酸无奈，她从不在孩子们跟前提起。孩子们就要出远门了，父母身上沉重的债务负担让他们担心，袁照桂便一个劲儿地叮嘱："穷家富路，家里咋都能对付，你们只管安心念书，缺少啥一定要给家里写信啊。"

为了还债，袁照桂又干起了环卫工，承包打扫800多米的大街，每月能拿200多元的工资。每天，天蒙蒙亮，她就要上路打扫卫生，再苦再累，她毫无怨言。她说："俺现在知足了，别人有物质财富，俺有精神财富，孩子们出息了，就是俺最大的财富。"是啊，袁照桂的确拥有一大笔令人羡慕的精神财富，那就是她的儿女们！

孩子们都很体谅父母。已经工作的大女儿自不必说。二女儿上大学期间，包下了学校扫楼梯的活儿，每个月挣的钱足够自己在校的开销。大儿子高磊在北大是系里的学习尖子，第二年就光荣地入了党，第三年成了系里的学生会主席，他从大一时就开始勤工俭学，不再让家里给他寄钱。他学的专业是国内乃至国际上的领先科技，即将完成学业的他雄心勃勃，打算一毕业就加盟到北京一家高科技外资公司。在此之前，学校曾推荐他参加国家部委的公务员招聘，被他婉言谢绝了；他还可以继续报考研究生或者申请出国留学，他也都放弃了。他对疑惑不解的老师坦露了自己的心迹："外资公司工资高，技术更新快，我想先干两年，多挣些钱，彻底改善父母的生活条件，他们这些年吃的苦太多了。"想起他那亲亲的后娘，高磊这个质朴坚强的北大学子泪眼迷蒙。

采访期间，袁照桂的喜悦之情溢于言表，她自豪地告诉笔者，两个在外上学的儿子十分牵挂她的身体状况，常来信劝她一定要注意休息。已经成家的大女儿和在某市房管部门工作的二女儿，也都多次劝她别再干环卫工了。但袁照桂是那种闲不住的人，扫马路的活儿她仍在干着。她说："孩子们的心俺领了，可俺忙习惯了，不干活儿心里就不踏实。"她还说，她想好了，等带上外孙子那天，她再把扫马路的活儿辞掉。她盼着那一天。

[背景资料] 白鲟是距今 1.5 亿年前中生代白垩纪残存下来的极少数远古鱼类之一，全世界只有我国才有，集中分布在长江流域一带，被誉为"长江中的活化石"，属我国一级保护野生动物。白鲟体表光滑无鳞，嘴较长，头长约为身长的一半，且齿多而小，由于其嘴形长如象鼻，又称象鱼。它是淡水鱼家族中的第一号"巨人"，身长可达 7 米，体重可达 700 多公斤，主食鱼类、虾、蟹等，其寿命一般在 30 年左右。白鲟的存世量极少，是国际上"CE"级极危动物，堪称稀世之珍，其保护难度远远超过大熊猫。

　　一条有"水中大熊猫"之称的国家珍稀保护动物白鲟在南京长江下关水域被意外捕获。这是近十年来世界上发现的唯一一条活体白鲟。被发现的白鲟伤痕累累，生命垂危。为了保住这一稀世国宝，国家农业部指令不惜一切代价予以抢救，有关专家、渔民和渔政工作人员为此展开了一场特别的救护行动，终于使白鲟的生命得以延缓……

▶ 怪鱼入网，一个渔民的惊世奇遇

　　2002 年 12 月 11 日，天气晴好，长江上风平浪静。55 岁的孙永来和老伴林桂华跟往常一样，划着他们的"苏宁渔 10056"号小渔船，在江面上撒网捕鱼。

　　孙永来和老伴原先都是南京长江渔业社的渔民，1971 年 3 月划转至南京市水产公司工作。多年来，他们一直住在长江边上，他们的老本行也一直没有丢。他们有一条核定载重只有一吨的小舢板，驾驶证、捕捞证等四照齐备。每到节假日和休息日，只要天气许可，孙永来都要带着早已经下岗的老伴到长江里打鱼。老俩口一个划船，一个撒网，收获不多，可勉强贴补家用，更多的是图个乐趣。

　　孙永来的老实、本分在单位和渔民圈子里是有了名的。他家祖辈都在长江以打鱼为生，捕鱼时他有自己的规矩，凡是捕到各种鱼苗和幼鱼，他都随手放生；对渔政部门的各种规定，他从来都是严格遵守。

　　南京长江大桥下游有一个江心洲叫潜洲，这天下午 2 点左右，孙永来就在潜洲北侧的江面上撒旋网。一网下去，孙永来只缓缓地一收，便有一种特别异常的感觉。他感觉手里的分量很重，重得让他最初认为网到的不可能是鱼。他继续缓缓地朝上提，那东西居然在网里动了起来。是鱼，一条大得让他吃惊的怪鱼！

孙永来的神经一下子绷紧了，他从没有逮过这么大的鱼。30多年前，他和妹妹在长江里曾经网过一条100斤重的大青鱼，而现在旋网里的鱼足有三四米长，肯定比那条大青鱼重得多。他的旋网只有两丈长，撒开后落水时的直径最多四五米，能网到这么大的鱼真的是一种缘分，一个奇迹！他顾不得多想，连忙示意老伴把船朝潜洲岸边划。

直觉告诉孙永来，这条鱼不同寻常，很可能是国家保护的野生鱼类，而且他感觉这条大鱼肯定是受了伤，否则它不会到浅滩上来的，也不会有这样安静。不过，这么大的鱼，在水里的力气比头牛还要大，即使是受了伤，但只要它使劲一挣，就很可能从旋网里溜掉。凭着多年的经验，孙永来知道，对付大鱼，得像哄小孩一样，顺着它的性子来，绝对不能让它发脾气。

孙永来小心翼翼地拖着渔网，半个小时后靠到了潜洲岸边。这时候，他才看清楚自己捕获的这条大鱼，它的嘴巴特别长，也特别尖，身体呈扁圆形。他七八岁时见过这种鱼，当时大人们好像叫它青枪鱼，从那以后他就再也没见到过。孙永来意识到，这样罕见的鱼，肯定是受国家保护的了。

他发现大鱼的身上有几把滚钩和几处旧伤，看来鱼是从上游下来的，伤得很重。长江里有很多违规设置的电网和滚钩，加上来来往往的船只，这条遭受重创的大鱼如果再留在江里，若再撞上电网或者大船，恐怕难逃厄运。孙永来这样一想，便觉得自己有责任把这条鱼救下来，把它活着交给渔政部门。

为了防止大鱼挣脱旋网，孙永来用根缆绳将它拦腰捆住，又将旋网的下部扎紧，把鱼儿网在里面，系到船的一侧。这样，既不让鱼跑掉，又不让鱼离开水。收拾停当后，他让老伴开动挂桨机，自己照应着鱼儿，朝江边的渔政码头驶去。

▶ 白鲟伤势严重，渔政人员土法施救

从潜洲岸边到下关渔政码头大约3里远，孙永来尽管心里很急，但又怕大鱼受到惊吓，一直不敢把船开快。一个半小时后，渔船终于靠上了渔政码头。孙永

来嘱咐老伴把鱼看好，自己跳上停在岸边的渔政船，立即将误捕"怪鱼"的情况向在码头值班的渔政人员作了汇报。

值班人员感到事情非同一般，当即打电话向上级报告。

接到下关码头打来的电话，南京渔政处负责人汤哲斌下意识地看了下手表，时间是下午4点10分。听了电话里简单地描述，这位富有经验的渔业专家已经感到一种抑制不住地兴奋。白鲟？难道是几十年来杳无音讯甚至被怀疑灭绝的白鲟真的出现了？他来不及细想，必须马上赶到现场。单位的公车都派出去了，汤哲斌和几个同事跑到街头，拦下两辆出租车，只用了10分钟就赶到了渔政码头。

在孙永来家渔船的一侧，那条怪鱼静静地卧在网里。汤哲斌凑近一看，怪鱼长着扁圆形的身躯，浑身上下没有一片鳞甲；裸露的背部青中带灰，腹部呈白色；它头部尖细，眼睛只有半个小拇指大小；那长而扁的吻部如伸出的利剑，成了它的主要特征。白鲟，真的是白鲟！汤哲斌激动不已，他和同事们又仔细观察了一番，最后一致确认，这条身长三四米的怪鱼即为国家一级保护动物——白鲟。

常年致力于渔业资源保护的渔政人员明白这条白鲟的珍贵。于是，南京捕获受伤白鲟的消息以最快速度逐级上报，直至全国渔业主管部门——国家农业部。与此同时，由汤哲斌现场指挥，渔政人员和当地渔民对白鲟的受伤情况进行了初步检查。

冬日的江水冰冷刺骨。他们的双手长时间浸在水里，衣服也被水浸透了，却没有人在意这些。白鲟的伤势非常严重，光长约5厘米的鱼钩就从它的身上取下五把，下颚部还有一条长约22厘米的伤口，整个鱼腹部被气撑得鼓鼓的、硬硬的，看上去已经是奄奄一息。

白鲟的伤情让渔政人员感到揪心焦急，他们一边向上级有关部门求援，一边想办法紧急救治。这时，不知谁提醒了一句，说南京海底世界的工作人员整天跟鱼类动物打交道，应该有这方面的救护经验，可以把他们请来帮忙。

南京海底世界的护理人员在接到汤哲斌的电报后迅速赶到，他们带来了一些常用的消炎药品。在他们的协助下，渔政人员开始用土法抢救。他们先用酒精给白鲟体表进行伤口清创，再用云南白药止血消炎。白鲟很有灵性，人们给它治疗时，它十分安静地配合。可是，在给白鲟喂消炎药时却遇到了困难，消炎药从白鲟的嘴里塞进去，却又一次次被它吐了出来。怎么办？他们灵机一动，把两颗阿莫西林塞到一条小鲤鱼的肚子里，然后再将小鲤鱼喂给白鲟。这一招果然奏效，白鲟乖乖地吃了两条"消炎"小鲤鱼，大家这才长长地舒了口气。

听说白鲟需要喂食长江里的活鱼，孙永来赶紧将自己当天捕到的几条活鱼拎了过来。渔民李广来、周广云、周秀兰等人也送来了自家仅有的几斤活鱼。渔民们野生动物的保护意识让汤哲斌深感欣慰，他握着他们的手连连道谢："我替我们的国宝白鲟感谢大家了。"汤哲斌同时表示，要上报有关部门，对保护白鲟的有功之臣孙永来给予重奖。

当天晚上，忙碌一天的孙永来和另外几位富有经验的渔民志愿留了下来，和渔政人员一道照看白鲟。大家在焦急的等待中度过了一个无眠之夜。

▶ 专家组十万火急赶到南京抢救白鲟

2002 年 12 月 11 日下午 5 时许，湖北荆州。中国水产科学研究院长江水产研究所研究员危起伟博士接到长江渔业资源管理办公室的电话通知：南京捕获巨型白鲟，伤势严重，请速派专家前去抢救！此时距渔政人员亲眼看到白鲟的时间不到一个小时。

作为亚洲唯一一名世界鲟类物种研究委员会会员、我国白鲟研究权威人物，危起伟博士此刻的惊喜和激动难以言表。可以说，这个世界上没有人比他更清楚这条白鲟的价值了。由于生态环境的恶化，长江流域已有 10 年没有发现白鲟的踪迹。长江里的另一珍稀鱼类白鳍豚虽然也处于同样的濒危境地，但在很长一段时间，人工饲养的"琪琪"仍使白鳍豚的保护性研究得以进行，而白鲟研究方面，我国还没有一条像"琪琪"这样的活体标本。危博士致力白鲟研究 20 多年，仅于 1993 年在湖北宜昌水域见过一条已经死亡的幼体白鲟。10 年来，他一直在苦苦等待白鲟的出现，可以说已经到了绝望的边缘，有的专家甚至断言长江白鲟已经绝迹。他做梦也没想到白鲟会在长江下游的南京出现，而且是一条巨型白鲟！

危起伟迅速向研究所的领导作了简要汇报。所领导当即决定，由他组织八名多学科研究人员组成白鲟抢救专家组，火速赶赴南京。

白鲟无价！时间就是生命！当晚 7 时，危起伟等四名专家带着全套抢救设备，乘小车先期出发，经武汉直奔南京。另四名专家乘坐特制的中华鲟救护车随后出发。这辆救护车上装有可以容纳四条大型中华鲟的特制不锈钢水箱，还有24小时不间断充氧设备和水自动循环系统。因时间紧急，专家们都是下班回家后被召集回所的，所有的人都没来得及带件换身衣服。

荆州距离南京 1 000 多公里，专家们心急如焚，星夜兼程。经过 9 个多小时的长途跋涉，第一批抢救小组于 12 日凌晨 4 点半赶到了下关码头。

"我们终于见到了一条活着的白鲟！"专家们抑制不住内心的激动，下车后顾不上休息，便登上渔船查看白鲟的伤情，并着手对白鲟的初步抢救。他们给白鲟注射了消炎针、能量合剂和抗菌素，又对白鲟的体表做了清洁处理。但是，专家们发现，白鲟的伤势实在太重了，随车带来的设备和药品无法解决问题，他们只能等待随后赶来的特制救护车。

12 月 12 日，冬日下的江面依然是寒风凛冽。高度灵敏的现代传媒已经将南京捕获受伤白鲟的消息传遍大江南北。下关渔政码头的江岸边，从上午八九点开始就站满了翘首远望的市民，人们以关切和忧虑的目光投向渔船边挂在鱼网里的白鲟。下午 1 点 20 分，一辆蓝色的特种车开过来了——人们翘首以待的鲟类特制救护车经过 15 个小时的颠簸驶抵码头。特制救护车的车厢里摆满了氧气瓶，厢体呈一个大槽状，两端还有厚厚的大块海绵，以防白鲟放进去后碰撞到厢体。

1 点 30 分，十几名抢救人员用担架将白鲟连同渔网一起从江水中搬运到救护车上。专家们剪开渔网，立即对白鲟进行全面检查。白鲟的伤情远比专家们预想的要严重，体表被鱼钩严重挂伤，下颚部 20 多厘米长、1 厘米深的伤口已经出现溃烂，最危险的是白鲟体腔内存在大量"积气"，随时都会出现不测。

危起伟博士的心头一阵发紧，他非常清楚，近年来，凡是经人工捕获的鲟鱼类，经人工饲养后，无一例存活。而这条白鲟历经磨难、伤势严重，又没有治疗的先例，能否让它起死回生、转危不安，这位鲟鱼专家也没有绝对的把握，但抢救濒危物种的高度责任感让他下定决心，不管冒多大的风险，也要竭尽全力抢救这一珍稀国宝。在他的指挥下，专家组首先将白鲟的体表外伤缝合了 19 针，并注射了消炎和康复针剂。接着，经过反复讨论，他们对白鲟实施"排气"治疗。"排气"后，白鲟明显有了些生机，在水箱里活动起来。专家们松了口气，打开纯氧，让白鲟在水箱中静卧歇息。

据专家组测算，这条白鲟体长 3.3 米，体重约 130 公斤，年龄在 15 至 20 岁之间，按鲟鱼的年龄段，已步入中年；另外，从生殖孔等外观形态判断，这条白鲟偏向雌性，并有繁殖过的迹象。由于白鲟正常的生活区域距南京大约 3 800 公里，从受伤情况推测，它是在长江上游挣脱滚钩鱼网后顺流而下到达南京江段的。以白鲟目前的状况，放归长江肯定是无法存活。

专家组对南京市渔政管理处所做的一系列保护措施给予充分肯定，如果没有他们的前期保护工作，白鲟的情况将不堪设想。专家组还对捕获白鲟并及时报告渔政部门的孙永来深表感激。本来，专家组打算将装上救护车的白鲟运回湖北，到条件较为完备的长江水产研究所的养殖基地继续抢救，但考虑到病重的白鲟经不起长途跋涉的折腾，经多方征求意见，他们决定将白鲟运送到江苏昆山中华鲟东方养殖研究基地进行暂养救护。

12 日晚 8 时许，特制救护车载着病情危重的白鲟离开南京下关码头，往昆山方向疾速驶去。直到此时，两天一夜没有合眼的孙永来及汤哲斌等渔政人员也才离开码头。

▶ 白鲟得到 24 小时特级监护

2002 年 12 月 13 日凌晨零时 05 分，特制救护车行程 230 多公里，将白鲟运抵昆山中华鲟东方养殖研究基地。这里是江苏省唯一经农业部批准可养殖国家一级保护鲟类的科研基地，已有五年饲养中华鲟和娃娃鱼的成功经验。为了迎接白鲟的到来，基地专门腾出一个池子供其专用，并派出技术人员准备随时协助和参与救治工作。

救护车刚一停稳，提前赶到的专家们立即上车，用 25 公斤食用盐配制的盐水对白鲟的吻、鳃等受伤部位进行消毒。零时 15 分，工作人员用帆布担架将白鲟放入一个直径 8 米、水深 2 米的专用水池。刚刚放入水池的白鲟一直腹部朝上，一动不动。10 分钟后，在一名专家的帮助下，白鲟翻了个身，吻昂出水面，尾部开始摆动并在水池里游动起来。白鲟的仰泳和侧泳会导致呼吸不畅，甚至会引起窒息，因此让专家们最为担心。专家组研究决定，从现在开始，对白鲟进行

24 小时特级监护。到 13 日早晨 8 点，专家们冒着严寒，在水池边轮流值班，共给白鲟翻身 6 次。白鲟的呼吸逐渐恢复顺畅，但腹中的积气还没有完全消除。

农业部和国家渔政总局的领导对国宝白鲟的命运尤为关注，指示有关部门不惜一切代价予以抢救。在白鲟抵达昆山的第二天，昆山市负责农业的副市长沈仲玉表示，国宝白鲟奇迹般地在长江下游出水，现在又来到昆山救治，说明这个"贵宾"与昆山有缘，为了参与保护这种起源于中生代、濒临灭绝的稀世珍宝，市政府愿出资 400 万元抢救这条白鲟并让它在昆山"安家落户"。

经过专家们夜以继日地精心治疗和照料，几天后，白鲟的外伤开始慢慢愈合，游动也变得自如。但从整体状况来看，它还没有脱离危险期。为了更好地让白鲟恢复体能，12 月 16 日，专家们在基地工作人员的配合下给白鲟"乔迁新居"，搬进了直径 16 米、面积足有 200 多平方米的大池中。来自长江水产研究所的专家组成员朱永久、胡志华和李罗新三人，在大池边安营扎寨，时时刻刻监测白鲟每一细微动态。他们不但要对白鲟每天的运动量作出统计，还因为白鲟对水质的要求较高，所以每隔一小时就要对水质进行测试，并对池中的水深、水温、水流等情况作出详细的记录。

每天下午 3 点半左右，朱永久都要给住着白鲟的水池放水。45 分钟后，他穿着下水裤下到池中，首先检查白鲟的伤口。一开始，白鲟不愿意让人近身，朱永久便像哄孩子似的轻轻地抚摸它，几天下来，它似乎认识了朱永久，开始非常平静地"接受"他的检查。

检查过伤口，就该给白鲟喂食了。白鲟的食物看似简单却很特殊，池塘里喂饲料的鱼不适合，昆山基地的工作人员就亲自到几十里外的阳澄湖逮鱼摸虾，让白鲟吃上真正的"绿色食品"；食性凶猛的白鲟因为伤病没了食欲，朱永久他们就把食物放在它的嘴边刺激它，每每总要费老大的劲儿，它才有可能进食。专家们估计，等到白鲟能够主动摄食，它的身体也就恢复得差不多。

除了每天例行的工作，白鲟的侧泳或仰游最为危险，一旦出现这种情况，朱永久他们就立刻下池帮它扶正游姿。高度的责任感让守候在白鲟身边的救护人员食不甘味、夜不能寐，大家的心时刻牵挂着国宝的安危。

从 12 月 16 日开始，连日的降温给白鲟的救护工作带来困难。长江水温最低均在七八摄氏度，而此时白鲟暂养池里的水温只有三四摄氏度。水温低，白鲟的代谢能力就会降低，对其恢复极为不利。

12月19日，专家们发现白鲟吐出一小团约10克的片状血，原因不明；24日后，白鲟的部分伤口轻微溃烂，长了水霉；从27日开始，专家们采取外抹药、内喂药和体腔注射能量等办法加强救护。

12月30日，由农业部组织的白鲟抢救研讨会在昆山召开，来自中国水产科学院、长江水产研究所、葛洲坝鲟鱼研究所等单位的20多位专家相聚一堂，共同为白鲟今后的抢救治疗工作出谋划策。专家们认为，受伤白鲟经过抢救治疗已得到初步恢复，但这还是一条病鱼，离健康标准有一定距离，抢救和治疗工作需进一步努力。为此，专家们提出了越冬救护方案：安装半吨锅炉给水加温；搭建塑料大棚进行保温，将池水温度控制在10摄氏度；投资5万元买两只沙罐，对池水进行过滤净化。另外，严格控制与白鲟接触的人员，减少对白鲟的干扰。随后，长江水产研究所宣布正式成立八位专家组成的白鲟救护技术小组，由危起伟任组长。

2003年1月6日，保证白鲟安全越冬的锅炉和保暖屋等设施如期安装完毕并投入使用，当天上午水温即达到7摄氏度。专家们的救治工作仍在有条不紊地进行着，他们期待着，期待着奇迹的诞生……

2003年1月7日晚上，白鲟突然出现异常反应，经过专家们7个多小时的紧急抢救稍微好转。

1月9日凌晨，白鲟再次出现呼吸缓慢等症状。专家们给白鲟紧急输氧，抢救5个多小时后，白鲟于上午9时左右突然头撞水池边沿。9时半，白鲟因心力衰竭终告不治。

所有参加救治大白鲟的科学家垂泪不已，遗憾万千。

谁也不知道，长江水域还有没有这样珍贵的大白鲟？

谁也不知道，这是不是最后的白鲟？

第四辑　笑傲人生

盲女笑傲美国名校

她的身上有许多"光环"：全国第六届残运会两块金牌得主，首届亚洲青少年残运会三块金牌得主，全国残疾人田径锦标赛 200 米金牌得主，并作为种子选手参加了雅典残奥会。

她还是南京外国语学校 42 年来首位被破格录取的学生，获得了"中加班"成立以来的第一个全额奖学金。

2008 年，她通过了美国斯坦福大学、耶鲁大学、哈佛大学等六所著名高校的入学面试，这六所美国名校都承诺向她提供全额奖学金。

不可思议的是，她竟是一个双眼完全失明的女孩。

她叫吴晶。

▶ 失明但不能失志

小时候，吴晶曾无数次地问妈妈："我为什么跟别的孩子不一样？"每一次，妈妈都悄悄拭去脸上的泪水，微笑着对她说："孩子，你要学会坚强。"每当吴晶熟睡的时候，妈妈都会长时间地凝视她的脸庞。睡梦中的吴晶闭着眼睛，和正常的孩子一样，此时，母亲痛苦的心才感到些许安慰……

吴晶 1986 年出生在泰兴市黄桥镇一个普通工人家庭。15 个月大时，还在襁褓中的她因患视网膜母细胞瘤而左眼失明。3 岁时，因为同样的病，她又失去了右眼。从此，小吴晶生活在一片黑暗之中。但是，失明并没有让她失去调皮又好强的天性。小时候，如果哪个小伙伴拿她的眼睛开玩笑，她就会把他按到沙坑里揍一顿。后来，所有的孩子都知道，这个眼睛看不见的女孩很厉害，不能欺负她，只能和她做朋友。

吴晶 5 岁那年，父母想把她送进附近的幼儿园。不料，任凭父母磨破嘴皮说尽好话，还是大吵大闹，幼儿园就是不肯接收，理由是无法教一个看不见字的孩子学习。同去报名的家长都劝她的父母，别难过了，给孩子找个盲校吧。

因为县城里没有盲校，7岁那年，吴晶被父母送到了离家约200里远的扬州市聋盲学校。7岁的孩子本应在父母的怀里撒娇，但是吴晶不可以，用她自己的话说："父母不会跟着我一辈子，所以我必须学会独立，要自己照顾自己。"而聋盲校的生活也让她重新找回了自信，开朗的笑容重新回到她的脸上。

吴晶所在的班上，很多学生都是像她一样的盲童。跟自己情况一样的小朋友一起上学，她找到了归属感，而老师的鼓励更让她对人生有了新的认识。渐渐地，她自己想通了。既然眼睛已经这样了，而且以后也不可能恢复，她就应该接受现实，让自己过得快乐一点儿。班上有的同学特别敏感，只要别人提"盲"、"瞎"等字眼，情绪就会受到影响，有的同学甚至偷偷哭。吴晶却不以为然，她说："已经瞎了，还能怎么样？难道别人不说'瞎、盲'就不是盲人啦，盲人就盲人嘛，这又不是什么流氓土匪，还能因为这个受刺激、想不通？"

调整好心态后的吴晶，学习非常认真，门门功课都名列前茅。而且，她还在音乐方面表现出了非凡的才华，长笛、竹笛、单簧管她样样精通，竹笛的演奏水平更是达到了十级。2001年，在全国残疾人文艺调演中，吴晶荣获笛子组独奏三等奖。不过，最让人称道的还是吴晶在田径方面表现出的优异天赋，她的中、短跑成绩都非常优秀，小小年纪，她就立志要到残奥会去争金夺银。

▶ 金牌源自坚韧的毅力

吴晶14岁那年，因为在田径上表现出的巨大潜力，她有幸被省队教练选中，并由此结束了在扬州市聋盲学校的7年学习，进入南京市盲校继续自己的学业。

在新学校里，性格开朗活泼的吴晶交了很多朋友，每一天都过得很快乐，她还把这种乐观的生活态度传递给周围的每一个同学。看到有些同学因为自身的缺陷而时常痛苦和自卑，抱怨老天为什么这么不公平，有的甚至想自杀，吴晶就开导他们：我们虽然失去了视力，但并没有失去快乐的权利；坏事已经发生了，只能一切往好的方面想。天亮了，生活还要继续，活在痛苦之中，不如让自己快乐地活着。毕竟我们还有可以享受快乐的生命，如果生命消逝了，那才

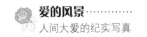
叫老天不公平。

盲校的生活是快乐的，也是辛苦的。在这里，吴晶每天要进行艰苦的中、短跑训练。因为超负荷的运动，吴晶的腿经常受伤，但她从不叫苦叫累；教练布置的任务，她从不偷懒，而是竭尽全力去完成。在盲校，只有一个女同学能够在短跑上赢过她，而这个女同学从吴晶出生那年就已经开始了赛跑训练。不过吴晶没有退缩，她以这个同学为目标，不断刷新自己的百米成绩。

2003年，吴晶和那个女同学一起赢来了一个难得的机遇：参加全国第六届残运会。那个女同学将是她在残运会上最强劲的对手。能不能一炮打响，就看这次比赛了，吴晶的训练变得更加刻苦。可偏偏老天不遂人愿，2003年5月，因为长期的大负荷运动，吴晶的腿骨折了。经过3个多月的精心护理，才渐渐恢复。但是医生告诉她，受伤的腿还要再调理一阶段，如果现在就开始训练，就有可能再次骨折。

这时，离9月份的比赛还只剩下1个多月的时间了。摆在吴晶面前的只有两条路：要么冒着再次骨折的风险继续锻炼，要么放弃比赛。吴晶太渴望成功了，她异常坚定地对教练说："我要继续练！"可是此时的吴晶身体已经非常虚弱，而8月份的南京正是异常炎热的时候，所以她恢复训练后，很快就出现了发烧、虚脱等症状。比赛前一天，吴晶还到医院去打了点滴，而她的那个同学兼劲敌却一直处于极佳的状态，几乎所有人都觉得吴晶这次夺冠没有戏了。但吴晶却从没有放弃希望，在赛场上做准备活动的时候，吴晶跟她的领跑员说："我这回拼了！"最终，吴晶凭着超乎常人的毅力，一举摘得了100米和4×100米两枚金牌及200米铜牌。赛后，吴晶说，这几块奖牌是她拿命拼来的。

2004年，吴晶参加首届亚洲青少年残运会，拿下了100米、200米和4×100米三枚金牌。凭着出色的表现，吴晶赢得了去雅典参加残疾人奥运会的机会，争夺100米和200米两个田径项目的金牌。出发前，吴晶满怀信心地宣誓："我将带着家乡亲人的期待，争取在雅典残疾人奥运会上赛出风格，赛出水平！"

为了这次比赛，吴晶没日没夜地练习，做了充分的准备，比赛时只要正常发挥，以她的实力，拿金牌是绝对没有问题的。但是，吴晶这次没有得到命运之神的眷顾，意外发生了。在100米预选赛上，吴晶跑到80米的时候，腿部突然拉伤，虽然她以小组第一的成绩进入了复赛，但腿部伤势已非常严重。队医检查后痛心地对她说："下面的比赛你不能参加了。"吴晶哭了，但是很快她又振作起来。她说："就是爬我也要把最后的比赛坚持下来！"

于是，雅典残奥会的田径场上，出现了感人的一幕：吴晶拖着受伤的腿，一步一步艰难地走完了全程。她虽然没能如愿捧得奖杯，但赢得了全场观众如潮般的掌声。

中国体育总局雅典残奥会的一位带队官员称赞说："吴晶在奥运会上不仅取得了良好的成绩，而且还是一名出色的翻译！"原来，在翻译人员不够的情况下，吴晶为大家充当临时翻译，不仅得到中国运动员和教练的表扬，也让不少外国朋友竖起大拇指。

▶ "吴晶牌学习机"赢得"南外"青睐

在南京盲校，吴晶学的是推拿专业，但她打心眼里不喜欢这个专业。她在心里暗暗叫劲儿：难道我们盲人的就业渠道就这么狭窄，除了推拿、按摩，就没有第二种选择吗？为了摆脱当推拿师的命运，吴晶开始努力学习英语。她认为，英语至少能让她未来的道路更加宽广。

白天的时间都让上课和训练占满了，吴晶只能利用晚上时间学习英语。每天，她都要学到凌晨一两点钟，整个宿舍最晚睡觉的总是她。为此，同学们都戏称她为"吴晶牌学习机"。

因为盲校的英语教育相对普通学校要落后许多，吴晶要想提高英语水平，只有靠自学。但是，光是听磁带远远满足不了吴晶的需求，而国内给盲人提供的英语教材又实在太少，盲校图书馆里的英文资料几乎都被吴晶翻烂了，到哪儿去找更新更好的盲文教材呢？有一天，吴晶的一个朋友拿了两本美国出版的盲文杂志给她，吴晶如获至宝，小心地收藏起来，并且按照杂志上的地址给杂志社写了一封信，希望能够得到他们的帮助。这封信很快有了回音，美国方面表示可以免费寄杂志给她看，这下可把吴晶给乐坏了，教材的问题终于解决了！

听广播是吴晶学习英语的另一个法宝。正是通过广播，吴晶认识了她这一生特别感激的人——加拿大籍 Batt 先生。来南京不久，吴晶就喜欢上了江苏广播电台的一档学英语的栏目，因为这档节目里，每期都有一个叫 Batt 的加拿大人为中国听众教授英语知识。为了能和 Batt 有更直接的交流机会，吴晶通过电台得到了他的联系方式，当时 Batt 还是江苏一家学院的外教。吴晶试着给他打了个电话，没想到 Batt 十分友好，很快来盲校看望吴晶，并成为她学习上的良师益友。

2005 年 2 月，吴晶从雅典回来 4 个多月了，仍在南京盲校学习推拿。一天下午，吴晶给 Batt 打了个电话。在电话里，Batt 告诉吴晶，他已经辞去了原来的工作，现担任南京外国语学校"中加班"的加方校长。Batt 问吴晶今后有什么打算，吴晶无奈地说："还是学推拿。""学推拿？"这样一个瘦小的女孩子去学习推拿，Batt 觉得不可思议。吴晶说自己也不愿意，但是没有办法。"那我能帮你什么吗，要不你来我们学校？我们这个'中加班'就是南外与加拿大合办的中加国际高中班，学生合格毕业后可以直接申请升入加拿大的大学深造，还可以参加中国的高考。"Batt 热心地向吴晶发出邀请。

挂上电话，吴晶不敢相信自己的耳朵。要知道，一个普通中学都很难接受盲人，更何况"南外"这样的名校。她没敢对这事抱太大的希望。然而，让她想不到的是，听了 Batt 先生的推荐并通过残联了解后，"南外"的领导欣然表示，欢迎吴晶的到来。但考虑到"南外"从没有接收过残疾学生，更没有残疾学校应有的一些设施，可能会给吴晶带来种种不便，吴晶可以先到"中加班"试听。

3 月 1 日，吴晶接到了让她去"南外"试听的电话，她既兴奋又紧张，但一天的课程听下来，老师的授课她竟然都能听懂，听课没有任何问题。

一个月试听后，几位任课老师都表示，吴晶能够独立完成作业，完全可以接受"中加班"的课程。"中加班"校长助理夏期海教授不无赞叹地说，吴晶是一个意志坚强、目标明确、独立自主的女孩，完全有能力照顾自己。

4 月 18 日，吴晶接到通知，她被南京外国语学校破格录取，成为该校成立 42 年来第一个盲人学生。同时，"中加班"加拿大总部决定给吴晶发放奖学金——免除她 3 年约 17 万余元的学杂费。

▶ 六所美国名校向她伸出橄榄枝

进"南外"读书的学生大都是各学校的尖子生，家庭条件也都较好。和他们比起来，一直没有受过正规教育、家庭又十分贫寒的吴晶，实在有着很大的差距。

比如说学英语，"中加班"的课程很开放，老师布置的学习任务主要是读英文小说，每周要求读 70 页，周五再做测试。对于正常孩子，这很容易做到，但对吴晶来说，就困难许多：电脑把小说的电子文档通过盲人点显器转换为盲文特别慢，别人的 70 页，到吴晶这里就相当于 200 多页，甚至更多。为了完成学习任务，吴晶每天"看书"都要到深夜一两点钟。

为了挤时间学习，吴晶使出了她的"小纸条"战术。每天，她把学习内容用盲文记录在小纸条上，在妈妈骑电动车接送她上学放学的路上，她都要把小纸条拿出来念诵……就这样，吴晶不但跟上了全部课程，其中英语口语、艺术等科目的成绩特别优异，还得到了老师和同学们一致称赞。

为了多学技能，吴晶还"玩"起了电脑。她的电脑里装有盲人特有的六指输入法和双拼盲文码，通过电脑发声提示她进行操作，这些都极大方便了吴晶的学习。她经常用 QQ、MSN 等聊天工具跟同学及世界各地的网友交流、聊天，打起字来，速度几乎和她的英语口语一样"麻溜"。

当然，"南外"的老师们也为吴晶的学习给予了特别的关心和帮助。在盲校时，吴晶的大部分时间都花在了田径训练上，学习基础相对薄弱，特别是解析几何，因为无法用眼睛看见，所以她很难理解几何图形是什么样子的。于是，"南外"高二班主任马老师每天中午都利用休息时间帮她补习几何，直到她这门功课的成绩在班级排在前列。

2007 年 2 月 6 日至 3 月 6 日，应美国盲人协会的邀请，吴晶一个人乘坐飞机抵达太平洋彼岸的美国，进行了为期一个月的访问。其间，吴晶受到美国盲人协会负责人的接见，并进行了交流。"你自强不息的精神不仅值得中国残疾人学习，也同样值得美国残疾人学习。"美国盲人协会负责人对她大加赞扬。美国《康州邮报》以《中国盲人高中生面对人生》为题，对她作了大篇幅的报道。

在美国期间，吴晶先后走访了斯坦福大学、普林斯顿大学、乔治敦大学、耶鲁大学、哈佛大学、波士顿学院等八所著名高校和三所盲校。在海伦·凯勒的母校博金斯盲校，校长对吴晶说："在你身上我看到了海伦·凯勒的影子，希望你比她更优秀！"

几所美国名校的招生部门都为吴晶自强不息的精神所感动，并安排了面试。吴晶以流利的英语和非凡的自信感染了每一个考官，其中斯坦福大学、耶鲁大学、哈佛大学等六所高校表示，愿意接受她免费入学，并承诺提供全额奖学金。

哈佛大学的招生老师认真地对吴晶说："就凭你一个小盲女独自敢来美国，我们就想录取你！"

这么多美国名牌大学向一个中国全盲女孩伸出"橄榄枝"，可谓是从未有过的事情！

采访时，吴晶掩饰不住内心的喜悦，她告诉笔者，6月底，她将一个人再次前往美国，在华盛顿特区一所学校插班学完高三年级的所有课程，然后选择一所名校学习四年。美国巴尔的摩地区的一个家庭已经承诺，为她提供高中期间一年的免费食宿。"我最看好的是斯坦福大学，她环境优美、奖金优厚。"

吴晶还有个打算，到美国后，她将选择法律专业，希望用自己所学的法律知识来帮助更多有困难的残疾人："我希望在自己实现梦想的同时，让其他的残疾人也和我一样过上开心、快乐的生活，用微笑去面对生活！"

从卖菜郎到研究生

2005 年 7 月，在郭荣庆就读中国社会科学院研究生后的第一个暑假里，这个在京城读了一年研究生的"知名学子"回到了大连——这座给他一生带来极大转折和幸运的美丽城市。他要再次拜访那些给予过他极大帮助的大连人，向他们道一声最真诚的感谢。

▶ 辍学打工，心中还有梦

1991 年，初中毕业的郭荣庆因为家境贫困而辍学。这个苦爱读书的孩子常常站在村口眺望着远方，潸然泪下。

郭荣庆的家在沂蒙老区沂南县青驼镇东冶村。那一年，他 16 岁。初中老师舍不得他，专门赶到他家，想让他去上高中。老师说："不去上学，可惜了这个大学苗子啊！"可是，郭家实在负担不起，一家人无奈地谢绝了老师的好意。面对无情的现实，郭荣庆暗下决心，将来有机会的话，他一定还要念书！

1993 年春节过后，郭荣庆从母亲手中接过 200 元钱，踏上了南下打工的行程。他的第一个目的地是上海。从县城辗转来到上海时，他身上就剩 100 元钱了。他背着行李卷，挨个单位找工作，几次被人家当做要饭的给轰出门。

一次，他到一家公司求职，刚到门口就被人家拦住了，人家问他哪个学校毕业的，他说自己只是个初中生，是来找苦力活儿干的。他的回答引得一屋子人哄堂大笑：初中生也好意思出来找工作？我们公司打扫厕所的都是大专生！

五六天过去了，郭荣庆还是没找到活儿。他一分钱都没有了，只好流落街头。这天，当他走过一家小饭店时，看到地上扔着一块馒头，他突然感到非常饥饿。那块馒头让他休眠的胃蠕动起来了，他几乎是不顾一切地扑过去，捡起馒头，两三口就把一个馒头吃了，这是他几天里的第一顿"饭"！

看来，在上海是待不下去了。郭荣庆曾听说民政部门对吃不上饭的人有专门救助，于是，他沿街打听，找到上海市闸北区民政局，在那儿吃了顿饱饭。然后，民政部门将他送回离山东较近的徐州。

到了徐州，离家近了，郭荣庆很想回家，但最后他还是忍住了。他怕自己"出师不利"的情绪传染给父母，让他们难受。

天无绝人之路。郭荣庆在大上海没找到工作，没想到在徐州当天就找到一份在工地抹石灰的活儿。他干了不到20天，挣了100元左右。就是这100元钱，让郭荣庆有了继续漂泊的勇气。

在此后的两年里，郭荣庆还到过威海、秦皇岛、绥中等地打工。与别的打工仔不一样的是，每到一地，他的行李里都有一捆书。他购买了全套高中课本，还有他感兴趣的政治、法律、经济类图书，一边打工，一边学习。

郭荣庆的心里始终有一个梦想：他要通过读书改变自己的命运！

▶ 幸遇良师指点

1995年初，郭荣庆来到大连。他租了间4平方米左右的小房子，做起了卖菜这样的小本买卖。每天凌晨2时左右，他就到大菜市批发蔬菜，然后拿到早市上卖。有一次，为了进价更便宜些，他到农民菜地里直接上货。回来时下起了大雨，雨水从他的脖领里进去，贴着身子哗哗流。雨大路滑，他拖着上百公斤的菜，骑了3个小时的车，才将菜拉到市场。这样辛苦一个月，他挣了四五百元。

因为总是惦记着学习，郭荣庆卖菜卖得并不"专心"。别人卖菜是吆喝着卖，他把各种蔬菜的价格写在标签上，朝菜前一放，自个捧着书就看起来。

有一次，郭荣庆又"不务正业"埋头看书，一位40多岁、学者模样的顾客来到他的菜摊前，连喊几声他都没有听见。买菜的顾客见郭荣庆看书这么痴迷，不由来了兴趣。他凑近一看，惊讶地发现这个卖菜郎看的竟然是《资本论》！于是，中年顾客问郭荣庆："你能看懂吗？"郭荣庆说能看懂。中年顾客于是问了几个经济学的常识问题，郭荣庆一时语塞。中年顾客笑着说："你看《资本论》还有些早，应从基础学起。"郭荣庆自己也笑了："我读书杂，捡到什么就看什么。"中年顾客接着问郭荣庆还爱好些什么。郭荣庆说："我上学时外语不错。"中年顾客当即说了一串外语，但郭荣庆没有听懂。郭荣庆知道，自己遇上高人了，他真诚地说："老师，您是哪个大学的？能把您的电话给我吗？"中年顾客点点头，掏出笔把自家的地址和电话号码写给了他。

这个中年学者叫瀛文风，是大连环境科学设计研究院的高级工程师。他没想到郭荣庆当天下午就早早收摊，直奔他家登门求教。

两人年龄、地位悬殊很大，但兴趣相投，一见如故。瀛文风为郭荣庆列出了一串书单，并精心为他的学习作出规划。从那以后，郭荣庆便经常上门求教，差不多每次见面，两人都要谈到后半夜。当然，瀛先生不仅在学习上指点郭荣庆，生活上也关心他。有时家里做一顿好菜，他便把郭荣庆叫去"改善伙食"。

1996年4月，在瀛先生的推荐下，郭荣庆来到大连开发区一家服装进出口企业当仓库保管员。工作中，他接触的产品出货单、海关清单等都是英文，这更加激发了他学习英语的兴趣。

本来，瀛先生建议郭荣庆参加成人高考圆大学梦，但由于成人高考录取后每天最少得上半天课，而郭荣庆需要打工维持生活，倒不出时间，于是，瀛先生又提议他参加自学考试。就这样，郭荣庆报了大连外国语学院英语专业的自学考试。

▶ 挺住，意味着一切

1997年上半年，郭荣庆打工的企业因故转产，他失去了工作，又成了大连解放广场周边找活儿干的民工中的一员。后来，他发现蹬三轮车"这个活儿最自由，更有时间用来学习"，就买了辆三轮车，帮人运货。等人雇佣的空暇，他便蹲在三轮车旁专心看书。

对于郭荣庆来说，坎坷、艰辛不是几个字眼，而是深入骨髓的体验。由于租住的"偏厦子"房太小，只有 4 平方米，连张小书桌都放不下，他便用旧沙发改制了一把椅子，坐在屋顶上看书。夏日炎热，他花两元钱买了把旧伞遮阳；晚上蚊虫叮咬，他就拎桶水，把腿放在水里。大连的冬天非常寒冷，夜晚有时达到零下 20 度，他的"偏厦子"板房四面透风，墙壁上的霜凌结了四五公分厚。在这么寒冷的气温下，连复读机都"罢工"转不起来了，但郭荣庆却从没有懈怠过一天。他到旧货市场卖了几床旧毛毯，白天捆粽子似的裹在身上，只露出两只眼睛在外看书；晚上再把毯子压在被子上，躲在被窝里看。每个冬天，他的膝盖和手指都要被冻伤。

从 1996 年参加英语自学考试，买书、报名考试、上辅导班，对郭荣庆来说都是笔不小的开销。为了练习英语口语和听力，光复读机他就听坏了好几台。他每个月满打满算挣七八百元钱，寄一半回家，剩下的一半除了交房租和保证学习费用，留下的生活费用不足 200 元。为了节省开支，他两三个月不见"荤腥"，冬天吃白菜，夏天吃土豆，菜和面条一起煮熟，就是一顿饭。

为了挤时间学习，也为了省钱，几年来，郭荣庆连春节都很少回家。万家团聚的时候，他一个人蹲在冰冷的小屋里，吃着冷饭，抱着几床旧毛毯边御寒边学习。有几次和家里通电话，听母亲哭着说想他，叫他回去，他强忍着泪水叫母亲放心，放下电话后，他已泪流满面。

骑了这几年三轮车，郭荣庆出过两过小事故。一次是在夏天，赶了一天的生意，回家的路上，他筋疲力尽，头昏脑涨，骑在车上竟睡着了，结果三轮车撞在了一棵树上，前车叉被撞坏，车子翻到了他的身上。还有一次，他骑车时想着一道英文听力题，连人带车撞到一辆停靠在路边的大卡车上，三轮车撞坏了，他的胳膊也摔伤了。这两次事故虽小，但发生在车水马龙的大街上，他想想都后怕。

恶劣的环境、身心的苦和累没有击垮郭荣庆学习的信念。经过 6 年刻苦自学，他拿到了英语专业自学考试的本科毕业文凭。最难的是英语听力考试，他考了 6 次才过关！

郭荣庆拿到本科毕业证书那天，瀛文风做了顿丰盛的晚餐，把他请到家。瀛先生并没有太多的兴奋，而是平静地对他说："本科毕业对你来说不算什么，只是一个起点，你的目标应该是硕士、博士甚至是国外著名大学的博士，只要你认真读书，人生的道路会越走越宽。"

从那天起，郭荣庆便下决心报考研究生。他觉得，自己从小就喜欢政治、法律方面的知识，在长时间的打工生活中，又经常看到身边的一些农民工权益受到侵害却不知道如何维权，所以，他很想学习法律专业。瀛先生说有兴趣才会学好，既然法律是他的兴趣所在，于是建议他报考法律专业。

2002 年底，郭荣庆第一次考研，以 31 分之差落榜。他没有灰心，而是总结失利的原因，更加扎实地学习。2003 年末，他报考中国社会科学院研究生院，终于脱颖而出，被这所全国知名学府录取为法律研究生。当郭荣庆在电脑上查看到自己被录取的消息后，他激动得热泪长流。

▶ 感动一座城

郭荣庆考上中国社科院硕士研究生的消息经媒体报道后，立即在大连引起强烈反响。许多人把电话打到刊登消息的报社，称赞郭荣庆是当代青年的典范。有人想通过报社取得郭荣庆的联系方式，同他探讨学习方法和经验，还有人想对他进行资助或捐赠物品。

2004 年 9 月 4 日，郭荣庆被请到报社，接听读者的热线电话。两个多小时的热线电话几乎被打爆。第一个打进热线电话的宋姓青年说："你的事迹涤荡了我的精神世界，给我们这个城市的求学青年树立了信心。"庄河县明阳镇邵明说："我也是个农村青年，也喜欢学习法律，你是我的偶像，将激励我奋发向前。"一位中年妇女告诉郭荣庆："看到你的事迹后，我感动得哭了，我要让自己的孩子把你作为榜样……你到北京上学后，一定要保证伙食质量，保重身体……"

在回答提问时，郭荣庆凭着扎实的学识，机智风趣，妙语连珠。他说："外语学习没有任何诀窍，只有多听多读多写多练。""读书也要讲'零存整取'，也就是每天都要挤出时间看书，不要今天看个够，明天又一点不看。""考法律专业的人不能读死书，因为法律作为一门特定的社会科学，随着社会各方面的发展变化而变化，所以学法律的人要多涉猎包括历史、人文、政治、哲学等学科。""我从没觉得学习是件苦事。如果学习没有快乐，我恐怕早就放弃了。就像有人爱玩

电子游戏，一玩好几天不睡觉。我对学习的兴趣，就有这么强烈。"……

当有人问道："在遇到人生挫折时，你如何应对？"郭荣庆回答："如果你的目标是高山的山顶，那么你决不会因为被半山坡的藤枝绊了一下而停下爬山的脚步，所以，遇到人生挫折时，一定不要忘记，你的目标还没有达到。"

作为一个在大连生活了 10 年之久的打工者，郭荣庆表达了自己对恩师瀛文风先生等大连市民的感激之情，表达了自己对这座美丽城市的依恋之情。他深情地回忆道：瀛先生没有因为我是一个卖菜郎而看不起我，他不仅在学习和人生道路上给我指点迷津，还在生活上给了我许多帮助；管辖我暂住地的民权派出所，在查访中得知我的情况后，免了我四年的暂住证费用，这个费用是每月 30 元钱，四年就是近 1 500 元，这对我来说，可是帮了大忙；记得有一次，我卖雪糕时"占道经营"被"城管"逮住了，当他们看到我的雪糕箱子里都是自考教材后，就说"你的情况比较特殊，快走吧，以后注意"；还有好多雇我打工的人，当他们看到我边打工边读书时，每次都会多给 10 元 20 元……可以说，正是这些无私的帮助，让我有了信心和力量。如果没有他们，我的成功之路肯定还会更加曲折和漫长。

辽宁省有突出贡献专家、大连交通大学退休教授张彦生老先生看到郭荣庆的事迹后，辗转找到了他，将一本英语大辞典赠送给他，并在辞典上写下："郭荣庆同学：清清白白做人，认认真真用法，永远保持平平常常、普普通通的心态。"这是一位德高望重老人的嘱托，也是大连许许多多关心郭荣庆的市民的心声。

郭荣庆自强不息、自学成才的典型事迹引起了大连市有关部门的高度重视。大连市建设学习型城市办公室特邀郭荣庆作为"大连市学习·创新创业报告团"成员，深入学校、军营、社区和企事业单位作巡回报告。在短短十几天里，郭荣庆参加巡回报告近 30 场次。所到之处，他的报告总能赢得长时间热烈的掌声。9 月下旬，大连团市委、市青联下发了《关于号召全市团员青年向郭荣庆学习的决定》，全市上上下下掀起了学习郭荣庆的热潮。

一个外籍打工青年获得如此殊荣，这在大连市绝无仅有！

2004 年 9 月 27 日上午，大连理工大学城市学院以"资助培养协议书"形式郑重承诺：承担郭荣庆读研期间的 4 万元学费，并报销在校期间的住宿费用及每个假期回家、返校的路费。这些资助完全是道义上的支援而无任何附加条件，但他们力邀郭荣庆三年学业完成后，到大连理工大学城市学院任教。

郭荣庆的眼圈红了，他深知，在择业形势非常严峻的今天，到大连理工大学执教将是一份多么诱人的职业！为此，他郑重接受了邀请。他说："我漂泊打工这么多年，第一次有了归属感，我一定好好学习，坚持做人的原则和本分，为大连理工大学城市学院争光。"

10 月 6 日，郭荣庆辞别数百名赶来为他送行的大连市民，乘坐大连开往北京的 T227 次列车，精神抖擞地踏上了新的征程。

在北京学习的一年里，郭荣庆并没有沉湎于成功的喜悦之中，他知道，能进入社科院读研的同学都是学习上的尖子，自己的周围可谓"强手如林"，相比之下，通过自学"登堂入室"的他更需要垒实基础，扎扎实实地学习。在最初的两三个月里，他可以说是除了吃饭、睡觉和接受一些没法推掉的采访，几乎每时每刻都在学习。即使这样，他觉得自己需要"恶补"的科目仍然还很多，因此他从不放过哪怕一次给自己增加"营养"的机会。

由于成绩突出，读研的第二个学期，郭荣庆就被中央电大聘为兼职教师，给一些有自考经历的电大生讲授英语和法律课程，每周六和周日各上四节课。郭荣庆深感幸运，他觉得这是对自己能力的又一次挑战和锤炼。

人在忙碌中，时间便过得飞快。一年就要过去，2005 年的暑假就要到了，郭荣庆早就做好了打算，他要在放假后的第一时间回到大连。他要去看望恩师瀛文风先生，还要到对自己有知遇之恩的大连理工大学城市学院看一看；他要到一年前打工时常去的解放广场看望昔日的工友，还要到那间自己住了多年的小屋里歇一歇脚……

江苏东海县与山东临沭县交界处，有一座名叫磨山的小山头。原来，这是一片乱石裸露、光秃萧条的不毛之地。十几年来，一个农家姑娘放弃求学的渴望，忍受孤独和寂寞，经历了一次又一次挫折，为治理、绿化这座荒山贡献了自己最美好的青春年华。于是，磨山有了令人陶醉的盎然春意，有了收获季节的瓜果飘香。

2001年底，这位名叫王银霞的农家女经江苏省两位副省长特批，免试、免费上了大学。初夏时节，笔者专程赶到王银霞就读的苏州农业职业技术学院，采访了这位不寻常的姑娘。

▶ 跟着父亲上荒山

王银霞祖籍东海县南辰乡西山后村。1955年，她的父亲王振荣投亲靠友，来到黑龙江省通河县一个林场，在那里娶妻生子。王银霞生于1967年秋天，在家排行老七，上面有三个姐姐三个哥哥，下面还有个弟弟。

1985年早春，王振荣从东北回东海老家探亲，路经磨山脚下。面对荒山秃岭，满目凄然，他感到很不是滋味。那漫坡的荒草缠住了他的脚，也仿佛缠住了他的心。在随后的几天里，他山上山下转了两三趟，心里萌生了留下来治理这片荒山的念头。于是，他找到村里，提出了承包荒山、栽种果树的想法。西山后村的村干部们听说王振荣要自己投资在荒山上种果树，当然求之不得，很快和他签下了15年的承包合同。

王振荣从此留了下来，在山上砌了间茅屋，开始了他的创业史。第一年，他投资1万多元，在荒山坡上栽下了八千棵果树。第二年，他倾其所有，甚至连大儿子从东北寄给他过春节的钱都省下了，又投入1万多元，栽下了1万多棵山楂树苗。也就在这一年，14 岁的王银霞随同母亲及三哥、三姐、小弟一起来到了磨山。

为了购买树苗，王家多年的积蓄全都花光了，一家人过着极其清苦的日子。在磨山上，他们住的是两间四处透风的简易茅屋，冬天寒风刺骨，夏日酷热难耐、蚊虫肆虐，每逢雨天，外面下大雨，屋里就滴滴答答下小雨，根本没有躲避的地方；他们吃的是地瓜干、苞米粥，偶尔烙一篮子煎饼便是难得的口粮；山上没有电，也没有水源，用水要到一公里外的山脚下去挑。起先，年少的王银霞不理解父亲，甚至暗暗地埋怨父亲，为什么让他们兄弟姐妹到这里来受罪。比起他们在东北林场的生活条件，这里的确太苦了。

但是，王银霞自小就懂事明理、体贴父母，每每看到父母和哥哥姐姐日出而作、日落而归，天天累得浑身散了架，她便揪心不已。她那时还在乡中学念书，每天下山上山来来回回要跑 20 多里路，但放学一到家，她总是放下书包就去帮父亲干活儿；星期天和寒暑假，小银霞更是从未休息过一天，她和父兄一起开荒栽树、挑水抬土，样样都干。有那么几次，她跟三姐在一起干活儿，实在累极了，两人回想起在东北时轻松快乐的日子，禁不住相拥而泣。姐妹俩背着父母哭过了，活儿却都争着干。谁让她们都是心地善良的好姑娘，都是那么心疼父母呢？她们知道，自己多干一点儿，父母和兄长就可以少干一点儿。

▶ 连遭挫折不气馁

王银霞特别喜爱读书，从东北转学过来后，她以村小学最好的成绩考上了初中；到乡中学念书时，她是路途最远的学生，即使经常帮家里干活儿累得够呛，她也从没有耽误过一天功课，学习成绩在班上一直名列前茅。

但是，家里突然发生的两次变故和不幸，迫使王银霞忍痛放弃了继续升学的渴望和梦想。

1988 年夏季的一天，王银霞全家出动给果树打农药，由于经验不足，没有采取防范措施，全家人都出现不同程度的中毒现象。幸亏王银霞的三哥头脑稍许清醒，跌跌撞撞地跑下山，又幸亏村医和乡亲们及时赶到，迅速解毒，才避免一起悲剧的发生。因为这件事，王银霞的三哥和父亲大吵了一架，差点父子反目，三哥实在受不了这种艰苦，受不了这无边的寂寞和孤独，当时就打点行装回了东北。本来，三哥是磨山上唯一的壮劳力，他这一走，家中别的人身上的担子就更重了。

1989年初夏，正是王银霞即将初中毕业的时候，家里发生了一件极为不幸的事情：王银霞的三姐王凤霞由于不堪生活重负，加之婚姻受挫，服下了剧毒农药！三姐王凤霞是个特别爱美的姑娘，她渴望自己和同龄的女孩一样，有漂亮衣服穿，有父母的疼爱，能嫁个如意郎君，这种要求实在不算过分。然而，现实却让她无法如愿。一个正值青春年少的女孩子，每天从早到晚都要穿着打补丁的衣服在荒山上挖坑栽树；有一年过春节，留在东北的大哥寄来2 000元钱，三姐非常高兴，以为家里能给她添身新衣服，但是，父亲把这些钱又都用来买了树苗，只给两个女儿买了7元钱一米的天蓝色涤纶布，每人做了条裤子；三姐经人介绍，好不容易处了个对象，但山里的活儿实在太忙，根本没有时间跟对象约会谈恋爱，男方渐渐失去了耐心，不久便移情别恋了……三姐终于对生活失去了信心，在一个天色阴沉的下午，她喝了农药。还有几天就要初中毕业的王银霞听到这个消息，疯了似的赶回家。看到被担架抬往山下的三姐，小银霞冲上去拉着她的手连声呼唤。三姐已经奄奄一息，费力地睁开眼睛，对小银霞说："老妹，我不行了，往后，咱家就靠你了……"小银霞哭着说："没事的！三姐，你没事的，到医院就能治好了……"然而，担架才抬到村上，三姐就永远地闭上了眼睛。小银霞不相信和自己朝夕相伴的三姐会离开人世，她哭着喊着，三姐却再也听不到妹妹的声音了。那年，三姐只有21岁。

从此，17岁的王银霞成了家里的主要劳力，她把读书求学的梦想深埋在心底，默默地拿起三姐用过的铁锹和水桶，全身心投进了荒山，一干就是13年。

王银霞一家苦熬了3年，终于到了收获的季节。山楂树结果了，红红的山楂果挂满了枝头。然而，这却是苦涩的果实。原来，王银霞家买山楂苗时，山楂果的行情非常好，一公斤能卖4块多钱，她家当时花了2万多元，一共买了3万棵山楂树苗。可等到山楂果大丰收时，行情却变了，一公斤只能卖几毛钱，再加上王银霞家没有种植经验，山楂果的品质较次，后来每公斤贱卖到一毛钱都无人问津。全家人眼睁睁地看着山楂果在地里烂掉，心如刀绞。

倔强的父亲并没有因此而气馁，他对家人说："自己种的苦果只有自己吃，咱不能一棍子就被打倒，还得一切从头来。"

于是，王银霞跟着父亲去了趟山东，以每棵 1.3 元的价格买回 5 500 棵"红富士"苹果树苗，一家人又通宵达旦地在山坡上劳作，将苹果树苗全部栽了下去。接着，他们又在山上栽种了桃树和葡萄。一家人沉浸在新的期待之中。

转眼又是 3 年，桃子和葡萄都丰收了，苹果树苗却买上了当，结出的果子不是"红富士"，而是品质很差的"小国光"，根本卖不出去。他们再度陷入了困境。

父亲种植果树的失败经历，深深地触动了王银霞，她平生第一次也是唯一的一次跟父亲争吵起来。她说，一家人吃尽了苦头，花光了钱，因为你的失策和蛮干而白白葬送，这样的无效劳动再不能继续下去了！也许是父亲意识到了自己的失误，也许父亲真的老了，这次争吵过后，父亲彻底向王银霞"放权"：磨山上的事情，往后都由她当家。

王银霞的担子重了，她连做梦都在琢磨着如何让磨山长出丰收的果实。选择栽什么品种的树苗，是成功的关键。王银霞为此跟父亲反复商量，又多次到县城和周边的城市了解市场行情，最后，她的目光盯上了山坡凹地里那一棵棵长得旺盛的野山枣。那天，王银霞把自己从县城买回来的一斤大雪枣捧到父亲面前，说出了要搞雪枣嫁接的想法。父亲连声叫好。

为了掌握果树嫁接技术，王银霞到城里买回有关书籍，一有时间就埋头钻研。她还经常到县乡农技部门请教技术人员。经过反复试验，1994 年，王银霞和父亲以野山枣树做母本，嫁接雪枣 3 000 棵，成功率高达 95% 以上，连县里的农技人员都夸王银霞已经成了果树嫁接和管理的行家里手。

1997 年夏天，大片枣树挂满了果实，雪枣又大又甜，20 个就有一斤重，磨山上呈现出丰收在即的喜人景象。山东临沂一家罐头厂得此信息，特意来人商定，再过八九天即派车前来拉货。王银霞心中充满了久违的喜悦。

天有不测风云。7 月 13 日，一场罕见的台风刮掉了树上所有的雪枣！王银霞面对苍天，欲哭无泪。但是，一次次挫折早已把她磨炼得格外坚强，她咬着牙，又挺了下来。第二年，王银霞购买了 3 万株雪枣树苗，培植嫁接后，又全部开花结果。功夫不负有心人，到 1999 年，磨山果园开始产生良好的经济效益，当年净收入达 1.5 万元。

▶ 为了磨山的明天

垦荒十几年，磨山变绿，果园飘香，王银霞也由一个十几岁的少女长成二十七八岁的大姑娘了。由于没日没夜地翻地、挖坑、植树、打药、挑水、剪枝……这些繁重的劳动使她的个头长得瘦小，手磨出了血泡，结上了老茧，皮肤晒黑了，变得粗糙了，女孩子的婚姻大事也迟迟没有解决。这些年，经人介绍，上门相亲的不算少，对王银霞品貌为人也都满意，但王银霞提的条件是要对方婚后到山上来，跟她一起栽树，人家一听这话就不干了。现代社会，没电没水，没有电视看，没有娱乐生活，有几个年轻人能受得了？

王银霞相信婚姻是缘分。她在磨山上默默地劳作，默默地等待……那一棵棵树苗是她的伙伴，她的朋友。500 多亩果林、三四万棵果树已经成了她的精神支柱，她的生命！

直到 2000 年底，一个名叫傅桂民的本乡小伙子走进了王银霞的生活。小伙子通过热心人介绍与王银霞认识后，由敬佩而生爱慕，他郑重表示，愿意跟银霞一起开发磨山，以磨山为家。两个年轻人的心因为理解走到了一起。

王银霞把青春献荒山的事迹传出了山外，传到了县里和市里，引起了各级政府和妇联组织的高度重视，从 1998 年开始，她先后荣获连云港市十大优秀青年、江苏省"双学双比"女能手、省劳动模范等荣誉称号。2000 年 10 月，江苏省副省长姜永荣对王银霞在如此艰苦条件下坚持开发绿化荒山的精神给予充分肯定，感动之余，姜副省长特意赠送她一部"三星"手机，免收三年使用费，鼓励她多跟农林专家联系，多请教，多学习，科学开发，科学绿化。与此同时，姜副省长还指示地方政府及有关部门对王银霞给予支持，切实解决他们一家生活中遇到的困难。2000 年底，连云港市科委在磨山上为王银霞家建起了两间砖瓦住房；第二年 6 月，市、县供电部门派出专人精心施工，分文未收，将电送上了磨山，让王银霞家从此用上了彩电、冰箱、电扇等家用电器。

随着果园面积的不断扩大和果树品种的增多，王银霞感觉到自己的科技文化知识愈发难以适应，特别是想到栽植果树前期的几次失败，她更加感到知识的重要。这时，一个藏在她内心深处十几年的梦想渐渐浮出水面：她想上学，到学校里学习现代化的果树种植和管理知识！

2000 年上半年，王银霞与西山后村签订了磨山新一轮 15 年承包合同。她请县农技部门帮助化验土质、制订规划……她觉得自己身上的担子很重，如果不把磨山治理好，变成名副其实的"花果山"，她便觉得对不起所有关心自己的人。而治理荒山再不能单凭死干、蛮干了。

为了磨山的明天，王银霞上学"充电"的愿望更加迫切。她把自己的想法向县、市妇联作了汇报。妇联的领导表示全力支持，考虑到这位女劳模年龄偏大、学历较低等实际情况，开始为她多方联系，选择学校和专业。最后，在江苏省妇联领导的直接关心下，经省人民政府姜永荣、王珉两位副省长特批，王银霞被苏州农业职业技术学院园艺系破格录取。2001 年 12 月 8 日，当市、县妇联领导将入学通知书送到磨山时，王银霞和家人激动万分，这位在荒山上默默奋斗了十几年的农家女流下了幸福的泪水。

王银霞的男朋友小傅对她的选择一直都很支持，他让王银霞放心去上学，他这就搬到磨山上住，全力以赴接银霞的"班"。他们商定：先立业，后成家。

2001 年 12 月 12 日，苏州农业职业技术学院为王银霞这个劳模新生举行了入学仪式。王银霞被分在城镇绿化与园林设计专业高职班学习。学校为她制订了单独的教学计划，专门配备了课程辅导老师；为了便于给她"开小灶"，别的女生宿舍都是六个人住一个房间，她的宿舍却只安排了一个品学兼优的女生与她同住，并专门为她们的宿舍配备了一台电脑。

采访时，王银霞告诉笔者，刚入学那会儿，学习十分吃力，生活上也不太习惯，与同学之间沟通困难，但是，她珍惜这来之不易的机会，她坚信，对待学习上的困难，只要像开荒一样，只要不懈努力，就一定能够成功。王银霞的同室同学介绍说，银霞学习特别用功，每天一大早就起床背书，晚上要学到 11 点多，还经常听她在梦中背课文；上学期期末考试，银霞的语文和外语成绩都得了 90 分以上，数学和化学成绩也在 80 分左右。

王银霞人在苏州，心里仍牵挂着磨山，她经常打电话了解家里的情况。在她的安排下，磨山上今年又植下了 1 万棵耐旱杨树和数千棵枣树。最近，她写了一篇作文，标题叫《解不开的磨山情结》。她表示，等将来学成毕业，她将以科学、先进的方法绿化好磨山，并用自己所学的知识为家乡建设作出更多的贡献。

送奶妹圆梦南京

她不甘贫困，远涉千里，从重庆来到南京，做了一名送奶工。

凭着勤劳和诚信，她拥有了自己的百万财富。

她说，世上没有救世主，幸福生活全靠自己来创造……

▶ 小背篓是她最初的送奶工具

黄建维出生在重庆市江津县嘉坪乡的一个小山村里。她在兄妹六个里面排行老五。上初二那年，父亲因病去世，家境愈加贫困，16 岁的她从此辍学回乡务农。

1982 年初，黄建维与本县仁沱镇服装厂工人徐正祥结婚，第二年生下女儿徐燕。娘家穷，婆家虽然在镇上，却也好不到哪儿去。女儿出世后不久，丈夫所在的镇服装厂就散了伙，徐正祥只好告别家小，到重庆市区的建筑工地打工。

黄建维一个人带着孩子，日子过得更加艰难。有一次烧饭缺盐，黄建维家里翻遍了也凑不齐买盐所需的一角五分钱，她只好红着脸张口去跟邻居借。

"不能再坐在家里穷死！"黄建维发狠道，"我要出去打工挣钱！"

为了筹足外出打工的路费，黄建维东一家西一家地借钱，左邻右舍、亲朋好友让她借了个遍，一共凑了 132 元钱。1984 年 5 月 8 日，她带着比自己小 6 岁的妹妹黄萍，一人背着一只家乡的小竹篓，登上了下行南京的客轮。在跟丈夫和女儿告别时，她流着泪说：“我到南京一站住脚，就回来接你们。”

黄建维之所以选择到南京是有理由的。她的大姐夫在铁道部门工作，几年前单位迁至南京，大姐一家也随着迁了过来。黄建维原想，先投靠大姐，让姐姐、姐夫帮她找个活儿，她就可以靠自己打工挣钱了。

然而，现实比她想象的要困难得多。大姐一家在南京并没有什么门路，找工作哪能那么容易？ 10多天等下来，大姐和姐夫仍没有给她带来好消息，黄建维心里便焦急起来。她知道，大姐家本来就不富裕，自己和妹妹两人再来吃闲饭，必然又要给他们增加不少负担。黄建维决定自己出去找事做。在南京城奔波了好几天，她四处碰壁。最后，在离大姐家不远处的一个建筑工地，她找到包工头，说了一大堆好话，包工头才勉强同意她留下来做小工。

黄建维虽然干过农活儿，吃过苦，但建筑工地上的活儿毕竟不是女人干的，半个月下来，她累得活脱儿变了形。大姐心疼不已，说什么也不让她干下去了。

妹妹黄萍比她幸运，这天自个出去找工作，碰上了玄武区蒋王庙街道居委会的石主任。石主任见这个川妹子清纯朴实又不失机灵，便留她在居委会干临时工。黄萍心里惦着姐姐，又请石主任帮个忙，为姐姐找份工。石主任爽快地答应了。几天后，经石主任介绍，黄建维当上了南京卫岗牛奶场的送奶工。又过了10多天，居委会几个热心的大叔大婶再次帮忙，她又兼职干上了南京林业警校的保洁员。

考虑到黄建维大姐家距离蒋王庙太远，姐妹俩上下班往返困难，又无钱租房居住，居委会几个人一合计，干脆让她俩晚上暂住在居委会的一间办公室里……

这些无私的奉献和倾情帮助，让黄建维至今念念不忘。

蒋王庙地区紧靠紫金山下，当时还没有一条像样的马路，也没有路灯，放眼望去，周围都是荒地。起初，这一片只有20多户人家订奶，而最近的奶站还在十几里外的兰园。黄建维不会骑自行车，当然也没钱买自行车，来回30多里路，只有靠两条腿走。她每天凌晨1点钟起床，在妹妹的陪伴下，背着竹篓走到兰园奶站，两点多钟开始卸货、分奶，忙完后，再把二三十瓶奶背回蒋王庙，送到各个订户手中。

直到早晨7点钟左右，奶才能送完。黄建维放下背篓，就得匆匆赶到林业警校……忙完一天的工作，回到她们暂住的那间办公室，天也就差不多黑了。黄建

维非常疲惫，常常简单地吃点晚饭就睡下了。不过，也有睡不着的时候，因为想念女儿。想得厉害了就哭，一遍遍地念叨"燕儿、燕儿……"哭完了还得强迫自己继续睡觉，因为第二天凌晨就得起床，还要去送奶、打扫卫生……

▶ 打工路上历经难辛

第一个月，黄建维送奶挣了30元，林业警校又发给她30元工资，一下子拿了60多元，她高兴地搂着妹妹跳了起来。长这么大，她头一回挣这么多钱，这可是丈夫原先在镇服装厂工资的一倍啊！她赶紧给妈妈和丈夫各寄了20元，又分别给他们去了封信，向他们自豪地宣布：我挣钱了，我到南京这条路走对了！

不过，每一次写信，黄建维都是只报平安，从不提自己吃的苦，她怕千里之外的家人惦记。她从心底里感激妹妹黄萍，她到南京来，妹妹是她坚定的支持者和追随者；每天再累再困，凌晨1点钟，妹妹都陪着她一起起床，一起到奶站分奶、取奶，如果没有妹妹伴着她，那十几里的夜路怎么走？也就是说，如果没有妹妹帮衬，她不可能把送奶工这个活儿干下来。

走夜路时，她和妹妹手里都要拿根棍，这是她们山里人的习惯。有几次在路上碰到流里流气的青年朝她们吹口哨、说脏话，她们把木棍横攥在手里，继续一声不吭地朝前走，那些小混子可能是见她俩的架式特别，哪里还敢靠近，都骂骂咧咧地走开了。

黄建维做事认真，加之性格开朗，乐于助人，干了一个多月的送奶工，她就跟沿线各个奶点、小店建立了良好的人际关系。这些"关系"资源，为黄建维下一步发展打下了基础。不久，她辞掉了林业警校的工作，到一家食品厂毛遂自荐，当了名食品推销员。于是，她的"关系"资源发挥了作用，她把厂里的产品轻而易举地推销到自己熟识的每个小商店。

黄建维的业绩直线上升，短短两个月，她就从食品厂拿到了五六百元推销提成。这时候，黄建维想到自己的"运输工具"该换一换了。背着小竹篓送货，既费时费力，又容量有限，装不下多少东西，无法提高效益。黄建维一咬牙，掏出300多元钱，买回一辆崭新的"永久"牌自行车，她花了两天时间学会了骑车，然后就在南京城里走街窜巷扩大推销地盘。再后来，她又请人做了一辆小板车，专门用来送牛奶。原来一只小背篓最多只能背四五十瓶奶，而一辆小板车至少可以装四箱奶，每箱 35 瓶，是先前的三四倍。

又过了一个月，黄建维把攒下的 500 多元钱交给妹妹，让她回一趟老家。一是为她还债，将她来南京前跟亲朋好友借的钱全部还清；二是帮她把丈夫徐正祥和女儿接过来。她认准了南京这块风水宝地，她要在这里"安营扎寨"，大干一场。

1984 年 12 月，也就是在黄建维到南京半年后，徐正祥带着两岁的女儿来到她身边，一家人终于团聚了。然而，黄建维和妹妹当时还都借住在居委会办公室里，徐正祥来了以后，既没有现成的工作，又没有地方落脚，黄建维只好让他出去自找门路。徐正祥还算走运，不久便在距离南京城区 20 多公里的大厂镇找了份工——在镇机械化施工公司食堂帮厨。他烧川菜的手艺虽评不上什么级，但绝对地道正宗。

丈夫虽说到了南京，但一两个星期才能见上一面；女儿到了身边，黄建维却也没有时间照料。她白天把孩子放到居委会办的幼儿园，夜里让妹妹照看，自己一个人去兰园奶站。这天，她推着小板车走夜路，因为刚刚下过雨，路太滑，又没有路灯，几个骑三轮车的卖菜农民迎面而来，到了跟前才都发现对方。菜农的三轮车刹不住闸，一下子把黄建维撞倒了，车轮从她腿上轧了过去。幸好车身不算太重，黄建维的手上和腿上都擦破了皮，鲜血直趟，但没有伤筋动骨。她忍着疼痛硬撑着赶到奶站，直到把当天的牛奶全部送完。

1987 年春天，黄建维的"运输工具"由自行车、小板车升级为三轮车。一天下午，刚刚学会骑三轮车的黄建维带着妹妹去各个奶点收奶瓶。当时正是下班高峰期，三轮车经过一个下坡时，突然从边上一个小巷口蹿出一辆自行车，黄建维猝不及防，连忙朝边上躲，不料连车带人一下子摔到路边的河沟里。妹妹黄萍当场昏迷不醒，三轮车则整个压在黄建维的背上。目睹事故的人中有认识黄建维姐妹的，赶紧找来蒋王庙居委会的同志，大家急忙将姐妹俩送到附近的南京军区医院。又是不幸中的万幸，姐妹俩只负了点皮肉外伤，其他一切正常。

祸不单行。1987 年 7 月 16 日中午，黄建维在出租房里做饭时不慎失火，将房东家两间平房烧着，她为妹妹结婚准备的一屋子家具也全部化为灰烬。姐妹俩望着火灾现场禁不住失声痛哭。随后而来的8 000元赔款几乎掏空了黄建维这两三年攒下的所有积蓄。

在黄建维最需要帮助的时候，善良的南京人伸出了援助之手，蒋王庙居委会几位老主任发动募捐，很快筹集了4 000元钱送到黄建维手中；而丈夫徐正祥也辞掉了在大厂镇已经干得顺手的工作，打算帮她一道送奶。

灾难没有把黄建维击垮，她擦掉眼泪，又重新开始日复一日的苦干。

▶ 送奶工南京圆梦

通过几年的锻炼，黄建维对送奶这一行已经非常熟悉。她知道，单单做个出体力的送奶工，再苦再累，订户也只是有限的二三百户，当然也不可能挣到多少钱。要想在这一行里干出名堂，干出一番事业，只有自己办奶站，扩大地域，增加订户，规模出效益。

经过一番考察，黄建维打算先将奶业公司的岗子村奶站承包下来。这个奶站离蒋王庙较近，现有规模不大，因原来的承包人经营不善，奶业公司有意重新发包，接手时需一次性交纳承包金2万元。

主意一定，黄建维狠狠心，把女儿送回了重庆老家，便和丈夫徐正祥风风火火地忙乎起来（直到一年后安顿下来，他们才将女儿接回南京）。他们分头行动，四处筹钱，一个星期下来，终于凑了1万多元。钱不够，但时间不等人，打算承包奶站的大有人在，竞争非常激烈。黄建维十分焦急，她鼓起勇气找到奶业公司的领导。岂料黄建维这几年的出色表现，早已给奶业公司的领导留下深刻印象，最后，她竟得到特殊照顾，只花了1万元就将岗子村奶站接了下来。

奶站接下来后，丈夫徐正祥成了黄建维的得力助手。不久，他们又聘了三个送奶工。业务扩大了，人手多了，黄建维意识到，勤劳和诚信这两大法宝不能丢。她不仅自己以身作则，还要求丈夫和员工都要做到这两点，尤其要把信誉放在第一位。

南京的雨雪天气较多，一般来说，碰上这种天气，奶就是送得晚一点儿，订户们也会谅解的。可黄建维认为，这正是树立奶站形象的好机会。她要求不论天气如何恶劣，都要按时将奶送到订户家中。

在一天早上，南京城下起了倾盆大雨，许多道路都水流成河，岗子村和蒋王庙附近本来就上下坡多，此时变得更难行走。可黄建维仍然骑着三轮车上了路，坚持一户一户地把奶送去。结果，订户的时间没有耽误，她却被雨水淋得浑身透湿，最后被折腾得感冒了。订户们了解此事后，都十分感动。

随着订户数的节节攀升，黄建维于1993年初购买了第一辆"金蛙"农用车。徐正祥经过一个月的学习，成了奶站的第一任汽车司机。此时，他们每天的送奶量已接近一万瓶，月收入五六千元。1997年春天，黄建维又办起了一家奶站——板仓奶站，当年又添置一辆农用车用于送奶。2000年初，黄建维花了30多万元在南京"东方城"花园城买了套三室一厅的住房，接着她的奶站又购置了一辆轻型货车。在她的影响和资助下，她三姐一家也来到南京城，开了间干洗店；而妹妹黄萍早已是一间车行的"老板娘"，还参股开了家社区医院。到2005年上半年，黄建维已拥有了四个奶站，向200多个供奶点近5万个订户供奶。同时，利用这一订户网络，她的奶站还帮南京几家晨报发行报纸，送奶工兼送报纸，所有的供奶点都摆设了书报摊。更让黄建维感到欣慰的是，按照南京市有关政策，他们一家三口人的户口已于2004年底全部迁到了南京，成为地地道道的南京人！

从小背篓到货运汽车，从借债闯南京的打工妹到事业有成的百万富姐，回顾自己的创业历程，黄建维感慨万千。她说，世上没有救世主，幸福生活要靠自己创造！她还说，因为送了十几年的奶，她认识了许许多多南京居民，这其中又有许多人成了她的朋友。有许多家长当着她的面告诉自己的孩子："你是喝黄阿姨送的牛奶长大的。"黄建维说，这是她最爱听的一句话。

吉祥三宝

2006 年中央电视台春节联欢晚会上，蒙古族歌手布仁巴雅尔和他的妻子乌日娜、外甥女英格玛演唱的歌曲《吉祥三宝》令全国观众陶醉，并被众多乐评人赞为"今年春晚最好听的歌曲"。但鲜为人知的是，《吉祥三宝》并不是一首新歌，而是布仁巴雅尔 1994 年献给自己 3 岁女儿的生日礼物。

▶"全喜"小子结缘音乐

1960 年 3 月，布仁巴雅尔出生在内蒙古呼伦贝尔盟的新巴尔虎左旗巴音塔拉苏木（乡）一户牧民家庭。在他出生的前一天，他家有头白色牝牛产下了一只小牛犊，一家人沉浸在喜悦之中。他的出生，更令父亲喜上眉梢，于是为他取名"布仁巴雅尔"，就是"全喜"之意。

布仁巴雅尔排行老二，上面有个哥哥，下面还有两个弟弟、一个妹妹。布仁是父母的好帮手，弟弟妹妹都是他帮着带大的。后来，当 13 岁的布仁上中学离开家时，妈妈伤心地抹着眼泪说："你走了，我该怎么办？你可是妈妈最贴心的'小棉袄'啊！"

呼伦贝尔草原有 1 400 多条大小河流，还有茂密的森林，是北方边境水资源最丰富的地方。那时的草原处处生机盎然，一平方米大的地方就有 100 多种草，春天开五彩的花，夏天是一望无际的绿，秋天则是金灿灿的。父母经常教育布仁兄弟，要像爱护自己眼睛一样爱护草原，爱护草原上的每一棵草，每一朵花，每一个生灵。春天，成群的大雁飞来，落在草原上下蛋，父母只许孩子们远远地看，不许他们的影子落到鸟蛋上。他们告诫孩子：你的影子一遮住蛋窝，大雁就不要小雁了。有一次，布仁在草地上挖坑捉老鼠，让爸爸发现后被狠狠地批评了一顿。爸爸对他说："老鼠是狼的粮食，捉了老鼠就是与狼争食，会破坏生物链。"

歌唱，是草原民族的天性，布仁的父母就经常放声高歌。尤其是他的母亲，是当地有名的"金嗓子"，如果不是被结婚生子耽搁，最起码可以成为内蒙古军区文工团或者自治区歌舞团的演员。布仁从小就有音乐天赋，对唱歌可以说是无师自通，在各种聚会上听大人唱，一遍两遍就学会了；再就是听收音机，当时都是样板戏，还没上小学，不会说汉语的布仁就已经会唱不少唱段。一去商店买东西，他就会被拉住，因为售货员喜欢听样板戏，非让布仁唱几段才放过他。

布仁第一次上舞台是 6 岁。当时，有 30 多个天津知青上山下乡来到布仁的家乡，他们各个都是多才多艺的初中生或高中生，还带了很多乐器来。这些知青把城市的文化也带到了草原，他们经常在草原上搭起舞台，组织演出。知青们得知小布仁有唱歌天赋后，就把他抱到舞台上，放在中间让他唱歌。也是从那时起，布仁跟知青结下了缘。

就这样，父母和兄弟姐妹陪伴着布仁巴雅尔度过了童年和少年，家、草原、蒙古民族，给了布仁巴雅尔生命、灵性和草原人的精神。

1978 年，18 岁的布仁巴雅尔考入鄂温克族自治旗乌兰牧骑（县文工团），担任独唱演员和马头琴伴奏。

▶ 温馨人家酿出天籁之音

1980 年，布仁巴雅尔考入呼伦贝尔盟艺术学校声乐班，接受正规的声乐训练。在这里，他遇到了中学时代的同学乌日娜。乌日娜是鄂温克族人，自小能歌善舞，从小学到中学，一直是班上的文娱委员。中学时，布仁和她都是学校的文艺队骨干，不过那时候他们还是情窦未开的少年，彼此间虽有好感却从未想过有更多的交往。但到了呼盟艺校，昔日的懵懂少年已经是二十出头的帅小伙子，昔日的黄花丫头也出落成了窈窕淑女，两人一见面就有了心动的感觉。后来，作为声乐班班长的布仁在学习和生活上给了乌日娜很多帮助，他们的恋情便由此开始了。

3年后，布仁和乌日娜从呼盟艺校毕业，他俩的爱情也进入了热恋阶段。布仁毕业后仍然回自治旗乌兰牧骑当演员，志向远大的乌日娜则打算报考中央民族大学继续深造。布仁对恋人的选择很支持，不过心底里难免有些担心，怕乌日娜到了北京后，两人的感情会发生变化。但乌日娜深情地对他说："雄鹰飞得再高，草原仍是它的归宿；我的心早已属于你，海枯石烂也不会改变！"

1984年，乌日娜如愿以偿地考上了中央民族大学。开学报到时，情深意笃的布仁一直把她送到北京，两人在天安门前合影留念。

在乌日娜上大学的四年里，布仁和她几乎每星期都要通信，鸿雁传书，互诉思念之情。这期间，布仁在事业上也上了一个新的台阶。他于1985年被调到呼伦贝尔盟电影发行放映公司蒙古语电影配音科，从事他所喜爱的蒙语配音和剧本翻译、写作工作。到了假期，乌日娜回到家乡，布仁便尽可能抽时间陪着她，两人在大草原上尽情缠绵，纵情歌唱。在一个夏天的夜晚，布仁和乌日娜依偎在一起，遥望着夜空中的月亮和星星，倾听着草原上虫儿的鸣叫声，他们的心里油然而生对未来生活的憧憬。布仁说："大学毕业后，不管你分配到什么地方，我都要跟你生活在一起。"乌日娜说她对生活没有过多的奢望："只要有你，有音乐，我的生活就充满阳光。"布仁笑了："以后，还有我们的孩子哩！到那时，我要为我们一家三口写一首歌，一首好听的'家'歌，我们一起演唱。"

虽然不再专职从事演艺工作，但布仁巴雅尔对音乐的热爱丝毫没有减退。1987年，他参加第一届内蒙古自治区蒙语歌曲电视大奖赛，获二等奖。1988年，他在第一届全国少数民族青年歌手大奖赛上力拨头筹，荣获一等奖。同年，乌日娜在中央民族大学毕业，因成绩特别优异，被留校任教。不久，这两个相恋多年的情侣走进了婚姻的神圣殿堂。

1990年，布仁追随乌日娜来到北京。凭着他的才气和学识，他被中国国际广播电台蒙古语部聘任为记者、编辑，从事新闻时事节目和专题栏目的播音及文字翻译、采访等工作。在中央民族大学的青年教师"筒子楼"里，他们有了一个简朴而温馨的家。

　　第二年6月21日，布仁和乌日娜有了爱情的结晶，他们的女儿诺尔曼在北京海淀医院降生。诺尔曼在蒙语里是"腾飞"的意思，布仁夫妇给女儿起这个名字，可见他们对女儿的殷殷希冀。

　　那时，中央民族大学有一个艺术团，乌日娜在担任声乐教员的同时，还是艺术团的歌唱演员，所以经常要到外地演出，于是布仁就更多地担负起照顾女儿的责任。

　　诺尔曼牙牙学语之后，布仁总是有意识地教她学习本民族的语言。像所有的小朋友一样，诺尔曼的小脑袋里装着许多对世界的疑问，她总是缠着爸爸问这问那。面对女儿天真的提问，布仁特别有耐心。他觉得，简单粗暴的拒绝，是对孩子幼小心灵的一种伤害；父母口中的每一个"不"字，都是阻挡在孩子成长道路上的一块障碍。因此，布仁总是以认真平等的态度和女儿交流，对女儿的提问耐心地一一给予解答。

　　1994年春的一天，从外地演出归来的乌日娜在家休息，她无意中听到了布仁和女儿用蒙语在一问一答。女儿问："阿爸，太阳、月亮、星星是什么？"布仁答道："吉祥三宝。"女儿又问："阿爸、阿妈还有我是什么？"布仁又答："吉祥三宝。"……对音乐特别敏感的乌日娜突然觉得，这父女俩一问一答的交流就像一段音乐旋律，非常动听。于是，她把自己的感觉告诉了布仁。

　　妻子的提醒一下子触动了布仁的灵感，他提起笔，一气呵成地写出了《吉祥三宝》这首歌。"三"是蒙古族最常用的数字，"吉祥三宝"并不具体指代什么，蒙语中的意思就是："每个家庭都由爸爸、妈妈、孩子组成，希望家家都吉祥如意。"

　　1994年6月21日这天，布仁将这首《吉祥三宝》作为生日礼物送给了女儿。原本期望收到生日蛋糕和玩具的诺尔曼开始有些失望，但她很快就被这首歌欢快单纯的曲调吸引住了，很快就跟爸爸学会了这首歌。

　　刚到北京那几年，布仁相处的朋友几乎都是曾在内蒙古呆过十几年的老知青，布仁经常带着妻女和这些朋友聚会。在一次聚会上，布仁一家三口即兴用蒙语演唱了这首《吉祥三宝》，当时就把那些知青朋友听呆了，有的人当场就热泪盈眶，说这首歌太好听了，简直就是天籁之音！后来，这首歌就成了朋友聚会、

幼儿园演出时布仁一家三口的保留节目，所有听过的人莫不啧啧称赞。

▶《吉祥三宝》唱响春晚

音乐，是布仁巴雅尔一家三口共同的爱好；音乐，让布仁一家的生活充满了欢乐。

每天下班回到家，和妻子、女儿一起收看电视上的音乐舞蹈节目，是布仁巴雅尔一天里最轻松最惬意的时间。有时候，一家人还会对电视上某个演员的演唱评头论足。年幼的诺尔曼经常自豪地说："阿爸阿妈唱的歌，比电视上唱得还好听。"

布仁在电台里做的是编辑、记者和主持人，但他在业余时间一直坚持创作和演唱带有浓郁草原气息的蒙语歌曲。他的歌声先是在朋友圈里传扬，深得朋友们的喜爱。后来，在妻子乌日娜及朋友们的鼓励和支持下，他参加了一些演唱音乐会，还随演出团体出访了法国、德国、瑞士、荷兰等国家，演唱蒙语歌曲和马头琴独奏。

布仁经常和妻子在一起交流、切磋演唱技艺。每次演出回来，他和乌日娜都喜欢把演唱录音带回家，请对方仔细听一听，提提意见。这样的交流，对双方演唱水平的提高起到了很好的促进作用。

父母对音乐的热爱也潜移默化地影响了女儿诺尔曼。2000年，布仁因公被派到蒙古国学习一年，9岁的诺尔曼非常想念远方的爸爸，便写了首名叫《乌兰巴托的的爸爸》的歌曲，录成卡带寄给爸爸。歌中这样唱道："想你啊，乌兰巴托的爸爸，想念你就唱你教的歌谣，爸爸的心像是辽阔草原，我是羊群像白云；女儿在遥远的家乡，想念你就拉起这马头琴……"当时，布仁没把女儿唱的歌听完，就已经泪流满面……

到了2004年，布仁一家演唱的歌曲已经走出了朋友圈子，在较大范围有了影响。在中央电视台编导克明、蒙古族作曲家乌兰托嘎等朋友的引荐下，布仁草原天籁般的新民乐打动了国内知名的普罗艺术公司，该公司决定立刻着手包装布仁。当时布仁制作的《吉祥三宝》小样还是女儿诺尔曼演唱的版本，但那张5年前录制的单曲配器效果不好，所以普罗公司决定重新制作这首歌。而此时诺尔曼已经是13岁的女孩，无法再唱童声了。普罗公司便派人和布仁夫妇一起回呼伦贝尔采风，在草原上找一个合适的童声演唱人选。

在乌日娜家的帐篷里，一行人喝着奶茶聊着天。就在此时，帐篷外飘来一阵"鲜嫩如奶酪"的歌声，唱歌的是乌日娜7岁的小侄女英格玛，她的嗓音稚嫩纯真，仿佛散发着草原新鲜牛奶的味道，令大家喜出望外。就这样，小英格玛代替表姐诺尔曼，第一次走出呼伦贝尔大草原，前往北京录制《吉祥三宝》。

2005年2月底，布仁巴雅尔的第一张音乐专辑《天边》发行。《吉祥三宝》作为专辑里的第一主打歌，在网站上一经推出，迅速火爆起来，很快传唱于大江南北，成为"中国歌曲排行榜"第十七期榜单冠军，且连续十周上榜，并荣获第五届中国金唱片奖。凤凰卫视董事局主席刘长乐评价布仁的歌："自然纯净的声音，空灵苍茫的意境。"邓小平的大女儿、画家邓林认为："布仁的歌声没有学院派的矫饰做作，自然朴素，情真意切。"中央电视台著名主持人白岩松说："布仁的歌是来自内心深处的草原之情。听过这样的音乐，你也就走进了内蒙古大草原。"北京音乐台一位主持人则介绍说："在北京，《吉祥三宝》掀起了一股蒙语学习热潮。"

许多人在听了《吉祥三宝》这首歌后感动不已，甚至流下了热泪，因为歌中表达的最纯真质朴的亲情让人情不自禁地想念起自己的父母、家人。特别是一些城市白领，都把布仁的专辑作为自己汽车音响中的必备唱片。

2005年10月，布仁巴雅尔携乌日娜、英格玛出席南宁民歌节。演出间隙，他们向周围的朋友赠送了自己的音乐专辑。发到中央电视台春节联欢晚会总导演郎昆手上时，郎昆笑了："这个专辑我早就买过了，很喜欢《吉祥三宝》这首歌，我邀请你们上春晚好不好？"当时布仁一家都愣了，不知郎昆说的是否当真。

直到进入春晚排练阶段，导演组一再向布仁发出邀请，他们才相信郎昆并不是跟他们开玩笑。《吉祥三宝》在春节晚会上享受到了极高的待遇，因为压缩了歌舞时间，不少曲目都减少了长度，而导演组却破例保全了《吉祥三宝》，长度没有一点减少！

　　《吉祥三宝》登上春晚舞台后，得到全国亿万观众的好评。许多观众认为，这首用汉语和蒙语交替演唱的歌曲，既温馨又好听，非常符合农历新年合家团圆的气氛，是继《千手观音》之后又一个轰动大江南北的歌舞作品。有些观众甚至把这首歌曲誉为今年春晚最大的"惊叹号"。

『妻管严』是他成功秘诀

2006 年 3 月 6 日，李安凭借《断臂山》夺取了第 78 届奥斯卡最佳导演大奖。曾经窝在家里当"家庭煮夫"六七年之久的李安，如今已是拿遍国际五大影展的一代名导。然而，就是这样一个名冠世界的大导演，在介绍自己的成功经验时，竟语出惊人地自爆："我是个怕老婆的男人。"

▶ 硕士娶了个博士

李安祖籍江西，1954 年 10 月 23 日出生在台湾屏东一个书香门第。他的父亲李升是一所中学的校长，教子极为严格。家庭带给李安的不仅仅是中国文化的浸染，父权家庭的模式也为他日后的作品提供了生活基础，甚至是原始素材。

尽管李安生活在这种环境里，他还是不可抑制地爱上了电影和表演。1973 年，他作出了一个让父亲十分恼火的决定——离开家乡，报考台湾"国立艺专"戏剧电影系。在这个传统家庭里，从事演艺事业简直就是大逆不道。父亲曾经赶到台北，想把儿子拉回家，没想到从小到大一向听话的李安这次就是不顺从，任凭父亲怎么劝，他始终不改决定。在艺专读书期间，李安对演戏和电影制作越来越有兴趣，曾获得台湾话剧比赛大专组最佳男演员奖。

1978 年初，李安前往美国留学，就读于伊利诺伊大学戏剧导演专业，他只用了两年就拿到了艺术学士学位。这期间，李安还认识了他一生中最重要的女人——林惠嘉。

　　李安和林惠嘉是在一次台湾留学生聚会时偶遇的。当时，身材高挑、性格开朗的林惠嘉特别引人注目。李安潜意识里觉得，这个女生身上具备着不同于常人的优秀素质，于是端着酒杯主动与她攀谈起来。闲聊之余，才发现他俩原来是同一所学校的留学生，两人的校舍间隔不到 500 米。只不过林惠嘉读的是生物学专业，而且是硕士学位。

　　聚会结束时，李安对林惠嘉忽然有种依依不舍的感觉。当天晚上，李安失眠了，林惠嘉那双明亮的眼睛、高挑贤淑的模样在他脑海里不断闪现。他恍然觉得，在这个飘满花香的季节，有一支红色的丘比特箭正朝自己射来……

　　第二天，性格腼腆的李安主动找到林惠嘉，约她到体育场去看球赛，对李安也颇有好感的林惠嘉爽快地答应了。从此，两个远离家乡和亲人的年轻人越来越多地走到一起，两人的感情与日俱增。

　　1980 年，李安从伊利诺伊大学戏剧系毕业。出于对电影艺术的热爱，他决定前往全美最有名的纽约大学电影系学习电影制作。对此，林惠嘉非常支持，她说："只要是自己喜欢的东西，就应该大胆地去追求。"离别期间，李安几乎每天都要和林惠嘉通电话，两人总有说不完的话。林惠嘉虽然不像有些女性那样娇媚，但她的声音似乎有一股神奇的抚慰人的力量，每当李安心情不好的时候，只要听到她的声音，所有的烦恼就会立刻烟消云散。

　　1983 年，徜徉五年爱河之后，李安和林惠嘉在纽约举行了一场中西合璧的婚礼。他们的婚姻得到了双方父母的支持和祝福。李安后来说过，他把当时婚礼上的很多情景都搬到了电影《喜宴》中。

　　婚后，李安继续到纽约大学攻读硕士学位，而林惠嘉已经是伊利诺伊大学的生物学博士生。他们分隔两地，聚少离多，但两人的感情非常好。李安每个周末探家，临走前总是做好一冰箱丰盛的食物留给妻子，口袋里也总是随身携带着妻子的照片。李安是个温和厚道的人，而林惠嘉是个独立能干的人，他的感性遇上了她的理性，就好像一座天平，为这个家找到了一个最适合的平衡点。

▶ 六年"家庭煮夫"

在纽约大学学习期间，李安显示出了他导演方面的非凡才华。1984年，他的毕业作品《分界线》获得了纽约大学生电影节金奖及最佳导演奖，并取得电影硕士学位。第二年，林惠嘉获得了博士学位，并在纽约找到了一份药物研究员的工作，于是两人在纽约郊区安了家。

此时的李安已到了而立之年，他留在了美国，试图开拓自己的电影事业。但一个华人想在美国电影界混出名堂来，谈何容易！最初，李安拿着与别人合写的剧本《不是迷信》开始跑影片公司，两个星期跑了30多家公司，最终毫无结果；后来，有一家经纪人公司看中了李安的才华，答应做他的经理人，但李安又一直没有适合美国人的剧本，最后经理人也只好不了了之。为了寻找机会，有一段时间，李安甚至来到国内，在谢晋导演的《最后的贵族》片场打小工。随后，李安又回到了美国，继续失业在家，靠妻子林惠嘉一个人的工资维持生活。

在此期间，大儿子李涵、小儿子李淳相继出生，家庭负担非常沉重。为了缓解内心的愧疚，李安每天在家除了大量阅读、大量看片、埋头写剧本以外，还包揽了所有的家务，负责买菜、做饭、带孩子，家里收拾得干干净净……用他自己的话说，他就这样做了近六年的"家庭煮夫"。每到傍晚做完晚饭后，李安就和儿子一起兴奋地等待"英勇的猎人妈妈带着猎物回家"。此情此景，让带着一身疲倦回家的林惠嘉觉得很温馨也很感动。

李安之所以把妻子称为"猎人"，因为在他眼中，妻子是勇敢、无畏、坚强的化身。的确，林惠嘉是个个性非常独立的女性，她自己能做的事从来不愿麻烦别人，即使对丈夫李安也是如此。大儿子李涵出生时，李安给一个剧组打零工，不在身边。林惠嘉半夜感觉羊水要破了，于是自己开着快没油的汽车到医院生孩子，当医生问她要不要通知丈夫或亲友时，她说不用了，医护人员还以为她是个弃妇。李安直到第二天搭飞机回到纽约，这才知道自己已经做爸爸了。

面对丈夫的失业，林惠嘉也曾有过伤心苦恼的时候。有一阵子，李安经朋友介绍，到一栋很大的空屋子里帮剧组守夜看器材，早晚接送孩子的任务就落到了妻子身上。但林惠嘉又要忙于上班，实在是身心憔悴，疲于应付。那天晚上，她心情沮丧到了极点，难道自己一辈子就要这样生活吗？她情不自禁地打了个越洋电话，向妈妈诉苦。妈妈听了很心疼，在电话中对女儿说："实在不行，你们干脆分开吧。"可是放下电话后，林惠嘉就忍不住号啕大哭，不断谴责自己：我怎么变成这样的女人？夫妻本应该互相支持的，比起丈夫内心所受的煎熬，我这点委屈实在算不了什么。这之后，她再也没有跟父母抱怨过李安。

许多亲戚朋友看不过去，对林惠嘉说："为什么李安不去打工？大部分中国留学生不都为了现实而放弃了自己的兴趣吗？"其实李安见妻子的负担这么重，心里早就过意不去，他开始偷偷地学电脑，因为当时会电脑比较容易找工作。可没过多久，这件事被林惠嘉发现了，她很生气地说："学电脑的人那么多，又不差你李安一个！"在妻子的坚决反对下，李安打消了改行找工作的念头。

那些年里，林惠嘉对李安最大的帮助就是"不理他"，让他去沉淀、去成长，而不让他分心。她认为，一个人要清楚自己的方向，一旦做出了决定，就要为自己的决定负责。林惠嘉心里很清楚，李安的长处就是拍电影，对电影的热爱已经深入到他的骨髓和灵魂，他需要的只是时间和机会。是金子，就一定会发光，她相信李安一定会成功。

生活中，林惠嘉是家中规矩的建立者，家里凡事她说了算，只要是妻子的命令，李安绝对服从。有时连林惠嘉自己都感到困惑，老公和孩子对自己这么服帖，究竟是她真的懂得"经营"，还是他们本性太好了，能包容像她这样"独裁"的太太和妈妈？

多年的"家庭煮夫"经历让李安练就了一手好厨艺，就连丈母娘都夸奖他："你这么会烧菜，我来投资给你开馆子好不好？"当然，这样的生活也磨炼了李安的性情，一种深藏不露、外柔内刚的韧性，一种对事业持之以恒、孜孜不倦追求的精神。在他看来，自己与林惠嘉的结合不仅是一种缘分，也是一种福分；在妻子坚强、冷静的外表下，深藏着对他的理解和爱。他不止一次地说过："妻子对我最大的支持，就是她的独立。在这个浮躁的时代里，有几个女人能容忍自己的丈夫不出去工作、挣钱？而她却给我充足的时间和空间，让我去发挥、去创作。要不是碰上她这样的妻子，我可能没有机会追求我的电影事业。"

▶ "妻管严"丈夫成了华人中的第一

1990 年，李安可以说到了山穷水尽的地步：当时他在银行的存折只剩下 43 美元。走投无路的李安将两个剧本《推手》和《喜宴》投给台湾新闻局主办的优良剧本甄选，希望能碰碰运气。结果，这两个剧本双双获奖，得到了 40 多万台币的奖金。

1991 年 4 月 10 日，由台湾中央电影公司投资、纽约库德玛西恩公司制片的《推手》开拍了。这是李安的第一部长片，他兴奋异常："第一次有人叫我'导演'，拿个木盒给我坐，飘飘然蛮过瘾的，这也更坚定了我要拍好电影的信念。"《推手》只用了 24 天就拍完了，这部通俗、温暖的影片上映后好评如潮，获得当年台湾金马奖最佳导演奖提名，并最终摘取最佳男主角、最佳女配角、评审团特别奖三项大奖。

所有人都称赞这个突然杀出来的"青年导演"，而李安此时已经 37 岁了。《推手》的成功，使台湾中影公司对李安有了信心，决定投拍题材比较敏感、涉及同性恋内容的《喜宴》。这部电影有着复杂的思想内涵，成为李安多年来作品中核心元素的集大成者。影片上映后获得了更大的成功，李安也一跃成为知名导演。

《喜宴》在美国举办完首映式那个夜晚，李安回到家中，像往常一样下厨房烧菜，并对儿子说："去门口接'猎人'回家，今天爸爸烧了好菜。"这些年来，每当遇到喜庆的事情，李安都习惯于用精美的菜肴来犒劳亲爱的家人，并分享彼此的快乐。

1994 年，李安执导《饮食男女》，成功地完成了他的"父亲三部曲"。在接下来的五年中，他又拍摄了三部纯美国题材的影片：《理智与情感》、《冰风暴》和《与魔鬼共骑》。其中影片《理智与情感》不仅获得柏林电影节金熊奖，还在奥斯卡竞争中获得七项提名。

在李安的电影事业逐渐攀上高峰的同时，林惠嘉并没有因此成为"跟班夫人"，反而把更多的的精力投入医学研究工作，同时也更加尽职地照顾孩子的学习和生活。她觉得，李安之所以取得的这样骄人的成绩，是他在电影这条路上坚持不懈努力的结果。自己做的一切，就是让他不分心，她不愿意自己掺合到他的工作中。

林惠嘉从来不愿在丈夫面前喊冤叫苦，但看到李安拍电影时的辛苦，她却忍不住几度落泪。2000年末，李安执导的武侠大片《卧虎藏龙》即将杀青，他却由于昼夜操劳和脚腱受伤，不得不躺在病床上接受治疗。远在美国的林惠嘉得知消息后，连夜带着两个儿子和华人医生开出的中草药飞往大陆。在安徽黟县的拍摄地，林惠嘉见到了日思夜想的丈夫。病床上的李安胡子拉碴、面容消瘦、情绪急躁，把林惠嘉心疼得潸然泪下。她赶紧安慰丈夫："我带了最好的中草药，你的伤痛很快就会消失的！"李安的泪水也在眼眶里打转："你们能来太好了，见到你我就知道自己有救了。"在妻子的精心料理下，一周后，李安的腿伤就痊愈了。他很快又投入到影片的后期制作中。

《卧虎藏龙》将中国传统文化融入一个曲折动人的悲情故事，赢得了东西方观众的一致好评，在很难打入的美国市场赢得一亿多美元的票房，取得华语电影绝对空前的骄人成绩。在2001年金球奖颁奖典礼上，李安凭借《卧虎藏龙》夺得最佳导演奖。当他接过朱丽亚·罗伯兹颁发的奖杯时，幽默而深情地说道："我的惊喜之情难以形容，我要感谢我强悍的太太，她是《卧虎藏龙》里所有女角的典范，坚毅、笃定、宽容、温情……"领奖之后，有记者问及李安的感想，李安再次幽默地说："我很想快点回家被老婆骂一骂。"

当年的奥斯卡奖项也钟情于《卧虎藏龙》，该片拿下了最佳艺术指导、最佳摄影、最佳电影音乐、最佳外语片等几个奖项。颁奖前，林惠嘉带着全家来到洛杉矶，表示对丈夫的支持。在接受媒体采访时，他的两个儿子说："爸爸很幸福，能够娶到像妈妈这样的女人，这是爸爸最成功的地方。"

丈夫出名后，林惠嘉对别人称她为导演夫人或李太太感到不习惯，要求人家直接叫她的名字或称她为李妈妈。她说："李安还不是导演的时候，我就是我；李安当导演以后，我还是林惠嘉。"一次，美国华裔社区的男女老少请林惠嘉主讲"牵手与推手——谈家庭沟通和简易人生"。林惠嘉穿着一身普通的裤装，不染头发、不施脂粉，浑身上下透着一种真实的本色。她首先介绍自己是个"只有李安能够忍耐"的妻子，然后回忆起夫妻俩在李安六年时间与幸运女神无缘的日子里不慕财富的共识；在谈及家庭沟通时，她认为相互之间的信任、宽容、耐心和避免斤斤计较，是他们夫妻俩保障家庭生活幸福的基本条件。

2005 年，李安接拍同性恋题材的影片《断臂山》，该片讲述的是两个西部牛仔的真挚感情。《断臂山》的剧本在美国电影圈至少漂流了六七年，既没有导演愿意拍，也没有公司投资，只有李安相信自己的眼光，他说："我看了小说后直流眼泪，尤其在结尾的时候。我想，既然没有人拍这种东西，我就选择它。"对此，林惠嘉表示支持，她还是那句话，你既然作出了选择，那就为这个选择努力到底吧！事实证明了李安的超常胆识和独具慧眼。在影片的首映会上，当林惠嘉看到片尾那两个牛仔为了争取自由献出彼此的生命并且面前的衣橱中出现两件带血的衬衫时，她也忍不住流下了感动的眼泪。

2006 年 2 月，电影《断臂山》在相继捧得威尼斯电影节金狮奖、美国电影电视金球奖之后，又获得了第 78 届奥斯卡金像奖的八项提名。3 月 6 日，第 78 届奥斯卡金像奖揭晓，李安成为第一个捧得奥斯卡小金人的华人导演，同时，《断背山》还拿下了最佳改编剧本和最佳作曲两大奖项。

在奥斯卡颁奖典礼上，李安致受奖辞时说："感谢我的妻子和儿子们，我爱你们。拍《断臂山》时，我感觉自己每天都和你们在一起……"

李安拿了奥斯卡小金人后，作为妻子，林惠嘉仍然不忘"敲打"他："不管你捧了多少个小金人，你还是那个李安；家不是片场，你该做的家务还得做。"有一天，李安和妻子一起到华人区买菜，有个台湾来的女人对林惠嘉说："你命真好，先生现在还有空儿陪你买菜！"不料当即遭到林惠嘉的抢白："你有没有搞错，是我今天特意抽空儿陪他来买菜的。"以李安目前的成就和地位，外面诱惑那么多，有很多人担心他的淳朴能维持多久。林惠嘉笑着说："李安是个很善良的人，而人的本质是不容易改变的。再说'恶婆娘'如我，随时耳提面命，李安大概还不会那么容易被宠坏吧！"

从当年默默无闻到今天全球最著名的华人导演，李安在生活态度上没有任何改变。说起婚姻生活对自己的帮助，他颇为自豪："我结婚 23 年从来没和太太吵过架，因为我是个怕老婆的人，总觉得老婆讲的话句句都是对的……有这样的老婆管着，哪有不成功的道理？"

女儿国飞出金凤凰

　　"2007快乐男声"还未正式播出，转战长沙、西安两个唱区的评委杨二车娜姆因为与另一评委的"互掐"，成为媒体关注的焦点。某搜索引擎"中国十大最具影响力人物排行榜"上，杨二车娜姆更是稳摘头冠。

　　其实，多年以来，头顶红花从女儿国走向世界的杨二车娜姆一直就是个充满传奇色彩的女性……

▶ 走出女儿国

　　四川凉山州盐源县泸沽湖畔，是摩梭族人生活的地方，也就是传说中的女儿国。每到日落，女人伫守花楼，男人暮投晨归，两相欢喜，绝少恩怨，夜不闭户，路不拾遗，可谓与世隔绝的一方人间净土。1970年8月，杨二车娜姆就出生在这个美丽的地方，她的名字是当地一个喇嘛给起的，在摩梭族语里是"宝石仙女"的意思。

　　杨二车娜姆从小生活在一个部落式村庄里，身上集中了摩梭女孩能歌善舞、聪明泼辣的天性。直到13岁那年，命运之神悄然眷顾，她的生命从此改写。

　　那年，县文化馆的人来到她家所在的村庄收集民歌，发现了这个会唱歌的"小百灵"，于是带上她走出村庄来到县城，参加当时正在筹办的全国少数民族歌手大赛。小娜姆过五关斩六将，从县里到省里，终于到了首都北京。从"桃源深处"来到繁华的大都市，小娜姆的眼睛忙不过来了。她每天不停地穿梭在北京的街道胡同，想把精彩的世界看个够。但是，没多久，比赛就结束了。得了第一名的杨二车娜姆仍然跟随领队回到四川，回到她大山中的家。

得了荣誉的小娜姆被安排在当地小学校里给五六个老师做饭。这在村里是件非常荣耀的差事，小娜姆开始尽心尽力做好自己的本职工作。每天，饭做好后，她毕恭毕敬——敲开老师的房门，喊一声老师您请吃饭了，然后愉快地回家，与母亲相伴。日复一日重复同样的劳动，若是从前的娜姆，她会毫无想法任劳任怨，可如今的娜姆已经看过外面的世界，心已不是斗尺见方的地儿可以容纳。她常常坐在灶火前，手里举着柴，心却早已飞到了远方。外面的世界对年轻的她充满了诱惑。

那天，小娜姆习惯性地往灶火里添加一把柴，然后用吹火筒朝火的根部吹。当她用力将气吹出去再吸回来时，火星跟随她吸入的气流一股脑全进入她的喉咙，痛得她大哭起来。于是她砸了锅，扔了柴，跑回了家。第二天，她怀里揣上家里仅有的七个鸡蛋，告别了妈妈，头也不回地朝山外走去。

小娜姆独自一人在莽莽森林里长途跋涉了七天，终于看见了公路，看见了通往城里的汽车。她搭上一辆开往省城的汽车，一路顺风来到成都。在成都，她找到曾经带她去北京参赛的一行人，又顺利地进了成都市歌舞团，成为一名歌唱演员。

按理说，一个山里的小女孩，能在成都这样的大城市找到自己喜爱的工作，已经够幸运的了，但是不安分的娜姆仅仅几个月后就放弃了这份优越的工作。原来，她获悉上海音乐学院招生的消息，毅然典当掉母亲给她的一双玉镯，凑成路费，一路风尘来到了上海。

报考音乐学院的学生人山人海，大家按顺序排队，拿一个歌谱进到教室，给老师行个礼，然后随着钢琴的伴奏起唱。娜姆站在等待的人群中，紧张而不安。她没有等到老师叫她的考号，也没有谱子，没有伴奏，而是拨开人群，一路高声唱着山歌，冲进了考场。老师们愣怔了，望着这个初生的牛犊，眼中满是新奇。优美的山歌回旋在考场大厅，老师们沉醉了。机灵的娜姆边唱边盯着老师，老师不喊停，她就一直唱……娜姆被录取了！学校安排她先进汉语班学习两年汉语，然后根据她的表现再进专业班学习音乐。

在音乐学院学习期间，另类的娜姆个性张扬、不拘小节。为了练习汉语，她搬出民族班和汉族学生住在一起，把三毛的小说《撒哈拉的故事》当作教材。由于家庭经济状况不好，她想到了替同学打开水挣零花钱的办法。同宿舍一个女生因为轻蔑地说她是"乡下人"，被她挥拳教训了一顿。她还走穴演出，甚至毛遂自荐地录制了她的第一盘盒带。1987年，《音乐爱好者》杂志的封面刊登了她的照片，可谓出尽风头。

临近毕业之时，为了能去北京唱歌，为了做摩梭的才旦卓玛，娜姆一个人穿梭于京沪间31次。她终于被中央民族歌舞团录用，成为该团最年轻的民族独唱演员。

▶ 两次国际"走婚"

1989年8月的一天，正准备随团去湖南演出的杨二车娜姆接到美国《国家地理》杂志的采访邀请。冥冥中她仿佛听到一个声音在耳边提醒：别去演出了，留下来，会有什么事情发生！于是娜姆冒着受处分的危险，放弃了去湖南的演出。

当天下午5点多钟，一个长得高高大大、头发卷卷的美国帅小伙敲开了她的房门。这个卷头发的美国小伙子叫Adrian，由于读音相近，中文译为鹌鹑蛋。开始，娜姆对《国家地理》杂志并不太了解，只觉得"地理"和她这个演员没什么关系。但是，"鹌鹑蛋"这个地道的美国摄影记者说服了她。他说这本杂志虽然不给费用，但通过杂志却可以让世人知道泸沽湖，知道摩梭人。

第二天，娜姆便欣然接受《国家地理》杂志的采访，并带着"鹌鹑蛋"回到数千里外的家乡，拍摄了许多照片。返回北京时，出于礼貌，娜姆给"鹌鹑蛋"带了些家乡的土特产以表谢意，两人继续来往。但是，她没有想到，他们之间的接触会在一夜之间改变了她的人生。

"鹌鹑蛋"喜欢录音，有一整套录音设备。回到北京后，他常常给娜姆录音。对音乐的痴狂常常使他们忘记了时间，忘记了周围的一切。时间一长，周围的邻居对他们起了疑心。一天半夜时分，两人正在"鹌鹑蛋"的宿舍里录音，街道居委会的人带着片警来敲门。当时北京的治安非常严格。面对片警的询问，娜姆有些害怕，一时不知如何解释她和"鹌鹑蛋"的关系，于是她脱口而出："我们是在商量结婚，我们明天就要结婚。"

似乎是天作之合，似乎是水到渠成，杨二车娜姆开始了她生命中第一次"走婚"——她和"鹌鹑蛋"很快结了婚。婚后，她放弃了工作，放弃了理想，与"鹌鹑蛋"移居去了美国。

然而，出国后不久，娜姆和"鹌鹑蛋"之间就出现了严重的裂痕。开始，小夫妻俩与"鹌鹑蛋"的妈妈一起住。冰箱被分成两个区域，妈妈一层，他们一层；虽同室而居，但分羹而食，出去喝杯咖啡也是 AA 付账，娜姆很不习惯。"鹌鹑蛋"却不理会这些，他拿了本字典给她，说："杨小姐呀，你是一条鱼，一条在杯子里能活的鱼，海里能活的鱼，湖里也能活的鱼，美国全在这上面，给你了。"一本字典，一张地图，娜姆拿着它们，自己去租房子，去旧货店买沙发、家具……

全部收拾妥当后，娜姆发现自己租的房子还多出一间来，于是将它租给了一个法国人。没想到，这么一来竟引狼入室。法国人很快和"鹌鹑蛋"趣味相投、打得火热。他们除了摆弄音乐就是讲法语，除了在吃饭时对给他们做饭的娜姆投以一笑外，娜姆基本上处于一个被遗忘的角落。

面对一个陌生的环境，电视看不懂，语言交流困难，娜姆冥思苦想，希望引起他们的注意和重视。她到中国城买了一堆辣椒，烧一锅油，呛他们。结果他们被呛得半死，娜姆也因此被他俩合力拎出了门。后来，娜姆只拿了几本影集，就离开了这个家，与"鹌鹑蛋"的婚姻宣告结束。

走出家门后，杨二车娜姆开始全面接触美国。她一天打四份工，不久就用自己打工挣的钱买了辆红色的马自达。她给自己定下目标，要游历美国，把美国看个遍。当打工赚的钱有了一定积蓄，娜姆来到飞机场。30 分钟内只要任何一班飞机起飞，她就搭乘那班飞机，无所谓哪个城市，反正到哪里都是一个人，去哪里都是陌生的。

杨二车娜姆在美国总共生活了 6 年。这 6 年中，她竭尽所能，打工从商，逐渐过了语言关并变得富有。她还参加过好莱坞电影演出，并为电影配唱歌曲，被誉为来自中国的百灵鸟。

1996 年，娜姆通过新闻获知距家乡不远的丽江发生大地震，她立即从美国返回家乡探望母亲。见到家里一切正常，母亲也无恙，她这才放心地离开。

从家乡折回北京时，娜姆住在一个意大利女朋友在使馆区的家里。国庆节这

天，她在三里屯闲逛，被人不小心撞了一下，正欲发作，却与一双"蔚蓝得如家乡泸沽湖水般清澈明亮的眼睛"相遇。

这次相遇，是娜姆另一段异国情缘的开端。长着褐色头发、蓝眼睛的石丹梧是位挪威帅哥，英国伦敦外交官学校毕业的高才生，挪威王国驻华使馆的外交官。他虽然比娜姆小好几岁，但两人一见如故，激情燃烧。

石丹梧成了娜姆心中的白马王子，他们两个你叫我王子，我叫你公主，仿佛不经意间坠进了童话世界。这之后，娜姆回到美国，如同摩梭人的固有传统，两人开始了昂贵但快乐的异国"走婚"生活。再后来，娜姆回到北京，而石丹梧则被调往挪威驻瑞士使馆。飞机转了航向，走婚的流程却没有改变。他们相聚的地点不定期的约在一个国家，在一起半个月或者一个月，炽热缠绵，浪漫开心。然后他回去继续做外交官，而她则过着漫游、唱歌和写书这样的"三栖"生活。

然而，激情过后，娜姆渐渐感到了落寞。她觉得自己是一只风筝，线还拽在家乡的泸沽湖畔。这一点，是石丹梧无论如何不能体会的。2001年5月，娜姆和石丹梧约定，她回老家，在泸沽湖边造一座有37间客房的山庄和一间民族博物馆，他则留在瑞士，两人每隔三个月见一次面。前三次，石丹梧为她准时买机票，和机票相伴的还有准时的玫瑰。第四次，因为航班出了点问题，她没有准时回他们在瑞士的家。6个月后，她打电话回家，他说了一句客气话。娜姆太了解石丹梧——肯定出问题了。

"家里来客人了？"她问。他答："是。""客人在家里过夜了？"她沉住气接着问。他还答："是。""睡的是我们的卧室？"两人有过约定，任何外人不准进入他们的卧室。他诚实地回答："是。"然后哭了。

他们的爱情终究没能逃过"七年之痒"。没有争吵，也没有提"分手"，这次电话后便再也没有见面，再也没听到他叫她"公主"。娜姆从此没回过瑞士，房门钥匙，还一直在包里，没有取出来。

▶ 洗尽铅华才是真

经历了又一次情感挫折后，杨二车娜姆回到了家乡，开始潜心写作，并精心营造泸沽湖畔的山庄和博物馆。当然，有时候她也会洗尽红颜、素面朝天地和妈妈、兄弟姐妹们一起种玉米，割向日葵，这才是她最大的享受。

早从 1997 年开始，娜姆就写作出版了《走出女儿国》等记录自己经历和摩梭人特有文化的书籍和文章，接着她又把自己和石丹梧相恋的故事写成《中国红遇见挪威蓝》一书，被译成多国文字热销。这次回到泸沽湖畔的家乡，她的心变得尤为宁静，常常是每天凌晨五六点钟就爬起来，一直写作到下午两点。一杯咖啡、几片面包就凑合了一顿午餐。短短两三年时间，娜姆就创作出版了《你也可以》、《七年之痒——中国红别了挪威蓝》、《长得漂亮不如活得漂亮》和《女人梦——烟雨是天涯》等畅销书籍。另外，她手边还有两本书即将出版，其中《暗香》是一本好看的图文书，里面展示了她花了 7 年时间精心收藏的中国古老肚兜；另一本书《一会儿就回来》则是与社交礼仪有关的作品。她还是《时尚——中国服装》的专栏作家。

娜姆是个聪明的女人，她知道如何最大程度上发掘自己的潜能，把自己的传奇经历写出来，先吸引住人的眼球，然后再把自己的民族大大方方地推介出去。她说："我感觉自己就是一座矿，而我一生都在最大限度地开采自己。机会永远不属于懒人。"

杨二车娜姆已经成为摩梭民族的骄傲，她的书已经用 17 种语言文字出版，甚至在希腊的书店都能买到她的书；在丽江等许多景区，她的书与当地的蘑菇、茶叶等特产一起摆在地摊上卖，当地人引以为荣。有一次，娜姆曾打趣地问一位卖她书的摊主："是买一本书送一斤茶叶呢，还是买一袋蘑菇送一本书？"摊主爽快地说："你这书是我们的招牌，靠这书招揽生意哩！"

经过近 5 年的苦心经营，杨二车娜姆在泸沽湖狮子山下建成了拥有 30 多个房间的山庄和她的私人博物馆。博物馆分为一个展览馆和三间摩梭香艳花房，另有两间供艺术家入住创作的花房，展览馆展出的是她的生活—— 一个摩梭女人原生态的生活。建成不久，电影明星周迅就光临了她的博物馆，在里面静静地享受了几个晚上的世外桃源生活。目前，这座建筑风格别致的山庄和博物馆已经成为泸沽湖的一处旅游景点。

每当遇到挫折的时候，娜姆会走到泸沽湖边，久久地注视自己这件"建筑作品"。它是那么有力、深沉地伏在半山腰上，俯视着泸沽湖的全景，黄昏时的阳光把它染成了一片金黄……此时，娜姆一颗疲倦的心仿佛得到了巨大的安慰。

娜姆说她现在最想做的有三件事：写书，做旅游，捐资办希望小学。她说："旅游带动了许多偏远地方的经济，但当务之急是要抓好教育。"为此，她在家乡泸沽湖周边地区捐资建起了三所希望小学。她鼓励家乡的孩子们，"要跑出去"！要有胆子出去看看外面的世界，要去寻找更辽阔的天空！

2007年4月起，杨二车娜姆受邀担任"2007快乐男声"的评委，她的名字逐渐为大众所熟悉，她极具个性的点评，不按理出牌的举动也成为人们茶余饭后的谈资。

娜姆在美国曾经待过很长一段时间，对于美国电视业有很深的了解，她明白真人秀就是要把生活中最真实的东西原生态地展现在观众面前，正因为如此，她才会在镜头前与评委黑楠拥吻对方，这是一种娱乐，也是一种情感的宣泄，不需要太多矜持的东西掺杂在其中，喜怒哀乐在第一时间表现在自己的脸上、行动上，这本身就是做真人秀节目需要的精神。

娜姆在节目中不时爆出一些惊人之语。当她见到一个选手外套偏小偏女性化时，她会毫不掩饰地说："你是从哪位姑娘身上扒下来的外套？"她还妙语连珠："自己都觉得不好还来干什么，恭喜你，我这边就不通过了"，"你挺可爱，让你下去我真的挺伤心"，"我就是不喜欢男人闭眼睛唱歌"，"你们一个是汉堡包，一个是萝卜干"……这个摩梭族才女与美国偶像评委Simon Cowell有许多相同之处，尽管点评辛辣，但深谙娱乐的定义和真人秀节目的精髓。

许多看过"快乐男声"节目的观众表示，参赛选手用声音给人们带来了快乐，娜姆则用她的话语、她的态度给人们带来了快乐。选秀过后，也许你记不住其中的一些选手，但你一定记住了那位头带红花、风情万种的杨二车娜姆。

后 记

1965 年冬天，我出生在黄海之滨、北云台山下一个小村。这个村子有个奇怪的名字，叫蟹脐沟。19 岁那年，我在南通一所中专学校读书，以这村名为题，写了篇小说，在南通文联主办的《紫琅》杂志上头条发表。从此，与文学结下了不解之缘。

就在这一年，我中专毕业，回到家乡连云港，被分配到港务处工作。我在学校里学的是港口机械专业，到港务处上班，也算是专业对口，但领导见我发表过小说，能写写画画，没有把我安排到技术部门，而让我做了工会和团委的干事。

几个月后，交通局组织编写交通史，从基层抽调人员，19 岁的我，被委以重任，做了《连云港市交通史》的主编。应该说，那是一个适合文学青年飞翔的年代。

那时的我，青春年少，一面工作、学习，一面做着文学梦。短短两三年，我就在《北京文学》、《雨花》、《青春》等刊物发表小说十余万字，又拿到了省自学考试（南京师范大学）汉语言文学毕业文凭，由我执笔的市交通史还成了全省交通系统的范本，由南京大学出版社正式出版。

由于工作出色，加之当时交通系统的文科生寥寥无几，交通局对我颇为重视，把我从港务处调到航道处，任办公室秘书。没想到好事成双，就在这个时候，经一位长辈引荐，市公安局也决定调我去办公室做文字工作。局里的一把手亲自过目，政治处两位领导专门外调考察了我，并在市区一个派出所为我腾出一

间单身宿舍。

我犹豫再三，放弃了去公安局的机会。因为此时我正准备结婚，要在公安系统解决住房，是件困难的事，而那时的航道处是全系统乃至全市福利待遇非常好的事业单位，只要领了结婚证，我就可以分配到一套两室一厅的住房。

眼前利益迷住了我的眼睛，让我失去了一生中唯一一次当警察的机会。时至今日，那位引荐我的长辈——一个老公安还见一次面就埋怨我一次。不过，我也曾叩问过自己：如果我真当了警察，会是一个好警察还是孬警察呢？

在航道处只工作了一年，又一个机会来了：经好友戴咏寒兄的推荐，市编办先借用，后正式调入，我成了人事编制部门的机关干部。

那几年，应该是我人生履历里特别顺畅的时段。也许就是因为太顺了，人会变得冲动而自满，变得好高骛远，所以，以后的一些不顺也就在所难免。

1992 年，市编办（人事局）派我到海州区扶贫一年，在一个街道办事处任主任助理，分管街道企业，整天跟厂长经理们"厮混"在一起。那一年，正值邓小平南巡讲话，风潮涌动。我随厂长经理们到深圳、海南转了一圈，回来后，心就野了，当年底，便跟单位签了份协议，扑通一声下了海，美其名"领办经济实体"。

但是，没过多久，也就是三四个月吧，我就跟这个"经济实体"的主管部门分管领导搞僵了。随后，一场官司折腾了几个月，双方不欢而散。再以后，我自办公司，开了舞厅、饭店、广告中心，钱也挣过不少，但没有聚财意识，更因我性格上的某些弱点，比如心太软，比如文人的虚荣……一个私营企业滋生了些许机关作风和国有企业的劣习，人浮于事，开支过大，挣的钱除了开工资、维持公司日常开销等等，基本上所剩无几，自己倒落得身心疲惫。

1997 年下半年，我实在不想在"商海"里继续折腾下去了，我知道自己的秉性不适合做一个商人，我把公司关了，轿车和办公用房转让了，感觉浑身轻松了许多。

那年底，我又拿起笔，重温文学梦。我写了中篇小说《求学记》、《糟糕的手机》，短篇小说《两个人的电影院》、《乡村角色》等，在《雨花》、《青春》等刊物上发表，得到了文友们的肯定。但此时的我因为公司关门，仅靠发表几篇小说的稿费是难以生存的。当时的首要任务是挣钱养家。

这时候，好友刘晶林兄启发了我。他的几篇纪实文学在湖北的《知音》杂志发表，还得了个奖，稿酬加奖金拿了好几万元！他说，建军，这个事情你可以做。听了这话，我的冲动来了。是啊，这个事情我真的可以做。我需要挣钱养家，这样的文字我能够把握，我为什么不去写？

于是，在此后将近十年时间，我陆续采写了数百篇纪实文稿，在《知音》、《家庭》、《中国青年》、《民主与法制》、《法律与生活》、《检察风云》、《蓝盾》、《长江文艺》、《人间》、《参花》、《海燕》、《八小时以外》、《华西都市报》、《羊城晚报》等全国百余家报刊杂志上发表，并有数十篇文章被《读者》、《青年文摘》、《青年博览》、《报刊文摘》等报刊选载，稿费收入相当可观。这时，我的心境较之前几年变得平和了许多。我还注册了一个小公司，做了些广告业务，也顺顺当当、不温不火地干了七八年。

写了这些年的纪实文学，让我摆脱了经济上的困境，找到了自信，也让我结识了这一行里许多敬业的报刊编辑，结识了许多勤奋的撰稿人。对那些发表我文字的报刊，我永远心存感激！

我在一篇博客里这样写过：有这么几年，为了生计，写了不少纪实"特稿"。回过头看看，以"歪瓜裂枣"居多，好歹选了几十篇，打算做成两个集子。这些文章均在国内一些发行量较高的情感、法制类杂志上发表过，没少为我挣稿费，把这些散落各处的文章凑到一起，结集出版，也算了却一桩心愿。

因为这桩心愿，因为想把这十年作个小结，也因为李惊涛、张文宝、陈武、张亦辉诸兄的鼓励，所以有了这个集子。

2013 年 2 月 连云港